D1725885

CURSED

Deutsche Erstausgabe Februar 2021

© 2021 by Iris W. Maron

Verlagsrechte © 2021 by Cursed Verlag
Inh. Julia Schwenk, Taufkirchen

Alle Rechte vorbehalten, insbesondere das der Übersetzung, des öffentlichen Vortrags, sowie der Übertragung durch Rundfunk und Fernsehen, auch einzelner Teile, Nachdruck, auch auszugsweise, nur mit Genehmigung des Verlages.

Bildrechte Umschlagillustration
vermittelt durch Shutterstock LLC; iStock
Satz & Layout: Cursed Verlag
Covergestaltung: Hannelore Nistor
Druck: Amazon KDP
Lektorat: Jannika Waitl

ISBN-13: 978-3-95823-307-2

Besuchen Sie uns im Internet:
www.cursed-verlag.de

Iris W. Maron

Liebe in den Augen des Wolfs

Prolog

Endlich wieder rennen. Endlich wieder Waldboden unter den Pfoten. Der Wolf war viel zu lange eingesperrt. Er holt weit aus, fliegt beinahe, streckt den Körper. Er genießt es, sich wieder spüren zu können. Den Wind in seinem Fell, den nachgiebigen Untergrund unter den Tatzen, Äste, die seine Flanken streifen. Ein Sprung über einen abgestorbenen Baumstamm. Sicher landet der Wolf und rennt weiter, geradewegs auf eine Schlammpfütze zu. Er läuft mitten durch die Pfütze, Schlamm quillt zwischen seine Zehen, spritzt auf sein Fell, beinahe in seine Augen. Er möchte heulen vor Glück.

Es ist ein fremder Wald, durch den der Wolf läuft. Überall sind fremde Gerüche, fremde Geräusche. Und doch ist er vertraut. Der Wolf wird langsamer, schnüffelt. Vor Kurzem war hier ein Reh und dort ein Eichhörnchen. Er riecht einen Fuchs, mehrere Hunde und die Alufolie, die jemand achtlos entsorgt hat.

Der Wolf hält an einem Brombeerstrauch, schnüffelt wieder. Er meint, die leise Ahnung eines fremden Wolfs zu riechen. Eine alte, entfernte Erinnerung. Der Wolf hebt sein Bein und pinkelt auf das Blattwerk. Es gibt ein befriedigendes Geräusch und sofort steigt sein eigener Geruch ihm in die Nase. Alles seins. Sein Revier.

Ein paar Sprünge weiter lichtet sich der Wald ein wenig und gibt den Blick auf den Mond frei. Voll ist er und groß und blutrot. Bei dem Anblick schwillt ein Heulen in der Brust des Wolfs. Er will nach seinem Rudel rufen. In Momenten wie diesem vermisst er sein Rudel. Auch wenn es nötig war zu gehen: Er hasst es, ein Einzelwolf zu sein.

Der Wolf öffnet schon das Maul, da erinnert er sich daran, dass er nicht auf sich aufmerksam machen darf. Keine Geräusche, keine Spuren. Doch, oh, es ist schwer.

Um nicht doch noch zu heulen, rennt er weiter, wird wieder schneller. In sinnlosem Zickzack läuft er zwischen den hohen Bäumen hindurch. Immer seiner Nase nach. Und dann ist da plötzlich dieser Geruch.

Der Wolf schnuppert. Etwas liegt in der Luft, doch er kann nicht genau sagen, was es ist. Ein Geruch, ein Duft. Die pure Verlockung. Der Wolf senkt die Schnauze auf den Waldboden und atmet tief ein. So muss der Himmel riechen. Und besser noch: So muss Zuhause riechen.

Zwischen Brombeerranken hindurch folgt der Wolf der Spur. Er duckt sich in die Schatten, schleicht und kauert. Ein Geräusch, ein Knacken. Und dann Schritte. Atmen, hektisch und abgehackt. Der Duft wird stärker. Der Wolf umrundet einen Baum, und dann sieht er ihn. Den Mann, der duftet wie alles Gute in der Welt. Der Wolf will zu ihm rennen, sofort, so schnell es geht. Doch er weiß, er darf es nicht.

Er muss ein Geräusch von sich gegeben haben, denn plötzlich sieht der Mann in seine Richtung. Da schiebt sich eine Wolke, die eben noch den Mond verdeckt hat, zur Seite. Es wird heller im Wald. Der Schatten, in dem der Wolf kauert, zieht sich zurück und gibt ihn frei.

Auge in Auge stehen der Wolf und der Mann einander gegenüber. Der Mann erstarrt. Unter den verführerischen Duft mischt sich der scharfe Geruch der Angst.

Kapitel 1

Ich bin einsam. Der Gedanke trifft mich unerwartet und mit voller Wucht. Ich sitze bei strahlendem Sonnenschein am Badesee, eine leichte Brise streicht durch mein nasses Haar, es riecht nach Sommer, nach Wasser und ein bisschen auch nach dem Frittierfett der Pommesbude, und meine Einsamkeit ist das Einzige, woran ich denken kann.

Überall um mich herum sind Menschen. Überall wird gelacht und geredet. Kinder planschen im seichten Wasser oder jagen sich über die Wiese. Eine Gruppe junger Männer spielt Volleyball. Ein altes Paar sitzt schweigend nebeneinander, beide in eine Zeitung vertieft. Eine Frau mit auffallend rotem Haar holt eine aufgeschnittene Wassermelone aus einer Kühltruhe und reicht ihrer Tochter und ihrem Mann je eine Scheibe. Drei Frauen undefinierbaren Alters mit der ledrigen Haut derer, die den ganzen Sommer am See verbringen, sitzen auf niedrigen Klappstühlen und diskutieren lautstark über die Arthritis von Monika – wer auch immer das ist.

Die Anwesenheit all dieser Menschen macht mir bewusst, wie allein ich bin.

Ich will das nicht mehr. Ich will mich nicht mehr einsam fühlen. Ich weiß, ich muss etwas ändern. Für den Moment kann ich aber die unliebsamen Gefühle nur so gut es geht beiseitedrängen und mich daran erinnern, weswegen ich heute eigentlich hier bin.

Die Nervosität und die Aufregung, die mich begleiten, seit ich vorhin aus dem Auto gestiegen bin, kehren zurück. Dass ich mich tatsächlich hierher getraut habe, wundert mich immer noch ein bisschen. Doch letztens, an meinem dreißigsten Geburtstag, der genauso war wie all die anderen – langweilig und ohne Feier, ein Arbeitstag wie jeder andere auch –, habe ich mir vorgenommen, in meinem neuen Lebensjahr mehr zu wagen. Mutig zu sein, meine Komfortzone zu verlassen. Einmal will ich ein Abenteuer erleben, etwas Neues. Und nach langer Zeit wieder körperliche Nähe, Sex. Ohne Gefühle.

Dass das Gebiet am Badesee, hinter dem FKK-Bereich, nachts zur Cruising Area wird, weiß ich schon lange. Bisher habe ich mich dort noch nie hingewagt. Heute aber, heute bin ich so weit. Ich werde bleiben, bis die Sonne untergegangen ist, und dann werde ich in den Wald gehen, zu dieser Lichtung, und einen Mann suchen, um mit ihm Sex zu haben. Einfach so.

Das Klingeln meines Handys reißt mich aus meinen Gedanken. Meine Ohren beginnen zu glühen, als ich erkenne, wer mich anruft: meine Mutter. Eine Erinnerung an das Gefühl, als Teenager beim Masturbieren erwischt zu werden, breitet sich in mir aus.

Ich atme tief durch und hebe ab. »Hallo, Mama.«

»Hallo, Schatz!«, schallt mir ihre vertraute Stimme entgegen. »Wie geht es dir?«

»Gut, danke.«

»Fein. Morgen ist der große Tag, nicht wahr?«

»Ja, genau.«

»Bist du schon aufgeregt?«

Ich muss lachen, weil ich momentan tatsächlich aufgeregt bin, jedoch nicht aus dem Grund, an den sie denkt. »Ein bisschen.«

»Hast du denn schon alles vorbereitet?«

»Ja, schon längst.«

»Und du bist sicher, dass du nichts vergessen hast?«

»Ja, bin ich. Ich habe zwei unterschiedlich lange Leinen besorgt, ein Bettchen, Näpfe, Futter, Decken, was man eben so braucht.«

»Eine Sicherung fürs Auto?«

»Klar.«

»Spielsachen? Bürsten? Eine Nagelschere?«

»Spielsachen und eine Bürste, ja. Mit der Pediküre warte ich, bis wir uns besser kennen.«

Sie lacht auf. »Hast ja recht. Ich bin nur auch schon so aufgeregt. Ein bisschen ist es doch, als würde ich morgen ein Enkelkind bekommen. Wenn auch ein sehr haariges.«

»Ähhh...« Ich winde mich unwohl. Meine Mutter wünscht sich Enkelkinder, das weiß ich, und es tut mir weh, dass ich ihr diesen Wunsch wohl nicht erfüllen werde.

Meine Mutter beachtet meine Reaktion nicht. Sie macht direkt weiter mit ihrem Fragenkatalog. »Wie soll er denn heißen, der Kleine? Hast du dir das schon überlegt?«

»Natürlich. Ich habe ihn Sputnik genannt. Das habe ich dir doch schon erzählt.«

»Ah ja, richtig.« Sie lacht. »Wie bist du nur auf diesen Namen gekommen?«

»Hm, ich habe recht lange überlegt. Ursprünglich hieß er Justin.« Ich gebe ein würgendes Geräusch von mir. »Den Namen wollte ich auf keinen Fall behalten. Ich wollte etwas, das besser zu ihm passt – und das nicht so furchtbar ist. Die zündende Idee hatte ich erst, als ich mich mal mit einer Tierpflegerin über ihn unterhalten habe. Sie hat seinen Namen deutsch ausgesprochen. Das klang echt verstörend. Aber ich habe mal gelesen, dass man, wenn man Hunden einen neuen Namen gibt, am besten die alten Vokale beibehält. Ja, und da schoss mir dann eben Sputnik durch den Kopf. Der Name passt perfekt zu ihm. Er sieht einfach aus wie Sputnik.«

»Und du hast dir das wirklich gut überlegt? So ein Hund aus dem Tierheim... Da weiß man nie, was man bekommt.«

»Mama, wir hatten doch schon immer Hunde«, entgegne ich genervt. Die Entscheidung, mir einen Hund zu nehmen, habe ich mir schließlich nicht leicht gemacht. Ich habe viel recherchiert, unendlich viele Bücher gewälzt und lange darüber nachgedacht, welcher Hund der richtige für mich sein könnte. Rasse oder Mischling, Züchter oder Tierheim, Welpe oder Erwachsener, Hündin oder Rüde. Letztlich ist es ein erwachsener Mischlingsrüde aus dem Tierheim geworden.

»Sicher, aber das waren alles Rassehunde.«

»Auch die können ganz schön bekloppt sein. Denk nur an Fee.«

Meine Mutter seufzt. »Die gute Fee.«

»Sie war ein lieber Hund«, stimme ich zu. »Aber auch ganz schön schwierig.«

»Ja, nun, da hast du schon recht.«

»Und Sputnik ist toll. Wirklich. Wir werden perfekt zusammenpassen.«

Bei den Gedanken an den lustigen Hund muss ich lächeln. Ich bin Sputnik verfallen, als ich vor Wochen das erste Mal ins Tierheim gekommen bin. Ich glaube, er ist der hässlichste Hund der Welt. Nicht groß, nicht klein, zottig und mit undefinierbarer Fellfarbe hat er mich angegrinst – ich schwöre, er kann wirklich grinsen! – und um mich war es geschehen. Verrückterweise scheint diese Liebe auf Gegenseitigkeit zu beruhen, denn nachdem wir uns ein bisschen beschnuppert hatten – oder eher: er mich – war da sofort irgendwie eine Verbindung zwischen uns.

»Na schön«, meint meine Mutter. Ich kann nicht einschätzen, ob ich sie wirklich überzeugt habe. Doch meine Entscheidung steht fest. »Und mit deiner Arbeit ist alles geklärt?«, will sie noch wissen.

»Ja, ich kann Sputnik mitnehmen. Meine Chefin mag Hunde und ist schon ganz begeistert von der Idee, dass wir einen Bürohund haben werden. Sie überlegt sogar, ihm eine eigene Kolumne zu geben. Und meine Kollegen haben auch nichts dagegen.«

»Schön. Das ist wirklich viel wert.«

»Ja, ist es.«

»Woran arbeitest du denn momentan?«

»Ich habe einen Artikel über die partielle Mondfinsternis heute Nacht geschrieben.«

»Die *was*?«

»Den Blutmond«, seufze ich mit Grabesstimme. Ich hasse dieses Wort. Es ist so unnötig dramatisch.

»Ah, ja. Davon habe ich gehört.« Für einen Moment herrscht Stille. Ich wappne mich für das, was jetzt unweigerlich folgen wird. Und richtig, meine Mutter enttäuscht mich nicht. »Ich verstehe wirklich nicht, wieso du für dieses Käseblatt arbeitest.«

»Es ist kein Käseblatt«, widerspreche ich automatisch. »Die *Schwarzwald-Presse* ist eine seriöse Lokalzeitung.«

»Aber du wolltest so hoch hinaus! Du wolltest für eine wichtige Zeitung schreiben. Etwas bewegen.«

Ich klemme mir das Handy zwischen Ohr und Schulter und rupfe ein paar Grashalme aus. »Ich hab es doch versucht. Und es hat nicht geklappt.«

»Du hättest nicht so schnell aufgeben dürfen und es weiter versuchen müssen! Irgendwann hätte es schon noch funktioniert.«

Ich zerpflücke einen Grashalm in kleinste Stückchen und sage nichts. Meine Mutter hat einfach überhaupt keine Ahnung, was es bedeutet, einer von zahllosen Jungjournalisten zu sein, die sich alle um dieselben Jobs prügeln.

»Schau, Lukas, ich meine es doch nur gut mit dir…«

»Ich weiß, Mama.« Ich seufze. »Aber es ist ein guter Job, wirklich. Auch wenn es nicht das ist, was ich ursprünglich wollte. Ich kann auch hier etwas bewegen.«

»Indem du über die Mondfinsternis oder über Kaninchenzüchtertreffen schreibst?«

»Ich habe noch nie über Kaninchenzüchtertreffen geschrieben!«, werfe ich vehement ein. Gut, gestern habe ich über die Eröffnung des Streichelzoos geschrieben, den sich Kindergarten und Altenheim teilen, und ja, es gab Kaninchen. »Und selbst wenn, wäre daran nichts verwerflich. Tatsächlich aber plane ich eine große Artikelserie über Klimaschutz in der Region. Angefangen habe ich mit einem Bericht über das neue Solarzellenprojekt. Das ist das Prestigeprojekt des Bürgermeisters, aber es gibt auch einige kritische Stimmen. Das werde ich ausweiten. Was wird schon für den Klimaschutz getan, was kann man besser machen? Das ist so ein wichtiges und vielseitiges Thema. Es passiert ja schon viel im Kleinen, das möchte ich aufzeigen. Und gleichzeitig müsste so viel mehr passieren. Und größer. Mit der Solaranlage fängt es an, aber es gibt so viel mehr. Der Ausbau des öffentlichen Verkehrs zum Beispiel, der in der letzten Wahl versprochen wurde. Passiert ist aber nichts. Stattdessen wird eifrig an der Bundesstraße gebaut. Und dann möchte ich über die Forstwirtschaft hier schreiben, immerhin sind wir doch mitten im Schwarzwald. Generell finde ich die Art, wie wir Natur nutzen, ein wichtiges Thema.«

»Hmm«, macht meine Mutter nachdenklich. »Das klingt gut.«

»Ja. Es ist wichtig.« Dass Regina, meine Chefin, dem Projekt noch nicht zugestimmt hat, verschweige ich wohlweislich. Sie ist generell skeptisch, wenn ich mir – wie sie meint – zu viel vornehme oder Themen vorschlage, die unsere Leserschaft angeblich nicht interessieren. Oder wenn ich Themen in den Blick nehme, die wichtigen Leuten unangenehm werden könnten. In solchen Fällen gibt sie mir gerne das Gefühl, dass ich die Zusammenhänge hier nicht verstehe. Nach drei Jahren fühle ich mich dann noch immer fremd im Ort.

Laute Stimmen lassen mich aufsehen. Die wettergegerbten Frauen sind dazu übergegangen, Karten zu spielen. Offenbar geht das nicht ohne lautstarke Zwischenrufe und Spötteleien.

»Wo bist du denn?«, erkundigt sich meine Mutter. Die Stimmen sind wohl bis zu ihr durchgedrungen.

»Am See.«

»Ah, wie schön! Dann genießt du den letzten Tag in Freiheit?«

Während unseres Gesprächs habe ich ganz vergessen, weswegen ich eigentlich hier bin. Jetzt kommt der Gedanke an die Cruising Area mit einem Schlag zurück. Wieder glühen meine Ohren und ich bin heilfroh, dass meine Mutter es nicht sehen kann. »Äh, ja.«

»Sehr schön. Ich will dich auch gar nicht weiter stören.«

»Okay. Geht es dir und Papa gut?«

»Ja, natürlich. Aber du musst uns bald mal wieder besuchen. Wir haben dich schon ewig nicht mehr gesehen. Und wir wollen deinen Hund so bald wie möglich kennenlernen!«

Ich lächle. »Geht klar. Ich schaue, was sich machen lässt.«

»Sehr schön. Bis bald, Lukas! Hab noch einen schönen Abend!«

»Tschüss, Mama! Du auch. Und grüß Papa!«

»Mache ich. Tschüss!«

Ich lege auf und lasse meinen Blick über die Liegewiese schweifen. Inzwischen hat sie sich deutlich geleert. Die Sonne ist bereits hinter den Hügeln in meinem Rücken verschwunden, Abendstimmung macht sich breit. Nur noch wenige Leute sind im Wasser.

Wo niemand schwimmt, ist die Oberfläche des Sees spiegelglatt und wunderschön.

Das Naturschauspiel droht, mich wieder melancholisch zu machen. Ich wünschte, ich hätte jemanden, mit dem ich solche Momente teilen kann. Um mich nicht wieder in diesen Gedanken zu verlieren, öffne ich die Leseapp auf meinem Handy und rufe den Krimi auf, den ich letztens zu lesen begonnen habe. Solange es noch hell ist, wird sich auf der Lichtung nichts tun, das weiß ich. Es macht keinen Sinn, zu früh in den Wald zu stapfen. Natürlich besteht auch die Möglichkeit, dass selbst nach Einbruch der Dunkelheit niemand auftauchen wird. Ein Teil von mir hofft vielleicht sogar, dass dem so sein wird.

Obwohl er spannend ist, kann ich mich nicht so recht auf meinen Krimi konzentrieren. Zu der Nervosität ist inzwischen eine unterschwellige Erregung hinzugekommen. Ich bin so verdammt aufgeregt.

Als ich nach einiger Zeit aufsehe und um mich herum kaum noch etwas erkennen kann, nehme ich das als Zeichen, um aufzubrechen. Ich ziehe meine lange Hose über die inzwischen getrocknete Badehose und schlüpfe in mein Shirt. Dann gehe ich zurück zu meinem Auto und verstaue mein Badetuch.

Jetzt ist es also so weit. Ich atme tief durch. Das Herz klopft mir bis zum Hals, als ich zurück an den See gehe. Je näher ich ihm komme, desto lauter wird das Quaken der Frösche und das Surren von Grillen im Gras. Geräusche, die ich kenne und die ich mag, die mir jetzt aber unheimlich sind. Inzwischen ist ein leichter Wind aufgekommen und mich fröstelt auf meinen bloßen Armen. Wahrscheinlich liegt das aber vor allem an meinen Nerven.

Ich schlage einen anderen Weg ein als den zur Liegewiese, gehe stattdessen zum FKK-Bereich und dann, dahinter, in den Wald. Man sollte meinen, es wäre still, doch das ist es nicht. Immer wieder raschelt es und dann und wann singt ein Vogel. Eine Nachtigall? Ich habe keine Ahnung von Vogelstimmen.

Mit meinem Handy als Taschenlampe folge ich einem halb von Brombeerranken zugewucherten Waldweg. Gerade bin ich wirklich froh um meine lange Hose, die ich mittags im Büro noch wegen der Hitze verflucht habe. Aber ob ich hier wirklich richtig bin?

Ich bin drauf und dran, wieder umzukehren, als der Weg breiter wird und mich schließlich auf eine Lichtung führt. Sofort wird es heller und ich stecke mein Handy weg. Ein paar Sterne stehen schon am Himmel, doch der Mond überstrahlt sie. Er ist riesig heute Nacht. Riesig, voll und rot. *Blutmond*, denke ich und dieses Mal erschauere ich bei dem Wort.

Die Lichtung muss mein Ziel sein. Laut der Beschreibungen im Internet soll diese Lichtung das Herzstück der Cruising Area sein. Noch sehe ich allerdings niemanden.

Ich bin allein.

Dieser Gedanke verursacht mir ein ungutes Gefühl. Mitten in der Nacht allein im Wald, um mit jemand Wildfremden Sex zu haben – eigentlich ist das ganz schön dämlich. Und auch nicht ungefährlich.

Ich atme tief durch. Vielleicht sollte ich doch besser wieder umdrehen.

Aus den Augenwinkeln bemerke ich eine Bewegung. Ich wende mich um und plötzlich sehe ich ein grelles Licht. Ich brauche einen Moment, um zu erkennen, dass das das Leuchten eines Handys ist. Eines Handys, das ein Typ in der Hand hält, sodass es ihn beleuchtet. Ich blinzle und beginne, Umrisse im Dunkeln zu sehen. Der Typ lehnt an einem Baum. Seine Augen sind nicht auf das Handy gerichtet, sondern geradewegs auf mich. Und Mann, ist der Typ alt. Alt und schmierig. Das sind nicht mehr charmant angegraute Schläfen, sondern schlohweiße Strähnen, quer über die Glatze drapiert. Er ist sicher jenseits der 70 und dieser Ausdruck in seinen Augen im bläulichen Licht seines Handys ist derartig unheimlich, dass ich automatisch den Kopf schüttle, den Blickkontakt unterbreche und schaue, dass ich davonkomme.

Ich kann nur hoffen, dass er mir nicht folgt.

Mir scheint, das trockene Gras knirscht ohrenbetäubend laut unter meinen Füßen. Alle meine Sinne sind angespannt. Da! War das nicht ein Schritt? Und spüre ich nicht sogar schon den Atem des Alten im Nacken?

Ich werfe einen Blick zurück. Da ist niemand. Und doch rast mein Herz. Meine Erregung ist inzwischen längst verschwunden.

Ich sollte wieder umkehren. Nach Hause fahren. Das hier ist nichts für mich. Das hätte mir eigentlich vorher klar sein müssen. War es vielleicht sogar.

Ein kleiner, jedoch sehr vehementer Teil in mir protestiert, dass ich nicht immer auf meine Ängste hören soll. Schließlich bin ich doch hierhergekommen, um etwas zu wagen. Ich atme tief durch, atme den würzigen Duft des nächtlichen Waldes ein und schließe einen Kompromiss mit mir selbst: Einmal werde ich um die Lichtung herumgehen und dann wieder abhauen, sollte nicht plötzlich jemand Perfektes meinen Weg kreuzen.

Nun, es taucht natürlich niemand Perfektes auf.

Ich stöbere einen weiteren alten Mann mit mehr als dubioser Ausstrahlung auf, vor dem ich gleichfalls die Flucht ergreife, und dann stoße ich auf ein Paar. Ich höre sie, bevor ich sie sehe. Schmatzen und Stöhnen, leise Anfeuerungsrufe.

Ich gehe einen Schritt, einen weiteren, und dann sehe ich sie. Dank des hell strahlenden Mondes kann ich die beiden recht deutlich erkennen. Ein etwas untersetzter Typ lehnt gegen einen Baum. Vor ihm kniet ein breitschultriger Mann, auf dessen Glatze sich das Mondlicht spiegelt. Die eindeutigen Bewegungen seines Kopfes und die schmatzenden Geräusche, die er von sich gibt, lassen keinen Zweifel daran, was er gerade tut.

Höflich will ich mich abwenden – da erkenne ich plötzlich den Mann, der an dem Baum lehnt. Kein Zweifel: Das ist mein Bäcker. Sein Gesicht ist lustverzerrt, die Stirn glänzt von Schweiß so wie sonst, wenn er aus seiner Backstube kommt. Auch wenn er nicht hässlich ist und ich ihn immer ganz nett fand: In diesem Zustand will ich ihn nicht sehen. Im Gegenteil, mir ist die Situation unfassbar peinlich.

Ein Ast knackt unter meinem Fuß, als ich einen Schritt zurück mache. Der Bäcker öffnet die Augen und sieht mich an. Ich nehme an, er erkennt mich, denn er erstarrt. Das irritiert seinen Partner. Immer noch kniend wendet er sich mir zu. Er ist ein gutes Stück jünger als der Bäcker und trägt – getreu der Regel, dass, wenn das Kopfhaar ausfällt, das Barthaar sprießt – Vollbart. Mit einem breiten Grinsen taxiert er mich von oben bis unten, dann macht er eine einladende Handbewegung.

»Komm doch zu uns.« Seine Stimme ist tief und etwas heiser.

Ich bringe ein wackliges Lächeln zustande, schüttle den Kopf – und suche mein Heil in der Flucht.

Die Lichtung lasse ich Lichtung sein, stattdessen schlage ich mich in den Wald. Es dauert eine Weile, bis ich den Weg wiederfinde. Bei meiner Runde um die Lichtung habe ich die Orientierung verloren und auch wenn ich versuche, mich zu beruhigen, fühle ich mich doch unwohl.

Es ist, als wäre ich allein weit und breit. Bei mir ist nur das Geräusch meiner Schritte auf dem Waldboden. Nur manchmal höre ich einen Vogel oder, weit entfernt, ein Auto. Ganz geheuer ist mir dieser Weg nicht.

Erschrocken zucke ich zusammen, als ich plötzlich etwas Neues höre. Ein Rascheln. Ich bleibe stehen, lausche. Erst ist da nichts. Doch dann höre ich es wieder.

Ein Knacken im Unterholz. Eine Bewegung im Dunkeln.

Ein Urinstinkt in mir springt an und mein Herz schlägt schneller. Ich fahre herum. Hektisch versuche ich zu erkennen, woher das Geräusch kam, doch ich sehe nichts. Eine Wolke hat sich vor den Mond geschoben und was vorhin noch ein deutlich erkennbarer Waldweg war, ist jetzt ein Meer aus finsteren Schatten. Mir ist unheimlich zumute und ich fühle mich beobachtet.

Ich versuche, meine fliegenden Gedanken zur Ruhe zu zwingen, doch es gelingt nicht. Mein Herz rast, meine Ohren dröhnen. Ich sehe nichts, höre nichts, doch ich weiß: Ich bin nicht allein.

Da ist es wieder: Es raschelt. Kein Lufthauch ist zu spüren, der mich das Geräusch dem Wind zuschreiben lassen könnte. Dort ist jemand. Etwas. Und beobachtet mich. Wartet. Lauert.

Nur ein weiterer Kerl, versuche ich mich zu beruhigen. Doch es gelingt mir nicht. *Wieso macht er nicht auf sich aufmerksam wie der Alte mit seinem Handy? Wieso versteckt er sich und lauert mir auf?*

Mit zitternden Fingern fische ich mein Handy aus meiner Hosentasche. Wenn ich nicht über eine Baumwurzel stolpern will, brauche ich mehr Licht.

Noch ein Rascheln. Diesmal war es wohl wirklich der Wind. Mit sich bringt er ein lang gezogenes Ächzen. Auch wenn ich weiß, woher das kommt, läuft es mir eiskalt den Rücken runter. Vor Schreck zittern meine Hände noch stärker und ich lasse mein Handy fallen.

Mein Herz rast, als ich auf die Knie sinke, um nach meinem Handy zu tasten. In diesem Moment verzieht sich die Wolke, die den Mond verdeckt hat. Im Mondlicht leuchten Augen auf, keine zwei Meter von mir entfernt. Sie starren mich an.

Raubtieraugen.

Ich schaffe es gerade noch, mein Handy einzusammeln, bevor ich endgültig fliehe.

Kapitel 2

Die Bäume schirmen das Sonnenlicht ab. Nur ab und an findet ein Strahl durch das dichte Geäst. Jedes Mal bin ich dann froh um meine Sonnenbrille. Der Wald ist malerisch und es macht Spaß, durch die Natur zu fahren. Die Strecke ist recht kurvig und zum Teil geht es neben der Straße steil bergab. Obwohl ich mich ans Tempolimit halte, fühle ich mich hier ein bisschen wie ein Rennfahrer. Ich bin nur froh, dass mir niemand entgegenkommt.

Durch den Rückspiegel sehe ich Sputnik auf der Rückbank sitzen. Er hechelt, die Zunge hängt ihm seitlich aus dem Maul und wie so oft scheint er zu grinsen. Er fährt gerne Auto, wie er überhaupt fast alles gerne macht. Er ist so ein unerschrockenes Kerlchen. Mit welcher Selbstverständlichkeit er sich seinen Platz in meinem Leben erobert hat, macht mich sprachlos. Während es für mich eine riesige Umstellung ist, plötzlich die Verantwortung für ein anderes Lebewesen zu haben, reagiert Sputnik total gelassen auf alle Änderungen.

Manchmal wünschte ich, ich wäre ein bisschen mehr wie er.

Wir sind zum ersten Mal auf dem Weg in die Hundeschule. Ich denke, ein bisschen professionelle Unterstützung kann nicht schaden, während Sputnik und ich uns aneinander gewöhnen. Zwar kann er die wichtigsten Kommandos, doch Hundeerziehung ist weit mehr als »Sitz«, »Platz« und »Aus«. Außerdem habe ich die leise Hoffnung, in der Hundeschule nette Menschen zu treffen und Anschluss zu finden. Hunde sollen doch das Sozialleben beleben. Ich bin jedenfalls schon sehr gespannt, welche Leute sich dort so einfinden.

Die Hundeschule ist neu und ich hoffe, sie hält, was sie verspricht. Die einzige Alternative hier in der Gegend ist die Hundeschule vom alten Schwämmke und dort will ich nicht hin. Ich habe in den letzten Jahren immer die Artikel über das jährliche

Sommerturnier dort geschrieben und konnte bei der Gelegenheit beobachten, wie Schwämmke mit Hunden umgeht. Er ist einer von der ganz, ganz alten Schule. Für meinen Hund will ich aber moderne Trainingsmethoden. Die verspricht Christopher Lorenz in seiner Hundeschule laut Homepage. Gewaltfrei, an positiver Verstärkung orientiert und von aktueller Verhaltensbiologie informiert. Das klingt gut.

Auch am Telefon machte der Hundetrainer einen netten Eindruck. Er quetschte mich recht intensiv über Sputnik und mich aus und meinte dann, wir können bei einem Kurs mitmachen. Die anderen Hunde sollen in einem ähnlichen Alter sein wie Sputnik und von unseren Erwartungen her würden wir Menschen gut harmonieren, sagte er. Dass er darauf Wert legt, fand ich gut. Er wirkte freundlich und sympathisch mit dem leichten bayerischen Einschlag in der Sprachmelodie. Außerdem klang er noch recht jung. Aber er hat eine gute Ausbildung und viel Erfahrung. Das habe ich recherchiert.

Wieso er sich entschieden hat, die Hundeschule an einem derart entlegenen Ort zu eröffnen, erschließt sich mir jedoch nicht ganz. Die Fahrt zur Hundeschule ist ganz schön abenteuerlich. Ich musste ein ganzes Stück aus dem Ort hinausfahren, vorbei am Badesee und dann eine Weile durch den Wald. Ich bin der festen Meinung, mich verfahren zu haben, als mein Navi mich plötzlich anweist, rechts in einen Forstweg einzubiegen. Ich nehme die Abzweigung, auch wenn der Weg nicht so wirkt, als dürfte man hier entlangfahren.

Der Wald wird dichter. Sonnenstrahlen finden jetzt keine mehr zu mir, deswegen setze ich die Sonnenbrille ab und werfe sie auf den Beifahrersitz.

Der Weg ist uneben, ich werde etwas durchgeschüttelt. Ein Blick durch den Rückspiegel zeigt mir, dass Sputnik immer noch grinsend aus dem Fenster sieht. Vermutlich gefällt ihm, was er sieht. Mir gefällt es auch.

Ich fahre jetzt so langsam, dass ich, obwohl ich mich sehr auf den Weg konzentriere, auch etwas von meiner Umgebung mitbekomme. Fast schon mystisch sieht es hier aus. Linkerhand ist ein schmaler Bachlauf, an dessen Ufer moosbewachsene Steine liegen. Dahinter stehen Tannen so dunkel, dass man auf den ersten Blick erkennen kann, woher der Schwarzwald seinen Namen hat.

Es dauert eine Weile, bis ich wieder aus dem Wald herauskomme. Dann aber finde ich mich auf einer Anhöhe mit sensationeller Fernsicht wieder. Hügel, Wiesen, Felder und Wald so weit das Auge reicht. Ich erspähe sogar ein paar Pferde und muss lächeln. Idyllisch wie auf einer Postkarte.

Das Navi weist mich nach rechts und ich fahre noch ein Stück am Waldrand entlang, bis das Navi verkündet, ich hätte mein Ziel erreicht. Tatsächlich ist da ein kleiner Parkplatz neben einer eingezäunten Wiese.

Ich parke mein Auto neben zwei anderen, die schon dort stehen. Nachdem ich ausgestiegen bin, öffne ich die Hintertür und befreie Sputnik aus seinem Sicherheitsgeschirr. Sofort hüpft er aus dem Auto, schüttelt sich und sieht sich um. Ich tue es ihm gleich und entdecke zwei Dinge: Am Tor im Zaun ist ein Schild angebracht. *Hundesprache* steht da, das ist der Name der Hundeschule. Ich bin hier also richtig. Und auf der anderen Seite des Parkplatzes befindet sich eine ganz normal asphaltierte Straße. Es muss also noch einen anderen Weg hierher geben als den abenteuerlichen Forstweg, über den mich das Navi gelotst hat.

Sputnik scheint genug davon zu haben, hier nur herumzustehen und sich umzusehen. Er marschiert los, die Nase immer am Boden, am Zaun entlang. Mich schleift er an der Leine hinter sich her. Ja, das sollte anders aussehen, aber daran müssen wir eben noch arbeiten.

Zielsicher strebt Sputnik einen Zaunpfahl an und beschnuppert ihn konzentriert, ehe er sich umdreht und sein Bein hebt. Nachdem er den Zaunpfahl markiert hat, schnuppert er noch einmal und wie immer, wenn er das tut, kommt es mir vor, als würde er im Geiste ein großes Häkchen hinter einen Punkt auf seiner ganz persönlichen To-do-Liste setzen.

Anscheinend muss Sputnik noch einige weitere Punkte abhaken, denn er setzt sich sofort wieder in Bewegung. Da wir früh dran sind, gönne ich ihm noch eine kleine Runde und gehe mit ihm ein Stück. Ich lasse derweil meinen Blick über die Wiese schweifen, die wohl die Hundeschule ist. Schön sieht sie aus. Aber auch ganz anders, als ich Hundeschulen bisher so kenne. Die Wiese liegt an einem Hang und ist leicht abschüssig. Der Rasen ist längst nicht so akkurat gemäht wie bei Schwämmke, alles wirkt eher ein wenig wild. Löwenzahn sprießt auf dem Rasen und Klee, am Zaun wuchern Brennnesseln. Überall summt und brummt es.

Dort, wo ich gerade stehe, hat der Zaun ein kleines Loch – auch das gäbe es bei Schwämmke nicht, der würde sofort einen neuen Zaun anbringen lassen. Hier jedoch wurde vor das Loch kurzerhand ein Brett gelegt, um es zu stopfen. Vermutlich, damit keiner der Hunde während des Trainings abhauen kann. Auch eine Methode.

Auf der Wiese selbst stehen einige Geräte herum, wie ich sie vom Agility kenne, und mehrere Haufen Autoreifen liegen da. Oben neben dem Tor befindet sich eine kleine Hütte. Sie ist windschief und sieht aus, als würde sie schon lange der Witterung trotzen. Im Endeffekt ist es eine ehemalige Obstwiese, die zur Hundeschule umfunktioniert wurde. Einige Obstbäume stehen tatsächlich immer noch hier. Apfelbäume kann ich erkennen und das dort hinten müsste ein Pflaumenbaum sein. Er ist voller Früchte und ich bekomme Lust, nachher ein paar Pflaumen zu essen.

Plötzlich reißt mich eine laute Stimme aus meinen Gedanken.

»Ernst!«, ruft ein tiefer Bass. »Bleib hier! Ernst!!«

Bevor ich mich noch fragen kann, wer Ernst ist, springt auch schon ein Mops auf Sputnik zu. Wild hüpft er um meinen Hund herum und nachdem beide sich kurz beschnuppert haben, beginnen sie miteinander zu spielen. Was mit Leine wirklich, wirklich unpraktisch ist.

»Sorry«, japst der Bass hinter mir. »Er ist einfach abgehauen.«

»Schon okay«, erwidere ich und wende mich Ernsts Halter zu. Er sieht so aus, wie seine tiefe Stimme es vermuten ließ. Groß und breitschultrig, mit Vollbart und Brustbehaarung, die der etwas zu tiefe Ausschnitt seines weißen T-Shirts erahnen lässt, ist er das Klischeebild eines Bären. Die Glatze trübt das vielleicht ein bisschen, macht ihn aber nicht unattraktiv. Er kommt mir vage bekannt vor, doch ich weiß nicht recht, woher.

Er jedoch scheint mich sofort zu erkennen, wie sein breites Grinsen verrät. »Na, wen haben wir denn da!«

»Äh, hallo.«

»Hallo! So ohne Schwanz im Mund kann ich mich dir ja auch vorstellen: Ich bin Hanno.«

Ich spüre wie mir die Röte in die Wangen schießt. Daher kenne ich ihn! Er war letztens im Wald mit meinem Bäcker – zu dem ich mich seither nicht mehr getraut habe – zugange.

»Lukas, hi.«

»Freut mich, Lukas«, Hanno zwinkert mir zu und ich nutze den Moment, als Sputnik mich beinahe zu Fall bringt, um seinem Blick auszuweichen. Vielleicht ist es doch nicht so unpraktisch, wenn der Hund angeleint ist, sich aber einbildet, spielen zu müssen.

Hanno scheint das anders zu sehen. Kurzerhand schnappt er sich seinen Mops.

»So, jetzt gibst du aber mal Ruhe«, summt er ihm ins Ohr. »Ihr könnt nachher spielen.«

Ich enthedder die Leine, dann schaue ich doch wieder zu Hanno. Wie er so dasteht, ein großer, breit gebauter Typ, offensichtlich schwul, mit dem winzigen Mops am Arm – das schaut schon wirklich komisch aus. Ich muss grinsen und bin froh, dass ich meine Gesichtsfarbe wieder unter Kontrolle habe.

»Ich weiß: Klischee!«, näselt Hanno und wedelt theatralisch mit dem abgeknickten Handgelenk. »Aber was soll ich machen. Ich liebe Möpse nun einmal!«

»So, tust du das?«, frage ich, kichernd über meinen eigenen flachen Witz.

Auch Hanno muss lachen. »Na, vielleicht nicht alle.«

»Ihr könnt jetzt reinkommen«, ertönt es in diesem Moment. Ich schaue zurück und sehe einen groß gewachsenen Mann, der das Gartentor – Verzeihung, das Tor zur Hundeschule – offen hält. Davor stehen schon drei weitere Hunde mit menschlichem Anhang. Ich habe gar nicht mitbekommen, dass die alle angekommen sind.

»Na dann!«, meint Hanno und wir machen uns auf den Weg zu unserer ersten Schulstunde.

Am Trainingsgelände angekommen, platzieren wir uns in einem großen Kreis um den Hundetrainer herum. Ich bin froh um die Obstbäume, die Schatten spenden, denn in der Sonne ist es ganz schön warm.

Der Trainer weist uns an, ausreichend Abstand zueinander zu halten, sodass die Hunde nicht auf die Idee kommen, jetzt wäre Spielstunde. Die Hunde sind – abgesehen von Sputnik – alle ziemlich aufgeregt. Am schlimmsten ist der Labrador, der mir gegenübersteht. Er hängt in der Leine und will unbedingt zu Sputnik. Dieser jedoch scheint die Wiese spannender zu finden und klebt mit der Nase am Boden.

»Hallo«, begrüßt uns der Trainer und bündelt so alle Aufmerksamkeit auf sich. »Wenn es euch recht ist, würde ich vorschlagen, dass wir uns alle duzen.«

Allgemeines Nicken antwortet ihm. Wie bei unserem Telefonat macht er auch jetzt einen freundlichen Eindruck auf mich. Er ist jung, so wie ich es mir gedacht habe. Vermutlich ist er etwa in meinem Alter. Sein dunkles Haar trägt er sehr kurz und er macht insgesamt den Eindruck, dass er sich nicht viel um sein Aussehen schert. Er trägt feste Schuhe, eine olivgrüne Outdoor-Hose und ein schwarzes, schon etwas verblichenes T-Shirt. Um die Hüften hat er eine Bauchtasche geschnallt, in der vermutlich Leckerlis sind.

»Fein! Ich bin Christopher und ich freue mich, dass ihr da seid! Das ist der Einsteigerkurs und es wird uns hier vor allem darum gehen, Alltagstauglichkeit und ein harmonisches Zusammenleben mit dem Hund zu fördern. Bevor wir anfangen, möchte ich euch alle bitten, dass ihr euch und eure Hunde kurz vorstellt. Rasse, Alter und so weiter. Sagt bei den Hunden bitte auch dazu, wenn es irgendwelche Besonderheiten gibt, also wenn sie mit anderen Hunden nicht gut verträglich sind oder Ähnliches.«

Wiederum allgemeines Nicken, doch keiner wagt es, sich als Erstes vorzustellen.

»Fangt ihr bitte an?«, wendet Christopher sich kurzerhand an ein Paar zu seiner Rechten. Beide tragen die volle Hundeplatz-Montur inklusive dieser fürchterlichen Westen, die beinahe nur aus Taschen zu bestehen scheinen.

»Ist gut. Ich bin Fritz, das ist Attila und das ist meine Frau Edeltraud«, sagt der ältere Mann und ich komme nicht umhin, die Reihenfolge dieser Vorstellung bezeichnend zu finden. »Attila ist ein Deutsch-Drahthaar und zweieinhalb Jahre alt.«

»Irgendwelche Besonderheiten?«

»Nein.«

»Gut, die Nächsten bitte.«

»Hallo«, ergreift Hanno das Wort. »Ich bin Hanno und das ist Ernst. Ernst ist ein Mops und er ist zwei Jahre alt. Mitten in der Pubertät. Er hat nur Flausen im Kopf. Andere Hunde findet er ganz toll, er rennt immer auf alle zu und dass jemand vielleicht keine Lust auf ihn haben könnte, ist ihm unbegreiflich. Menschen findet er auch super. Er findet eigentlich alles super.«

Allgemeines Lachen, dann bin ich dran.

»Ähm, hi. Das ist Sputnik. Er ist ein bisschen älter als die anderen, glaube ich, aber so genau weiß man das nicht, weil er aus dem Tierheim kommt. Er wurde da auf etwa vier Jahre geschätzt. Bei ihm ist auch nichts Besonderes zu beachten. Mit Hunden kann er gut, mit Menschen auch.«

»Danke«, meint Christopher und lächelt mich an. »Und dein Name?«

»Hö?«

»Du hast vergessen, dich vorzustellen.«

»Ach so«, ich kratze mich verlegen an der Wange. »Ich bin Lukas.«
»Hallo, Lukas.«
»Hi.«

»Dann bin ich jetzt dran, oder?«, fragt die junge Frau, die links von mir steht. Ihr langes blondes Haar trägt sie zu einem Dutt zusammengebunden und insgesamt wirkt sie ein bisschen zu hip für einen Hundeplatz. Sie und der Hund neben ihr scheinen mir das perfekte Beispiel für die Binsenweisheit zu sein, wonach Hund und Halterin einander gleichen. Der Hund hat schneeweißes, flauschiges Fell und ist einfach nur wunderschön.

»Ich bin Jana und das ist Smilla, sie ist ein Samojede. Sie ist anderthalb Jahre alt. Mit anderen Hunden kommt sie gut klar, bei Männern ist sie manchmal eher misstrauisch. Und sie mag es nicht, wenn man sie einfach so anfasst.«

»Dabei ist sie doch so kuschelig«, tönt es von Fritz.

»Ja, genau deswegen«, meint Jana und seufzt. »Alle wollen sie immer gleich antatschen und als Welpe ist sie so oft genervt worden, dass sie davon jetzt einen kleinen Knacks hat.«

»Gut, dass du das sagst, Jana«, schaltet sich Christopher ein. »Bitte nehmt Rücksicht auf Smilla.«

Wiederum einstimmiges Nicken, dann ergreift die letzte Teilnehmerin das Wort. Ich schätze sie auf Mitte bis Ende 40. Ihr kurzes, dunkles Haar fliegt wirr um ihren Kopf herum und insgesamt macht sie einen toughen Eindruck, der nur getrübt wird von dem japsenden Hund an ihrer Seite, der immer noch in der Leine hängt und zu Sputnik will. »Ich bin Sibylle und das ist Bonnie. Wie ihr sehen könnt, ist Geduld nicht ihre Stärke. Mit Hunden kommt sie gut klar, außer mit dem Schäferhund von meinem Nachbarn, den hasst sie. Mit Menschen ist sie auch problemlos, außer es sind Jogger. Oder Radfahrer. Oder der Postbote. Oh, Bonnie ist zwei Jahre alt und sie ist ein Labrador-Border-Collie-Mix.«

»Vielen Dank!«, übernimmt Christopher wieder das Wort. »Wie gesagt, ich freue mich, dass ihr da seid. Für den Anfang möchte ich euch bitten, gemeinsam mit euren Hunden das Trainingsgelände zu erkunden. Lasst sie schnüffeln und sich umsehen. Hier ist alles noch neu und aufregend, da sind so viele Gerüche von anderen Hunden und von den Katzen, die hier nachts immer herumlaufen. Haltet dabei bitte Abstand zueinander. Ich werde in der Zeit zu euch kommen und mich einzeln mit euch unterhalten.«

Mit einer auffordernden Handbewegung scheucht Christopher uns los. Ich bedeute Sputnik, sich in Bewegung zu setzen, und er ist sofort dabei: Nase auf den Boden und los geht's.

»Wenn da kein Border Terrier drin ist, weiß ich auch nicht«, erklingt es neben mir. Ich sehe auf und entdecke Christopher, der sich offenbar entschieden hat, als Erstes zu Sputnik und mir zu kommen. Erst jetzt bemerke ich, wie hell seine Augen sind. Sie haben eine undefinierbare Farbe, irgendwo zwischen blau und grün, aber so blass, dass es wie nur leicht getöntes Weiß wirkt.

Ich schaue zurück zu Sputnik, der offenbar eine besonders wohlriechende Stelle entdeckt hat, und beginnt, sich genüsslich zu wälzen. Ich hoffe, da liegt keine Katzenkacke, die ich nachher aus seinem Fell waschen muss. Das hatten wir nämlich schon einmal.

»Ja, ist gut möglich«, komme ich auf Christophers Kommentar zurück. »Aber die im Tierheim wussten nichts über seine Herkunft.«

»Wie lange ist Sputnik denn jetzt schon bei dir?«

»Drei Wochen.«

»Und wie läuft es?«

»Gut. Es ist ungewohnt und irgendwie anders, als ich es mir vorgestellt habe. Aber es läuft wirklich gut. Er ist so unglaublich unkompliziert. In meiner Wohnung hat er sich sofort wohlgefühlt und auch das Büro war überhaupt kein Problem.«

»Du nimmst ihn mit in die Arbeit?«

»Ja, jeden Tag. Er kann nicht so gut allein bleiben.«

»Daran können wir arbeiten, wenn du magst.«

»Ja, das wäre super.«

In diesem Moment beendet Sputnik seine Wälzerei und bemerkt, dass da jemand zu uns getreten ist. Neugierig trappelt er auf Christopher zu und begrüßt ihn überschwänglich. Christopher schmunzelt und wendet Sputnik seine Seite zu.

»Du bist wirklich ein lustiges kleines Kerlchen«, meint er.

»Ist er«, stimme ich zu.

Lächelnd wendet Christopher sich wieder mir zu. »Gibt es sonst noch Dinge, an denen du arbeiten willst? Irgendwelche Schwierigkeiten im Alltag?«

»Hm, wir kommen eigentlich gut zurecht. Wie gesagt, Sputnik ist erstaunlich unkompliziert und meistens ziemlich entspannt. Aber wenn wir draußen unterwegs sind, zieht er ziemlich an der Leine.«

»Leinenführigkeit ist immer ein großes Thema, daran werden wir im Kurs intensiv arbeiten.«

»Super.«

»Ist Sputnik denn dein erster Hund?«

»Ja und nein. Meine Eltern hatten immer Hunde, ich bin mit Hunden aufgewachsen. Aber Sputnik ist mein erster eigener Hund.«

Dann quetscht Christopher mich noch intensiv über meinen und Sputniks Tagesablauf aus und lässt sich auch sämtliche Fütterungsdetails genau erklären. Ich habe wirklich den Eindruck, dass er individuell auf die einzelnen Mensch-Hund-Teams eingehen will und das gefällt mir sehr.

Der Rest der Stunde vergeht wie im Fluge. Christopher hat eine angenehm entspannte Art, den Kurs zu leiten. Gleichzeitig bemerkt man bei jedem Wort und bei jeder Geste seine Kompetenz. Wir arbeiten vor allem an Rückruf und Leinenführigkeit – das können Hanno und ich gut brauchen, wie wir grinsend feststellen, als wir uns nach der Stunde noch an den Autos unterhalten.

»Magst du vielleicht noch einen Kaffee trinken gehen?«, will Hanno auf einmal wissen. »Ein Stück die Straße runter ist ein sehr nettes Gasthaus mit einem wunderschönen Garten.«

Ich bin ein bisschen überfordert von dieser Frage. Ich finde Hanno nett, aber die Art, wie wir uns kennengelernt haben, ist so merkwürdig. Vor allem aber kann ich nicht einschätzen, ob er

Hintergedanken hat. Will er einfach nur mit dem Typen aus der Hundeschule weiter über Hunde reden, oder will er mich kennenlernen? Soll das ein Date sein?

»Oh, da wollte ich auch immer schon mal hin! Stört es euch, wenn ich mitkomme?«, schaltet sich auf einmal Jana ein, noch bevor ich etwas sagen kann.

Hanno und ich tauschen kurz einen Blick, der alles bedeuten kann und nichts muss, dann grinst Hanno und schüttelt den Kopf. »Natürlich stört uns das nicht. Komm mit!«

Ich nicke bekräftigend und wenn möglich wird Hannos Grinsen noch breiter.

»Dann fahren wir rüber und treffen uns dort am Parkplatz wieder?«, erkundigt sich Jana.

»Ja, machen wir das so«, erwidert Hanno.

»Okay«, sage ich.

Wir packen also alle unsere Hunde in die Autos und fahren das kleine Stück zu dem Gasthaus. So auf der Straße ist das natürlich ein ganz anderes Fahrgefühl als beim Hinweg. Aber der mystische, verwunschene Waldweg hatte auch etwas.

Es dauert keine fünf Minuten, dann kommen wir auch schon an unserem Ziel an. Hanno hat nicht übertrieben. Es ist wirklich schön hier. Wie die Hundeschule liegt auch das Gasthaus leicht am Hang und vom Garten aus hat man eine tolle Aussicht. Wir haben Glück und finden einen schönen Tisch am Rand, der groß genug ist für drei Menschen und drei Hunde. Das, was Ernst nicht an Platz benötigt, braucht Hanno schließlich umso mehr.

Es dauert eine Weile, bis wir uns halbwegs eingerichtet, die Karte sondiert und unsere Bestellungen aufgegeben haben. Die Hunde vertreiben sich unterdessen die Zeit auf ihre Weise. Ernst wuselt unter dem Tisch herum, so weit die Leine ihn lässt. Smilla sitzt hechelnd neben Jana. Nur Sputnik hat sich unter meinem Stuhl zusammengerollt und schläft.

»Erzähl mal, was macht ihr so?«, will Jana schließlich wissen.

»Ich arbeite ganz langweilig in einer Bank«, meint Hanno.

»Fieser Banker, hm?«, trieze ich ihn.

»Furchtbar fies«, bestätigt Hanno lachend. »Nee, im Ernst, ich bin ein winziges Rädchen in der Kreissparkasse. Aber ich habe schon ab und zu über einen Kreditantrag entschieden.«

»Uhhh«, macht Jana, wird aber unterbrochen, da unsere Getränke serviert werden.

»Was machst du?«, will ich von Jana wissen, sobald die Kellnerin wieder gegangen ist.

»Ich habe einen kleinen Laden für Wollwaren mit angeschlossenem Café.«

»Oh, die *Frau Wolle*?«, erkundigt sich Hanno.

»Ja, genau.«

»Meine Schwester liebt den Laden.«

»Wie schön, das freut mich!« Lächelnd trinkt Jana einen Schluck von ihrer Rhabarberschorle, ehe sie sich mir zuwendet. »Und du?«

»Ich arbeite bei der *Schwarzwald-Presse*, in der Lokalredaktion.«

»Oh, ein Journalist!«, ruft Hanno.

»Genau.«

»Habe ich dann schon einmal was von dir gelesen?«

»Wenn du die *Schwarzwald-Presse* liest: Anzunehmen.«

»Was hast du denn in letzter Zeit so geschrieben?«

»Ähm, in der heutigen Ausgabe den Artikel über Borkenkäfer. Gestern war da etwas Größeres über die Kastration von Katzen.«

»Brrr, scheußliches Thema«, befindet Hanno.

»Aber wichtig.«

»Sicher, sicher«, meint er und nimmt einen großen Schluck von seinem Radler. Dann sieht er wieder zu mir und wir müssen beide lachen.

»Bist du eigentlich neu in der Gegend?«, will Hanno wissen. »Ich hab dich *hier* noch nie gesehen.«

Das »hier« betont Hanno so stark, dass ich genau weiß, dass er auf eine gewisse Waldlichtung anspielt.

»Ich bin vor drei Jahren hergezogen.«

»Ach, doch schon so lange?«

Ich merke, dass ihm ein paar Fragen zu dem Thema auf der Zunge liegen, und bin heilfroh, dass er sie vor Jana zurückhält. Offenbar gibt es dennoch gewisse Schwingungen zwischen uns.

»Oh!«, ruft Jana nämlich plötzlich und wird knallrot im Gesicht. »Ist das etwa ein Date? Habe ich euer Date gecrasht?!«

»Nein, alles gut«, beruhige ich sie.

»Nun, was nicht ist, kann ja noch werden«, befindet Hanno und zwinkert mir zu.

»Vielleicht«, entgegne ich und schenke Hanno ein Lächeln. Denn inzwischen habe ich das Gefühl, dass ein Date mit Hanno gar keine schlechte Idee wäre.

Kapitel 3

An den neuen Tagesrhythmus mit Hund habe ich mich noch nicht ganz gewöhnt, aber Sputnik und ich sind auf dem besten Weg uns einzuspielen. Sputnik macht es mir auch denkbar einfach. Zum Beispiel gehört er nicht zu den Hunden, die ihre Menschen zu nachtschlafender Zeit wecken, weil sie meinen, jetzt ganz, ganz dringend einen Spaziergang machen zu müssen. Im Gegenteil: Sputnik schläft einfach weiter, wenn ich aufstehe. Er linst nur mit einem Auge aus seinem Körbchen, dann wälzt er sich auf die andere Seite und pennt weiter. Ich muss zwar früher aufstehen als damals, bevor ich einen Hund hatte, aber ich kann in Ruhe frühstücken und mich fertig machen. Und das ist auch gut so. In den ersten Tagen habe ich versucht, ohne Kaffee intus mit Sputnik seine Morgenrunde zu unternehmen. Das hat nicht funktioniert. Für uns beide nicht. Wir brauchen anscheinend beide meinen Morgenkaffee, um in die Gänge zu kommen. Vielleicht haben wir ja eine so enge symbiotische Beziehung, dass wir uns einen Koffeinkreislauf teilen.

Auch heute funktioniert diese gemeinsame Routine. Tatsächlich finde ich Sputnik, als ich in mein Schlafzimmer gehe, um meine Klamotten zu holen, in meinem Bett vor. Er hat es sich mitten darauf gemütlich gemacht, streckt alle viere von sich und schläft selig. Ich beneide ihn glühend.

Sobald ich mich fertig gemacht habe, beginnt aber auch für Sputnik der Ernst des Tages. Ich wecke ihn, worauf er im ersten Moment ein wenig indigniert reagiert. Als er jedoch bemerkt, dass ich Leine und Geschirr dabeihabe, hüpft er sofort fröhlich auf meinem Bett herum und flitzt dann, so schnell ihn seine dürren Beinchen tragen, zur Wohnungstür.

Wir machen eine kleine Runde und ich finde es lustig, dass ich dabei Menschen treffe, die ich früher nie gesehen habe, die mir jetzt aber ständig begegnen. Zum Beispiel die Besitzerin eines altmodischen Blumenladens, der ein Stück die Straße runter liegt und den ich bisher immer ignoriert habe. Sie ist Sputniks Hässlichkeit schon am ersten Tag erlegen und inzwischen hat sie immer Kekse für ihn parat, die er sich natürlich freudig abholt. Oder die anderen Hundemenschen, die einen ähnlichen Spazierrhythmus haben wie ich. Der Typ, der aussieht wie seine Bulldogge. Die Frau mit dem hysterischen Yorkshire Terrier. Der hübsche, aber viel zu junge Kerl mit dem Golden Retriever. Man grüßt sich und geht weiter.

Echter Sozialkontakt ist das noch nicht, aber gerade nach gestern habe ich das Gefühl, dass ich, was das angeht, auf einem guten Weg bin. Nicht nur, dass der Hundekurs Spaß gemacht hat, auch das anschließende Plaudern mit Hanno und Jana hat mir gefallen. Sie sind beide wirklich nett und witzig, es ist leicht, sich mit ihnen zu unterhalten. Und wer weiß, vielleicht hat das mit Hanno ja sogar Potenzial, mehr zu werden. Dann hätte ich auf dieser dämlichen Lichtung doch noch irgendwie Nähe gefunden. Das wäre schon eine gute Geschichte.

Zum wiederholten Male ermahne ich mich, mich nicht zu rasch in etwas hineinzusteigern. Gott, nach allem, was ich weiß, steht Hanno auf schnellen, unverbindlichen Sex (und auf meinen Bäcker). Nicht, dass ich etwas gegen Sex habe, aber das allein reicht mir einfach nicht.

Nachdem wir unsere kleine Runde gedreht haben und Sputnik sich davon überzeugen konnte, dass in seinem Revier alles in Ordnung ist, gehen wir noch einmal heim. Sputnik bekommt sein Frühstück, das er hastig verschlingt. Dann packe ich uns beide ins Auto und es geht ab in die Arbeit.

In der Redaktion hat Sputnik längst alle um seine Pfote gewickelt. Kaum sind wir da und kaum habe ich ihn abgeleint, beginnt er seine übliche Begrüßungsrunde. Allen muss er Hallo sagen, von allen seine Streicheleinheiten einheimsen, von manchen auch einen Keks. Zum Glück haben wirklich ausnahmslos alle meine Kollegen – viele sind es ja ohnehin nicht – positiv auf den kleinen Kerl reagiert.

Das liegt wahrscheinlich zu einem großen Teil an seiner tiefenentspannten Art. Ich habe ihm neben meinem Schreibtisch eine kleine Höhle gebaut, dorthin zieht er sich zurück, sobald er alle begrüßt hat, und verschläft den Großteil meiner Bürozeit.

Sputnik lässt sich auch nicht aufschrecken, wenn wir mal hektischer umherlaufen oder wenn es etwas lauter wird, weil wir Stress haben. Zur morgendlichen Konferenz kommt er aber natürlich mit. Er liegt dann unter dem Konferenztisch und setzt sein Vormittagsnickerchen dort fort. Es ist schon ein paarmal vorgekommen, dass uns sein Schnarchen in einer Diskussion unterbrochen hat. Heute jedoch läuft die Konferenz hundeschnarchfrei.

»Kommst du noch kurz mit in mein Büro?«, bittet meine Chefin mich nach Ende der Konferenz, als ich gerade meine Sachen zusammensammle.

»Klar«, erwidere ich und bedeute Sputnik, der aufgestanden ist und mich erwartungsvoll ansieht, mitzukommen.

In Reginas Büro angekommen, setzt sie sich an den Schreibtisch und ich mich auf den Besucherstuhl ihr gegenüber. Ich fordere Sputnik auf, sich neben mich zu legen, doch darauf hat er offensichtlich keine Lust. Statt auf mich zu hören, umrundet er den Tisch und wuselt zu Regina.

»Hallo du«, zwitschert sie mit einer Stimme, die ausschließlich für Sputnik reserviert sein muss. Ich habe sie zuvor nie so reden gehört. Es passt auch nicht recht zu ihrem strengen Auftreten. Wie immer trägt Regina ihr braunes Haar mit den grauen Strähnen akkurat zurückgebunden und eine Perlenkette zu ihrem grauen Kostüm. Sie hat ein bisschen was von Heidis Fräulein Rottenmeier – zumindest habe ich mir die immer so ähnlich vorgestellt –, aber sie ist eine gute Chefin.

Sputnik scheint die Tonlage jedenfalls zu gefallen. Er wedelt begeistert mit dem Schwanz und stupst Regina mit der Nase an. Das ist seine Art zu verlangen, gekrault zu werden. Regina versteht ihn und kommt brav dieser Aufforderung nach.

Mein Blick schweift derweil über Reginas vollgestopften Schreibtisch und bleibt auf dem Foto hängen, das sie mit ihrem Mann und ihrer Tochter zeigt. Jedes Mal, wenn ich hier sitze, muss ich das Foto anstarren. Jedes Mal, seit eine Kollegin mir in einer klatschsüchtigen Laune erzählt hat, dass Regina ihre Familie bei einem Autounfall verloren hat. Auf dem Foto sieht sie so glücklich aus. Ich kann mir gar nicht vorstellen, wie dieser Verlust sie getroffen haben muss. Es ist bewundernswert, dass sie danach weitermachen konnte.

»Ich wollte mit dir über deine Klimawandel-Artikel sprechen«, meint Regina und reißt mich so aus meinen Gedanken. Multitaskingfähig wie sie ist, krault sie Sputnik weiterhin. »Der Artikel über das Borkenkäfermanagement im Schwarzwald war ein guter Anfang. Er hat ein recht großes Echo gefunden und ist gut angekommen.«

»Fein, das freut mich.«

»Was hast du denn weiterhin geplant?«

»Vor allem möchte ich positive Einzelbeispiele und Projekte bei uns in der Gegend vorstellen, die aktiv etwas für den Klimaschutz tun«, sage ich, auch wenn das nicht ganz meine Ursprungsidee war. Aber ich habe festgestellt, dass sich Regina eher über positive Geschichten ködern lässt und ich habe die Hoffnung, dass sie dann irgendwann auch kritischere Texte absegnet.

»Mein Onkel hat bei uns im Tal eine Bienenschutz-Kampagne gestartet und möchte die Landwirtschaft reformieren. Weg von großen Monokulturen, hin zu kleineren Äckern und vor allem mehr blühende Pflanzen. Das wäre doch auch etwas für dich«, meint Regina. Sie wohnt in einem Dorf, das eine halbe Stunde von unserer Kleinstadt entfernt ist. Im Wesentlichen besteht es aus ein paar Bauernhäusern. Ihre ganze Familie lebt dort und ihr Onkel ist der Ortsvorsteher. Verlassen hat Regina das Dorf nur für ihr Studium, dann ist sie wieder zurückgegangen. Das hat sie mir auf unserer letzten Weihnachtsfeier erzählt, als sie einen oder zwei Punsch zu viel hatte.

Ich nicke. »Ja, das klingt interessant. Stellst du mir den Kontakt her?«

»Mache ich.«

Sputnik scheint sich etwas vernachlässigt zu fühlen, denn er fiept leise. Irgendwann während unseres Gesprächs hat Regina aufgehört, ihn zu streicheln. Das missfällt Sputnik merklich.

Regina lacht leise und krault Sputnik unter dem Kinn. »Denk drüber nach, ob du nicht doch eine Kolumne für ihn machen willst. Hundeleben im Schwarzwald. Wohin mit Hund, was tun? Und nette Alltagsgeschichten. Die Leute lieben so etwas. Er ist so ein niedlicher Kerl.«

»Okay. Ich schaue mal, ob mir etwas Gutes einfällt.«

»Tu das. Schreib ein paar Probetexte, dann sehen wir weiter.«

»Alles klar.«

»Dann machen wir ein professionelles Fotoshooting mit dir, nicht wahr, mein Hübscher? Damit du ein schönes Bild für deine Kolumne hast. Und dann wirst du ein Star!«, säuselt Regina Sputnik ins Ohr. Ihre Tonlage verfehlt die Wirkung nicht und Sputnik wedelt begeistert mit dem Schwanz. Hätte sie ihm auf diese Weise gesagt, dass er gleich zum Tierarzt muss, wäre der Effekt allerdings wahrscheinlich der gleiche gewesen.

»Hoffentlich steigt ihm der Ruhm dann nicht zu Kopfe«, lache ich.

»Ach, ich bin sicher, er bleibt mit allen vier Pfoten auf dem Boden.«

»Mit der Nase wahrscheinlich auch.«

Regina lacht und krault Sputnik noch ein wenig, bevor sie mich wieder an die Arbeit scheucht und sich auch selbst wieder hinter ihrem Bildschirm vergräbt. Sputnik trappelt hinter mir her an meinen Schreibtisch und macht es sich sofort wieder in seiner Höhle bequem.

Den Rest des Vormittags schreibe ich konzentriert an meinem nächsten Artikel. Zu Mittag schnappe ich Sputnik und wir machen eine kleine Runde, die im Wesentlichen daraus besteht, zum Imbiss gegenüber zu gehen, wo ich mir mein Mittagessen besorge, und uns dann im Park ein schattiges Plätzchen zu suchen. Für große Runden ist es viel zu warm, dabei ist es schon September.

Ich setze mich auf eine schattige Bank und Sputnik hockt sich auf die Wiese, um fasziniert einige Spatzen zu beobachten, die sich um die Reste eines Brötchens zanken. Bevor ich mich meinerseits an mein Mittagessen mache, zücke ich mein Handy und sehe nach, ob ich neue Nachrichten bekommen habe. Habe ich tatsächlich. *WhatsApp* zeigt zwei neue Nachrichten von Hanno an.

Hey, hast du Lust mit Ernst und mir am Wochenende eine gemeinsame Runde zu gehen? Ernst will unbedingt mit Sputnik spielen, hat er mir gesagt, steht in der ersten Nachricht. Die zweite Nachricht ist ein Foto von Ernst, der mit riesigen Mops-Augen in die Kamera schaut. Hanno hat noch eine Sprechblase in das Foto gemalt, in der ganz groß *Bitte, bitte!* steht. Die Sprechblase ist pink.

Ich lache. »Na, hast du Lust, Ernst zu treffen?«, frage ich Sputnik. Er sieht kurz zu mir, dann wieder zu den Spatzen.

Das ist nun keine wirklich eindeutige Antwort – andererseits sollte ich auch keine erwarten, schließlich ist Sputnik ein Hund. Ich für meinen Teil habe wirklich Lust, mich mit Hanno zu treffen.

Ernst will mit Sputnik spielen, hm?, schreibe ich als Antwort und schicke einen zwinkernden Smiley hinterher.

Ganz genau, antwortet Hanno sofort. Das breite Grinsen des Smileys, den er angehängt hat, spricht Bände. *Also, wie sieht es aus? Will Sputnik auch spielen?*

Darauf eine Antwort zu schreiben, finde ich schwierig. Unser Geplänkel ist offensichtlich doppeldeutig und auch wenn ich Hanno wirklich gerne sehen möchte, möchte ich doch grundsätzlich mehr als nur zu »spielen«.

»Komfortzone verlassen«, brumme ich mir mein Mantra vor und dann schreibe ich: *Lassen wir uns überraschen.*

Darf ich das als Zusage verstehen?

Darfst du.

Sehr gut! Samstag, um drei?

Samstag muss ich arbeiten. Was hältst du von Freitag? Gegen vier?

Passt mir auch.

Sehr gut! Wo wollen wir uns denn treffen?

An der Lichtung am Badesee?

Ich pruste, als ich Hannos Antwort lese, was mir einen irritierten Blick von einer älteren Dame einbringt, die gerade an mir vorbeigeht.

Wenn es hell ist, ist dort doch nichts los, antworte ich.

Hahaha. Stimmt. Na dann, am Parkplatz vom Schützenverein? Von dort führt ein schöner Weg in den Wald. Kennst du den?

Nein, noch nicht.

Sehr gut. Dann um vier am Schützenverein.

Ist gut!

Daraufhin bekomme ich wieder ein Foto von Ernst. Diesmal sitzt er mitten in einem Blumenbeet und schaut so dämlich, wie es wohl nur ein Mops kann. *Ernst freut sich schon,* steht darunter.

Ich mache ein Foto von Sputnik – oder eher von Sputniks Kehrseite, denn er ist immer noch auf seinem Spatzenbeobachtungsposten – und schicke es Hanno mit den Worten *Sputnik sich auch!*

Ein Blick auf die Uhr zeigt mir, dass der Großteil meiner Mittagspause schon wieder vorbei ist. Schnell schlinge ich mein Mittagessen hinunter und versuche dann Sputnik dazu zu bringen loszugehen. Nur unwillig verlässt er die Spatzen.

Als ich Feierabend habe, brauchen Sputnik und ich noch dringend Bewegung. Ich fahre also nicht direkt heim, sondern ein Stück in den Schwarzwald hinein zu einem kleinen Parkplatz. Von hier führt ein Wanderweg weg, den ich schon länger erkunden wollte. Mit Hund lernt man ganz neue Ecken in seiner vertrauten Umgebung kennen, das habe ich in den letzten Wochen ausführlich festgestellt.

So warm es heute untertags war: Abends merkt man doch, dass der Herbst kommt. Es hat jetzt schon deutlich abgekühlt, was man im Wald natürlich noch mehr spürt. Also nehme ich eine Jacke mit.

Sputnik leine ich ab und er marschiert fröhlich voran, schnüffelt mal hier, markiert mal dort. Ich genieße diese Spaziergänge mit ihm wirklich. Manchmal gelingt es mir dann, einfach nur im Augenblick zu sein, nur auf meinen fröhlichen Hund zu achten.

Normalerweise fällt mir das unheimlich schwer. Ich grüble immer zu viel.

Ich atme den Duft des abendlichen Waldes ein und lausche auf seine Geräusche. Das Knirschen des Bodens unter meinen Füßen. Sputniks hopsende Schritte. Der Gesang eines Vogels – keine Ahnung, welcher das ist. Ein Rascheln im Laub. Ein kleines Tier, das durch das Unterholz flüchtet. Der Wald lebt und man kann es hören. Überall Rascheln und Hopsen.

Bei einer kleinen Weggabelung entscheide ich mich für den schmaleren der beiden Wege. Er führt ein wenig bergan und ist teilweise recht zugewuchert. Ich fühle mich ein bisschen abenteuerlich, zugleich weiß ich, ich bin nicht allein auf meinem Abenteuer. Sputnik ist ja bei mir. Er läuft immer wieder einige Meter vor, erkundet den Wald und kommt dann zu mir zurück, um die nächsten Meter an meiner Seite zurückzulegen. Irgendwann unternimmt er seine nächste Erkundung und immer so weiter.

Das Licht wird zunehmend dämmrig und trüb. Der Wald verliert seine Farbe. Mich überrascht diese frühe Dämmerung. Ich habe mich einfach noch nicht daran gewöhnt, dass es mittlerweile wesentlich früher dunkel wird als noch vor einem Monat. Verstärkt wird die einbrechende Dunkelheit noch durch den zunehmend dichter werdenden Wald, durch den mich der schmale Pfad führt. Anders als bei meinem Irrweg durch den Wald beim Badesee finde ich die Dämmerung und Geräusche heute jedoch nicht unheimlich, sondern angenehm einnehmend.

Manchmal lichtet sich der Wald ein wenig, dann wird es sofort merklich heller. Irgendwann kommen wir an einigen Bäumen vorbei, in denen eine Schar Krähen sitzt. Sie krächzen und machen einen Heidenlärm. Ich bleibe stehen und beobachte sie ein wenig. Schon als Kind hatte ich ein Faible für Krähen. Wenn am Abendhimmel die riesigen Krähenschwärme zu ihren Übernachtungsplätzen flogen, war das das Größte für mich.

Als ich mich umdrehe, ist Sputnik weg.

Eine eiskalte Hand greift nach meinem Herzen. Wo ist er? Eben war er doch noch da. Er kann doch nicht einfach so weg sein!

»Sputnik!«, rufe ich und immer wieder: »Sputnik!!«. Doch mein Hund bleibt verschwunden.

Keine tapsenden Pfoten, kein wild wedelnder Schwanz, keine zerzausten Flatterohren. Nichts.

Ich weiß nicht, was ich tun soll. Ihn suchen? Aber wo? Angeblich kommen Hunde, die weglaufen, zumeist an den Ursprungsort zurück. Soll ich also einfach stehen bleiben?

Ich fühle mich so hilflos und nutzlos und doch weiß ich nichts anderes zu tun als stehen zu bleiben, zu warten und immer wieder nach Sputnik zu rufen. Irgendwann probiere ich es sogar mit seinem alten Namen und brülle »Justin!« in der Hoffnung, dass er darauf reagiert. Doch es rührt sich nichts.

Ich weiß nicht, wie lange ich so dastehe und rufe. Gerade versuche ich, mich mit dem Gedanken auseinanderzusetzen, heimzufahren, weil es dunkel wird, und Sputnik morgen zu suchen, sobald es hell ist – da höre ich plötzlich ein lautes Rascheln und meine vermissten tapsenden Schritte. Ein ganzes Stück von mir entfernt erscheint Sputnik plötzlich zwischen zwei Bäumen. Erleichterung durchströmt mich.

»Da bist du ja!«, rufe ich und ich gehe lachend in die Hocke, um Sputnik zu begrüßen. Mit wedelndem Schwanz läuft er auf mich zu.

Und dann bricht noch ein Tier aus dem Unterholz hervor. Folgt Sputnik. Verfolgt ihn.

Ein Wolf.

Er ist dunkel und schmal gebaut und oh mein Gott, er ist groß. Riesig neben meinem Hund. Jede seiner Bewegungen kündet von seiner Kraft.

Das Herz bleibt mir halb stehen, dann rast das Adrenalin durch meinen Körper. Was soll ich tun? Wie mich verhalten? Ich hätte nie damit gerechnet, bei einem Spaziergang einem Wolf zu begegnen. Natürlich weiß ich, dass der Schwarzwald eines der Gebiete ist, in die Wölfe zurückkehren, doch hier in der Gegend wurde noch nie einer gesichtet und so habe ich mich noch nicht damit befasst, wie man sich bei einer Wolfsbegegnung idealerweise verhält. Also, was soll ich tun? Ruhig bleiben oder Lärm machen? Und vor allem: Wie kann ich Sputnik vor dem Wolf beschützen?

Plötzlich macht Sputnik eine Vollbremsung. Der Wolf erreicht ihn. Und Sputnik, dieser größenwahnsinnige Idiot von einem Hund, pöbelt ihn an, geht auf die Hinterbeine und auf den Wolf los. Anstatt sich unterwürfig zu zeigen und zu beten, dass der Wolf ihn in Frieden lässt.

Der Wolf schubst Sputnik einfach um und springt geradezu auf ihn drauf. Und dann sind die beiden nur noch ein felliges Gewirr in der Dunkelheit, das japsende und knurrende Geräusche und ab und an ein Fiepen von sich gibt.

Gegen den Wolf hat Sputnik keine Chance, auch wenn er eine ausgeprägte Form des Napoleonkomplexes hat.

Endlich erwache ich aus meiner Starre und renne auf die beiden zu, auch wenn es bestimmt dämlich ist, zu versuchen, den Wolf zu vertreiben. In diesem Moment löst sich das fellige Knäuel wieder in zwei separate Tiere auf. Die beiden verharren, sehen sich an. Dann neigt der Wolf kurz seinen Vorderkörper gen Boden, ehe er abrupt losrennt. Und Sputnik jagt ihm hinterher.

Da wird mir klar, dass die beiden miteinander spielen.

Ich bleibe stehen und lehne mich schwer atmend gegen einen Baum. Der Schreck sitzt mir noch in allen Gliedern.

Mit der Erleichterung darüber, dass Sputnik nicht in Gefahr ist, kommt mein Verstand wieder zurück. Vielleicht ist das Tier, das sich dort vorne gerade von Sputnik durchs Gehölz jagen lässt, ja doch kein Wolf? Es verhält sich eher wie ein Hund. Und es gibt schließlich Hunderassen, die äußerlich einem Wolf gleichen. Hier in der Gegend gibt es sogar eine Saarlooswolfhund-Zucht, über die ich einmal einen Artikel geschrieben habe. Die Hunde dort sahen wirklich wölfisch aus und als Laie traue ich es mir nicht zu, den Unterschied zwischen Wolf und Hund sicher festzustellen. Schon gar nicht im Halbdunkel.

Wenn das ein Hund ist: Wieso ist er allein unterwegs? Ob er seinem Halter wohl abgehauen ist wie Sputnik mir?

Die beiden Tiere haben inzwischen wieder kehrtgemacht und laufen zu mir zurück.

»Mensch, Sputnik, was machst du nur für Sachen?«, japse ich und gehe in die Knie. Sofort ist mein Hund bei mir und begrüßt mich, als hätten wir uns wochenlang nicht gesehen. Und ein bisschen fühlt es sich auch so an.

Sein neuer Freund bleibt unterdessen ein Stück von uns entfernt stehen. Er sieht aufmerksam zu uns hinüber, die Ohren nach vorne gestellt, und er wirkt kein bisschen aggressiv. Ich weiß nicht, woher ich die Gewissheit nehme, aber ich bin mir sicher, dass mir dieses Tier – sei es nun Wolf oder Hund – nicht gefährlich ist.

»Danke, dass du mir Sputnik zurückgebracht hast«, sage ich leise zu ihm.

Das fremde Tier bedenkt Sputnik und mich noch mit einem langen Blick – dann macht es plötzlich einen Satz zur Seite, zwei schnelle Schritte und schon ist es im Wald verschwunden.

Gerade noch rechtzeitig bin ich geistesgegenwärtig genug, um Sputnik daran zu hindern, seinem neuen Freund zu folgen. Sicherheitshalber leine ich ihn wieder an. Dass er heute noch einmal abhaut, will ich nicht erleben müssen.

Mir bleibt nichts, als dem anderen Tier nachzusehen und mich zu fragen, ob ich versuchen hätte sollen, es einzusammeln und ins Tierheim zu bringen. Wenn es ein Hund ist, sollte er nicht so allein im Wald herumlaufen. Irgendjemand vermisst ihn dann bestimmt. Außer er ist ausgesetzt worden.

Auf alle Fälle sollte ich die Begegnung melden. Erst recht, falls es doch kein Hund war.

Kapitel 4

Der Freitag ist einer von jenen Tagen, an denen der Herbst so tut, als wäre er noch der Sommer. Die Sonne strahlt von einem blitzblauen Himmel und es ist angenehm warm. Das Licht jedoch ist golden und nicht so scharf wie noch vor einigen Wochen. Ein bisschen liegt auch schon der Geruch von Herbst in der Luft. Es duftet nach schwerem Laub, nach goldenen Feldern, nach eingebrachter Ernte und nach Pilzen. Die letzten beiden Tage hat es geregnet und jetzt ist es, als würde die Erde noch ein wenig ausdampfen.

»Wir haben uns den perfekten Tag ausgesucht«, meint auch Hanno, als er auf mich zukommt. Schon von Weitem habe ich ihn neben seinem Auto stehen und warten sehen. Gut sieht er aus in der Jeans und dem wie immer etwas zu tief ausgeschnittenen Shirt. Um die eine Schulter hat er lässig einen Rucksack hängen, über einen Arm trägt er einen Parka.

»Ja, das haben wir gut gemacht.« Ich öffne die hintere Tür meines Autos und lasse Sputnik heraus, dann wende ich mich Hanno zu. »Hallo.«

»Hey«, meint Hanno und zieht mich in eine Umarmung, in der ich mich winzig fühle, obwohl ich das eigentlich gar nicht bin. Ich bin nicht wirklich groß, aber winzig bin ich nicht. »Gut siehst du aus.«

Das Kompliment freut mich und gibt mir das Gefühl, dass das hier wirklich ein Date ist und nicht bloß eine gemeinsame Hunderunde. Natürlich hätte ich auch nicht so viel Zeit im Badezimmer verbracht, wenn ich das vorher nicht auch schon so gesehen hätte. Zu einer normalen Hunderunde hätte ich auch nicht meine beste Jeans angezogen und die bequeme, aber unsexy *Goretex*-Jacke daheim gelassen. Statt ihr trage ich einen dunkelblauen Pullover, von dem ich finde, dass er einen schönen Kontrast zu meinen braunen Haaren bildet. Hoffentlich wird es nicht plötzlich kühler, sonst werde ich darin erfrieren.

»Du auch«, nuschle ich und bemerke aus den Augenwinkeln ein breites Feixen.

Auch unsere Hunde haben sich bereits ausgiebig begrüßt – diesmal ohne Leinenchaos, weil sie beide nicht angeleint sind. Erwartungsvoll wuseln die beiden um uns herum.

»Wollen wir?«, fragt Hanno.

»Klar!«

Wir schlagen den Weg hinter dem Schützenverein ein, der uns zunächst zwischen Wiesen und abgeernteten Feldern entlangführt. Da wir leicht erhöht sind, hat man eine gute Aussicht auf die Stadt im Tal einerseits, auf den Schwarzwald andererseits.

»Wow, hier ist es echt schön.«

»Warst du hier noch nie?«

»Nein.«

»Drei Jahre wohnst du jetzt hier, hast du gesagt, oder?«

»Ja, genau. Und ich dachte auch eigentlich, ich würde mich inzwischen gut auskennen. Aber mit Hund finde ich jetzt doch immer wieder Orte, die ich noch nicht kannte.«

»Das glaube ich. Keine Ahnung, ob ich all die Wege, die ich hier so kenne, auch kennen würde, wenn ich keine Hunde gehabt hätte.«

»Hattest du immer Hunde?«

»Ja, seit ich meine Lehre beendet habe.«

»Immer Möpse?«

»Immer Möpse. Eigentlich wollte ich mir nach meinem letzten keinen mehr nehmen. Er war echt krank, weißt du? Das volle Programm. Er konnte kaum atmen und musste deswegen operiert werden. Als er dann älter war, waren auch noch seine Hinterläufe fast gelähmt. Ich hatte sogar so einen Rollstuhl für ihn, den ich ihm angeschnallt habe und mit dem er halbwegs laufen konnte. Als er dann tot war, sagte ich mir: Hanno, Möpse sind zwar super, aber vielleicht wäre ein Hund, der nicht ganz so vorbelastet ist, doch besser. Tja, und dann hat mich m-... ein Freund angerufen und mir erzählt, dass er einen Notfallmops hat, und mich gefragt, ob ich ihn mir nicht ansehen will. Das war dann Ernst. Erst wollte ich ihn nur in Pflege nehmen, aber ich habe als Pflegestelle völlig versagt und ihn behalten.«

»Dein Freund?«, hake ich nach, weil mir nicht entgangen ist, wie Hanno gestockt hat.

Hanno seufzt. »Das ist dir aufgefallen, hm? Mein Exfreund. Michael ist Tierarzt und er ist damals gerufen worden, als ein Transporter aufgehalten wurde, der den Kofferraum voller Welpen hatte.«

»Ist er gut?«

»Bitte?!«

»Äh, ich suche noch einen guten Tierarzt.«

Hanno lacht auf. »Ach so. Mann, jetzt hast du mich echt erschreckt.«

»Was du immer gleich denkst«, pruste ich und spüre, wie meine Ohren leicht erröten.

Hanno rempelt mich immer noch grinsend leicht von der Seite an. »Bei dir denke ich eben nicht immer vorrangig mit meinem Hirn.«

»So, tust du das?«

Hanno grinst noch breiter und nickt. Ich halte den Augenkontakt und lächle, wenn auch etwas verlegen.

»Also. Tierarzt. Gut, schlecht?«, komme ich auf meine Frage zurück.

»Michael ist ein toller Tierarzt. Gerade mit Hunden kann er fantastisch.«

»Gibst du mir seine Kontaktdaten?«

»Ich schick sie dir nachher.«

»Super, danke. Oder ist das komisch für dich?«

Hanno lacht wieder. »Ein bisschen vielleicht. Ich habe auch noch nie bei einem ersten Date die Nummer meines Exfreundes weitergegeben.«

»Du hast mir nicht die Nummer deines Exfreundes gegeben, sondern die eines Tierarztes. Wofür ich sehr dankbar bin.«

»Solltest du doch mit Michael zusammenkommen und ihn heiraten, musst du diese Geschichte aber unbedingt in eurer Traurede erwähnen lassen.«

Ich sehe irritiert zu Hanno rüber, weil ich diesen Kommentar nicht ganz einordnen kann. Aber er scheint das tatsächlich nur als Scherz zu meinen.

»Geht klar. Aber vielleicht kannst du mich ja auch davon überzeugen, deinen Ex nicht zu heiraten.«

»Ich gebe mein Bestes.«

Ich grinse und richte meinen Blick wieder auf meinen Hund. Sputnik scheint gerade ein Mauseloch entdeckt zu haben. Er scharrt ganz besessen an einer Stelle, die Nase halb in die Erde gegraben, den gesamten kleinen zottigen Körper angespannt. Dann macht er plötzlich einen Satz zur Seite, und dann noch einen. Vermutlich ergreift die Maus gerade die Flucht vor meinem Monsterhund.

»Erwin fragt sich übrigens, wieso du nicht mehr bei ihm einkaufst.«

Ich beobachte immer noch Sputnik und höre Hanno nur halb zu, deswegen kann ich ihm nicht ganz folgen. »Wer?«

»Erwin.«

»Wer?«

»Vor vier Wochen am See. Die Lichtung. Du, ich – und Erwin.«

»Ah, der Bäcker!«

»Genau.«

»Ich wusste nicht, wie er heißt«, nuschle ich und folge weiter konzentriert Sputnik mit den Augen. Diesmal aber absichtlich, damit ich nicht zu Hanno sehen muss.

»Jetzt weißt du es. Geh wieder hin, hm? Erwin tut so etwas weh. Außer natürlich, es liegt daran, dass du seine Brötchen nicht mehr magst.«

»Nein! Quatsch. Ich mag seine Brötchen. Und er macht den besten Käsekuchen.«

»Stimmt. Und kennst du seine Zwetschgenwähe? Dafür könnte ich töten.«

»Nein, noch nicht. Muss ich mal ausprobieren.«

»Mhm.« Hanno kichert plötzlich. »Du warst ja die Sensation an dem Abend.«

»Was?«

»Na ja, es kommt selten vor, dass sich ein unbekanntes Gesicht auf die Lichtung verirrt. Das gibt Aufruhr in der Szene.«

»Und die Szene besteht aus dir, Erwin und den beiden schmierigen alten Typen? Oh, und deinem Ex, dem Tierarzt.«

»Nicht ganz«, lacht Hanno. »Aber wirklich groß ist die Szene hier nicht. Und im Wald zu cruisen, ist nun einmal nicht für alle was.«

»Für mich ist das nichts«, befinde ich und schüttle bei dem Gedanken den Kopf. Ich habe mich selten derart unsicher gefühlt – und zwar unsicher im Sinne von gefährdet, nicht im Sinne von mangelndem Selbstbewusstsein. Nicht, dass ich das übermäßig hätte.

»Bedauerlich. Ich hatte so gehofft, dass ich dir heute im Wald einen blasen darf.«

»Wenn man vorher ein Date hat, zählt das nicht als cruisen«, doziere ich.

»Also sind es die Unbekannten, die dich abturnen, nicht der Wald«, folgert Hanno.

»Ja. Nicht, dass der Wald mich unendlich geil macht.«

»Nicht? Ich persönlich werde ja rattig, sobald ich nur einen Baum sehe.«

Wir sehen uns an und lachen. Dann deute ich auf eine abgestorbene Eiche, die ein Stück entfernt auf der Wiese steht. »Tu dir keinen Zwang an.«

»Zu gütig«, lacht Hanno. »Aber ich will dich und Sputnik nicht traumatisieren.«

»Ernst ist das schon gewohnt?«

»Der ist viel Schlimmeres gewohnt.«

»Armer Hund.«

»Wem sagst du das.«

Ernst muss wohl gemerkt haben, dass wir über ihn sprechen, denn er läuft zu uns und springt an Hannos Beinen hoch. Mit einem bezauberten Lächeln geht Hanno in die Knie und streichelt seinen Hund. Ich tue es ihm gleich und auch von mir lässt Ernst sich ein wenig kraulen. Sein Fell fühlt sich ganz anders an als Sputniks.

»Wieso bist du denn eigentlich hierhergezogen?«, fragt Hanno, als wir uns wieder in Bewegung setzen.

»Wegen der Arbeit. Es ist nicht so einfach, als Journalist einen Job zu bekommen, und ich habe nach dem Studium ein Volontariat bei der *Schwarzwald-Presse* gemacht. Als der Job hier in der Lokalredaktion frei wurde, hatte ich dann Glück und habe ihn bekommen.«

»Woher bist du ursprünglich?«

»Stuttgart. So wahnsinnig weit weg bin ich also nicht von daheim.«

»Ich bin nicht einmal zehn Minuten weg von daheim«, meint Hanno und schnaubt.

»Stört dich das?«

»Ach nein, nicht wirklich. Ich bin gerne hier und ich wollte nie weg. Deswegen habe ich mir auch einen Job gesucht, den ich ohne Weiteres hier machen kann. In die Banklehre bin ich irgendwie hineingerutscht. Ich wusste nach der Schule nichts mit mir anzufangen, aber irgendetwas musste ich ja machen. Also das. Ich hatte schon an Friseur gedacht, aber da wäre mein alter Herr wohl ausgeflippt.«

»Er ist also nicht so glücklich, dass du schwul bist?«

»Nein.«

»Hm, für meinen war das zum Glück nie ein Problem. Für meine Mutter auch nicht.«

Wir unterhalten uns noch eine Weile über unsere Outing-Erfahrungen, die kaum vorhandene Szene hier und das schwule Leben in der Gegend, während wir den Wald erreichen. Heute lasse ich Sputnik nicht aus den Augen. Noch einmal will ich nicht erleben, dass er plötzlich weg ist. Zum Glück findet er aber Ernst spannender als etwaiges Wild.

Wie schon am Sonntag nach der Hundeschule ist es auch heute leicht und lustig mit Hanno. Er ist ein witziger Typ, nett und aufmerksam und ich mag ihn. Ob ich ihn mehr als nur mögen kann, weiß ich noch nicht, aber das muss ich ja auch noch nicht wissen.

»Was hältst du von einer kleinen Pause?«, fragt Hanno nach einer Weile.

»Gerne.«

»Dort vorne ist eine nette Lichtung.«

Ich lache. »Eine Lichtung, soso.«

»Es ist noch hell, es sollte also keine zwielichtigen Gestalten dort geben«, meint Hanno und zwinkert mir zu. »Außer mir natürlich.«

»Du bist doch der Schlimmste von allen.«

»Wo du recht hast...«

Wir legen die paar Schritte zu der Lichtung zurück und Hanno hat nicht zu viel versprochen, sie ist wirklich nett. Nicht sonderlich groß liegt sie umgeben von Tannen und Kiefern in der Abendsonne. Auch Sputnik scheint es hier zu gefallen, er fordert Ernst sofort zum Spielen auf. Der jedoch japst erschöpft, legt sich hin und weigert sich aufzustehen, egal, wie sehr Sputnik um ihn herumhüpft. Für den kleinen Mops war der Weg wohl doch etwas anstrengend.

Hanno macht sich unterdessen an seinem Rucksack zu schaffen und befördert tatsächlich eine Picknickdecke hervor, die er ausbreitet und auf die er sich anschließend fallen lässt.

»Wow!«, sage ich und setze mich neben Hanno.

»Das ist noch nicht alles«, meint der und greift wieder in seinen Rucksack, um zwei Flaschen Limonade und eine Tupperdose hervorzuholen. Er zwinkert mir zu. »Erwins Zwetschgenwähe.«

Ich muss lachen. »Ich hoffe, du tötest mich nicht, wenn ich mal probieren will.«

»Ausnahmsweise teile ich meine Wähe mit dir.«

»Hach, zu gütig. Warte, ich habe auch etwas mitgenommen.«

Damit öffne ich nun meinerseits meinen Rucksack und hole den Obstsalat heraus, den ich vorbereitet habe. Außerdem fische ich die beiden Rinderohren, die ich für die Hunde mitgenommen habe, hervor und werfe sie Sputnik und Ernst zu.

»Sehr gut vorbereitet«, meint Hanno. »Gefällt mir.«

»Allzeit bereit«, erwidere ich, zwinkere ihm zu und fühle mich herrlich leicht und unbeschwert.

Wir essen in friedlicher Eintracht und plaudern über alles, was uns so einfällt. Hauptsächlich natürlich über unsere Hunde.

Nachdem Obstsalat und Zwetschgenwähe – die wirklich hervorragend schmeckt – verzehrt sind, lassen Hanno und ich uns auf den Rücken fallen und schauen in den Himmel. Über uns kreist ein Habicht. Eine Weile beobachte ich ihn, bis er plötzlich davonstürzt. Wahrscheinlich hat er Beute entdeckt.

»Letztens ist Sputnik abgehauen, als wir im Wald waren«, erzähle ich, weil mich der jagende Habicht daran erinnert hat. »Ich habe mich umgedreht und er war weg.«

»Oh Gott!«

»Ja, ich war schon völlig verzweifelt. Es hat gefühlt ewig gedauert, bis er zurückgekommen ist.«

»Glück gehabt.«

»Ja, total. Aber er war nicht allein. Er hat im Wald einen Kumpel gefunden. Ich weiß nicht, ob es ein Hund war oder ein Wolf.«

»Ein Wolf?« Hanno richtet sich halb auf, dreht sich auf die Seite und blinzelt mich entgeistert an.

»Ja, er sah aus wie ein Wolf. Aber benommen hat er sich wie ein Hund. Ein bisschen scheu vielleicht, aber er hat total nett mit Sputnik gespielt.«

»Hm, aber vielleicht war es trotzdem ein Wolf. Es gibt immer mal wieder Wölfe im Schwarzwald.«

»Ja, aber hier in der Gegend war noch keiner. Also... Ich weiß nicht... Ich kann es mir nicht vorstellen. Ich glaube, das war ein Hund. Wölfe kommen doch nicht zu Menschen und sie spielen erst recht nicht mit kleinen Hunden.«

»Klingt aber trotzdem nicht ungefährlich.«

»Ach nein, ich glaube nicht. Ich habe mich zuerst auch total erschrocken, aber er war wirklich nicht aggressiv. Zu Sputnik nicht und mir gegenüber erst recht nicht.«

»Hast du die Begegnung denn gemeldet?«

»Ja, habe ich. Ich habe im Tierheim angerufen, aber niemand vermisst einen Wolfhund. Und dass ich ein Tier gesehen habe, das eventuell ein Wolf gewesen sein könnte, habe ich auch an die entsprechende Stelle geschrieben. Aber ich habe keine Bilder gemacht und es war dunkel, also werden sie mit dem Hinweis nicht wirklich etwas anfangen können.«

Wir bleiben noch eine Weile liegen und unterhalten uns weiter über alles Mögliche. Obwohl ich nach seinen vorigen Kommentaren eigentlich damit gerechnet hatte, unternimmt Hanno keinen Annäherungsversuch. Ich finde das schön. Denn auch wenn ich mich nach körperlicher Nähe sehne, mag ich es doch, wenn sich zwischenmenschliche Dinge langsam entwickeln.

Nach einiger Zeit kühlt es merklich ab und das goldene Licht wird zunehmend trüb. Es beginnt zu dämmern. Wir beschließen also aufzubrechen. Der Rückweg kommt mir viel kürzer vor als der Hinweg und so dauert es nicht lange, bis wir wieder an unseren Autos stehen und uns etwas betreten ansehen.

»Danke«, sage ich schließlich. »Das war wirklich, wirklich schön.«

»Gerne«, meint Hanno lächelnd. »Finde ich auch. Wir sehen uns dann Sonntag in der Hundeschule?«

»Ja.«

»Und dann noch mal auf ein Date?«

»Sehr gerne.«

»Fein.«

Hanno strahlt richtig und dann beugt er sich vor und küsst mich. Es ist nur ein kleiner Kuss, mit noch unvertrauten Lippen und kratzigem Bart. Der Kuss durchfährt mich nicht wie ein Blitz, da ist kein Prickeln und kein Schaudern, kein ahnungsvolles Sehnen, keine Explosion in meinem Inneren. Von einem ersten Kuss mit jemand beinahe Fremden wäre das aber auch zu viel verlangt. Es ist trotzdem ein angenehmer, fast schon ein schöner Kuss.

Hannos dunkle Augen funkeln mich an, sein Lächeln malt Grübchen in seine Wangen. »Also dann, Tschüss!«

Ein bisschen verlegen senke ich den Blick. »Tschüss!«

Nach einer letzten kurzen Umarmung verfrachten wir unsere Hunde in unsere Autos, winken uns noch einmal zu und steigen ein. Ich denke, das Date ist gut gelaufen. Und wer weiß, vielleicht war es ja der Anfang vom Ende meiner Einsamkeit.

Kapitel 5

Die Wochenendschicht ist immer stressig. Wir arbeiten in kleinster Besetzung, damit niemand zu oft am Wochenende arbeiten muss. Das bedeutet mehr freie Wochenenden, aber umso mehr Arbeit, wenn man am Wochenende dran ist. Dieses Mal ist es besonders schlimm, denn der Ort scheint verrückt zu spielen. Liegt vielleicht am Vollmond. Jemand hat versucht, einen Geldautomaten zu knacken und ist daran gescheitert. Das Haus eines Lehrers ist mit wüsten Graffitis beschmiert worden. Und ein Schaf ist tot. Letzteres hält mich den ganzen Tag in Atem. Es ist tatsächlich eine merkwürdige Geschichte, von der ich früh morgens erfahre, als ich das Büro erreiche.

Weil es keinen Aufschub duldet, mache ich mich sofort auf den Weg zum Bauernhof von Gerd Blümle. Sputnik lasse ich im Auto, als ich mich auf den Weg zur Weide mache.

Noch bevor ich auf der Weide ankomme, finde ich eine kleine Menschengruppe in hellem Aufruhr vor.

»Sind Sie von der Presse?«, werde ich sofort von einem untersetzten Mann mittleren Alters angesprochen.

»Ja. Lukas Feuerbach mein Name.«

»Gut. Sehen Sie sich das an! Das war sicher der Wolf!«

»Das ist nicht erwiesen, Herr Blümle«, mahnt eine Frau in meinem Alter, deren wirre braune Dreadlocks sich halb aus Ihrem Pferdeschwanz lösen.

»Ach, papperlapapp! Ihr Bürokraten wollt nur die wichtigen Entscheidungen hinauszögern, bis es zu spät ist!«

»Was ist denn nun genau passiert?«, schalte ich mich ein, bevor die beiden noch ernsthaft einen Streit beginnen.

»Der Wolf hat meine Schafe attackiert, das ist passiert!«, ruft Blümle.

»Das ist nicht erwiesen«, insistiert die Frau. »Was wir wissen, ist, dass ein Schaf zu Tode gekommen ist, weil es sich im Zaun stranguliert hat. Wir vermuten, dass ein Beutegreifer auf die Weide gelangt ist und die Schafe gejagt hat. Gerissen hat er jedoch keines. Die Herde hat Panik bekommen und dieses eine Schaf ist besonders unglücklich in den Zaun gerannt. Um welchen Beutegreifer es sich dabei gehandelt hat, können wir jedoch nicht mit Sicherheit sagen.«

»Es war ein Wolf!«

»Das wissen wir nicht. Es gab wohl Pfotenabdrücke im Matsch, aber inzwischen sind hier so viele Leute über die Weide gelaufen, dass die unbrauchbar sind und ich eine Bestimmung nicht vornehmen kann.« Die Frau deutet demonstrativ auf die kleine Menschenmenge, ehe sie sich mir wieder zuwendet und mir die Hand hinhält. »Übrigens: Nadine Weilauer. Ich bin die Wildtierbeauftragte hier in der Gegend.«

»Angenehm«, meine ich und schüttle ihre Hand.

»Es war definitiv ein Wolf«, beharrt Blümle.

»Es könnte genauso gut ein Hund gewesen sein«, widerspricht Weilauer. »Vielleicht war es auch ein Luchs. Wir wissen es einfach nicht mit Sicherheit. Die Pfotenabdrücke waren die einzigen Spuren und sie sind zerstört. Es gibt kein Bildmaterial und erst recht keine DNS-Proben. Denn wie gesagt: Es wurde kein Tier gerissen. Der Beutegreifer hat sich auch kein Haarbüschel ausgerissen und es uns freundlicherweise dagelassen.«

Ich schmunzle. Ihre sachliche, wenn auch leicht sarkastische Art, die im denkbar größten Kontrast zu Bauer Blümle mit dem zornesroten Kopf steht, gefällt mir.

»Kann ich mir die Weide vielleicht ansehen?«, erkundige ich mich.

»Natürlich«, meint der Bauer sofort. »Sie wollen ja sicher Fotos machen. Die Leute müssen erfahren, was hier passiert ist.«

»Sie müssen vor allem erfahren, dass wir nicht wissen, was passiert ist«, betont Weilauer.

Blümle macht ein unwirsches Geräusch und schiebt mich in Richtung Weide. So etwas kann ich gar nicht ausstehen, also mache ich sofort einen Schritt zur Seite und weiche der Berührung aus.

Auf der Weide bietet sich uns ein trauriger Anblick. Im Schafzaun hängt das tote Schaf, und ich bin froh, dass ich es nur von hinten sehe. Ich stelle mir gebrochene, hervorgequollene Augen vor und ich frage mich, ob der Bauer recht hat mit seinem Verdacht. Unweigerlich schießt mir meine Begegnung im Wald durch den Kopf. Was, wenn es doch ein Wolf war?

Am Sonntag verfolgt mich das tote Schaf bis in die Hundeschule. Ich komme fünf Minuten vor Beginn der Stunde an, stolz, dass ich trotz des Wetters hergekommen bin. Die Wolken hängen tief und es nieselt. Seit ich einen Hund habe, besitze ich tatsächlich Gummistiefel und auch die Funktionsjacken, die ich davor schon hatte, machen jetzt endlich Sinn.

Kaum bin ich ausgestiegen, lasse ich auch Sputnik aus dem Auto. Er ist sein typisches fröhliches Selbst, als er hinunterhüpft, sich kurz umsieht und mich dann eilends hinter sich herzieht, um Ernst und Hanno gebührend zu begrüßen. Hanno lächelt mich breit an und ich erwidere sein Lächeln automatisch. Er hat ein wirklich hübsches Lächeln. Es macht sein eigentlich grobes Gesicht so weich und sanft.

Neben Hanno steht Jana, die mir zur Begrüßung zuwinkt. Die beiden halten merklichen Abstand zu den anderen, die auch schon alle da sind und sich miteinander unterhalten. Aus den Bruchstücken, die ich hören kann, folgere ich, dass es um ein bestimmtes Thema geht: das Schaf.

»Hast du schon von der Wolfsattacke gehört?!«, werde ich dementsprechend von Fritz begrüßt, noch bevor ich bei Hanno angekommen bin.

»Man weiß nicht, ob es ein Wolf war«, antworte ich automatisch.

»Ja, das haben die in der Zeitung auch geschrieben, aber das ist doch Augenauswischerei.«

»War der Artikel von dir?«, schaltet sich Jana ein und grinst dabei breit. Ich habe das Gefühl, sie genießt es ein bisschen, Fritz auflaufen zu lassen. Ihre Körpersprache ist da überdeutlich: Sie ist extrem genervt von ihm.

»Ja.«

»Oh«, meint Fritz, kommt aber nicht dazu, noch etwas zu sagen, denn ich werde schon von Hanno belagert.

»Hallo«, sagt er leise und zieht mich in eine Umarmung, die vielleicht einen Hauch zu lange dauert.

»Hallo«, erwidere ich und drücke ihn ebenfalls. Unsere Hunde veranstalten währenddessen ein Leinenchaos, weil sie einander und uns begrüßen müssen. Ein bisschen erinnert das an eine gewisse Szene aus *101 Dalmatiner* und es dauert ein Weilchen, bis wir uns lachend wieder entwirrt haben.

Nach Hanno begrüßt mich Jana mit einer Umarmung. Sie kann es sich dabei nicht verkneifen, mir zuzuzwinkern. Es war ihr sehr peinlich, dass sie sich in unser Nicht-Date gedrängt hat. Wahrscheinlich würde sie jubeln und mit Pompons wedeln, wenn es mit uns klappen sollte.

Ich werfe nun auch den anderen dreien zur Begrüßung ein »Hallo« zu, doch die sind schon wieder in ihr Gespräch vertieft.

»Das ist doch eine Sauerei! Da ist ein Wolf auf seiner Weide und die Leute behaupten, er wäre selbst schuld daran!«, ruft Fritz gerade.

»Wirklich?«, fragt Sibylle nach und sieht zu mir.

Ich nicke bloß, äußere mich aber nicht weiter dazu. Das übernimmt ohnehin Fritz für mich: »Ja! Angeblich hätte er den Zaun falsch montiert, sodass er eine Gefahr war, als die Schafe vor dem Wolf geflüchtet sind. Ich frage euch, ist das in Ordnung?!«

»Man weiß nicht, ob es ein Wolf war«, betone ich mechanisch und fühle mich ein bisschen wie Frau Weilauer gestern.

»Was soll es denn sonst gewesen sein?!«, will Fritz wissen.

»Es könnte auch ein Hund gewesen sein. Oder ein Luchs.«

»Meinst du, der Wolf, der dir begegnet ist…?«, fragt Hanno und dreht sich dabei merklich von Fritz, Edeltraud und Sibylle weg.

Ich mache einen Schritt zur Seite und zucke mit den Schultern.

»Das habe ich mich auch schon gefragt. Der Bauernhof ist in der Nähe von da, wo mir Sputnik weggelaufen ist. Vielleicht hast du auch recht und es war ein Wolf. Aber auch das muss nicht heißen, dass er es war. Keine Ahnung.«

»Was für ein Wolf denn?«, will Jana wissen und ich erzähle ihr in einer Kurzfassung von meiner abendlichen Begegnung im Wald.

»Wow, krass«, meint Jana, nachdem ich meine Geschichte beendet habe.

»Mhm«, mache ich nur.

»Vielleicht solltest du das melden?«, erkundigt sie sich.

»Habe ich schon.«

»Echt?«

»Ja, ich habe es damals gleich an das Amt gemailt und auch gestern der Wildtierbeauftragten davon erzählt. Ich habe ihr auch gesagt, dass ich nicht sicher bin, ob es ein Hund oder ein Wolf war und dass er sich nicht so benommen hat, wie ein Wolf das wohl normalerweise täte. Das fand sie wiederum ziemlich beunruhigend.«

»Inwiefern?«

»Na ja, es könnte dafür sprechen, dass es – wenn es denn ein Wolf war – ein Tier ist, das die Scheu vor dem Menschen verloren hat. Vielleicht, weil es eine Handaufzucht ist, die ausgesetzt wurde, oder weil es jemand angefüttert hat. Wölfe sind ja eigentlich nicht gefährlich für den Menschen. Solche Wölfe können es aber unter Umständen sein. Bloß... Er war so freundlich. Ich kann das schwer erklären, aber ich hatte echt nicht das Gefühl, dass er irgendwie aggressiv sein könnte.«

»Aber du weißt es nicht«, meint Hanno.

»Nein, natürlich nicht. Aber ich weiß auch nicht, ob er etwas mit den Schafen zu tun hatte oder ob er überhaupt noch in der Gegend ist. Und selbst wenn er die Schafe gejagt hat: Dann hatte er eben Hunger. Auch das macht ihn nicht gefährlich. Allenfalls ein bisschen dämlich.«

»Wieso das?«

»Na ja, er war zu doof, auf einer abgezäunten Wiese ein Schaf zu fangen. Das spricht nicht für seine Qualitäten als Jäger.«

»Vielleicht ist er krank? Oder unerfahren? So als Handaufzucht«, überlegt Jana.

»Möglich. Aber das ist alles reine Spekulation.«

»Wieso hast du denn die Sichtung nicht in deinem Artikel erwähnt?«, will Jana wissen.

»Ich wollte keine Panik auslösen. Du weißt doch, wie die Leute sind, wenn es um Wölfe geht.« Ich mache eine leichte Kopfbewegung gen Fritz, der sich gerade lautstark für die Bejagung des Wolfs ausspricht. Wahrscheinlich sieht er in seinem Attila schon den Hund, der heldenhaft die wilde Bestie stellt.

Jana verdreht die Augen. »Ja, dann ist es nicht mehr weit bis zum *Problemwolf*.«

Ich nicke. »Eben.«

»Hallo«, ertönt es plötzlich hinter mir. »Schön, dass ihr da seid.«

Ich drehe mich um und da steht Christopher. Er lächelt uns zur Begrüßung freundlich zu und öffnet das Tor, um uns auf die Wiese zu lassen. Sputnik und Ernst liefern sich fast ein kleines Wettrennen: Beide wollen unbedingt auf die Wiese, am liebsten natürlich als Erster. Also hängen sie in ihren Geschirren, die Leinen spannen und sie ziehen uns hinter sich her. Sputnik gewinnt – was kein Wunder ist, denn er ist doppelt so groß wie Ernst, ich bin aber nur halb so breit wie Hanno.

»Sieht aus, als hätte Sputnik hier das letzte Mal Spaß gehabt«, meint Christopher neben mir mit einem Schmunzeln in der Stimme.

Ich drehe mich zu ihm und stelle fest, dass er direkt neben mir steht, also muss ich ein bisschen zu ihm aufsehen. Er ist sicher gut zehn Zentimeter größer als ich. Letzte Woche ist mir das nicht so aufgefallen, aber neben Hanno wirken alle anderen auch winzig.

»Ja, hat er«, meine ich und habe alle Hände damit zu tun, meinen Hund daran zu hindern, mich höchst unelegant auf die Wiese zu schleifen. »Ich hoffe, er ist heute ähnlich motiviert dabei wie letzte Woche. Am Rückruf müssen wir echt arbeiten.«

»Oh?«

»Er ist mir letztens im Wald abgehauen.«

»Wie das?«

»Keine Ahnung. Plötzlich war er weg. Wahrscheinlich hat er im Wald etwas gesehen.«

»Gut möglich. Rehe können schon sehr spannend sein.«

»Ja, leider.«

In diesem Moment bemerkt Sputnik Christophers Anwesenheit. Er begrüßt ihn euphorisch und wedelt dabei so heftig mit dem Schwanz, dass man ihm mit den Augen kaum folgen kann. Begeistert springt er an Christopher hoch, woraufhin der sich leicht zur Seite wendet, dabei aber breit grinst.

»Na Kleiner, dir hat es hier wirklich gefallen letzte Woche, was?«, meint Christopher und wendet sich Sputnik wieder zu, als der sich etwas beruhigt hat. Noch immer wedelt er euphorisch mit dem Schwanz. Lächelnd streichelt Christopher Sputnik zur Begrüßung. Der wiederum schmeißt sich prompt auf den Rücken und verlangt überdeutlich, am Bauch gekrault zu werden.

Ich lache auf. »Aufdringlicher Kerl.«

Christopher will etwas erwidern, da drängt sich plötzlich Fritz zu uns heran. »Was sagst du eigentlich zu dieser Wolfsattacke?«

»Welche Wolfsattacke?«, fragt Christopher irritiert.

»Na, bei Gerd Blümle am Hof war doch der Wolf und hat die Schafe gejagt, bis eines gestorben ist.«

»Ich dachte, es ist nicht sicher, dass das ein Wolf war«, meint Christopher ausweichend.

Ich nicke. »Ist es auch nicht.«

Fritz tut das mit einer wegwerfenden Handbewegung ab. »Was soll es denn sonst gewesen sein?«

»Ich sagte doch schon, es kann auch ein Hund gewesen sein oder ein Luchs.«

»Und wenn es ein Wolf war?«, beharrt Fritz.

»Dann war das ein ganz natürliches Verhalten«, meint Christopher und richtet sich auf, was Sputnik deutlich missfällt. Er fiept leise und versucht, Christophers Aufmerksamkeit zurückzuerlangen. »Wölfe unterscheiden nicht zwischen Nutztieren und Wildtieren. Sie sehen in beiden Nahrung. Wenn ein Wolf Schafe sieht, freut er sich allenfalls, weil er die – anders als Rehe – nicht auch noch jagen muss. Wölfe müssen auf ihre Energiereserven achten und eine Schafherde erscheint ihnen nun einmal wie ein Selbstbedienungsbüfett. Vor allem, wenn sie nicht entsprechend abgesichert ist.«

»Das ist schon klar«, meint Fritz, »Aber es ändert nichts daran, dass der Schaden, den Wölfe verursachen, für die Bauern viel zu hoch ist.«

»Es ist *ein* Schaf gestorben«, schalte ich mich ein. »Und das nicht, weil es gerissen wurde, sondern weil es sich in einem Zaun stranguliert hat. Das ist doch wirklich noch ein bisschen früh für solche Panik. Selbst wenn es ein Wolf gewesen sein sollte. Was man, wie gesagt, nicht weiß.«

»Das denke ich auch«, sagt Christopher und nickt. Fritz' Augenrollen ignoriert er. »Aber wenn ihr mögt, können wir heute auch darüber reden, wie man sich verhalten sollte, wenn man einem Wolf begegnet. Gerade wenn man mit Hund unterwegs ist, sollte man ein paar Dinge beachten.«

Die anderen nicken und so beginnt Christopher seine Einheit mit einem kleinen Wolf-Hund-Mensch-Verhaltenskodex. Wie letztes Mal auch schon, stellen wir uns in einem großen Kreis um Christopher herum auf. Und wie letztes Mal auch, beruhigt sich Sputnik relativ rasch und setzt sich hin, während vor allem Bonnie japsend in der Leine hängt und von Ruhe gar nichts hält.

»Also, zuallererst: Es ist sehr unwahrscheinlich, überhaupt einem Wolf zu begegnen. Auch in Wolfsgebieten und wir wissen ja noch gar nicht, ob sich hier ein Wolf territorial niedergelassen hat. Wölfe leben in Rudeln, die aus einem Elternpaar und deren Nachwuchs bestehen. Ab einem bestimmten Alter verlässt der

Nachwuchs das Rudel und zieht allein los, um vielleicht ein eigenes Rudel zu finden. Im Nordschwarzwald lebt ein solcher Einzelwolf, das ist nachgewiesen. Und immer wieder ziehen andere Einzelwölfe durch Baden-Württemberg. Vielleicht jetzt auch hier. Wenn es denn ein Wolf war, ist er jetzt wahrscheinlich schon wieder weg. Wölfe legen in kurzer Zeit große Distanzen zurück.«

Christopher fährt sich durch sein kurzes Haar und scheint einen Moment nachzudenken, was er als Nächstes sagen soll. Seine Stimme ist eindringlich, als er fortfährt.

»Wie gesagt, ihr werdet höchstwahrscheinlich nie einem Wolf in der Natur begegnen. Wölfe bemerken Menschen lange, bevor das umgekehrt der Fall ist. Und sie haben kein Interesse an einer Begegnung mit euch, werden euch also ausweichen. Solltet ihr doch einen Wolf sehen: Haltet Abstand, geht nicht auf den Wolf zu und bedrängt ihn nicht. Das gilt eigentlich für jedes Tier – mit einem Hund solltet ihr das schließlich auch nicht machen. Normalerweise wird ein Wolf abhauen, wenn er euch bemerkt. Tut er das nicht, dann macht auf euch aufmerksam, redet laut, und entfernt euch langsam. Sollte der Wolf euch in einem gewissen Abstand folgen, dann ergreift nicht panisch die Flucht, sondern geht langsam und uninteressiert weiter. Am besten ihr sprecht dabei laut. Wenn ihr ein ungutes Gefühl haben solltet, bleibt stehen, macht Lärm und macht euch groß, um den Wolf zu vertreiben.«

Christopher macht eine kurze Pause und lässt seinen Blick dabei schweifen, als würde er auf der Wiese die Worte suchen, die ihm fehlen. Dann seufzt er und spricht weiter.

»Wenn ihr mit dem Hund in Wolfsgebiet unterwegs seid, kann es passieren, dass der Wolf den Hund als Eindringling in sein Revier wahrnimmt und ihn angreift. Wie gesagt, wir wissen noch nicht, ob sich hier ein Wolf territorial niedergelassen hat. Sollte das der Fall sein, solltet ihr eure Hunde im Wald nicht unangeleint führen und sie in eurer Nähe halten. Es kann sein, dass der Wolf sich dennoch dem Hund nähert und euch ignoriert. Sollte das passieren, reagiert ihr so, wie ich es vorhin schon gesagt habe.

Ihr geht langsam rückwärts, ihr macht den Wolf durch lautes Rufen und Gestikulieren auf euch aufmerksam, zur Not werft ihr mit Gegenständen nach dem Wolf. Vielleicht nicht unbedingt mit eurem Handy.«

Verhaltenes Lachen auf der Wiese. Mir jedoch ist jetzt ein wenig mulmig zumute. Ich sehe zu Sputnik, der mich anlacht und leise fiept. Wenn das wirklich ein Wolf war, mit dem er da im Wald gespielt hat, hat er riesiges Glück gehabt.

»Habt ihr dazu Fragen?«, will Christopher wissen.

Ich sehe auf und merke, dass er dabei mich ansieht. Er schenkt mir ein fragendes Lächeln, das mich irritiert, bis mir einfällt, dass er vorhin hinter mir stand. Wahrscheinlich hat er zugehört, als ich Jana von meiner eventuellen Wolfsbegegnung erzählt habe. Ich schüttle leicht den Kopf und auch die anderen scheinen momentan keine Fragen zu haben. Es ist ja auch alles sehr hypothetisch.

»Gut, dann fangen wir mit unserem eigentlichen Programm an!«, befindet Christopher und das tun wir dann auch.

Den Rest der Stunde machen wir da weiter, wo wir das letzte Mal aufgehört haben. Das heißt vor allem Rückruf und Leinenführigkeit. Sputnik ist mit Feuereifer dabei und ich hoffe wirklich, dass das Training bald etwas fruchtet.

Nach dem Training verschwindet Jana schnell, nicht jedoch ohne Hanno und mir zuzurufen, dass wir nächste Woche wieder etwas miteinander unternehmen müssen. Fritz verwickelt unterdessen Christopher in eine weitere Wolfsdiskussion, der Sibylle und Edeltraud lauschen. Hanno und ich winken den vieren zum Abschied zu und machen uns auf den Weg zu unseren Autos.

»Ich würde dich ja fragen, ob du mit mir noch einen Kaffee trinken gehen möchtest, aber ich werde bei meinen Eltern erwartet«, sagt Hanno.

Ich lächle. »Schade. Ich hätte Ja gesagt.«

Hanno seufzt theatralisch. »Streu nur Salz in meine Wunden.«
»Sorry.«

»Schon gut«, meint Hanno gespielt leidend, ehe er schon wieder lacht.

Wir sind inzwischen beim Tor angekommen und ich öffne es. Ich überlasse Hanno den Vortritt, wofür er sich mit einer Verbeugung bedankt. Dann stehen wir auch schon an unseren Autos und sind mal wieder etwas verlegen.

»Dann ist es wohl Zeit, Abschied zu nehmen, hm?«, fragt Hanno und kratzt sich am Bart.

»Ja, so ist es wohl.«

Hanno zieht mich in eine Umarmung und haucht einen Kuss auf meine Wange. »Wann sehen wir uns denn wieder?«

»Hm, diese Woche ist bei mir leider ziemlich voll. Freitag?«

Hanno schiebt mich von sich und sieht mich aus großen Augen an. Den Blick hat er wahrscheinlich von Ernst geklaut. »Noch so lange warten!«

»Dann ist die Vorfreude umso größer«, versuche ich ihn zu beschwichtigen.

»Hmpf. Wie sieht es denn bei dir mittags immer aus? Wir könnten doch mal Mittagessen gehen.«

»Oh, gerne! Das müssten wir aber kurzfristig ausmachen. Ich weiß nie so genau, ob und wann ich Mittagspause habe.«

»Kein Ding. Ich habe immer Mittagspause. Pünktlich.«

»Dann schreiben wir uns?«

»Machen wir. Bleibt es trotzdem auch bei Freitag?«

»Klar.«

»Sehr schön.« Hanno drückt mich noch einmal und wispert: »Ich freu mich schon.«

»Ich mich auch.«

Am nächsten Morgen klingelt mein Handy, während ich gerade meinen Kaffee inhaliere. Noch reichlich verschlafen und desorientiert greife ich danach und wünsche der Person, die mich zu dieser Zeit stört, alles nur erdenklich Üble an den Hals. Ich muss ein paarmal blinzeln, bis ich überhaupt erkennen kann, wer mich da anruft. Regina. Oje.

»Hallo?«, nuschle ich, nachdem ich abgehoben habe.

»Hallo Lukas. Pass auf, es gab wieder eine Wolfsattacke.«

Ich erschrecke mich so sehr über diesen Satz, dass ich mich an meinem Kaffee verschlucke und erbärmlich husten muss. Sofort ist Sputnik bei mir und überprüft, ob alles in Ordnung ist.

»Alles okay?«, will auch Regina besorgt wissen.

»Ja«, japse ich, sobald ich mich wieder beruhigt habe. »Sorry, ich habe mich verschluckt.«

»Okay. Also. Ich will, dass du hinfährst und darüber berichtest.«

»Ähm, okay. Gleich?«

»Nein, du kannst vorher noch in die Redaktion kommen. So schnell werden die Leute von der FVA auch nicht da sein. Es wäre gut, wenn du die gleich dazu befragen kannst, ob es denn sicher ein Wolf war.«

»Ist gut. Dann bis nachher«, sage ich, irritiert davon, dass Regina nicht noch eine Stunde damit warten konnte, mir den Auftrag zu geben.

»Bis nachher«, verabschiedet sich Regina.

Kurz darauf stehe ich erneut vor dem Kadaver eines Schafes und mache Fotos. Der »Tatort« ist dieses Mal eine Wiese, die recht entlegen im Wald liegt. Es ist kühl so früh am Tag und das Gras ist noch feucht. Schön ist es hier, fast schon klischeehaft idyllisch. Hohe Bäume rahmen die Wiese ein, tiefgrün die Nadelbäume, schon rot, golden oder braun verfärbt die wenigen Laubbäume dazwischen. Leuchtend rot ein Strauch mit Beeren, dessen Namen ich nicht weiß. Ein Bach begrenzt die Weide zu einer Seite hin. Das Wasser fließt klar über glatte Steine, die Ufer sind moosbewachsen.

Am Ufer des Bachs liegt das tote Schaf. Dieses Schaf hat sich nicht stranguliert und es wurde auch durch keinen anderen Unfall getötet. Es ist eindeutig, dass es gerissen wurde. Es liegt da, inmitten seines Bluts. Sein Bauch ist aufgerissen, ich sehe seine Eingeweide. Die Zunge hängt ihm aus dem Maul und die Augen sind gequält verdreht. Es ist ein erbärmlicher Anblick.

Ein bisschen liegt der schwere Geruch nach Eisen und Blut in der morgendlichen Waldluft. Und mit ihm Hektik, Stress und Furcht.

Die restliche Herde drängt sich verstört an einer Ecke der Weide zusammen. Überall sind Menschen. Der Schäfer und dessen Familie natürlich, aber auch Nadine Weilauer, jemand von der Forstlichen Versuchs- und Forschungsanstalt und einige andere, die sich auf die eine oder andere Art betroffen wähnen.

Ich schieße ein paar Fotos von dem toten Schaf und entscheide mich dafür, nicht zu nahe heranzuzoomen. Auf billigen Splatter kann ich verzichten. Stattdessen achte ich darauf, dass der Bachlauf gut zu sehen ist. Durch den Bach ist das Raubtier gekommen – was auch immer es war. Natürlich liegt wieder das Wort »Wolf« in der Luft, aber da ich noch nicht mit den Fachleuten gesprochen habe, mahne ich mich dazu, keine voreiligen Schlüsse zu ziehen.

Nachdem ich die Fotos gemacht habe, gehe ich zu Hans Binninger, dem Schäfer, der gerade in ein hitziges Gespräch mit ein paar Leuten verwickelt ist.

»Entschuldigen Sie bitte«, sage ich. »Lukas Feuerbach von der *Schwarzwald-Presse*. Dürfte ich Ihnen ein paar Fragen stellen?«

»Natürlich«, sagt der drahtige Mann und wendet sich mir zu.

»Danke. Ist es in Ordnung, wenn ich unser Gespräch aufnehme?«

Binninger nickt und ich zücke mein Diktiergerät, das ich auch gleich einschalte.

»Können Sie mir erzählen, wie Sie das tote Schaf gefunden haben?«

»Um sieben bin ich hergekommen, um nach den Schafen zu sehen. Mir ist sofort aufgefallen, dass etwas nicht stimmt. Die Herde war ganz unruhig, richtig panisch. Schauen Sie sich das an, die haben sich ja immer noch nicht beruhigt. Ich bin dann die Weide abgegangen und da habe ich gleich gesehen, was passiert ist. Das Schaf lag da, ganz zerfetzt und zerfleischt.«

»Wie fühlen Sie sich denn jetzt?«

»Na, wie werde ich mich schon fühlen? Wütend bin ich natürlich! Da hat sich ein Wolf auf meine Weide geschlichen und hat unter meinen Schafen gewütet! Haben Sie eine Ahnung, was das für mich bedeutet? Der kann doch jederzeit wiederkommen. Jetzt muss ich die Schafe von hier wegbringen oder in einen neuen Zaun investieren.«

»Für den Zaun können Sie Förderung beantragen, Herr Binninger«, flötet Nadine Weilauer, die wohl schon mit der Reaktion des Schäfers rechnet: einem verächtlichen Augenrollen und einem genervten »Pah!«, dem ein recht langer Monolog über die Bedrohung Wolf folgt.

Ich höre mir das eine Weile an, bis ich mich Frau Weilauer zuwende. »Weiß man denn schon, welches Tier das war?«

»Am besten, Sie fragen bei Matthias Thrietzke nach«, erwidert sie und deutet auf den Herrn von der Forstlichen Versuchs- und Forschungsanstalt.

»Mache ich, danke.«

Ich überquere die Weide erneut und gehe zurück zu dem Kadaver. Neben dem toten Schaf kniet Matthias Thrietzke und nimmt gerade Proben.

»Entschuldigen Sie, ich bin von der *Schwarzwald-Presse*. Dürfte ich Ihnen ein paar Fragen stellen?«, wiederhole ich meinen Spruch.

»Klar«, sagt Thrietzke und richtet sich auf. »Sie wollen sicher wissen, ob das ein Wolf war.«

»Ja. Und? War es einer?«

Thrietzke neigt den Kopf hin und her. »Vermutlich. Die Bisswunden deuten darauf hin und auch die Spuren in der Böschung und auf der Wiese. Aber Sicherheit wird erst der Gentest bringen. Ich habe Proben der Bisswunden genommen, die werden jetzt untersucht. Bis das Ergebnis da ist, können wir nicht ausschließen, dass es nicht vielleicht doch ein Hund war.«

»Wie lange dauert es denn, bis das Ergebnis da ist?«

»Zwei bis drei Wochen.«

»So lange?«

»Das hier ist nicht *CSI*, sondern die Realität.«

Ich schmunzle verlegen. »Ich weiß. Nur werden in der Ungewissheit viele Gerüchte entstehen.«

»Ja, vermutlich.« Thrietzke nickt.

»Hätte es denn verhindert werden können?«, frage ich, auch wenn ich die Antwort ziemlich offensichtlich finde.

»Ja«, bestätigt Thrietzke dann auch. »Die Weide ist nur zu drei Seiten mit einem Zaun abgesichert. An der vierten Seite wird sie von diesem Bach begrenzt. Das hindert zwar die Schafe daran, abzuhauen, es hindert aber keinen Beutegreifer am Eindringen.«

Ich nicke. »Danke, dass Sie meine Fragen beantwortet haben.«

»Gerne.«

Ich lasse noch einmal meinen Blick über die Weide schweifen, dann beschließe ich, dass ich hier nichts Sinnvolles mehr tun kann. Ich sollte ins Büro fahren und meinen Artikel schreiben. Also verabschiede ich mich und gehe zu meinem Auto. Ich habe ein ungutes Gefühl, als ich einsteige.

»Ach, Sputnik«, sage ich und drehe mich nach hinten zu meinem Hund, der auf der Rückbank sitzt und mich mit schief gelegtem Kopf ansieht. »Ich glaube, dein Kumpel bringt sich gerade wirklich in Schwierigkeiten.«

Kapitel 6

Einen Hund zu haben, ist toll. Wegen besagten Hundes vor einem Date durch den strömenden Regen stapfen zu müssen, ist weniger toll.

Normalerweise habe ich nichts gegen Regen. Ich bin wahrlich nicht aus Zucker und es macht mir nichts aus, bei jedwedem Wetter draußen zu sein. Im Gegenteil: Eigentlich liebe ich gerade die Regentage. Ich kann mich daran erfreuen, was der Regen mit der Landschaft macht. Ich mag es, wie tief die Wolken hängen und welche Formationen sie bisweilen annehmen. Ich mag das Grau am Himmel, das die leuchtenden Farben des Laubs und das tiefe, dunkle Grün der Nadelbäume nur umso schärfer hervortreten lässt. Ich mag den Geruch von Regen, wenn alles klar wird und alte Gerüche weggeschwemmt werden. Ich mag die Geräusche der prasselnden Tropfen in den Bäumen, an den Fensterscheiben. Ich liebe es, meine Gummistiefel anzuziehen und durch die Pfützen zu hüpfen wie einst als Kind. Ein Hund ist die perfekte Ausrede, um das innere Kind wiederzuentdecken. Denn Sputnik liebt es wie ich, durch Pfützen zu tollen und sich zum Affen zu machen.

Wenn ich auf dem Weg zu einem Date bin, hält sich meine Liebe zu Regenspaziergängen jedoch in Grenzen. Das fängt schon mit der Kleidung an: Ich kann nicht wie sonst meine Gummistiefel anziehen, was bedeutet, dass meine Schuhe mittlerweile völlig durchnässt sind. Immerhin habe ich meine Regenjacke an, darunter jedoch nicht wie sonst einen warmen Sweater, sondern einen meiner schönsten Pullover – der auch einer meiner dünnsten ist – über einem gleichfalls schönen, aber alles andere als dicken Hemd.

Ich friere. Das liegt jedoch nicht nur an meiner Kleidung, sondern auch an der mangelnden Kopfbedeckung. Um meine Frisur nicht zu zerstören, habe ich mich gegen eine Mütze entschieden.

Das war eine dumme Idee. Trotz Kapuze sind meine Haare feucht und stehen bestimmt wirr in alle Richtungen ab. Wahrscheinlich schlagen sie sogar Wellen, was sie normalerweise nicht tun. Zusätzlich sind meine Ohren, empfindlich wie sie sind, vermutlich knallrot. Meine Nase ist definitiv ebenfalls gerötet, und die Lippen sind inzwischen bestimmt blassblau. Supersexy.

Sputnik bleibt, obwohl er inzwischen triefnass ist, relativ unberührt von meiner frostigen Stimmung. Er schnuppert begeistert an jedem Baumstamm und an jedem Zaunpfahl und markiert alles, was nicht bei drei auf den Bäumen ist. Diesen Weg sind wir noch nie entlanggegangen und er freut sich immer sichtlich, etwas Neues zu entdecken. Außerdem liebt auch er den Geruch von Regen. Wenn die Welt nass ist, treten wohl sämtliche Gerüche noch intensiver in seine Hundenase. Anders kann ich es mir nicht erklären, wie gründlich er jeden Grashalm und jedes Blatt untersuchen muss.

Was der Wolf – inzwischen bin ich mir ziemlich sicher, dass es einer war – wohl gerade macht? Hoffentlich hat er einen gemütlichen Unterschlupf gefunden, in dem er halbwegs trocken bleibt. Dass er wie Sputnik Regenspaziergänge liebt und fröhlich von einer Pfütze in die nächste hüpft, kann ich mir nicht vorstellen.

Endlich habe ich mein Ziel erreicht. Ich stehe vor einem kleinen Haus in einer netten Wohngegend. Familienfreundlich, würde meine Mutter dazu sagen und dann vielleicht ein bisschen wehmütig seufzen. Das Haus ist hell gestrichen und hat ein spitzes rotes Dach wie die anderen Häuser in der Gegend auch, sticht aber durch seine knallblaue Tür hervor. Neben der Tür liegen ein paar Kürbisse hübsch drapiert und auch in den Fenstern kann ich herbstliche Deko erkennen.

Ich drücke auf den Klingelknopf und sofort schlägt ein Hund an, verstummt aber schnell wieder. Es dauert nicht lange, dann öffnet sich die Tür und Jana steht vor mir. Hübsch sieht sie aus mit dem langen offenen Haar und dem dunkelblauen Wollkleid. Sie strahlt mich an und wir umarmen uns zur Begrüßung.

»Schön, dass du da bist!«, sagt Jana.

»Danke, dass ich da sein darf! Und vor allem, dass Sputnik da sein darf. Es tut mir leid, er sieht fürchterlich aus und saut dir bestimmt alles ein.«

»Ach, Quatsch, kein Problem. Ich hab auch einen Hund, weißt du?«

Jana zwinkert mir zu, dann macht sie einen Schritt zur Seite und lässt mich ins Haus. Sofort werden Sputnik und ich von Smilla begrüßt. Sie scheint sich über ihren Besuch zu freuen. Sputnik wirkt auch erfreut. Vor allem aber wirkt er nass und dreckig, was er sofort unter Beweis stellt, als er sich schüttelt und eindrucksvoll um sich spritzt.

»Keine Sorge, die Wandfarbe ist abwischbar«, feixt Jana, noch bevor ich mich entschuldigen kann.

»Das beruhigt mich.«

Schnell schlüpfe ich aus meinen nassen Schuhen und aus der triefenden Jacke, die Jana mir sofort abnimmt, um sie über die Garderobe zu hängen.

»Hast du vielleicht ein Handtuch für Sputnik?«, erkundige ich mich.

»Klar«, meint Jana und öffnet eine hübsche Bast-Box, die neben der Garderobe steht. Daraus fischt sie ein korallfarbenes Handtuch hervor, das perfekt mit dem Teppich auf dem hellen Parkettboden harmoniert. »Bitte sehr. Smillas Pfotentücher sind Sputniks Pfotentücher.«

»Danke!«

Ich befreie Sputnik von seinem Geschirr, dann wische ich ihm die Pfoten ab und versuche ihn, so gut es geht, trocken zu rubbeln. Am Ende ist das Handtuch feucht und Sputnik immer noch nass. Er schüttelt sich noch einmal, dann rennt er mit Smilla auf und davon. Oder eher: Sie rennt und er schlittert ihr hinterher.

Schmunzelnd schaue ich den beiden nach, während ich mich wieder aufrichte.

»Ist Hanno schon da?«, erkundige ich mich.

»Nein, noch nicht.«

»Oh, kann ich dann noch mal schnell ins Bad? Nicht, dass bei meinen Haaren noch etwas zu retten ist...«

Jana mustert mich gründlich. »Deine Haare sehen doch super aus. Aber klar, das Bad ist dort drüben.«

Ich mache nur »Pfff!« und wedle affektiert mit dem Handgelenk, was Jana zum Lachen bringt. Meine Haare sehen ganz sicher nicht super aus. Schnell bin ich im Bad und der Spiegel bestätigt meine schlimmsten Befürchtungen. Meine Haare machen, was sie wollen, und auch meine Haut wirkt merkwürdig fahl, während meine Nase knallrot mitten im Gesicht prangt. Ich hoffe inständig, dass das an dem Licht in Janas Bad liegt und ich mir nicht auch noch eine Erkältung eingefangen habe.

»Ich habe übrigens noch Haarwachs von meinem Ex da, falls du das brauchen kannst«, meint Jana plötzlich. Ich habe gar nicht gemerkt, dass sie mir gefolgt ist. Keinerlei Anstandsgefühl, die Gute.

Ohne auf meine Antwort zu warten, öffnet Jana den Spiegelschrank und fischt aus dem letzten Eck ein Döschen mit besagtem Haarwachs hervor. So weit ich das sehen kann, stehen hier noch einige Männerprodukte. Vermutlich ist die Trennung noch nicht so lange her.

»Danke schön«, sage ich, als Jana mir das Haarwachs reicht.

»Gerne«, erwidert sie und lächelt. Doch anders als sonst erreicht ihr Lächeln dieses Mal nicht ihre Augen. Wehmütig wirken sie und traurig. Nach einem letzten Blick auf das Haarwachs seufzt Jana und wendet sich um, um das Bad zu verlassen. »Komm einfach ins Wohnzimmer, wenn du fertig bist.«

»Mach ich.«

Ich brauche nicht lange im Bad. Ich spritze mir etwas Wasser ins Gesicht und spüre, wie langsam Leben und Farbe auf meine Haut zurückkommen. Dann versuche ich bei meinen Haaren zu retten, was noch zu retten ist. Ich rubble sie trocken, bevor ich mich daran mache, sie wieder in Form zu bringen. Das Haarwachs von Janas Ex riecht angenehm. Es ist ziemlich gutes Zeug, wahrscheinlich war es echt teuer. Ich verwende nur ganz wenig, muss aber sagen, dass mir das Ergebnis gefällt. Hanno hoffentlich auch.

Nachdem ich das Haarwachs zurück in den Spiegelschrank gestellt habe, mache ich mich auf die Suche nach Jana. Schwer ist sie nicht zu finden, denn das Wohnzimmer liegt unübersehbar direkt neben dem Bad. Auch hier ist alles herbstlich dekoriert. Jedes Detail des Wohnzimmers spricht davon, dass es mit Liebe ausgesucht wurde. Alles harmoniert perfekt miteinander, von der Wandfarbe über das Sofa und den Couchtisch bis hin zum Teppich. Sogar Smillas Hundebett ist mit einem eleganten, hellgrauen Stoff mit altrosa Streifen bezogen – genau in dem Stoff, aus dem das Plaid ist, das auf dem grauen Sofa liegt.

»Wow, schön hast du es hier«, staune ich und wende mich Jana zu.

Jana sitzt an der Theke ihrer offenen Küche – die natürlich ebenfalls ein Hingucker ist – und sieht immer noch etwas wehmütig aus. »Danke.«

Zu Janas Füßen sitzen Smilla und Sputnik und starren sie sehnsüchtig an. Was Jana da auf der Theke aufgefahren hat, sieht aber auch wirklich lecker aus. Ich sehe Käse, Oliven, Chorizo, Nüsse und jede Menge weitere Antipasti. Außerdem eine Flasche Sekt und drei Gläser.

Schnell gehe ich zu Jana und klettere auf den Barhocker neben ihrem.

»Wie lange wohnst du hier denn schon?«, will ich wissen.

Jana streicht sich eine Strähne hinter die Ohren und sieht an mir vorbei ins Leere. »Wir sind vor zwei Jahren hergezogen. Und kurz nachdem wir uns wirklich eingerichtet hatten, hat Mirko mir erklärt, dass er die Scheidung will.«

»Ach du...«, hauche ich. Voll ins Fettnäpfchen. »Das tut mir leid.«

»Konntest du ja nicht wissen«, meint Jana und strafft ihre Schultern. »Aber jetzt reden wir über etwas Schönes. Willst du ein Glas Sekt?«

»Gerne.«

Beeindruckend routiniert entkorkt Jana die Flasche und schenkt uns ein – ohne »Plopp« und ohne Überschäumen. Wir prosten uns zu und trinken einen Schluck.

»Was hast du denn mit Hanno vor?«, fragt Jana, nachdem sie ihr Glas wieder abgestellt hat.

»Wir wollen ins Kino. Danke, dass du auf die Hunde aufpasst!«

Dass Jana angeboten hat, Sputnik und Ernst zu nehmen, damit Hanno und ich ein wenig Zeit für uns haben, finde ich immer noch großartig von ihr. Natürlich hätten wir auch etwas mit den Hunden machen können, aber es ist schon fein, wenn wir nicht noch mit einem halben Auge bei den beiden sein müssen. Außerdem hätten wir nicht ins Kino gehen können, wenn Jana sich nicht als Hundesitter angeboten hätte. Für Ernst ist es zwar kein Problem, aber Sputnik kann nicht gut allein bleiben. Außer im Auto, warum auch immer. Aber ich kann ihn ja nicht stundenlang im Auto sitzen lassen. Das mache ich nur kurz, wenn ich einkaufen muss oder einen Arbeitstermin habe.

»Mach ich doch gerne! Es reicht übrigens, wenn ihr die Hunde morgen Vormittag abholt.«

Ich werde tatsächlich ein bisschen rot, als Jana mich so angrinst, und schnappe mir eine Olive, um nicht gleich antworten zu müssen.

»Mal schauen«, nuschle ich, ehe ich auf die Uhr sehe. »Wo bleibt denn Hanno?«

»Na, das war aber mal ein ganz unauffälliger Themenwechsel.«

»Ja, nicht wahr? Ich bin auch echt stolz auf mich.«

Jana lacht und greift nach dem Käse. »Ich muss euch doch irgendwie dafür entschädigen, dass ich euer erstes Date gecrasht habe.«

»Unsinn, das hast –«

Noch bevor ich meinen Satz zu Ende gesprochen habe, klingelt es an der Haustür. Sofort schlägt Smilla an und düst – gefolgt von Sputnik – zur Tür. Sie verstummt jedoch sofort, als Jana ihr folgt und sie anweist, sich zu setzen. Dann höre ich, wie Jana die Tür öffnet.

Ich gehe ebenfalls hinterher, bleibe aber in gewisser Entfernung stehen. Mit zwei Menschen, von denen einer riesig ist, und drei Hunden ist der Flur nämlich schon übervoll. Und chaotisch. Mit seiner ihm eigenen Mischung aus Japsen, Schnaufen und Jaulen begrüßt Ernst die anderen Hunde, aber auch Jana und mich. Vor lauter wuselnden Hunden kommen wir Zweibeiner gar nicht wirklich dazu, uns zu begrüßen. Das geht erst, als die drei Hunde ins Wohnzimmer flitzen, wo sie einander um den Couchtisch jagen.

»Dir wird heute sicher nicht langweilig werden«, befindet Hanno mit einem Schmunzeln in der Stimme.

»Nein, wohl nicht«, stimmt Jana zu. »Aber erst einmal: Hallo!«
»Hallo!«

»Hey!«, werfe auch ich ein und bekomme von Hanno ein strahlendes Lächeln als Antwort.

Hanno schlüpft aus seiner ebenfalls triefend nassen Jacke, dann umarmt er Jana zur Begrüßung. Ich glaube, ich habe die Reihenfolge vorhin umgedreht. Das muss für Jana ziemlich eklig gewesen sein.

Nachdem Hanno auch seine Schuhe ausgezogen und ordentlich verstaut hat, kommt er auf mich zu. Gut sieht er aus – obwohl er ein kariertes Hemd trägt, das gleichzeitig Holzfäller und Hipster schreit. Aber irgendwie, und ich habe keine Ahnung, wie er das macht, trägt er es mit einem Augenzwinkern. Und natürlich einen Hauch zu weit aufgeknöpft, sodass man seine behaarte Brust sieht. Am besten sieht aber das Lächeln aus, mit dem er mich betrachtet. Ich denke, ihm gefällt, was er sieht. Und doch ist mir gerade dieses breite, ehrliche Lächeln ein wenig unangenehm.

»Du hast ja keine Ahnung, wie sehr ich mich auf heute gefreut habe«, raunt Hanno, als er bei mir ist. Und dann küsst er mich zur Begrüßung auf den Mund, kurz nur, und umarmt mich.

»Ich mich auch«, meine ich. Doch da ist eine leise Stimme in meinem Kopf, die sich fragt, ob Hanno sich vielleicht doch noch ein bisschen mehr auf unser Treffen gefreut hat, als ich es habe. Denn ich habe mich auf heute gefreut und ich mag Hanno und finde es schön, wie er mich hält. Aber er strahlt, als wäre bei meinem Anblick gerade die Sonne aufgegangen. So gerne ich bei seinem Anblick genauso strahlen würde: Ich tue es nicht. Noch nicht, hoffe ich.

»Das ist total unfair«, befinde ich scherzhaft, um meinen trüben Gedanken nicht weiter nachzuhängen, und schiebe Hanno wieder ein Stück von mir. »Du warst auch bei diesem Sauwetter draußen und deine Frisur ist nicht kaputt.«

»Weil ich keine Frisur habe«, meint er trocken.

»Ja.«

»Lukas war total verzweifelt, als er hergekommen ist«, kichert Jana. »Aber er konnte seine Haare ja noch retten. Dafür riecht er jetzt nach meinem Ex-Mann.«

Sofort beugt Hanno sich vor und schnuppert an meinen Haaren. »Riecht gut.«

»Ich weiß«, seufzt Jana, dann geht sie ins Wohnzimmer.

»Tröstet es dich, dass mein Bart bei dem Regen nicht mehr richtig sitzt?«, fragt Hanno feixend.

Ich schlage ihm leicht vor die Brust. »Spinner.«

Hanno nickt, dann beugt er sich noch einmal vor und haucht einen weiteren Kuss auf meine Lippen. Ehe ich den Kuss erwidern kann, hat Hanno sich schon wieder von mir gelöst. Er marschiert ins Wohnzimmer und ich folge ihm.

»Wann müsst ihr denn los?«, fragt Jana von der Küche aus. »Ich habe ein paar Häppchen vorbereitet.«

»Ein paar?!«, entgegne ich. »Du hast dir viel zu viel Mühe gemacht.«

»Ich muss doch etwas wiedergutmachen bei euch.«

»Indem du uns zwingst, mit dir abzuhängen, statt auf unser Date zu gehen?«

Jana sieht mich betroffen an. »Oh, nein, so meinte ich das doch nicht!«

Innerlich schlage ich mir gegen die Stirn. Ich weiß doch, dass Jana sich immer noch unnötigerweise fertigmacht, weil sie unsere Verabredung nach der Hundeschule falsch eingeschätzt hat. Sie ist definitiv noch nicht so weit, darüber zu lachen.

Ich gehe also auf Jana zu und streiche ihr beruhigend über den Arm. »Das war doch nur ein doofer Scherz, Jana! Wir haben noch etwas Zeit und wir würden gerne mit dir noch ein Gläschen trinken. Und ich bin total scharf auf deine Tapas.«

»Ich auch!«, ruft Hanno und nimmt auf einem der Barhocker Platz. Sofort schnappt er sich eine Scheibe Chorizo. »Mhh, gut!«

Jana lächelt etwas beruhigt. »Willst du auch etwas Sekt?«

»Ich bin zwar mit dem Auto da, aber ein Glas geht schon.«

»Ha!«, mache ich. »Das ist also das Geheimnis hinter deinem perfekten Aussehen trotz Regen.«

»Ja. Das Auto. Nicht die Glatze«, lacht Hanno, während Jana ihm einschenkt. »Aber es ist, wie es ist, irgendwer muss uns ja ins Kino bekommen. Außerdem hasst Ernst Regen.«

»Er hasst Regen?«, frage ich irritiert, weil Sputnik Regen so liebt. Ich kann mir gar nicht vorstellen, dass das bei anderen Hunden anders ist.

»Ja. Wenn es draußen nass ist, weigert er sich, auch nur einen Schritt mehr zu gehen als nötig. Wenn es unbedingt sein muss, verrichtet er mit Todesverachtung seine Geschäfte, aber zu mehr ist er nicht bereit.«

Jana und ich müssen beide lachen bei der Vorstellung wie der kleine Mops dem großen Hanno im Regen eine Szene macht, weil er sich weigert, nass zu werden.

»Und was machst du dann?«, will Jana wissen.

»Na ja, wenn gar nichts mehr geht, trage ich ihn. Peinlich, aber wahr.«

»Das könnte ich mit Smilla nicht, die hat immerhin zwanzig Kilo«, prustet Jana. »Sie findet Regen auch nicht prickelnd, aber sie lässt sich dann doch immer überreden, hinauszugehen und sich draußen eigenständig zu bewegen. Muss sie auch.«

»Du liebst Regen, nicht wahr, Sputnik?«, frage ich meinen Hund, der als Antwort heftig mit dem Schwanz wedelt. Inzwischen sitzen die Hunde wieder um uns herum und sehen uns aus großen, treuherzigen Augen an in der Hoffnung, dass etwas vom Tisch fällt. Blöderweise fällt aber nichts vom Tisch.

Wie das so ist mit Hundemenschen, erzählen wir uns in der nächsten halben Stunde alle möglichen und unmöglichen Geschichten aus unserem Alltag mit Hund. Dann jedoch verrät mir ein Blick auf die Uhr, dass es Zeit wird, loszufahren, wenn wir unseren Film nicht versäumen wollen.

Jana bringt Hanno und mich noch zur Tür, um uns zu verabschieden.

»Danke noch mal für alles«, sage ich, als ich Jana zur Verabschiedung umarme.

»Gerne, kein Problem!«

»Und du rufst an und gibst Bescheid, wenn etwas sein sollte, ja? Egal, wie spät es ist!«

»Natürlich, du Glucke. Mach dir keine Sorgen. Wir vier machen uns einen lustigen Abend. Und ihr macht das auch!«

»Kriegen wir hin«, schmunzelt Hanno und umarmt Jana ebenfalls. »Danke!«

Nachdem wir uns auch von unseren Hunden verabschiedet haben, verlassen Hanno und ich Janas Haus. Es fühlt sich merkwürdig an, Sputnik so zurückzulassen. Aber ich bin auch wirklich gespannt, was der Abend noch so bringen wird.

Kapitel 7

Hannos Auto ist blau. Blitzblau. Und klein. So klein, dass man sich unweigerlich fragt, wie dieser große Mann hineinpasst. Wenigstens benötigt Ernst nicht viel Platz. Und ich auch nicht, wenn ich ehrlich bin.

Hanno öffnet mir galant die Beifahrertür, was mich schmunzeln lässt. Kaum habe ich mich auf den Beifahrersitz gesetzt, wird aus dem Schmunzeln ein Grinsen. Am Rückspiegel hängt ein Schlüsselanhänger, der Ludwig II. zeigt. Das ist wohl mit Abstand das schwulste Auto, in dem ich je saß.

Hanno bemerkt meinen Blick, als er sich auf den Fahrersitz fallen lässt, und steckt demonstrativ mit dem abgeknickten Handgelenk fuchtelnd den Schlüssel ins Zündschloss. Aus meinem Schmunzeln wird ein Lachen. Hannos selbstironische Art finde ich einfach großartig.

»Ludwig II. ist eben mein Idol«, erklärt Hanno entsprechend affektiert.

»Und ich dachte, das wäre Oscar Wilde.«

Hanno wendet sich mir zu. »Wie kommst du darauf?«

»Na, wegen Ernst. Wegen seines Namens.«

»Oh! Du bist der Erste, der erkennt, dass ich ihn nach *Ernst sein ist alles* benannt habe!«

»Wirklich? Das ist doch ziemlich offensichtlich.«

»Ist es nicht«, meint Hanno und strahlt mich so offen und voller Zuneigung an, dass es mir ganz unangenehm ist. Ich kann dieses Strahlen nicht auf die gleiche Weise erwidern, obwohl Hanno das mehr als verdient hätte.

Ich senke den Blick und betrachte interessiert meine Fingernägel. Die könnten mal wieder geschnitten werden. Hanno parkt unterdessen aus und fährt los. Ich weiß nicht, ob er meine Reaktion mitbekommen hat und wie sie sich für ihn anfühlt.

»Wie weit ist es denn bis ins Kino?«, will ich wissen, weil ich Angst habe, dass sich peinliches Schweigen zwischen uns breitmachen könnte.

»Nicht weit. Warst du da noch nicht?«

»Nein, noch nie.«

»Gehst du nicht gerne ins Kino?«

»Doch, aber nicht allein. Und mit jemand anderem hat es sich nicht ergeben.«

Hanno wirft mir einen irritierten Seitenblick zu, sagt dazu aber nichts. Tatsache ist jedoch, dass ich in den drei Jahren, in denen ich jetzt schon hier wohne, kein einziges Date hatte. Kein Essen, keine Spaziergänge und auch kein Kino. Und auch abseits von Dates habe ich mich mit niemandem so weit angefreundet, dass man mal ins Kino hätte gehen wollen. Klar habe ich ab und an etwas mit den Leuten aus der Arbeit unternommen, aber im Kino waren wir nicht. Eigentlich habe ich mich überwiegend in meiner Arbeit vergraben und mich auf meinem Sofa vor der Welt versteckt. Aber damit ist jetzt Schluss.

»Also bin ich dein Erster?«, fragt Hanno dann doch mit seinem üblichen, leichten Tonfall.

»Na ja, hier vielleicht. Aber weißt du, ich war durchaus schon mal mit einem Mann im Kino.«

»Schade«, seufzt Hanno theatralisch.

Ich schmunzle und sehe wieder aus dem Autofenster. Irgendwie fällt mir gerade nichts ein, was ich noch sagen könnte. Der Gedanke an dieses Funkeln in Hannos Blick macht mir noch zu schaffen. Erst dachte ich ja, Hanno wäre nur auf schnellen Sex aus, allenfalls auf eine Affäre. Nun, Sex hatten wir noch keinen, wir haben noch nicht einmal richtig geknutscht. Wenn er mich so ansieht, dann könnte ich mir vorstellen, dass er mehr von mir will. Und ich will auch mehr, ich will eine Beziehung. Ich will einen Partner. Jemanden, der mich kennt und mich versteht und mich liebt, so wie ich bin. Jemanden, der um meine Träume und Hoffnungen und Sehnsüchte weiß. Jemanden, der mir vertraut und der mir vertraut ist.

Ich wünsche mir das so sehr und schon so lange und ich verstehe nicht, wieso Hannos Blick kein Kribbeln in mir ausgelöst hat, sondern allenfalls ein schlechtes Gewissen.

»Ernst hat heute meinen Lieblingsschuh zerstört«, reißt Hanno mich aus meinen Gedanken.

Ich sehe zu ihm rüber, doch Hanno blickt recht stur auf die Straße. Die Stirn hat er leicht gerunzelt.

»Oh«, mache ich wenig geistreich.

»Fand ich ziemlich gemein von ihm. Ihm war wohl langweilig, als ich unter der Dusche war. Oder er wollte Aufmerksamkeit, keine Ahnung.«

»Vielleicht fand er die Schuhe auch einfach hässlich?«, mutmaße ich.

»Nein! Die waren toll. Und das weiß Ernst auch. Er hat schließlich Geschmack.«

»Hat er das?«

»Na klar. Du hättest mal sehen sollen, wie er sich letztens im Laden sein neues Bettchen ausgesucht hat. Nur das Beste war ihm gerade gut genug.«

Den Rest der Fahrt unterhält mich Hanno mit Anekdoten über seinen Mops. Und auch wenn ich den leisen Verdacht habe, dass er das tut, um mich abzulenken und damit ich nicht grübelnd vor mich hin starre: Es funktioniert.

Im Kino kauft Hanno unsere Tickets, obwohl ich protestiere.

»Willst du Popcorn?«, frage ich Hanno dann, um mich für die Tickets zu revanchieren.

»Natürlich will ich Popcorn.«

»Dann komm«, sage ich und deute in die entsprechende Richtung.

»Noch nicht, aber später gern.«

Ich lache. »Der war echt schlecht.«

»Er war großartig. Und du hast gelacht.«

»Ja, aus Mitleid.«

»Pah!«

Hanno wirft den Kopf in den Nacken und stolziert zum Popcornstand. Grinsend folge ich ihm.

Ich besorge Popcorn und Cola für Hanno und mich, dann gehen wir in den Kinosaal. Er ist mittelmäßig gefüllt, der Film läuft schon seit einiger Zeit.

Unsere Plätze befinden sich in der letzten Reihe und ich bin mir ziemlich sicher, dass Hanno Hintergedanken hatte, als er die Karten ausgesucht hat. Allerdings haben wir die Reihe nicht für uns allein. Neben mir sitzen drei Teenagerjungs, auf deren Stirn quasi *Nerd* tätowiert steht.

Der Film ist unterhaltsam. Irgendwann streift Hannos Hand über meinen Unterarm, erst nur leicht. Ein sanftes Streicheln. Auch wenn in mir nichts kribbelt und kein Feuerwerk explodiert: Ich mag seine Berührung, seine Nähe. Und so lehne ich mich leicht gegen ihn. Hanno scheint das zu ermutigen, denn er neigt seinen Kopf mir zu und haucht einen Kuss auf meine Schläfe. Seine Hand ist unterdessen meinen Arm hinuntergewandert, hat meine Finger gefunden. So zart wie sie vorhin über meinen Arm gestrichen sind, zeichnen seine Finger meine Finger nach, jeden einzelnen, bis Hanno unsere Finger miteinander verschränkt. Mit seinem Daumen malt er Kreise auf meinen Handrücken und Gott, ich mag es, dass da endlich wieder jemand ist, der mich berührt.

An Hanno gelehnt vergeht der Film wie im Flug und als er dann während des Abspanns leise raunt: »Magst du noch mit zu mir?«, da kann ich nur nicken. Sein Lächeln im Auto habe ich nicht vergessen und auch meine Bedenken nicht. Sie sind nach wie vor da. Und doch fühlt es sich zu gut an, um Nein zu sagen. Wer weiß, vielleicht kommt es ja doch noch, das Kribbeln und das tiefe innere Sehnen. Zuneigung ist da und Anziehung eigentlich auch. Das ist doch eine gute Basis.

Bei der Rückfahrt schweigen wir dieses Mal tatsächlich. Auch Hanno scheint seinen Gedanken nachzuhängen und ich hadere mit mir, ob ich wirklich mit ihm kommen soll und will und frage mich, wozu das noch führen wird. Werden wir miteinander schlafen?

Will er das? Will ich das? Welche Konsequenzen würde es haben? Welche Konsequenzen hätte es, wenn ich doch nach Hause führe? Ist es die Angst davor, mich auf Neues einzulassen, die mich daran hindert, Gefühle für Hanno zu entwickeln? Habe ich sie und erkenne sie nur nicht, weil ich Angst habe? Oder sind sie tatsächlich nicht da?

Ich lehne den Kopf gegen die Scheibe und wünsche mir nicht zum ersten Mal, ich könnte mein Gedankenkarussell ausschalten.

»Wir sind da«, sagt Hanno plötzlich leise und hält vor einem zweigeschossigen Mehrfamilienhaus. »Sicher, dass du mit raufkommen willst?«

»Ja«, sage ich und lächle. Vielleicht wirkt mein Lächeln ein bisschen gezwungen, aber es ist nicht unehrlich. So breit wie das Lächeln, das Hanno mir daraufhin schenkt, ist es jedoch nicht.

Kurz darauf betrete ich hinter Hanno dessen Wohnung. Sie ist wie sein Auto: Bunt und kitschig und ein bisschen ironisch. Im Flur hängt eine große pinke Kuckucksuhr. Als ich – nachdem ich Schuhe und Jacke ausgezogen habe – das Wohnzimmer betrete, sehe ich über dem Sofa einen riesigen Ölschinken in intensiven Farben. Eine Jagdszene. Man sieht Wald, im Zentrum einen großen Hirsch, am linken Rand zwei Jäger. Vom Stil her könnte man meinen, man hätte es mit einem Gemälde aus dem vorvorigen Jahrhundert zu tun – wenn die beiden Jäger nicht, statt auf den Hirsch zu zielen, hemmungslos miteinander knutschen würden.

»Geiles Bild«, befinde ich.

»Ja, nicht wahr? Ich liebe es.« Hanno streicht sich durch den Bart. Kurz wirkt er unsicher, doch gleich ist er wieder sein übliches fröhliches Selbst. Er deutet auf das Sofa. »Setz dich doch. Willst du etwas trinken?«

»Gerne.«

»Bier? Irgendwo müsste ich auch noch Rotwein haben. Schnaps habe ich auch. Oh, und Schokolikör. Auch wenn ich den ehrlich gesagt scheußlich finde.«

»Bier ist gut.«

Hanno nickt und verschwindet in die Küche, nur um kurz darauf mit zwei Bierflaschen zurückzukehren. Er lässt sich neben mir auf das Sofa fallen und reicht mir eine Flasche.

»Prösterchen! Schön, dass du da bist.«

Ich proste Hanno zu und nehme einen Schluck von meinem Bier. Zwischen uns macht sich eine leichte Verlegenheit breit, die umso mehr Raum greift, da Hanno dieses Mal nicht mit Anekdoten über seinen Hund davon ablenkt.

Ich ertappe mich dabei, wie ich am Etikett meiner Bierflasche herumfriemele. Wie dumm.

»Hanno?«, frage ich und sehe auf. Erst jetzt wird mir bewusst, dass er mir zugewandt auf dem Sofa sitzt, den rechten Arm auf der Rückenlehne abgelegt, sodass er mich beinahe im Nacken berühren könnte.

»Hm?«

»Darf ich dich etwas fragen?«

»Klar.«

Ich zögere, doch dann gebe ich mir einen Ruck. »Was ist das hier für dich?«

»Ähm. Zwei Männer, die gemeinsam ein Bier trinken?«

Ich lächle matt. »Das mit uns. Nicht nur wir jetzt.«

Hanno seufzt und lehnt den Kopf gegen die Rückenlehne, hält den Blick aber unverwandt auf mich gerichtet. »Musst du das denn definieren?«

»Ich weiß nicht. Doch, ja, ich denke schon.«

»Hm. Wir mögen uns. Tun wir doch, oder? Ich mag dich jedenfalls.«

»Ich mag dich auch«, sage ich leise und denke dabei, dass *mögen* ein weites Feld ist.

Hanno lächelt. »Das ist schön.«

Ich sehe ihn weiter nachdenklich an und Hanno erwidert meinen Blick. Er hat so sanfte Augen. Ich glaube, das wird mir erst jetzt so richtig bewusst. Sie sind dunkelbraun und von langen Wimpern umrahmt. Sie strahlen Freundlichkeit und Friedfertigkeit aus, auch wenn er ernst dreinblickt.

»Wir…«, sagt Hanno und unterbricht sich sofort. Er fährt sich durch den Bart und seufzt leise, ehe er noch einmal neu ansetzt. »Ich würde einfach gerne schauen, wohin das mit uns führen könnte.«

Ich lehne nun auch meinen Kopf gegen die Rückenlehne und sehe Hanno an. Es ist schon ein bisschen verrückt, wenn ich daran denke, wie wir uns das erste Mal sahen. Ich, einsam und, nun ja, geil, und er, verrucht und wild und frei. Und jetzt, nur ein paar Wochen später, sitzen wir miteinander in seiner Wohnung und denken darüber nach, wohin das mit uns führen könnte. Und ja, ich möchte das auch gerne wissen. Auch wenn eine leise Stimme in mir unkt, dass es nicht besonders weit sein wird.

Ich nicke leicht. »Das finde ich schön.«

»Ja?«, fragt Hanno und seine Stimme ist tief und sanft wie seine Augen.

»Ja.«

Hannos Blick wird inniger und ich schlucke verlegen. Meine Augen wende ich jedoch nicht von seinen ab. Und dann beginnt Hanno langsam, unmerklich fast, die Distanz zwischen uns zu überbrücken. Er rutscht näher, beugt sich vor und dann, irgendwann, ist sein Gesicht kaum mehr als eine Handbreit von meinem entfernt. Ich spüre seinen Atem auf meiner Haut.

Wenn ich abhauen wollte: Jetzt wäre der Moment. Aber trotz aller Bedenken will ich nicht weg. Ich habe immer noch irgendwo die Hoffnung, dass das mit Hanno und mir mehr werden könnte. Wenn ich es schaffe, mich darauf einzulassen. Außerdem habe ich mir doch vorgenommen, meine Komfortzone zu verlassen. Es ist wirklich höchste Zeit, damit anzufangen. Ich sollte versuchen, die Dinge auf mich zukommen zu lassen. Nicht immer alles zu zerdenken. Mehr zu fühlen.

Und als Hanno schließlich seine Lippen auf meine legt, fühlt sich das gut an.

Ich schließe meine Augen und stelle mir bildlich vor, wie ich meine Gedanken, meine Bedenken von mir schiebe. In meinem Kopf ist jetzt kein Raum dafür. Da sind nur noch der Moment, das Jetzt – und Hanno.

Hanno schmeckt ein bisschen nach Bier und nach Popcorn. Sein Kuss ist wie Hanno selbst. Forsch, selbstbewusst und alles andere als zurückhaltend. Er macht es mir leicht, mich ihm zu überlassen. Sein Bart kratzt an meiner Haut, eine Hand liegt auf meinem Hinterkopf, die andere auf meinem Rücken. Er zieht mich enger an sich. Etwas zögerlich vielleicht lege ich meine Rechte auf seine Seite. Ich spüre die Wärme seines Körpers unter meinen Fingern. Ungewohnt, aber nicht schlecht.

Unsere Beine kommen sich ein wenig in die Quere und so richtig bequem ist es nicht, seitlich nebeneinanderzusitzen, mit verdrehten Oberkörpern, und sich zu küssen. Hanno unterbricht unseren Kuss und schwingt sich kurzerhand über meine Beine, sodass er rittlings auf meinem Schoß zu sitzen kommt. Dann umfasst er mein Gesicht mit beiden Händen und sieht mich so zärtlich an, dass ich ihn sofort küssen muss – damit er damit aufhört.

Jetzt, da wir bequemer und noch enger aneinandergeschmiegt sitzen, nimmt unser Kuss deutlich an Fahrt auf. Hanno lässt das letzte bisschen Zurückhaltung fallen. Mit allem, was er hat, drängt er mich zurück und ist so präsent dabei, dass ich es tatsächlich schaffe, nicht nachzudenken. Wenn ich nicht gerade daran denke, dass ich nicht denke, zumindest.

Ich weiß nicht recht, wie mir geschieht, da bin ich schon mein Hemd los. Gierig gleitet Hannos Blick über meinen nackten Oberkörper. Lange belässt er es jedoch nicht dabei, mich bloß anzusehen. Noch einmal küsst er mich tief und harsch, dann wandert er küssend und knabbernd immer tiefer. In der gleichen Bewegung lässt er sich vom Sofa gleiten, kniet sich zwischen meine Beine.

Als Hanno mit der Zunge in meinen Bauchnabel eintaucht, lässt mich das zittrig japsen. Den Kopf habe ich in den Nacken gelegt. Aus halb geschlossenen Augen beobachte ich, wie Hanno nach meinem Hosenknopf greift.

»Darf ich?«, fragt er mit belegter Stimme.

Ich kann nichts tun als zu nicken. Und dann öffnet Hanno auch schon meine Hose. Er hält sich nicht lange mit Vorgeplänkel auf, sondern fasst sofort in meine Shorts, schiebt sie nach unten und klemmt sie hinter meine Hoden. Mit einer Hand streicht er über meinen Penis. Den Blick glänzend darauf gerichtet leckt er sich über die Lippen.

»Darauf warte ich schon eine Weile«, haucht Hanno. Und dann nimmt er mich mit einem Mal so tief in den Mund, dass ich unweigerlich keuche und zustoße.

Hanno liebt es, zu blasen. Das merke ich jede Sekunde, die er mich mit seiner Zunge neckt, mich tief in sich aufnimmt. Er konzentriert sich ganz auf mich, scheint jede meiner Bewegungen, jeden Atemzug, jedes Seufzen, jedes Stöhnen zu registrieren und darauf zu antworten, um mich immer weiter zu treiben. Ab und an sieht er dabei auf und wenn sich unsere Blicke treffen, grinst er – so gut es eben geht in seiner Position – und zwinkert mir zu. Irgendwann öffnet er seine Hose und streichelt sich selbst in dem Takt, den er mit seinem Mund vorgibt.

Hannos Intensität habe ich nicht viel entgegenzusetzen. Meine Augen fallen zu und ich spüre dieses Kribbeln, das in meiner Wirbelsäule beginnt und sich rasch ausbreitet.

»Komme«, nuschle ich, um Hanno vorzuwarnen.

Hanno nimmt mich noch einmal tief in sich auf und vollführt eine Schluckbewegung, die mich Sterne sehen lässt. Dann entlässt er mich aus seinem Mund und ersetzt diesen durch seine Hand. Es braucht nur zwei Striche, bis ich komme.

»Du bist so sexy«, raunt Hanno und krabbelt wieder auf das Sofa und auf mich. Er nimmt meine Lippen in Beschlag für einen Kuss, in dem ich mich schmecke. Mir ist das unangenehm – nicht, weil ich etwas gegen meinen Geschmack habe, sondern weil es sich zu nah anfühlt. Hannos Hand ist unterdessen zu seinem Schwanz zurückgekehrt und er reibt sich rasch. Kurz darauf kommt er mit einem lang gezogenen Stöhnen auf meine Brust.

»So sexy«, summt Hanno erneut, den Blick auf sein Sperma auf meiner Haut gerichtet. Dann bricht er halb auf mir, halb neben mir zusammen, schmiegt sich an mich und verteilt kleine Küsse an meinem Hals. Ich streiche ihm sanft über den Rücken und finde ihn in diesem Moment fürchterlich niedlich.

»Schläfst du heute hier?«, fragt Hanno irgendwann leise.
»Ja«, antworte ich ebenso leise.
»Das ist schön.«
»Wollen wir vielleicht ins Bett gehen?«
»Ja, lass uns das machen.«
Mit einem leidenden Ächzen, das mich schmunzeln lässt, rappelt Hanno sich auf. Sobald er steht, hält er mir seine Hand hin und zieht mich vom Sofa.
»Hast du vielleicht eine Zahnbürste für mich?«, erkundige ich mich, während ich meine Hose richte.
»Klar.«
Auch Hanno schließt seine Hose. Er führt mich ins Badezimmer, wo er mir eine neue Zahnbürste aus einer Schublade zaubert und mir auch ein frisches Handtuch gibt. Dann lässt er mich allein und ich mache mich rasch bettfertig. Unter die Dusche hüpfe ich auch schnell, denn mein Oberkörper ist ziemlich eingesaut. Zum Glück hat meine Hose nichts abbekommen. Das wäre sonst morgen peinlich geworden, wenn wir die Hunde von Jana zurückholen.
Nachdem ich im Badezimmer fertig bin, mache ich mich, bekleidet nur mit meinen Pants, auf die Suche nach dem Schlafzimmer. Ich finde es rasch und muss schmunzeln, weil es genauso typisch Hanno ist wie der Rest seiner Wohnung. Im Wesentlichen besteht es aus einem riesigen Bett, neben dem eine exakte Kopie dieses Betts im Mops-Maßstab steht. Über dem Bett hängt ein Bild, das ähnlich dem im Wohnzimmer wie ein zweihundert Jahre altes Ölgemälde wirkt. Mit den beiden Männern, die man von hinten sieht, wie sie im Sonnenuntergang auf einem Hügel stehen und in die Ferne sehen, könnte es ein Caspar David Friedrich sein – wären die beiden Männer nicht nackt und würden sie nicht Händchen halten.
»Ich bin gleich wieder da«, sagt Hanno plötzlich.
Ich habe gar nicht bemerkt, dass er im Schlafzimmer ist. Kunststück, er war halb hinter der Tür verborgen. Dort steht ein reichlich kitschiger, irgendwie antik wirkender Sessel, auf den Hanno gerade seine Jeans gelegt hat. Jetzt steht er nur in Boxershorts vor

mir und ich muss sagen, er kann sich schon wirklich sehen lassen. Dass er breit gebaut ist, wusste ich ja schon. Jetzt stelle ich fest, dass er auch durchaus muskulös ist – auch wenn sein Bauch etwas zu massig ist für einen Waschbrettbauch. Außerdem ist Hanno überall – bis auf seinen Kopf – üppig behaart. Wie ich es mir schon gedacht habe, als ich ihn das erste Mal sah: Hanno ist das Klischee von einem Bären.

Er bemerkt natürlich, dass ich ihn mustere. Er feixt mich an, zwickt mich kurz in den Hintern und verschwindet dann ins Badezimmer.

Ich krieche unterdessen in Hannos Bett. Hoffentlich hat er keine bevorzugte Seite, auf die ich mich versehentlich lege. Nun ja, wenn doch, wird er es mir schon sagen.

Hannos Bett fühlt sich fremd an, riecht fremd und ich mag das nicht. Zum Glück ist Hanno tatsächlich gleich wieder bei mir. Und offenbar hat die Zeit im Bad seinen Appetit wieder angefacht. Seine Boxershorts hat er gleich dort gelassen und er ist sichtlich erregt. Erleichtert stelle ich fest, dass sein Penis nicht so übergroß ist wie der Rest von ihm. Er ist ganz normal in Form und Größe und das gefällt mir viel besser.

In wenigen Schritten ist Hanno beim Bett angekommen. Statt sich einfach nur neben mich zu legen, rollt Hanno sich auf mich und nimmt meine Lippen in Beschlag. Ich muss schmunzeln, weil diese forsche, kompromisslose Art einfach so viel mehr Hanno ist als die abwartende Nachsicht, mit der er mich bisher behandelt hat.

Als ich Hannos Kuss erwidere und meine Arme um ihn schlinge, wandern seine Hände zu meinen Pants.

»Unnötiges, unnötiges Ding«, murmelt Hanno und entfernt selbige sofort.

Unter Hannos Berührungen kehrt meine Erregung rasch zurück. Wieder hält er sich nicht lang mit Feinheiten auf, sondern bringt bald unsere Schwänze zusammen, umfasst sie mit seiner Hand und reibt uns zielgerichtet dem Orgasmus entgegen. Seine Lippen nimmt er unterdessen nicht von meinen.

Nachdem wir gekommen sind, fischt Hanno ein paar Taschentücher aus einer Schublade hervor und reinigt uns provisorisch. Dann schlingt er seinen Arm um mich, haucht einen Kuss auf meine Schläfe und schmiegt sich an mich.

»Schlaf gut«, wispert er, und ich glaube, er ist schon halb eingeschlafen.

»Du auch.«

Ich streiche mit einer Hand sanft über Hannos Unterarm, der mich hält, was er mit einem zufriedenen Brummen quittiert. Dann, glaube ich, schläft er wirklich ein. Und ich, ich liege neben ihm und fühle mich leer.

Hanno ist warm und angenehm. Es ist schön mit ihm, leicht und fröhlich, und seine Nähe tut mir gut. Und ich mochte den Sex. Aber dieses »Mehr«, das fehlt. Da ist kein Gefühl von Zugehörigkeit, obwohl ich mir nichts sehnlicher wünsche. Vielleicht, so versuche ich mich zu beruhigen, entwickeln sich die Gefühle ja noch. Vielleicht brauche ich einfach noch ein bisschen Zeit. Es ist mir noch nie leichtgefallen, zu vertrauen.

Kapitel 8

Ich schlafe schlecht in dieser Nacht. Hannos regelmäßiger Atem beruhigt mich nicht, sondern erinnert mich permanent daran, dass ich nicht allein bin. Im Moment wäre ich es aber gerne. Gleichzeitig fühle ich mich so lächerlich, weil ich mir doch eigentlich nichts mehr wünsche, als meiner Einsamkeit zu entfliehen. Und jetzt ist da endlich ein Mann und er ist warm und lieb und er mag mich – und ich wäre lieber allein.

Als der Wecker auf Hannos Nachttischchen halb acht anzeigt, befinde ich, dass es jetzt okay sein muss, wenn ich aufstehe. Leise, um Hanno nicht zu wecken, schlage ich die Decke zurück und verlasse das Bett. Meine Pants klaube ich vom Boden auf, dann mache ich mich auf die Suche nach Hemd und Pullover, die ich im Wohnzimmer finde. Meine Hose weiß ich noch im Bad. Sobald ich dort angekommen bin, atme ich auf und verachte mich dafür.

Nach einer ausgiebigen Dusche und nachdem ich mich abgetrocknet habe, schlüpfe ich notgedrungen zurück in meine Pants von gestern – was ich wirklich hasse. Ich putze mir noch ausgiebig die Zähne und ziehe auch die restlichen Klamotten an, doch dann fällt mir nichts ein, womit ich weiter Zeit schinden könnte. Ich verlasse also das Bad wieder – und laufe prompt gegen Hanno. Das Lächeln, mit dem er mich begrüßt, ist mir furchtbar unangenehm.

»Hey«, brummt er und legt seine Arme um mich. »Guten Morgen.«

»Morgen, du Bär«, nuschle ich, lehne mich leicht gegen Hanno und versuche, nicht daran zu denken, dass sich das irgendwie falsch anfühlt.

Hanno gluckst leise, was ich mehr spüre als dass ich es höre. »Ich hab Frühstück gemacht, nachdem du mich so schnöde allein gelassen hast. Setz dich doch schon mal hin, ich gehe derweil schnell unter die Dusche.«

Sofort bekomme ich ein schlechtes Gewissen. Hanno hat sich diesen Morgen sicher anders vorgestellt. Gemeinsam aufwachen. Einander noch verschlafen in die Augen sehen und gemeinsam merken, dass man diese Nacht nicht allein verbracht hat. Sich küssen und sich dabei nicht um den Morgenatem scheren. Miteinander kuscheln und sich in der Schlafwärme des anderen verlieren. Da fortfahren, wo man in der Nacht aufgehört hat und miteinander schlafen. Alles Dinge, die ich selber liebe – die ich aber nicht kann, wenn ich den Mann neben mir nicht auch wirklich will.

Hanno umfasst mein Kinn und neigt meinen Kopf ein Stück nach hinten. Dann haucht er mir einen zahmen Kuss auf die Lippen, ehe er im Badezimmer verschwindet. Ich marschiere unterdessen in die Küche, wo Hanno schon den Tisch gedeckt hat. So wie das aussieht, war ich ganz schön lange im Bad. Auf dem Tisch steht eine Pfanne, in der Rührei unter einem Deckel warm gehalten wird. Es gibt Käse und Marmelade und Hanno hat sogar Gurke, Paprika und Tomate aufgeschnitten und hübsch arrangiert. Offensichtlich hat er sich gemerkt, dass ich Vegetarier bin. Vor allem aber gibt es Kaffee und davon nehme ich mir gleich eine Tasse.

Als ich meine Tasse halb leer getrunken habe, kommt Hanno. Er schenkt sich ebenfalls ein und nimmt gegenüber von mir Platz.

Während des Frühstücks sind wir beide schweigsam. Hanno ist wohl kein Morgenmensch, sondern schläft noch so halb. Und ich weiß nicht, was ich sagen oder tun soll. Ich weiß noch nicht einmal, was ich denken soll.

»Vermisst du Sputnik?«, fragt Hanno irgendwann.

»Hm? Äh, ja, es ist merkwürdig, ihn so lange nicht zu sehen«, antworte ich und fühle mich schlecht, weil ich heute noch kaum an meinen Hund gedacht habe.

»Wir sollten die beiden auch bald abholen. Wahrscheinlich treiben sie Jana schon in den Wahnsinn.«

Ich schmunzle und greife Hannos Gedanken dankbar auf. »Ja, wer weiß, auf welche blödsinnigen Ideen sie zusammen kommen.«

»Eben.«

Und so beenden wir unser Frühstück rasch, um zu Jana zu fahren und unsere Hunde abzuholen.

Bei Jana angekommen, gibt es ein großes Hallo. Sputnik und Ernst begrüßen uns, als hätten sie uns Wochen nicht gesehen – und wahrscheinlich fühlt es sich für die beiden auch so an. Und so finde ich mich auf den Knien in Janas Flur wieder, während Sputnik mit den Hinterbeinen auf meinem Schoß steht und mir das Gesicht abschleckt.

»Wie war es denn?«, will ich von Jana wissen, mein Gesicht aus Sputniks Reichweite drehend, ihn aber dennoch streichelnd.

»Völlig problemlos. Die drei kommen wirklich gut miteinander klar. Sie haben noch ordentlich getobt, aber in der Nacht haben sie dann erschöpft gepennt.«

»Super. Danke noch mal!«

»Kein Ding. Hattet ihr denn einen schönen Abend?«

»Ja, sehr«, antwortet Hanno mit einem sanften Unterton in der Stimme, bei dem ich unweigerlich schlucken muss.

»Das ist schön. Mögt ihr denn noch einen Spaziergang zusammen machen?«

Ich hatte schon gefürchtet, dass Jana so etwas fragt. Normalerweise wäre ich mit Freuden dabei, aber jetzt muss ich wirklich allein sein. Ich muss nachdenken und mir darüber klar werden, was ich fühle und was ich will. Und was nicht.

»Ich kann nicht«, sage ich leise und wage es nicht, den beiden dabei ins Gesicht zu sehen. Hoffentlich fragen sie nicht nach meinem Grund. Mir fällt keine Ausrede ein. Ich will und ich kann nicht lügen.

»Schade«, meint Jana. »Und du?«

»Ich komme gerne mit«, antwortet Hanno. Vielleicht bilde ich es mir auch ein, aber ich finde, er klingt ein bisschen enttäuscht.

»Schön!«, ruft Jana und schlüpft schnell in ihre Schuhe und in ihre Jacke.

Ich schiebe derweil Sputnik von mir und greife nach seinem Geschirr. Sobald er startklar ist, richte ich mich auf. »Ich muss dann mal los…«

»Okay, mach es gut«, meint Jana und umarmt mich zum Abschied.

»Mache ich. Und danke noch mal!«

»Gerne. Jederzeit wieder!«

Dann stehe ich Hanno gegenüber und fühle mich wieder so betreten. Hanno jedoch lässt keine Befangenheit zu, sondern schließt mich sofort in seine Arme.

»Tschüss«, murmelt er und dann küsst er mich.

Ich weiß nicht recht, ob ich seinen Kuss erwidere.

»Bis morgen!«, ruft Jana mir noch hinterher, als ich mich schon zum Gehen wende.

»Morgen?«

»Hundeschule.«

»Ah ja«, erwidere ich, denn das hatte ich tatsächlich vergessen. Dann schnappe ich Sputnik und gehe los, ohne mich noch einmal umzusehen. Mit jedem Schritt wächst meine Erleichterung.

Daheim angekommen, betrete ich das Haus zu Sputniks Irritation nicht, sondern gehe mit ihm zum Auto.

»Lass uns noch in den Wald fahren«, sage ich wie zur Erklärung zu Sputnik und frage mich, wann ich einer von den Menschen geworden bin, die sich auf offener Straße mit ihren Hunden unterhalten, als würden sie erwarten, dass diese antworten.

Sputnik jedenfalls antwortet nicht, hüpft aber begeistert ins Auto, als ich ihm die Tür öffne. Nachdem ich ihn angeschnallt habe, setze ich mich auf den Fahrersitz und fahre los. Ein konkretes Ziel habe ich nicht vor Augen. Ich weiß nur, ich brauche Bewegung und will nirgends sein, wo ich versehentlich Hanno und Jana über den Weg laufen könnte.

Auf gut Glück fahre ich los. Ich merke, dass ich meine Standardroute Richtung Wald nehme – nicht weiter verwunderlich, für Varianten bin ich gerade zu verworren. Außerdem mag ich diese Strecke. Man kommt rasch im Wald an, fährt auf kurvigen Straßen zwischen dunklen Bäumen, die perfekt zu meiner aktuellen Stimmung passen. Weil ich dennoch das Gefühl habe, etwas Neues zu brauchen, fahre ich die Straße ein Stück weiter entlang, als ich es sonst tue. Nach einiger Zeit komme ich an einem Rastplatz an, wo ich parke. Eine Wiese liegt vor mir, darauf ein hölzerner Rasttisch mit Bank. Hinter mir beginnt der Wald.

»Hier ist es doch ganz schön, hm?«, frage ich Sputnik, der sich wieder mit seiner Antwort zurückhält. Als er dann jedoch begeistert gen Wald zieht, sobald ich ihn aus dem Auto gelassen habe, weiß ich, dass auch Sputnik zufrieden ist.

Wir finden einen Forstweg, dem wir in den Wald hinein folgen. Zum Glück hat es irgendwann in der Nacht aufgehört zu regnen. Immer noch hängen schwere dunkle Wolken über dem Schwarzwald und es ist empfindlich kalt. Es riecht nach feuchten Nadeln und nassem Waldboden.

Erst jetzt wird mir bewusst, dass meine Kleidung und meine Schuhe noch genau so wenig outdoortauglich sind, wie sie es gestern waren. Zum Glück sind letztere wenigstens über Nacht getrocknet. Ich reibe mir die Hände und schlage ein etwas flotteres Tempo an. Sputnik hüpft begeistert neben mir her, läuft mal ein Stück vor und kehrt dann wieder zu mir zurück.

Meine Gedanken wandern zurück zur letzten Nacht. Ich kenne mich gut genug um zu wissen, dass mir Sex ohne Gefühle keine wirkliche Befriedigung gibt. Den schlimmsten körperlichen Hunger stillt er, doch das viel größere seelische Verlangen tritt nur umso deutlicher hervor. Obwohl ich das weiß, habe ich mit Hanno geschlafen. Weil ich mich so sehr nach Nähe sehne und dachte, dass meine Zuneigung zu ihm ausreicht, um diese Sehnsucht zumindest ein bisschen zum Schweigen zu bringen. Tat sie nicht. Ich fühle mich jetzt nur noch viel einsamer. Und so verkorkst. Weil er da ist und ich ihn haben könnte und er toll ist und ich ihn doch nicht will.

Meine Augen brennen, ich weiß gar nicht, wie lange schon, und in meinem Hals lauert ein unheilvolles Kratzen. Meine Hände sind klamm geworden, obwohl ich sie in den Jackentaschen vergraben habe. Ich habe das Gefühl, ich kann spüren, wie meine Magensäure gegen die Magenwände ätzt.

»Verdammt, Sputnik, wieso?«, frage ich und meine Stimme klingt wie ein Winseln.

Und dann renne ich los. Als wäre jemand hinter mir her, rase ich den Forstweg entlang. Mit jedem Schritt werde ich schneller, bis ich das Gefühl habe, ich würde halb fliegen. Meine Schritte sind groß und werden vom Waldboden gedämpft, sodass sie kaum zu hören sind. Laut hingegen ist mein Atem. Ein rhythmisches Keuchen und Schnaufen im Wald. Wenigstens kein Schluchzen.

Sputnik springt erst um mich herum, an mir hoch, hält meinen Sprint für ein Spiel. Doch es dauert nicht lange, dann passt er sich meinem Tempo an. Er läuft an meiner Seite, genau neben mir. Immer wieder wirft er mir dabei einen Blick zu, ist bei mir und achtsam. Es ist, als würde er nur mich wahrnehmen und nicht die Bäume und Sträucher, die Vögel und Mäuse um uns herum. Gemeinsam laufen wir durch den Wald. Ich möchte weinen und lachen gleichzeitig.

Ich renne, bis mir die Lungen brennen. Und noch länger.

Irgendwann werden meine Schritte langsamer. Sputnik passt sich auch meinem neuen Tempo an. Eine Weile joggen wir noch den Weg entlang, bis ich schließlich wieder zum Gehen komme und letztlich stehen bleibe. Mein Atem geht schnell und abgehackt. Kalt und klamm ist mir definitiv nicht mehr.

Sputnik setzt sich neben mich und sieht mich aufmerksam an. Ich sinke auf die Knie und streichle meinen Hund dankbar, was er mit einem kleinen Freudentanz quittiert. *Kraul mich hier, nein da, ja hier, genau da, so ist es gut!*, sagt Sputnik mit seinem ganzen Körper.

»Du Schatz, du«, murmle ich und vergrabe mein Gesicht in Sputniks borstigem Fell. »Ich bin so froh, dass ich dich habe.«

Sputnik leckt mir über das Gesicht und scheint mir zuzustimmen.

»Was hältst du davon, wenn wir uns ein Plätzchen suchen, um Pause zu machen?«

Sputnik wedelt mit dem Schwanz und auch das werte ich als Zustimmung. Ich stehe also ächzend und immer noch schwer atmend auf und sehe mich um. Keine Ahnung, wie tief wir im Wald sind. Es fühlt sich ziemlich tief an. Menschen sind wir auf dem ganzen Weg keinen begegnet. Das liegt wahrscheinlich am Wetter. Es sieht immer noch nach Regen aus und da ist nur den wenigsten nach Spaziergängen und Wanderungen.

»Wo wollen wir denn hin?«

Ich sehe mich um und entdecke auf den ersten Blick nichts, wo ich mich niederlassen möchte – zumal der Boden noch reichlich feucht ist von den Niederschlägen der vergangenen Nacht. Also gehe ich wieder los, langsam dieses Mal, in der Hoffnung, dass mich bald ein hübsches Plätzchen anspringt. Ich würde mich nur ungern mitten auf den Weg setzen.

Sputnik und ich haben Glück. Es dauert nicht lange und wir kommen an einen schmalen Pfad, der vom Forstweg wegführt. Er ist zu Beginn recht steil und besteht überwiegend aus Wurzeln, die quasi Treppen formen. Auch wenn meine Schuhe nicht für solche Wege geeignet sind, erklimme ich mit Sputnik diesen Pfad. Ihm scheint es jedenfalls zu gefallen. Er klettert munter voran.

Besonders weit sind wir noch nicht vorgedrungen, da hält Sputnik an.

»Was siehst du denn?«, will ich wissen und hoffe inständig, dass es kein Reh ist. Wenn Sputnik mir jetzt wieder abhaut, würde ich nicht gut damit klarkommen.

Ich komme näher und stelle fest, dass kein Reh Sputniks Aufmerksamkeit fesselt, sondern ein großer Baum. Eine Buche, wenn mich nicht alles täuscht. Knorrig und mit zerklüftetem Stamm steht sie da, das ausladende Blätterdach mit dem goldgelben Laub zwingt die anderen Bäume zu respektvollem Abstand.

»Das hast du fein gemacht«, lobe ich meinen Hund und werfe ihm auch gleich ein Leckerli zu, das er aus der Luft schnappt.

Ich gehe auf die Buche zu und lege eine Hand auf den silbrigen Stamm. Dick wie er ist, muss der Baum schon ziemlich alt sein.

Mit einem Seufzen lasse ich mich den Stamm hinabgleiten und lehne mich mit dem Rücken dagegen. Ein bisschen ruckle ich hin und her, um meine Regenjacke unter meinen Hintern zu ziehen. Auch wenn der Boden hier halbwegs trocken wirkt, ich habe keine Lust auf Flecken auf der Hose und auf einen nassen Allerwertesten.

Sputnik setzt sich neben mich und sieht sich zufrieden um. Sicherheitshalber leine ich ihn an – ich will einfach nicht riskieren, dass ihm unsere Rast zu langweilig wird und er sich auf und davon macht. Momentan sieht er jedoch nicht danach aus. Er sitzt neben mir und lässt sich die Ohren kraulen.

Ich versuche, auf die Geräusche des Waldes zu achten, auf das Rascheln im Laub, das Zwitschern der Vögel, das Hecheln meines Hundes, und meine Gedanken auszuschalten. Doch es gelingt mir nicht. Jetzt, wo ich hier sitze, kehrt mit aller Macht das zurück, wovor ich vorhin so erfolgreich davongelaufen bin. Ich sehe Hanno vor mir, sein Lachen und seine Lust und diesen Ausdruck in seinem Blick. Je präsenter er mir wird, desto stärker nagt meine Einsamkeit an mir. Wieso bin ich nicht in ihn verliebt, noch nicht einmal ein bisschen verknallt? Ich mag Hanno. Hanno wäre perfekt. Aber da ist nichts. Nur Leere.

Ich schlinge die Arme um meine Beine und lege den Kopf auf den Knien ab. Das Brennen in den Augen und das Kratzen im Hals, sie sind zurück. Und dann kommen die Tränen. Nicht bloß eine einzelne Träne, die elegant über meine Wange rinnt, sondern ganze Sturzbäche. Mit sich führen sie japsendes Schluchzen und eine triefende Nase. Erleichterung bringt dieser Ausbruch jedoch nicht, sondern nur immer mehr Hoffnungslosigkeit.

Ich werde einsam sterben. Und ich bin selbst schuld daran. Weil ich unfähig bin. Immer wieder hämmert mir dieser Gedanke durch den Kopf.

Ein Stupsen gegen meinen Arm bringt mich irgendwann dazu, den Kopf zu heben. Ich erwarte, Sputnik zu sehen, als ich aufblicke. Sputnik, der neben mir sitzt und fröhlich hechelt und sich langweilt. Der weitergehen will, oder mich vielleicht ablenken. Doch es ist nicht Sputnik, der mich angestupst hat.

Durch den Tränenschleier hindurch sehe ich in die hellen Augen des Wolfs.

Es dauert einen Moment, bis mein Körper auf diese Erkenntnis reagiert. Dann jedoch beginnt mein Herz zu rasen und ich zucke erschrocken zurück. Weit komme ich jedoch nicht, denn der Baumstamm in meinem Rücken hindert mich daran. Genauso heftig atmend wie vorhin nach meinem Sprint starre ich den Wolf an. Und er erwidert meinen Blick unverwandt.

Ich wünschte, ich könnte sagen, es wäre die Vernunft, die mich letztlich dazu bringt, meinen Blick abzuwenden – schließlich könnte das Raubtier mein Starren als Provokation auffassen. Tatsächlich jedoch ist es mein Hund. Sputnik rast plötzlich auf den Wolf zu und begrüßt ihn auf Hundeart, indem er direkt an dessen Hinterteil schnüffelt.

Der Wolf wendet sich Sputnik zu und begrüßt ihn ebenfalls. Dabei ist er so freundlich, wie er das bei unserer letzten Begegnung auch war. Auf Sputniks Spielaufforderung geht er jedoch nicht ein. Stattdessen kommt er wieder zu mir. Jeden Schritt beobachte ich mit größter Anspannung. Bei mir angekommen, stupst der Wolf noch einmal gegen meine Hand und schnüffelt an mir. Mein Herz rast nach wie vor und ich bin starr vor Schreck. Ein Hasenfuß war ich wohl schon immer und jetzt fühle ich mich tatsächlich wie ein Kaninchen vor, nun ja, einem Wolf.

Der Wolf hat seine Inspektion inzwischen beendet und setzt sich neben mich, lehnt sich, wie ich, gegen die Buche. Aus halb geschlossenen Augen sieht er in den Wald und ignoriert Sputnik, der den Versuch immer noch nicht aufgegeben hat, ihn zum Spielen zu bewegen, und eifrig um ihn herumscharwenzelt. Wenn Sputnik zu aufdringlich ist, dreht der Wolf nur den Kopf zur Seite, sonst maßregelt er den kleinen Hund nicht. Er wirkt so ruhig und entspannt dabei, dass sich langsam auch mein Herzschlag etwas normalisiert.

Als der Wolf sich schließlich hinlegt und dabei seufzt, wie es auch Sputnik manchmal macht, atme auch ich tief durch. Und irgendwie fühlt sich das großartig an. Ich weiß nicht, was es ist, doch der Wolf strahlt etwas Sanftes aus und eine Ruhe, die auf mich übergreift. Sogar auf Sputnik scheint der Wolf beruhigend zu wirken, denn er legt sich neben meine Füße, seinen Hintern dem Wolf zugewandt. Der bewegt daraufhin seinen Kopf ein paar Zentimeter zur Seite, was mich schmunzeln lässt.

»Was bist du nur für ein verrücktes Tier«, wispere ich.

Die Ohren des Wolfs zucken bei meinen Worten, sonst regt er sich nicht. Die Augen hat er geschlossen und er atmet tief und regelmäßig. Er ist wunderschön.

Erst jetzt bemerke ich, wie viele Farben sein Fell hat. Beim letzten Mal dachte ich, er wäre einfach nur grau, so wie ein Wolf das nun einmal ist, doch da habe ich mich gründlich getäuscht. Am Rücken, um die Wirbelsäule herum – da, wo Schäferhunde ihren Sattel haben – ist er fast schwarz. Seine Schnauze ist hell, fast weiß, was einen hübschen Kontrast zur schwarzen Nase schafft. Am Schnauzenrücken und an den Ohren ist sein Fell rötlich, über den Augen ist eine der wenigen Stellen, die tatsächlich richtig grau ist. Auch hier jedoch finden sich die unterschiedlichsten Schattierungen, von ganz dunkel bis ganz hell. Diese Farben ziehen sich auch durch sein restliches Fell, das mal bräunlich ist, mal heller, mal fast silbrig grau. Wahrscheinlich könnte ich ihn stundenlang ansehen und würde doch immer noch neue Nuancen erkennen.

Und er ist groß. Ein starkes, kräftiges Tier. Als ich die Krallen an seinen Pfoten betrachte, schlucke ich unweigerlich. Der Wolf scheint das zu bemerken, denn er öffnet ein Auge und wirft mir einen unergründlichen Blick zu, ehe er sein Auge mit einem erneuten Seufzen der Entspannung schließt.

Ich lächle leicht und schüttle immer noch ungläubig den Kopf.

»Du bist echt ein netter Kerl, hm?«, wispere ich leise, fast tonlos, weil ich den Wolf nicht verschrecken will. Dessen zuckende Ohren verraten, dass er mich hört, doch sonst bleibt er entspannt neben mir liegen. »Wieso bist du denn so zutraulich? Kennst du Menschen? Bist du eine Handaufzucht? Oder vielleicht so ein Wolf-Hund-Hybrid? Weißt du, es ist nicht gut, wenn du so nah zu

Menschen kommst. Versteh mich nicht falsch, ich finde es schön, dass du hier bist. Echt schön... Aber wenn du so zutraulich bist, könnten manche Menschen denken, dass du gefährlich bist. Und dann... machen sie vielleicht dumme Dinge.«

Ich seufze und fahre mir mit einer Hand durchs Haar. Ich will mir gar nicht vorstellen, was passiert, wenn der Wolf auf Leute wie Blümle und Binniger zugeht und sie mal eben anstupst.

»Du solltest hier nicht bleiben, weißt du? Es wäre natürlich schön, wenn du hier ein Revier finden würdest, in dem du dich wohlfühlst. Und vielleicht auch eine nette Wölfin, damit du nicht mehr allein bist. Ich fände es auch toll, wenn ihr hier ein Rudel gründen würdet. Aber irgendein Idiot könnte auf die Idee kommen, dich zu jagen. Die Leute können so engstirnig sein.«

Den Gedanken, dass dem Wolf etwas zustoßen könnte, finde ich furchtbar. Wölfe sind zwar streng geschützt, doch zu illegalen Abschüssen kommt es immer wieder. Und wer weiß, ein Wolf, der so wenig scheu ist wie dieser, könnte zum Problemwolf erklärt und offiziell zum Abschuss freigegeben werden.

Ich seufze. »Oder versuch zumindest, die Schafe zu ignorieren, hm? Schaf schmeckt doch bestimmt auch nicht so gut wie Reh. Erst muss man durch diese ganze Wolle durch, das ist doch bestimmt eklig und fusselig im Maul. Und dann sind die Viecher doch sicher zäh. So ein Reh hingegen, das hat viel kürzeres Fell und es ist fit und ständig in Bewegung und bestimmt saftig. Ich esse schon seit Jahren kein Fleisch mehr, aber Wild mochte ich immer gern. Klar müsstest du dich dafür mehr anstrengen, aber du bist ja stark und so ein bisschen Sport ist auch sehr gesund.«

Der Wolf hebt den Kopf und sieht blinzelnd zu mir auf, dann seufzt er und lässt sich auf die Seite fallen. Den Rücken schmiegt er gegen mein Bein, alle viere streckt er von sich. Und ich bin fassungslos und irgendwie auch gerührt über diesen Vertrauensbeweis. Dabei ist mir nur zu bewusst, dass es nicht das normale Verhalten eines Wildtieres ist, das den Wolf so anschmiegsam macht.

Vorsichtig lege ich meine Hand auf sein Fell und streiche über seine Seite. Nur mit den Fingerspitzen berühre ich sein Fell. Es fühlt sich rau an und doch auch weich. Dass der Wolf sich tatsächlich streicheln lässt, erfüllt mich mit einer solchen Ehrfurcht, dass meine Augen wieder zu brennen beginnen.

»Danke, dass du zu mir gekommen bist«, flüstere ich. »Du hast mich wirklich getröstet. Hast du gemerkt, dass ich traurig bin?«

Natürlich antwortet der Wolf nicht. Täte er das, würde ich mir wirklich ernsthafte Sorgen um meinen Geisteszustand machen.

»Weißt du, was das Schlimmste ist?«, flüstere ich nach einer Weile. »Dass ich nicht weiß, ob ich Angst habe oder nicht will. Manchmal ist das so schwer zu unterscheiden.«

Wahrscheinlich bilde ich es mir nur ein, doch mir kommt es vor, als würde der Wolf sich daraufhin noch etwas enger an mich schmiegen.

Wir bleiben noch lange so sitzen, Sputnik, der Wolf und ich. Ein lautes Knurren schreckt uns irgendwann auf. Es kommt nicht von dem Raubtier neben mir und zum Glück auch nicht von einem sich anpirschenden Wolfsrudel – sondern von meinem Magen. Ich habe seit dem Frühstück nichts gegessen und da habe ich schon kaum etwas heruntergebracht. Weinen aber macht mich immer hungrig, genauso wie Sprints im Wald. Ich sollte wohl langsam nach Hause fahren, etwas essen und mich aufwärmen. Den Wolf lasse ich aber nur ungerne zurück. Ich bin ihm so dankbar. Und ich bin immer noch voller Ehrfurcht vor seiner Ruhe, seiner Kraft und seiner Freundlichkeit.

Ich überlege gerade, wie ich aufstehen und mich von dem Wolf entfernen soll, da springt er auf und schüttelt sich. Noch einmal sieht er mich intensiv aus seinen hellen Augen an. Wie vorhin kann ich mich auch jetzt seinem Blick nicht entziehen. Was für eine faszinierende Farbe seine Augen haben. Wie heller Honig sind sie, der sich über einen blassblauen Himmel legt.

So abrupt wie er gekommen ist, dreht sich der Wolf um und trottet davon. Ich weiß nicht genau, was mich dazu bewegt, doch ich fische mein Handy aus der Hosentasche und mache noch schnell ein paar Fotos von dem Wolf. Kurz darauf ist er auch schon im Wald verschwunden. Ob er mein leises »Tschüss« noch hören kann, weiß ich nicht.

Kapitel 9

Kurz nach dem Wolf gehen auch Sputnik und ich. Der Rückweg gestaltet sich weit schwieriger als der Weg hin zu der alten Buche. Der Pfad ist steil und rutschig und meine Schuhe haben keinen Griff. So kommt es, wie es kommen muss: Ich rutsche mehrmals aus und lande auf dem Hintern. Letztlich lege ich den Weg mehr schlitternd als gehend zurück, was Sputnik merklich irritiert. Meine Hose ist nach dieser Aktion ordentlich in Mitleidenschaft gezogen. Ich selbst bleibe zum Glück heil.

Den Rest des Weges bis zum Auto legen wir problemlos und unfallfrei zurück. Ich bin erstaunt davon, wie weit ich zu gehen habe. Ich habe gar nicht gemerkt, dass ich so tief in den Wald gerannt bin.

Daheim angekommen zieht Sputnik sich sofort erschöpft in sein Hundebett zurück. Ich wiederum schlüpfe in bequeme Klamotten und schiebe eine Tiefkühlpizza ins Backrohr. Nachdem ich die gegessen habe, hole ich mein Handy hervor und betrachte die Fotos, die ich von dem Wolf gemacht habe. Die meisten sind verwackelt und unscharf. Man sieht überwiegend nur ein haariges Hinterteil, das auch von einem Hund stammen könnte. Auf zwei Fotos jedoch sieht man auch ein bisschen von der Seite des Wolfs. Eines davon ist sogar halbwegs scharf.

Ich streiche mit den Fingerspitzen über das Handy, ohne es richtig zu berühren. Eine Welle der Dankbarkeit flutet mich, als ich das schöne Tier betrachte. Irgendwie bin ich mir sicher, dass der Wolf bemerkt hat, dass ich traurig war, und dass er mich trösten wollte. Das hat er auch geschafft.

Ich seufze und dann tue ich, was ich tun muss. Ich schließe das Foto und öffne das Adressbuch. Ich suche nach einer Nummer, die ich vergangene Woche bekommen habe. Schnell werde ich fündig. Einmal atme ich noch tief durch, dann wähle ich.

»Weilauer«, meldet sich die Wildtierbeauftragte nach dem dritten Klingeln.

»Hallo, Lukas Feuerbach hier.«

»Wer?«

»Von der *Schwarzwald-Presse*. Wir haben uns letzte Woche bei den toten Schafen gesehen.«

»Ah, natürlich!«, meint Frau Weilauer. Kurz ist sie weg und ich höre es ein wenig rumoren, als würde sie das Zimmer wechseln. »Entschuldigen Sie. Ich habe ein ganz schlechtes Namensgedächtnis.«

»Kein Problem.«

»Was kann ich für Sie tun?«

Ich zögere kurz, dann reiße ich mich zusammen und sage: »Ich möchte eine Wolfssichtung melden.«

»Was?!«, fragt sie merklich irritiert.

»Ich war vorhin im Wald und habe einen Wolf gesehen«, erkläre ich immer noch mit einem gewissen Zögern. Ein bisschen fühle ich mich, als würde ich den Wolf verraten. »Also, ich nehme zumindest an, dass es einer war.«

»Oh«, macht Frau Weilauer und wieder höre ich sie kurz kramen. »Wo war das denn? Und wann genau?«

»Vor etwa einer Stunde«, meine ich und gebe ihr dann eine möglichst genaue Wegbeschreibung.

»Okay«, meint Frau Weilauer, nachdem sie sich alles notiert hat. »Können Sie das vielleicht belegen?«

»Vielleicht gibt es Spuren dort, der Boden war recht feucht. Und… ich habe ein Foto gemacht.«

»Ein Foto ist gut!«, ruft Frau Weilauer erleichtert. »Können Sie mir das schicken?«

»Natürlich«, sage ich, obwohl ein Teil von mir gerne verneint hätte.

»Sehr gut. Damit können wir arbeiten. In der Regel können wir gut feststellen, ob es sich bei fotografierten Tieren um Hunde oder Wölfe handelt.«

»Ich weiß.«

»Ihnen ist schon einmal ein Wolf begegnet, haben Sie letztens gesagt, nicht wahr?«

»Genau. Er hat damals mit meinem Hund gespielt.«

»Hat er das heute wieder getan? Hat er sich Ihnen genähert? Wie ist die Begegnung denn abgelaufen?«

»Ähm...« Ich zögere. Ich sollte ihr sagen, dass der Wolf so zutraulich ist. Dass er sich zu mir gelegt und mich angestupst hat. Aber – ich kann es nicht. Es würde sich nach Verrat anfühlen. Himmel, es fühlt sich schon nach Verrat an, dass ich ihr überhaupt von der Begegnung erzähle und bereit bin, ihr das Foto zu schicken.

»Nein«, sage ich schließlich. »Er ist nur kurz hervorgekommen, aber sobald er mich gesehen hat, ist er wieder verschwunden.«

»Das ist gut. Sehr gut. So sollte es sein.«

»Ja«, seufze ich. »So sollte es sein.«

Am nächsten Tag ist wieder Hundeschule. Ich gebe zu, ich war ein bisschen versucht zu schwänzen. Ich würde Hanno gerne aus dem Weg gehen, ein paar Tage zumindest. Doch er würde das wohl sofort durchschauen und Jana auch. Außerdem wäre es unfair, Sputnik um die Stunde in der Hundeschule zu bringen. Er hat so viel Spaß dort.

Pünktlich steige ich also an der Hundeschule aus dem Auto und lasse Sputnik ebenfalls hinaus. Sofort wuselt er zu Ernst und Smilla, um die beiden euphorisch zu begrüßen. Auch Hanno und Jana werden begeistert angesprungen. Die beiden beugen sich lachend vor, um meinem Energiebündel Hallo zu sagen. Wie das letzte Mal auch, stehen sie heute ein bisschen abseits von den anderen.

Ich richte mir meine Mütze und gehe Sputnik hinterher. Heute ist der erste Tag, an dem ich Mütze trage. Es geht ein kühler, durchdringender Wind und da waren unbedeckte Ohren keine Option. Jana scheint das ähnlich zu sehen, sie trägt ein rosafarbenes Stirnband. Selbst gestrickt, vermute ich.

»Hey«, sage ich, als ich Hanno und Jana erreicht habe.

»Hallo!«, begrüßt mich Jana und wie immer umarmen wir uns herzlich.

Nachdem ich mich von Jana gelöst habe, wende ich mich Hanno zu und ich kann mir nicht helfen, es fühlt sich komisch an, ihn zu sehen.

Hanno scheint von meinen Gefühlen nichts mitzubekommen, oder er will es einfach nicht. »Hallo!«, sagt auch er.

Hanno macht einen Schritt auf mich zu, zieht mich in seine Arme und haucht einen keuschen Kuss auf meine Lippen.

Auch nach dem Kuss bleibt Hanno nahe bei mir stehen. Er lächelt mich an, weich und sanft und sehnsüchtig und in mir sagt eine Stimme: *Nein*. Wie eine gerissene Saite fährt dieses *Nein* durch meinen Körper, scharf und durchdringend. Ich erschrecke ein bisschen, weil es plötzlich so deutlich ist.

Dass ich mich versteife und einen kleinen Schritt zurück mache, fällt Hanno dann natürlich doch auf. »Alles okay?«, fragt er und fährt sich verwirrt durch den Bart. »Oh! Ähm... Hast du Probleme mit Zärtlichkeiten in der Öffentlichkeit?«

»Was?«, mache ich irritiert, bevor ich verstehe, dass Hanno meine Reaktion falsch gedeutet hat. »Ach so, nein. Alles gut.«

Hanno runzelt die Stirn und sieht mich skeptisch an, fragt aber nicht weiter nach. Er kommt auch gar nicht dazu, denn in diesem Moment baut sich Fritz triumphierend vor mir auf.

»Na, was sagst du zu der zweiten Wolfsattacke?! Ich habe doch gesagt, dass es bei der einen nicht bleiben wird!«, tönt er.

»Was soll ich dazu denn sagen?«, will ich wissen.

»Du musst zugeben, dass der Wolf gefährlich ist und hier keinen Platz hat!«

»Gar nichts muss ich!«, fahre ich ihn an, etwas heftiger als ich es sonst vielleicht tun würde. Aber das Thema geht mir nahe. Tat es letzte Woche schon und tut es seit gestern noch viel mehr. »Die Weide war denkbar schlecht geschützt. Es ist kein Wunder, dass der Wolf sich da ein Schaf geholt hat. Das war ja wie ein Selbstbedienungsbüfett.«

»Also bitte!«, echauffiert sich Fritz. Sein Gesicht läuft sogar ein bisschen rot an. »Die Weide war so geschützt, wie der Schäfer das immer schon gemacht hat!«

»*Immer schon* ist erstens Quatsch und zweitens kein Argument«, stelle ich zornig richtig.

Während ich spreche, rückt Hanno näher an mich heran und legt einen Arm um mich. Ich weiß nicht, ob er mich beruhigen und zurückhalten oder ob er mich schützen will. Beides kann ich gerade nicht gut aushalten. Ich mache einen Schritt zur Seite und schüttle seinen Arm damit ab.

»Lukas?«, ertönt plötzlich eine Stimme hinter mir. »Hilfst du mir bitte, das Gelände für die Stunde vorzubereiten?«

Ich sehe zur Seite und stelle fest, dass Christopher unbemerkt an uns herangetreten ist. Unbemerkt von mir, zumindest. Sputnik hat ihn natürlich längst entdeckt und begrüßt ihn freudig.

»Sicher«, sage ich, erleichtert von Fritz wegzukommen. Und von Hanno.

»Danke«, meint Christopher zu mir, ehe er sich an die anderen wendet. »Ihr wartet bitte noch draußen, bis wir fertig sind. Es wird nicht lange dauern.«

Dann sperrt Christopher auch schon das Tor auf und Sputnik und ich folgen ihm auf die Trainingswiese. Hier wird mir plötzlich wieder bewusst, wie weit der Herbst inzwischen fortgeschritten ist. Da ich hier nur einmal die Woche bin, merke ich viel bewusster, wie sich die Bäume verändern. Waren die Pflaumenbäume bei unserem ersten Training noch voller Früchte, so sind sie inzwischen abgeerntet und das Laub hat sich deutlich verfärbt. Was Christopher wohl mit all dem Obst macht?

»Du kannst Sputnik ruhig laufen lassen«, sagt Christopher und reißt mich so aus meinen Gedanken.

»Okay«, erwidere ich und rufe Sputnik zu mir, um ihn abzuleinen. Sofort rast er begeistert los und dreht eine große Runde um das Gelände. Ich muss lachen, als ich ihn beobachte. Er ist so leicht und frei.

Sobald Sputnik wieder bei uns angekommen ist, springt er euphorisch um uns herum. Er scheint sich nicht so recht entscheiden zu können, an wen er sich wenden soll, und so fordert er uns beide abwechselnd zum Spielen auf. Er sieht so lustig aus dabei, wie er breit grinst und so schnell herumhüpft, dass seine zotteligen Ohren schlackern.

Ich kann gar nicht anders, als auf Sputniks Spielaufforderung einzugehen. Grinsend gehe ich in die Knie und fixiere meinen Hund, der sich sofort auf mich konzentriert. Einen Moment verharren wir – dann rennen wir beide gleichzeitig los und jagen uns gegenseitig über die Wiese. Wie gestern schon, fühlt es sich auch heute unglaublich befreiend an, gemeinsam mit Sputnik zu rennen.

»Sorry«, meine ich, als ich – zugegeben etwas außer Atem – wieder bei Christopher ankomme.

»Du musst dich doch nicht dafür entschuldigen, dass du mit deinem Hund spielst!«, meint Christopher schmunzelnd. »Ihr seid schon echt ein gutes Team.«

»Ja, es ist so leicht mit Sputnik. Er ist unglaublich.«

Christopher hat inzwischen die Hütte aufgesperrt, in der er die Trainingsutensilien aufbewahrt. Er schlüpft durch die etwas windschiefe Holztür und bedeutet mir, ihm zu folgen.

Sobald ich die Hütte betreten habe, umfängt mich Finsternis. Ich kneife die Augen zusammen und versuche, mich an die plötzliche Dunkelheit zu gewöhnen. Es dauert ein bisschen, bis ich wieder etwas wahrnehmen kann. Christopher bewegt sich derweil zielsicher durch den Raum – zumindest hört es sich so an. Es rumpelt und ich vermute, dass Christopher gerade seinen Rucksack abgelegt hat.

Als ich endlich beginne, den Raum schemenhaft zu erahnen, und die Umrisse schließlich immer schärfer werden, stelle ich fest, dass ich mich in einem spartanisch eingerichteten Wohnraum befinde. Einen Tisch gibt es hier, der früher wohl ein Esstisch war und auf dem jetzt Zettel, Blöcke und Stifte liegen. Außerdem sehe ich ein ältliches Sofa und eine schmale Küchenzeile, neben der eine Tür abgeht, die wohl zum Badezimmer führt. Insgesamt versprüht es den Charme der frühen Achtziger, aber alles wirkt gepflegt und ordentlich.

Christopher steht neben einem großen Schrank und hält mir ein paar Stangen entgegen.

»Nimmst du die?«, bittet er. »Wir stecken eine Route ab, damit wir das Bei-Fuß-Laufen an einer konkreten Strecke üben können.«

»Klar, mache ich«, sage ich und gehe zu Christopher, um ihm die Stangen abzunehmen. »Oh, und danke, dass du mich von Fritz weggeholt hast. Er nervt total mit seiner Wolfsphobie.«

Christopher runzelt kurz die Stirn, dann lächelt er. »Gern geschehen.«

»Magst du noch eine Runde mit Sputnik und mir drehen?«, frage ich Hanno nach dem Training. Nur knapp kann ich mir ein nachgeschobenes *Wir müssen reden* verkneifen. Dann wäre es echt zu offensichtlich, was ich will: das mit uns, das keine Beziehung ist und noch nicht einmal eine Affäre, beenden. Den Entschluss habe ich während der Stunde endgültig gefasst. Es macht einfach keinen Sinn. Ich habe keine Gefühle für Hanno und ich kann mit niemandem etwas anfangen, für den ich keine Gefühle habe. Schon gar nicht mit Hanno, der so nett ist.

Ich war heute im Training so unkonzentriert, dass gar nichts funktioniert hat. Sputnik hat meine Verwirrung offensichtlich gespürt und übernommen. Die einfachsten Dinge, die er sonst problemlos kann, haben heute nicht funktioniert. Christopher hat mich ein paarmal so merkwürdig angesehen. Vermutlich hält er mich jetzt für total unfähig. Hoffentlich kann ich ihm nächste Woche beweisen, dass ich das nicht bin. Vorausgesetzt, ich traue mich dann noch, Hanno unter die Augen zu treten...

»Klar, gerne!«, meint Hanno. »Wo willst du denn hin?«

»Wollen wir vielleicht einfach hier in der Gegend bleiben?«, frage ich, denn jetzt noch mit dem Auto sonst wohin zu fahren, würden meine Nerven wohl nicht aushalten. »Hier gibt es doch sicher einen netten Weg, oder?«

»Ja, dort vorne«, erwidert Hanno und deutet in die Richtung, in die ich bei meinem ersten Besuch in der Hundeschule schon spaziert bin.

»Ist dir das recht?«

»Ja, klar.«

»Fein. Wollen wir?«

»Gern«, meint Hanno und ich kann mir nicht helfen, die Atmosphäre zwischen uns kommt mir gezwungen vor. Kein Wunder. Hanno lächelt nicht wie sonst und ich bin sowieso ein Nervenbündel. Jana hat mich vorhin, als sie sich von mir verabschiedet hat, sogar gefragt, ob ich krank werde.

Ich schlage meinen Jackenkragen hoch und richte meine Mütze, dann stecke ich meine Hände in die Jackentaschen. Derartig vorbereitet marschiere ich los, Hanno an meiner einen, Sputnik an meiner anderen Seite.

Wir gehen außen an der Hundeschule entlang. Ein Blick über den Zaun zeigt mir, dass Christopher gerade seinem nächsten Kurs etwas erklärt. Er steht im Mittelpunkt des Kreises, den die Menschen und Hunde um ihn bilden, und gestikuliert recht heftig. Dann fällt sein Blick kurz auf Hanno und mich und er verharrt in der Bewegung. Ich hebe die Hand zum Abschied und einen kurzen Moment später tut er es mir gleich.

Dann haben Hanno und ich die Hundeschule auch schon hinter uns gelassen. Ein Stück folgen wir noch der Straße und passieren weitere große Obstgärten, mal auch ein Bauernhaus, an dessen Seitenwand sich Wein rankt, der beginnt, sich herbstlich rot zu verfärben.

Sputnik und Ernst schnüffeln interessiert am Wegesrand und ich beneide sie um ihre Unbeschwertheit. Erst jetzt wird mir bewusst, dass Hanno und ich die ganze Zeit über noch kein Wort miteinander gesprochen haben.

Jetzt, wo es mir aufgefallen ist, finde ich das Schweigen zwischen Hanno und mir drückend und unangenehm. Und doch kann ich es nicht brechen. Was soll ich sagen? Wie erklären, was ich kaum in Worte fassen kann?

Schließlich ist es Hanno, der zuerst spricht. »Du willst dich nicht mehr mit mir treffen, oder?«, fragt er und klingt dabei erstaunlich sachlich.

Obwohl es die Wahrheit ist, treffen mich Hannos Worte und lassen mich kurz panisch werden. Wie gerne säße ich jetzt unter meiner Kuscheldecke auf dem Sofa, in der einen Hand ein gutes Buch, in der anderen eine heiße Tasse Kakao. Ich atme tief durch und versuche mich daran zu erinnern, dass solche Eskapismus-Fantasien mir jetzt auch nicht weiterhelfen.

»Ja... Nein...«, stammle ich und reibe mir überfordert die Augen. »Ich meine... Du hast recht. Entschuldige.«

Ich werfe einen kurzen Seitenblick auf Hanno, doch er sieht stur auf den Weg vor sich. Zum ersten Mal seit ich ihn kenne, wirkt sein Gesicht ausdruckslos. Normalerweise ist es immer in Bewegung, steht nie still und meistens ist da ein Lächeln auf seinen Lippen.

Ich seufze leise und richte meinerseits ebenfalls den Blick auf den Weg vor uns. Laub liegt da, das dunkelrot ist und unter unseren Füßen knirscht.

»Du musst dich nicht dafür entschuldigen, dass du mich nicht magst«, sagt Hanno schließlich leise.

»Ich mag dich!«, widerspreche ich sofort. »Nur eben nicht *so*...«

»Ich mag dich *so*.«

»Tut mir leid...«, hauche ich.

»Lukas!«, blafft Hanno, sodass Ernst sich erschrocken nach seinem Herrchen umdreht. »Hör auf, dich zu entschuldigen!«

Mir liegt schon wieder eine Entschuldigung auf den Lippen, doch ich verkneife sie mir.

»Und du glaubst nicht, dass sich das, hm, entwickeln könnte?«, fragt Hanno, jetzt wieder in leiserem Tonfall.

Das ist die Frage, die ich mir gestern den ganzen Tag gestellt habe. Heute, als ich Hanno gesehen habe, hatte ich dann meine Antwort.

»Nein«, wispere ich.

»Hm...«, macht Hanno und bleibt stehen. Mit beiden Händen fährt er sich durchs Gesicht. »Du, ich glaube, ich gehe jetzt besser heim.«

»Okay...«

»Tschüss«, sagt Hanno und dann schenkt er mir doch noch ein Lächeln, ein ziemlich gequältes allerdings. »Es war schön mit dir.«

Darauf kann ich gar nichts sagen. Ich sehe Hanno nach, wie er mit seinem Mops weggeht. Mir ist kalt und ich habe Angst, dass ich noch bereuen werde, was ich gerade getan habe. Die Einsamkeit kehrt mit voller Wucht zurück.

Kapitel 10

Ein totes Schaf liegt auf der Weide. Sein Kopf ist unnatürlich verdreht, aus seinem Bauch quellen die Gedärme. Neben ihm ein weiteres Schaf. Ohne sichtliche Verletzungen macht seine Position deutlich, dass es ebenfalls tot ist: Es liegt auf dem Rücken, das linke Hinterbein so merkwürdig vom Körper gestreckt, dass es mehrfach gebrochen sein muss. Und da sind noch mehr Schafe. Über die ganze Weide verstreut liegen sie da, manche in ihrem eigenen Blut, andere beinahe unversehrt. Elf sind es insgesamt. Elf tote Schafe.

Mit einem Seufzen schließe ich das Foto auf meinem Computer und fahre mir durch die Haare. Sofort ist Sputnik bei mir und lehnt sich gegen mich. Aus großen Augen sieht er zu mir auf. Er spürt, dass ich besorgt bin, seit wir vorhin bei der Schafsweide waren, auf der in der Nacht der Wolf war. Ich streichle ihm über den Kopf, bin in Gedanken aber nicht ganz bei ihm, sondern bei dem Anblick, der sich mir auf dieser Weide geboten hat.

Wie schon beim letzten Mal, so waren auch dieses Mal Nadine Weilauer und Matthias Thrietzke von der FVA da. Letzterer hatte noch einen Kollegen dabei. Wie beim letzten Mal gab es auch dieses Mal eine wütende Schäferin, die ihren Verlust beklagte und den Abschuss des Wolfs forderte. Wie beim letzten Mal ist auch dieses Mal die Weide nur ungenügend geschützt gewesen. Der Zaun hat nicht unter Strom gestanden und es war dem Wolf ein Leichtes, sich darunter durchzugraben.

Anders als beim letzten Mal war die Aufmerksamkeit, die der Vorfall erregt hat. Ich war nicht der einzige anwesende Medienvertreter. Es waren noch andere Journalisten da und sogar ein Fernsehteam ist gekommen. Ich hoffe inständig, dass der Beitrag, den sie drehen, keiner von den reißerischen sein wird, die nur Panik machen, jedoch nicht informieren. Große Hoffnung habe ich diesbezüglich aber nicht. Nicht, nachdem ich gesehen habe, wie der Kameramann immer wieder auf die Wunden des Schafs mit den schlimmsten Verletzungen gezoomt hat. Und nicht, nachdem ich den wütenden Sermon gehört habe, den die Schäferin unter dem begeisterten Nicken des Journalisten in die Kamera gesprochen hat.

Mein eigener Artikel wird nicht reißerisch. Ich berichte von den Fakten, die ich habe. *In der Nacht drang ein Tier auf die Schafsweide von Sonja Hortruff ein und tötete elf Schafe. Vermutlich handelt es sich bei diesem Tier um einen Wolf, das ergaben erste Untersuchungen der FVA. Endgültige Klarheit wird aber erst die DNS-Analyse bringen. Von den Bisswunden wurden entsprechende Proben genommen. Das Eindringen auf die Weide war kein Problem für den Wolf, da der Zaun nicht ausreichend gesichert war.*

Dass so viele Tiere getötet wurden, hängt mit dem Jagdverhalten des Wolfs einerseits, mit der Reaktion von Schafen andererseits, zusammen. Wölfe sind es gewohnt, Beute zu schlagen, die schnell flüchtet. Sie töten, was sie erwischen. Schafe wiederum flüchten nicht. Werden sie angefallen, ballen sie sich zusammen und bleiben an Ort und Stelle. Und selbst wenn sie das nicht täten: Wenn sie eingezäunt sind, können sie dem Wolf ohnehin nicht entkommen. Beim Anblick der Schafe kann nun beim Wolf erneut der Impuls zur Jagd ausgelöst werden. Mit einem Blutrausch oder sinnloser Brutalität hat das nichts zu tun.

Ich würde gerne noch mehr dazu schreiben. Ausführlicher erklären, dass der Wolf keine grausame Bestie ist. Ja, Wölfe töten, um zu fressen. Das macht sie aber noch lange nicht zu blutrünstigen, aggressiven Monstern. Ich habe in den letzten Tagen so viel über Wölfe gelesen. Seit der Wolf sich im Wald zu mir gelegt hat, interessiert mich kaum ein anderes Thema. Und je mehr ich lese, desto faszinierter bin ich.

Da ist noch so viel, das ich gerne erwähnen würde, doch ich habe nur begrenzten Platz zur Verfügung. Schweren Herzens füge ich meinem Artikel noch den Hinweis auf die Informationsveranstaltung am

Freitag hinzu. Dann ergänze ich ein Foto, auf dem man nur sehr unscharf und aus größerer Entfernung drei tote Schafe sieht. Damit ist mein Artikel fertig.

In unserem kleinen Ort herrscht Panik. Panik vor dem Wolf. Man merkt es an den Gesprächen im Supermarkt, an der Tankstelle, oder morgens beim Bäcker, zu dem ich mich inzwischen wieder wage. Man merkt es an der explodierten Kommentarspalte unter meinem Artikel. Überall. Und man merkt es an dem Stimmengewirr im Wirtshaus, in dessen Festsaal heute die Informationsveranstaltung zur Rückkehr des Wolfs in den Schwarzwald und in unsere Region stattfindet.

Der Lärm, der mir entgegenschallt, als ich den altmodisch dekorierten Raum mit den schweren Holzmöbeln betrete, erschlägt mich beinahe. Ich höre Zorn und Furcht und Entsetzen. Immer wieder dringen die gleichen Gesprächsfetzen an meine Ohren: »... hier nichts zu suchen«, »... immer schon so...«, »... unsere Natur...«, »... brutal...«. Ich seufze. Das wird ein langer, schwieriger Abend werden.

Ich lasse meinen Blick durch den Saal schweifen. Ich ertappe mich dabei, dass ich automatisch nach Hanno suche, der heute auch kommen wollte. Das weiß ich nicht von ihm, sondern von Jana. Hannos und mein Gespräch nach der Hundeschule ist jetzt fünf Tage her und wir haben uns seither nicht gesehen, nicht gehört und nicht geschrieben. Ich finde das wirklich schade. Auch wenn ich kein Recht habe, darauf zu hoffen, dass Hanno mit mir befreundet sein will.

Hanno entdecke ich nicht, dafür aber Jana, die mir mit hoch erhobener Hand zuwinkt. Ich winke zurück und lächle.

Ursprünglich habe ich Jana gefragt, ob sie auf Sputnik aufpassen könnte, damit ich hierher kann. In eine solche Menschenansammlung wollte ich den Hund nur ungern mitnehmen. Jana konnte jedoch nicht, da sie selbst kommen wollte – wie ich ohne Hund, doch anders als Sputnik kann Smilla allein bleiben. Zum Glück ist letztlich Regina eingesprungen. Sie wird heute lange in der Redaktion zu tun haben und meinte, es sei kein Problem, dabei ein Auge auf meinen Hund zu haben. Sie ist ihm ohnehin total verfallen. Und da ich weiß, dass sie locker bis zehn Uhr bleiben wird, es jetzt aber erst halb fünf ist, hält sich mein schlechtes Gewissen, sie dort sozusagen festzuhalten, in Grenzen. Außerdem bin ich ja hier, um zu arbeiten.

Es ist ziemlich mühsam, mich zwischen den Tischen und Stühlen durchzukämpfen, denn der Raum ist schon gut gefüllt. Zum Glück hat Jana es geschafft, zwei Stühle frei zu halten.

»Hallo«, grüße ich, als ich Jana endlich erreicht habe. »Entschuldige die Verspätung. In der Redaktion geht es momentan drunter und drüber.«

»Kein Problem!«, entgegnet Jana und steht auf, um mich zu umarmen. »Christopher hat mir ja Gesellschaft geleistet.«

Erst jetzt fällt mir auf, dass unser Hundetrainer an ihrer anderen Seite sitzt.

»Oh, hi!«, sage ich und winke ihm zur Begrüßung zu. Im gleichen Moment frage ich mich auch schon, ob das dämlich wirkt. Hätte ich ihm die Hand schütteln sollen? Das käme mir jedoch zu formell vor. Eine Umarmung wiederum wäre zu vertraut.

Christopher scheint sich jedenfalls nichts bei meiner Begrüßung zu denken. Er lächelt mich an und winkt ebenfalls. »Hey.«

»Ganz schön voll hier«, meine ich und schäle mich endlich aus meiner Jacke. So warm wie der Raum ist, habe ich jetzt schon das Gefühl, kurz vor dem Hitzekollaps zu stehen. Ich hänge die Jacke auf meine Stuhllehne, dann quetsche ich mich auf den Stuhl. Aus meinem Rucksack fische ich meinen Laptop hervor, den ich sogleich aufklappe und einschalte. »So. Jetzt bin ich wirklich da.«

»Bist du dienstlich hier?«, will Christopher wissen.

»Ja, ich schreibe einen Artikel über die Versammlung.«

»Ich bin ja schon sehr gespannt«, meint Jana.

»Mir graut eher«, sage ich. »Ich kann mir schon lebhaft vorstellen, wie das ablaufen wird.«

»Ich auch«, seufzt Christopher.

Jana will gerade etwas erwidern, da tritt eine Kellnerin an uns heran und fragt, was ich trinken möchte. Ich bestelle eine Apfelschorle, Jana und Christopher haben ihre Getränke bereits.

Kaum ist die Kellnerin verschwunden, legt sich eine Hand auf die Lehne des noch leeren Stuhls neben mir. »Ist hier noch frei?«, will eine Stimme wissen, die mir vage bekannt vorkommt.

Ich sehe auf und direkt in das Gesicht von Nadine Weilauer.

»Oh, hallo!«, sage ich und wende mich dann Jana zu. »Ist hier denn noch frei?«

Sie sieht mich irgendwie merkwürdig an, dann nickt sie. »Ja. Hanno hat vorhin abgesagt«, meint sie und bedenkt mich mit einem weiteren langen Blick, den ich jetzt etwas besser einordnen kann. Ich bin froh, dass sie nicht weiter nachfragt.

»Super, danke!«, kommt es derweil von Nadine Weilauer, die nun ebenfalls aus ihrer Jacke schlüpft und sich setzt. »Das ist einer der letzten Sitzplätze. Ich sehe es schon kommen, die Leute werden noch stehen müssen.«

»Ja, das Interesse für das Thema ist riesig«, befinde ich, ehe ich mich auf meine guten Manieren besinne. »Kennt ihr euch eigentlich?«

Allgemeines Kopfschütteln antwortet mir, also stelle ich die drei einander vor. »Das ist Nadine Weilauer, sie ist Wildtierbeauftragte hier. Und die beiden sind Christopher Lorenz und Jana Stetten.«

»Was macht ihr denn? Wenn ich hier schon in Amt und Würden vorgestellt werde«, will Erstere mit einem Lachen in der Stimme wissen.

»Ich leite eine Hundeschule«, erzählt Christopher.

»Oh, ja, *Hundesprache*, richtig?« Christopher nickt und sie strahlt. »Wurde Zeit, dass jemand dem Stättke mit seinen veralteten Methoden Konkurrenz macht. Und du?«, fragt sie Jana.

»Ich habe ein Wollgeschäft mit angeschlossenem Café.«

»Wusste ich doch, dass du mir bekannt vorkommst! Ich war unlängst in deinem Laden einen Kaffee trinken und habe Wolle für meine Mutter besorgt.«

»Oh, richtig«, erwidert Jana lächelnd. Keine Ahnung, ob sie sich wirklich erinnert, oder ob sie nur höflich ist.

Inzwischen ist die Kellnerin wieder da und bringt mir meine Apfelschorle, um gleich auch noch Frau Weilauers Bestellung aufzunehmen.

»Wollen wir uns nicht duzen?«, fragt diese mich, nachdem die Kellnerin gegangen ist. »Wir sehen uns ja jetzt wohl ständig. Und Jana und Christopher habe ich eben auch schon geduzt.«

»Gerne«, antworte ich und halte ihr meine Hand hin. »Lukas.«

Sie schüttelt grinsend meine Hand. »Nadine.«

»Müsstest du nicht eigentlich auch dort oben auf dem Podium sitzen?«, erkundige ich mich und deute mit dem Kopf in die entsprechende Richtung. Der Saal hat eine kleine Bühne, auf der gelegentlich Kleinkunst-Events stattfinden. Heute steht dort eine Tafel mit fünf Stühlen. Noch hat niemand am Tisch Platz genommen, aber es wird nicht mehr lange dauern.

»Oh Gott, bloß nicht! Das überlasse ich Leuten, die besser reden können als ich und die nicht so schnell ausflippen. Oh!«, ruft sie, nur um dann leise zu werden und sich zu mir zu beugen, damit die anderen uns nicht hören können. »Übrigens: Wir haben jetzt die Bestätigung, dass das Tier auf deinem Foto höchstwahrscheinlich ein Wolf ist.«

Ich nicke. »Dachte ich mir schon. Dann ist es jetzt offiziell, dass es hier einen Wolf gibt, hm?«

»Ja, ist es. Aber weißt du, was komisch ist?«

»Ähm. Nein?«

»Wir haben in der ganzen Gegend nach Spuren, vor allem nach Wolfslosung gesucht, um alle drei Orte, an denen Schafe gerissen wurden, herum und auch dort, wo du dem Wolf begegnet bist. Und da war nichts.«

»Seltsam.«

»Ja, das ist...«

Was das ist, erfahre ich nicht mehr, denn in diesem Moment macht vorne am Podium ein Mann hüstelnd auf sich aufmerksam und begrüßt die Anwesenden. Ich erkenne einen Regionalpolitiker, der sich gerne als Hardliner in Wolfsfragen inszeniert. Hinter ihm nehmen derweil vier Männer Platz auf dem Podium. Vermutlich bin ich doch nicht mehr so fremd hier in der Gegend, denn ich kenne sie alle. Gerd Blümle ist da, der Bauer, auf dessen Weide sich das Schaf selbst stranguliert hat. Neben ihm sitzt der Bürgermeister, neben diesem Matthias Thrietzke von der FVA und daneben ein weiterer Regionalpolitiker, der eher der Pro-Wolf-Fraktion angehört.

Der Abend läuft wie erwartet. Zunächst werden die bisherigen Ereignisse noch einmal zusammengefasst – das macht der erste Regionalpolitiker sehr reißerisch und er genießt es. Dann erklärt Matthias Thrietzke wesentlich nüchterner die Faktenlage, ehe der zweite Politiker die notwendigen Reaktionen darauf, dass sich hier ein Wolf niederlässt, schildert und die Unterstützungsformen des Landes erläutert. Danach ist die Diskussion eröffnet – und es geht so richtig los.

»Wie kommen wir dazu, dass wir in neue Zäune und in sonstige Absicherung investieren müssen?! Der Wolf gehört hier nicht hin. Es hat schon einen Grund gehabt, dass er ausgerottet worden ist«, ist gleich die erste Wortmeldung, vorgetragen in Rage und Inbrunst von einem rotgesichtigen Mann, den ich nicht kenne. Zustimmendes Raunen antwortet ihm.

»Das hat man nun davon, dass man seine Tiere artgerecht im Freien hält«, meint jemand anderes lautstark.

»Ganz genau!«, antwortet Gerd Blümle vom Podium. »Das kann einem doch die Existenz zerstören! Und mit dem Zaun allein ist es ja nicht getan! Schauen Sie sich an, was beim Binninger passiert ist! Er hat ja einen Schafzaun. Der Wolf ist trotzdem gekommen.«

»Da muss ich Sie korrigieren«, schaltet sich sofort Matthias Thrietzke ein. »Herr Binninger hat einen Elektrozaun, das ist richtig. Allerdings hat der die Weide nur von drei Seiten umgeben. Die vierte Seite war ungeschützt, da war nur ein Bach die Begrenzung. Das war eine absolut ungenügende Schutzmaßnahme.«

»Papperlapapp!«, kommt es aus dem Publikum. »So sicher kann der Zaun gar nicht sein, dass der Wolf keinen Weg durch findet! Sicher sind die Schafe nur, wenn jemand bei ihnen ist. Oder wenn man sie über Nacht einsperrt.«

»Ich kann doch nicht 24 Stunden am Tag bei den Schafen sein!«, ruft jemand anderes sofort. »Finanziell ist das nicht tragbar.«

»Das ist doch alles lächerlich!«, höre ich Binninger rufen. »Wegen eines Tiers müssen wir alle Tiere einsperren oder in der Nacht Wache halten.«

»Ist das Leben eines Wolfs etwa mehr wert als das von zig Schafen?!«, fragt Blümle zustimmend.

Wieder beifälliges Raunen im Saal. Die Mehrheit der Menschen hier scheint mir nicht nur Vorbehalte gegen den Wolf zu haben, sondern voller Hass und Wut zu sein. Mir wird klamm ums Herz bei dem Gedanken an den Wolf. Ich habe wirklich Angst, dass ihm etwas zustößt.

»Beruhigen Sie sich, meine Herren«, meldet sich der eher wolfsfreundliche Regionalpolitiker nach einigen weiteren Kommentaren zu Wort. »Wir müssen akzeptieren, dass der Wolf nach Deutschland zurückkehrt. Dass unsere Natur intakt genug ist, um ihm wieder eine Heimat zu geben, ist absolut begrüßenswert. Natürlich ist das eine Herausforderung für uns. Wir haben verlernt, mit großen Beutegreifern zu leben. Und wir werden lernen müssen, uns an diese Situation anzupassen und damit umzugehen. Mit ausreichenden Schutzmaßnahmen werden wir gut mit dem Wolf leben können und auch die Risse werden sich in Grenzen halten.«

»Seien Sie doch nicht so naiv!«, ruft Blümle sofort. »Der Wolf ist doch kein Kuscheltier, das nett und lieb durch den Wald huscht. Das ist ein gefährliches Raubtier!«

»Wo soll das nur hinführen?«, fragt eine Frau hinter mir lautstark. »Was, wenn das hier ein Rudel wird? Ich trau mich dann nicht mehr allein in den Wald. Und die Kinder lasse ich erst recht nicht mehr da spielen.«

»Wie soll ich mich dagegen wehren? Schießen darf ich nicht und auch sonst darf ich nichts«, will jemand anderes leise, aber doch deutlich vernehmbar wissen.

»Wir fordern, dass gehandelt wird!«, meldet sich wieder Gerd Blümle lautstark zu Wort. »Ich habe es bereits gesagt und ich sage es noch einmal: Der Wolf hat hier nichts verloren! Das ist unser Land und unsere Natur! Wir müssen unsere Schafe schützen! Und unsere Kinder! Und das geht nur, wenn der Wolf von hier verschwindet!«

»Jetzt krieg dich aber mal wieder ein, Blümle!«, ertönt auf einmal ein lauter Bass. Ich drehe den Kopf zur Seite und erkenne in dem hageren, schnurrbärtigen Mann Ende sechzig Hermann Gerlach, Reginas Onkel. Vor Kurzem erst habe ich ihn für mein Klimawandelprojekt interviewt. Er ist der Bürgermeister des kleinen Dorfs, in dem meine Chefin wohnt, und hat es sich zur Aufgabe gemacht, die dortige Land- und Forstwirtschaft klimafreundlich zu reformieren. Während des Interviews habe ich ihn als direkt und bestimmt, aber auch sehr umsichtig kennengelernt.

»Deine Panikmache bringt niemandem etwas!«, fährt Gerlach fort. »Da muss man schon nüchtern an die Fakten herangehen. Der Wolf ist da, er ist streng geschützt, wir müssen uns mit ihm arrangieren. Das ist vielleicht mühsam, aber es ist machbar. Vor allem aber ist das hier nicht *unsere* Natur. Wir teilen uns die Natur mit anderen Lebewesen. Und wir müssen gegenseitig aufeinander Rücksicht nehmen.«

Ich nicke zustimmend und merke, dass Jana, Nadine und Christopher es mir gleichtun. Auch sonst sehe ich vereinzelt Zustimmung, aber vor allem immer noch viel Angst und Engstirnigkeit.

»Ganz genau!«, erklingt plötzlich eine laute Frauenstimme. Ich sehe nicht, wer da spricht, höre aber auch gleich damit auf, nach der Frau zu suchen, denn neben mir lässt Nadine ihren Kopf mit einem Ächzen auf die Tischplatte sinken.

»Auch das noch«, brummt sie.

»Was hast du denn?«, erkundige ich mich.

»Das ist meine Cousine. Katja. Die brauchen wir hier wie ein Magengeschwür.«

Erst jetzt achte ich wieder darauf, was diese Frau sagt. Sie scheint sich in Rage geredet zu haben. »Wir müssen Demut lernen! Demut! Es ist ein Segen, dass der Wolf zurückkehrt! Ein Geschenk! Die Natur muss wieder in Gleichklang kommen! Der Geist des Wolfes wird uns dabei leiten!«

Inzwischen habe ich die Frau entdeckt. Sie ist ein paar Jahre älter als ich und einfach nur unscheinbar. Würde sie nicht so laut sprechen und sich in immer esoterischeren Behauptungen ergehen, würde man sie einfach übersehen.

Die Diskussion geht noch eine ganze Weile weiter. Natürlich führt sie zu keinem Ergebnis. Immer dieselben Leute regen sich nur immer weiter auf und verursachen immer noch mehr Panik in den übrigen Anwesenden. Wahrscheinlich ist das hier ein gutes Lehrstück in Gruppendynamik. Man spürt richtig, wie der Hass von einem zum anderen springt und viele der Anwesenden infiziert. Für konstruktive Ideen ist kaum jemand offen.

»Oh Gott, bin ich froh, dass das vorbei ist«, ächzt Jana, nachdem die Diskussion schließlich geendet hat.

»Ja, das war scheußlich«, stimmt Nadine zu. Ihre Stimme ist nur noch ein Krächzen. Erst hat sie sich zurückgehalten, doch irgendwann war das Fass für sie wohl übergelaufen und sie korrigierte lautstark die vielen falschen Bilder, die vom Wolf kursieren. Die Schreckensvisionen der Wolfsgegner genauso wie die verklärten Imaginationen ihrer Cousine.

Mein Blick fällt auf Christopher. Er hat nichts gesagt, doch je weiter die Veranstaltung vorangeschritten ist, desto heftiger hat er die Kiefer aufeinandergebissen. Er wirkt wirklich alles andere als glücklich mit dem Diskussionsverlauf. Sein Bierglas ist schon seit einiger Zeit leer und gerade starrt er es nachdenklich an.

»Magst du noch etwas trinken?«, frage ich ihn.

Ertappt sieht Christopher auf, dann schleicht ein müdes Lächeln auf sein Gesicht. »Ja, ich denke, ich brauche noch ein Glas.«

»Ich auch«, stimme ich zu.

»Ich muss heim«, meint Jana bedauernd. »Smilla hat sicher schon Sehnsucht nach mir.«

Christopher und ich verabschieden uns von Jana und Nadine, die ebenfalls geht. Mit ihnen verlassen die meisten Leute den Raum und die Ruhe, die sich langsam ausbreitet, ist nach dieser lautstarken Diskussion richtig ungewohnt.

Suchend sehen Christopher und ich uns nach der Kellnerin um. Ich erspähe sie an einem Tisch in der Nähe des Podiums, wo sie sich intensiv mit vier älteren Herren unterhält. Ich sitze ungünstig, um sie auf uns aufmerksam zu machen, Christopher jedoch erwischt ihren Blick und bedeutet ihr, dass wir noch etwas bestellen wollen. Sie nickt und kommt sofort auf uns zu.

»Was darf es denn noch sein?«, will die Kellnerin wissen, sobald sie uns erreicht hat.

»Für mich noch einmal dasselbe«, meint Christopher und deutet auf sein Bierglas.

»Für mich auch«, schließe ich mich an.

»Kommt gleich«, verspricht die Kellnerin und verschwindet Richtung Theke.

»Ich rutsche mal auf«, meint Christopher, sobald sich die Kellnerin entfernt hat.

Er nimmt auf dem leeren Stuhl Platz, auf dem zunächst Jana gesessen hat. Anscheinend befinden wir daraufhin beide gleichzeitig, dass es unpraktisch ist, sich zu unterhalten, wenn man direkt nebeneinandersitzt. Wir rücken nämlich beide gleichzeitig unsere Stühle ein bisschen seitwärts, sodass wir leicht schräg zum Tisch und einander eher gegenübersitzen.

»Besser«, befinde ich lächelnd.

»Allerdings.«

Es fühlt sich ein bisschen merkwürdig an, mit Christopher auf einmal in einem ganz anderen Kontext zu sein als sonst. Bisher sind wir uns nur in der Hundeschule begegnet und damit in einem zum Teil professionellen Umfeld. Für Christopher ist die Hundeschule schließlich Arbeit – er ist der Trainer und ich bin sein Kunde. Jetzt in diesem Gasthaus gerät diese klare Rollenverteilung in Unordnung. Ich weiß eigentlich gar nicht, wie Christopher privat als Mensch so ist. Aber es interessiert mich. Außerdem habe ich eine Frage an ihn, die ich ihm schon seit ein paar Tagen stellen möchte. Leicht unsicher kratze ich über die Stoppeln an meinem Kinn. In den letzten Tagen bin ich nicht wirklich dazu gekommen, mich zu rasieren.

Christopher sieht mich an, um die Lippen und in den Augen ein freundliches Lächeln.

»Du kennst dich mit Wölfen aus, oder?«, schießt es schließlich aus mir heraus.

Christopher blinzelt irritiert. »Wie... Äh, wie kommst du darauf?«

»Ähm. Du hast doch Verhaltensbiologie studiert«, erkläre ich. »Und laut deiner Homepage hast du in einem Projekt über Wölfe deine Abschlussarbeit geschrieben.«

»Oh. Das meinst du. Ja.«

»Was dachtest du denn, dass ich meine?«

»Oh, nichts«, meint Christopher und fixiert die Kellnerin, die gerade auf uns zukommt. »Ich war nur irritiert davon, dass du das weißt.«

»Recherche ist mein Job«, erwidere ich und zucke mit den Schultern. »Ich weiß gerne, woran ich bin.«

Christopher nickt nur, sagt aber nichts, denn in diesem Moment hat die Kellnerin uns erreicht und stellt unsere Gläser auf den Tisch.

Ich bedanke mich, dann wende ich mich Christopher wieder zu. »Ich wollte dich fragen, ob du mir ein Interview geben würdest.«

»Für die Zeitung?«

»Genau. Es kursieren doch so viele Gerüchte und Halbwahrheiten über Wölfe und ich möchte dem gerne ein bisschen Expertise entgegensetzen.«

»Ich weiß nicht...« Christopher sieht wenig begeistert aus. Sein Gesichtsausdruck ist zögerlich, fast schon gequält.

»Du musst natürlich nicht, wenn du nicht willst«, rudere ich zurück. »Aber es ist für eine gute Sache. Man kann Leuten schließlich nicht vorwerfen, dass sie keine Ahnung haben, wenn man nicht zumindest versucht, sie zu informieren.«

Christopher seufzt. »Und warum ausgerechnet ich? Du kannst doch auch Nadine fragen oder jemanden von der FVA.«

»Ja, kann ich. Aber du bist unabhängig. Nadine kennen die Leute schon und haben sie als Wolfsspinnerin abgeschrieben. Dich noch nicht. Das macht hoffentlich einen Unterschied. Und du bist fachlich qualifiziert.«

»Ich bin aber nicht im engeren Sinne *neutral*, wenn es um Wölfe geht.«

»Wer ist das schon? Ich bin es auch nicht. Aber ich kann mich bemühen, das Thema von allen Seiten zu beleuchten, mich auf Fakten zu stützen und bestmöglich darauf zu achten, objektiv zu schreiben. Du würdest mir wirklich sehr dabei helfen.«

Christopher seufzt und fährt sich mit einer Hand durch die kurzen Haare. »Also gut.«

»Danke!«, strahle ich. Ich bin wirklich erleichtert. Ich habe schon gefürchtet, dass er ablehnen würde.

Christopher weicht meinem Blick aus und betrachtet stattdessen sein Bier. »Schon gut. Es ist ja für eine gute Sache.«

Kapitel 11

Christopher wohnt anders, als ich es mir vorgestellt habe. Eigentlich weiß ich gar nicht so genau, was ich mir vorgestellt habe, aber mit einem Haus wie diesem hätte ich nicht gerechnet. Es liegt am Stadtrand und hat nur auf der rechten Seite Nachbarn, links grenzt es an den Friedhof. Das Haus selbst ist eines von denen, die meine Mutter naserümpfend als »Schuhkarton« bezeichnen würde. Es ist dunkelgrau, hat nur eine Etage und wirkt, wenn man davorsteht, mit dem flachen Dach wie ein Kubus. Ein sehr exakt gezeichneter, streng symmetrischer Kubus. Bis auf zwei kleine, längliche Fenster je rechts und links der Tür gibt es nach vorne keine Fenster. Tür und Fensterrahmen sind in demselben Schwarz gestrichen. Die strenge Symmetrie des Gebäudes wird nur unterbrochen von einem Ahornbaum, der links der Tür in dem winzigen Vorgarten steht. Vor der grauen Wand leuchtet das Rot der Blätter intensiv.

Anders als meine Mutter mag ich derartig moderne Architektur. Was mich irritiert, ist nicht die Formstrenge des Gebäudes, sondern dessen Eleganz. Mit Christopher, den ich nur in Outdoor-Hosen und mit dreckigen Schuhen kenne, hätte ich das nicht verbunden.

»Meinst du, wir sind hier wirklich richtig?«, frage ich Sputnik, der neben mir steht und erwartungsvoll zu mir aufsieht.

Mein Hund bleibt mir eine Antwort schuldig, deswegen checke ich sicherheitshalber noch einmal in meinem Handy die Adresse, die Christopher mir gegeben hat. Noch am Freitag im Gasthof haben wir uns für heute verabredet. Christopher hat sich – warum auch immer – erst noch ein bisschen geziert, aber letztlich konnte ich ihn überzeugen. Danach haben wir uns noch ein wenig über dies und das unterhalten – vorrangig natürlich über Hunde. Lange sind wir nicht mehr geblieben, doch es war nett mit ihm.

Laut Handy stimmt die Adresse, also trete ich noch einen Schritt vor und betätige die Türklingel neben dem leeren Namensschild.

Es dauert nicht lange, bis sich die Haustür öffnet und Christopher heraustritt. Statt der üblichen Outdoor-Kleidung trägt er heute schmal geschnittene Jeans und einen auberginefarbenen Pullover über einem hellblauen Hemd. Mir wird zum ersten Mal bewusst, dass er ein gut aussehender Mann ist.

»Hallo, ihr zwei!«, grüßt Christopher und geht die drei Schritte durch den Vorgarten auf uns zu, um das Gartentor zu öffnen.

Als Sputnik ihn erkennt, ist er außer sich vor Freude. Er hopst, hüpft und tänzelt auf der Stelle und springt an Christopher hoch, sobald dieser das Gartentor geöffnet hat. Ich weise Sputnik sofort zurecht, dass er sich gefälligst benehmen solle, doch ich habe das Gefühl, er lacht mich nur aus. Zum Glück lacht auch Christopher, als er mir zur Begrüßung die Hand reicht.

»Hey«, sage ich und schüttle Christophers Hand. Sein Griff ist warm und fest. »Danke noch einmal, dass du dem Interview zugestimmt hast.«

»Gerne. Kommt doch rein.«

Ich folge Christopher ins Haus. Der Flur ist so klar und funktional gehalten, wie es das Äußere des Hauses vermuten lässt. Der graue Fliesenboden holt die Farbe der Fassade ins Innere. Die Garderobe ist der einzige Einrichtungsgegenstand, die Wände sind weiß. Bilder gibt es keine und die beiden Fenster, die ich von der Tür aus gesehen habe, müssen zu den Räumen gehören, zu denen rechts und links Türen abgehen. Der Flur braucht aber weder Bilder noch Fenster, denn der Blick, der sich bietet, wenn man nach vorne sieht, ist unglaublich. Der Flur mündet in eine Galerie und gibt dahinter den Blick auf eine große Glasfront frei. Durch diese riesigen Fenster hat man eine fantastische Aussicht ins Grüne.

»Wow«, entfährt es mir.

Christopher schmunzelt leicht, lässt meine Überraschung aber unkommentiert. »Du kannst Sputnik ruhig ableinen.«

»Okay«, hauche ich und bücke mich zu Sputnik, um ihn von der Leine zu befreien. Kaum habe ich das getan, ist er schon wieder bei Christopher und fordert ihn zum Spielen auf. Der Anblick meines fröhlichen und denkbar unbeeindruckten Hundes bringt auch mich wieder zu mir.

»Ich glaube, er findet niemanden so toll wie dich«, lache ich. »Dabei hat er dich doch eigentlich noch gar nicht so oft gesehen.«

»Aber er verbindet mich mit Spaß und Leckerlis«, meint Christopher schmunzelnd. »Die meisten Hunde, die bei mir in einen Kurs gehen, freuen sich, mich zu sehen.«

Statt auf Sputniks Spielaufforderung einzugehen, nimmt Christopher mir meine Jacke ab und hängt sie an die Garderobe. »Apropos: Warum warst du denn gestern nicht in der Hundeschule?«, will er wissen.

»Ich hatte Dienst«, erkläre ich, während ich aus meinen Schuhen schlüpfe. Dass ich mich freiwillig angeboten habe, für eine Kollegin die Krankenvertretung zu machen, da ich das Wiedersehen mit Hanno noch etwas hinauszögern wollte, erwähne ich natürlich nicht.

»Ah. Aber nächste Woche kommst du wieder?«

»Ja, klar.«

»Gut«, meint Christopher und klingt dabei ehrlich erfreut.

Ich stelle meine Schuhe neben Christophers dreckige Outdoor-Treter – wenigstens etwas, das ich mit dem Christopher, den ich bisher kenne, verbinde – und sehe zu ihm auf. Vermutlich ist er fast so groß wie Hanno, doch da er nicht dessen massigen Körperbau hat, wirkt er nicht so riesig. Zwar sind auch Christophers Schultern eher breit, doch er hat die schmale, schlanke Statur eines Läufers. Und, wie ein Blick verrät, als er sich umwendet und Richtung Glasfront geht, wirklich lange Beine.

»Komm«, fordert Christopher mich über seine Schulter hinweg auf und ich muss grinsen, weil sowohl Sputnik als auch ich artig gehorchen. Meinen Rucksack nehme ich mit, denn darin befinden sich all die Dinge, die ich für das Interview benötige.

Auf der rechten Seite der Galerie hat Christopher sich eine kleine Arbeitsecke eingerichtet. Links führt eine Treppe hinab in das Wohnzimmer. Christopher und Sputnik gehen unbeeindruckt die Treppe hinunter, ich jedoch bleibe an der Balustrade stehen und bin nun doch wieder einigermaßen erschlagen. Die gesamte hintere Front des Hauses ist verglast und von der Galerie blickt man hinab ins Wohnzimmer. Von der Quadratmeterzahl her ist es wahrscheinlich gar nicht so groß, aber dieses offene Raumkonzept lässt es riesig wirken. Noch mehr als der Raum selbst beeindruckt mich jedoch die Aussicht. Das Haus liegt an einem Hang und man überblickt das Tal mit der Stadt, man sieht aber auch den Wald am gegenüberliegenden Hang, Laubbäume mit herbstlich verfärbten Blättern und dunkle Nadelbäume. Und, nun ja, linker Hand auch einige Grabsteine.

Wahrscheinlich stehe ich länger da oben, als es höflich ist. Irgendwann gelingt es mir dann doch, mich loszureißen und die Treppe hinunterzugehen. Das Wohnzimmer ist ähnlich nüchtern eingerichtet wie der Flur. Hier liegt derselbe dunkelgraue Fliesenboden, der kontrastiert wird von den weißen Wänden, dem hellen Teppich unter der Couch und dem Goldbraun der wenigen Holzmöbel. Es gibt nur eine dunkelgraue Couch mit schmalen Holzfüßen, einen Couchtisch und ein Sideboard, auf dem ein Fernseher steht. Trotzdem wirkt der Raum nicht leblos oder nüchtern. Für Farbe sorgen neben der Natur vor dem Fenster ein Bücherregal, das sich unter die Treppe schmiegt, und ein Wandteppich an der gegenüberliegenden Wand.

Der Wandteppich zieht mich wie magisch an. Überwiegend in Grün, Blau und Braun gehalten wirkt er, als stamme er aus dem Mittelalter. Der Teppich zeigt eine Waldlichtung voller Tiere. Ich erkenne Hirsche und Rehe, Wisente und Wildschweine, Hasen und Füchse, aber auch Tiere, die ich eher in das Reich der Mythen und Legenden zählen würde. Ein Einhorn sehe ich und einen Drachen und andere Tiere, denen ich keine Namen zuordnen kann. In der Mitte der Lichtung und im Zentrum des Bildes steht ein Brunnen und neben diesem Brunnen ein Wesen, das weder Mensch noch Tier zu sein scheint. Es steht aufrecht auf zwei Beinen und hat die Statur eines

Menschen, doch es ist am ganzen Körper behaart und in dem entstellten Gesicht mit dem gefletschten Maul prangen Reißzähne. Seine glühenden Augen sind die einzigen intensiv roten Flecken in dem Bild.

»Na, sattgesehen?«, fragt Christopher plötzlich neben mir. Er klingt aber nicht ungeduldig oder genervt, sondern einfach nur freundlich.

»Noch lange nicht«, rutscht es mir ehrlich heraus. »Das ist unglaublich.«

Christopher lacht. »Ich hatte echt Glück, das Haus zu finden.«

Glück und Geld, denke ich, verkneife mir den Kommentar dann aber gerade noch rechtzeitig. »Es ist wirklich schön«, sage ich stattdessen. Auch wenn ich vorhin eigentlich den Wandteppich meinte und nicht das Haus.

»Ja, ist es. Ich fühle mich wohl hier.«

»Wohnst du allein hier?«, frage ich. Dieses Mal sind die Worte schneller draußen, als mir klar wird, dass sie unhöflich sind und ich mich beherrschen sollte.

»Ja.«

»Sorry, das war unangebracht.«

»Kein Problem, ist ja kein Geheimnis«, winkt Christopher ab. »Willst du einen Kaffee?«

»Oh ja, gerne.«

»Gut, was hältst du dann davon: Ich mache Kaffee und du kannst dich in der Zeit noch etwas umsehen?«

Ich fühle mich ein wenig ertappt und ich glaube, meine Wangen werden leicht rosa. »Entschuldige meine Neugier.«

»Quatsch, das ist wirklich kein Problem. Das ist doch bestimmt eine Berufskrankheit. Außerdem... Meine wirklich geheimen Dinge habe ich ohnehin nicht offen im Wohnzimmer herumliegen.«

Christopher zwinkert mir zu und geht, gefolgt von Sputnik, zur Küche, die gemeinsam mit dem großen Esstisch den gesamten hinteren Bereich des Raums einnimmt. Flirtet er etwa? Mein Herz macht einen unerwarteten Satz bei dem Gedanken.

Kurz sehe ich Christopher nach, dann wandert mein Blick wieder zum Wandteppich. Ich erkenne immer mehr Details. Die rosa Zungenspitze des Drachen. Einen Falken, der einen Hasen beobachtet. Zwei Rehe, die sich aneinanderschmiegen. Die spitzen Ohren der Kreatur am Brunnen.

Der Teppich hat eine beunruhigende Wirkung auf mich und nur mit Mühe schaffe ich es, mich loszureißen. Es gelingt mir, als Christopher besonders laut mit den Tellern klappert, die er auf den Tisch stellt.

»Kann ich dir irgendwie helfen?«, erkundige ich mich höflich.

»Nein, danke. Bin gleich fertig.«

»Okay.«

Ich lasse meinen Blick erneut durch das Wohnzimmer schweifen. Draußen dämmert es schon und bald wird man von der Aussicht nichts mehr haben. Trotzdem gehe ich, statt den Garten zu betrachten, quer durch den Raum zum Bücherregal.

Ich dachte immer, ich hätte viele Bücher, doch neben Christophers Bibliothek verblasst meine. Er liest wirklich alles, stelle ich fest. Überwiegend aber finde ich Fantasy, Krimis und Thriller. Manche Titel sind ganz aktuell, andere schon alt. Zum Teil hat er auch fast schon antik wirkende Bücher. Ich lasse meinen Blick über die Buchrücken gleiten und schmunzle, wenn ich Bücher entdecke, die ich auch habe.

Letztlich bleibt mein Blick jedoch an einem gerahmten Foto hängen, das am Rand des Bücherregals steht. Es scheint ein Familienfoto zu sein. In der Mitte steht ein älteres Paar und um sie herum drei junge Männer und zwei junge Frauen, die offensichtlich Zwillinge sind. Alle tragen sie Tracht und sehen darin elegant, aber auch sehr konservativ aus. Verstärkt wird das noch dadurch, dass man als Hintergrund ausgerechnet eine Burg gewählt hat.

Ich sehe mir die Gesichter genauer an. Die Familienähnlichkeit ist unverkennbar. Der hohe, schlanke Wuchs ist allen gemeinsam, genauso wie das dunkle Haar und die hellen Augen. Das schmale Gesicht mit den hohen, scharf geschnittenen Wangenknochen hat der Vater seinen Kindern vererbt. Das Gesicht der Mutter wirkt etwas gröber. Die Kinder – auch wenn sie längst keine Kinder mehr sind, sondern allesamt erwachsen – sehen sich unglaublich ähnlich. Nicht nur die Zwillingsschwestern, auch die Brüder sind kaum unterscheidbar. Am ehesten noch am unterschiedlichen Alter. Fast hätte ich Christopher nicht erkannt. Die Haare trägt er auf dem Foto anders als jetzt. Sind sie heute ganz kurz geschnitten, so waren sie damals ein ordentliches Stück länger und auf eine Art und Weise zurückgegelt, die ganz laut »Snob!« ruft.

»Kaffee ist fertig!«, sagt Christopher plötzlich.

Ich reiße mich von meinen Betrachtungen los und gehe zum Esstisch, wo Christopher nicht nur Kaffee aufgefahren hat, sondern auch einen Apfelkuchen, der nicht schön aussieht, aber gut riecht.

»Ist das deine Familie?«, frage ich und deute in die Richtung des Fotos.

»Hm? Ach so, ja.«

»Du hast ganz schön viele Geschwister.«

»Vier.«

»Wow«, mache ich wenig eloquent. »Ihr seht euch ähnlich.«

»Ja, das tun wir wohl.«

Ich würde gerne noch mehr fragen, doch gerade wirkt Christopher so abweisend, dass ich es nicht wage. Er sieht mich nicht an, schneidet stattdessen mit zusammengekniffenen Augenbrauen und ernstem Gesicht den Kuchen an.

»Nimm doch Platz«, murmelt er.

Ich tue wie mir geheißen und stelle meinen Rucksack neben meinen Stuhl, ehe ich mich setze. Kurz darauf habe ich ein duftendes Stück Kuchen vor der Nase. »Es wäre doch nicht nötig gewesen, dass du dir so eine Mühe machst.«

»Unsinn. Ich habe so viele Äpfel, ich bin froh, dass ich sie verwerten kann.«

»Du hast den Kuchen selbst gebacken?«, frage ich baff. Ich bin davon ausgegangen, dass Christopher ihn gekauft hat. Allerdings nicht bei Erwin. Dessen Kuchen sehen schöner aus.

»Ja.«

»Sind die Äpfel aus der Hundeschule?«

»Ja, genau. Eigentlich stehen da gar nicht mehr so viele Obstbäume, aber ich war dann doch überrascht davon, wieviel Obst letztlich zusammengekommen ist. Ich weiß nicht, wie viele Liter Marmelade ich eingekocht habe. Wahrscheinlich reicht die für mehrere Jahre.«

»Du backst und kochst Marmelade ein?«

Ich bin immer noch erstaunt. Scheinbar entdecke ich heute eine neue Seite nach der anderen an Christopher und alle passen sie nur schwer zusammen. Da ist der Hundetrainer, der am liebsten draußen ist und sich nicht um sein Äußeres schert, sondern nur darauf achtet, dass seine Kleidung praktisch ist. Da ist der junge Mann mit dem modernen Haus, das direkt aus einem Einrichtungskatalog stammen könnte. Da ist der Sohn konservativer Eltern mit vielen Geschwistern, der versnobt wirkt und elitär. Da ist der Kerl, der gerade selbst gebackenen Kuchen anschneidet und in seiner Freizeit Marmelade einkocht.

Christopher grinst und ich bin wirklich froh, dass die Distanz, die er vorhin aufgebaut hat, wieder verschwunden zu sein scheint. »Ja, das tue ich. Stell dir vor, ich koche sogar. Allerdings nicht so gut.«

»Faszinierend.«

»Das findet Sputnik wohl auch«, bemerkt Christopher trocken. Der Hund sitzt neben uns und sieht aus treuherzigen Augen zu uns auf.

»Ich weiß auch nicht, was er gerade hat. Normalerweise bettelt er nie«, sage ich ironisch, denn natürlich bettelt Sputnik des Öfteren.

Christopher lacht und schenkt mir Kaffee ein, kommentiert mein Erziehungsversagen aber nicht weiter. Nachdem auch er sich eingeschenkt hat, wage ich es endlich, den Kuchen zu probieren. Er schmeckt noch besser als er duftet und viel, viel besser als er aussieht. Ich bin völlig verzückt. Es kann sogar sein, dass mir ein leises Stöhnen entweicht.

»Oh mein Gott, Christopher! Das ist so gut!«

Christophers Blick fliegt zu mir, landet auf meinem Mund. Er räuspert sich. »Du kannst ruhig Chris sagen.«

»Okay, dann: Oh mein Gott, Chris! Das ist so gut!«

Wir müssen beide lachen. Jetzt probiert auch Chris ein Stück von seinem Kuchen. Andächtig kaut er, ehe er schluckt und nun doch etwas selbstgefällig grinst. »Ja, der ist mir gut gelungen.«

Ich nicke und verputze meinen Kuchen im Eiltempo.

»Noch ein Stück?«, fragt Chris schmunzelnd.

»Oh ja, gerne«, antworte ich und greife gleichzeitig nach meinem Rucksack. »Wollen wir derweil schon mit dem Interview beginnen?«

»Okay.«

Kurze Zeit später habe ich alles aufgebaut, was ich brauche, und vor mir ein weiteres Stück Kuchen stehen. Kauend sichte ich die Fragen, die ich vorbereitet habe.

»Wie sind Wölfe denn so?«, will ich dann als Erstes wissen.

»Puh«, macht Christopher und streicht sich durch die Haare. »Das ist eine schwierige Frage. Wölfe haben das große Problem, dass sie Menschen zu Geschichten inspirieren. Immer schon. Sie inspirieren unsere Fantasie und das in ganz unterschiedliche Richtungen. Sie können für große Weisheit stehen und für alle Tugenden der Welt, aber sie können auch die ärgsten aller Bestien sein, blutrünstig und brutal. Tatsächlich sind sie nichts davon. Wölfe sind keine Kuscheltiere und sie haben auch nichts gemeinsam mit den edelmütigen, über alles erhabenen Wesen, als die manche Esoteriker sie gerne sehen. Wölfe sind aber auch keine brutalen Monster. Sie sind einfach – Wölfe.«

Chris trinkt einen Schluck von seinem Kaffee, sein Blick ruht nachdenklich auf mir.

»Wölfe sind Menschen sehr ähnlich, weißt du? Sie haben eine enge Bindung an ihre Familie, sie halten zusammen und unterstützen einander. Das müssen sie auch, weil sie gemeinsam jagen. Sie sind aufeinander angewiesen. Das unterscheidet sie von Hunden. Hunde sind eher Individualisten und vor allem auf den Menschen bezogen, während Wölfe andere Wölfe brauchen. In Wolfsrudeln sind die Hierarchien eher flach, weil sie eben auf Zusammenarbeit ausgerichtet sind.«

»Aber heißt es nicht immer, Wölfe hätten eine strenge Hierarchie mit einem Alpha-Wolf an der Spitze?«

»Ja, das hält sich hartnäckig. Dass wir glauben, Wolfsrudel würden streng hierarchisch funktionieren und wären von ständigen internen Machtkämpfen geprägt, hat mit weitreichenden Fehlern in der Forschung zu tun. Früher nämlich wurden Wölfe ausschließlich in der Gefangenschaft beforscht und die Rudel, die man in Zoos untersuchte, bestanden aus einander ursprünglich fremden Tieren, die erst unter Obhut des Menschen zueinanderkamen. Da sie einander in der Gefangenschaft nicht ausweichen konnten, wie sie es in freier Wildbahn getan hätten, mussten sie eine neue Ordnung erschaffen. Seit man aber freilebende Wolfsrudel beforscht, weiß man, dass diese Rudel Familienverbände sind. Sie bestehen aus einem Elternpaar und deren Nachkommen. Wie in einer Familie auch, haben die Eltern das Sagen, sie zeichnen sich in ihrer Beziehung zu ihrem Nachwuchs aber vor allem durch Sorge und Nachsicht aus. Die einzelnen Mitglieder des Rudels kooperieren miteinander. Kämpfe um die Führungsrolle gibt es eigentlich nicht.«

»Interessant!«

Christopher nickt. »Tatsächlich haben Hunde eine viel strengere Hierarchie als Wölfe. Das sieht man zum Beispiel, wenn die Tiere fressen. Wölfe fressen gemeinsam. Bei Hunden frisst immer zuerst das Leittier und manchmal hindert es die anderen Hunde selbst dann, wenn es satt ist, daran, sich über das Futter herzumachen. Hunde sind sich selbst die Nächsten. Bei Wölfen steht das Funktionieren des Rudels im Mittelpunkt. Sie sind aber weiß Gott nicht immer nett zueinander. Und sie unterscheiden Freund und Feind sehr stark, das haben sie auch mit dem Menschen gemeinsam. Gegen andere Rudel kämpfen sie oft erbittert, wenn sie sich gegenseitig in die Quere kommen.«

»Du meinst, Wölfe sind fremdenfeindlich?«

Chris grinst schief. »Wenn du das nicht in dein Interview schreibst: Ja, das sind sie. Wie gesagt, Wölfe und Menschen sind einander sehr ähnlich.«

»Wie sieht es denn aus mit dem Jagdverhalten von Wölfen? Wie kommt es, dass der Wolf letztens zehn Schafe getötet hat, ohne sie zu fressen?«

Chris seufzt und erklärt, was ich ohnehin schon weiß. Während er spricht, esse ich meinen Kuchen auf und überlege, ob in meinem Magen noch ein drittes Stück Platz hat. Später vielleicht, entscheide ich. Erst einmal sollte ich mich auf das Interview konzentrieren.

»Wie ist das mit Menschen?«, will ich als Nächstes wissen. »Sind Wölfe eine Gefahr für Menschen?«

»Es kann passieren, dass sie Hunde als Eindringlinge in ihre Reviere sehen. Seit es wieder Wölfe in Deutschland gibt, hat aber noch nie einer einen Menschen angefallen.«

»Einen Hund schon?«

»Ja, es gab in Norddeutschland einen Wolf, der die Scheu vor Menschen verloren hat und sich ihnen immer wieder genähert hat. Einmal hat er auch einen Hund angegriffen und verletzt. Man hat diesen Wolf als gefährlich eingestuft und den Abschuss offiziell genehmigt. Das war der erste und einzige Fall bisher. Und auch dieser Wolf hat keine Menschen angegriffen.«

»Wie konnte es dazu kommen?«, frage ich, obwohl ich die Antwort kenne, weil ich mich über diesen Fall schon informiert habe.

»Man weiß es nicht sicher, aber es ist wahrscheinlich, dass er als Jungtier von Menschen angefüttert wurde. Dadurch hat er seine Scheu vor dem Menschen verloren. Sein Bruder zeigte ähnlich auffälliges Verhalten, wurde aber von einem Auto angefahren, bevor es zu größeren Zwischenfällen kommen konnte. Die anderen Wölfe aus diesem Rudel waren jedoch nie auffällig. Eigentlich sind Wölfe scheu und gehen Menschen aus dem Weg, aber wenn sie jung sind, sind sie auch neugierig und machen Dinge, die ältere Wölfe nicht tun würden. In der Zeit kann man sie für ihr Leben prägen. Auch negativ.«

Ich starre in meinen Kaffee. Es ist gut möglich, dass auch mein Wolf als Jungtier angefüttert wurde. Dass er nicht scheu ist, hat er oft genug bewiesen. Ich sollte das melden, das weiß ich. Doch ich kann es nicht. Der Wolf würde als Gefahr eingestuft werden und vielleicht, wenn andere Maßnahmen nicht fruchten sollten, würde man auch ihn »der Natur entnehmen«, wie es offiziell heißt, wenn man einen Wolf zum Abschuss freigibt. Das will ich nicht. Als er sich neben mich gelegt hat, um mich zu trösten, hat er sich in mein Herz geschlichen – und da geht er nicht mehr weg. Manchmal meine ich immer noch, das Fell meines Wolfs unter den Fingerspitzen spüren zu können.

Mein Wolf, was für ein Schwachsinn. Es ist ein wildes Tier, das nur sich selbst gehört. Und dem niemand etwas tun sollte.

Chris' Stimme reißt mich aus meinen Gedanken. »Alles okay?«

»Hm? Ja, sorry. Ich habe nur nachgedacht.« Betont konzentriert sehe ich noch einmal meine Fragen durch. »Du, ich glaube, damit haben wir es auch schon. Das waren meine wichtigsten Fragen.«

»Ja? Super.«

Ich nicke, schalte das Diktiergerät aus und verstaue es mitsamt meinem Laptop wieder im Rucksack. »Danke noch einmal, dass du das gemacht hast.«

»Kein Ding«, meint Chris lächelnd. »Willst du noch ein Stück Kuchen?«

Ich seufze. Mir ist der Appetit vergangen. »Danke, ich bin schon voll.«

»Oh, schade. Aber weißt du was? Ich packe dir etwas ein. Dann hast du heute Abend noch etwas. Oder morgen. Wann auch immer.«

»Das ist echt nett von dir, aber wirklich nicht nötig.«

»Unsinn. Wenn ich den Kuchen allein esse, verfette ich nur. Ich bin froh, wenn du mir hilfst.«

Ich lasse automatisch meinen Blick über seine schlanke Gestalt wandern. »So schnell verfettest du ganz bestimmt nicht.«

»Ganz genau. Weil du es verhindern wirst.« Chris grinst und für einen Moment frage ich mich erneut, ob er mit mir flirtet. Dann jedoch schiebe ich diesen Gedanken weit von mir.

»Ich werde dann mal«, meine ich schließlich und rücke meinen Stuhl zurecht. »Ich will dich nicht noch länger stören.«

»Du störst nicht«, betont Chris noch einmal, steht aber trotzdem mit mir auf. »Warte noch eine Sekunde.«

Und dann kramt er tatsächlich eine Tupperdose hervor und packt mir ein Stück Kuchen ein. »Hier.«

»Danke!«

Chris lächelt, kommentiert meinen doch etwas abrupten Aufbruch jedoch nicht weiter. »Ich bringe dich noch zur Tür.«

Im Flur angekommen, stehen wir uns, nachdem ich Schuhe und Jacke angezogen habe, ein wenig unbehaglich gegenüber. Ich weiß nicht recht, wie ich mich von Chris verabschieden soll. Ihm ergeht es offenbar ähnlich. Wir sehen uns an und lachen ein bisschen verlegen und dann geht es wie von selbst. Wir treten aufeinander zu und umarmen uns. Ganz kurz nur, flüchtig. Ich höre Chris tief einatmen und frage mich für einen Moment, ob er gerade an meinem Haar gerochen hat. Dann wird mir bewusst, dass dieser Gedanke völlig absurd ist.

Kapitel 12

Es ist schon dunkel, als ich die Tür zu Janas Café öffne. Das ist einer der Momente, in denen mir klar wird, dass der Winter kommt. Es ist noch nicht so lange her, da waren die Abende hell und lau. Jetzt ist es früh finster, die Tage werden merklich kürzer. Es kühlt abends auch schon erheblich ab. Die Nachmittagsrunde mit Sputnik konnte ich noch mit offener Jacke machen, der Himmel strahlend blau und die Sonne angenehm warm. Jetzt ist die Jacke zu und ich sehne mich beinahe nach einem Schal.

In Janas Laden empfangen mich Wärme und Licht. Ich fühle mich sofort wohl. Einmal war ich mittags mit Hanno hier und seither nicht mehr, dabei gefällt mir das Café wirklich gut. Es ist nicht groß, aber gemütlich. Früher war der Laden eine Apotheke und in dem alten Holzregal, in dem einst die Medikamente standen, liegt heute die Wolle, die Jana verkauft. Mit den zusammengewürfelten Vintage-Möbeln und den Kuchen, Keksen und Muffins, die auf dem Tresen drapiert sind – immer auf Spitzendeckchen –, wirkt der Laden wie das Wohnzimmer einer etwas verrückten und sehr hippen Großmutter.

Das Café ist mäßig besucht. Jana schließt bald, das wissen die Leute wahrscheinlich und suchen sich für ihr Feierabendbier andere Lokale. Ich werde meines dennoch hier trinken, denn Jana hat mir heute Mittag geschrieben und mich eingeladen. Ich habe mich sehr über ihre Nachricht gefreut. Ein Teil von mir hat schon gefürchtet, nicht nur Hanno, sondern auch die sich gerade erst entwickelnde Freundschaft zu Jana verloren zu haben. Das hätte ich wirklich bedauert.

Obwohl das Café nicht voll ist, kann ich Jana auf den ersten Blick nicht erkennen. Sie steht nicht an der Theke und läuft auch nicht zwischen den Tischen herum. Suchend sehe ich mich um. An der großen Tafel, die das Zentrum des Cafés bildet und an der regelmäßig Strick-Workshops stattfinden, sitzen zwei Frauen Mitte 50.

Sie sind eifrig ins Gespräch vertieft und stricken dabei. Die eine finalisiert gerade einen Pullover aus der scheußlichsten beigefarbenen Wolle, die ich je gesehen habe. Was die andere strickt, kann ich nicht erkennen. Ich sehe nur, dass es rosa wird. Dann sind da noch ein junger Mann und eine Frau, die in einer der beiden Fensternischen sitzen. Sieht nach einem Date aus.

Eine winkende Hand zieht plötzlich meine Aufmerksamkeit auf sich. Auf einem Sofa, halb versteckt von der Theke, entdecke ich Jana. Ich winke zurück und gehe auf sie zu. Ein bisschen irritiert stelle ich fest, dass Jana nicht allein auf dieser Couch sitzt, sondern zusammen mit Nadine Weilauer. Zu Janas Füßen liegt Smilla und schläft. Das wird sich gleich ändern, sobald Sputnik sie entdeckt hat.

»Hallo, ihr zwei«, grüße ich, als ich sie erreicht habe.

»Hey!« Sofort ist Jana bei mir und umarmt mich.

Nadine bleibt sitzen und winkt mir zur Begrüßung zu. »Hallo!«

Ich will eigentlich zu Nadine gehen und ihr die Hand schütteln, doch inzwischen haben sich die Hunde entdeckt und es herrscht Chaos. Sputnik stürzt sich wie erwartet auf Smilla und die beiden vollführen einen Begrüßungstanz, der mich um das Geschirr auf dem niedrigen Tischchen vor dem Sofa fürchten lässt. Jana scheint ähnliche Gedanken zu hegen, denn sie schickt Smilla auf ihren Platz, während ich Sputnik zu mir rufe. Er wirkt nicht begeistert, doch er gehorcht.

»Was darf ich dir bringen?«, will Jana wissen, nachdem halbwegs Ruhe eingekehrt ist.

»Erst mal eine Apfelschorle, ich bin ganz ausgedörrt.«

»Willst du etwas Süßes dazu? Ich habe noch Blaubeermuffins. Ich will mich ja nicht selbst loben, aber die sind echt gut geworden.«

Unweigerlich blitzt vor meinem inneren Auge das Bild von Chris und seinem Apfelkuchen bei dem Interview vorgestern auf. Es war wirklich nett, dass er extra für mich gebacken hat.

»Gerne«, antworte ich, weil ich süßen Dingen noch nie widerstehen konnte.

»Ich kann sie auch wirklich empfehlen. Sie sind köstlich«, meint Nadine.

Jana strahlt und verschwindet zu der alten Theke. Ich setze mich unterdessen in einen bequemen Ohrensessel neben der Couch, auf der Nadine sitzt. Sputnik setzt sich zwischen uns und schafft es problemlos, Nadine dazu zu bringen, ihm die Ohren zu kraulen.

»Ich hoffe, ich störe euch nicht.«

Nadine schüttelt den Kopf. »Gar nicht. Ich bin vorhin spontan hergekommen und wir haben uns ein bisschen verquatscht. Wusstest du, dass Jana die Wolle ihres Hundes spinnt und zu Garn verarbeitet?«

»Äh, nein. Das geht?« Leicht skeptisch sehe ich auf das drahtige Gewirr, das Sputniks Fell ist.

»Ja, anscheinend. Aber nicht bei allen Hunderassen. Samojeden scheinen dafür besonders geeignet zu sein. Jana meint, die Wolle ist ganz weich, so ähnlich wie Kaschmir.«

»Kurios. Andererseits: Smilla sieht aus wie ein großer weißer Wattebausch. Irgendwie macht das schon Sinn.«

»Stimmt. Jana sagte, sie hat sich schon eine Mütze, einen Schal und Handschuhe aus Smillas Wolle gestrickt.« Nadine klingt ehrlich beeindruckt, als sie das erzählt.

»Dann gehen die beiden im Winter im Partnerlook?«

»Ja, vermutlich«, Nadine lacht, wird dann aber so plötzlich ernst, dass ich kaum mitkomme. »Jedenfalls, Jana hat mir erzählt, dass ihr euch heute trefft, und ich wollte noch auf dich warten. Ich muss dir nämlich etwas sagen.«

»Oh?«

»Eigentlich weiß ich gar nicht, ob ich das darf. Aber spätestens morgen geht ohnehin eine Pressemitteilung raus und dann erfährst du sowieso davon.«

»Aha?«, mache ich, während sich in meinem Magen ein flaues Gefühl breitmacht. Alles, was Nadine mir zu erzählen haben könnte, hat mit dem Wolf zu tun. Und so wie sie aussieht, hat sie keine guten Nachrichten.

Nadine holt noch einmal tief Luft, dann platzt es aus ihr heraus: »In das Labor, in das wir die Proben von den Wolfsattacken geschickt haben, wurde eingebrochen.«

»Was?« Damit hatte ich nun nicht gerechnet. Gleichzeitig durchströmt mich Erleichterung. Dem Wolf geht es gut. »Ist etwas gestohlen worden?«

»Oh ja. Jede Menge teure Technik ist weg. Alles, was sie nicht klauen konnten, haben sie verwüstet. Das Labor sieht wohl aus wie ein Schlachtfeld. Alles ist kaputt, die Geräte, die Computer, die Proben, alles. Auch die Proben, die wir hingeschickt haben, kann man wahrscheinlich vergessen.«

»Sind die DNS-Analysen denn schon fertig gewesen?«

»Nein, noch nicht.«

»Das heißt, wir haben keinen sicheren Beweis, dass ein Wolf die Schafe getötet hat?«

»Nein. Aber mit deinem Foto und den anderen Spuren, die wir vor Ort gesichtet haben, gibt es trotzdem nicht wirklich Zweifel.«

»Hm.«

Nadine zwirbelt eine ihrer Dreadlocks geistesabwesend zwischen den Fingern. »Aber weißt du, was wirklich schlimm ist?«

»Es kommt noch schlimmer?«

»Ja. Ein Wachmann hat die Einbrecher erwischt, als sie abhauen wollten. Es kam zu einem Handgemenge und dabei ist er wohl eine Treppe hinuntergestürzt.«

»Oh Gott! Ist er schwer verletzt?«

Nadine wiegt leicht den Kopf hin und her. »Keine Ahnung.«

»Wer macht denn so etwas?«

»Weiß ich auch nicht.«

»Gibt es denn irgendwelche Hinweise auf die Täter?«

»Du stellst Fragen... Ich glaube nicht. Aber das wird sicher in der Pressemitteilung stehen.«

»Bitte sehr«, meint plötzlich Jana, die wie aus dem Nichts neben uns aufgetaucht ist und meine Schorle und den Muffin auf den Tisch stellt. Dann lässt sie ihren Blick durch das Café wandern, doch niemand scheint sie zu suchen. Mit einem Lächeln setzt sie sich wieder neben Nadine auf das Sofa. »Ich mochte übrigens dein Interview mit Christopher.«

»Danke. Er hatte wirklich interessante Dinge zu sagen.« Und er hat mich in sein Haus eingeladen, für mich gebacken und vielleicht, ganz vielleicht an meinen Haaren gerochen. Daran muss ich seither immer wieder denken, aber sagen kann ich es nicht. Schon gar nicht, wo Jana Chris doch kennt – und ich noch nicht einmal weiß, ob er schwul ist. Wahrscheinlich ist es die Enttäuschung über mich selbst nach der Sache mit Hanno, die mich mehr in dieses Interview hineininterpretieren lässt, als da tatsächlich war.

»Ja, absolut«, stimmt Jana zu. »Aber redet nur weiter. Ich wollte euch nicht unterbrechen.«

»Ich habe Lukas schon alles erzählt, was ich ihm noch sagen wollte«, meint Nadine und ich nicke. Nadines Auskünfte finde ich zwar wenig befriedigend, doch sie scheint nicht mehr zu wissen. Ich werde wohl oder übel bis morgen warten müssen, wenn ich mich schlaumachen will.

»Schlimme Sache«, befindet Jana.

»Ja«, stimmt Nadine zu und atmet tief durch. »Ich werde euch dann auch mal allein lassen.«

»Du musst doch nicht gehen!«, betonen Jana und ich gleichzeitig. Wir sehen uns an und müssen lachen.

»Doch, muss ich«, meint Nadine. »Ich bin noch mit Freunden verabredet. Außerdem wollte ich ohnehin nur kurz Hallo sagen.«

Nadine lächelt Jana an und da ist etwas in ihrem Blick, das mir vage bekannt vorkommt. Als die beiden sich dann lang und innig umarmen und Nadine noch leise »Meld dich!« haucht, bin ich mir sicher: Nadine steht auf Jana.

Ich kann nicht anders, als Jana mit hochgezogener Augenbraue und wissendem Grinsen anzusehen, als sie sich wieder auf die Couch setzt, näher bei mir diesmal.

Jana räuspert sich. »Schmeckt der Muffin?«

»Vorzüglich.«

»Du hast ihn ja noch gar nicht probiert.«

Das stimmt und ich hole es umgehend nach. »Gut«, mampfe ich. »Freut mich.«

»Nadine ist sehr nett, nicht wahr?«, frage ich betont unschuldig. Jana verdreht die Augen. »Mhm.«

»Und... hübsch?«

»Woher willst du das denn wissen?«, kommt es etwas schärfer als gewöhnlich von Jana.

»Ich fische vielleicht am anderen Ufer, aber solche Dinge nehme ich durchaus wahr.«

Jana sinkt nach hinten in die Kissen und legt den Kopf in den Nacken. Mit geschlossenen Augen und flammend roten Wangen murmelt sie: »Glaubst du... Ähm... Glaubst du, sie hat Interesse an mir?«

Ich muss unweigerlich schmunzeln. »Hat sie.«

Jana öffnet ein Auge und blinzelt mich an. »Ja?«

»Oh ja.« Ich nicke bekräftigend.

»Hmm«, macht Jana und schließt ihr Auge wieder.

»Hast du denn Interesse an ihr?«

»Hmm... Vielleicht. Aber... Das kommt ganz schön unerwartet.«

»Dass du auf eine Frau stehst?«

»Ja. Nein. Also, ich weiß schon lange, dass ich grundsätzlich auch mit Frauen etwas anfangen könnte. Aber da war nie eine. Irgendwie waren da immer mehr Männer.«

»Dann ist das ja jetzt vielleicht die Gelegenheit?«

»Ja, mal sehen, wie sich das entwickelt.« Jana öffnet ihre Augen wieder und richtet sich auf. »Apropos *wie es sich entwickelt*: Wie läuft es denn mit dir und Hanno?«

»Uff.«

»Nicht so gut?«

»Da ist nichts mehr zwischen uns«, sage ich betont nüchtern und klammere mich an meine Apfelschorle.

»Wieso...«, setzt Jana an, wird jedoch von der Frau mit dem scheußlich beigen Strickprojekt unterbrochen, die lautstark nach der Rechnung verlangt. »Weißt du was? Ich kassiere die anderen Leute schnell ab und schmeiße sie raus und dann erzählst du mir alles in Ruhe.«

»Okay«, sage ich, obwohl ich mir nicht sicher bin, ob ich ihr tatsächlich alles erzählen möchte.

Jana nickt und steht auf. Es dauert etwa eine Viertelstunde, bis sie überall abkassiert hat, die Gäste gegangen sind und Jana die Tür hinter ihnen verschlossen hat. Sie macht noch einen Teil der Beleuchtung aus, lediglich die Lampen über der Theke und die Stehlampe neben meinem Ohrensessel lässt sie an. Smilla beobachtet sie die ganze Zeit über von ihrem Platz aus, bleibt aber liegen. Auch Sputnik hat sich neben mir ausgestreckt und döst.

»Willst du etwas essen?«, fragt Jana, als sie wieder bei mir angekommen ist. »Ich habe noch Pastinakeneintopf von heute Mittag übrig.«

»Das klingt gut, gerne!«

Anderthalb Stunden, zwei Teller Eintopf, einen weiteren Muffin und eine unklare Zahl von Bierflaschen später kommt Jana wieder auf das Thema zu sprechen, das sie von mir aus gerne vergessen hätte können. »Also. Erzähl. Was ist mit Hanno?«

Ich seufze und nehme einen Schluck von meinem Bier. Jana deutet das ganz richtig als Verzögerungstaktik. »Oder willst du nicht darüber reden?«, fragt sie sanft.

Ich reiße mich zusammen und schüttle den Kopf. »So viel gibt es da gar nicht zu reden. Wir werden nicht mehr miteinander ausgehen.«

»Wieso denn? Ich hatte das Gefühl, dass Hanno total in dich verknallt ist.«

Ach verdammt. Ich betrachte höchst interessiert das Etikett meiner Bierflasche. »Hmm...«

»Ah. Aber du bist nicht in ihn verknallt.«

»Nein«, sage ich leise. »Ich wünschte, ich wäre es.«

»Meinst du nicht, dass sich das noch entwickeln kann?«

»Ich... Hm... Nein. Es fehlt einfach dieser Funke, weißt du? Wenn der nicht zumindest ein bisschen da ist, dann... Nein, ich fürchte, das wird sich nicht ändern.«

»Schade.«

»Ja«, seufze ich und in diesem Moment wünschte ich wirklich, ich wäre anders. Ich wünschte, ich könnte leichter sein. Ich wünschte, ich könnte die Dinge sich entwickeln lassen und daran glauben, dass ich mich noch in Hanno verliebe. Ich wünschte, ich *könnte* mich in ihn verlieben. Ich verliebe mich so selten und Hanno wäre perfekt. Aber nein, mein dummes Herz sieht das anders. Vielleicht kann ich mich auch einfach nicht mehr verlieben. Vielleicht hat mich mein letzter Liebeskummer so sehr zerbrochen, dass da nichts mehr übrig ist.

»Hast du es ihm gesagt?«, fragt Jana nach einer Weile.

»Ja.«

»Das ist echt anständig von dir.«

»Bitte?«

»Na ja, es ist scheußlich, sich auf jemanden einzulassen, der einem vormacht, er wäre emotional involvierter, als er das ist. In der Beziehung die einzige Person zu sein, die wirklich Gefühle investiert und dann dazustehen und zu sehen, dass man damit eigentlich allein ist... Das ist scheußlich.«

Ich schlucke und denke an Janas Haus, das eigentlich das Haus einer Familie hätte sein sollen. »War das bei dir und deinem Mann so?«

»Unter anderem. Nun ja. Schnee von gestern. Jedenfalls finde ich es gut, dass du ehrlich zu Hanno warst und ihm nichts vormachst.«

»Hm... Danke?«

Jana lächelt. »Nichts zu danken.«

Ich widme mich wieder dem Flaschenetikett. »Weißt du, ich hätte es echt gerne gehabt, dass das mit uns etwas wird.«

»Ich auch«, seufzt Jana und lacht dann leise. »Ihr wärt ein schönes Paar. Aber so ist das eben. Gefühle kann man nicht erzwingen.«

Am nächsten Morgen recherchiere ich gleich nach der Morgenkonferenz die Pressemeldung über den Einbruch in das Labor. Der Einbruch ist kein Thema für den Lokalteil der Zeitung, fällt also nicht in meine Zuständigkeit. Ich werde nicht darüber schreiben und eigentlich sollte ich meine Zeit auch nicht darauf verwenden, mehr über diesen Einbruch herauszufinden. Dennoch tue ich es. Allerdings interessiert mich weniger der Einbruch als solcher als vielmehr die Frage, welche Konsequenzen er für die Wolfsuntersuchungen hat.

In der Pressemitteilung steht darüber natürlich nichts. Sie ist überhaupt recht vage. Die Täter konnten entkommen, heißt es. Über sie ist nichts bekannt, außer, dass es zwei Männer waren. Beide mittelgroß, beide schlank und beide eher jung als alt. Es gibt zwar wohl Kameramaterial, doch das ist nutzlos, da die beiden maskiert waren. Die Täter seien sehr brutal vorgegangen, heißt es weiter. Sie haben Laptops entwendet und einige weitere Geräte. Die richtig teuren Maschinen waren zu schwer, um sie mitzunehmen. An denen haben die Täter dann wohl ihren Zorn ausgelassen. Mit Brechstangen haben sie alles kurz und klein geschlagen. Die Kühlräume haben sie verwüstet, sämtliche Arbeitsplätze und sogar die Mitarbeiterküche.

Was genau mit dem Wachmann passiert ist, kann ich der Pressemitteilung nicht entnehmen. Die entsprechende Passage ist fürchterlich vage formuliert. Eigentlich steht da wenig mehr als das, was Nadine mir gestern schon erzählt hat. Der Wachmann hat die Einbrecher wohl gestellt, es kam zum Handgemenge und er wurde verletzt. Von einer Treppe steht hier nichts. Wie schwer der Mann verletzt ist, steht da auch nicht. Nur, dass er in einer Klinik ist. Lebensgefährlich scheinen die Verletzungen immerhin nicht zu sein, denn das stünde sicherlich in der Pressemeldung.

Ich seufze und trinke einen Schluck von meinem Kaffee. Was für eine kuriose Geschichte. Wer tut so etwas? Und wieso? Frustrierte ehemalige Mitarbeiter vielleicht? Radikale Tierschützer, die nicht raffen, dass dieses Labor keine Tierversuche durchführt?

Ein Blick auf die Uhr sagt mir, dass ich schon viel zu viel Zeit mit diesen Fragen verbracht habe. Zeit, etwas zu tun, das zumindest ein bisschen mit meinem Job zu tun hat. Und mit den Fragen, die auch mir persönlich wichtig sind.

Ich durchsuche meine Notizen und finde schnell die Nummer von Matthias Thrietzke. Wenn jemand mir erklären kann, welche Konsequenzen dieser Einbruch für den Wolf hat, dann er.

Nach dem zweiten Klingeln hebt er ab. »FVA, Thrietzke, guten Tag.«

»Hallo, Lukas Feuerbach hier, von der *Schwarzwald-Presse*.«

»Ah, hallo. Ich nehme an, Sie rufen wegen des Einbruchs im Labor an.«

»Ja, genau. Ich wollte mich erkundigen, ob der Einbruch Folgen für die Untersuchung hat.«

»Hat er. Es sieht danach aus, dass die Proben nicht mehr verwendbar sind.«

»Alles kaputt?«

»Ja, alles kaputt.«

»Und, ähm, Ergebnisse gab es noch keine?«

»Nein, das hat länger gedauert als normalerweise. Das Labor ist momentan ziemlich überlastet. War ziemlich überlastet. Jetzt ist es ja zerstört… Und selbst wenn es schon Ergebnisse gegeben hätte: Auch die wären weg. Die Computer und der Hauptrechner sind zerstört und mit ihnen alle Daten, die bereits erhoben wurden.«

»Wow, was für eine Zerstörungswut.«

»Ja. Es ist doch grotesk.«

»Also ist alles weg, was Sie erhoben haben.«

»Genau.«

»Neue Proben zu nehmen geht auch nicht mehr«, denke ich laut nach.

Thrietzke lacht zynisch auf. »Wovon denn? Man kann die Schafe schwerlich exhumieren. Nachdem wir sie untersucht haben, sind sie in die Tierkörperverwertung gekommen.«

Ich schaudere, auch wenn mir das bewusst war. Meine Stimme klingt zum Glück dennoch sachlich. »Was bedeutet das denn für die Frage, ob es ein Wolf war, der die Schafe getötet hat?«

»Hm, eigentlich ändert es nicht besonders viel. Sicherheit haben wir keine, aber wir gehen trotzdem davon aus, dass es ein Wolf war. Die Bissspuren und alles andere war typisch Wolf. Außerdem gibt es da noch dieses Foto, das in relativer Nähe zu den Schafsweiden geschossen wurde und einen Wolf zeigt. Da bleibt relativ wenig Platz für Zweifel.«

»Okay. Dann danke für die Information!«

»Kein Problem, gerne.«

»Tschüss!«

»Tschüss.«

Noch während ich mich von Thrietzke verabschiede, donnert Reginas laute Stimme durch die Redaktion. »Alle mal herhören!«, ruft sie.

Ich lege auf und fahre mit meinem Schreibtischstuhl herum, um zu Regina zu sehen. Die anderen tun es mir gleich und es dauert nicht lange, bis Regina im Zentrum der allgemeinen Aufmerksamkeit ist. Sie ist blass und sieht mitgenommen aus. Als sie dann weiterspricht, weiß ich auch, wieso.

»Der Wolf hat ein Kind angefallen.«

Kapitel 13

Die Aufregung, Angst und Anspannung im Raum sind so dicht, dass sie beinahe greifbar sind. Laute Stimmen schwirren durch die Luft und der Mann neben mir klackert mit seinem Kugelschreiber im Takt meines rasenden Herzens. Am liebsten würde ich ihn anherrschen, das bleiben zu lassen und Ruhe zu geben. Wie sein Kugelschreiber hat auch mein Herz zum Stakkato angesetzt. Mir ist kalt und schlecht und ich fürchte die Informationen, die uns gleich mitgeteilt werden.

Ich war schon öfter auf Pressekonferenzen in diesem Gemeindesaal, doch keine war so gut besucht wie diese. Einige der anderen Anwesenden kenne ich, die meisten aber habe ich noch nie gesehen. Da sind Leute von regionalen und überregionalen Zeitungen sowie mehrere Kamerateams von den unterschiedlichsten Sendern. Dicht an dicht drängen sich die Menschen aneinander. Für die meisten gab es keine Sitzplätze mehr und auch ich lehne mich mit dem Laptop in der Hand an die Wand, zu meinen Füßen steht mein Rucksack.

Der Chefredakteur meiner Zeitung hat entschieden, dass ich weiter über die Wolfsgeschichte berichten soll, auch wenn die Berichte nicht im Lokalteil erscheinen werden, sondern im Mantel, der allen Ausgaben der Zeitung gemeinsam ist, unabhängig davon, wo sie verkauft wird. Da ich bereits eingearbeitet bin und Kontakte zu den zuständigen Stellen habe, macht das Sinn. Und es ist natürlich eine gute Chance für mich, etwas Größeres zu schreiben als die Berichte, die ich sonst so verfasse. Dennoch wünschte ich, ich wäre nicht hier. Ich wünschte, es gäbe nichts zu berichten. Ich wünschte, der Wolf wäre nie auffällig geworden.

»Wann kommen die denn endlich?«, mault irgendjemand in meiner Nähe und zustimmendes Gemurmel antwortet. Die Konferenz hätte vor einer Stunde beginnen sollen. Wir warten schon ewig in dieser stickigen Enge. Die Luft wird davon nicht besser. Die Stimmung der Anwesenden auch nicht.

Bisher war man mit Informationen sehr zurückhaltend. Mehr als das, was Regina erzählt hat, bevor ich überhastet zur Pressekonferenz aufgebrochen bin, weiß ich immer noch nicht. Viel war das nicht. Der Wolf soll am helllichten Tag im Wald ein Kind angegriffen haben. Wie es dazu kam, was genau passiert ist und wie es dem Kind geht, ob es womöglich gar verletzt ist – oder schlimmeres –, wusste sie nicht. Auch keiner der Anwesenden, mit denen ich bisher gesprochen habe, wusste mehr. Nadine, die vermutlich besser informiert ist, habe ich nicht gesehen und extra anrufen wollte ich sie nicht. Ihr Telefon läuft momentan vermutlich ohnehin heiß.

Es dauert noch eine gefühlte Ewigkeit, bis sich schließlich die Tür im vorderen Bereich des Raums öffnet und Merit Meier eintritt, die beim Land für die Öffentlichkeitsarbeit in Wolfsfragen zuständig ist. Sie nickt den Anwesenden zu und nimmt an dem für sie vorbereiteten Tisch Platz.

»Guten Tag«, grüßt sie und die ersten Fotoapparate klicken. »Ich werde Ihnen zunächst erzählen, was wir bis jetzt über den Vorfall wissen, der sich heute Morgen zugetragen hat. Anschließend können Sie Fragen stellen.«

Merit Meier sieht unter ihrem starken Make-up ernst und blass aus. Der aschblonde Pagenkopf ist ordentlich frisiert, sie trägt eine Perlenkette zu ihrem grauen Blazer und wirkt gleichermaßen souverän wie aufgeregt. Vermutlich ist das ihre erste derartig große Pressekonferenz. Sie muss jünger sein, als ich es bin.

»Also.« Sie räuspert sich und wirft wie zur Kontrolle einen Blick auf ihre Unterlagen, ehe sie wieder das Plenum fokussiert. Sie hat ihren Text offensichtlich memoriert und bemüht sich, frei zu sprechen. »Seit bekannt ist, dass Wölfe in den Schwarzwald zurückkehren, hat das Land einen umfassenden Management- und Monitoring-Plan entwickelt, der die Wolfsansiedlungen begleitet. Er bietet nicht nur Unterstützung für Landwirte, sondern regelt auch den Umgang mit verhaltensauffällig gewordenen Wölfen. Dieser Plan hat sich bisher bestens bewährt und wird das auch in der aktuellen Situation. Wie Sie bereits wissen, gehen wir davon aus, dass sich hier in der Gegend ein einzelner Wolf aufhält. Bisher sind ihm zwölf Schafe zum Opfer gefallen. Heute kam es zu einer, nun, *Begegnung* mit einem Kind.«

Gemurmel, Gezische und Gelächter antworten auf ihre Wortwahl. Mit einer entschiedenen Handbewegung bringt Merit Meier die Anwesenden zum Schweigen, um fortfahren zu können.

»Geschehen ist das unweit eines Wildgeheges. Eine Klasse der örtlichen Grundschule machte einen Ausflug dorthin. Während die Klasse die Rehe beobachtete, absentierte sich ein Kind – den Namen kann ich Ihnen nicht nennen, wie Sie sicher verstehen werden.«

»Aber das Geschlecht?«, will jemand wissen.

»Nein, auch das Geschlecht des Kindes darf ich Ihnen in Absprache mit den Eltern nicht mitteilen«, sagt Merit Meier und wirft einen Blick in ihre Notizen, ehe sie fortfährt. »Das Kind absentierte sich also und ging unbemerkt in den Wald. Dort traf es auf ein Tier, das es für einen Wolf hält. Es drehte sofort um, um zurück zu seiner Klasse zu gehen. Zunächst folgte das Tier dem Kind in einigem Abstand, doch laut der Angaben des Kindes kam es rasch näher und zeigte aggressives Verhalten. Das Kind bekam Angst und rannte davon, das Tier folgte ihm.«

Ich atme zischend ein. Das klingt, als würde es direkt aus den ärgsten Angstszenarien eines Wolfsgegners stammen. Bisher kam es in Deutschland seit der Rückkehr des Wolfes nie zu einer solchen »Begegnung«. Ich kann mir gar nicht vorstellen, dass so etwas wirklich passiert ist. Will es mir nicht vorstellen. Und dann ausgerechnet mit *diesem* Wolf...

»Oh, keine Sorge, dem Kind ist nichts passiert«, meint Merit Meier, als sie die Reaktionen im Raum bemerkt. »Es war nicht tief im Wald und stieß unversehrt zu seiner Klasse zurück. Bis zum Wildgehege folgte das Tier ihm auch nicht.«

Ich bin ehrlich erleichtert – und nicht nur ich, wie ein Blick in die Runde mir zeigt.

Merit Meier räuspert sich. »Noch können wir nicht sicher bestätigen, dass es sich bei diesem Tier tatsächlich um einen Wolf handelt und ob es dasselbe Tier ist, das auch die Schafe getötet hat. Wir halten dies jedoch aufgrund der Spuren vor Ort für sehr wahrscheinlich. Wenn die Identität des Tieres bestätigt ist, werden daraus die nötigen Konsequenzen gezogen werden. Wenn ein Wolf unprovoziert aggressiv auf Menschen reagiert, ist dessen Entnahme vorgesehen.«

Mein Sichtfeld verengt sich bei dieser Aussage und vor meinen Augen tanzen Sternchen. Die nüchternen Worte hallen in mir nach. Entnahme. Ein lächerlicher Euphemismus dafür, was mit dem Wolf geschehen wird. Man wird ihn jagen und töten. Seinen Kadaver wird man anschließend ausstopfen und in ein Museum stellen. Und ich kann noch nicht einmal etwas dagegen haben. Wenn er tatsächlich ein Kind angegriffen hat, ist er eine Gefahr und dann ist das wohl die vernünftigste Entscheidung. Dennoch… Ich kann, ich will nicht glauben, dass der Wolf das Kind tatsächlich attackiert hat.

»Sie können jetzt Ihre Fragen stellen«, beendet Merit Meier ihr kurzes Statement.

Statt wie alle anderen meine Hand in die Höhe zu recken, um aufgerufen zu werden, gehe ich in die Knie und hole meine Wasserflasche aus meinem Rucksack. Ich trinke etwas und versuche, mich zu beruhigen. Wenn ich hier und jetzt kollabiere, ist niemandem geholfen.

»Welche Spuren hat der Wolf denn hinterlassen?«, fragt der erste Journalist, den Merit Meier aufruft.

»Es handelt sich bei den Spuren, auf die wir uns stützen, um Pfotenabdrücke am Waldboden. Der Boden war feucht und die Spuren wurden gut konserviert.«

»Woher können Sie wissen, dass die nicht von einem Hund stammen?«, möchte jemand anderes wissen. Irgendjemand lacht höhnisch als Antwort.

»Auch wenn Hunde- und Wolfstatzen sich im Wesentlichen ähneln – vorausgesetzt der Hund hat eine entsprechende Körpergröße –, lassen sie sich aufgrund ihrer Pfotensetzung gut unterscheiden. Wölfe setzen ihre Hinterpfoten exakt in die Abdrücke der Vorderpfoten. Hunde laufen viel unsauberer. Die Spuren vor Ort deuten mit hoher Wahrscheinlichkeit auf einen Wolf hin.«

Ich verschließe die Wasserflasche wieder, stecke sie zurück in meinen Rucksack und richte mich auf. Dieses Mal recke auch ich meine Hand in die Höhe, um eine Frage zu stellen. Statt mir wird jedoch eine Reporterin, die mit Kamerateam hier ist, aufgerufen.

»Wie lange wird es dauern, bis geklärt ist, ob das Tier ein Wolf ist und bis entsprechende Maßnahmen gesetzt werden?«, fragt sie.

»Wir führen die entsprechenden Untersuchungen effizient, gründlich und schnellstmöglich durch«, ist die vage Antwort.

Wieder lässt Merit Meier ihren Blick suchend über die Anwesenden gleiten. Dieses Mal habe ich Glück und sie ruft mich auf.

»Wie hat sich das aggressive Verhalten des Wolfs gezeigt?«, will ich wissen.

»Was wir in den Spuren belegen können, ist, dass er das Kind verfolgt hat. Als es losgerannt ist, ist er ebenfalls von einem leichten Trab in Galopp gewechselt. Laut Aussage des Kindes hat er sich ihm zuvor knurrend und mit gefletschten Zähnen genähert und eine deutliche Drohhaltung gezeigt.«

Ich nicke und versuche eine sachliche Miene zur Schau zu stellen, auch wenn es mir schwerfällt. Wieso sollte er sich einem Kind gegenüber aggressiv verhalten? Der Wolf hat mit Sputnik gespielt und mich getröstet. Er war dabei nie auch nur ein bisschen aggressiv.

»Wieso hat er das getan?«, frage ich und merke gar nicht, dass ich die Worte so laut ausspreche, dass Merit Meier sie hören kann.

»Es sollte zwar jeder nur eine Frage stellen, aber ich werde diese dennoch beantworten«, erwidert sie. »Auch wenn wir es noch nicht sicher wissen. Dass ein Wolf derartig auf Menschen reagiert, ist äußerst ungewöhnlich und es spricht entweder für eine extreme Habituierung oder für eine Krankheit wie etwa die Tollwut.«

Wieder nicke ich und dieses Mal tue ich so, als würde ich etwas in mein Laptop tippen. Von den weiteren Fragen, die noch gestellt werden, bekomme ich wenig mit. Ich bin gedanklich immer noch bei der »extremen Habituierung« und frage mich, ob ich durch mein eigenes Verhalten dem Wolf gegenüber dazu beigetragen habe, dass das heute geschehen konnte.

Nach der Pressekonferenz fahre ich nicht direkt zurück in die Redaktion, sondern – nach Absprache mit Regina – zu dem Wildgehege, bei dem sich der Wolf dem Kind genähert hat. Ich möchte vor Ort einen Eindruck von der Lage bekommen. Was genau ich mir davon erhoffe, ist mir auch nicht ganz klar.

Ich habe mich wohl als Einziger entschieden, hierherzufahren – die anderen Journalisten belagern entweder das Rathaus oder die Grundschule. Mein Auto parke ich dementsprechend auf einem nahezu leeren Parkplatz. Ich steige aus und lasse auch Sputnik hinaus, dann folge ich dem Weg, der vom Parkplatz zum Gehege führt.

»Kann ich etwas für Sie tun?«, erkundigt sich plötzlich jemand hinter mir.

Ich wende mich um und entdecke einen nicht besonders großen Mann mit sich lichtendem Haar und einem wettergegerbten Gesicht, das von tiefen Lachfalten gezeichnet wird. Er trägt praktische Kleidung in den unvermeidlichen Kaki- und Grüntönen. Vermutlich ist er der Besitzer des Geheges.

»Herr Frank?«, frage ich, um sicherzugehen.

»Ja.«

»Lukas Feuerbach, hallo. Ich bin von der *Schwarzwald-Presse* und werde über… den Wolfsangriff berichten«, sage ich und stolpere unweigerlich bei diesem einen Wort. »Ist es Ihnen recht, wenn ich mich hier umsehe und ein paar Fotos für den Artikel mache?«

Er zögert kurz, dann nickt er. »Ist recht.«

»Vielen Dank! Könnten Sie mir vielleicht zeigen, wo es passiert ist?«

Frank nickt und weist mich an, ihm zu folgen. Wir gehen den Weg entlang, der neben dem Gehege verläuft. Sputnik ist ganz begeistert von den Rehen und ich habe Mühe, ihn davon zu überzeugen, bei mir zu bleiben und sich dem Elektrozaun nicht zu nähern.

»Schlimme Sache, das mit dem Wolf«, sagt Frank währenddessen und ignoriert meinen Kampf mit meinem Hund. »Ich hab nichts gegen Wölfe, wirklich. Sind ein Teil der Natur, die Wölfe, und wie kommen wir dazu, zu entscheiden, welche Teile der Natur uns besser gefallen? Nur das, was praktisch für uns ist, darf am Leben bleiben – das ist doch vermessen. Ist doch schön, dass es hier wieder Wölfe gibt. Das heißt doch, dass es unserem Wald gut geht. Ja. Ist schön. Aber der? Das wird ja immer schlimmer, was der macht. Was soll denn da als Nächstes kommen?«

Wir erreichen einen kleinen Trampelpfad, der links des Weges in den Wald führt. Frank deutet diesen Pfad entlang.

»Hier müssen Sie rein. Ich kann nicht mitkommen, muss bei den Viechern bleiben. Besser, Sie gehen nicht zu weit in den Wald. So allein und mit dem Hund.«

Ich nicke. »Ich passe auf. Und danke.«

»Schon recht«, sagt er und geht weiter am Gehege entlang, den Blick aufmerksam auf den Zaun gerichtet.

Mit Mühe und Not schaffe ich es, Sputnik davon zu überzeugen, sich vom Anblick der Rehe loszureißen und mit mir in den Wald zu gehen.

Man sollte meinen, uns würde eine eigenartige Stimmung umfangen, sobald wir den Wald betreten. Schließlich hat hier heute ein Wolf ein Kind angefallen. Dem ist aber nicht so. Der Wald klingt nicht anders, er riecht nicht anders und er sieht nicht anders aus als sonst. Heute ist wieder einer dieser sonnigen Tage, die den Herbst zu einem goldenen machen. Die Sonne ist warm und hell. Die Bäume zeichnen sich im Gegenlicht scharf ab, die Ferne verliert sich zwischen ihnen in einem blassblauen Dunst. Wenn ein Windstoß durch die Bäume fährt, regnet es vereinzelt Blätter.

Ich folge dem Weg ein Stück. Man merkt, dass hier heute schon viele Leute entlanggegangen sind. Inzwischen sind sie alle weg. Die Spuren sind wohl schon gesichert. Sonst deutet aber nichts auf die Anwesenheit des Wolfs hin. Was auch immer ich hier zu sehen erhofft habe: Ich finde nichts. Das ist einfach nur ein Waldweg wie jeder andere auch.

Während ich gehe, kommen die Gedanken, die seit Reginas Nachricht in einer Endlosschleife durch meinen Kopf ziehen, nicht zur Ruhe. Wie konnte das passieren? Der Wolf war so freundlich zu mir. Wieso hat er auf einmal ein Kind angefallen? Hat er das Kind überhaupt angefallen? Ist das sicher? Vielleicht war es ja ein Missverständnis? Vielleicht war es kein Angriff und das Kind hat das Verhalten des Wolfs falsch gedeutet? Das würde allerdings auch nichts daran ändern, dass der Wolf viel zu zutraulich ist. Etwas, das ich wusste und für mich behalten habe. Auf die Gefahr hin, dass diese mangelnde Scheu zu etwas anderem, Gefährlichen wird.

Ich fühle mich schuldig und schäme mich. Ich hätte das auffällige Verhalten des Wolfs melden sollen, bevor er sich diesem Kind nähern konnte. Vor Scham konnte ich auch heute niemandem davon erzählen. Jetzt ist es ohnehin schon zu spät, beruhige ich mehr schlecht als recht mein Gewissen. Die Scham ist es aber auch, die mich antreibt, herausfinden zu wollen, was genau heute Morgen passiert ist. Die Scham und dieses Gefühl, das ich hatte, als der Wolf sich so vertraut neben mich gelegt hat.

Abrupt halte ich inne, als mir plötzlich bewusst wird, was Rudolf Frank vorhin gesagt hat: *Es wird immer schlimmer.* Das stimmt. Erst hat sich ein Schaf stranguliert, weil der Wolf auf der Weide war. Dann hat der Wolf erst ein Schaf getötet, dann elf und jetzt hat er ein Kind angegriffen. Er steigert sich. Aber wieso steigert er sich? Und wenn er sich steigert: Was kommt dann als Nächstes?

Ich schüttle den Kopf und gehe weiter. Ein Wolf kann die Logik der Steigerung doch gar nicht begreifen. Es muss ein Zufall sein. Aber ein ganz schön merkwürdiger.

Am nächsten Tag stehe ich vor der Grundschule und bin immer noch fassungslos, dass Regina es geschafft hat, einen Interviewtermin bei der Lehrerin des Kindes, das von dem Wolf angegriffen worden sein soll, zu arrangieren. Sie kennt die Schuldirektorin vom Yoga, meinte Regina mit einem selbstzufriedenen Grinsen, das sie mehr schlecht als recht hinter ihrer Tasse Kaffee verbarg. Aufgrund dieser Bekanntschaft hat Regina geschafft, was die Reporterteams, die gestern vor der Grundschule herumlungerten, nicht geschafft haben. Anders als sie darf ich die Schule betreten und der Lehrerin ein paar Fragen stellen. Das Kind jedoch ist nach wie vor tabu.

Es ist ein merkwürdiges Gefühl, diese fremde Schule zu betreten. Ein bisschen fühle ich mich wie ein Eindringling, auch wenn das natürlich Quatsch ist. Ich darf hier sein. Und in dem Gedränge, das hier herrscht, falle ich auch nicht weiter auf.

Die meisten Klassen scheinen für heute aus zu haben. Vor dem Gebäude war es unmöglich, einen Parkplatz zu bekommen – die Eltern, die ihre Sprösslinge abholen wollen, parken alles zu. Und in der Schule selbst herrscht größte Hektik. Überall laufen Kinder herum, schreien, quietschen und brüllen, während sie sich ihre Jacken anziehen. Dazwischen stehen vereinzelt Eltern, warten darauf, dass ihr Nachwuchs fertig ist, und unterhalten sich. Überwiegend über den Vorfall mit dem Wolf – zumindest entnehme ich das den Gesprächsfetzen, die an mein Ohr dringen.

Ein Schild im Foyer verrät mir, dass die Direktion im ersten Stock ist. Dort muss ich hin, hat Regina mir gesagt. Ich durchquere das Foyer und quetsche mich an Kindern und Erwachsenen vorbei, die Treppe hinauf. Das ist etwas mühsam, denn der Strom will in die entgegengesetzte Richtung.

Oben angekommen verrenke ich mir den Hals, um Überblick zu gewinnen. Ich vermute die Direktion am Ende eines langen Flures, in dem noch einige Kinder mit ihren Schuhen kämpfen. Eine Gruppe versperrt mir den Weg und ich will sie schon auf mich aufmerksam machen, damit sie mir Platz machen, als mir bewusst wird, worüber sie sprechen.

»… so groß, hat Leonie gesagt«, meint ein kleiner Junge und zeigt ein ganzes Stück über seinen Kopf. Eine leise Ahnung sagt mir, dass er von dem Wolf spricht – auch wenn der beim besten Willen nicht so groß ist.

»Er hatte Blut ums Maul und seine Augen haben rot geglüht«, fährt der Junge fort. Ich sollte nicht lauschen, aber ich kann mich auch nicht dazu durchringen, an den Kindern vorbeizugehen. Vielleicht kann ich ja irgendwo unter der regen Fantasie dieses Jungen den wahren Kern dessen finden, was da gestern im Wald passiert ist.

»Seine Zähne waren scharf wie Messer und riesig. So lang!« Dieses Mal zeigt der Junge mit seinen Händen ungefähr einen halben Meter. Die anderen Kinder hören ihm gebannt und mit schreckgeweiteten Augen zu. »Als er Leonie entdeckt hat, ist er gleich auf sie losgegangen. Wölfe fressen Kinder, das weiß doch jeder, und der Wolf war sehr hungrig. Zum Glück ist Leonie so schnell. Aber der Wolf hat sie fast gekriegt. Er hat schon nach ihrer Jacke geschnappt, da ist–«

»Herr Feuerbach?«, unterbricht eine Stimme die wüste Erzählung des Jungen.

Ich sehe auf und entdecke zwei Frauen, die neben der Tür zur Direktion stehen und mich fragend ansehen.

»Ja. Hallo!«, sage ich und an die Kinder gewandt: »Entschuldigt, lasst ihr mich bitte durch?«

Die Kinder machen Platz und ich gehe zu den beiden Frauen, die sich mir als die Direktorin, Monika Rübler, und die Lehrerin, Jasmin Haas, vorstellen. Frau Rübler sieht nicht so aus, wie ich mir eine Direktorin vorstellen würde: Sie ist zwar schon etwas älter, aber mit der strengen und biederen Frau, die ich erwartet hatte, hat sie nichts gemeinsam. Sie hat etwas Hippiehaftes mit dem wilden, langen Haar und den bunten Klamotten. Frau Haas hingegen ist jung, jünger als ich vermutlich, und wirkt mit der strengen Flechtfrisur wesentlich konservativer als ihre Chefin.

»Danke, dass Sie diesem Gespräch zugestimmt haben«, sage ich, nachdem wir das Büro der Direktorin gemeinsam betreten haben.

Monika Rübler nickt nur zur Bestätigung, sagt aber nichts weiter dazu. Stattdessen weist sie mich an, auf einem der Besucherstühle vor ihrem großen Schreibtisch Platz zu nehmen, während sie ihren Schreibtischstuhl einnimmt. Jasmin Haas setzt sich auf den anderen Besucherstuhl.

»Dann beginnen Sie mal«, fordert mich Frau Rübler auf.

»Können Sie mir denn erzählen, was aus Ihrer Sicht gestern passiert ist?«, frage ich an Frau Haas gewandt.

»Na ja, was genau im Wald passiert ist, weiß ich nicht. Wir haben uns gerade die Rehe angeschaut, als mir aufgefallen ist, dass Le–« Sie unterbricht sich selbst und räuspert sich. »Dass ein Kind fehlt. Keiner wusste, wo es steckt, also habe ich gesucht und gerufen. Es hat auch gar nicht lange gedauert, da ist sie schreiend und heulend aus dem Wald herausgerannt.«

Jasmin Haas merkt gar nicht, dass sie nicht mehr geschlechtsneutral über »das Kind«, das dem Wolf begegnet ist, spricht. Sie sieht aufgewühlt aus, als sie sich an die gestrigen Ereignisse erinnert. Die Direktorin beobachtet uns beide unterdessen mit Argusaugen, sagt jedoch nichts.

»Ich habe erst gar nichts Vernünftiges aus ihr herausgebracht, sie war so völlig außer sich. Sie hat nur immer wieder etwas gestammelt von Zähnen und Knurren und Fressen. Ich habe sie ins Warme gebracht, sie festgehalten und getröstet. Ich habe schon weiß Gott wie viele Kinder getröstet, aber diese Panik... Das war so furchtbar. Es hat eine Weile gedauert, bis sie sich so weit beruhigt hat, dass sie mir erzählen konnte, was passiert ist.«

»Können Sie das noch einmal zusammenfassen?«

»Das wissen Sie doch schon.«

»Trotzdem. Bitte.«

»Hm, na gut. Le–... Ähm, sie ist im Wald dem Wolf begegnet. Er hat sie erst angestarrt und sie hat sich nicht getraut, sich zu bewegen. Dann hat er zu knurren begonnen und die Zähne gefletscht und ist auf sie zugestürmt. Sie hat sich umgedreht und ist weggerannt. Zum Glück war sie nicht tief im Wald. Vielleicht haben auch meine Rufe den Wolf verjagt.«

»Ich, ähm, ich muss Sie das fragen. Sind Sie sich sicher, dass das Kind über das Verhalten des Wolfs die Wahrheit gesagt hat?«

Jasmin Haas runzelt die Stirn und ihr vorhin noch freundlicher Blick verdüstert sich. »Ich kann Ihnen sagen, was ich gesehen habe: ein völlig verängstigtes, verzweifeltes Kind, das Todesangst hatte. Ich habe sie gehalten, als sie geheult hat, und ich habe mit ihr gesprochen, als sie sich ein wenig beruhigt hat. Eines weiß ich ganz sicher: Ihre Angst war echt.«

Kapitel 14

Auch der Samstag steht ganz im Zeichen des Wolfs. An diesem Tag verlässt nämlich der Vater der kleinen Leonie sein Inkognito und gibt einem privaten Fernsehsender ein Interview. Ein langes Interview, voller Angst und Zorn und Hilflosigkeit. Ich bin hin- und hergerissen, denn ich verstehe die Gefühle des Vaters, verabscheue aber zugleich die verallgemeinernden Schlussfolgerungen, die in dem Beitrag aus dem Vorfall abgeleitet werden. Nicht alle Wölfe sind böse und aggressiv, nicht alle Wölfe sind eine Gefahr für kleine Kinder. Genau das jedoch behauptet der Bericht und legt nahe, dass die Rückkehr des Wolfs nach Deutschland gestoppt werden müsse.

Anders als der Fernsehbericht habe ich meinen Artikel über den Vorfall weitgehend neutral gehalten. Das bringt mir nicht nur positive Rückmeldungen ein. In der Kommentarspalte auf der Homepage häufen sich Bemerkungen, die der Zeitung vorwerfen, wir würden den Vorfall nicht ernst nehmen und ihn herunterspielen. Man wirft mir Ökoromantik vor und dass ich die Realität verfälscht darstellen würde. Sogar von Pro-Wolf-Propaganda ist an einer Stelle die Rede. Das gefällt mir gar nicht – und Regina noch viel weniger.

»Bemüh dich, dass sie dir das bei deinem nächsten Artikel nicht wieder vorwerfen können«, ermahnt sie mich, als wir abends kurz telefonieren, um das weitere Prozedere zu besprechen. Eigentlich habe ich dieses Wochenende frei, aber in Zeiten wie diesen bin ich trotzdem für meine Chefin erreichbar.

»Ich werde keine reißerische Panikmache betreiben«, betone ich fest.

»Das sollst du ja auch nicht. Aber du musst den Leuten das Gefühl geben, sie ernst zu nehmen.«

Ich mache ein undefinierbares Geräusch, das am ehesten wohl ein »Pffff« ist. Regina übergeht das und fährt fort. »Du wirst am Montag gleich dazu Gelegenheit haben. Ich habe einen Interviewtermin bei den Eltern bekommen.«

»Wie hast du das denn geschafft? Ich dachte, die wollten außer mit diesem Fernsehsender mit niemandem reden.«

Regina lacht nur geheimnisvoll. Ihre Beziehungen beeindrucken mich immer wieder. Sie kennt gefühlt jeden Menschen in der Stadt und der näheren Umgebung – und die meisten schulden ihr etwas. Ich bin ehrlich froh über die Gelegenheit, nun auch noch mit den Eltern des Kindes zu sprechen. Vielleicht kann ich mir dann ein besseres Bild davon machen, was im Wald wirklich geschehen ist.

»Wann soll ich denn dort sein?«, erkundige ich mich.

»Um 14 Uhr ist der Termin.«

»Okay, gut. Dann kann das Interview am Dienstag erscheinen.«

»Das ist der Plan«, bestätigt Regina. »Und Lukas?«

»Ja?«

»Pass auf, dass man dir nicht wieder vorwerfen kann, du würdest diese Sache nicht ernst nehmen.«

Ich schnaube. »Ich werde einen objektiven, faktenbasierten Artikel schreiben, so wie ich das immer tue.«

Ich komme mir ein bisschen lächerlich dabei vor, das so zu betonen. Ich bin schließlich alles andere als ein Enthüllungsjournalist und bei den meisten Artikeln, die ich sonst so schreibe, gab es diesbezüglich nie Diskussionen. Auch dann nicht, wenn ich, was selten genug passiert, politische Fragen behandelt habe. Trotzdem ist es mir wichtig, daran festzuhalten, dass ich sauber arbeite. Egal, wie klein oder groß meine Themen sein mögen.

»Ich weiß, und das ist auch gut so«, erwidert Regina. »Aber nimm auch die Angst und die Wut der Eltern ernst.«

Mit gemischten Gefühlen werfe ich die Autotür zu. Einerseits bin ich froh, dass ich heute wieder in die Hundeschule gehen kann und damit etwas Ablenkung von meiner doch sehr wolfslastigen

Grübelei habe. Andererseits steht dort hinten Hanno neben Jana und ich weiß nicht recht, wie ich ihm begegnen soll. Es ist unser erstes Wiedersehen, seit ich ihm gesagt habe, dass ich ihn nicht mehr daten möchte, und ich habe Angst davor, wie Hanno sich jetzt verhält. Ich fürchte, dass er kühl sein, mich schneiden oder ignorieren wird. Dass er gemein wird, glaube ich immerhin nicht – dazu ist Hanno nicht der Typ. Trotzdem: Mit einem mulmigen Gefühl im Magen sehe ich über den Parkplatz zu ihm hinüber.

Sputnik kennt diese Bedenken nicht. Sobald er Smilla und Ernst, Jana und Hanno erspäht hat, rennt er schnurstracks auf die vier zu. Mich zieht er dabei unweigerlich hinter sich her.

»Da hat es aber jemand eilig, zu uns zu kommen!«, befindet Hanno lautstark und feixt.

Ich spüre, wie mir eine leichte Röte in die Wangen kriecht. »Sieht so aus«, japse ich und versuche mit meinem Hund Schritt zu halten, um nicht auf die Nase zu fliegen.

Jana und Hanno lachen, von Sibylle hingegen fange ich mir einen tadelnden Blick ein. Wahrscheinlich denkt sie, ich sollte meinen Hund maßregeln und mich nicht von ihm durch die Gegend ziehen lassen. Innerlich verdrehe ich die Augen – und dann hat Sputnik mich auch schon erfolgreich zu Hanno, Jana und ihren Hunden geschleift. Die Vierbeiner sind außer sich vor Freude, einander wiederzusehen. Mit wedelnden Schwänzen – beziehungsweise, in Ernsts Fall, mit wedelndem Hinterteil – und unter freudigem Bellen und Quieken beginnen sie ihren wilden Begrüßungstanz, der in dem unausweichlichen Leinenchaos mündet.

»Hallo«, japse ich, bin mit meiner Aufmerksamkeit aber eher bei meinem Hund als bei Hanno und Jana. Irgendwie hat Sputnik es geschafft, sich mit den beiden anderen Hunden in ihren Leinen zu verknoten. Vor allem Ernst hat sich völlig verheddert. Sein linkes Hinterbeinchen muss er in die Höhe und quasi direkt unter Smillas Nase strecken, weil Smillas Leine sich darum gewickelt hat.

»Hat was von Bondage«, befindet Hanno, als er sich niederkniet, um seinen Hund zu befreien.

»Pinke *Biothane* finde ich jetzt aber nicht so wirklich geeignet für Bondage«, stelle ich mit Blick auf Smillas Leine trocken fest.

»Immerhin ist die abwaschbar und nimmt keine Gerüche an«, meint Hanno im gleichen Tonfall.

»Es lassen sich aber so fürchterlich schlecht richtig enge Knoten damit machen.«

Hanno sieht auf und mich an. Kurz bleiben wir noch ernst, dann beginnen wir beide prustend zu lachen. Ein Teil der Anspannung verlässt mich in diesem Moment. Hanno und ich können noch miteinander herumflachsen! Hoffentlich, hoffentlich bleibt das so.

»Woran ihr immer gleich denkt...«, sagt Jana mit gespieltem Tadel in der Stimme.

Ich lasse das unkommentiert, schenke Jana nur – ebenso wie Hanno es tut – ein breites Grinsen. Dann machen wir drei uns daran, wieder Ordnung in das Chaos unserer Leinen zu bekommen und unsere verschnürten Hunde zu befreien.

Nachdem wir es gemeinsam geschafft haben, unsere Hunde zu entwirren, zieht Jana sich diskret von Hanno und mir zurück und beginnt ein Gespräch mit Sibylle. Hanno und mir gelingt es unterdessen, unsere Hunde davon zu überzeugen, sich neben uns zu setzen und ruhig abzuwarten, bis es endlich losgeht und wir auf die Trainingswiese dürfen.

»Was haben wir nicht für wohlerzogene Hunde«, befindet Hanno mit Blick auf die Vierbeiner.

»Absolut«, stimme ich zu und beobachte, wie Sputnik in gespielter Unschuld an einem Grashalm kaut. Er wirkt, als könne er kein Wässerchen trüben. Ich glaube aber eher, dass er die kurze Pause braucht, um gleich mit umso mehr Energie loszusprinten, sobald Chris auftaucht und wir auf die Wiese dürfen.

»Es ist schön, dich zu sehen«, meint Hanno plötzlich in einem ganz anderen Tonfall, viel leiser und sanfter, und holt damit meine Aufmerksamkeit zu sich zurück.

»Ja?«, rutscht es mir unweigerlich raus und ich ertappe mich selbst dabei, wie ich Hanno ganz genau betrachte und nach Hinweisen dafür suche, wie er jetzt zu mir steht.

»Klar«, erwidert er mit einem ehrlichen Lächeln.

Sofort spiegle ich Hannos Lächeln. »Oh, das ist schön! Ich meine... Ja, das finde ich auch! Echt!«

Vermutlich brabble ich etwas wirr, so erleichtert bin ich, dass Hanno mir freundlich begegnet. Die dumme Floskel vom »Lass uns Freunde sein« kann und werde ich ihm nicht um die Ohren hauen, doch tatsächlich ist es genau das, was ich mir wünsche. Ich wäre wahnsinnig gerne mit Hanno befreundet.

Hanno kratzt sich am Bart und wirkt ein bisschen verlegen. »Fein.«

Ich nicke und lasse auf der Suche nach einem vertretbaren Small-Talk-Thema meinen Blick über die Umgebung wandern. Über das Wetter will ich nicht sprechen – es gäbe dazu auch nicht viel zu sagen. Es ist nicht warm und nicht kalt, windstill und leicht bewölkt. Die abgeernteten Obstbäume fallen mir auf, aber Hanno zu erzählen, dass Chris sein Obst zu Marmeladen und Kuchen verarbeitet, wäre vielleicht etwas komisch. Über die Hunde könnte ich natürlich immer sprechen, auch wenn sie sich gerade alle Mühe geben, langweilig zu sein. Trotzdem entscheide ich mich letztlich, nach einem weiteren Blick über den Parkplatz, für ein anderes Thema.

»Meinst du, Fritz kommt heute nicht?«

»Keine Ahnung.«

»Ich wäre nicht undankbar, wenn er nicht auftaucht.«

»Warum?«

»Na ja, er war ja bisher schon so auf dem Kriegspfad, was den Wolf angeht, und ich möchte gar nicht wissen, was er jetzt zu sagen hat, nachdem...«

Ich seufze und mag den Satz gar nicht fertig sprechen. Hanno versteht mich trotzdem. »Das ist wirklich eine schreckliche Sache mit diesem Kind«, meint er.

»Ja, ist es.«

»Als dir der Wolf damals begegnet ist, war er nicht aggressiv, oder?«

»Nein. Er war überhaupt nicht aggressiv, im Gegenteil. Er war freundlich zu Sputnik und hat sich mir gegenüber ganz unauffällig verhalten.«

»Komisch«, befindet Hanno und schüttelt leicht den Kopf. »Vielleicht ist er ja krank? Tollwut oder so?«

Ich seufze. »Möglich. Das wäre aber der erste Tollwut-Fall in Deutschland, seit die Tollwut ausgerottet wurde.«

Hanno will etwas erwidern, kommt jedoch nicht mehr dazu, denn in diesem Moment öffnet Chris von innen das Tor zur Trainingswiese.

»Hallo! Ihr könnt jetzt reinkommen«, ruft er dabei, so wie er das jedes Mal tut.

Kaum hat Sputnik Chris gehört, springt er auch schon auf und läuft – ganz so, wie ich es erwartet habe – auf diesen zu. Ich spüre Sibylles missbilligenden Blick geradezu im Nacken, als ich zum zweiten Mal an diesem Tag von Sputnik durch die Gegend gezerrt werde. Mir ist das relativ egal. Ich ignoriere Sibylle und grinse Chris breit an. Heute ist er wieder ganz sein Hundetrainer-Selbst, in robusten (und dreckigen) Schuhen, grauen Hosen mit einigen aufgenähten Taschen und dicker grüner Outdoor-Jacke. Nur das Lächeln, das er sonst immer trägt, entdecke ich nicht.

»Hallo!«, begrüße ich Chris, sobald wir ihn erreicht haben, während Sputnik ihn auf Hundeart begrüßt und an ihm hochspringt.

Chris dreht sich leicht seitlich, hält Sputnik seine Hand hin, damit er daran schnüffeln kann, geht aber sonst nicht wirklich auf den Hund ein. Mir nickt er unterdessen zu, das Gesicht unbewegt. »Geht schon mal nach hinten durch, dort habe ich einen kleinen Parcours aufgebaut, mit dem wir anfangen können.«

Mein Grinsen fällt mir aus dem Gesicht und ich nicke irritiert. So distanziert hat Chris mich nicht einmal bei unserer ersten Begegnung begrüßt. Was soll das denn?

»Komm!«, fordere ich Sputnik auf und mache mich daran, mit ihm die Wiese zu überqueren.

Der Kurs wird merkwürdig. Zwar zeigt sich Sputnik von seiner besten Seite und es macht wie immer Spaß, mit ihm zu arbeiten und zu sehen, welche Freude er daran hat, Neues zu lernen und Dinge zu tun, die mich begeistern (und die ihm neben meinem Lob jede Menge Leckerlis einbringen). Chris jedoch bleibt die ganze Zeit über so distanziert, wie er es schon bei der Begrüßung war. Wenn er zu Sputnik und mir kommt, um zu sehen, wie es bei uns läuft, dann ist er sachlich und präzise, aber auch kurz angebunden. Die Tupperdose, die ich ihm zurückgebe, nicht ohne mich noch einmal für den leckeren Kuchen zu bedanken, nimmt er mit einem kühlen Nicken entgegen. Wenn er lächelt, erreicht es seine Augen nicht.

Ich kann Chris' Verhalten nicht einschätzen und es verwirrt mich. Gedanklich gehe ich das Interview noch einmal durch und frage mich, ob ich etwas falsch gemacht habe, ob ich ihm zu nahe getreten bin, ob ich ihn verärgert oder mich irgendwie blamiert habe. So recht will mir aber nichts einfallen. Bis zu dem Zeitpunkt, an dem ich etwas überstürzt aufgebrochen bin, war er wahnsinnig nett zu mir, freundlich und aufmerksam. Auch auf meine Interviewfragen hat er ausführlich geantwortet. Er hat dabei nie den Eindruck erweckt, dass ich ihn nerven würde. Habe ich ihm vielleicht nicht deutlich genug versichert, wie dankbar ich ihm für das Interview bin? Oder hat ihn mein abrupter Aufbruch vor den Kopf gestoßen?

Anders als Chris ist Hanno mir gegenüber so gar nicht distanziert. Er schneidet quer über die Wiese hinweg alberne Grimassen, als Ernst sich irgendwann stur weigert weiterzuarbeiten, während Sputnik noch voll motiviert bei der Sache ist. Er feuert mich an, als ich beim Bei-Fuß-Wettrennen gegen Sibylle antrete. Er freut sich lautstark mit mir über meinen Sieg. Und nach dem Kurs versichert er mir, ganz von sich aus, dass er es schön fände, wenn wir Freunde sein könnten. Das erleichtert mich so sehr, dass es mir letztlich dann doch ganz gut gelingt, die nagenden Gedanken wegen Chris beiseitezuschieben.

Pünktlich um fünf vor zwei parke ich am nächsten Tag meinen Wagen vor dem Haus, in dem die Familie des Kindes lebt, das der Wolf angegriffen haben soll. Es ist ein ganz gewöhnliches Einfamilienhaus. Die Fassade sagt überdeutlich »Neunziger«, der Vorgarten ist gepflegt – ein bisschen zu penibel für meinen Geschmack. Die Gegend ist nett: friedlich, fast schon ländlich. Tatsächlich wohnt Jana nur zwei Straßen weiter.

Ich drehe mich zu Sputnik um, der auf der Rückbank sitzt. »Du wartest besser hier im Auto. Ich weiß nicht, ob die Leute Hunde mögen, und so wütend wie der Typ im Fernsehen war, möchte ich ihn nicht versehentlich provozieren.«

Sputnik legt den Kopf schief und sieht mich aus großen braunen Augen nachdenklich an. Dass er im Auto warten muss, hat er vermutlich begriffen. Die elaborierte Begründung wohl eher nicht.

Ich streiche Sputnik noch einmal über den Kopf, dann steige ich aus dem Wagen und verriegle ihn. In wenigen Schritten habe ich das Gartentor erreicht. Noch einmal atme ich tief durch, dann klingle ich.

Gefühlt in der Sekunde, nachdem ich den Knopf gedrückt habe, wird die Haustür geöffnet und ein Mann, in dem ich sofort Marcel Kaufmann, den Vater, erkenne, kommt auf mich zu. Er ist kleiner als er im Fernsehen gewirkt hat. Einen halben Kopf kleiner als ich, ist er doch fast doppelt so breit – eine Breite, die von Muskeln kommt, nicht von Fett. Das helle Haar trägt er in einem akkuraten Bürstenschnitt. Er trägt Trainingsklamotten, obwohl er wusste, dass ich vorbeikomme. Vermutlich ist er ein paar Jahre älter als ich, über vierzig ist er aber wohl noch nicht.

»Guten Tag«, grüße ich höflich.

»Hallo«, erwidert Kaufmann. Er öffnet das Gartentor und wir reichen uns die Hände.

»Danke, dass Sie dem Interview zugestimmt haben.«

»Je mehr Leute erfahren, was dieses Vieh meinem Kind angetan hat, desto besser.«

Ich schlucke. Die Wut des Mannes ist fast greifbar. Und ich kann es ja verstehen. Er muss sich fürchterlich hilflos fühlen. Und der Schock, dass sein Kind in Gefahr war – wenn es denn in Gefahr war...

Kaufmann erwartet keine Antwort von mir. Er führt mich ins Haus, wo ich aus meiner Jacke schlüpfe und sie mehr auf die überfüllte Garderobe lege, als dass ich sie aufhänge. Die Schuhe darf ich anlassen, meint Kaufmann und führt mich dann den Flur entlang in einen Raum, der sich als die Küche herausstellt.

Die Küche muss relativ neu sein und ist mit den weiß glänzenden Fronten und dem Palmenmotiv, das den Fliesenspiegel ersetzt, gelinde gesagt etwas gewöhnungsbedürftig. Am Boden liegt ein grüner Flickenteppich – passend zu den Palmen – und auf der Eckbank, an der der große Esstisch steht, liegen ebenfalls einige grüne Kissen.

»Nehmen Sie Platz«, fordert Kaufmann mich auf und deutet auf die Sitzecke. »Meine Frau kommt gleich.«

»Okay, danke«, sage ich und setze mich an den Tisch.

Ich hole die Sachen, die ich benötige, aus meinem Rucksack und baue Laptop und Diktiergerät auf. Noch bevor ich damit fertig bin, betritt eine sehr blonde, sehr kleine, sehr zarte Frau die Küche.

»Entschuldigen Sie bitte, dass Sie warten mussten«, sagt sie mit sanfter Stimme.

Ich stehe auf, um sie zu begrüßen. »Kein Problem. Ich musste doch gar nicht warten.«

Wir schütteln uns die Hände und sie stellt sich als Anja Kaufmann vor. Ich stelle mich ebenfalls vor – dabei fällt mir auf, dass ich das vorhin bei ihrem Mann glatt vergessen habe.

Alle drei setzen wir uns nun an den Tisch. Ich blicke in zwei erwartungsvoll auf mich gerichtete Augenpaare.

»Wollen wir dann beginnen?«, frage ich.

»Natürlich«, antwortet Herr Kaufmann und seine Frau nickt leicht. Ich suche also meine Fragen heraus und schalte mein Diktiergerät an.

»Wie geht es Ihrer Tochter?«, erkundige ich mich zum Einstieg.

»Schlecht«, bellt Marcel Kaufmann. »Sie hat immer noch Angst. Sie kann nicht schlafen und sie weint ständig.«

»Sie verarbeitet das alles noch«, meint Anja Kaufmann. »Sie ist tapfer, aber ich fürchte, es hat sie schwer traumatisiert. Ich habe Angst vor den Folgen, die es für sie haben könnte.«

»Und wie geht es Ihnen?«, frage ich, da wir schon dabei sind.

»Hat meine Frau ja schon gesagt«, antwortet Marcel Kaufmann. »Sie macht sich Sorgen um Leonie und sie hat Angst. Sie traut sich jetzt nicht mehr, mit dem Kind im Wald spazieren zu gehen. Und das Kind kann ja auch nirgendwo mehr allein hin.«

»Wir hatten vor, sie demnächst allein in die Schule gehen zu lassen«, erklärt Anja Kaufmann. »Aber das lassen wir sie jetzt natürlich nicht. Wenn ich daran denke, Leonie allein da draußen, im Winter morgens, wenn es noch dunkel ist...«

Ich kann richtig sehen, wie sie bei dem Gedanken erschaudert. Ihr Mann hingegen wird rot vor Zorn. Er schlägt mit der Faust auf den Tisch. »Wie kommen wir denn dahin, dass wir uns um unsere Kinder ängstigen müssen?! Ein Kind muss hinaus und in der Natur spielen können! Und jetzt soll unser Wald dem Wolf gehören? Nein, sage ich: Nein! Der Wolf muss weg!«

Innerlich seufze ich. Marcel Kaufmann redet sich jetzt schon in Rage – das kann ja heiter werden. Ich beschließe, darauf nicht weiter einzugehen, sondern meine nächste Frage zu stellen.

»Können Sie mir erzählen, wie Sie von dem Vorfall erfahren haben?«

»Äh«, macht Marcel Kaufmann und sieht mich irritiert an. Ich habe ihn wohl aus dem Konzept gebracht.

»Wir waren beide in der Arbeit«, springt seine Frau ein. »Die Schule hat mich angerufen und mir erzählt, dass Leonie von einem Wolf angegriffen wurde. Erst dachte ich ja, das wäre ein übler Scherz... Ich bin dann zu diesem Wildgehege gefahren, um sie abzuholen. Leonie war so verängstigt und sie hat so geweint... Ich habe sie noch nie so gesehen.«

»Was hat Ihre Tochter denn von dem Vorfall erzählt?«

»Das wissen Sie doch schon alles«, befindet Herr Kaufmann.

»Ich würde es aber gerne von Ihnen hören.«

»Ihr war langweilig«, erzählt Anja Kaufmann mit belegter Stimme. »Und sie wollte in den Wald, um Blätter für ihre Fee zu sammeln. Sie hat nämlich eine Fantasiefreundin, wissen Sie. Eine Fee. Und für die hat sie gemeinsam mit meinem Mann ein kleines Haus gebaut. Die Blätter wollte sie, um der Fee ein Bett zu bauen, damit sie es schön warm und kuschelig hat. Wie ein Igel. Ich habe ihr nämlich am Tag vorher erklärt, wie Igel den Winter verbringen.«

»Das interessiert ihn doch nicht!«, unterbricht ihr Mann sie rüde.

»Tut mir leid«, entschuldigt sich Anja Kaufmann sofort.

Marcel Kaufmann fixiert mich mit gerunzelter Stirn. »Leonie ist in den Wald, dort kam der Wolf auf sie zu und hat sie angegriffen. Sie ist weggerannt und kam gerade noch rechtzeitig zu ihrer Klasse zurück. Um ein Haar hätte er sie erwischt. Und was dann passiert wäre...«

Anja Kaufmann keucht erstickt. Ich nicke unterdessen. Die Geschichte klingt – leider – immer gleich. Trotzdem frage ich mich nach wie vor, wie genau der Wolf das Mädchen angegriffen hat. Er ist ihr begegnet und ihr gefolgt – das steht fest. Aber vielleicht war er ja doch nicht aggressiv?

»Darf ich vielleicht auch mit Ihrer Tochter sprechen?«, erkundige ich mich vorsichtig. Bisher haben die beiden sämtliche Medien strikt von Leonie ferngehalten.

»Nein«, erwidert Marcel Kaufmann sofort.

»Sie müssen das verstehen«, meint seine Frau beschwichtigend. »Leonie ist immer noch völlig verstört und wir wollen nicht, dass sie noch weiter aufgewühlt wird. Sie ist von all diesen Wolfsleuten schon genug befragt worden.«

»Natürlich, das verstehe ich«, erwidere ich und obwohl das stimmt, ärgere ich mich. Ich hätte gerne mit dem Kind gesprochen. Wenn ich ständig nur Berichte aus zweiter oder dritter Hand über diesen Vorfall zu hören bekomme, kann ich mir einfach kein richtiges Bild machen. Es fühlt sich an, als würde ich die Ereignisse immer durch eine Milchglasscheibe betrachten. Was natürlich auch damit zusammenhängen kann, dass ein Teil von mir einfach nicht glauben kann, was ich da immer wieder höre.

»Dann machen wir weiter, ja?«, frage ich, um wieder auf mein Interview zurückzukommen.

»Okay«, sagt Frau Kaufmann.

»Also...« Ich zögere kurz und räuspere mich. Ich bin mir nicht ganz sicher, wie ich meine Frage am besten stellen soll. Aber sie muss raus, denn sie beschäftigt mich schon die ganze Zeit. »Ähm, wieso meinte Ihre Tochter denn, dass der Wolf sie angreifen will?«

Marcel Kaufmann lacht zynisch auf und Anja Kaufmann sieht mich perplex an, ehe sie plötzlich aufsteht. »Ich bin gleich wieder da«, murmelt sie, doch ihre leisen Worte gehen fast unter in dem Aufschrei ihres Mannes: »Wieso wird sie das denn meinen? Der Wolf hat sie angefallen! Er hat sie gejagt! Beinahe hätte er sie zerfleischt!«

Ehe ich noch etwas erwidern kann, ist Anja Kaufmann wieder in der Küche, in der Hand einige Zettel. »Die Leute, die Leonie befragt haben, haben ihr Bilder gezeigt«, erklärt sie. »Bilder von verschiedenen Wölfen. Sie haben Leonie die Wölfe auswählen lassen, die so aussahen wie der, der sie angegriffen hat. Sie wollten so überprüfen, ob der Wolf nicht vielleicht nur spielen wollte. Aber sie hat nie auf die spielenden Wölfe gezeigt. Immer nur auf die aggressiven mit gefletschten Zähnen und gesträubtem Nackenhaar. Einen hat sie noch ausgewählt, der war auf der Jagd und hat seiner Beute aufgelauert, kurz vor dem Angriff.«

Während ihrer Erklärung hat Frau Kaufmann mir nicht in die Augen gesehen, ihren Blick hat sie starr auf die Blätter in ihrer Hand gerichtet. Jetzt aber sieht sie mich an und reicht mir die Zettel. »Leonie hat den Wolf aber auch selbst gezeichnet. Ich denke, Sie werden die Bilder ziemlich eindeutig finden.«

Damit hat sie recht. Die krakeligen Kinderzeichnungen in meiner Hand sprechen eine deutliche Sprache. Zwar sind sie definitiv keine fotografischen Abbildungen, doch allein die Farben künden von der Angst des Mädchens. Überdeutlich sind aber vor allem der bösartige Blick des Wolfs und dessen riesige Reißzähne im gefletschten Maul.

»Danke, dass Sie mir das zeigen«, sage ich leise und habe Angst, dass meine Stimme kippt.

Es fällt mir schwer, mich noch zu konzentrieren. Ich will nur noch weg und allein sein und nachdenken. Trotzdem stelle ich noch ein paar Fragen dazu, was die beiden sich von der Landesregierung erhoffen in Hinblick auf den Wolf, wie es nun weitergehen solle, und wie die beiden allgemein zur Rückkehr von Wölfen in den Schwarzwald stehen. Die Antworten sind wenig überraschend. Marcel Kaufmann redet sich weiter in Rage und auch wenn seine Frau manchmal versucht, ein wenig auszugleichen, so merkt man ihr doch überdeutlich ihre Angst an.

Nach dem Interview und nachdem ich mich höflich von den Kaufmanns verabschiedet habe, gehe ich nachdenklich zu meinem Auto. Die Bilder, die Leonie gezeichnet hat, haben mich verstört. Theoretisch sind wohl auch sie kein endgültiger Beweis und eventuell entstammen die gefletschten Zähne der Fantasie des Mädchens. Dass Leonie jedoch auch auf den Fotos, die ihr gezeigt wurden, stets auf die aggressiven Tiere gezeigt hat, ist wohl eindeutig. Ich fürchte, dass ich mich damit auseinandersetzen muss, dass der Wolf tatsächlich ein Kind bedroht hat. Der Gedanke tut mir weh.

Kapitel 15

Auch wenn ich es liebe, mit meinem Hund die Natur zu durchstreifen: Ab und an brauche ich das Gefühl, noch Teil der Zivilisation zu sein. Deswegen habe ich entschieden, heute nach einer kleinen Runde im Park mit Sputnik in die Stadt zu gehen.

Es ist Samstag und die Woche war hart. Der Wolf ist das bestimmende Thema, nicht nur in der Arbeit, sondern überall, egal, wohin man geht. Alle sprechen über den Wolf. Die meisten schwanken zwischen Angst und Wut. Die FVA hat ihre Untersuchungen fast beendet und auch wenn es außer der Pfotenabdrücke nicht viele Spuren gab, so steht die Erklärung zum Problemwolf kurz bevor. Und dann wird die Jagd auf den Wolf beginnen. Auch wenn ich mich inzwischen damit auseinandergesetzt habe, dass der Wolf tatsächlich ein Kind angegriffen hat: Der Gedanke, dass er gejagt und getötet werden wird, macht mich unendlich traurig.

Ich habe einen nicht unerheblichen Teil der vergangenen Woche damit verbracht, Wolfsverhalten und -krankheiten zu recherchieren. Je mehr Berichte, Artikel und Fallstudien ich gelesen habe, desto bedrückter wurde meine Stimmung. Es ist mir erst später bewusst geworden, aber mit jedem Wort, das ich las, starb meine Hoffnung, dass es für den Wolf ein gutes Ende nehmen könne, ein bisschen mehr.

Heute will ich Abstand gewinnen von diesem Thema – auch wenn es mir schwerfällt, mich davon zu lösen. So gut es geht, zwinge ich mich, die Gedanken an den Wolf beiseitezuschieben und mich auf das Hier und Jetzt zu konzentrieren.

Heute ist relativ viel los. Einige Ausflügler scheinen das gute Herbstwetter ausnutzen zu wollen und flanieren mit den Einheimischen durch die paar schmalen Gassen, die die Innenstadt bilden. Die mittelalterlichen Häuser mit ihren Bögen und Erkern strahlen unter dem blauen Himmel, die Fassaden leuchten bunt und vor den Fenstern prangen die letzten noch blühenden Blumen. Wenn man an einer etwas erhöhten Stelle steht, sieht man bald hinter den Häusern die Hänge des Schwarzwalds. Die Stadt ist klein, sie hat nur knapp über 25.000 Einwohner, und genau das macht ihren Charme aus.

Zunächst streife ich ziellos durch die Gassen. Ich erfreue mich an dem bunten Gewühl und daran, unter Menschen zu sein – und nicht, wie sonst, allein im Wald. Ich sehe ein paar bekannte Gesichter, komme aber mit niemandem ins Gespräch. Ein paarmal werden Leute auf Sputnik aufmerksam und loben dessen Niedlichkeit. Ein paar Kinder wollen ihn sogar streicheln, was ich erlaube und Sputnik begeistert. Er genießt die Aufmerksamkeit sichtlich.

Als ich an Erwins Bäckerei vorbeigehe, beschließe ich, mir eine Zwetschgenwähe zu gönnen. Mit einem etwas mulmigen Gefühl binde ich Sputnik vor der Tür an und befehle ihm, hier sitzen zu bleiben. In der Bäckerei sind Hunde leider nicht erlaubt.

Das kleine Geschäft ist gut besucht, die Sitzplätze sind alle belegt. Es dauert eine kleine Weile, bis ich drankomme. Als Erwin mich erkennt, begrüßt er mich mit einem strahlenden Lächeln, so wie er es immer tut, seit ich mich wieder herwage. Die ersten paar Male war er so offensichtlich erleichtert, dass es mir ziemlich unangenehm war.

»Was darf es denn sein?«, will Erwin wissen.

»Eine Zwetschgenwähe, bitte, und… Hm…« Nachdenklich betrachte ich das Schild mit der Kaffeeauswahl, dann treffe ich meine Entscheidung. Ich zucke mit den Schultern und grinse. »Einen Kakao. Zum Mitnehmen.«

»Kommt sofort«, meint Erwin schmunzelnd und reicht mir kurz darauf Kuchen und Getränk sowie eine kleine Papiertüte. Auf meinen fragenden Blick hin erklärt er: »Für deinen Hund. Ich teste momentan Hundekekse. Sag mir, ob er ihn mag, ja?«

»Mache ich, danke!«

Lächelnd nehme ich meine und Sputniks Ausbeute an mich und verlasse die Bäckerei, nachdem ich mich von Erwin verabschiedet habe. Sputnik hat brav draußen auf mich gewartet und gemeinsam spazieren wir zum Brunnen in der Fußgängerzone. Ich setze mich an dessen Brüstung, gebe Sputnik seinen Keks und mache mich über meine Wähe her. Beide sind wir vollauf zufrieden mit Erwins Backkünsten.

Eine Weile bleiben wir am Brunnen sitzen. Ich genieße die Herbstsonne und das Treiben der Leute um mich herum.

»Was hältst du davon, wenn wir noch in die Buchhandlung schauen?«, frage ich Sputnik, nachdem ich meinen Kakao ausgetrunken habe. Auch wenn er keine Ahnung hat, was eine Buchhandlung ist, springt er auf und wedelt euphorisch mit dem Schwanz. Ich lache. »Na dann, los!«

Ich entsorge meine Abfälle und spaziere dann mit Sputnik zu meiner Lieblingsbuchhandlung. Weit ist es nicht und so öffne ich bald die schwere Tür, hinter der mich der vertraute Geruch von Staub und Büchern empfängt. Kaum fällt die Tür hinter uns ins Schloss, ist der Lärm der Stadt verschwunden. Die paar Kunden, die sich in der Buchhandlung aufhalten, sind still in die Bücher versunken. Der altertümelnde Laden mit den deckenhohen Regalen und dem dicken Teppichboden vermittelt stets das Gefühl, dass jedes laute Geräusch zu viel ist. Hier hat man zu flüstern und zu schleichen, immer verfolgt von den strengen Blicken der Inhaberin. Die ersten paar Male, die ich hier war, hatte ich das Gefühl, sie verabscheut jeden Menschen, der ihren Büchern zu nahe kommt. Als ich sie jedoch einmal ansprach und um Hilfe bat, war sie wie ausgewechselt, nett und freundlich und voller Begeisterung.

Ich begrüße die Inhaberin mit einem Nicken und einem Lächeln, das sie erwidert. Dann steuere ich meine liebste Abteilung an – die außergewöhnlich gut sortierten Reisebildbände – und durchstöbere die Bücher mit dem Lächeln auf den Lippen und der Leichtigkeit im Herzen, die nur Buchhandlungen hervorzaubern können.

Gerade bin ich in einen Band über die Wildnis Kanadas vertieft, den ich vielleicht kaufen möchte, als Sputnik beschließt, dass er jetzt lange genug ein braver Hund war. Er fiept leise und zieht an der Leine.

»Psst«, mache ich ohne aufzusehen. »Sitz!«

Doch Sputnik reagiert nicht. Er zieht nur umso heftiger an der Leine. Missmutig sehe ich auf. »Was hast du denn?«

Sputnik fiept weiterhin leise und ich schaue in die Richtung, in die er unbedingt will. Mein Blick bleibt an einem Mann hängen, der in der Kinderbuchabteilung steht. Er trägt keine Jacke, dafür einen dicken grauen Strickpullover, der warm und kratzig aussieht.

»Ach so«, murmle ich, als ich Chris erkenne. Sputnik will unbedingt zu ihm hin, doch ich zögere ein wenig. Letzte Woche war er so abweisend in der Hundeschule und ich möchte ihn nicht stören.

Für meine Zweifel hat Sputnik jedoch keinen Nerv. Er zerrt immer stärker und fiept inzwischen auch etwas lauter, was mir einen mahnenden Blick von der Inhaberin der Buchhandlung einbringt. Ich stelle also seufzend das Buch zurück ins Regal und lasse mich von Sputnik zu Chris ziehen. Japsend springt der Hund auf Chris zu und schließlich an ihm hoch.

»Huch!«, entfährt es Chris merklich überrascht.

»Entschuldige! Sputnik wollte unbedingt Hallo sagen.«

Chris lacht leise. »Kein Problem«, meint er und dieses Mal begrüßt er Sputnik deutlich freundlicher als letzten Sonntag. Der Hund ist glücklich wie immer, wenn er Chris sieht, und wirft sich auf den Rücken, um seinen Bauch zum Kraulen zu präsentieren. Chris gluckst und kommt dieser Aufforderung sofort nach, wirft zugleich aber auch mir ein Lächeln zu. »Hallo auch dir!«

»Hey«, erwidere ich. »Was machst du denn hier?«

»Äh, ich suche ein Buch?«

»Ein Kinderbuch?«

Chris grinst und steht auf. Als wir wieder auf Augenhöhe sind, sagt er: »Eigentlich wollte ich mir etwas Neues zu lesen besorgen. Aber dann fiel mir ein, dass ich noch ein Geschenk zur Geburt meines Neffen brauche und da dachte ich mir, ich schaue mal, was die hier so haben.«

»Zum Geburtstag meinst du, oder? Der wievielte ist es denn?«

»Nein, ich meine wirklich zur Geburt. Vor zwei Wochen ist er auf die Welt gekommen.«

Ich sehe Chris einigermaßen perplex an. »Ähm. Du weißt schon, dass so ein Baby mit Büchern noch nichts anfangen kann, oder?«

Chris erwidert meinen Blick ähnlich irritiert, dann lacht er leise – und, wie mir scheint, etwas peinlich berührt. »Du willst also sagen, dass das ein blödes Geschenk wäre?«

»Ich hätte nicht ganz diese Worte gebraucht, aber nun ja… Ja.«

»Hm. Ich dachte, Bücher gehen immer.«

»Bücher gehen auch immer. Vorausgesetzt, man kann lesen. Oder zumindest die Bilder darin erkennen.«

»Und wenn ich es als Investition in die Zukunft verkaufe?«

Ich lege den Kopf leicht schief und ziehe skeptisch eine Augenbraue hoch. »Auch das sehe ich nicht so wirklich.«

»Verdammt.« Chris grinst zwar noch immer ein wenig, sieht sich aber gleichzeitig etwas orientierungslos um, als würde er den Laden zum ersten Mal richtig wahrnehmen. »Dann wird das hier wohl nichts. Na gut… dann gehe ich lieber wieder.«

»Tschüss!«, sage ich und versuche Sputnik davon zu überzeugen, Chris nicht zu folgen, wenn der gleich geht.

»Tschüss!«, verabschiedet sich auch Chris und wendet sich ab – nur um gleich darauf wieder zu mir herumzufahren. »Du hast nicht zufällig eine Idee, was ich meinem Neffen schenken könnte, oder?«

»Uff«, mache ich ein bisschen überfordert. »Das ist so gar nicht meine Szene.«

»Meine auch nicht.« Chris zuckt mit den Schultern.

Ich denke nach, was meiner Kollegin, die unlängst ein Kind bekommen hat, geschenkt wurde. Vor allem waren das Gutscheine für Onlineshops, aber Chris scheint ja eher etwas Handfestes zu wollen. Nun, wenn man ein Geschenk für ein Kind braucht, ist man sicher nicht schlecht dran, wenn man statt in eine Buchhandlung in einen Laden geht, der auf Kindersachen spezialisiert ist.

»Es gibt ein Kindergeschäft gar nicht weit von hier«, erkläre ich schließlich. »Die sollen recht gut sein. Ich war da nie, aber eine Kollegin hat einen Bericht zu deren hundertjährigen Bestehen geschrieben und war schwer begeistert.«

»Das klingt gut! Ähm, könntest du vielleicht mitkommen und mir den Laden zeigen? Und mich bei der Auswahl unterstützen? Nicht, dass ich doch noch irgendwelchen sinnlosen Blödsinn besorge.«

Ich kann nicht verhindern, dass ich Chris wieder einigermaßen kuhäugig anstarre. Bei seinen Stimmungsschwankungen komme ich nicht ganz mit. Erst ist er total nett, dann völlig unterkühlt, und jetzt will er mit mir Babysachen shoppen?

Offenbar zögere ich zu lange, denn das Lächeln weicht aus Chris' Gesicht und macht einer verlegenen Miene Platz. »Du hast bestimmt schon etwas vor, entschuldige. Ich wollte mich nicht aufdrängen. Du hast mir wirklich sehr geholfen, danke!«

»Nein, schon gut, ich meine…«, hasple ich, bevor ich eigentlich weiß, was ich sagen will. Dann atme ich tief durch und entscheide mich, nachdem ich noch einen Blick auf Sputnik geworfen habe, der Chris aus seinen Hundeaugen anhimmelt. »Ich komme gerne mit. Ich kann dir aber nicht garantieren, dass ich eine Hilfe sein werde. Ich habe von Kindern echt keine Ahnung.«

Chris strahlt mich an, anders kann man das wirklich nicht nennen. »Super! Danke! Bist du hier denn schon fertig? Oder wolltest du noch etwas schauen?«

»Ich bin so gut wie fertig. Ich muss nur noch ein Buch bezahlen.«

»Okay, klar. Ich warte so lange.«

Ich nicke, dann gehe ich zurück zu den Bildbänden und hole das Kanada-Buch aus dem Regal. Kurz darauf habe ich gezahlt und stehe gemeinsam mit Chris und Sputnik vor der Buchhandlung.

»Wir müssen da lang«, erkläre ich und deute in die entsprechende Richtung.

»Ich folge dir auf dem Fuße.«

»So ist's brav«, lobe ich grinsend.

Chris lacht auf und ich führe ihn quer über den Marktplatz. Während ich mich eher auf Sputnik konzentriere, legt Chris den Kopf in den Nacken und betrachtet die mittelalterlichen Häuser.

»Die Stadt ist wirklich hübsch«, befindet er, als wäre er das erste Mal hier. »Ich hätte nicht gedacht, dass es mir hier so gut gefallen würde.«

»Ja, ist sie«, stimme ich zu. »Wie lange wohnst du denn schon hier?«

»Hm, ich glaube, es sind jetzt etwa vier Monate.«

»Oh, dann bist du ja noch ganz neu hier.«

»Ja, kann man so sagen. Bist du von hier?«

»Nein, aus Stuttgart. Ich wohne seit drei Jahren hier.«

»Hattest du keine Lust mehr auf die Stadt?«

»Das hier ist auch eine Stadt«, erinnere ich ihn.

Chris schüttelt skeptisch den Kopf. »Na ja, das behaupten sie zumindest.«

Ich kichere und biege um eine Ecke. »Schau, dort vorne ist der Laden schon«, sage ich und bin froh, dass ich Chris' Frage ausweichen konnte. Dass ich hergezogen bin, weil ich nur hier einen Job bekommen habe und dass ich eigentlich ganz woanders sein wollte, möchte ich ihm eigentlich nicht erzählen. Auch wenn ich es inzwischen mag, hier zu wohnen, werde ich daran nicht so gerne erinnert.

»Oh, super!«, findet Chris und legt einen Zahn zu.

»Willst du es schnell hinter dich bringen?«, erkundige ich mich.

»Du hast es erfasst.«

Unter dem Gebimmel einer altersschwachen Glocke betreten wir den Laden. Mein erster Eindruck ist: bunt. Der zweite ist: voll. Der Laden ist groß und dennoch ist jedes bisschen Platz maximal ausgenutzt. Ich sehe Spielzeug, Klamotten und sogar Kindergeschirr. Da sind jede Menge Stofftiere und in einem zweiten Raum scheint es Möbel und Kinderwägen zu geben, wie ich durch die Tür linsend feststelle.

»Puh«, macht Chris und ich stimme ihm aus vollstem Herzen zu.

»Vielleicht ein Stofftier?«, überlege ich und gehe zu der entsprechenden Abteilung. Nachdenklich mustere ich die Tiere in allen Größen, Farben und Formen. Einem Baby sollte man nichts mit Dingen schenken, die es verschlucken könnte, so viel weiß ich. Mein Blick fällt auf eine Schale voller kleiner Tiere aus weichem Fleece-Stoff mit aufgenähten Augen und Mündern. Die Tiere sehen lustig aus. Sie sind nicht wirklich schön und haben irgendwie dämliche Gesichter. Ein Tier fällt mir besonders auf. Natürlich ist es ein Wolf. Ein schielender Wolf, der unglaublich albern und gleichzeitig unheimlich niedlich aussieht.

»Schau mal!«, meine ich. »Ist der nicht süß?«

Chris kommt zu mir und betrachtet das kleine graue Tier, das ich ihm hinhalte. Seinen Gesichtsausdruck kann ich nicht ganz deuten. Er sieht von dem hässlich-putzigen Wolf zu mir mit meinem verzückten Grinsen und wieder zurück. Mehrmals.

»Gefällt er dir nicht?«, frage ich. »Ich finde den extrem niedlich. Und er ist für ein Baby geeignet.«

Noch einmal betrachtet Chris den Wolf mit gerunzelter Stirn und dann mich, als würde er in meiner Miene etwas suchen. Keine Ahnung, ob er es findet oder nicht. Er kommt auch nicht dazu, etwas zu sagen, denn plötzlich ertönt hinter uns eine freundliche Stimme: »Kann ich Ihnen helfen?«

Wir drehen uns zu der Verkäuferin um und Chris nickt. »Äh, ja, das wäre gut. Ich suche ein Geschenk für meinen Neffen.«

»Wie alt ist der denn?«

»Zwei Wochen.«

»Oh, da habe ich ganz viele tolle Ideen«, ruft die Verkäuferin verzückt und dann schleift sie Chris und mich quer durch den Laden, um uns alles zu zeigen, was man einem Baby so schenken könnte. Letztlich entscheidet Chris sich für eine Babydecke. Und für den Wolf.

»Was für ein Trip!«, ächzt Chris, nachdem wir den Laden verlassen haben.

»Allerdings. Aber ich denke, wir waren erfolgreich.«

»Und ob. Darf ich dich zum Dank vielleicht auf einen Kaffee einladen?«

»Ähm«, mache ich wenig eloquent und bin wieder erstaunt darüber, wie anders Chris sich heute verhält. Er ist so nett und fröhlich. Und da ich Spaß mit ihm beim »Shoppen« hatte, stimme ich zu. »Klar, gerne.«

»Schön. Weißt du ein gutes Café?«

Als Erstes fällt mir natürlich Janas Laden ein, aber irgendwie möchte ich da mit Chris nicht hin. Deswegen schlage ich also Plan B vor. »Ja, zwei Straßen weiter ist eines.«

Das Café ist schnell erreicht. Es ist gut besucht und ich versuche, mir einen Überblick zu verschaffen, um zu sehen, ob es noch einen freien Tisch gibt. Plötzlich legt Chris seine Hand auf meinen Oberarm und dirigiert mich leicht nach links.

»Schau, dort ist noch etwas frei«, sagt er.

Ohne mich loszulassen führt Chris mich zu dem Tisch, den er entdeckt hat. Und ich finde seine unmittelbare Nähe wirklich angenehm.

Wir setzen uns und Sputnik rollt sich sofort unter der Bank zusammen, um zu schlafen. Das war ein aufregender Tag für den kleinen Hund. Kaum, dass er sitzt, vergräbt Chris ohne ein weiteres Wort sein Gesicht in der Karte. Ich muss nicht hineinsehen, denn ich bin noch satt von Kakao und Zwetschgenwähe und weiß schon, dass ich nur einen Kaffee trinken werde.

Ich nutze die Zeit, die er abgelenkt ist, um Chris ein wenig genauer zu betrachten. Sein Gesicht ist schmal und mit den scharf geschnittenen Zügen und den hohen Wangenknochen markant, ohne grob zu sein. Er scheint sich in den letzten Tagen nicht rasiert zu haben, denn er hat einen Dreitagebart. Dunkel wie sein Haar ist er ein scharfer Kontrast zu seinen hellen Augen, deren Farbe ich nicht richtig definieren kann. Blassblau, irgendwie, aber da ist noch ein anderer Ton, den ich nicht richtig zu benennen weiß. Auch seinen Haaren könnte ich keine eindeutige Farbe zuordnen. Sie sind nicht richtig schwarz und auch nicht braun. Vorhin in der Sonne haben sie teils rötlich geschimmert und jetzt gerade wirken sie wieder eher mausgrau.

»Weißt du schon, was du nimmst?«, unterbricht Chris plötzlich meine Betrachtungen und sieht auf.

»Ja, nur einen Kaffee. Ich hatte vorhin erst einen Kuchen.«

»Oh.«

Statt zu antworten, signalisiere ich einem Kellner, der gerade Blickkontakt zu mir aufnimmt, dass wir bestellen wollen. Ich ordere meinen Kaffee, Chris ebenso.

»Du hättest dir ruhig noch etwas dazu bestellen können«, meine ich, als der Kellner wieder weg ist.

»Wollte ich aber nicht.«

Ich lächle und zucke mit den Schultern. »Du hast echt gute Sachen für deinen Neffen besorgt«, lenke ich das Thema zurück auf unsere Einkäufe.

»Ja, denke ich auch. Der Wolf ist klasse.« Chris grinst und ich spiegle sein Grinsen sofort.

»Wie heißt dein Neffe denn?«

»Kilian Vincent«, antwortet Chris zähneknirschend. Ich muss einen Hustenanfall vortäuschen, um nicht laut loszulachen. »Ja, ich weiß. Total antiquiert. Meine Familie steht auf solche Namen.«

»Da hast du es ja noch gut getroffen.«

Chris weicht meinem Blick aus und nickt. »Ja, hab ich wohl.«

»Wohnen deine Geschwister noch in Bayern?«

Chris' Blick fliegt wieder zu mir zurück, wachsam irgendwie. »Woher weißt du, dass ich aus Bayern bin?«

Ich blinzle irritiert. »Äh, ich hoffe, ich verrate dir da nichts Neues, aber: Man hört es dir ein bisschen an. Das R ist ziemlich auffällig.«

Chris atmet tief durch und ich finde das irgendwie eigenartig.

»Das wird meine Eltern aber ärgern. Sie wollten eigentlich nicht, dass unser Dialekt zu ausgeprägt ist.«

»Na ja, besonders ausgeprägt ist er ja auch nicht. Er kommt nur manchmal durch.«

»Beruhigend«, meint Chris mit einem schiefen Grinsen. Sein Tonfall ist ein bisschen merkwürdig, als er weiterspricht. Anders als sonst, gleichzeitig wärmer und unendlich distanziert. »Und ja, alle meine Geschwister sind daheim geblieben. Ich bin als Einziger weggegangen.«

»Oh. Hast du keine gute Beziehung zu deinen Eltern?«

»Wie kommst du darauf?«

»Die Art, wie du von *daheim* sprichst.«

Chris sieht mich nachdenklich an, seine hellen Augen bohren sich in meine. Er sieht ernst aus, und doch ist da ein feines Lächeln um seine Lippen und in seinen Augenwinkeln. »Du bist echt aufmerksam.« Er zögert kurz, dann fährt er leise fort. »Nein, ich habe keine gute Beziehung zu meinen Eltern. Ich will etwas anderes von meinem Leben als das, was sie sich vorstellen, weißt du? Meine Eltern sind recht konservativ und haben ein strenges Weltbild. Das hatte ich nie. Ich war immer schon anders. Das schwarze Schaf der Familie, sozusagen.«

Chris lacht wie über einen Witz, den nur er versteht. Und ich bin fasziniert davon, dass er heute so offen über seine Familie spricht, wo er das Thema doch noch vor Kurzem, als ich bei ihm war, um ihn zu interviewen, so rigoros abgeblockt hat. Ich kann nicht anders, es freut mich, dass er sich mir öffnet. Es sorgt für ein warmes Gefühl in meinem Bauch.

»Und deine Geschwister fügen sich da besser ein?«, erkundige ich mich behutsam.

»Ja, die waren nie so... *anders* wie ich. Xaver, mein ältester Bruder – der, der jetzt den Sohn bekommen hat –, wird, ähm, den Betrieb übernehmen und auch die anderen tun, was von ihnen erwartet wird.«

»Ich finde es toll, dass du deinen eigenen Weg gehst.«

»Danke.« Chris lächelt mich warm an. »Und was ist mit dir? Hast du auch so komplizierte Familienverhältnisse?«

»Nein, nicht wirklich. Meine Eltern sind auch ein bisschen konservativ. Meine Mutter ist ehrlich gesagt sogar ziemlich spießig.

Aber sie ist auch herzlich und eine echte Glucke. Ich glaube, wenn wir uns zu oft sehen würden, würden sie mich auch wahnsinnig machen. Aber sie wohnen ja in Stuttgart und sie reisen viel. Demnächst machen sie eine Kreuzfahrt zu den Kapverden.«

Wir bleiben lange in dem Café und reden über Gott und die Welt. Noch ein bisschen über unsere Familien und dann ganz lang über unsere Lieblingsbücher, über Hunde und natürlich auch – weil man einfach nicht *nicht* darüber sprechen kann – über den Wolf. Wir lachen viel miteinander und manchmal habe ich das Gefühl, dass Chris mit mir flirtet. Er sieht mir in die Augen, offen und freundlich, er zwinkert mir zu, witzelt mit mir und manchmal berührt er mich zufällig. Diese Berührungen kribbeln noch auf meiner Haut, wenn er mich schon längst wieder losgelassen hat.

Ich frage mich, ob Chris ebenfalls schwul ist. Diese Berührungen immer wieder, die Art, wie er mich manchmal ansieht, wie er vorhin nach meinem Arm gegriffen hat, um mich an den Tisch zu führen, und auch wie er mich, als ich bei ihm war, umarmt hat – vielleicht hat er ja sogar Interesse an mir? Das warme Gefühl in meinem Bauch breitet sich weiter aus, wird stärker und tiefer. Ich fände es schön, wenn es so wäre.

Als wir uns schließlich vor dem Café voneinander verabschieden und uns zum Abschied umarmen, habe ich wieder das Gefühl, dass Chris an meinen Haaren riecht. Mein ganzer Körper kribbelt und ich dränge mich automatisch ein bisschen näher an ihn. Gleichzeitig ist da ein Teil in mir, der mich wie aus einiger Distanz beobachtet und sich darüber wundert, dass ich bei Hanno, der doch nicht weniger nett und nicht weniger toll ist als Chris, keinerlei Kribbeln gespürt habe, bei Chris jetzt aber auf einmal Schmetterlinge im Bauch habe. *Echt jetzt? Ernsthaft?*, fragt diese Stimme.

Als wir uns voneinander lösen und uns ein bisschen peinlich berührt gegenüberstehen, erinnere ich mich an mein schon halb vergessenes Mantra: Komfortzone verlassen. Ich nehme also all meinen Mut zusammen und frage: »Willst du mal mit mir ausgehen?«

Chris stockt und ich kann dabei zusehen, wie sein Gesicht, das eben noch warm gelächelt hat, einfriert. »Du hast da etwas falsch verstanden.«

»Oh, sorry, ich dachte, du wärst auch...«

»Nein, nicht das. Also, ich bin schwul. Aber...«

»Du bist nicht interessiert.«

Er seufzt und kann meinen Blick nicht mehr halten. »Genau. Tut mir leid.«

Nach diesem Gespräch ist der Tag für mich gelaufen. Wir verabschieden uns voneinander und wissen dabei nicht so recht, wo wir hinschauen sollen. Dann schlagen wir beide entgegengesetzte Richtungen ein. Ich gehe heim, ich füttere Sputnik, ich lege mich auf das Sofa. Die ganze Zeit über stehe ich neben mir. Natürlich war das nicht die erste Abfuhr meines Lebens und weiß Gott, ich kann es verstehen, dass man an jemandem kein Interesse hat. Das ging mir mit Hanno ja nicht anders. Und trotzdem tut es weh. Weil ich bei Chris plötzlich, völlig unerwartet, den Funken gespürt habe, den ich bei Hanno vermisst habe. Und weil ich für einen Moment wirklich dachte, er könnte Interesse an mir haben.

In der Nacht schlafe ich schlecht. Ab fünf Uhr liege ich hellwach in meinem Bett. Um halb sechs beschließe ich, aufzustehen – obwohl es Sonntag ist und ich eigentlich ausschlafen könnte. Wenn ich denn schlafen könnte.

Wie an jedem anderen Tag auch gehe ich ins Bad, dusche, mache mich fertig und ziehe mich an. Dann mache ich apathisch Kaffee und schmiere mir ein Brot.

Während ich frühstücke, sehe ich wie immer aus dem Fenster. Draußen ist es noch dunkel, die Sonne geht erst spät auf. Plötzlich habe ich eine Eingebung: Ich kann es doch ausnutzen, dass ich so früh schon wach bin. Vielleicht wäre es ja schön, den Sonnenaufgang irgendwo draußen zu sehen. In der Natur. Das wäre ein positiver Start in den Tag, ein schönes Erlebnis, das mich ablenkt und das verhindert, dass ich weiter in dieses trübsinnige Loch falle, das seine Klauen schon nach mir ausstreckt.

Sputnik ist wenig begeistert, als ich ihn dazu bringen will aufzustehen. Um diese Zeit will er schlafen und sonst nichts. Es braucht dementsprechend ein bisschen Überredung, doch letztlich kann ich ihn motivieren.

Ich mache mit Sputnik zunächst eine winzige Morgenrunde, damit er sich erleichtern kann. Es ist kalt. Wirklich kalt. Ich sehe meinen Atem in einer Wolke entweichen und auch der Hund dampft.

Als Sputnik alles erledigt hat und wir zu meinem Auto gehen, sind die Scheiben vor Kälte beschlagen. Ich verfrachte Sputnik auf seinen Platz auf der Rückbank, dann setze ich mich auf den Fahrersitz und werfe die Heizung an. Es dauert ein bisschen, bis wir losfahren können.

Ich lenke den Wagen auf einen der Berge, die die Stadt einfassen. Während ich fahre, beginnt es zu dämmern und wird langsam heller. Nebel hängt noch im Tal, doch je höher ich komme, desto klarer wird die Sicht. Bei einer kleinen Raststation an einer Wiese parke ich. Ich steige aus und weil weit und breit niemand zu sehen ist, lasse ich Sputnik frei laufen. Er fetzt über die Wiese und kann unserem frühen Ausflug nun doch sichtlich etwas Positives abgewinnen.

Schmunzelnd beobachte ich meinen Hund und lasse dann meinen Blick über die Gegend schweifen. Im Wesentlichen gibt es hier nur den Parkplatz und einen Picknicktisch mit Bänken. Ich überblicke eine abschüssige Wiese, auf der noch der Frost liegt. Noch ist sie grau wie der Nebel im Tal, doch im heller werdenden Dämmerlicht gewinnt sie an Farbe, genauso wie der Himmel langsam seine Schwärze verliert und zum Horizont hin rosa wird und darüber gelb, türkis und hellblau. Rechts von der Wiese beginnt der Wald, links ist der gegenüberliegende Hang nicht weit entfernt. Automatisch suche ich nach der Hundeschule, die dort liegen muss. Ich finde sie schnell und bin in Gedanken wieder bei Chris.

Eine Bewegung bei der Hundeschule zieht meine Aufmerksamkeit auf sich. Erst erkenne ich nicht genau, was sich da bewegt, doch dann stockt mir der Atem. Es ist der Wolf. Er läuft zielstrebig auf den Zaun zu, ein Stück an diesem entlang und dann scheint er das Loch entdeckt zu haben, das Chris normalerweise immer mit einem Brett abdeckt, damit keiner der Hunde während eines Kurses abhauen kann. Nun jedoch muss das Brett weg sein, denn der Wolf kriecht ohne viel Mühe unter dem Zaun hindurch. Er läuft auf die Hütte zu – und währenddessen verändert er sich.

Als die Sonne sich über den Horizont schiebt, verschwimmt der Wolf plötzlich und verschwindet dann und wird ein Mensch.

Kapitel 16

Ich stehe immer noch auf dieser Wiese am Hang. Die Sonne geht gerade auf und taucht alles in ihr goldenes Licht. Der Horizont strahlt gelb, orange und rosa, der Himmel leuchtet türkisblau. Langsam bringt die Sonne die Farben auch zurück in die Welt. Wiesen und Wälder werden grün, die entfernteren Hänge leuchten in einem rostigen Rot. Im Tal hängt noch der Nebel als gräulicher Schleier.

Alles ist wie immer. Es fühlt sich normal an: Ich spüre den leichten Luftzug des Windes und die Kälte brennt auf meinen Wangen. Es klingt normal: Ich höre das Krächzen von Krähen und das Keckern eines anderen Vogels, ich höre das Brummen eines Flugzeugs und irgendwo in einiger Entfernung fährt ein Auto. Es riecht normal: Ich rieche die klare Luft eines Herbstmorgens, den nahen Wald und einen Hauch von Rauch. Das alles ist völlig normal und fühlt sich so real an, so echt und wirklich. Und doch hat sich etwas verschoben. Binnen eines Augenblicks ist meine Welt aus den Fugen geraten.

Ich starre immer noch auf die Hundeschule. Wo eben noch ein Wolf war, ist jetzt ein nackter Mann. Auch wenn ich blinzle: Der Mann bleibt da. Er hat inzwischen die Hütte erreicht. Kurz werkt er an der Tür herum, öffnet diese dann und verschwindet im Inneren der Hütte. Zurück bleibt die leere Trainingswiese. Und ich, der ich auf die Wiese starre, bis meine Augen tränen.

Irgendwann versagen mir meine Beine ihren Dienst und ich sinke auf den Boden. Ich nehme deutlich wahr, wie kalt die Wiese ist und dass das Gras unter meinen Händen noch gefroren ist. Ich spüre die Kälte, die sich vom Untergrund in meine Knochen ausbreitet, mich durchdringt. Mir ist all das überdeutlich bewusst – und ich kann mich doch nicht regen. Alles, was ich kann, ist daran zu denken, dass ich offensichtlich geisteskrank bin.

Es ist seltsam. Man sollte meinen, der Wahnsinn käme langsam, schleichend. Und vor allen Dingen: unbemerkt. Ich aber werde meinen Psychiatern den exakten Moment nennen können, in dem ich meinen Verstand verloren habe. Ich werde den genauen Zeitpunkt und den genauen Ort bestimmen können. An einem Sonntag um sieben Uhr morgens, auf einer Wiese im Schwarzwald. Ich werde vom Wetter erzählen können und von der Umgebungstemperatur und von dem Weg, den ich genommen habe, um hierherzugelangen. Nichts davon ist in meinem umnebelten Geist verloren. Ich weiß das alles noch und kein Detail scheint mir irreal zu sein. Und doch ist aus diesem ganz normalen Morgen eine Wahnvorstellung erwachsen, wie sie dem Typen aus *Fight Club* zur Ehre gereichen würde.

Ich grabe meine Hände in das vereiste Gras, als mir ein anderer Gedanke kommt: Vielleicht bilde ich mir nur ein, dass ich vor diesem Moment nie halluziniert habe. Tiere, die sich in Menschen verwandeln, habe ich noch nie gesehen. Aber woher soll ich wissen, dass alles, was ich sonst wahrnehme, tatsächlich real ist? Vielleicht gab es früher schon Anzeichen für meine Geisteskrankheit – und ich habe sie als solche einfach nicht begriffen. Wissen Wahnsinnige, dass sie wahnsinnig sind?

Vor Kurzem habe ich den Wohnungsschlüssel, nachdem ich die Tür aufgesperrt habe, außen stecken lassen. Erst als ein Nachbar bei mir geläutet hat, um mich darauf hinzuweisen, dass der Schlüssel außen steckt, habe ich das mitbekommen. Ein anderes Mal habe ich stundenlang nach meinem Handy gesucht, obwohl ich es in meiner Hosentasche hatte. Letzte Woche erst habe ich einen leeren Milchkarton in den Kühlschrank geräumt, statt ihn wegzuwerfen. Ich dachte, das wären Zeichen dafür, dass ich gestresst und zerstreut bin. Was, wenn ich mich getäuscht habe?

Und dann fällt mir ein, dass ich in letzter Zeit durchaus merkwürdige Dinge wahrgenommen habe. Da waren die leuchtenden Raubtieraugen damals im Wald. Und der Wolf, immer wieder der Wolf.

Habe ich mir meine Begegnungen mit dem Wolf nur eingebildet? Beide Male habe ich der FVA davon berichtet, beide Male wurden danach Untersuchungen durchgeführt, beide Male wurden keine Spuren gefunden. Keine Pfotenabdrücke, keine Losung, keine Haare auf abgeknickten Zweigen. Nichts. Aber – und kurz durchströmt mich die Erleichterung – das Foto, das ich gemacht habe, das gibt es wirklich. Es zeigt den Wolf leicht schräg von hinten. Und doch: Ein Beweis dafür, dass er kurz zuvor neben mir lag, sich an mich gekuschelt hat, ist auch das nicht.

Mit einem leisen Fiepen stupst Sputnik mich plötzlich an. Ich habe gar nicht gemerkt, dass er zu mir gekommen ist. Er fiept noch einmal und sieht mich aus seinen großen Augen an. Ich meine, so etwas wie Sorge in seinem Blick zu sehen. Tränen steigen mir in die Augen, als ich meine Hände aus dem Gras löse, sie an meiner Hose abwische und dann in Sputniks drahtigem Fell vergrabe.

»Bist du echt?«, frage ich Sputnik flüsternd.

Wie als Antwort auf meine Frage springt Sputnik vor und schleckt mir übers Gesicht. Statt wie sonst zu lachen, wenn er das tut, werde ich von Schluchzern geschüttelt. Ich könnte es nicht ertragen, wenn ich mir auch Sputnik nur einbilden würde.

Eine kleine Weile kraule ich Sputnik unter Tränen, den Blick wieder auf den Hang gegenüber gerichtet. Es wird zusehends heller und der Nebel steigt langsam aus dem Tal die Hänge hinauf. Noch aber ist er nicht bei mir und der Hundeschule. Es kann also noch nicht viel Zeit vergangen sein, als sich die Tür der Hütte erneut öffnet und ein Mann – der Mann, den ich zuvor hineingehen sah – hinaustritt.

War er vorhin nackt, so ist er jetzt angezogen. Eine zynische Stimme in meinem Inneren merkt an, dass er dann keine Halluzination sein kann. Wenn ich mir schon Männer herbeifantasieren kann, dann doch wohl bitte schön nackt und nicht – in einem übergroßen grauen Wollpullover.

Das ist der Augenblick, in dem ich beginne, mir Gedanken um die Identität des Mannes – oder meiner Wahnvorstellung – zu machen. Der Pullover sieht aus wie der, den Chris gestern trug. Der Mann ist zu weit weg, als dass ich seine Gesichtszüge erkennen könnte, doch sein Haar ist kurz und dunkel wie das von Chris. Auch sein Körperbau gleicht Chris'. Er steht auf dem Gelände von Chris' Hundeschule, versperrt Chris' Hütte, verlässt dann die Wiese, nicht ohne auch noch das Tor im Zaun abzuschließen, und geht zu einem Auto, das dem von Chris verdächtig ähnelt.

Wäre mir nicht bewusst, dass der Mann dort drüben eine Halluzination sein muss, würde ich sagen, er ist Chris. Chris, der vor einer Viertelstunde noch ein Wolf war.

Oh Gott, ich muss völlig irre sein.

Während das Auto wegfährt und im Nebel verschwindet, ziehe ich meine Beine an, schlinge die Arme um die Knie und wiege mich vor und zurück wie der Wahnsinnige, der ich anscheinend bin.

Ich habe einen Wolf gesehen, der sich in einen Menschen verwandelt hat. Nein: Ich habe mir eingebildet, einen Wolf zu sehen, der sich in einen Menschen verwandelt. In Chris. Ausgerechnet in Chris, den ich mag und der mir gestern eine Abfuhr erteilt hat. Mein gestörter Verstand muss meine Gedanken an Chris mit meiner Obsession für den Wolf verbunden haben. Denn dass es eine Obsession ist, steht nun wohl fest. Die Frage ist nur, wie schwer meine geistige Verwirrung ist. Ist es »nur« eine kleine Zerrüttung, hervorgerufen von Schlafmangel, Einsamkeit und Kummer? Oder ist sie Anzeichen für eine schwerwiegende Krankheit? Bin ich vielleicht sogar schizophren?

Dieses Mal verliere ich über meinen Gedanken die Zeit aus den Augen. Als ich wieder zu mir komme, ist es hell, aber nicht klar. Der Nebel ist zu mir aufgestiegen und umfängt mich als leichter Schleier. Er ist nicht besonders dicht, keine Wand, die mir die Sicht raubt, sondern eher wie ein Weichzeichner in der Wahrnehmung.

Ich sehe die nächsten Hänge. Dahinter verliert sich die Welt im Vagen. Über dem Nebelschleier erahne ich die Sonne und dort, links von mir und ein kleines Stück entfernt, ist der Nebel schon wieder aufgerissen und eine Wiese strahlt in der Sonne, während auf den anderen noch ein grauer Dunst liegt.

Erst als ich mir auf die Zunge beiße und mich der Schmerz scharf und stechend durchfährt, wird mir bewusst, dass ich mit den Zähnen klappere. Meine Hose ist durchnässt und mir ist eiskalt. Ich sollte heimfahren, ins Warme, in die Sicherheit meiner eigenen vier Wände. Auch wenn ich in meinem Zustand wohl besser nicht Auto fahren sollte. Es ist gut möglich, dass ich eine Gefahr für mich und für andere bin – zumindest hinter dem Steuer eines Autos. Trotzdem: Ich will heim.

Mühsam rapple ich mich auf und schüttle meine steifen Glieder. Sputnik, der neben mir gelegen hat, springt ebenfalls auf und hüpft um mich herum.

»Lass uns nach Hause fahren, ja?«, flüstere ich, die Stimme nur noch ein Krächzen. Als hätte er mich verstanden – und vielleicht hat er das ja tatsächlich –, läuft Sputnik zu meinem Auto, setzt sich neben die Hintertür und wartet auf mich.

Langsam und einigermaßen wacklig gehe ich zu meinem Wagen. Für die Schönheit der morgendlichen Landschaft habe ich keinen Blick mehr. Am Auto angekommen, lasse ich Sputnik hinein und sichere ihn sorgfältig, ehe ich mich auf den Fahrersitz setze. Sobald ich im Auto bin und die Heizung einschalte, überkommt mich ein Zittern, das lange nicht aufhören will. Es dauert fast eine Viertelstunde, bis ich es wage loszufahren. Langsam und sehr, sehr vorsichtig.

Zu Hause angekommen, gehe ich sofort zurück in mein Bett und verkrieche mich unter der Decke. Den Großteil des Tages verbringe ich in einem widerlichen Zwischenzustand zwischen Wachen und Schlafen.

Irgendwann, als es draußen schon wieder dunkel ist, macht Sputnik mich auf sich aufmerksam. Er setzt sich neben das Bett, starrt mich an und hechelt. Ab und an fiept er ein bisschen. In Hundesprache heißt das: Ich muss mal.

Da ich nicht unbedingt möchte, dass Sputnik mir in meiner Wohnung einen olfaktorischen Beweis dafür liefert, dass er kein Hirngespinst ist, zwinge ich mich dazu aufzustehen. Ich schlüpfe wieder in meine Klamotten und dann in Schuhe und Jacke. Sputnik steht schon vor der Tür parat, bereit sofort loszugehen. Ich tätschle seine Seite, dankbar für die Normalität und den Halt, die er mir gibt. Dann leine ich ihn an und wir gehen los.

Für Sputnik wird es eine enttäuschende Runde. Wir gehen nur um zwei Blocks, länger halte ich es nicht aus. Nicht, dass die Gedanken und Sorgen draußen drängender sind als unter meiner Bettdecke. Auch dort habe ich die ganze Zeit über meinen Geisteszustand gegrübelt und bin verzweifelt an der Erkenntnis, dass mein Leben sich jetzt wohl radikal ändern wird. Und nicht zum Positiven. Hier draußen habe ich jedoch zusätzlich noch Angst, dass mir jederzeit ein Wolf über den Weg laufen könnte, der sich in Chris verwandelt. Natürlich könnte mein krankes Hirn Wolf und Chris auch in mein Wohnzimmer imaginieren – aber bisher habe ich beide nur außerhalb meiner vier Wände gesehen. Irgendwie gibt mir das ein Gefühl von Sicherheit. So trügerisch es auch sein mag.

Wieder daheim angekommen, widerstehe ich dem Drang, mich erneut im Bett zu verkriechen. Ich gehe in die Küche und richte Sputnik sein Abendessen, über das er ausgehungert herfällt. Erst jetzt wird mir bewusst, dass ich morgens vergessen habe, ihn zu füttern. Oh Gott, ich bin so ein schlechtes Herrchen. Ob es für Sputnik besser wäre, wenn ich ihn zurück ins Tierheim brächte? Dann wäre er nicht auf mich mit meinen Wahnvorstellungen angewiesen.

Ich sehe auf meinen Hund, der gierig schmatzend halb in seinen Napf kriecht. Vor lauter Gier schiebt er den Napf ein Stück durch die Küche, sein Hintern wackelt dabei im Takt seiner Kaubewegungen.

Tränen steigen mir in die Augen. Ich kann Sputnik nicht weggeben. Er ist doch alles, was ich habe.

Sputnik hat endlich eingesehen, dass sein Napf längst leer ist. Er sieht zu mir und ich glaube, er bemerkt, dass mit mir etwas nicht stimmt. Er tapst auf mich zu und stupst mich mit der Nase an, wie er es schon heute Morgen getan hat. Als wolle er mich trösten.

»Danke, Kleiner. Geht gleich wieder«, schniefe ich mit einem Kratzen im Hals.

Und dann, warum weiß ich nicht, erwacht ein Trotz in mir, wie ich ihn seit Kindertagen nicht mehr gespürt habe. Und mit dem Trotz die Gewissheit: Herumzuheulen macht doch keinen Sinn. Ich wische mir resolut über die Augen, gehe zur Anrichte und hole mir ein Glas, das ich mit Wasser fülle. Ich nehme einen großen Schluck und bemühe mich, zu visualisieren, dass mit dem Wasser die Entschlossenheit durch meinen Körper strömt.

Ich werde Sputnik behalten, so lange ich es kann. Und ich werde ihm der beste Halter sein, der ich sein kann. Ich werde herausfinden, was mit mir los ist. Ich werde es in den Griff bekommen. Ich habe mich einen Tag verkrochen, das war notwendig. Und jetzt ist es notwendig, dass ich mich dem stelle – was auch immer es ist. Wie hart auch immer es wird.

Der erste Schritt auf dem Weg dazu, die Kontrolle über mein Leben zurückzuerlangen, ist es, meinem Hund noch einen Nachschlag zu geben. Er macht sich mit dem gleichen Enthusiasmus wie vorhin über sein Futter her. Auch ich sollte etwas essen. Das habe ich nämlich seit dem Frühstück nicht mehr. Und Hunger macht jede Verzweiflung nur noch größer.

Ich hole ein Fertiggericht aus dem Kühlschrank und stelle es in die Mikrowelle. In mein inzwischen leeres Wasserglas fülle ich Cola, die wirkt bei mir als Nervennahrung.

Als mein Essen fertig ist, gehe ich damit und mit meinem Glas ins Wohnzimmer, wo ich mich aufs Sofa setze und den Fernseher einschalte. Ich brauche die Berieselung als Ablenkung von meinem Gedankenkarussell. Ich bin selbst überrascht davon, wie gut das funktioniert.

Nachdem ich aufgegessen habe, will ich mich an den Laptop setzen, um mit meinen Recherchen zu beginnen. Doch bevor ich dazu komme, läutet mein Handy. Irritiert stelle ich fest, dass Hanno mich anruft. Ich lasse mich zurück in die Sofakissen sinken und hebe ab.

»Hallo?«

»Hallo Lukas. Ich hoffe, ich störe nicht?« Hannos Stimme klingt merkwürdig unsicher.

»Äh, nein, tust du nicht.«

»Oh, gut. Gut. Ich rufe an, weil... Ich hoffe, du hast nicht meinetwegen in der Hundeschule gefehlt.«

Ich kann mich gerade noch daran hindern, zynisch aufzulachen. An die Hundeschule habe ich zwar heute oft gedacht, aber hinzugehen war definitiv keine Option, die ich in Erwägung gezogen hätte. »Nein, habe ich nicht.«

»Sicher?«

»Ganz sicher«, beruhige ich Hanno. »Ich habe mich heute nur nicht so gut gefühlt.«

»Oh, bist du erkältet?«

»Nein, nicht wirklich. Nur irgendwie erschlagen. Und ich habe fürchterliche Kopfschmerzen«, antworte ich und das ist nicht einmal gelogen.

»Dann gute Besserung!«

»Danke.«

»Nächste Woche kommst du wieder?

»Ja...«, sage ich, obwohl ich mir da nicht so sicher bin.

»Das ist gut. Ich fände es schade, wenn wir uns aus dem Weg gehen.«

»Ich auch. Und Hanno?«

»Ja?«

»Danke, dass du angerufen hast. Das ist wirklich lieb von dir.« Tatsächlich tut es mir gut, Hannos Stimme zu hören.

Hanno lacht verlegen. »So bin ich.«

»Ja«, stimme ich zu und eigentlich sollte ich mich jetzt wahrscheinlich von Hanno verabschieden. Er klingt so, als wolle er unser Telefonat beenden. Aber ich möchte noch nicht auflegen, also suche ich angestrengt nach einem Gesprächsthema. Das Erste, das mir einfällt, ist: »Ich war gestern übrigens bei Erwin.«

»Oh?«

»Ja, du hast mich mit der Zwetschgenwähe angefixt. Und als ich gestern in der Stadt war, hatte ich so Lust darauf, dass ich mir eine geholt habe.«

»Da hat Erwin sich bestimmt gefreut.«

»Ja, glaube ich auch. Er war sehr nett und er hat Sputnik einen Keks geschenkt. Es war auch wirklich albern, nicht mehr hinzugehen.«

Hanno macht ein Geräusch, das ich nicht recht definieren kann, geht auf meinen Kommentar aber nicht ein. »Was hast du denn in der Stadt gemacht?«

Ich zögere, weil mit einem Mal die Erinnerung an Chris und die Buchhandlung, den Babyladen und das Café wieder da ist. Habe ich mir das auch alles nur eingebildet? Bin ich etwa gestern allein durch die Stadt gelaufen und habe Selbstgespräche geführt? Ich schlucke und mit einem Mal ist meine Stimme belegt, als ich weiterspreche. »Nichts, ich war nur... bummeln und so.«

»Sag mal, ist alles okay bei dir?«, will Hanno wissen.

»Was? Wieso?«, frage ich und bin selbst erstaunt, wie schrill meine Stimme klingt.

»Du klingst so merkwürdig.«

»Nein, es... Ich... Ach, keine Ahnung. Ich bin... heute einfach nicht fit. Wird schon wieder.«

»Sicher?«

»Ja.« Nein.

»Wenn du wen brauchst... Ich kann gerne vorbeikommen. Mit Bier und Pizza und ganz ohne Hintergedanken.«

Ich lache auf und spüre doch schon wieder Tränen in den Augen. »Danke, Hanno, das ist wirklich lieb von dir. Aber es ist nicht nötig. Ich kriege das schon wieder hin.«

»Hm, okay«, meint Hanno, klingt aber nicht so richtig überzeugt. »Aber gib Bescheid, wenn dir doch noch nach Gesellschaft ist. Muss auch nicht heute sein. Wann auch immer dir danach ist, ich bin da, okay?«

Ich schniefe. »Mache ich. Danke.«

»Kein Problem.«

»Dann... Mach's gut, ja? Grüß Ernst von mir.«

»Mache ich. Bis bald, Lukas!«

»Bis bald! Tschüss! Und danke!«

Wir legen auf und ich schließe die Augen. Wieder einmal könnte ich mir in den Arsch treten, weil ich Idiot mich einfach nicht in Hanno verlieben kann. Aber als Freund hätte ich ihn so gerne. Ich hoffe, er will wirklich mein Freund sein.

Zum wiederholten Mal heute wische ich meine Tränen weg. Ich richte mich auf, entschlossen, jetzt in Angriff zu nehmen, was ich vorhin schon tun wollte. Ich schnappe mir meinen Laptop vom Couchtisch und schalte ihn ein. Kurz darauf bin ich in eine unendlich deprimierende Recherche über Halluzinationen, Wahnvorstellungen und Geisteskrankheiten vertieft.

Wieder suche ich nach Symptomen bei mir. Wenn man entsprechend allgemein formuliert, ist allerdings beinahe alles ein Symptom. Was mir immer wieder begegnet, ist der Faktor der familiären Prädisposition. Ich weiß nichts über Geisteskrankheiten in meiner Familie – aber das heißt nicht, dass es keine gibt. Ich habe keinen wirklichen Überblick über meine Verwandtschaft, das hat mich nie sonderlich interessiert. Ich hatte meine Eltern und das reichte. Die beiden waren auch nie besonders enthusiastisch, wenn es um große Familienfeiern und Ähnliches ging.

Weil mir diese Frage nicht aus dem Kopf geht und ich jetzt sofort eine Antwort darauf haben will, zücke ich mein Handy und rufe meine Mutter an.

»Lukas!«, meldet sie sich nach dem dritten Klingeln. »Wie schön, von dir zu hören! Günther, mach mal den Fernseher leiser, Lukas hat angerufen.«

Mein Vater scheint tatsächlich den Fernseher leiser zu drehen, denn die vorhin noch deutliche Hintergrundbeschallung nimmt deutlich ab.

»Hallo, Mama«, sage ich.

»Wie geht es dir denn?«, will sie als Erstes wissen, wie immer, wenn wir miteinander telefonieren.

Ich weiß, dass diese Frage bei meiner Mutter keine bloße Floskel ist, die sie absondert, ehe sie endlich über sich selbst reden kann. Es interessiert sie wirklich. Trotzdem möchte ich nicht ehrlich darauf antworten. »Gut.«

»Wie läuft es in der Arbeit? Und mit dem Hund?«

»In der Arbeit ist viel zu tun, aber es ist spannend und es ist toll, auch mal größere Sachen zu schreiben.«

»Ah, ja, der Wolf. Das habe ich natürlich mitbekommen.«

Da ist es wieder, dieses Thema. Darüber kann ich gerade wirklich nicht sprechen, deswegen weiche ich aus. »Und mit Sputnik läuft es auch super. Er ist so ein lieber Hund. Es war definitiv die richtige Entscheidung, ihn zu holen.«

»Das ist schön.«

»Und wie geht es euch? Seid ihr schon aufgeregt wegen eurer Reise zu den Kapverden?«

Die nächsten zwanzig Minuten erzählt mir meine Mutter von ihrer Urlaubsvorbereitung und ihren Reiseplänen. Dann lästert sie noch ein bisschen über ihre Nachbarn, die wie jedes Jahr im Sommer auf Mallorca waren – als gäbe es auf der Welt nichts anderes.

»Du, Mama? Ich wollte dich etwas fragen«, sage ich, als sie fertig ist. Eine elegante Gesprächsüberleitung habe ich leider nicht gefunden, also muss ich das Thema wohl oder übel direkt ansprechen.

»Ja?«

»Sag mal, gibt es eigentlich Geisteskrankheiten in unserer Familie?«

»Was ist denn das für eine Frage? Wieso willst du das wissen?«

»Für, äh, eine Recherche.«

»Für die Arbeit?«

»Ja, genau«, lüge ich und hoffe, dass meine Mutter nicht immer noch diese Gabe besitzt, jede einzelne meiner Lügen sofort zu durchschauen.

»Lass mich nachdenken«, meint sie und ich bin ehrlich erleichtert, dass sie nicht weiter nachbohrt. »Dein Großvater war dement, aber das weißt du ja. Zählt das als Geisteskrankheit?«

»Nicht wirklich.«

»Hm. Meine Tante Hilde war komplett irre. Die hat uns Kindern immer eine Heidenangst eingejagt mit ihren Wutanfällen. Aber ich glaube, sie war einfach nur bösartig, nicht wirklich krank. Und sonst... Sonst fällt mir niemand ein. Warte mal«, kurz zögert sie, dann brüllt sie umso lauter: »Günther! Hast du Geisteskranke in der Familie?«

Ich kann nicht hören, was mein Vater antwortet, doch meine Mutter lacht. »Zählt Onkel Arno mit seiner Modelleisenbahn?«

Auch ich muss schmunzeln. Der Bruder meines Vaters ist ein ewiger Junggeselle, der sich mehr für Züge begeistern kann als für alles andere. »Nein, ich denke nicht.«

»Dann tut es mir leid, Lukas, aber wir haben keine Geisteskranken in der Familie. Oder ist das gut?«

Ich seufze. »Das ist gut, ja.«

»Schön!«

Wir unterhalten uns noch ein bisschen über allgemeine Themen, aber ich bin nicht wirklich bei der Sache, was meiner Mutter natürlich nicht entgeht. Sie verabschiedet sich dann recht schnell von mir, natürlich nicht ohne mich aufzufordern, bald einmal zu Besuch zu kommen.

Ich lege mein Handy beiseite und schließe die Augen. Noch während ich mit meiner Mutter telefoniert habe, habe ich den Schlachtplan, den ich bei meiner Recherche grob entworfen habe, für mich fixiert. Ich werde herausfinden, was mit mir los ist. Zu diesem Zweck werde ich zwei Dinge tun: Ich werde zu einem Arzt gehen – auch wenn ich große Angst davor habe, was der feststellen wird. Ich will nicht eingewiesen werden. Vor allem aber werde ich überprüfen, ob ich noch einmal solch merkwürdige Dinge sehe, die in der Realität keinen Platz haben. Da ich nicht weiß, wie ich den Wolf finden kann, sehr wohl aber, wo ich Chris finde, werde ich ihn beobachten und sehen, ob er sich noch einmal in einen Wolf verwandelt. Ob ich mir noch einmal einbilde zu sehen, dass er sich in einen Wolf verwandelt, meine ich. Auch wenn das bedeutet, dass ich zu einem Stalker werde.

Kapitel 17

Als ich morgens aufwache, habe ich für einen kurzen, seligen Moment die gestrigen Ereignisse vergessen. Dann jedoch bricht die Erinnerung mit aller Macht über mich herein. Der Hang im Sonnenaufgang. Das Trainingsgelände gegenüber. Der Wolf, der ein Mensch wird. Der Wolf, der Chris wird.

Ich schlage mir die Hände vors Gesicht. Mir entkommt ein ersticktes Geräusch. Kein Schluchzen, mehr ein leiser Aufschrei.

Die Versuchung, mir die Decke über den Kopf zu ziehen und den heutigen Tag wie den gestrigen in meiner sicheren Daunenhöhle zu verbringen, ist unendlich groß. Einfach liegen bleiben und die Welt aussperren. Es ist schließlich allgemein bekannt, dass Bettdecken wirkungsvoll vor Wahnsinn abschirmen. Nein? Schade. Wäre schön.

Als mein Wecker das zweite Mal klingelt – ein Hoch auf die Snooze-Funktion –, zwinge ich mich aufzustehen. Ich hoffe, dass mir ein möglichst alltäglicher, normaler Tagesablauf guttun wird. Besser als die ganze Zeit darüber nachzudenken, ob ich den Verstand verliere, ist es alle Mal. Außerdem habe ich mir vorgenommen, dieser bizarren Wahnvorstellung nachzugehen. Ich muss herausfinden, ob sie mich noch einmal ereilt, oder ob sie vielleicht doch nur eine einmalige Sache war. Auch wenn ich mich vor der Antwort auf diese Frage fürchte.

An diesem Gedanken halte ich mich während meiner Morgenroutine fest. Dieser Gedanke ist es auch, der mich, nachdem ich mich fertig gemacht habe, dazu motiviert, mit Sputnik eine ausgedehntere Morgenrunde zu unternehmen. Auch wenn mein Herz dabei rast wie verrückt und meine Hände gleichzeitig kalt, klamm und völlig verschwitzt sind, fahre ich noch einmal zu der Wiese, auf der ich gestern war.

Wieder lasse ich Sputnik frei laufen, wieder gehe ich zu jener Stelle, von der man die perfekte Sicht auf das Trainingsgelände hat. Der heutige Tag ist jedoch nicht so schön, wie der gestrige es war.

Der Himmel ist trüb und bewölkt, das Dämmerlicht darum eher ein müdes Grau als das strahlende Gemisch von Farben, das es gestern war. Auch heute liegt Nebel im Tal und streckt seine Finger nach den höheren Hängen aus. Wind pfeift um meine Ohren und es ist kalt.

Die Sicht ist ein wenig getrübt, aber ich kann nichtsdestotrotz die Trainingswiese, den Zaun und die Hütte erkennen. Und ich sehe – nichts. Ich bleibe fast zwanzig Minuten auf meinem Aussichtspunkt, doch ich erspähe keinen Wolf, keinen Mann, ja noch nicht einmal einen Hund. Von meinem eigenen Hund abgesehen, dem es rasch langweilig wird und der beginnt, mir Stöcke und Tannenzapfen zu bringen und mich zum Spielen aufzufordern.

»Du findest, ich sollte weniger grübeln, hm?«, sage ich zu Sputnik.

Er legt den Kopf schief und sieht mich an, wie nur er es kann, dann wirft er sich auf den Boden und attackiert einen Tannenzapfen. Ich schätze, das ist ein Ja.

»Okay, vielleicht hast du recht. Ich kann diese Sache trotzdem nicht auf sich beruhen lassen. Aber für jetzt ist es genug.«

Sputnik spuckt den Tannenzapfen auf meine Füße, was ich als Zustimmung werte. Also schnappe ich mir den Tannenzapfen und werfe ihn in einem hohen Bogen quer über die Wiese. Sichtlich glücklich rast Sputnik hinterher. Und dann beweist er, was für eine hervorragende Nase er hat: Da er den Tannenzapfen nicht sieht, sucht er die Wiese mit der Nase ab. Immer weitere Kreise zieht er, bis er plötzlich auf etwas hinabstößt, es aufgreift und zu mir zurückgerannt kommt. Vor mir angekommen bleibt Sputnik sitzen – und spuckt den Tannenzapfen aus. Stolz hechelt er mich an.

»Was bist du nur für ein schlauer Hund!«, lobe ich ihn euphorisch und Sputnik springt sofort auf, in der Erwartung, dass ich ihm noch einmal den Tannenzapfen werfe. Ich tue ihm den Gefallen.

Sputnik und ich spielen eine Weile miteinander und machen am Schluss ein Wettrennen zum Auto. Dort angekommen ist mir etwas leichter ums Herz, obwohl die Ungewissheit nach wie vor an mir nagt.

Am nächsten Tag wiederhole ich den morgendlichen Ausflug auf die Wiese, am übernächsten ebenso. Beide Male kann ich nichts Auffälliges bemerken. Ein bisschen legt sich meine Panik dadurch. Verstärkt wird das wahrscheinlich durch die Routine in der Arbeit. Es ist viel zu tun und es ist stressig, aber gerade das gibt mir Halt. Die Arbeit ist normal und vertraut und ich funktioniere – auch wenn ich manchmal mit den Gedanken woanders bin. Das ist beruhigend.

Zum Arzt zu gehen, habe ich noch nicht gewagt. Ich habe zu große Angst davor, was man mit mir macht, wenn ich erzähle, dass ich Wölfe sehe, die sich in Männer verwandeln. Nun gut, einen Wolf und einen Mann. Und so lange das nicht erneut passiert, kann der Arztbesuch noch ein bisschen warten, finde ich.

Dafür beschließe ich, den anderen Aspekt meines Plans etwas intensiver zu betreiben. Ich werde nicht nur von der Wiese aus auf die Hundewiese schauen, sondern ich werde Chris aktiv suchen – auch wenn ich mir bei dem Gedanken wie der ärgste Stalker vorkomme. Aber wenn ich Chris sehe und alles normal ist, spricht das doch dafür, dass sich auch mein Geisteszustand wieder normalisiert hat. Oder?

Heute jedenfalls mache ich eine verspätete, dafür ausgedehnte Mittagspause und fahre nach einem Interviewtermin bei einer lokalen Brauerei mit Sputnik zur Hundeschule. Ich parke ein Stück von der Trainingswiese entfernt und spaziere dann mit meinem Hund langsam und unauffällig den Weg entlang. Zumindest versuche ich, langsam und unauffällig zu spazieren – Sputnik macht dabei jedoch nicht ganz mit. Er hat inzwischen begriffen, wo wir sind, und zieht vehement in Richtung Hundeschule.

»Mann, Sputnik, zieh doch nicht so«, tadle ich ihn, doch das kümmert ihn wenig.

Ein paar Hunde kommen uns entgegen – mit ihren Menschen natürlich –, deswegen nehme ich an, dass bei Chris gerade ein Kurs stattgefunden hat, der nun beendet ist. Das bedeutet, dass Chris da sein müsste. Das finde ich gleichermaßen gut wie beunruhigend.

Mein Herz, das die ganze Zeit über schon schneller geschlagen hat, beginnt nun endgültig zu rasen, und ein flauer Druck legt sich auf meinen Magen. Noch könnte ich umkehren. Aber nein, ich kann es nicht. Ich will es nicht. Ich will wissen und verstehen, was mit mir los ist. Wieso genau es mir dafür so wichtig erscheint, mich mit Chris zu konfrontieren, begreife ich selbst nicht so genau. Nur, dass es so ist.

Inzwischen haben wir die Trainingswiese erreicht. Sputnik schnüffelt sich den Zaun entlang und markiert, so wie er es immer tut, gefühlt jeden Zaunpfahl. Das Loch im Zaun springt mir sofort ins Auge. Es ist noch da, wo es immer war. Es wurde nicht geflickt, aber es ist wie sonst mit diesem Brett verrammelt. Einfach so kommt da kein Tier hinein und keines hinaus. Außer natürlich, das Brett wurde zuvor entfernt. Oder aber, jemand hat Wahnvorstellungen, in denen Bretter keine Rolle spielen.

»Hallo!«, reißt mich plötzlich Chris' Stimme aus meinen Gedanken. Ich zucke zusammen, greife mir an die Brust und hyperventiliere fast. Ein hilfloses Quieken entkommt mir.

»Huch!«, macht Chris. »Entschuldige, ich wollte dich nicht erschrecken!«

»Schon... gut...«, hauche ich und wende mich langsam, zittrig dorthin um, woher die Stimme kam. Und tatsächlich steht da Chris am Zaun und lächelt mich an. Ich habe ihn gar nicht kommen hören.

»Geht ihr gerade eine Runde spazieren?«, fragt Chris und geht gleichzeitig auf die Knie, um Sputnik zu begrüßen, so gut es eben durch den Zaun geht. Auf diese Weise erweckt es den Eindruck, als würde er mehr mit meinem Hund reden als mit mir.

»Ja... wir... äh...«, stammle ich, und räuspere mich dann. Verdammt. Ich bin doch extra hergekommen, um Chris zu sehen. Da kann mich doch seine bloße Anwesenheit nicht so aus der Fassung bringen! »Ich hatte in der Gegend einen Termin und wollte dann noch eine Runde mit Sputnik drehen.«

»Dort vorne im Wald ist es schön«, meint Chris und deutet in die entsprechende Richtung.

»Ja, ich weiß. Ich habe mich mal verfahren und bin den Weg entlanggekommen. Das Auto fand das nicht so gut. Aber die Strecke war schön.«

»Oh, das ist aber ein ganz schöner Umweg.«

»Das Navi hat mich dahin gelotst«, erkläre ich und wundere mich, dass ich mit derartig rasendem Herzen und schweißnassen Händen über solchen Schwachsinn plaudern kann. Gleichzeitig versuche ich, Chris möglichst unauffällig zu mustern. Er sieht aus wie immer, wenn er in der Hundeschule ist. Praktisch und outdoortauglich gekleidet. Seine Wangen sind rot von der Kälte und auf den Lippen hat er ein Lächeln. Es erreicht auch seine hellen Augen. Er sieht gut aus. Freundlich. Und wie ein Mensch. Nicht so, als könnte jede Sekunde ein Wolf vor mir stehen.

»Ah, das liegt wahrscheinlich daran, dass die Straße hierher recht neu ist. Die ist vielleicht noch nicht eingespeichert«, erklärt er mit seiner ganz normalen Menschenstimme mit dem dezenten bayerischen Einschlag.

»Ja, möglich.«

»Aber jetzt weißt du es ja.«

»Ja, jetzt weiß ich es ja.«

»In Zukunft also keine Umwege mehr.«

»Zumindest keine unbeabsichtigten«, rutscht es mir heraus.

Chris lacht leicht und dann breitet sich ein verlegenes Schweigen zwischen uns aus. Ein Schweigen, wie es zwischen zwei Menschen zu erwarten ist, von denen der eine den anderen um ein Date gebeten hat und daraufhin abserviert wurde. Kein Schweigen, das sagt »Uhu, ich bin ein Werwolf!« Das ist zwar unangenehm, aber trotzdem ein Fortschritt.

»Ich werde dann mal«, sage ich, weil ich nicht wüsste, was ich noch weiter hier soll.

»Ja, ist gut. Tschüss! Bis Sonntag!«

»Ja, bis dann.«

Während Chris sich wieder auf das Trainingsgelände verzieht, wenden Sputnik und ich uns tatsächlich gen Wald. Wir drehen dort einen Bogen und gehen im Schutz der Bäume zurück zu meinem Wagen. Noch einmal an der Wiese vorbeizulaufen, wage ich nicht.

Ich bin erleichtert und doch gleichzeitig merkwürdig unzufrieden. Keine Ahnung, was ich anderes erwartet habe.

Zwei Tage später stehe ich vor einem vertrauten Haus und drücke auf die Klingel. Inzwischen ist es amtlich: Ich bin ein Stalker. So bin ich wohl von einem Wahnsinn in den nächsten gestolpert. Werwölfe habe ich in letzter Zeit nämlich keine gesehen. Chris zu beobachten, habe ich dennoch nicht aufgegeben. Meine morgendlichen Runden auf die Wiese am Hang sind angenehm ereignislos vorbeigegangen. Noch einmal direkt am Trainingsgelände vorbeizuspazieren, habe ich mich nicht getraut, weil ich nicht möchte, dass Chris sich von mir verfolgt fühlt. Auch wenn er dazu allen Grund hat.

Heute werde ich noch einen Schritt weiter gehen und es dann, wenn ich wieder nichts Auffälliges bemerke, dabei belassen. Das Herz ist mir längst in die Hose gerutscht. Ich habe solche Angst vor dem, was mich erwartet.

Nervös streiche ich mir über meine Jacke, damit meine Hände nicht mehr ganz so schwitzig sind. Dann öffnet sich auch schon die Haustür. Ein weißer Plüschball drängt hinaus und springt auf Sputnik zu. Der japst begeistert und reckt besagtem Plüschball zur Begrüßung seinen Hintern entgegen.

»Smilla, nein!«, tönt es aus dem Haus.

»Hallo, Jana!«, rufe ich und kann nicht anders als zu grinsen, weil sich die Hunde so niedlich begrüßen.

»Hallo«, erwidert Jana, klingt aber immer noch säuerlich. »Eigentlich weiß Smilla, dass sie drinnen warten muss, wenn Besuch kommt.«

»Sputnik ist aber kein normaler Besuch.«

»Sieht so aus. Na, dann kommt mal rein, ihr zwei.«

Das tun wir dann auch. Kaum bin ich eingetreten, zieht Jana mich auch schon in eine innige Umarmung, die ich gerne erwidere.

»Danke, dass du auf Sputnik aufpasst.«

»Gerne, kein Problem. Ich weiß doch, dass man auch mal einen Abend für sich braucht, um Menschendinge zu tun.«

Ich atme bei Janas Worten scharf ein und verschlucke mich dann auch noch, was einen Hustenanfall auslöst. Wenigstens habe ich so einen Grund für die knallroten Wangen.

»Alles okay?«, fragt Jana besorgt. »Erstick mir hier nicht. Du hast doch noch Pläne heute Abend.«

Das stimmt zwar, doch dass ich vorhabe, heute Abend loszuziehen, um Chris zu stalken, weiß Jana natürlich nicht. Tatsächlich glaubt sie, dass ich heute Abend ausgehen will – allein. Ich habe ihr erzählt, dass mir daheim die Decke auf den Kopf fällt und dass ich mal unter Leute gehen will. In einen Club. Irgendwohin, wo etwas los ist. Nicht, dass ich auf so etwas stehen würde. Aber so gut, dass sie das weiß, kennt Jana mich wohl noch nicht.

Es dauert ein bisschen, bis sich mein Hustenanfall wieder beruhigt. »Sorry«, ächze ich, als es so weit ist.

»Kein Ding. Geht's wieder?«

»Ja, alles gut.«

»Magst du noch mit reinkommen? Irgendwo habe ich sicher noch etwas zu Essen und alkoholfreies Bier habe ich auch. Alkoholisches natürlich auch, aber das verträgt sich so schlecht mit längeren Autofahrten.«

Ich schenke Jana ein dankbares Lächeln. »Das ist lieb von dir. Aber ich will schauen, dass ich schnell loskomme.« Das ist nicht gelogen. Ich fürchte, wenn ich es mir erst mit Jana bequem mache, traue ich mich nicht mehr hinaus.

»Okay. Dann hau schon ab!«, fordert sie mich auf und zwinkert mir zu. »Ich wünsch dir viel Spaß!«

»Danke! Habt einen schönen Abend!«

»Werden wir. Wir machen es uns mit einem Ochsenziemer gemütlich.«

»Yummy.«

Jana lacht, dann drückt sie mich noch einmal und ich verabschiede mich von ihr und Sputnik. Kurz darauf sitze ich wieder in meinem Auto und fahre los. Mein Weg führt mich natürlich nicht zu einem Schwulenclub in der näheren – oder eher in der weiteren – Umgebung, sondern zu Chris' Haus.

Du bist so verrückt, du bist so verrückt, du bist so verrückt. Das geht mir in einer Endlosschleife durch den Kopf. Und dann wieder denke ich mir: Genau darum geht es. Ich will einen Beweis dafür, dass ich verrückt bin. Oder lieber noch: einen Beweis dafür, dass ich es nicht bin.

Ich parke meinen Wagen ein Stück von Chris' Haus entfernt auf der anderen Seite des Friedhofs. Ich möchte schließlich nicht, dass Chris mich entdeckt. Besorgt sehe ich mich um, nachdem ich ausgestiegen bin. Aber ich bemerke niemanden, der mich sehen könnte.

Gott, es fühlt sich so verboten an, was ich hier mache.

Unendlich nervös gehe ich an der Friedhofsmauer entlang und suche nach einer Stelle, die niedrig genug ist, dass ich darüberklettern kann, und die gleichzeitig von den wenigen umliegenden Häusern nicht gut einsehbar ist. Dass mich jemand beobachtet, vielleicht sogar die Polizei ruft, kann ich echt nicht brauchen. Auch wenn ich womöglich auf vermindert zurechnungsfähig plädieren kann.

Ich habe Glück und finde tatsächlich unweit meines Autos eine Parkbank an der Außenseite der Friedhofsmauer. Unruhig sehe ich mich um, doch noch immer ist da niemand auf der Straße. Die nächsten Häuser sind so weit entfernt, dass man mich von dort aus nicht sehen kann – außer man steht mit dem Feldstecher am Fenster, was ich dann doch nicht hoffen will.

Jetzt oder nie. Auch wenn ein Teil von mir »Nie!« winselt, steige ich auf die Bank und schwinge mich dann über die Friedhofsmauer. Auf der anderen Seite komme ich zwischen zwei Grabsteinen auf und ich bin ein bisschen stolz auf mich, dass ich dabei keinen Heidenlärm veranstalte.

Ich gönne mir einen Moment, um mich zu sammeln. Was ich hier tue, kommt mir unendlich dämlich und so verboten vor. Ich sollte nicht hier sein. Ich sollte nicht meinen Hundetrainer bespannen wollen. Aber ich weiß mir nicht anders zu helfen. Und immerhin bespanne ich ihn nicht, um mich an ihm aufzugeilen. Das ist nur ein schwacher Trost, aber es ist besser als nichts.

Ich atme tief durch. Rauch liegt in der Luft. Es ist nicht der laute, harte Gestank von Gefahr, sondern der leise, sanfte Duft von Kindheitserinnerungen. Seit einigen Tagen wird zum ersten Mal in diesem Herbst geheizt.

Der vertraute Geruch beruhigt mich etwas. Bevor ich es mir doch noch anders überlege und den Weg zurück über die Friedhofsmauer nehme, gehe ich los. Ich war noch nie auf diesem Friedhof und kenne mich hier nicht aus. Aber ich weiß die ungefähre Richtung, in der Chris' Haus liegen muss, also wage ich es, quer über den Friedhof zu laufen und nicht den Weg die Mauer entlang zu nehmen.

Der Kies knirscht leise unter meinen Füßen, ansonsten ist es erstaunlich ruhig. Ich höre keine Vögel und auch kein Rascheln im Laub. Die meisten Nager halten wohl schon Winterschlaf. Ab und an kann ich in der Ferne ein Auto vorbeifahren hören, sonst ist da nichts. Als wäre ich auf einmal ganz allein auf dieser Welt.

Obwohl es erst acht Uhr ist, ist es bereits stockdunkel. Der Mond steht als schmale gelbe Sichel am Himmel, spendet aber kaum Licht. Lampen gibt es am Friedhof nicht, doch zahlreiche Kerzen brennen flackernd an den Gräbern, lassen mehr die Schatten tanzen als die Nacht zu erhellen. Erst jetzt wird mir bewusst, dass heute Allerheiligen ist.

Im flackernden Licht der Kerzen scheinen die Sträucher und Büsche wie belebt. Mehrmals erschrecke ich mich halb zu Tode, weil ich denke, ein Baum wäre ein Mensch, der seine dürren Hände nach mir ausstreckt.

Und dann glühen im Dunkeln auf einmal Augen auf.

Raubtieraugen. Keine zwei Meter von mir entfernt.

Ich taumle zurück, trete in etwas Weiches, Rutschiges und irgendetwas hält mich an den Füßen fest. Ich verliere das Gleichgewicht und stürze. Unsanft komme ich auf meinem Hintern auf, doch der Schmerz ist gerade zweitrangig. Mit einem lautlosen Schrei auf den Lippen starre ich auf die leuchtenden Augen. Sie fixieren mich, ohne zu blinzeln.

Da ist er, der Wolf. Und egal, ob Wahnvorstellung oder nicht: In diesem Moment weiß ich, dass er mich holen will.

Ich habe keine Ahnung, wie lange wir so dasitzen und uns anstarren. Das Blut rauscht in meinen Ohren und von meinen Pulsadern ausgehend breitet sich eine erschreckende Leichtigkeit durch meinen Körper aus, die ich als herannahende Panik erkenne.

Plötzlich läuten die Glocken einer nicht weit entfernten Kirche. Mit diesem Geräusch kommt Bewegung in das Raubtier. Es duckt sich, macht sich bereit zum Sprung, wird kleiner und dann – spaziert im Kerzenlicht eine schwarze Katze auf mich zu.

Mir entweicht ein hysterischer Laut, irgendetwas zwischen Lachen und Schluchzen. Eine Katze. Ich bin vor Angst fast gestorben – wegen einer Katze.

Mit beiden Händen fahre ich mir übers Gesicht und lausche meinem immer noch lautstark rauschenden Blut nach. Die Erleichterung durchströmt mich als spürbarer Schauer und doch lässt mich der Schreck zittrig und aufgelöst zurück.

Die Katze hat mich inzwischen erreicht und streicht mit einem leisen Schnurren um meine Beine. Ich strecke meine rechte Hand, die kaum zu mir zu gehören scheint, nach dem Tier aus und streichle ihm über das Köpfchen. Das Schnurren wird lauter.

»Hast du mich erschreckt«, ächze ich und es tut gut, meine Stimme zu hören. Ich halte mich daran fest und an dem Schnurren der Katze und ihrem seidigen Fell. Langsam beruhigt sich mein Pulsschlag wieder. Vom normalen Bereich ist er jedoch nach wie vor weit entfernt.

Lange lässt die Katze meine Streicheleinheiten nicht über sich ergehen. Sie wendet sich ab und verschwindet so lautlos, wie sie aufgetaucht ist, in der Dunkelheit.

Ich sehe das als Zeichen, dass auch ich mich wieder aufrappeln und weitergehen sollte. Mühsam komme ich wieder auf die Beine. Meine Wirbelsäule ist nicht wirklich begeistert von meinem Sturz. Vermutlich wird mein unterer Rücken morgen grün und blau sein.

Mit der Taschenlampenfunktion meines Handys leuchte ich über den Boden, um zu sehen, was mich vorhin zu Fall gebracht hat. Es war, stelle ich fest, ein merkwürdig gebundenes, riesengroßes Gesteck, das auf einem Grab liegt. Mein Fuß hat sich in den überstehenden Ranken des Geästs verfangen. Nichts und niemand hat nach mir gegriffen.

Beruhigt, dass es auch für meinen Sturz eine rationale Erklärung gibt, gehe ich weiter. Ich nähere mich der Seite der Mauer, hinter der Chris' Haus liegt, deswegen wage ich es nicht, die Taschenlampenfunktion eingeschaltet zu lassen.

Noch ein paarmal erschaudere ich wegen tatsächlicher oder eingebildeter Bewegungen in den Schatten. Einen solchen Schreck wie die Katze jagt mir jedoch nichts mehr ein, und so erreiche ich die Mauer halbwegs gefestigt.

Zum Glück ist die Mauer nicht hoch, sie geht mir etwa bis zum Kinn und ich kann locker darübersehen. Im Moment sehe ich aber nichts, denn ich muss irgendwie schräg gelaufen und zu weit unten angekommen sein. Hinter Chris' Grundstück befindet sich eine Wiese, ein Acker, was auch immer, jedenfalls kein weiteres Haus. Wenn ich den Kopf verrenke, sehe ich das Licht in Chris' Wohnzimmer. Sofort steigt mein Puls wieder in die Höhe.

Langsam, leise, als könne er mich sonst hören, gehe ich auf Chris' Haus zu. Ich bewege mich geduckt, um im Schutz der Mauer zu bleiben. Einmal muss ich die Mauer verlassen, denn eine monströse Familiengruft versperrt mir den Weg. Die anderen Gräber nehmen zum Glück so wenig Platz ein, dass ich über sie hinwegsteigen und an der Mauer bleiben kann. Da sich die ganze Aktion ohnehin schon verboten anfühlt, fällt das auch nicht mehr ins Gewicht – auch wenn ich mich kurz, aber lebhaft an meine Mutter erinnere, wie sie mich als Kind immer schimpfte, wenn ich am Friedhof einen Weg abkürzen und statt über den Kiespfad über die Gräber laufen wollte.

Im Schatten einer hochgewachsenen Kiefer bleibe ich schließlich stehen. Ich bin jetzt ganz nah an Chris' Haus. Von hier aus sollte ich gute Sicht in sein Wohnzimmer haben. Gleichzeitig verbirgt mich der Baum hoffentlich vor Chris' Augen.

Gott, was ich hier mache, ist so irre. Aber jetzt ist es wirklich zu spät für Rückzieher. Ich rücke näher an den Baum heran, gehe aber gleichzeitig ein Stück in die Knie, um nicht zu weit aufzuragen. Und dann wage ich es, über die Mauer zu linsen.

Das Wohnzimmer wird von einer Stehlampe neben dem Sofa schwach erleuchtet. Das Licht reicht jedoch, um alles, was in der Nähe der Lampe ist, scharf zu sehen. Ich erkenne den Wandteppich mit dem wilden Mann inmitten der Tiere im Wald. Ich erkenne das Sofa. Vor allem aber erkenne ich den Wolf, der auf dem Sofa liegt.

Meine Knie geben nach und ich rutsche den Baum entlang auf den Boden.

Nein.

Nein.

Nein, nein, nein.

Das kann nicht sein. Gerade hatte ich Hoffnung geschöpft, dass meine Halluzination eine einmalige Sache war und ich vielleicht doch nicht den Verstand verliere. Ich habe doch vorhin erst rationale Ursachen für merkwürdige Ereignisse gefunden: die Katze, das Gesteck. Und jetzt liegt da dieser verfluchte Wolf auf Chris' Sofa!

Tränen steigen mir in die Augen, dieses Mal jedoch nicht aus Furcht, sondern aus Wut. Ich will mich nicht damit abfinden, dass ich wahnsinnig werde. Kann es nicht. Es muss noch eine andere Erklärung geben, wie vorhin mit der Katze. Vielleicht hat Chris ja einen Wolfhund als Haustier und ich weiß es nur nicht? Und überhaupt. Dass da dieses Tier auf dem Sofa liegt, heißt ja noch nicht, dass ich eine Halluzination habe. Immerhin hat es sich nicht in einen Menschen verwandelt. Noch nicht...

Ich weiß nicht, wo die Idee herkommt, doch auf einmal habe ich mein Handy in der Hand und wähle Chris' Nummer. Während es läutet, richte ich mich wieder auf und linse über die Mauer. Die Hand, die nicht das Handy hält, habe ich in der Kiefer vergraben, als könne der Baum mich in der Realität verankern.

Ich höre kein Geräusch aus Chris' Haus dringen, doch irgendwo dort muss sein Handy klingeln, denn der Wolf spitzt die Ohren. Als es nicht aufhört zu klingeln, hebt er den Kopf von den Vorderpfoten, auf denen er eben noch geruht hat, rutscht mit dem gesamten Oberkörper ein Stück nach vorne und verharrt dann kurz. An mein Ohr dringt das Tüten, das von dem aufgebauten Anruf kündet, und vor meinen Augen geschieht zunächst nichts. Dann jedoch richtet sich der Wolf auf und es passiert erneut: Er verliert seine Form, wird schmäler und länger, das Fell verschwindet, das *Tier* verschwindet – und dann sitzt Chris nackt auf seinem Sofa. Er verschränkt die Beine zum Schneidersitz und greift nach seinem Handy.

Als er vor meinen Augen das Handy an sein Ohr hält, kann ich seine Stimme in meinem Handy hören. »Hallo?«

Mir entkommt ein fassungsloses Keuchen.

»Lukas?«, fragt Chris und klingt irgendwie besorgt. »Alles okay?«

»Ja«, quietsche ich mehr als dass ich spreche. Fieberhaft suche ich nach einer Ausrede für meinen abendlichen Anruf. »Ich hab mich verwählt. Ich meine, ich wollte wen anderen anrufen und bin dann aus Versehen auf dich gestoßen. Sorry.«

Chris lacht auf, ich kann es hören und ich kann es sehen. »Kann ja mal passieren.«

»Ja. Tschüss.«

»Tschü-«

Noch bevor Chris aussprechen kann, habe ich aufgelegt. Ich kann sehen, wie er nachdenklich auf sein Handy sieht und es dann beiseitelegt, ehe er zerfließt und erneut zum Wolf wird.

Ich lehne mich gegen die Kiefer, atme hektisch ihren harzigen Duft ein. Plötzlich wird mir heiß, so heiß. Meine Lippen werden taub, meine Zunge fühlt sich groß und schwer und wie ein Fremdkörper an. Speichel sammelt sich in meinem Mund, doch ich kann nicht mehr schlucken. Panisch halte ich mich an der Kiefer fest, presse meine Hände gegen meinen Mund und versuche, mich zu beherrschen. Doch es gelingt nicht. In einem weiten Schwall erbreche ich mich auf das Grab vor mir.

Kapitel 18

Der wenig angenehme Geruch meines Erbrochenen treibt mich rasch fort von meinem Lauerplatz unter der Kiefer. Bevor ich abhaue, sehe ich jedoch noch ein letztes Mal über die Mauer. Noch immer liegt der Wolf dort auf dem Sofa. Einer Eingebung folgend hole ich mein Handy hervor und schieße ein Foto. Dann hält mich nichts mehr an diesem Ort.

Mit wackligen Knien und dennoch schnellen Schritten durchquere ich den Friedhof. Dieses Mal habe ich keinen Blick für die unheimlichen Formen, die aus Schatten und Kerzenlicht entstehen. Das wahre Unheimliche befindet sich nicht auf dem Friedhof, sondern jenseits der Mauer in Chris' Haus. In seinem Wohnzimmer, auf seinem Sofa. Oder in meinem Kopf.

Die Stelle, bei der ich über den Zaun gekommen bin, finde ich nicht wieder. Die meisten Gräber sehen im Dunkeln gleich aus und das große Kreuz, das ich mir als Wegmarke eingeprägt habe, kann ich nicht entdecken. Ich suche also irgendeine Stelle, bei der ich bequem über die Mauer steigen kann, und werde schnell fündig. Wenig elegant, dafür aber umso eiliger, ziehe ich mich an der Mauer hoch. Dass ich mir dabei das Knie an den Ziegeln anstoße, ist eine kurze Erinnerung daran, dass ich nicht träume.

Rittlings auf der Mauer sitzend werfe ich einen Blick nach unten. Unter der Mauer steht keine Bank, aber sie ist nicht sonderlich hoch, also lasse ich mich einfach hinuntergleiten. Gras und Laub dämpfen mein Aufkommen.

Jenseits der Mauer angekommen, stelle ich fest, dass ich ein ganzes Stück entfernt von dort, wo ich mein Auto abgestellt habe, rausgekommen bin. Ich muss also noch ein paar Minuten laufen, bis ich bei meinem Wagen ankomme. Eilig bringe ich auch diesen Weg hinter mich.

Ich bin kaum in der Lage, einen bewussten Gedanken zu fassen. Alles, was ich tue, läuft völlig automatisiert ab. Das Auto aufschließen. Mich auf den Fahrersitz setzen. Die Tür schließen. Den Schlüssel ins Zündschloss stecken. Die Handbremse lösen. Auf die Kupplung steigen. Den Schlüssel umdrehen, den Wagen starten. Die Scheinwerfer einschalten. Einen Blick durch den Rückspiegel werfen. Den ersten Gang einlegen. Auf das Gas steigen. Die Kupplung kommen lassen. Losfahren. Noch einmal auf die Kupplung steigen. In den zweiten und dann in den dritten Gang schalten.

Nichts wie weg.

Von der Fahrt bekomme ich wenig mit. Nur am Rande ist mir bewusst, was für ein Glück ich habe, dass ich heil ankomme.

Ich fahre zu Jana. Auch das bemerke ich erst, als ich mein Auto vor ihrem Haus parke. Es ist keine zwei Stunden her, dass ich von hier losgefahren bin. Trotzdem habe ich das Gefühl, ich wäre eine Ewigkeit weg gewesen.

So automatisiert, wie ich gefahren bin, steige ich aus dem Wagen und gehe die wenigen Schritte zu Janas Haus. Der Halloween-Kürbis neben ihrer Tür ist mir vorhin gar nicht aufgefallen. Merkwürdig, dass ich jetzt einen Blick dafür habe.

Ich glaube, ich starre den Kürbis zu lange an. Unfähig, an etwas zu denken – weil denken heißen würde: mich damit auseinanderzusetzen, was ich gesehen habe –, verliere ich mich im Anblick der grinsenden Fratze, die von einem flackernden Teelicht beleuchtet wird.

Plötzlich schlägt ein Hund an. Das reißt mich aus meiner Starre. Smilla muss mich bemerkt haben.

Ich drücke die Klingel und kurz darauf finde ich mich einer merklich irritierten Jana gegenüber. »Was machst du denn schon hier?«, will sie wissen.

»Sorry, ich... Mir... Es... Mir ging es... nicht so gut. Ich wollte Sputnik holen.«

»Du siehst ja furchtbar aus. Komm rein.«

»Nein, ich... Ich will nur... Sputnik holen...«

Erst jetzt taucht mein Hund wie aus dem Nichts auf und springt auf mich zu. Ich sinke auf die Knie und umarme ihn, vergrabe Hände und Gesicht in seinem struppigen Fell. Sputnik lässt es sich gefallen und leckt mir über die Wangen. Mit Mühe kämpfe ich die Tränen nieder.

»Du glaubst doch nicht im Ernst, dass ich dich in diesem Zustand fahren lasse!«, poltert Jana mit einer Schärfe in der Stimme, die ich so noch nicht bei ihr gehört habe.

Ich brabble etwas Undefinierbares, das Jana nicht als Widerspruch gelten lässt. Sie fasst mich unter dem Arm und zieht mich auf die Beine. Als wäre ich gebrechlich, führt sie mich in ihr Haus und schließt sogleich hinter mir die Tür ab.

Ich lehne mich gegen die Wand, unfähig, irgendetwas zu tun. Sputnik setzt sich auf meine Füße und lehnt sich gegen mich. Seine Nähe ist angenehm.

»Was ist denn los mit dir?«, fragt Jana leise. »Ist dir schlecht? Bist du plötzlich krank geworden? Hat dir etwa jemand was in deinen Drink gekippt?«

»Nein, das… Es…«, stammle ich. Es fällt mir so schwer, Worte zu finden. Wie konnte ich vorhin nur mit Chris telefonieren? Ha. Mit Chris. Dem Werwolf. Meiner Wahnvorstellung. Was auch immer.

»Nein?«, hakt Jana nach. »Was ist dann? Du bist so blass.«

»Nichts… Physisches«, bekomme ich gerade noch heraus.

»Hm«, macht Jana. »Na schön. Dann schauen wir mal, dass wir dich auf mein Sofa bekommen.«

Weil ich keinerlei Anstalten mache, mich zu rühren, hilft Jana mir aus meiner Jacke und zieht mir dann auch noch kurzerhand die Schuhe aus. Sie fasst mich wieder unter dem Arm und führt mich dann in ihr Wohnzimmer. Dort bugsiert Jana mich so auf das große Sofa, dass ich gegen die Armlehne gelehnt darauf zu liegen komme. Dann lagert sie mir noch die Beine hoch und platziert zwei dicke Kissen darunter. Von irgendwoher zieht sie eine flauschige Decke hervor, in die sie mich einwickelt. Widerstandslos lasse ich alles über mich ergehen. Ich kann nichts tun als hier zu liegen und mich dem Zittern zu ergeben, das mich plötzlich überkommt.

Kaum ist Jana einen Schritt von mir zurückgetreten, springt Sputnik auf das Sofa und rollt sich neben mir zusammen. Das zaubert mir ein leichtes Lächeln auf die Lippen. Ich befreie eine Hand aus dem Decken-Kokon und streichle meinem Hund zittrig über das raue Fell. Dass mir dabei der Gedanke an den Wolf durch den Kopf schießt, der sich damals ähnlich wie Sputnik jetzt an mich gekuschelt hat, um mich zu trösten, lässt mich leise wimmern.

»Willst du mir erzählen, was los ist?«, erkundigt sich Jana behutsam.

Ich schüttle nur den Kopf.

»Das ist okay. Du musst nicht darüber reden. Aber ich bin für dich da, wenn du doch reden willst, ja?«

»Danke«, hauche ich.

Jana macht eine wegwerfende Handbewegung, als wäre es selbstverständlich, dass sie sich um mich sorgt und mir beistehen will. Doch das ist es nicht.

»Ich hole dir mal etwas zu trinken. Was hältst du von einer heißen Schokolade?«

»Schnaps wäre mir lieber.«

»Pfff, vergiss es. Nicht, wenn du wie das letzte Elend auf meinem Sofa hängst.«

»Mhh...«, mache ich nur. Das lässt Jana nicht als Einwand gelten. Sie verschwindet mit resoluten Schritten.

Ich nehme an, sie ist in die Küche gegangen. Tatsächlich höre ich kurz darauf das Gluckern von Flüssigkeit. Sofort ist Jana wieder bei mir und hält mir ein Glas Wasser hin.

»Hier, du solltest etwas trinken.«

»Schnaps?«, frage ich noch einmal hoffnungsvoll.

»Wasser«, kommt es entschieden zurück.

Ich seufze, richte mich aber ein wenig auf und nehme Jana das Glas ab. Meine Hände zittern so sehr, dass ich fürchte, das Glas fallen zu lassen. Nur mit Mühe schaffe ich es, ein paar Schlucke zu trinken, ohne eine riesige Sauerei anzurichten.

Jana nimmt mir das Glas wieder ab und stellt es auf den Beistelltisch. »Ich bin gleich wieder da, ich richte nur schnell eine Kleinigkeit her«, sagt sie und verschwindet wieder in der Küche.

Ich schließe die Augen und höre in mich hinein. Nicht in meine Gedanken, die sind immer noch ein undurchdringliches Chaos. Dafür lausche ich auf meinen Körper. Ich spüre das Stechen im Rücken, da wo ich nach meinem Sturz aufgekommen bin. Ich spüre die klamme Kälte, die sich in meine Knochen gefressen hat und mich immer noch zittern lässt. Ich spüre den Druck auf meine Blase. Ich spüre das Kratzen und Brennen in meinem Hals, das mich daran erinnert, dass ich mich vor Kurzem erst übergeben habe.

Oh Gott, wahrscheinlich rieche ich nach Kotze, schießt es mir da durch den Kopf.

So merkwürdig es ist, ist es doch dieser Gedanke, der mich aus meiner Starre und aus meiner Apathie holt. Ich sollte mir dringend den Mund spülen, wenn ich schon nicht Zähne putzen kann. Das ist etwas Konkretes, das ich tun kann, um mich besser zu fühlen und aus dieser Hilflosigkeit auszubrechen. Ich mag meiner merkwürdigen Wahrnehmung ausgeliefert sein – meinem Mundgeruch bin ich es nicht.

Ich richte mich auf und mache mich daran, mich aus meinem Kokon zu befreien. Sputnik springt sofort vom Sofa, nicht jedoch, ohne mir zuvor noch einen empörten Blick zuzuwerfen. Dass ich nicht ruhig liegen bleibe und ihn kraule, gefällt ihm offenbar gar nicht.

»Was bitte glaubst du, was du da machst?«, schallt Janas strenge Stimme von der offenen Küche zu mir.

»Ich muss aufs Klo...«

Jana seufzt. »Na gut, meinetwegen.«

Das bringt mich dann doch zum Schmunzeln. Ich befreie mich endlich von meiner Decke und gehe – oder wanke – ins Bad, während Jana weiter in der Küche werkt.

Nachdem ich mich erleichtert und mir die Hände gewaschen habe, spüle ich mir den Mund. Ich verteile etwas von Janas Zahnpasta auf einem Finger und putze mir damit so gut es geht die Zähne, dann spüle ich noch einmal.

Erleichtert stelle ich fest, dass ich mich jetzt etwas weniger widerlich fühle. Die Erschöpfung ist noch da und ebenso das Gefühl, in Watte gepackt zu sein, während gleichzeitig in mir ein hellwaches *Duracell*-Häschen auf seine Trommel schlägt und im Kreis rennt. Aber immerhin stehe ich nicht mehr völlig neben mir.

Ich gehe zurück zum Sofa und setze mich im Schneidersitz darauf – so wie Chris auf seiner Couch saß. Wie vorhin ziehe ich mir die Decke über den Schoß und erneut springt Sputnik auf das Sofa und kuschelt sich an mich. Gedankenverloren kraule ich ihm den Bauch, während ich mein Handy aus meiner Hosentasche hole. Ich will wissen, was ich sehe, wenn ich mir das Foto anschaue, das ich vorhin gemacht habe. Auch wenn ein Teil von mir sich davor fürchtet.

Ich rufe das Foto auf und sehe – den Wolf. Das Foto ist ein bisschen verschwommen, denn ich habe es natürlich nicht gewagt, den Blitz einzuschalten. Ich habe ziemlich stark herangezoomt, sodass man nur den Wolf auf dem Sofa sieht, nicht aber den Rest des Wohnzimmers oder gar das Haus. Trotz mangelnder Beleuchtung und des starken Zooms erkenne ich den Wolf zweifelsfrei.

Den Wolf. Den Wolf, der mit Sputnik gespielt und mich getröstet hat. Den Wolf, der sich in Chris verwandelt hat. In Chris, der mal nett ist, dann distanziert, dann wieder nett und der mir einen Korb gegeben hat.

Wieso denkt mein krankes Hirn sich denn so etwas aus?

»Oh, der ist ja niedlich!«, ertönt plötzlich Janas Stimme hinter mir. Ich habe gar nicht gemerkt, dass sie an mich herangetreten ist. »Ein Sarlooswolfhund ist das, oder? Wie er da auf dem Sofa liegt! So süß!«

Mit großen Augen fahre ich zu Jana herum. »Du siehst ihn?!«

»Äh... Hä? Wieso denn nicht?«

Hektisch suche ich nach einer Ausrede. Wieso ich tatsächlich dachte, dass Jana auf dem Foto nichts oder allenfalls noch Chris erkennen würde, kann ich ihr schließlich nicht erzählen.

»Oh, nein, ich meine… Ich dachte, das Handy würde so stark spiegeln, dass man aus deinem Winkel das Display nicht erkennen kann.«

»Aha. Na, falsch gedacht.«

Jana umrundet das Sofa und stellt das Tablett, das sie die ganze Zeit über in den Händen hielt, auf dem Couchtisch ab. Darauf steht die von ihr angekündigte heiße Schokolade, außerdem eine Karaffe mit Limonade, ein Teller mit Schokokeksen, die selbst gemacht aussehen, sowie eine Schüssel mit Chips und eine mit Gummibärchen.

Mit hochgezogener Augenbraue sehe ich Jana fragend an. Sie zuckt mit den Schultern und grinst. »Ich wusste nicht, was deine Art von Soulfood ist.«

»Die Kekse sehen gut aus. Danke.«

»Gern.«

Bevor ich mir einen Keks schnappe, trinke ich erst noch mein Wasserglas leer. Jana schaltet unterdessen den Fernseher ein und setzt sich neben mich.

»Ist das okay?«, fragt sie mit Blick auf irgendeine Liebeskomödie, die gerade läuft.

»Klar.«

Schweigend schauen wir fern, aber unser Schweigen ist nicht unangenehm. Ich glaube, wenn ich reden wollen würde, würde Jana mir zuhören. Sie akzeptiert aber auch, dass ich nicht reden kann. Mich zu füttern und mit mir fernzusehen, ist ihre Art, mir Raum zu geben und doch für mich da zu sein. In diesem Moment bin ich wirklich unendlich dankbar für ihre Freundschaft.

Ich halte in der einen Hand meinen Keks, in der anderen die warme Tasse mit der duftenden Schokolade. Jana hat sogar einen kleinen Marshmallow hineingetan. Meinen erschöpften, überforderten Lebensgeistern tut das unendlich gut. Überhaupt tut es gut, hier zu sein. Hier fühlt sich alles so normal an.

Mit Jana und den Hunden in diesem heimeligen Wohnzimmer sitzend, lasse ich zum ersten Mal den Gedanken zu, dass ich vielleicht doch nicht den Verstand verliere, sondern tatsächlich etwas gesehen habe, das, nun ja, die Grenzen meines Verstandes sprengt.

Ich weiß nicht, welcher Gedanke mir mehr Angst macht.

Dass Jana den Wolf auf meinem Handyfoto sehen kann, beweist natürlich nicht, dass er sich tatsächlich in Chris verwandelt hat. Dass auf meinem Handy ein Telefonat mit Chris aufscheint – auch das habe ich vorhin überprüft –, beweist ebenso wenig, dass der Wolf sich in Chris verwandelt hat, um mit mir zu telefonieren. Und doch... Auf einmal ist da ein Zweifel in mir.

»Willst du heute hier schlafen?«, fragt Jana irgendwann.

Ich muss nicht lange überlegen. »Das würde ich sehr gerne.«

Jana nickt. »Gut, dann richte ich dir das Gästezimmer her.«

»Danke, Jana«, sage ich aus tiefstem Herzen.

»Das mache ich doch gerne«, meint sie und ich glaube ihr.

Als ich am nächsten Morgen in die Küche komme, erwartet mich der Duft von gebratenen Eiern und Kaffee. Auf dem Esstisch entdecke ich außerdem frisch gepressten Orangensaft, Brötchen, sowie mehrere Sorten Käse und Weintrauben. Die Hunde sitzen neben dem Tisch und starren ihn an, als wollten sie ihn hypnotisieren.

»Wow«, entfährt es mir.

Jana, die eben noch halb im Kühlschrank versteckt war, dreht sich zu mir um und begrüßt mich mit einem Lächeln. »Hach, ich hatte schon so lange keinen Männerbesuch mehr, der über Nacht geblieben ist. Und dann auch noch so gut aussehenden.«

»Und so schwulen.«

»Irrelevant«, befindet Jana.

»Stimmt. Zumal du ja jetzt auch das Ufer gewechselt hast.«

Jana wird tatsächlich ein bisschen rot und vergräbt ihre Nase sofort wieder im Kühlschrank. »Wo hab ich denn, wo hab ich denn...«, murmelt sie und wühlt hektisch herum, bis sie schließlich triumphierend »Ah! Da!« ruft und mit einem Glas Marmelade zu mir herumfährt.

»Wer soll das denn alles essen?«

»Na, wir beide. Oh! Ich habe gestern Scones gemacht. Die würden doch auch passen.«

Keinen Widerspruch duldend, wuselt Jana durch ihre Küche und räumt nur immer noch mehr Leckereien auf den Tisch. Ich setze mich unterdessen und muss dabei die Zähne zusammenbeißen, um mir ein Ächzen zu verkneifen. Der Schmerz, der mich durchzieht, erinnert mich unsanft an meinen Sturz gestern auf dem Friedhof. Ich habe tatsächlich einige recht eindrucksvolle blaue Flecken davongetragen, wie ich vorhin nach der Dusche im Spiegel gesehen habe.

Es dauert noch eine ganze Weile, bis Jana endlich zufrieden ist und sich zu mir setzt. »Geht es dir besser?«, fragt sie, während sie mir Kaffee einschenkt, und mustert mich besorgt.

»Ja, tut es«, antworte ich und es stimmt tatsächlich. Ich habe zwar kaum geschlafen letzte Nacht – und das, obwohl ich kaum je in einem Bett gelegen habe, das so bequem war wie das in Janas Gästezimmer. Irgendwann in dieser schlaflosen Nacht habe ich mich aber daran erinnert, dass ich mich von den jüngsten Ereignissen nicht unterkriegen lassen will. Ich habe mir vorgenommen herauszufinden, ob ich wahnsinnig bin, oder ob es eine andere Erklärung für das gibt, was ich gesehen habe. Auch nach meinem Stalking-Ausflug gestern kann ich das noch nicht entscheiden. Also muss ich weitersuchen.

Dass ich bis dato schlicht und einfach noch nicht zum Arzt gegangen bin, der mir wohl eine eindeutige Antwort auf meine Frage geben könnte, versuche ich zu verdrängen.

»Was ist denn nun mit dir und Nadine?«, erkundige ich mich, um nicht wieder ins Grübeln zu verfallen.

»Hmm«, macht Jana undefiniert und beißt von ihrem Brötchen ab. Entschuldigend deutet sie auf ihren kauenden Mund.

»Ich kann warten«, meine ich und nehme einen Schluck von meinem Kaffee. »Außer natürlich, du willst so gar nicht darüber sprechen«, schiebe ich noch hinterher, weil Jana gestern mein Schweigen so rücksichtsvoll akzeptiert hat.

»Ach nein, eigentlich will ich schon darüber sprechen. Es ist ja auch noch gar nichts passiert.«

»Aber?«

»Nächste Woche haben wir ein Date!«

»Uhh! Soll ich auf Smilla aufpassen?«

»Das ist lieb von dir, aber nicht nötig. Ich kann sie mitnehmen.«

»Was habt ihr denn vor?«

»Ach, nichts Besonderes, wir wollen nur essen gehen«, sagt Jana mit einem Lächeln, das mehr als deutlich macht, dass es eben doch etwas Besonderes ist.

»Klingt gut!«, befinde ich. »Bist du aufgeregt?«

»Oh Gott, du hast keine Ahnung, wie sehr!«

Ich lache. »Ähm, doch, ich kann es mir vorstellen. Ich hatte auch schon mal Dates, weißt du?«

»Ist das so?«, meint Jana schmunzelnd.

»Mhm«, mache ich und drehe mich suchend nach meinem Hund um, um nicht an Hanno, vor allem aber nicht an Chris zu denken. Sputnik hat sich vor dem Kühlschrank hingelegt, schläft aber nicht etwa, sondern beobachtet mich mit großen Augen in der Hoffnung, dass zufällig etwas vom Tisch fällt. Smilla liegt in der gleichen Pose neben ihm.

»Hast du denn irgendwelche Tipps für mich?«, will Jana wissen.

»Äh, du, sorry, aber mit Frauen kenne ich mich echt nicht aus. Und mit Dates eigentlich auch nicht. Dafür habe ich irgendwie kein Talent.«

»Ach, Quatsch.«

Eine Weile plaudern wir noch weiter über Dates und unsere verkorksten Liebesleben. Bald aber verabschiede ich mich von Jana. Den Rest des Tages verbringe ich mit fruchtlosen Internet-Recherchen über Werwölfe.

Kapitel 19

Vollmond über einem dunklen Wald. Ein Wolf heult in der Ferne. Ein zweiter Wolf antwortet. Das ganze Rudel heult.

Bäume in der Finsternis. Ein Rascheln, eine Bewegung, kaum zu sehen, mehr eine Ahnung.

Glühende Augen in der Dunkelheit. Raubtieraugen.

Ich verfluche mein Herz, das bei diesen billigen Schauereffekten zu rasen beginnt. Noch mehr aber verfluche ich die Idioten, die sich entschieden haben, ihren Beitrag über den Wolf mit diesem reißerischen Intro zu beginnen.

»Das ist so weit weg von seriösem Journalismus, wie man es nur sein kann«, sage ich zu Sputnik, der neben mir auf dem Sofa liegt, das Köpfchen auf den Vorderpfoten. Er sieht nicht auf bei meinen Worten. Kein Wunder, er ist völlig erschöpft von dem großen Spaziergang, den wir vorhin gemacht haben. Ich musste den Kopf frei kriegen, auch wenn mich dabei konstant das schlechte Gewissen geplagt hat. Ich habe mich in der Arbeit heute nämlich krankgemeldet. Nach den Ereignissen vom Wochenende war ich nicht in der Lage, in die Redaktion zu gehen. Schon gar nicht heute, da die Entscheidung über den Problemwolf fallen sollte.

Der Spaziergang hat nicht viel gebracht. Natürlich waren meine Gedanken die ganze Zeit bei Chris und meinem Wahnsinn. Und bei dem Wolf. All die Werwolfgeschichten, die ich je gelesen oder in Filmen gesehen habe, sind mir durch den Kopf gegangen. All die Bilder von Blutdurst und Wut. Das ist etwas, das nicht zu Chris passen will. Er ist nett und freundlich, nicht grausam und aggressiv. Und dann musste ich an das Kind denken, das der Wolf angefallen hat. Wenn der Wolf Chris ist – hat er etwa ein kleines Mädchen angegriffen?

Kaum daheim habe ich mich vor den Fernseher gesetzt, wo ich jetzt diesen ätzenden Bericht über den Wolf schaue. Warum auch immer. Wie die Entscheidung über den Wolf lautet, ist mir nämlich klar. Etwas anderes als dessen »Entnahme« kommt nicht infrage.

Gott, ich hasse diesen dämlichen Euphemismus.

»Der Wolf kehrt zurück nach Deutschland«, sagt gerade eine tiefe Stimme mit bedrohlichem Timbre aus dem Off.

Am Bildschirm sieht man Aufnahmen von Wölfen. Wölfe, die durch Wälder streifen. Wolfswelpen beim Spielen. Ein großes Wolfsrudel auf der Wildschweinjagd.

»Die Rückkehr des Wolfs läuft nicht immer reibungslos«, heißt es weiter.

Dann kommen die Bilder, die ich schon erwartet habe. All die Aufnahmen von den paar Wölfen, die bisher in Deutschland verhaltensauffällig geworden sind. Wölfe, die durch Siedlungen laufen. Ein Wolf, der Autos attackiert. Und tote Schafe. Immer wieder tote Schafe. Zerfleischt, zerfetzt, mit gebrochenen Augen und quellendem Gedärm.

Dann blendet der Bericht in den Schwarzwald. Man sieht eine Luftaufnahme meiner Stadt und der umliegenden Berge.

»Die jüngsten Ereignisse im Schwarzwald reihen sich ein in die Geschichte verhaltensauffälliger Wölfe«, heißt es dazu aus dem Off. »Binnen kürzester Zeit hat ein Wolf hier zwölf Schafe gerissen. Und er hat ein Kind angegriffen.«

Jetzt sieht man Marcel Kaufmann, den Vater der kleinen Leonie. Er ist wütend, so wie damals, als ich ihn interviewt habe. Eindringlich erzählt er von dem Angriff auf seine Tochter. Er hat sogar eine ihrer Zeichnungen dabei. Ich erkenne sie. Diese Zeichnung hat Frau Kaufmann mir ebenfalls gezeigt. Ich erinnere mich gut an die Aura von Angst und Panik, die das Bild verströmt.

Als Nächstes wird Gerd Blümle gezeigt. »Mein Schaf war das erste Opfer des Wolfs«, beginnt Blümle. Wie damals im Wirtshaus hält er auch jetzt eine lange Brandrede auf den Wolf. »Der Wolf gehört hier nicht hin«, sagt er – das ist noch das Harmloseste – und: »Der Wolf muss sterben.«

»Doch es gibt auch andere Stimmen«, heißt es aus dem Off.

Eine Frau erscheint auf dem Bildschirm. Sie trägt ein unförmiges lila Kleid und steht am Waldesrand. Während sie spricht, macht sie auslandende Bewegungen, ist dabei aber grazil wie eine Tänzerin. Sie kommt mir vage bekannt vor, es dauert aber, bis ich sie zuordnen kann.

»Es ist ein Segen, dass der Wolf zurückgekommen ist!«, sagt sie. »Der Wolf ist solch ein edles Tier. Wir müssen ihn annehmen und seine Reinheit zu unserer machen. Wir müssen die Seele des Wolfs in unser Herz einlassen und einsehen, dass unsere Heimat seine Heimat ist.«

Jetzt erkenne ich sie. Das ist Katja, Nadines Cousine, die schon beim Infoabend im Wirtshaus fürchterlich hochtrabende Reden geschwungen hat. Es ist bezeichnend für diesen Bericht, dass ausgerechnet sie als einzige Pro-Wolf-Stimme gewählt wurde.

»Die Entscheidung über den Wolf ist jetzt gefallen«, erklingt erneut die Stimme des Sprechers.

Man sieht Ausschnitte aus einer Pressekonferenz von heute Nachmittag. Es werden nur zwei Sätze gezeigt, doch die haben es in sich. »Der Wolf wurde zum Problemwolf ernannt« ist der eine. Der andere lautet: »Deswegen wird seine umgehende Entnahme angeordnet.«

In der nächsten Passage wird Matthias Thrietzke gezeigt. Er ist ernst und spricht sachlich, so wie ich es immer von ihm gehört habe. Er betont noch einmal, wie ungewöhnlich das Verhalten des Wolfs ist und dass bis dato keine Fälle von Aggression eines Wolfs gegen Menschen bekannt waren. Dieser Wolf war der erste.

»Ha!«, mache ich, als er das sagt. Sputnik wackelt daraufhin kurz mit den Ohren, schläft dann jedoch weiter.

Was mich dann doch etwas erstaunt, ist, dass Thrietzke den Abschuss unterstützt. »Wir müssen diesen Beschluss mittragen«, sagt er. »Ich bin überzeugt davon, dass es die richtige

Entscheidung ist. Aus welchen Gründen auch immer der Wolf dieses Verhalten zeigt: Er ist offensichtlich eine Gefahr. Darauf muss reagiert werden. Die erste Wahl wäre in minder schweren Fällen die Vergrämung, also eine systematische Abschreckung, die den Wolf an seine natürliche Scheu dem Menschen gegenüber erinnert. Da der Wolf bereits einem Menschen gegenüber Aggression gezeigt hat, kommt ein Vergrämen in diesem Fall jedoch nicht mehr infrage. Hier muss rasch gehandelt werden. Die Entnahme ist der letzte Ausweg bei einem derartig streng geschützten Tier.«

Daraufhin fragt der Interviewer, ob es nicht eine Option wäre, den Wolf zu betäuben, einzufangen und ihn in einen Zoo zu bringen. »Es wäre eine Möglichkeit, aber in meinen Augen ist das tierschutzwidrig«, antwortet Thrietzke. »Sehen Sie, der Wolf ist ein Wildtier. Ihn in ein Gehege zu bringen und für den Rest seines Lebens einzusperren, wäre eine Qual für ihn.«

Als Nächstes folgt ein Interview mit einem Jäger. Diejenigen, die den Wolf tatsächlich jagen werden, sollen zwar zu ihrem eigenen Schutz anonym bleiben, doch ein Vertreter der Landesjägerschaft hat sich dennoch zu einem Interview bereit erklärt. Man sieht ihn in einem Raum, der wohl zu einem Vereinssaal gehört. Im Hintergrund stehen und sitzen weitere Jäger und unterhalten sich miteinander. Ein paar Gesichter kommen mir sogar bekannt vor. Ich glaube etwa, Reginas Onkel zu erkennen.

Der Jäger, der interviewt wird, heißt zwar tatsächlich Jäger – nomen est omen –, doch er ist das Gegenteil all der Jäger-Klischees, die man so kennen mag. Er ist nicht brutal, er wirkt nicht blutlüstern. Es scheint noch nicht einmal, als wäre ihm der Gedanke daran, den Wolf zu jagen, sonderlich angenehm. Keine Spur von Jagdlust, keine Ausführungen über den Kampf Mann gegen Bestie. Stattdessen zeigt sich der Jäger als verständnisvoller Mann voller Respekt für Natur und Umwelt. »Dass dieser Wolf zum Abschuss freigegeben wurde, ist eben so und hat sicher seine Richtigkeit«, meint er. »Dennoch bin ich für den strengen Schutz des Wolfs.« Jäger spricht sich entsprechend scharf gegen die illegale Jagd auf Wölfe aus, die immer wieder vorkommt.

Zum Schluss fasst der Bericht zusammen, welches Schicksal den Wolf erwartet: Wenn er erjagt und erlegt wurde, wird man ihn ausstopfen und ihn einem Museum übergeben. Die letzten Bilder gelten dementsprechend den ausgestopften Körpern der Wölfe, die bisher in Deutschland verstorben sind.

Als die Reportage endlich aus ist, schalte ich den Fernseher ab und genieße die Dunkelheit, die mich umfängt.

Ich ziehe meine Knie an den Oberkörper, schlinge die Arme um meine Beine und lege den Kopf auf meinen Knien ab. Nach dieser Sendung ist das Chaos in mir noch größer. All den Hass, der sich auf den Wolf richtet, habe ich ausgeblendet, als ich mich mit der Frage befasst habe, ob es eventuell Werwölfe geben könnte. Ich habe nur an Chris gedacht und an den freundlichen Wolf, der mir im Wald begegnet ist. Selbst dieser Gedanke war so furchterregend und hat so sehr an den Grundfesten meines Verstandes gezehrt, dass ich es kaum ertragen konnte. Dass der Wolf Chris und dieser damit das Raubtier ist, das so sehr gehasst und gefürchtet wird, das man jagen und ausstopfen will... All das zusammenzubringen, übersteigt meine Fähigkeiten.

Wenn Chris der Wolf sein sollte: Wieso hat er das Kind angegriffen? Ist er eine Gefahr? Ist er in Gefahr? Für das, was er dem Kind angetan hat – mit Schaudern erinnere ich mich an diese Zeichnungen voller Angst –, sollte er zur Rechenschaft gezogen werden. Aber wie? Und ihn deswegen erschießen? Nein. Andererseits – vielleicht ist er kein Wolf, sondern einfach nur Hundetrainer. Und ich bilde mir das alles ein.

Mir entkommt ein entnervtes Stöhnen. Ich weiß nicht, was ich tun soll. Ich weiß nicht, was ich glauben soll. Ich weiß nicht, wie ich herausfinden soll, was wirklich ist und was nicht.

»Was soll ich bloß tun?«, frage ich Sputnik, der sich vor mich gesetzt hat und vor sich hin hechelt.

Soll ich mit Chris reden? Aber was soll ich denn sagen? *Bist du ein Werwolf oder bin ich wahnsinnig?* Und wie würde er reagieren? *Oje, du solltest dich besser einweisen lassen* – oder vielleicht: *Ups, du hast mich durchschaut. Ich bin ein Werwolf. Soll ich dir meine*

Reißzähne zeigen? Und dann? Was sage ich dann? *Hör bitte auf, Schafe zu töten und Kinder anzugreifen, denn das ist moralisch falsch und außerdem kann es passieren, dass sie dich suchen und erschießen?* Letzteres zumindest wird ihm bewusst sein.

Ein Schritt nach dem anderen, erinnere ich mich und beschließe, eine Bestandsaufnahme zu machen. Meine Internetrecherche hat mich nicht weitergebracht, weil sie wahrscheinlich zu allgemein war. Mich theoretisch mit dem Thema Werwölfe auseinanderzusetzen, bringt mir nichts, weil ich hier ganz konkret vor der Frage stehe, ob ein Mann, den ich kenne, ab und an zum Wolf wird und dann auch noch Schafe tötet und Kinder angreift. Vielleicht sollte ich mich dieser Frage aus einer anderen Richtung nähern und noch einmal alles sammeln, was ich über den Wolf und über die Angriffe weiß.

Dieser Gedanke beflügelt mich mit der Energie eines verzweifelten Aktionismus. Ich stehe auf, so abrupt, dass Sputnik einen Satz zurück macht und mich vorwurfsvoll ansieht.

»Entschuldige«, murmle ich und tätschle meinen Hund.

Ich gestatte es mir nicht, Sputnik lange zu kraulen. Stattdessen gehe ich zu meinem Bücherregal und hole die riesige Umgebungskarte hervor, die ich mir gekauft habe, als ich hergezogen bin. Seither lag sie unangetastet zwischen meinen Reiseführern – wer braucht in Zeiten von *Google Maps* schon analoge Karten? Nun, heute brauche ich sie doch.

Ich breite die Karte auf meinem Schreibtisch aus und dann fische ich die pfeilförmigen *Post-its* aus einer meiner Schubladen. Mit dem ersten Pfeil markiere ich die Hundeschule, mit dem zweiten Chris' Haus.

Pfeil Nummer drei kommt auf Gerd Blümles Bauernhof. Auf der Weide direkt neben dem Stall gab es den ersten Wolfsverdacht. Dort hat sich das Schaf stranguliert.

Den vierten Pfeil klebe ich auf die Weide mitten im Wald, die Hans Binninger gehört. Dort kam der Wolf über den Bach und hat das erste Schaf gerissen.

Sonja Hortruffs Weide, auf der elf Schafe vom Wolf gerissen wurden, markiere ich mit dem fünften Pfeil.

Den sechsten Pfeil verwende ich schließlich für das Waldstück neben Rudolf Franks Wildgehege, wo die kleine Leonie auf den Wolf getroffen ist.

Zwei weitere Pfeile klebe ich dorthin, wo ich dem Wolf begegnet bin: auf dem Weg, den ich ging, als Sputnik plötzlich abhaute und mit dem Wolf zurückkam, und ungefähr dort, wo sich die Buche befinden muss, unter der ich saß, als der Wolf sich zu mir legte.

Es fühlt sich seltsam befriedigend an, all diese Orte konkret markiert zu sehen. Als könnte ich mit dieser Übersicht tatsächlich etwas Ordnung in die Ereignisse bringen. Und ein bisschen kann ich das tatsächlich. Ich stelle nämlich fest, dass Chris' Haus zwar auf der entgegengesetzten Talseite zu all den anderen Orten liegt, dass aber von der Hundeschule aus die Weiden und sämtliche Waldstücke erreichbar sind, ohne dass dabei große Siedlungen passiert werden müssten. Ein Wolf könnte all diese Orte weitgehend ungesehen erreichen.

Bin ich hier tatsächlich einem Geheimnis auf der Spur oder bin ich wie der Typ in *A Beautiful Mind*, der glaubt, er hätte einen streng geheimen Code entschlüsselt – und der in Wirklichkeit den Verstand verloren hat?

Diese Frage kann ich nach wie vor nicht beantworten. Was ich aber kann, ist, mich noch näher mit den Orten zu befassen, an denen der Wolf aufgetaucht ist. Sie sind nicht weit voneinander entfernt, das weiß ich jetzt. Vielleicht haben sie auch noch andere Gemeinsamkeiten, die etwas über die Identität des Wolfs und seine Motivation verraten. Morgen werde ich, so beschließe ich, noch einmal krankfeiern und die Orte der Wolfsattacken abfahren. Vielleicht fällt mir ja jetzt etwas auf, das ich zuvor dort nicht gesehen habe.

Ich halte an meinem Plan fest, auch wenn das Wetter am nächsten Tag eher dazu einlädt, sich auf dem Sofa unter einer Kuscheldecke zu vergraben und keinesfalls das Haus zu verlassen. Es ist klamm und kalt. Aus dem tief liegenden Nebel nieselt es immer wieder.

Mit Regenjacke und Gummistiefeln angetan trotze ich dem Wetter. Ich beginne bei Sonja Hortruffs Schafsweide, die von mir zu Hause aus die nächste ist. Dort angekommen, sehe ich wenig. Auch keine Schafe. Nach der Attacke muss die Schäferin die Weide aufgegeben haben. Wolfssicheren Elektrozaun gibt es nach wie vor keinen.

Ich umrunde die Weide und stelle fest, dass sie an einer Seite an den Wald grenzt. Das hatte ich nicht mehr ganz so genau in Erinnerung. Von hier muss der Wolf gekommen sein. Oder der Werwolf... Hier ist auch die Stelle, wo er sich unter dem Zaun durchgegraben hat.

Begleitet von einem begeisterten Sputnik, der sich sichtlich über unseren Ausflug freut, gehe ich ein Stück in den Wald. Hier sehe ich ebenfalls nichts Ungewöhnliches. Trotzdem tut es mir gut, das Gefühl zu haben, zumindest etwas zu tun.

Als Nächstes fahre ich zum Bauernhof von Gerd Blümle. Da ich Blümle mittlerweile als extrem streitbar kennengelernt habe, halte ich es für besser, mich seiner Weide nicht über den Hof zu nähern. Ich parke ein Stück entfernt am Waldrand und lasse Sputnik dieses Mal im Auto. Es nieselt wieder und zwischen den dunklen Hängen ziehen Nebelwolken dahin.

Über einen Waldweg nähere ich mich Blümles Weide. So direkt nachdem ich aus meinem warmen Wagen ausgestiegen bin, kommt es mir noch viel kälter vor als vorhin schon. Es ist eine feuchte, klamme Kälte, die sich tief in die Glieder frisst. In der Ferne höre ich Schüsse knallen und mir wird schlecht.

Auch Blümles Weide grenzt direkt an den Wald. Wie genau der Wolf hier eindringen konnte, weiß ich nicht – darüber hat auch Nadine nur spekuliert. Es gab kein Loch unter dem Zaun, und anders als bei Binninger umgibt der Zaun die Weide von allen Seiten. Eventuell ist der Wolf auf einen unweit entfernt stehenden Holzstapel geklettert und von dort gesprungen, meinte Nadine damals. Vielleicht hat er aber auch einfach das Tor geöffnet.

So oder so war es riskant, diese Schafe anzugreifen. Während die anderen beiden Weiden eher abseits liegen, grenzt diese direkt an Blümles Bauernhof. Zwar steht das Wohnhaus ein Stück entfernt, doch ist es immer möglich, hier jemandem zu begegnen.

Blümles Weide wirft für mich mehr Fragen auf, als sie Antworten liefert. Nachdenklich mache ich mich auf den Weg zurück zu meinem Auto, wo ich von Sputnik bereits sehnsüchtig erwartet werde.

»Gleich darfst du wieder laufen«, verspreche ich ihm, ehe ich zu unserer nächsten Station fahre: der Weide von Hans Binninger. Obwohl es erst halb fünf ist, dämmert es schon. Diese eine Station will ich trotzdem heute noch abfahren, den Rest hebe ich mir für später auf.

Wie schon beim letzten Mal, so bin ich auch jetzt, als ich auf Binningers Weide ankomme, ergriffen von der Schönheit dieses Orts. Im Nebel und im Abendlicht wirkt er noch entrückter. Die hohen Tannen verschwinden zum Teil im Dunst, die wenigen Laubbäume, deren Blätter bei meinem letzten Besuch hier in den schönsten Farben geleuchtet haben, sind inzwischen nahezu kahl.

Noch immer stehen hier Schafe. Mittlerweile gibt es einen wolfssicheren Elektrozaun, der alle Seiten der Weide umgibt. Sputnik findet die Schafe sichtlich spannend – und sie ihn offensichtlich unheimlich. Unruhig drängen sie sich am anderen Ende der Weide zusammen und beäugen den Hund argwöhnisch.

Mit einiger Überredungskunst gelingt es mir, Sputnik dazu zu bringen, mit mir an der Weide entlang und zum Bach zu gehen. Im Dämmerlicht wirkt das Wasser fast silbrig und das Moos am Ufer glänzt vor Nässe. Irgendwo zwitschert ein Vogel, ein anderer quäkt hysterisch. Ein paar Krähen krächzen – das sind die einzigen Vogelstimmen, die ich zuordnen kann. Der hysterische Vogel fliegt schräg hinter mir und quiekt lautstark im Flug. Irgendwie kann ich mich mit ihm identifizieren.

Auch wenn ich schon reichlich durchnässt bin, durch den Bach steigen und so den Weg des Wolfs gehen, möchte ich dann doch nicht. Ich beschließe stattdessen, ein kleines Stück am Bach entlangzulaufen und dann durch den Wald den Bogen zurück zum Auto zu schlagen.

Sobald ich den Wald betrete, lässt das Nieseln zwar nach, dafür umfängt mich das Zwielicht. Nicht mehr lange und es wird so dunkel sein, dass ich gar nichts mehr erkennen kann.

Nachdem wir einige Meter gegangen sind, beschließe ich, doch wieder umzudrehen und zur Weide zurückzukehren. Ich habe Angst, mich sonst im Wald zu verirren.

»Komm«, sage ich zu Sputnik, doch er reagiert nicht. Im Gegenteil: Sein Körper wird starr und er beginnt zu knurren. So laut, wie ich es noch nie bei ihm gehört habe. Ein tiefes, unheilvolles Grollen entkommt seiner Kehle.

Beunruhigt wende ich mich in die Richtung, in die er sieht. Zunächst erkenne ich nichts. Dann eine Bewegung in den Schatten, eine Form, die nicht Baum ist und nicht Strauch und die langsam näher kommt. Und dann sehe ich den Wolf. Oder sehe ich Chris?

Merkwürdig, er sieht kleiner aus, als ich ihn in Erinnerung habe, und auch die Farbe ist anders, denke ich noch – und dann fletscht der Wolf die Zähne und setzt zum Sprung an.

Kapitel 20

Alles geht so schnell. Da ist der Wolf, der mich fixiert, sich duckt, die Zähne fletscht und ein unheilvolles Grollen von sich gibt. In der nächsten Sekunde ist er auch schon losgerannt, springt, fliegt beinahe. Hält auf mich zu. Starr vor Schreck kann ich mich nicht rühren, wundere mich nur, dass der Waldboden die Schritte des Wolfs beinahe völlig schluckt.

Und dann ist der Wolf unmittelbar bei mir, seitlich von mir. Er duckt sich auf den Boden, schnappt nach mir und nach Sputnik. Der Hund hat aufgehört zu knurren, er fiept mit eingezogenem Schwanz. Auch er ist starr vor Schreck.

Der Wolf umrundet uns, immer noch in geduckter Lauerstellung. Sein gefletschtes Maul offenbart die großen, scharfen Reißzähne. Immer wieder springt der Wolf auf mich zu, täuscht einen Angriff an. Instinktiv reiße ich die Arme in die Höhe und balle die Hände zu Fäusten, als könnte ich mich so schützen. Flucht, das ist mir klar, ist keine Option: Ich hätte keine Chance, vor dem Wolf davonzulaufen. Und davon, dass er mich verfolgen würde, bin ich überzeugt. Das, was hier passiert, ist kein Scherz und kein Spiel. Es ist keine leere Drohung. Es ist bitterer Ernst.

Ich drehe mich mit dem Wolf, als er mich umkreist. Will ihm nicht meinen Rücken zudrehen. Sputnik presst sich zitternd an mich.

Und dann springt der Wolf.

Er springt mich an, schnappt nach meiner linken Seite. Mich erwischt er nicht, aber meine Regenjacke. Die Wucht des Aufpralls lässt mich taumeln – das Gleichgewicht verliere ich aber erst, als Sputnik flieht, verängstigt von der Attacke. Er rennt einfach los. Ich habe die Leine noch in der Hand und so reißt er mich nach hinten. Ich lasse los und Sputnik ist weg.

Ich mache einen Schritt nach hinten, versuche, mein Gleichgewicht wiederzufinden. Doch der Wolf lässt mich nicht. Kurz hat er von mir abgelassen, doch jetzt wirft er sich mit seinem ganzen Gewicht gegen mich. Ich falle auf den nassen Waldboden und sofort ist der Wolf über mir. Auf mir. Die Vorderpfoten auf meiner Brust, die Hinterhand auf meiner Hüfte drückt mich der Wolf mit seinem Gewicht zu Boden.

Mit einem Rasseln entweicht mein Atem. Als ich wieder Luft hole, rieche ich den Raubtiergeruch des Wolfs. Er ist so nahe. Ich spüre seinen Atem auf meiner Haut. Direkt vor meinem Gesicht klafft sein geiferndes Maul. Ein tiefes Knurren lässt mich beinahe die Kontrolle über meine Blase verlieren. Ich starre in die Augen des Wolfs, die im Zwielicht grau wirken und in denen die Wut brennt. Der Wolf starrt zurück. Verharrt. Fletscht die Zähne. Und knurrt erneut.

Der merkwürdige Moment der Ruhe, in dem der Wolf und ich uns nicht bewegen, uns nur taxieren, dauert nicht lange. Ich spüre, wie der Wolf sein Gewicht verlagert – und mein Körper erinnert sich daran, sich zu wehren. Ich spanne mich an, ziehe meine Knie an und stemme meine Hände abrupt und vehement gegen den Wolf. Will ihn abschütteln. Tatsächlich scheint ihn meine plötzliche Gegenwehr zu überraschen. Kurz gerät er ins Wanken – dann jedoch fährt er nach vorne, hin zu meiner Kehle.

Ich schreie. Nein, ich brülle.

Und ich schlage und trete um mich. Ich weiß nicht, wie, aber ich treffe den Wolf mit der Faust in die Flanke. Mit voller Wucht. Er jault auf und springt von mir herunter.

Sofort rutsche ich zurück, versuche, Abstand zwischen mich und den Wolf zu bringen. Hektisch sehe ich mich um. Suche nach irgendetwas, das ich als Waffe benutzen kann. Im Zwielicht kann ich wenig mehr als meine unmittelbare Umgebung erkennen. Dort ist nichts, dort ist nichts – aber da! Links von mir, etwa drei Meter entfernt, liegt ein abgebrochener Ast. Er ist groß und er wirkt hart und stabil. Besser als nichts. Den muss ich erreichen.

Ich rapple mich auf und will zu dem Ast stürzen – doch der Wolf muss begriffen haben, was ich plane. Er springt vor mich, stellt sich mir in die Quere. Wieder in dieser geduckten Körperhaltung, wieder knurrend und mit gefletschten Zähnen. Wieder umkreist er mich, springt mal vor und weicht dann zurück und beobachtet mich ganz genau, wartet auf den richtigen Moment für den Angriff.

Inzwischen bin ich schweißgetränkt. Mein Atem geht stoßweiße und das Adrenalin peitscht durch meine Adern. Ich zittere und ich nehme nichts wahr außer dem Wolf. Jeden Schritt, jedes Knurren, jedes Sträuben des Nackenfells versuche ich in mich aufzusaugen und so vorherzusagen, wann der nächste Angriff kommt.

Es gelingt mir nicht.

Der Angriff erfolgt wie aus dem Nichts. Erst tänzelt der Wolf noch – dann springt er schon auf mich zu, schnappt nach mir, bekommt erneut meine Jacke zu fassen und reißt an dieser. Wie Sputnik es mit seinem Spielzeug immer macht, beutelt der Wolf die Jacke und damit auch mich. Plötzlich gibt die Jacke nach und reißt.

Mit einem großen Stück Stoff im Maul stürzt der Wolf zu Boden. Ich nutze die Gunst des Augenblicks und renne los. Ich renne so schnell, wie ich noch nie gerannt bin.

Dennoch bin ich zu langsam.

Ich höre rasselnden Atem hinter mir, höre etwas, das der Absprung des Wolfs sein muss. Und dann spüre ich den Schmerz, als sich scharfe Zähne in meinen rechten Unterschenkel graben.

Ich schreie und stürze. Mein Aufprall ist hart und schmerzhaft. Ich kann mich noch mit den Händen abfedern, dennoch komme ich mit dem Gesicht auf dem Boden auf. Nadeln und Laub und Erde kommen mir in den offenen Mund. Ein scharfer Schmerz durchzieht meine Wange. Er ist nichts gegen den Schmerz in meinem Bein.

Das Adrenalin in meinem Körper zwingt mich herumzufahren, dem Wolf nicht weiter meinen Rücken zuzukehren. Ich blicke zurück, drehe mich halb seitlich und sehe, was ich spüre: Der Wolf hat sich in meinem Bein verbissen und wird nicht loslassen.

Ich heule auf und schreie und dann trete ich dem Wolf mit meinem freien Bein und mit all dem Schwung, den ich habe, gegen den Kopf. Viel Schwung habe ich jedoch nicht aus diesem Winkel und viel Kraft habe ich auch nicht mehr. Das Gefühl, mit dem Fuß auf Fell und Fleisch und Knochen zu treffen, ist dennoch scheußlich. Es gibt einen dumpfen Aufprall und der Wolf jault leise und lässt mich los.

Sofort rolle ich mich auf den Rücken und ziehe mein Bein an. Tränen rinnen mir inzwischen über das Gesicht. Es sind Tränen des Schmerzes, aber auch der Wut.

Der Wolf ist wieder in seine Lauerhaltung übergegangen. Wäre es nicht so dunkel, könnte ich wohl mein Blut an seinen Zähnen sehen. Ich balle meine Hände zu Fäusten und presse meine Kiefer zusammen. Erwarte den nächsten Angriff. Und bin bereit, mich zu wehren. Mit allem, was ich habe.

Im nächsten Moment passiert vieles gleichzeitig: Der Wolf setzt wieder zum Sprung an. In den Augenwinkeln sehe ich einen dunklen Schatten. Er bewegt sich auf mich zu. Schnell. Der Wolf springt. Und geht plötzlich jaulend zu Boden, niedergerissen von – einem anderen Wolf.

Dann ist alles Jaulen und Knurren und Schnappen und Geifern und Fletschen und Kratzen und Beißen und Grollen.

Die beiden Wölfe bewegen sich so schnell, dass ich kaum folgen kann. Nicht in der immer stärker zunehmenden Dunkelheit. Sie kämpfen miteinander, versuchen sich gegenseitig an die Kehlen zu springen, gehen auf die Hinterbeine und werfen sich mit voller Wucht aufeinander. Ich kann sie kaum unterscheiden und ich kann auch nicht erkennen, wer von ihnen überlegen ist.

Auch wenn es mir wie eine Ewigkeit vorkommt, lange dauert dieser Kampf nicht. Dann stehen die beiden Kontrahenten einander gegenüber, das Fell immer noch gesträubt und die Zähne gefletscht. Die Blicke des einen Wolfs wandern dabei immer wieder zu mir. Er scheint immer noch in meine Richtung zu streben und darauf zu lauern, zu mir zu kommen. Doch dazu müsste er an dem anderen Wolf vorbei. Dieser hat sich direkt vor mir und wie zu meiner Verteidigung aufgebaut, versperrt dem ersten den Weg. Er ist größer als der andere Wolf und dunkler.

Und plötzlich weiß ich, dass das Chris ist.

Er grollt lautstark und macht einen erneuten Satz auf den anderen Wolf zu. Da jault dieser leise, duckt sich, macht sich klein und zieht den Schwanz ein. Dann – von einer Sekunde auf die nächste – wendet er sich um und rennt in den Wald davon.

Der Wolf vor mir – Chris – folgt ihm ein kurzes Stück, dann jedoch läuft er einen Bogen und kehrt zu mir zurück. Betont langsam nähert er sich mir und seine gesamte Körperhaltung scheint auszudrücken, dass er keine Gefahr für mich ist.

Mein Körper hat noch nicht realisiert, dass es jetzt vorbei ist. Dass der Wolf mich gerettet hat. Mein Atem geht immer noch heftig und stoßweise. Mein Herz rast.

Bei mir angekommen, schnüffelt der Wolf an meiner Wunde, bevor er das Bein entlang nach oben schnüffelt und dann mit dem zweiten Bein ebenso verfährt. Auch meinen Bauch und meine Brust und meine Arme beschnüffelt er gründlich. Ich glaube, er will wissen, wie schwer verletzt ich bin. Durch all das Adrenalin in meinen Adern kann ich es selbst nicht ganz einschätzen.

Nachdem er auch meinen Hals und mein Gesicht überprüft hat, stupst der Wolf mir zart mit seiner Schnauze gegen die unversehrte Wange. Die Berührung ist kaum mehr als ein Hauch, trotzdem ist sie irgendwie tröstend. *Du bist in Sicherheit*, scheint sie zu sagen.

Ich will nach dem Wolf greifen, meine Hand auf sein Fell legen. Doch da ist er schon von mir zurückgewichen und macht sich daran, im Wald zu verschwinden.

»Chris?«, rufe ich ihm nach, bevor ich noch einen bewussten Gedanken fassen kann. »Das bist doch du, oder?«

Erst glaube ich, der Wolf würde auf meine Worte nicht reagieren, sondern einfach weiterlaufen, als hätte er mich nicht gehört. Als hätte er mich nicht verstanden. Doch dann sehe ich, wie er stehen bleibt. Im Schatten der Tannen verschmilzt er fast mit der Dunkelheit. Aber er ist noch da. Damit er nicht doch noch geht, rede ich weiter.

»Danke, dass du mich gerettet hast. Bist du okay? Das war so verrückt, das ist alles so verrückt.«

In die Schatten kommt Bewegung. Ich glaube zu erkennen, dass der Wolf seinen Kopf dreht und über die Schulter zu mir zurückschaut. Ich brabble weiter, zu erledigt und zu erschöpft, um meine Gedanken zu ordnen oder meine Worte abzuwägen. »Als da plötzlich dieser Wolf war... Ich verstehe das nicht. War das ein echter Wolf? Oder war der so wie du? Wieso hat er mich angegriffen? Und wieso hast du mir geholfen?«

Ich höre, wie der Wolf tief durchatmet. Dann wendet er sich langsam um und kommt auf mich zu. Noch während er sich mir nähert, noch bevor er den Schatten der Bäume ganz verlassen hat, wächst er und verliert die Form und findet eine neue und wird Chris. Ein nackter Chris.

Etwa einen Meter von mir entfernt geht er schließlich in die Hocke. Nun, da er mir so nahe ist, kann ich auch seine Gesichtszüge besser erkennen. Er sieht verwirrt aus und besorgt.

»Woher weißt du, dass ich das bin?«, fragt er tonlos.

Ich räuspere mich. Meine Stimme klingt dennoch rau und kratzig. »Ich habe dich bei der Hundeschule gesehen, als du dich... verwandelt hast.«

»Wann?«

»Vor... Hm... Vor zwei Wochen etwa.«

»Das... Scheiße!« Chris fährt sich mit beiden Händen über das Gesicht, verwirrt und verzweifelt zugleich. »Das hätte nicht passieren dürfen.«

»Ähm... Tut mir leid.«

Da lacht Chris tatsächlich leise auf. Belustigt klingt er dabei jedoch nicht. Er vertieft das Thema nicht weiter, stattdessen mustert er mich gründlich und sein Blick wird sanfter. »Wie fühlst du dich?«

»Bescheiden.«

»Kann ich mir vorstellen. Dein Bein tut sicher höllisch weh. Aber hey, wenn du ohnehin weißt, dass ich das bin, kann ich dich wenigstens ins Krankenhaus bringen.«

Ich verziehe das Gesicht. »Meinst du, das ist nötig?«

»Definitiv. Die Wunde ist ziemlich groß und sehr dreckig. Außerdem blutet sie noch.«

»Hast du das gerochen, oder was?«, frage ich defensiv.

»Ja«, entgegnet Chris nüchtern. »Na komm, schauen wir, dass wir zu deinem Auto kommen. Ich kann dich jetzt ja nicht allein lassen.«

»Du hättest mich allein gelassen.«

»Nein, hätte ich nicht. Ich hätte Abstand gehalten und dich beobachtet. Und ich wäre eingeschritten, wenn es dir schlechter gegangen oder sie zurückgekommen wäre.«

»Sie?«

»Ja, sie. Es war eine Wölfin, die dich angegriffen hat.«

»Eine Werwölfin?«

»Ja.«

»Weißt du, wer sie ist?«

Er seufzt. »Nein. Ich habe keine Ahnung.«

»Also weißt du auch nicht, wieso sie mich angegriffen hat?«

»Nein.« Chris sieht nicht aus, als wolle er dieses Thema vertiefen. Er richtet sich auf und sieht auf mich hinunter. »Kannst du aufstehen?«

»Weiß nicht...«, murmle ich und versuche mich aufzurichten. Da ich nur ein Bein belasten kann, ist das keine einfache Angelegenheit. Zischend atme ich ein, als ich automatisch versuche, mich auch auf mein linkes Bein zu stützen. Sofort ist Chris bei mir. Er legt sich meinen linken Arm um die Schultern und fasst mich um die Taille. Sorgsam hilft er mir dabei aufzustehen.

Auch als ich stehe, lässt Chris mich nicht los. Auf einem Bein hüpfend kann ich mich schließlich nur schlecht fortbewegen. Mit Chris als Stütze gelingt es mir jedoch leidlich voranzukommen. Dabei beiße ich die Zähne zusammen, um nicht vor Schmerzen zu ächzen. Meinen Blick wiederum richte ich stur auf den Boden, um nicht zu stolpern – und um nicht zu Chris zu sehen. Es ist mir unangenehm, ihm so nah zu sein. Ich angezogen, er völlig nackt. Und oh, mir ist sein nackter Körper nur zu bewusst.

Als wir endlich den Wald verlassen und die Schafsweide erreichen, atme ich erleichtert auf, als wäre ich hier in Sicherheit. Was lächerlich ist, denn auch hier war der Wolf schon einmal. Inzwischen läuft mir vor Anstrengung der Schweiß über die Stirn. Trotz der Kälte und des Nieselregens, trotz meiner nassen Klamotten ist mir glühend heiß.

Die Schafe wirken angespannt. Kein Wunder, sie müssen die Nähe der beiden Wölfe bemerkt, ihren Kampf gehört haben. Trotzdem kommen die Schafe näher an den Zaun heran, als sie es vorhin taten, als ich mit Sputnik hier vorbeiging.

Sputnik! Siedend heiß durchfährt mich der Gedanke an meinen Hund. Abrupt bleibe ich stehen und lege ganz automatisch meine Hand auf Chris' Brust, um ihn zu stoppen.

»Warte! Was ist mit Sputnik?«

Chris bleibt tatsächlich stehen, sieht erst auf meine Hand und dann mich an. »Warst du mit ihm hier?«

»Ja. Er ist abgehauen, als die Wölfin mich angegriffen hat.«

Chris seufzt. »Ich bringe dich zum Auto und du verriegelst die Tür. Dann kann ich ihn suchen. Vielleicht haben wir ja Glück und er ist in der Nähe.«

»Wie willst du ihn denn bitte in der Finsternis finden?«

»Ich habe eine hervorragende Nase.«

»Oh... Ja. Natürlich. Hatte ich kurz vergessen.«

Chris gibt ein undefinierbares Geräusch von sich, dann setzt er sich wieder in Bewegung und ich tue dasselbe. Täte ich das nicht, würde Chris mich wahrscheinlich einfach mitschleifen.

Der Weg die Weide entlang bis hin zur Forststraße und von dieser zu meinem Auto kommt mir endlos vor. Als es sich endlich aus der Dunkelheit schält, durchströmt mich eine Welle der Erleichterung. Noch nie habe ich mich so sehr gefreut, mein Auto zu sehen.

Ich fische den Schlüssel aus meiner Tasche und entriegle den Wagen. Wie ein Versprechen von Sicherheit kommen mir das Aufflackern der Scheinwerfer und das leise Piepsen vor. Chris bringt mich zum Auto, öffnet die Tür und hilft mir, mich auf den Beifahrersitz zu setzen. Das geht nicht ohne Ächzen und Schmerzen und auch nicht ohne betretenes Wegsehen, weil er eben immer noch nackt ist. Aber was für eine Erleichterung, in meinem Wagen zu sein!

»Hast du einen Erste-Hilfe-Kasten?«, will Chris wissen, kaum dass ich sitze.

»Ja, klar. Im Kofferraum.«

»Gut«, meint Chris und geht um den Wagen herum, um den Erste-Hilfe-Kasten zu holen. Kurz darauf ist er wieder bei mir. »Kannst du Licht machen?«

»Oh, ja, sicher.« Ich stecke den Schlüssel ins Zündschloss und es wird hell im Auto.

»Danke. Und jetzt setz dich mal so, dass ich zu deinem Bein komme.«

Ich gehorche und rutsche so auf dem Sitz zur Seite, dass meine Beine aus dem Wagen hängen. Sobald ich mich entsprechend positioniert habe, legt Chris mir den Erste-Hilfe-Kasten auf den Schoß und öffnet ihn. Ein wenig wühlt er darin herum, dann nickt er.

»Okay, dann befreie ich dich mal aus diesem Gummistiefel und schaue, wie es darunter aussieht.«

Ich nicke und Chris greift nach meinem Stiefel. Da er locker sitzt, lässt er sich leicht ausziehen. Dennoch durchfährt mich ein stechender Schmerz und ich keuche auf. Beruhigend streicht Chris über meinen Oberschenkel.

»Geht's wieder?«, fragt er leise. Ich nicke.

»Gut. Ich werde das Hosenbein aufschneiden und dann schauen wir, dass wir die Blutung gestillt bekommen. Alles andere müssen die im Krankenhaus machen.«

Ich seufze und lehne den Kopf gegen die Nackenstütze, da schreitet Chris auch schon zur Tat. Er nimmt die Schere aus der Box und wie angekündigt schneidet er einen langen Schlitz in mein Hosenbein. Die Hosenfetzen klappt er zurück, sodass mein Unterschenkel freiliegt.

Kühle Abendluft streift über meine bloße Haut. Chris atmet scharf ein. »Die hat wirklich ordentlich zugebissen.«

»Ich hab's gemerkt«, brumme ich.

»Hast du Wasser hier?«

Ich nicke und deute auf meinen Rucksack, der im Fußraum steht.

»Darf ich?«, erkundigt sich Chris.

Ich nicke erneut und Chris fischt den Rucksack hervor, öffnet ihn und holt die Wasserflasche heraus. Ehe ich mich versehe, hat er die Flasche schon geöffnet und das Wasser über die Wunde geschüttet. Es brennt. Ich kneife die Augen zusammen und grabe meine Fingernägel in die Handflächen. Ein ersticktes Keuchen entkommt mir dennoch.

Chris schluckt, sagt aber nichts. Wortlos holt er eine Kompresse aus der Erste-Hilfe-Box. Er entfernt die Schutzhülle und presst das Ding fest gegen die Wunde.

Dieses Mal entkommt mir ein leiser Schrei und Tränen des Schmerzes treten mir in die Augen.

Wieder streicht Chris' andere Hand beruhigend, tröstend über meinen Oberschenkel. »Reichst du mir mal den Verband?«, fragt er und ich glaube, er will mich damit vom Schmerz ablenken.

Ich bemühe mich, mich zusammenzureißen, und durchsuche die Box nach dem Gewünschten. Schnell finde ich den Verband und gebe ihn Chris. Er nickt mir dankend zu, dann macht er sich daran, die Kompresse mit einem festen Verband an meinem Unterschenkel zu befestigen. Ich kralle die Fingernägel noch fester in meine Handflächen, um nicht vor Schmerz zu wimmern.

Als er fertig ist, richtet Chris sich wieder auf und hilft mir dabei, mich normal hinzusetzen. Nachdenklich sieht er mich an, dann seufzt er.

»Okay. Du verriegelst jetzt die Tür und wartest hier. Ich suche Sputnik. Wenn er in der Nähe ist, bringe ich ihn mit. Sonst gehe ich ihn nachher noch einmal suchen. Ich bin gleich wieder da«, sagt Chris. Ich komme nicht dazu zu antworten, so schnell schlägt er die Tür zu. Sofort verriegle ich sie.

Dieses Mal verschluckt die Dunkelheit Chris' Verwandlung.

Erschöpft lehne ich den Kopf zurück und schließe die Augen.

Allmählich verschwindet das Adrenalin und hinterlässt bleierne Müdigkeit und mit ihr schwammige Leere in meinem Kopf. Es wundert mich, dass mir nicht Myriaden von Gedanken durch den Kopf schießen. Eigentlich ist da nur einer: Ich bin wohl wirklich nicht wahnsinnig. Chris ist tatsächlich ein Werwolf. Und es gibt noch andere.

Der Schmerz pocht in meinem Bein und sorgt dafür, dass die Zeit sich ewig hinzieht. Vermutlich sind es jedoch nicht einmal zehn Minuten, die es dauert, bis es an mein Fenster klopft. Ich zucke zusammen und sehe auf. Da steht Chris und lächelt mich an. Sofort öffne ich die Tür.

»Ich hab ihn«, sagt Chris. In diesem Moment bin ich so erleichtert, dass ich weinen könnte.

Dann springt auch schon Sputnik ins Auto und auf meinen Schoß. Ich umschlinge ihn mit beiden Armen und drücke mein Gesicht in sein struppiges Fell. Auch wenn er solch enge Umarmungen nicht immer mag, jetzt gerade habe ich das Gefühl, dass Sputnik sich richtiggehend an mich lehnt. Er atmet schnell und wirkt nervös. Der Schreck macht ihm bestimmt noch immer zu schaffen.

»Ich bin so froh, dass dir nichts passiert ist«, wispere ich. Sputnik antwortet, indem er mir über die Hand leckt.

»Soll ich ihn nach hinten setzen?«, fragt Chris.

»Nein, lass ihn hier.«

»Okay.«

Chris wirft die Wagentür zu und geht ums Auto herum, um die Tür zu öffnen. Statt einzusteigen, zögert er jedoch. »Ähm, soll ich vielleicht eine Decke unterlegen? Hast du eine?«

Verständnislos sehe ich Chris an. »Wieso?«

Statt zu antworten deutet Chris an seinem nackten Körper auf und nieder.

Ich verdrehe die Augen und wende mich wieder Sputnik zu. »Steig einfach ein.«

Das tut Chris dann auch. Ich reiche ihm den Schlüssel und er startet den Wagen. Ich bin froh, dass wir von hier wegkommen.

»Ist es okay, wenn wir noch schnell zu mir fahren?«, fragt Chris. »Ich, äh, ich muss noch meine Klamotten holen.«

Normalerweise hätte ich auf so eine Aussage hin irgendeinen dummen Kommentar abgegeben. Aber dazu bin ich heute nicht mehr in der Lage. Ich nicke nur. »Klar.«

»Dauert auch nicht lange«, verspricht Chris. »Ich bringe dich dann sofort ins Krankenhaus.«

»Okay«, sage ich und streichle durch Sputniks Fell. Inzwischen hat er sich ein wenig beruhigt. Er weiß wahrscheinlich, dass er jetzt in Sicherheit ist. Er rollt sich sogar auf meinem Schoß zusammen, obwohl er dafür eigentlich ein bisschen zu groß ist, und schließt die Augen. »Ist Sputnik weit weggelaufen?«

»Nein, nicht besonders. Die Leine hat sich in einem Gebüsch verhakt und er konnte sich nicht befreien.«

»Oh nein, der Arme!«

»Mhm, in dem Fall aber besser so. Sonst wäre er womöglich bis zur Straße gerannt...«

Ich seufze. »Jetzt hast du ihn mir das zweite Mal zurückgebracht, oder?«

Chris wirft mir einen kurzen Blick zu, dann seufzt auch er. »Ja.«

»Das heißt, das im Wald... der Wolf, der mit Sputnik gespielt hat und sich zu mir gelegt hat...«

Jetzt sieht Chris nicht zu mir, sondern stur auf die Straße. Betreten irgendwie. »Ich hätte das nicht tun sollen.«

»Das warst du?«

»Ja, das war ich.«

»Und die Angriffe?«

»Nein! Ich habe nie jemanden angegriffen! Kein Reh, kein Schaf und erst recht kein Kind! Das musst du mir glauben!«

Chris' Blick fliegt zu mir. Er sieht ernst aus und auch ein bisschen panisch.

Ich höre in mich hinein, dann nicke ich. »Ich glaube dir.«

Chris atmet erleichtert auf, sagt aber nichts. In diesem Moment erreichen wir nämlich die Hundeschule und Chris parkt den Wagen.

»Ich bin gleich wieder da«, sagt er, bevor er aussteigt.

»Okay.«

Tatsächlich dauert es keine fünf Minuten, bis Chris wieder neben mir sitzt – vollständig bekleidet – und den Wagen startet.

»Gleich sind wir im Krankenhaus«, versichert er mir. So wie er fährt, zweifle ich daran nicht. Er ist deutlich schneller als erlaubt und auch wenn er mir ein souveräner Fahrer zu sein scheint, ist das auf der schmalen Hangstraße voller Serpentinen nicht ungefährlich. Manchmal sieht man erst im letzten Moment, dass einem ein anderes Auto entgegenkommt.

»Kein Grund, zu rasen«, mahne ich leise.

Chris nimmt sofort den Fuß ein wenig vom Gas. »Sorry. Ich fühle mich nur schlecht, dass wir meinetwegen diesen Umweg machen müssen.«

Ich werfe ihm einen bedeutungsvollen Blick zu. »Ohne dich gäbe es keinen Umweg zu machen. Ohne dich läge ich jetzt ganz allein blutend im Wald. Blutend oder…«

Ich kann nicht weitersprechen bei dem Gedanken daran, was hätte passieren können, wenn Chris nicht plötzlich aufgetaucht wäre. Die restliche Fahrt über schweigen wir.

Kapitel 21

Es fällt mir schwer, Sputnik im Wagen zu lassen, um in die Notaufnahme zu gehen. Nach diesem Schreck möchte ich nicht, dass er allein ist. Doch ins Krankenhaus kann er nicht mit, das ist mir natürlich klar.

»Er fühlt sich sicher im Auto und schau, er wirkt auch nicht mehr gestresst«, versucht Chris mich zu beruhigen, doch es gelingt ihm nur so halb.

»Ich bin gleich wieder da«, sage ich zu Sputnik, als ich die Wagentür schließe.

Wie selbstverständlich stützt mich Chris auf dem Weg ins Krankenhaus. In der Notaufnahme bin ich zunächst völlig desorientiert. Chris hingegen scheint den Überblick zu haben. Er verstärkt kurz den Druck auf meinen Arm und lenkt mich so zum Empfang. Dort finde ich mich einem Pfleger mit müden Augen und Stressakne gegenüber. Er mustert Chris und mich abwägend.

»Was führt Sie her?«, will er wissen.

Ich blinzle. Und blinzle. Und blinzle. Und habe keine Idee, was ich sagen soll. *Ein Werwolf hat mich angefallen. Vielleicht wollte er mich töten. Jetzt habe ich einen Werwolfsbiss am Bein.* – Da kann ich mich auch gleich selbst in die Psychiatrie einweisen.

»Ein Hund hat ihn gebissen«, sagt Chris plötzlich. »Er hat eine große Bisswunde am Bein, außerdem Schrammen an den Händen und im Gesicht.«

Der Pfleger nickt. Er tippt etwas in dem Computer ein, nimmt meine Personalien auf und lässt mich anschließend noch ein Infoblatt ausfüllen. Dann heißt es: warten. Anscheinend ist vor Kurzem ein schwerer Unfall passiert, der die Notfallmediziner in Atem hält.

Während wir warten, reden Chris und ich kaum miteinander. Es ist, als hätten wir vorhin im Auto alle Worte aufgebraucht, die wir nach diesem Vorfall noch übrighatten. Die bleierne Schwere hat inzwischen meinen ganzen Körper und meinen Geist erfasst.

Ich fühle mich, als würde ich die Welt wie durch einen dichten Schleier wahrnehmen.

Chris sitzt ganz nah bei mir. Beinahe so, wie er es damals als Wolf getan hat. Er berührt mich nicht, doch ich kann seine Nähe spüren, auch wenn ich nicht hinsehe.

Es dauert beinahe eine Stunde, bis ich aufgerufen werde. Mit Chris' Hilfe humple ich in einen Behandlungsraum, wo mich bereits eine junge Ärztin mit nachlässig gebundenem blondem Pferdeschwanz erwartet. Sie sitzt an einem Schreibtisch, den Blick auf den Computerbildschirm gerichtet.

»Sie sind von einem Hund gebissen worden?«, fragt sie, ohne aufzusehen.

»Genau«, antworte ich und erschrecke darüber, wie zittrig meine Stimme ist. »Hallo.«

»Entschuldigen Sie!«, meint die Ärztin, steht auf und kommt zu mir, um mir die Hand zu reichen. »Hallo. Setzen Sie sich doch am besten gleich auf die Liege.«

Das tue ich. Chris stellt sich neben mich, den Blick wachsam auf mich gerichtet.

»Wie kam es denn zu dem Biss? Kennen Sie den Hund?«

Ich schüttle den Kopf. Zu mehr bin ich nicht in der Lage.

Wieder springt Chris für mich ein. »Er, äh, wir waren spazieren. Mit seinem Hund. Dann ist dieser andere Hund aufgetaucht. Er war sichtlich aggressiv und wollte Lukas' Hund angreifen. Lukas ist dazwischengegangen und wurde dabei gebissen.«

»Konnten Sie mit seinem Halter reden?«

»Nein, der Hund war allein. Er ist da frei rumgelaufen. Wir wissen nicht, wem er gehört.«

»Das ist schlecht. Dann wissen wir nichts über seinen Impfstatus. Ich werde Sie sicherheitshalber nicht nur gegen Tetanus, sondern auch gegen Tollwut impfen.«

»Ich glaube nicht, dass er tollwütig war...«, meine ich leise.

»Ich werde trotzdem kein Risiko eingehen. Tollwut ist immer noch tödlich und Sie werden mir zustimmen, dass man sich in diesem Fall nicht auf Vermutungen stützen sollte.«

»Ja«, seufze ich.

»Schön«, sagt die Ärztin und beugt sich seitwärts, um zwei Einweghandschuhe aus einer Box zu fischen. Resolut zieht sie sich diese an. »Dann schaue ich mir mal die Verletzung an.«

Die Ärztin befreit mich von meinem Verband und sieht sich die Wunde an. Dabei atmet sie zischend ein. »Das war aber ein großer Hund.«

»Ja,« stimmt Chris zu. »Ein Schäferhund.«

Die Ärztin nickt und dokumentiert die Verletzung, bevor sie sich dann daran macht, sie zu versorgen. Es dauert eine Weile und es tut wirklich, wirklich weh. Wie in Trance lasse ich die Behandlung über mich ergehen.

Nachdem sie mit meinem Bein fertig ist, besieht sich die Ärztin noch die Schürfwunden auf meinen Händen und meiner Wange. Auch diese Verletzungen desinfiziert und versorgt sie. Dann bekomme ich noch die versprochenen Impfungen und ausführliche Anweisungen, wie ich mit meiner Bisswunde zu verfahren habe. Ich hatte Glück, meint sie, dass der Biss nicht tiefer gegangen ist. Es wurden keine wichtigen Sehnen und Muskeln verletzt. Eine Narbe wird mir aber bleiben.

Chris bleibt die ganze Zeit über an meiner Seite. Er hilft mir auch, nach der Behandlung zurück zu dem müden Krankenpfleger zu gehen, um die Formalia zu regeln. Und er bringt mich zum Auto, um mich nach Hause zu fahren.

Sputnik begrüßt uns euphorisch, rollt sich aber, sobald wir fahren, auf der Rückbank zusammen und schläft.

»Na siehst du, es geht ihm gut«, meint Chris nach einem kurzen Blick durch den Rückspiegel auf Sputnik und lächelt mir dann zu.

»Ja, sieht so aus.«

»Wo wohnst du denn?«

Ich nenne Chris meine Adresse und dann kehrt wieder Stille zwischen uns ein. Ich betrachte die leuchtenden Lichter in den Straßen. Die Häuser, hinter denen das Leben weitergeht wie immer.

Die Menschen auf dem Heimweg, die wir passieren. Alles sieht so normal und alltäglich aus und doch habe ich einmal mehr das Gefühl, dass meine gesamte Welt aus den Angeln gekippt ist.

Ich bin erleichtert, als wir bei mir zu Hause ankommen. Chris parkt den Wagen, steigt aus und kommt sofort an meine Seite, um mir beim Aussteigen zu helfen.

»Danke«, murmle ich und meine nicht nur seine Unterstützung jetzt in diesem Moment.

»Kein Problem.«

Ich lehne mich gegen den Wagen und lasse Sputnik ins Freie. Er düst sofort zu der kleinen Rasenfläche vor dem Nachbarhaus und erleichtert sich, dann trippelt er zur Haustür und sieht mich erwartungsvoll an.

»Ich komme ja schon«, versichere ich ihm und muss ein wenig schmunzeln.

»Kann ich mitkommen?«, fragt Chris auf einmal. »Ich meine, hast du vielleicht einen Tee für mich? Ich würde mich gerne noch aufwärmen, bevor ich heimlaufe.«

Wenn ich je eine Ausrede erkannt habe: Das ist definitiv eine. Ich zucke trotzdem nur mit den Schultern und stecke den Schlüssel ins Schloss. »Klar.«

Sobald wir meine Wohnung erreicht haben, hilft Chris mir aus dem einen Gummistiefel, den ich noch trage, ohne dass ich ihn auch nur darum bitten müsste. Dann schäle ich mich aus meiner Jacke und auch Chris legt Jacke und Schuhe ab, bevor er Sputnik sein Geschirr auszieht. Der Hund düst sofort in die Küche und ich höre ihn gierig Wasser trinken.

»Wir müssen auch da hin«, meine ich und deute auf die Küche. Das kurze Stück hüpfe ich auf einem Bein und halte mich dabei gelegentlich an der Wand fest. Ich will mich nicht ständig auf Chris stützen müssen.

In der Küche setze ich Wasser auf, hole Tassen aus dem Schrank und lasse Chris einen meiner Tees aussuchen. Er wählt Blutorange, was einen Teil in mir hysterisch auflachen lässt. Meine Miene jedoch bleibt ausdruckslos. Ich nehme mir ein Päckchen Pfefferminztee, dann gebe ich Sputnik noch etwas zu essen. Ausgehungert macht er sich darüber her.

Lächelnd beobachte ich den Hund, bevor ich mich Chris zuwende. »Ich ziehe mir mal eben etwas Bequemes an«, sage ich.

»Klar, mach das. Brauchst du Hilfe?«

»Nee, danke. Ich schaffe das schon.«

»Okay.«

Ich hüpfe also ins Badezimmer, wo zum Glück noch eine Jogginghose herumliegt. Bevor ich die anziehen kann, muss ich jedoch erst aus meiner Jeans raus, was sich als doch nicht so einfaches Unterfangen herausstellt, wie ich gedacht habe. Über den Verband bekomme ich sie jedenfalls nicht. Letztlich entscheide ich mich, Chris' Werk zu vollenden und die Jeans endgültig aufzuschneiden. Mit der Nagelschere, in Ermangelung anderer Alternativen.

Von der Jeans und auch von meinem Pullover befreit, würde ich wahnsinnig gerne duschen, doch da der Verband nicht nass werden darf und ich mich gerade nicht in der Lage fühle, ihn wasserfest zu verpacken, bleibt es bei einer kurzen Katzenwäsche.

Als ich dabei in den Spiegel sehe, erschrecke ich vor mir selbst. Meine Haut ist fahl, die Augen müde und blutunterlaufen. Auf meiner Wange prangt ein riesiges Pflaster. Auf meinem Oberkörper kündigen sich die ersten blauen Flecken an. Zwei auf meiner Brust erinnern mich verdächtig an die Pfotenabdrücke der Wölfin.

Ich wende mich ab, um den Anblick nicht weiter ertragen zu müssen, und beende meine Katzenwäsche relativ rasch. Danach schlüpfe ich in die Jogginghose und einen Pullover, den ich ebenfalls noch im Bad habe. Er ist nicht ganz frisch, aber er müffelt noch nicht. Das muss reichen.

Zurück in der Küche finde ich diese leer vor. Kurz bin ich überzeugt davon, dass Chris einfach gegangen ist. Und ich könnte es ihm nicht verdenken. Doch ein Blick in die Diele sagt mir, dass seine Schuhe und seine Jacke noch da sind. Er muss also woanders stecken.

Ich finde ihn im Wohnzimmer. Auf dem Couchtisch hat Chris unsere Teetassen abgestellt. Er selbst sitzt im Schneidersitz auf meinem Sofa. In der Hand hält er sein Handy. Mit zusammengezogenen Augenbrauen betrachtet er das Display. Sein Anblick erinnert mich daran, wie er auf seinem Sofa saß, als ich ihn vom Friedhof aus beobachtet habe. Und mit einem Mal bricht die Wucht aller Ereignisse der letzten beiden Wochen über mich herein. All die Angst, all die Ungewissheit. Die Hilflosigkeit, die Unwissenheit, die Hoffnungslosigkeit. Die Einsamkeit.

»Dann werde ich nicht wahnsinnig?«, stammle ich und halte mich am Türpfosten fest, um nicht zu taumeln.

Chris' Blick fliegt zu mir. »Was?«

»Ich dachte, ich werde wahnsinnig. *Bin* wahnsinnig.«

Ich kann Chris nicht ansehen, blicke stattdessen auf meine Hand am Türrahmen. Mittlerweile treten meine Knöchel weiß hervor. Ich weiß nicht, wie lange ich noch stehen kann. Meine Knie fühlen sich wacklig an und vor meinen Augen tanzen Sterne.

»Warum?«, fragt Chris und ich kann hören, dass er aufsteht und auf mich zukommt. Dann hat er mich auch schon erreicht und umfasst meinen Arm. Mit ihm huscht Sputnik zu mir und sieht mich aus großen Augen an. »Komm erst mal zum Sofa.«

Ich nicke und will losgehen – loshumpeln –, doch ich verliere tatsächlich das Gleichgewicht und taumle gegen Chris. Sofort schlingt er einen Arm um meine Taille und stützt mich. Gemeinsam schaffen wir es dann doch zum Sofa. Sobald wir sitzen, verzieht Sputnik sich wieder zurück in sein Körbchen.

»Erklärst du mir jetzt, wieso du das dachtest?«, fragt Chris leise.

Ich seufze, lehne mich zurück in die Kissen und schließe die Augen. Ich mag Chris immer noch nicht ansehen. »Weil ich doch gesehen habe, wie du… dich in einen Wolf… verwandelt hast.«

»Oh. Du konntest nicht glauben, was du gesehen hast?«

»Nein. Natürlich nicht. Wie soll man das denn glauben können?!« Zum Ende hin wird meine Stimme lauter, schrill. Meine Augen brennen. »So etwas gibt es nicht, kann es nicht geben. Die einzig vernünftige Erklärung ist doch, dass ich den Verstand verliere.«

»Du verlierst nicht den Verstand. Ich schwöre dir, was du gesehen hast, war echt. Ich bin ein Werwolf.«

Ich öffne die Augen. Durch den Tränenschleier, der sich plötzlich über meine Augen gelegt hat, kann ich Chris nur verschwommen sehen. Habe ich vorhin fast geschrien, so flüstere ich jetzt erstickt. »Ich hatte solche Angst.«

Kaum habe ich das ausgesprochen, wird mir bewusst, wie wahr es ist.

Und dann brechen alle Dämme.

Tränen strömen mir über die Wangen, ich werde von Schluchzern geschüttelt, meine Nase läuft und ich verschlucke mich, als ich versuche zu atmen. Es ist kein zartes, elegantes Weinen. Ich heule all meine Verzweiflung aus mir heraus. Es ist laut, es ist hässlich und es tut weh.

Plötzlich spüre ich Arme, die mich umfangen. Erst sperre ich mich dagegen, doch dann lasse ich mich von Chris an seine Brust ziehen. Als er mich ganz mit seiner Nähe umfängt, fühle ich die Einsamkeit der letzten Wochen nur umso stärker. Mein Schluchzen wird noch hemmungsloser und ich schlinge die Arme um Chris, vergrabe mein Gesicht in seinem Pullover.

Chris streichelt sanft über meinen Rücken, über mein Haar. Er wiegt mich wie ein Kind und murmelt mir sanfte Worte ins Ohr.

»Schh... Lass es raus... Ich bin da... Du bist nicht verrückt... Ich hab dich...«

Chris' Nähe tut gut und sie tut weh. Sie gibt mir Sicherheit und sie wühlt mich auf. Sie beruhigt mich nicht. Irgendwann aber fordert die Erschöpfung ihren Tribut und während ich noch immer weine, schlafe ich ein.

Als ich aufwache, umfängt mich die Wärme eines anderen Körpers. Instinktiv dränge ich mich ihm entgegen. Das ist schön. Ich schlinge meine Arme enger um den Oberkörper des anderen, vergrabe mein Gesicht an dessen Brust. Weil mir das noch nicht genug Nähe ist, lege ich ein Bein um seine, rücke noch enger an ihn heran. So schön... Warm und vertraut und sicher.

Eine Hand streichelt sanft über meinen Rücken, eine Nase presst sich in mein Haar. Ein tiefes Einatmen und ein leises Seufzen, dann werde ich meinerseits ein Stück enger an diesen wunderbaren, warmen Körper herangezogen.

Ich ruckle meinen Kopf noch ein wenig zurecht und suche mir die bequemste Position. Fast bin ich schon wieder eingedöst, als eine leise Stimme an mein Ohr dringt.

»Hey…«

Ich brauche einen Moment, um diese Stimme richtig zuzuordnen. Als mir klar wird, dass es Chris' ist, ist alles wieder da. Der Wolf. Der Angriff. Chris, der mich gerettet hat. Das Krankenhaus. Mein Zusammenbruch auf dem Sofa. Wie Chris mich getröstet, mich gehalten und umsorgt hat. Ausgerechnet Chris. Chris, der Werwolf. Chris, der nicht an mir interessiert ist.

Mit einem Mal ist es mir unendlich peinlich, dass er mich so aufgelöst erlebt hat. Dass ich mich so in Chris' Arme geflüchtet habe. Dass ich mich immer noch an ihn schmiege, als wäre er das einzig Gute in dieser Welt.

Abrupt lasse ich Chris los und rutsche von ihm ab. Erst jetzt öffne ich die Augen. Wir liegen in meinem Bett – wie wir hier hingekommen sind, weiß ich nicht. Die Jalousien sind nicht heruntergezogen und durch das Fenster dringt trübes Licht, das die Uhrzeit nicht verrät, sehr wohl aber zeigt, dass es nicht mehr Nacht ist. Es regnet und die Scheiben sind beschlagen.

»Entschuldige!«, murmle ich und erst jetzt wage ich es, Chris anzusehen. Er ist noch vollständig angezogen, stelle ich fest. Er liegt auch nicht unter der Decke, so wie ich es wohl tat, bevor ich mich in meiner Kuschelattacke davon freigestrampelt habe. Nein, Chris hat ohne Decke, dafür aber in Jeans und T-Shirt in meinem Bett geschlafen.

Dennoch: Er sieht hinreißend aus. Die Haare verstrubbelt vom Schlaf, die Wangen ein wenig gerötet, die Lippen leicht geöffnet. Seine hellen Augen funkeln mich unter schweren Lidern fragend an. Mit ihm jeden Morgen aufwachen und ihn dann auch noch küssen zu dürfen, muss das Beste überhaupt sein.

Nur dass Chris auf einmal seine Stirn runzelt, stört das Bild ein wenig. »Wofür entschuldigst du dich?«

Ich setze mich auf und rutsche zum Rand des Betts, wende meinen Blick von Chris ab. »Ich hätte... dich nicht so... bedrängen sollen. Tut mir leid.«

Chris schnaubt. »Du hast mich doch nicht bedrängt!«

Ich finde es sehr nett von ihm, dass er mir daraus keinen Vorwurf machen will, aber doch: Genau das habe ich getan. Um noch mehr Abstand zwischen uns zu bringen, stehe ich auf – und sinke sofort zurück aufs Bett, als ein scharfer Schmerz mein rechtes Bein durchzieht.

»Scheiße!«, keuche ich.

Sofort ist Chris bei mir, legt eine Hand auf meine Schulter. »Geht's?«, fragt er besorgt.

»Muss ja«, brumme ich und erhebe mich nun endgültig. Auch wenn ich mich am liebsten noch mehr in seine Berührung hineingelehnt hätte. Nein: *Weil* ich mich am liebsten noch mehr in seine Berührung hineingelehnt hätte. Mag sein, dass er sich nichts dabei denkt, wenn er mich anfasst. Gestern habe ich das auch nicht getan, gestern war ich dazu einfach nicht mehr in der Lage. Heute aber ist jede Berührung zu viel, weil sie mich daran erinnert, dass ich gerne mehr hätte – dass ich aber nicht mehr haben kann.

Ich humple aus dem Schlafzimmer ins Bad. Erleichtert und traurig zugleich schließe ich die Tür hinter mir ab. Dieser Moment, als ich aufgewacht bin und mich an Chris geschmiegt habe, mir nicht restlos bewusst, wer er ist, aber in dem Gefühl, absolut sicher und richtig bei ihm und in seinen Armen zu sein – das war einer der schönsten Momente, die ich in letzter Zeit hatte. Zu wissen, dass Chris mich nur aus Mitleid in seinen Armen gehalten hat, hinterlässt einen schalen Nachgeschmack.

Nach einer kurzen Morgentoilette fühle ich mich dem kommenden Tag etwas besser gewappnet. Ich richte für Chris noch eine Zahnbürste und ein Handtuch her, dann verlasse ich das Bad.

Ich finde Chris immer noch auf meinem Bett liegend. Den rechten Unterarm hat er über seine Augen gelegt.

»Trinkst du Kaffee zum Frühstück oder lieber Tee?«, erkundige ich mich und bin stolz darauf, wie beiläufig meine Frage klingt.

Chris nimmt den Arm vom Gesicht und sieht mich irritiert an. »Du willst, dass ich zum Frühstück bleibe?«

»Äh, du musst natürlich nicht, wenn du nicht magst«, rudere ich sofort zurück. »Ich habe dich schon viel zu lange beansprucht.«

»Nein! Ich meine... Hast du nicht. Wirklich nicht.« Chris setzt sich auf und lächelt mich an. »Frühstück wäre super. Mit Kaffee, bitte.«

»Okay. Ich hab dir übrigens eine Zahnbürste neben das Waschbecken gelegt. Handtuch ist auf der Waschmaschine.«

Ich humple in die Küche und stelle sofort die Kaffeemaschine an. Erst als ich den Tisch decke, wird mir bewusst, dass meine Wohnung ziemlich chaotisch aussieht und ich dringend mal staubsaugen muss. Dazu war ich in den vergangenen Tagen nicht in der Lage. Vor Chris ist mir der Zustand meiner Wohnung unheimlich peinlich. Normalerweise putze ich, bevor ich Besuch bekomme. Mit Chris habe ich aber nicht gerechnet. Wie hätte ich das auch können sollen.

Von dem klappernden Geschirr geweckt, steht plötzlich Sputnik neben mir. »Na du, guten Morgen!«, begrüße ich ihn und werde dafür noch viel stürmischer von ihm begrüßt. »Hast du im Wohnzimmer geschlafen, hm? Geht es dir wieder besser? Hast du dich erholt?«

Sputnik wirkt zumindest wieder ganz entspannt auf mich. Ich öffne ihm die Terrassentür und lasse ihn hinaus in den Garten, damit er sich dort erleichtern kann. Optimal ist das nicht, aber so wie mein Bein momentan pocht, werde ich die Gassirunden heute wohl so begrenzt wie möglich halten müssen.

Als Chris in die Küche kommt, ist der Tisch fertig gedeckt und ich sitze schon an meinem Platz, das Bein auf einem zweiten Stuhl hochgelagert. Chris setzt sich ebenfalls und lächelt mich an.

»Sieht gut aus, danke«, meint er.

Ich mache eine wegwerfende Handbewegung. »Ist doch nicht viel. Brötchen holen konnte ich leider nicht und Schinken oder so habe ich nicht, ich bin Vegetarier.«

»Ich auch.«

Meine Augenbrauen fliegen nach oben. »Ein vegetarischer Werwolf?«

Chris grinst. »Ja.«

»Und das geht?«, stürze ich mich auf das Thema, dankbar für die Ablenkung von meinem Gedankenkarussell.

»Warum sollte es das nicht?«

»Auch, wenn du ein Wolf bist?«

»Ähm. Meistens. Ich versuche, mich nicht zu verwandeln, wenn ich hungrig bin. Dann ist die Versuchung zu jagen nicht so groß.«

»Aber als Wolf würdest du jagen?«, hake ich fasziniert nach. »Also, hast du die entsprechenden Instinkte? Oder denkst du wie als Mensch, nur eben in einem Wolfskörper?«

»Uff. Das ist schwer zu erklären. Wenn ich ein Wolf bin, bin ich ein Wolf. Mit allem, was dazugehört. Aber das Bewusstsein für meine menschliche Seite ist auch immer da.«

Ich trinke einen Schluck Kaffee und schüttle den Kopf. »Ein vegetarischer Werwolf.«

Chris zwinkert mir zu. »Glaub mir, das ist ein ganz heißes Thema bei Familientreffen.«

»Sind alle in deiner Familie Werwölfe?«

Chris sieht mich an, als bereue er, was er eben gesagt hat, doch dann nickt er. »Ja. Aber... Du musst das unbedingt für dich behalten.«

»Als ob mir das irgendjemand glauben würde.«

»Trotzdem. Bitte, das ist extrem wichtig.«

Chris sieht mich eindringlich an und ich nicke. »Ich rede mit niemandem darüber. Habe ich bisher doch auch nicht.«

Chris seufzt. »Es tut mir so leid, dass du das allein mit dir ausmachen musstest.«

Ich zucke mit den Schultern und widme mich meinem Käsebrot. Das beständige Brennen an meinem Unterschenkel erinnert mich konstant an die Ereignisse gestern im Wald. All die Gruselgeschichten, die es so über Werwölfe gibt, all die Filme, die ich gesehen habe, fallen mir wieder ein.

»Werde ich jetzt auch ein Werwolf?«, bricht es aus mir heraus.

»Hm? Ach so, nein. Man wird als Werwolf geboren, das ist nichts Ansteckendes.« Ich atme erleichtert auf und Chris grinst schief. »Werwolf zu sein ist aber nichts Schlimmes, weißt du? Eigentlich ist es sogar ziemlich cool.«

»Entschuldige! Ich wollte dich nicht beleidigen.«

»Blödsinn, hast du nicht. Ich verstehe schon, dass du das nicht wollen würdest. Außerdem hast du nicht gerade den besten Eindruck von uns, nach gestern.«

Das finde ich nicht, denn immerhin waren da gestern zwei Werwölfe und einer hat mich beschützt und mir geholfen. Das sage ich aber nicht, stattdessen frage ich: »Wieso hat sie das getan?«

Chris seufzt. »Ich habe keine Ahnung.«

»Vielleicht ist sie ja wirklich krank? Tollwut oder so?«

»Nein, das hätte ich gerochen. Physisch ist sie ganz gesund.«

»Psychisch aber nicht?«

»Kann ich mir nicht vorstellen. Man muss doch völlig irre sein, wenn man aus heiterem Himmel einen Menschen angreift.«

»Zwei«, korrigiere ich.

»Hm?«

»Na ja, das Mädchen. Wenn du das nicht warst, war das doch wahrscheinlich sie, oder?«

»Ja.«

In diesem Moment kommt Sputnik aus dem Garten herein, entdeckt Chris und ist außer sich vor Freude, ihn zu sehen. So euphorisch wie immer begrüßt er ihn. In diesem Moment fällt es mir wie Schuppen von den Augen. »Sputnik weiß, dass du der Wolf bist, der mit ihm gespielt hat, oder?«

Chris lächelt und streichelt meinen Hund. »Ja. Er erkennt meinen Geruch.«

»Wow«, mache ich und beobachte die beiden ein bisschen. »Danke, dass du Sputnik zurückgebracht hast. Schon wieder.«

»Gerne.«

»Und danke, dass du mich gerettet hast. Ich weiß gar nicht, ob ich mich gestern schon dafür bedankt habe.«

»Du musst dich nicht bedanken. Das war doch selbstverständlich. Als ich dich schreien gehört habe…«

Chris sieht zu mir auf und seine Augen suchen meine – kurz nur, dann schüttelt er leicht den Kopf und wendet sich wieder Sputnik zu, der hingebungsvoll seine Hände ableckt.

»Wieso warst du denn gestern eigentlich dort in der Gegend?«, will ich wissen.

»Ich wollte mir die Orte, an denen die Wolfsattacken passiert sind, ansehen. Oder eigentlich: die Orte beschnüffeln, um herauszufinden, ob ein Wolf oder ein Werwolf dort war und um den zu suchen.«

»Ich auch. Also ohne den Geruchs-Part.«

Chris nickt. »Habe ich mir schon gedacht.«

Er löst sich von Sputnik und wendet sich wieder seinem Kaffee zu. Eine Weile essen wir schweigend, doch mir brennen inzwischen so viele Fragen auf der Zunge, dass ich das nicht lange aushalte.

»Konntest du denn etwas herausfinden, bevor du mich retten musstest?«, will ich wissen.

»Ich musste dich nicht retten, ich wollte dich retten«, korrigiert er ernst. »Und wirklich viel habe ich nicht herausgefunden. Nicht mehr als du auch: Hinter den Angriffen steckt kein Wolf, sondern ein Werwolf.«

»Weißt du, wer es ist?«

»Nein.«

»Wenn du sie als Mensch treffen würdest, im Supermarkt zum Beispiel, würdest du sie erkennen? Am Geruch oder so?«

Chris seufzt. »Wenn ich ihr nicht gerade meine Nase in die Achseln ramme, nicht. Als Mensch rieche ich nicht besser als du und wann hast du das letzte Mal jemanden an seinem Geruch erkannt?«

»Hm, kann sein, dass das ein Weilchen her ist«, erwidere ich mit einem trockenen Schmunzeln. »Aber merkst du denn nicht, ob jemand ein Werwolf ist?«

»Jein. Als Wolf kann ich riechen, ob jemand ein Werwolf ist. Auch auf größere Distanz und in den Spuren, die er zurücklässt. Als Mensch geht das nur, wenn ich an jemandem schnüffle – was ich bei Fremden doch eher selten mache.« Er grinst ironisch, dann zuckt er leicht mit den Schultern. »Die menschlichen Sinne sind so schwach.«

»Also gibt es nicht wirklich eine Möglichkeit, sie zu finden, oder?«

»Hm, das würde ich so nicht sagen. Ich werde heute Abend noch einmal zu dieser Schafsweide laufen und ihrer Spur folgen. Dann sollte ich sie finden können.«

»Sagst du mir dann, wer sie ist?«

Er sieht mich nachdenklich an, dann nickt er. »Ja, mache ich.«

»Wirklich zur Rechenschaft ziehen werden wir sie ohnehin nicht können. Es wird ja niemand glauben, dass sie der *Problemwolf* ist.«

»Nein. Und das ist ihr wahrscheinlich auch bewusst.«

»Was uns wieder zu der Frage führt, wieso sie das alles überhaupt tut.«

»Ja, genau.«

Wir seufzen beide, dann sieht Chris plötzlich auf die Uhr. »Verdammt.«

»Hm?«

»Ich muss in einer halben Stunde in der Hundeschule sein. Aber…«

»Aber?«

Chris seufzt und sieht weiter seine Uhr an. »Kann ich dich allein lassen?«

»Natürlich«, antworte ich, noch bevor ich darüber nachdenken kann, wie ich mich fühlen würde, wenn er geht. Ich brauche doch keinen Babysitter. »Willst du mein Auto haben?«

Chris sieht auf und runzelt verwundert die Stirn. »Was?«

»Na ja, zu Fuß schaffst du es nie in einer halben Stunde in die Hundeschule. Und ich brauche es heute ohnehin nicht. Ich weiß zwar jetzt, dass du wie ein Irrer fährst, aber du kannst es trotzdem haben.«

»Ich fahre nur dann wie ein Irrer, wenn ich jemanden schnellstmöglich ins Krankenhaus bringen muss.«

»Na dann, umso besser.«

»Danke, das ist wirklich nett von dir. Ich bringe dir das Auto dann heute Abend zurück, okay?«

»Ja, klar.«

»Dann mache ich mich besser auf den Weg«, sagt Chris und steht auf. »Du musst mich nicht zur Tür bringen. Ich finde raus. Die Autoschlüssel sind auf der Kommode im Flur, nicht wahr?«

»Äh, wenn ich sie da gestern hingelegt habe, ja.«

»Hast du.« Chris steht auf und umrundet den Tisch. Er beugt sich über mich, um mich zu umarmen, was etwas schief und unbequem ist und viel zu kurz dauert. »Bis später!«

Kapitel 22

Auch wenn ein nicht unerheblicher Teil von mir es bedauert, dass Chris gehen musste, so ist es doch auch gut, dass ich allein bin. Das gibt mir Zeit und Raum, um über die jüngsten Ereignisse nachzudenken. Zwar habe ich schon vor dem gestrigen Tag mit dem Gedanken gespielt, dass Chris tatsächlich ein Werwolf sein könnte, doch ausgerechnet auf diese Weise Sicherheit darüber zu erlangen, war hart.

Als die Werwölfin mich gestern angegriffen hat, ging alles zu schnell und ich war viel zu aufgeputscht vom Adrenalin, um richtig Angst zu spüren. Danach war ich schlicht überfordert und konnte kaum klar denken. Überfordert bin ich immer noch, doch zu der Erleichterung darüber, dass ich psychisch gesund bin, tritt langsam der Schreck über die Attacke. In diesem Wolf steckt eine Frau und diese Frau wollte mich verletzen – vielleicht sogar Schlimmeres. Wieso bloß? Ging das gezielt gegen mich oder war ich einfach nur zur falschen Zeit am falschen Ort?

Allein in den Wald gehe ich jedenfalls in nächster Zeit sicher nicht mehr. Bei diesem Gedanken werde ich unendlich wütend auf meine Angreiferin, die es tatsächlich schafft, dass mir einer meiner liebsten Orte unheimlich wird.

Eine Weile starre ich blicklos auf den Frühstückstisch, dann reiße ich mich zusammen und räume den Tisch ab. Nachdem ich damit fertig bin, humple ich ins Wohnzimmer und lasse mich auf das Sofa fallen. Ich lege mein Bein hoch und betrachte es nachdenklich. Die Wunde pulsiert unangenehm.

Plötzlich springt Sputnik aufs Sofa und rollt sich neben mir zusammen. »Das war was gestern, hm?«, murmle ich und streichle sein struppiges Fell. Mit meiner freien Hand schalte ich den Fernseher ein. Es läuft zwar nichts Interessantes, aber ich hoffe, dass ich mich mit der Geräuschkulisse etwas weniger allein fühle.

Automatisch schnappe ich mein Handy und scrolle durch die neuesten Nachrichten. Wenigstens haben die Wolfsgegner durch die Attacke auf mich keinen neuen Auftrieb bekommen. Denn ich habe den Angriff natürlich nicht gemeldet.

Gerade will ich mein Handy wieder weglegen, da erhalte ich eine Nachricht von Jana. *Hey, wie geht es dir? Magst du vielleicht heute Abend mit mir essen gehen? Ich muss dir doch noch von meinem Date erzählen!*, schreibt sie und hängt einen lächelnden Smiley und ein pinkes Herz an.

Ich muss schmunzeln. Sieht so aus, als wäre Janas Date gut gelaufen. Schnell tippe ich eine Antwort. *Würde ich sehr gerne, bin schon gespannt, was du erzählst! Aber ich bin momentan etwas invalide und an mein Haus gebunden.*

Was ist denn passiert?, will sie sofort wissen.

Hatte eine unangenehme Begegnung mit einem Schäferhund. Er hat mich ins Bein gebissen.

Oh nein! Schlimm?

Na ja, er hat schon ziemlich fest zugebissen.

Kann ich dir irgendwie helfen? Brauchst du wen, der mit Sputnik geht?, fragt Jana.

Ich lächle gerührt. *Das ist wirklich lieb von dir! Aber es geht schon.*

Unsinn. Ich arbeite heute bis vier, danach komme ich zu dir und mache eine Runde mit Sputnik und Smilla. Außer, du hast jemand anderen, der das macht.

Nein, ich habe niemanden.

Dann bin ich kurz nach vier da.

Danke!

Tatsächlich steht Jana am Nachmittag vor meiner Tür. Sie überreicht mir ein Tablett mit frisch gebackenen Muffins, kündigt sich für einen Kaffeetratsch nachher an und ist kurz darauf mit zwei schwanzwedelnden Hunden an ihrer Seite wieder verschwunden.

Als ich Jana knapp eine Stunde später die Tür erneut öffne, staune ich nicht schlecht. Denn zu den beiden Hunden hat sich noch ein dritter und zu Jana hat sich ein Mann gesellt.

»Schau, wen ich unterwegs gefunden habe!«, meint Jana und deutet lachend auf Hanno und Ernst neben ihr.

»Hallo«, sage ich verblüfft.

»Hey«, meint Hanno und ich glaube, er ist ein bisschen verlegen. »Jana meinte, du könntest vielleicht Gesellschaft brauchen. Sorry, wenn das jetzt blöd ist...«

Zum Ende hin wird Hanno immer leiser und ich werfe Jana einen prüfenden Blick zu. Wie kommt sie darauf, dass ich Gesellschaft brauche? Nicht, dass es nicht stimmt.

»Ist es nicht! Kommt rein, ihr zwei«, fordere ich sie auf und versuche, mir meine Irritation nicht anmerken zu lassen.

Hanno lächelt mich entschuldigend an und ich mache einen Schritt zur Seite, um die beiden hineinzulassen. Vor Jana und Hanno stürmen allerdings die Hunde meine Wohnung. Nachdem alle ihre Jacken und Schuhe beziehungsweise ihre Leinen und Geschirre losgeworden sind, führe ich Jana und Hanno in mein Wohnzimmer, das ich heute nach Janas Ankündigung, sie werde bei mir vorbeischauen, noch notdürftig aufgeräumt habe. Außerdem habe ich die Muffins, die Jana mitgebracht hat, auf meinem Couchtisch drapiert.

»Setzt euch doch«, weise ich die beiden an, dann gehe ich in die Küche, um den Kaffee zu holen. Hanno jedoch hört nicht auf meine Aufforderung, sondern folgt mir.

»Ist es wirklich okay, dass ich da bin?«, fragt er fast schon schüchtern.

»Ja, klar.«

»Ich dachte nur... Du warst diese Woche schon wieder nicht in der Hundeschule.«

Das stimmt. Tatsächlich habe ich auch diesen Sonntag verkrochen in meiner Wohnung verbracht und mich meinen Internetrecherchen gewidmet.

»Das hatte nichts mit dir zu tun. Echt«, versichere ich.

»Okay«, brummt Hanno. Ich kann nicht einschätzen, ob er mir glaubt. Er wechselt dann auch schnell das Thema und fragt mit Blick auf mein Bein, das ich kaum belaste: »Jana meinte, du wurdest von einem Hund gebissen?«

»Ja, genau.«

»Wie ist das denn passiert?«, will er wissen und lehnt sich gegen den Türstock, während ich an meiner Kaffeemaschine hantiere.

»Ich war mit Sputnik spazieren, der Hund ist auf Sputnik losgegangen, ich habe mich vor Sputnik gestellt und dann hat er eben mich gebissen«, wiederhole ich die Geschichte, die Chris sich ausgedacht hat. Ich wage es dabei nicht aufzusehen.

»Oh Mann«, meint Hanno. »Und was ist mit deiner Wange?«

»Ich bin hingefallen, als der Hund zugebissen hat, und dabei blöd aufgekommen.«

»Schöne Scheiße. Was war mit dem Halter des Hundes?«

»Der Hund ist frei herumgelaufen. Ich habe keine Ahnung, wem er gehört.«

»Wo war das denn?«

Ich nenne ihm einen Ort, der weit von der Schafsweide entfernt ist, an der mich die Werwölfin angegriffen hat. Dann drücke ich ihm zwei Tassen mit Kaffee in die Hände, um nicht weiter über dieses Thema sprechen zu müssen. »Bringst du das rüber?«

»Klar.« Hanno geht zurück ins Wohnzimmer und diesmal folge ich ihm.

Auf meiner Couch erwartet uns Jana inmitten eines pelzigen Geflechts. Lachend krault sie die Hunde, die miteinander um den besten Platz auf ihrem Schoß wetteifern.

»Da passen wir ja gar nicht mehr dazu«, befindet Hanno grinsend.

»Müssen wir uns eben mit dem Boden begnügen«, entgegne ich gespielt bedauernd.

»Quatsch!«, meint Jana und schickt die Hunde von der Couch. Sie wirken alles andere als begeistert, gehorchen aber. »Für euch habe ich immer Platz.«

Ich schmunzle und stelle meine Kaffeetasse auf dem Couchtisch ab, ehe ich neben Jana auf dem Sofa Platz nehme. Mein Bein lege ich hoch – da ich angeschlagen bin, nehme ich mir diese Freiheit heraus. Hanno setzt sich an Janas andere Seite und sieht die Muffins mit unverhohlener Gier an.

»Selbst gemacht?«, fragt er.

»Ja, von Jana«, erkläre ich.

»Super!«, befindet Hanno und greift zu. Jana beugt sich ebenfalls vor und nimmt sich zwei Muffins. Einen davon reicht sie mir.

»Danke«, sage ich.

»Gern«, erwidert Jana und ich bin froh, dass sie nicht so etwas sagt wie *Ist doch selbstverständlich* – denn es ist alles andere als das. Wir kennen uns erst so kurz und dass Jana mir gegenüber so fürsorglich ist, fühlt sich immer noch so ungewohnt an. Ungewohnt, aber schön.

»Wie fühlst du dich denn?«, will Jana prompt wissen.

Wieder ist mir unwohl dabei, dass ich die Wahrheit nicht sagen kann. Ich kann nicht sagen, dass ich aufgewühlt und überfordert bin, dass ich wissen will, was mit dieser Werwölfin ist, und dass ich Angst davor habe, es herauszufinden. Ich kann nicht sagen, dass Chris mich gerettet und mich beruhigt hat, dass ich heute in seinen Armen aufgewacht bin und dass ich mir wünschte, ich wäre mehr für ihn als ein Kerl, den er bemitleidet. Ich kann noch nicht einmal sagen, wie sehr mein Bein und meine anderen Blessuren tatsächlich schmerzen.

»Geht schon«, antworte ich also, den Blick auf meinen Kaffee gerichtet. »Der Schreck war schlimmer als alles andere.« Das ist zumindest nicht gelogen.

»Hmm... Also gehe ich recht in der Annahme, dass dir etwas Ablenkung guttun würde?«

Ich sehe zu Jana und muss lächeln, als ich den Ausdruck auf ihrem Gesicht sehe. »Du willst doch nur endlich über dein Date reden.«

Bevor Jana noch antworten kann, schaltet sich Hanno ein. »Du hattest ein Date? Mit wem? Erzähl uns alles! Wie sieht er aus?«

»Sie«, sagt Jana.

Hanno blinzelt. »Was?«

»Wie sieht *sie* aus. Ich hatte ein Date mit einer Frau.«

»Oh! Mit wem? Kenne ich sie?«

»Nadine Weilauer.«

Hanno denkt angestrengt nach, der Name scheint ihm aber nicht sofort etwas zu sagen.

»Die Wildtierbeauftragte. Vielleicht hast du sie mal im Fernsehen gesehen«, erkläre ich.

»Ah! Ja, habe ich. Äh. Hübsch?«

Jana lacht. »Schon. Vor allem aber ist sie klug und lieb und unglaublich engagiert und so klug.«

»Du wiederholst dich, Liebes«, meint Hanno schmunzelnd.

»Es stimmt ja auch.«

»Da hat aber jemand Herzchen in den Augen«, stichelt Hanno, klingt dabei aber irgendwie liebevoll.

Ich lehne mich zurück, nage an meinem Muffin und beobachte das Geplänkel der beiden. Hier so mit ihnen zu sitzen, fühlt sich nach gestern unendlich surreal an. Dass ich einerseits hier mit Freunden bei Kaffee und Kuchen in meinem Wohnzimmer abhänge, so normal und alltäglich, und dass andererseits da draußen Dinge, Wesen existieren, die mit dem rationalen Verstand nicht erklärbar und mit all dem, was ich bisher zu wissen glaubte, nicht vereinbar sind – das ist schwer zu begreifen. Es erscheint mir merkwürdig, so weiterzumachen wie immer, wo sich doch einfach alles geändert hat.

»Jetzt erzähl endlich, wie war es?«, fordert Hanno Jana auf, nachdem er genug davon hat, sie aufzuziehen.

»Schön«, haucht Jana fast schon verträumt und kurz spüre ich den Neid wie einen heftigen Stich im Herzen.

»Was habt ihr denn gemacht?«, will ich wissen, um mich wieder am Gespräch zu beteiligen und meine unpassenden Emotionen beiseitezuschieben.

»Ach, nichts Besonderes. Es war ein ganz klassisches Date. Wir waren im *Steiningers* essen.«

»Das nennst du nichts Besonderes?«, echot Hanno. »Das ist doch ziemlich schick und außerdem sehr hübsch, so am Wasser gelegen.«

»Ja, ist es wirklich. Das Essen war auch echt toll und wir haben uns super verstanden. Ich glaube, ich hatte noch nie ein erstes Date, bei dem es so leicht war, sich zu unterhalten. Keine peinlichen Pausen und so. Wir hatten uns eigentlich immer etwas zu erzählen.«

Das ist der Startschuss zu einem ausführlichen Bericht darüber, was genau Nadine denn so alles erzählt hat. Je länger sie spricht, desto deutlicher werden die Herzchen in Janas Augen. Ihre Wangen nehmen einen leicht rosa Glanz an und nicht nur ihre Worte, sondern vor allem ihr Gesichtsausdruck machen deutlich, dass sie ziemlich verknallt ist.

Ich lausche Jana mit gemischten Gefühlen. Einerseits freue ich mich für sie und wünsche ihr, dass das mit Nadine etwas Gutes wird – das hat sie nach diesem Idioten, der ihr Mann war, mehr als verdient. Andererseits ist mir unwohl dabei, ausgerechnet mit Hanno dieser verliebten Erzählung zu lauschen. Und dann ist da noch die leise Ahnung, dass ich ähnlich klingen und ähnlich verknallt aussehen würde, wenn ich über Chris spräche. Jetzt, da ich mir keine Sorgen mehr darüber zu machen brauche, dass er wahlweise nur ein Produkt meiner Fantasie oder aber ein irrer Serienangreifer ist, werden diese Gefühle wieder zusehends stärker. Nur dass ich mir keine Hoffnungen zu machen brauche, er könne mein Interesse erwidern.

Ein Seitenblick auf Hanno lässt mich vermuten, dass es ihm gerade ähnlich geht wie mir. Er weicht tunlichst meinem Blick aus, hört Jana aber mit einem Lächeln zu und stellt immer wieder interessierte Nachfragen. Zu Letzterem bin ich nicht wirklich in der Lage.

»Sagt mal, ich will ja nicht unverschämt sein, aber was haltet ihr davon, wenn wir uns etwas zu essen bestellen?«, macht Hanno nach einer Weile einen ziemlich abrupten Themenwechsel.

»Hast du Hunger?«, frage ich. Hanno legt sich eine Hand auf den Bauch und nickt leidend. Ich lache. »Klar. Worauf habt ihr denn Lust? Pizza?«

»Pizza ist gut.«

»Finde ich auch«, stimmt Jana zu.

Ich zücke mein Handy, wenig später haben wir uns auch schon entschieden und bestellt.

»Normalerweise sind die ziemlich flink«, meine ich und lege mein Handy wieder beiseite.

»Na hoffentlich, sonst verhungere ich dir hier auf dem Sofa«, erwidert Hanno grinsend, ehe er sich wieder Jana zuwendet. »Wo waren wir gerade? Oh ja! Du wolltest uns erzählen, was ihr *nach* dem Essen gemacht habt.« Prompt läuft Jana knallrot an wie eine überreife Tomate. Hanno lacht triumphierend. »Wusste ich es doch! Von wegen nur essen! Erzähl!«

»Ich erzähle euch sicher keine Details aus meinem Sexleben«, protestiert Jana.

»Ihr hattet also Sex«, folgert Hanno messerscharf und wackelt mit den Augenbrauen. Jana schlägt ihm vor die Brust, immer noch knallrot, nickt aber. Daraufhin verbeißt sich Hanno natürlich nur noch mehr in das Thema. »Und?«

»Eine Lady genießt und schweigt.«

Hanno will protestieren, aber ich bremse ihn. »Das klingt doch super. Und mehr geht uns auch gar nichts an.«

Ich werfe Hanno einen strengen Blick zu, den er mit einem gespielt beleidigten Augenrollen quittiert.

Bevor Hanno noch etwas erwidern kann, klingelt es plötzlich an der Tür. Irritiert sehen wir uns an. So schnell kann die Pizza eigentlich nicht gewesen sein.

»Ich gehe schon«, meint Hanno und springt auf.

Ich sehe Hanno nach, wie er zur Tür läuft, dankbar, dass ich nicht aufstehen muss. Dann verschwindet Hanno aus meinem Blickfeld, dafür höre ich ihn die Gegensprechanlage betätigen und die Tür öffnen. Dann höre ich kurz nichts – und dann ein merklich irritiertes »Was machst du denn hier?«

In diesem Moment ist mir klar, dass Chris vor der Tür steht. Natürlich, er wollte mir ja mein Auto zurückbringen und hat sich für heute Abend angekündigt.

Wenig elegant hieve ich mich vom Sofa, werde auf meinem Weg zur Tür aber von Sputnik überholt. Noch bevor ich die Tür erreicht habe, höre ich das euphorische Fiepen, mit dem mein Hund seinen Freund, den Werwolf, begrüßt.

Als auch ich dann endlich bei Chris und Hanno angekommen bin, sehe ich, dass Sputnik zwar um Chris' Beine tänzelt, dieser den Hund aber – abgesehen von der Hand, die er ihm wohl automatisch hingestreckt hat – weitgehend ignoriert. Chris und Hanno fixieren einander, sie sind kaum einen Meter voneinander entfernt. Chris steht nach wie vor jenseits der Türschwelle und Hanno hat nach wie vor die Tür in der Hand. Die beiden betrachten einander, als hätten sie sich noch nie zuvor gesehen.

»Hey«, sage ich und lenke so die allgemeine Aufmerksamkeit auf mich. Hellblaue und braune Augen legen sich auf mich, die Ausdrücke darin gleichermaßen merkwürdig und undeutbar. »Komm doch rein.«

»Hallo«, sagt auch Chris, schenkt mir die Andeutung eines Lächelns und tritt dann tatsächlich ein.

»Nanu, Christopher!«, ruft Jana, die plötzlich hinter mir aufgetaucht ist, und wiederholt dann Hannos Frage: »Was machst du denn hier?«

»Ich, äh...«, setzt Chris an, verstummt dann aber und sieht mich Hilfe suchend an.

Ich zucke mit den Schultern. »Er bringt mir meinen Autoschlüssel zurück.«

»Wieso hat er deinen Autoschlüssel?«, fragt Hanno mit einer Schärfe in der Stimme, die mich die Stirn runzeln lässt.

»Weil ich ihn ihm gegeben habe.«

»Wie–«, setzt Hanno an, doch Jana bremst ihn, indem sie ihn am Arm fasst und in die Küche führt.

»Lass uns nachsehen, was Lukas zu trinken hier hat. Du isst doch mit uns mit, oder, Christopher? Wir haben Pizza bestellt. Das reicht sicher für vier. Ich schaffe ohnehin nie eine ganze Pizza.«

Die letzten Sätze spricht sie über ihre Schulter hinweg, während sie schon fast in der Küche ist.

Merklich irritiert sieht Chris ihr nach, ehe er sich wieder mir zuwendet. »Äh...«, macht er noch einmal, dann scheint er sich zu sammeln. Er greift in seine Jackentasche und hält mir meinen Autoschlüssel entgegen. »Hier.«

»Danke!«

»Ich habe zu danken.«

»Hast du es denn rechtzeitig in die Hundeschule geschafft?«

»Ja, habe ich.«

»Super.«

»Ja.« Chris nickt und wirft einen Blick zur Küche, in der Jana und Hanno noch immer rumoren. Keine Ahnung, was sie da so lange treiben. Dann strafft Chris merklich die Schultern und hält mir die Tüte hin, die er die ganze Zeit über in der Hand hatte. »Ich habe dir etwas mitgebracht.«

»Oh?« Ich spüre, wie mir die Röte in die Wangen steigt. Inständig hoffe ich, dass Chris es nicht bemerkt. »Was denn?«

Chris schmunzelt und ich muss mich zusammenreißen, um nicht zu sehr zu starren. »Schau doch nach.«

Ich nehme Chris also die Tüte ab und werfe einen Blick hinein. Ich sehe etwas Rechteckiges, Dünnes, in Plastik eingeschweißt. Ich runzle die Stirn und hole es hervor. Ich brauche einen Moment, um zu verstehen, was ich in Händen halte. *Dusch-Schutzfolie* steht auf dem Ding und endlich begreife ich, dass Chris mir hier ein Hilfsmittel schenkt, mit dem ich trotz der Wunde und trotz des Verbandes duschen kann. Die Ärztin meinte gestern, dass meine Wunde vorerst nicht nass werden sollte. Dass Chris daran gedacht hat, finde ich wahnsinnig aufmerksam von ihm.

»Willst du mir etwa sagen, dass ich stinke?«, mache ich einen schlechten Scherz, um meine Befangenheit zu überspielen.

Chris' Augen weiten sich geschockt. »Nein! Du... Nein!«

Ich grinse, die Wangen inzwischen bestimmt noch röter. »War nur ein Scherz. Danke, das ist wirklich lieb von dir. Du hast keine Ahnung, wie sehr ich mich auf eine Dusche freue.«

»Doch, ich hatte da so eine Ahnung.«

Erneut fliegt Chris' Blick zur Küche, doch Hanno und Jana machen noch immer keine Anstalten, wieder herauszukommen. Ich höre sie leise tuscheln, kann aber nicht verstehen, was sie sagen.

Wenn Jana und Hanno sich in der Küche verkriechen, kann ich ihre Abwesenheit auch nutzen und Chris nach der Werwölfin fragen, befinde ich, und trete einen Schritt an ihn heran. »Warst du denn noch einmal *dort*?«, frage ich leise.

Chris' Augen richten sich wieder auf mich. Kurz stockt er, vielleicht ein bisschen irritiert darüber, dass ich plötzlich näher gekommen bin. Dann nickt er und antwortet noch leiser als ich eben gesprochen habe. »Ja, ich war vorhin dort. Ich habe ihre Spur aufgenommen und verfolgt, aber damit hat sie wohl gerechnet. Sie hat echt alles getan, damit ich ihre Spur verliere. Ein paarmal habe ich sie wiedergefunden, aber dann habe ich sie doch verloren.«

»Mist.«

»Allerdings.« Chris seufzt, dann macht er seinerseits einen Schritt auf mich zu. Wir stehen jetzt so nah beieinander, dass ich meinen Kopf in den Nacken legen muss, um zu Chris aufsehen zu können. Gott, ich mag das. Noch mehr mag ich, dass er eine Hand auf meinen Oberarm legt und flüstert: »Wie fühlst du dich?«

»Besser«, hauche ich. Denn nach dem Gespräch mit Jana und Hanno fühle ich mich tatsächlich besser als davor allein. Und jetzt, da Chris da ist und mich so ansieht, da fühle ich mich noch ein bisschen besser.

Chris lächelt. »Ja? Das ist gut.«

Ich nicke. Mein Herz schlägt höher und auch wenn ich weiß, dass er es nicht tun wird: Ich hoffe so sehr, dass Chris sich hinunterbeugt, um mich zu küssen.

Ausgerechnet diesen denkbar ungeeignetsten aller Augenblicke suchen sich Jana und Hanno aus, um ihr Gekrame in der Küche zu beenden und zurückzukommen. Chris und ich fahren erschrocken herum, als wir ein leises Räuspern hören. Noch in der gleichen Bewegung trete ich einen Schritt von Chris zurück und verliere dabei seine warme Hand auf meinem Arm.

»Sorry«, platzt es aus Jana heraus, dann huscht sie auch schon, beladen mit drei Bierflaschen, ins Wohnzimmer. Hanno folgt ihr, eine Wasserflasche, eine vierte Bierflasche und Gläser tragend, etwas langsamer. Weder Chris noch mich sieht er dabei an.

»Ich gehe dann mal«, höre ich auf einmal Chris' leise Stimme. Sein Tonfall ist ganz anders als gerade eben. Nüchterner und irgendwie distanzierter.

Bestürzt sehe ich ihn an. »Was? Wieso? Bleib doch noch!«

Chris sieht mich prüfend an, dann schüttelt er den Kopf. »Nein, ich muss heim.«

Sein Gesichtsausdruck macht überdeutlich, dass er sich nicht umstimmen lassen wird. Irgendwie ist er kühler als noch vorhin. Mein Herz zieht sich zusammen. Ich will nicht, dass er geht. Doch ich nicke und versuche zu lächeln. »Dann komm gut heim. Und danke noch einmal!«

»Gerne«, sagt Chris und auch er lächelt mich an, doch das Lächeln erreicht seine Augen nicht. »Tschüss!«, sagt er noch, dann wendet er sich um und geht. Dieses Mal umarmt er mich nicht. Bedauernd sehe ich Chris nach, neben mir ein nicht minder enttäuschter Sputnik.

Als er schon halb den Hausflur durchquert hat, bleibt Chris noch einmal stehen und wendet sich zu mir um. »Wenn du... mich brauchst... meld dich, okay?«

»Okay... Mach ich.«

Chris hebt die Hand zum Abschied, dann geht er endgültig. Ich schließe die Wohnungstür und sehe Sputnik nachdenklich an. Er erwidert meinen Blick ebenso nachdenklich. Gemeinsam gehen wir zurück ins Wohnzimmer, wo Jana und Hanno auf uns warten.

Irgendwie hat dieser Abend jetzt einen schalen Beigeschmack.

Kapitel 23

Von der Titelseite der Zeitung starrt mir ein Wolf entgegen. Ich kann meinen Blick nicht von ihm abwenden. Der Wolf ist nicht Chris und auch nicht die Wölfin, die mich angegriffen hat. Dennoch brennt sich sein Blick in meinen. All die Wirrnisse und Verstrickungen, die ich gestern mit Jana und Hanno halbwegs verdrängen konnte, sind mit einem Mal wieder da.

»Bist du wieder fit?«, reißt mich plötzlich Meike aus meinen Gedanken.

Ich blinzle und wende mich zu meiner Kollegin um. Sie steckt in einem übergroßen Wollpullover, hat einen dicken Schal um den Hals geschlungen und ihr Haar trägt sie heute zu einem Pferdeschwanz gebunden, der fettig schimmert. Mit ihrer roten Triefnase und den glasigen Augen sieht sie so aus, als hätte eher sie in den letzten Tagen daheimbleiben sollen und nicht ich.

»Ja, geht schon wieder«, antworte ich.

»Momentan geht die Erkältung echt um«, schnieft Meike. Da kann ich ihr nur beipflichten.

»Vielleicht solltest du dich auch mal auskurieren?«

Meike zuckt mit den Schultern. »Ach, geht schon.«

Innerlich verdrehe ich die Augen, sage aber nichts weiter. Meike kommt in die Arbeit, solange ihre Beine sie tragen, und wundert sich dann, wenn alle um sie herum krank werden.

»Wo bleiben denn die anderen?«, frage ich, um das Thema zu wechseln.

»Kommen sicher gleich. Regina hat wohl noch eine Telefonkonferenz.«

»Ah.«

Tatsächlich sind wir knapp drei Minuten später vollzählig. Offenbar war Meike bisher schon recht erfolgreich damit, ihre Bakterien zu verteilen. Sabine schnieft ebenfalls und auch Regina wirkt blass und angeschlagen. Ihrem gewohnt akkuraten Auftreten tut das jedoch keinen Abbruch.

Regina nimmt wie immer am Kopfende des Konferenztisches Platz. Automatisch wirft sie einen Blick unter den Tisch, richtet sich aber gleich wieder auf und sieht mich irritiert an.

»Wo hast du Sputnik denn gelassen?«, will sie wissen.

»Der liegt in seiner Höhle und schläft. Irgendwie wollte er gar nicht von da weg.«

»Schade«, meint Regina bedauernd.

Ich nicke als Antwort. Tatsächlich mache ich mir ein wenig Sorgen um Sputnik. Gestern hat er ganz fit gewirkt, aber heute macht er einen ungewöhnlich schlappen Eindruck. Kaum waren wir in der Redaktion, hat er sich in seiner Höhle zusammengerollt und sich geweigert, von dort wegzugehen. Sogar zu seiner üblichen Begrüßungsrunde bei meinen Kolleginnen konnte er sich nicht aufraffen. Ich hoffe, es geht ihm bald besser. Sonst werde ich wohl mit ihm zum Tierarzt müssen.

»Nun gut, dann fangen wir heute eben ohne Sputnik an«, beschließt Regina mit einem müden Lächeln.

Wie immer widmen wir uns zunächst der Blattkritik, in der wir die gestrige Ausgabe besprechen. Zu sagen, ich wäre aufmerksam dabei, wäre schlicht gelogen. Meine Gedanken driften immer wieder ab, hin zu den Werwölfen, zu Sputnik in seiner Höhle, zu Chris. Ich höre erst auf, als wir bei den Leserbriefen ankommen. Es ist das fettgedruckte *Der Wolf muss sterben* in einem Leserbrief, das meine Aufmerksamkeit wieder weckt. Ich lese den hasserfüllten Brief, der über die Inkompetenz der Regierung klagt und darüber, dass der Wolf immer noch unbehelligt durch den Wald streift und nur darauf wartet, den nächsten Menschen anzugreifen. Ein kleines, irres Lachen will sich meine Kehle hinaufkämpfen, als ich das lese. Gerade noch so kann ich es unterdrücken.

Ein Blick auf die anderen Leserbriefe zeigt mir, dass der Wolf das bestimmende Thema ist. Ein einziger Brief über die neue Ampelregelung an einer stark befahrenen Kreuzung ist alibihalber dazugedruckt worden. Der Tenor der Wolfsbriefe ist immer gleich. Sie sind nicht alle ganz so hasserfüllt wie der erste, den ich gelesen habe, doch sie alle sind sich einig, dass nicht nur dieser eine Wolf eine Gefahr ist, sondern dass der Wolf im Schwarzwald generell nichts zu suchen hat.

»Gab es denn keine anderen Stimmen?«, will ich wissen.

»Was meinst du?«, entgegnet Regina.

»Gab es denn keine besonneneren Leserbriefe? Oder welche, die für Wölfe sind?«

»Kann schon sein«, antwortet Sabine, die für die Leserbriefe zuständig ist. »Wir bekommen momentan so unendlich viel Post zu dem Thema, ich habe nicht alle geschafft.«

Mir entgleisen die Gesichtszüge. »Kannst du dann bitte für die nächste Ausgabe auch mal andere Stimmen raussuchen?«

»So denkt die Bevölkerung nun einmal«, entgegnet Sabine schnippisch.

»Doch nicht die gesamte.«

»Hast du mal gehört, was die Leute im Wirtshaus so reden?«

»Das Wirtshaus ist doch nicht der Ort, an dem die gesamte Bevölkerung ihre Meinung artikuliert. Ebenso wenig wie *Facebook*, übrigens. Oder die Kommentarspalten auf unserer Homepage.« Letztere quellen nämlich ebenfalls über mit hitzigen Diskussionen zum Thema Wolf.

Sabine will etwas entgegnen, doch Regina bringt uns beide mit einem leisen, aber bestimmten Räuspern zum Schweigen. »Lukas hat recht. Wir müssen auch andere Positionen abdrucken. Außerdem, je hitziger diese Debatte geführt wird, desto besser für uns.«

Ich verziehe das Gesicht, weil ich auf eine noch hitzigere Debatte wirklich verzichten könnte. Diese irre Werwölfin schadet mit ihren Attacken allen echten Wölfen – zusätzlich zu den Tieren und Menschen, die sie ganz unmittelbar schädigt. Ich wüsste zu gerne, wer sie ist und wieso sie das tut.

»Wo wir gerade beim Thema sind«, spricht Regina unbeirrt weiter. »Lukas, ich möchte, dass du für die morgige Ausgabe einen Artikel über die Jagd auf den Wolf schreibst. Wie läuft es, wieso wurde er noch nicht gefunden, was sind die nächsten Schritte. So etwas. Am besten du machst ein Telefoninterview mit jemandem vom Landesjagdverband.«

»Okay«, sage ich, weil ich weiß, dass ich meinen inneren Widerstand gegen das Thema nicht vernünftig begründen könnte. Außerdem kann ich mir immerhin Mühe geben, einen möglichst rationalen, objektiven Artikel zu schreiben.

»Sehr schön«, meint Regina, was mehr eine Floskel ist als echtes Lob, denn ihr Auftrag war schließlich schwerlich eine Bitte. Dann beendet sie auch ohne weitere Exkurse die Blattkritik und leitet zur Besprechung der morgigen Ausgabe über. Da ich für heute schon verplant wurde, höre ich auch hier nur mit einem halben Ohr zu.

Nachdem die Konferenz endlich beendet ist, brauche ich etwas länger als die anderen, um meine Sachen zusammenzuräumen und aufzustehen.

»Was war das für eine Sache mit der Bissverletzung?«, fragt mich plötzlich Regina, die als Einzige noch mit mir im Raum ist.

»Hm?«, mache ich und verfluche meine Ehrlichkeit, die mich mein ärztliches Attest gestern der Sekretärin erklären ließ, als ich es ihr schickte. Aber es war nun einmal von Dienstag und nicht von Montag und so konnte ich es beim besten Willen nicht als Attest über eine Erkältung verkaufen. Zumal es offensichtlich von der Notaufnahme ausgestellt worden ist. »Ein Unfall beim Spazierengehen mit meinem Hund. Ein anderer Hund wollte Sputnik angreifen und ich bin in die Schusslinie geraten.«

»Oje. Was war das denn für ein Hund?«

»Ein Schäferhund.«

»Und wo ist das passiert?«

Ich nenne ihr den Ort, den ich schon Hanno und Jana genannt habe. Regina nickt und runzelt die Stirn. »Wir sollten einen Artikel darüber schreiben«, befindet sie.

»Nein!«, entfährt es mir sofort.

»Wieso nicht?«

»Weil...« Fieberhaft suche ich nach einer glaubwürdigen Ausrede, finde jedoch keine. Dass ich nicht noch mehr Panik schüren will, dass ich nicht will, dass Leute darauf aufmerksam werden, all das kann ich Regina nicht sagen. Ich seufze. »Schon gut. Ich kann den Artikel schreiben.«

»Das solltest du nicht machen. Es geht ja um dich.«

»Ja, aber ein Hundebiss ist doch keine Straftat«, meine ich und wieder steigt dieses irre Lachen in mir auf. Wenn der Hund kein Hund, sondern ein Werwolf ist, ist es das nämlich eigentlich doch. Wieder kämpfe ich das Lachen nieder und fahre fort. »Außerdem haben die anderen so viel zu tun. Ich habe neben dem Artikel über die Wolfsjagd noch Luft.«

»Na gut«, stimmt Regina wenig begeistert zu. »Ich schaue mir den Artikel dann aber noch ganz genau an, bevor er in Druck geht.«

Als ob sie das nicht ohnehin täte, denke ich, sage es jedoch nicht. »Klar.«

Mit einem Nicken entlässt mich Regina und ich gehe zurück zu meinem Schreibtisch. Dort werde ich schon von Sputnik erwartet, der fiepend um meine Beine herumwuselt und mich begrüßt, als hätte ich ihn eine Ewigkeit allein gelassen.

»Du hättest mitkommen können, Kleiner«, sage ich zu ihm, als er dann auch noch meine Hände ableckt.

Nachdem Sputnik sich endlich beruhigt hat, rollt er sich wieder in seiner Höhle zusammen. Ich setze mich endlich richtig hin und öffne mein Mailprogramm, um dem Landesjagdverband eine Anfrage für ein Telefoninterview zu schicken. Sobald die draußen ist, tippe ich einen kurzen Artikel über einen Hundebiss beim Spazierengehen. Meinen Namen lasse ich weg, ich schreibe nur über *einen Mann, der mit seinem Hund unterwegs war*. Auch sonst bin ich sehr sparsam mit Details. Ich hoffe, Regina segnet das so ab.

Der Artikel ist noch nicht ganz fertig, da poppt eine Benachrichtigung über eine eingegangene Mail auf. Ich klicke sie an und stelle fest, dass der Landesjagdverband dem Interview zustimmt. Ich solle heute noch anrufen. Ich werfe einen schnellen Blick auf die Uhr und beschließe, das Gespräch schnellstmöglich hinter mich zu bringen. Ich entwerfe einige Fragen, wie ich sie stellen würde, wenn es um eine Jagd auf einen echten Wolf ginge, dann wähle ich die angegebene Nummer. Kurz darauf werde ich von einer freundlichen Sekretärin weiterverbunden zu Herrn Jäger, den ich bereits im Fernsehen gesehen habe.

»Jäger«, meldet er sich prompt.

»Lukas Feuerbach, *Schwarzwald-Presse*, hallo. Ich rufe wegen des Telefoninterviews an.«

»Ah, ja.«

»Passt es Ihnen jetzt?«

»Ja, jetzt ist gut.« Ich höre Jäger kurz rumoren, dann ist er wieder bei mir. »Dann legen Sie mal los.«

»Vielen Dank. Wie läuft die Suche nach dem Wolf denn bis jetzt?«

»Nun ja. Dass wir ihn noch nicht haben, wissen Sie ja sicher.«

»Ja. Woran liegt das denn?«, frage ich, auch wenn ich die Antwort darauf wohl besser kenne als Jäger.

»Vermutlich hat der Wolf ein sehr großes Revier. Jedenfalls ist es schwer, Spuren zu finden. Er läuft nicht in unsere Fotofallen und auch sonst gibt es nur wenige Hinweise. Aber die Hunde schlagen immer wieder an und wir sind zuversichtlich, dass wir ihn demnächst finden werden.«

Letzteres muss er wahrscheinlich einfach sagen, um die Bevölkerung zu beruhigen. Ich gehe nicht weiter darauf ein, auch wenn ich seine Zuversicht nicht teile. »Können Sie mir ein bisschen genauer erklären, wie Sie nach dem Wolf suchen?«

Mit dieser Frage provoziere ich einen langen, sehr langen Vortrag über Jagdtechniken, der in einen geradezu zärtlichen Monolog über die Fähigkeiten seines Hundes mündet. Mit einem leichten Schmunzeln höre ich den Ausführungen zu und werfe einen Blick in die Höhle, in der mein Hund immer noch zu einer Kugel zusammengerollt liegt und schläft.

»Wenn Sie einen Wolf finden, wie können Sie denn erkennen, ob Sie den richtigen Wolf haben?«, will ich als Nächstes wissen.

»Zunächst einmal gibt es keinerlei Anzeichen dafür, dass sich hier in der Gegend mehr als ein Wolf aufhält. Hier gibt es kein Rudel, also ist die Verwechslungsgefahr relativ gering. Und dann haben wir ja Fotomaterial von dem Wolf. Er besitzt distinkte Merkmale, die ihn von anderen Wölfen unterscheiden.«

»Haben Sie nicht vorhin gesagt, dass er noch in keine Fotofalle gelaufen ist?«

»Ähm, ja. Aber es gibt Fotomaterial von Bürgern, denen er sich genähert hat.«

»Aha«, mache ich. Vermutlich meint er damit mein Handyfoto. Das ist so unscharf, dass ich nicht glaube, dass man darauf wirklich individuelle Merkmale ausmachen kann. Man erkennt, dass es sich bei dem Tier um einen Wolf handelt, mehr aber auch nicht. Ganz abgesehen davon, dass mein Foto ohnehin nicht den Wolf zeigt, der die Angriffe verübt hat.

»Vielen Dank, das wäre dann auch schon alles«, beende ich das Interview.

»Sehr schön. Erscheint der Artikel morgen schon?«

»Ja, genau.«

»Gut. Dann auf Wiederhören!«

»Auf Wiederhören!«, verabschiede ich mich ebenfalls und lege auf, nur um sofort den Hundebiss-Artikel zu finalisieren und mich anschließend dem Text über die Wolfsjagd zu widmen. Ich bin so vertieft in meine Arbeit, dass ich es gar nicht bemerke, als jemand an mich herantritt.

»Entschuldigen Sie. Herr Feuerbach, oder?«, spricht mich eine sonore Männerstimme an.

Ich sehe auf und erblicke Hermann Gerlach, den ich vor einigen Wochen wegen seiner Bienenschutzmaßnahmen interviewt habe, neben meinem Schreibtisch. Hinter ihm steht ein Mann, der deutlich jünger ist als er – und deutlich älter als ich – und der ihm so ähnlich sieht, dass er wohl sein Sohn sein muss.

Ich stehe auf, um den Mann zu begrüßen, und nehme dabei automatisch eine Schonhaltung ein, indem ich nur mein unverletztes Bein belaste.

»Hallo«, sage ich. »Was kann ich für Sie tun?«

»Wissen Sie zufällig, wo meine Nichte ist? Wir wollten sie zum Mittagessen abholen.«

»Hm.« Ich werfe einen Blick um mich. Hier sehe ich Regina zumindest nicht. »Ihr Büro ist dort hinten. Haben Sie da schon nachgesehen?«

»Ja, dort ist sie aber nicht.«

»Dann weiß ich auch nicht, wo sie – ah, da kommt sie gerade«, meine ich und deute in Richtung der Toiletten, die Regina soeben verlässt.

»Wunderbar, vielen Dank für Ihre Hilfe«, erwidert Gerlach.

Sein Sohn mustert unterdessen meinen Bildschirm und runzelt die Stirn. »Wird Zeit, dass der Wolf gefunden wird«, knurrt er.

»Höchste Zeit«, befindet auch Hermann Gerlach und ich erinnere mich daran, dass ich ihn beim Fernsehbeitrag über die Wolfsjagd unter den Jägern gesehen habe.

Bevor ich antworten kann – nicht, dass ich wüsste, was ich darauf erwidern sollte – hat Regina ihren Onkel und ihren Cousin schon entdeckt. Die beiden verabschieden sich von mir und zu dritt gehen sie in die Mittagspause. Ich sehe das als Zeichen, dass auch ich Mittagspause machen sollte. Leider kann ich Sputnik auch heute noch keine große Runde im Park bieten, aber für ein kleines Ründchen reicht es. Im Park ist er dann auch so lustig und vergnügt, wie er es sonst immer ist, und ich bin ein wenig beruhigt.

Als ich abends daheim ankomme und mein Auto parke, ist es schon längst dunkel. Kaum habe ich Sputnik aus dem Auto gelassen, schüttelt der Hund sich und marschiert nicht zum Haustor, sondern in die entgegengesetzte Richtung. Offensichtlich hat er sich in den Kopf gesetzt, noch eine Runde zu drehen. Ich kann es ihm nicht verdenken, viel Bewegung hatte er heute noch nicht. Viel Bewegung wird er jedoch auch jetzt nicht bekommen, denn nach dem langen Tag ziept meine Wunde inzwischen ordentlich.

Ich folge Sputnik den Weg entlang, bremse ihn dabei jedoch ein bisschen in seinem Elan. Rennen will ich beim besten Willen nicht. Sputnik schlägt seinen Lieblingsweg in eine ruhige Seitengasse ein. Interessiert schnüffelt er an jedem einzelnen Baum und Strauch und setzt gefühlt alle drei Meter eine neue Markierung. Das kann noch dauern, stelle ich seufzend fest. Ich wünschte, ich hätte meine Handschuhe dabei. Es ist ordentlich kalt und der Wind lässt es noch kälter erscheinen. Wenigstens ist es trocken.

Unter meinen Füßen knirscht das Laub. Es liegt schon so lange, dass es eine eigenartige Konsistenz hat, sich teilweise fast schleimig anfühlt oder lebendig. So, als könne man dem Untergrund nicht trauen.

Plötzlich knackt es neben mir. Es klingt wie ein Ast, der unter schweren Pfoten zerbricht. Ich fahre herum und starre mit rasendem Herzen in die Dunkelheit. Dort! Bewegt sich da nicht etwas? Glühen da Augen in der Nacht? Ist sie wieder da? Beobachtet sie mich? Lauert sie mir auf? Wartet sie? Wird sie gleich hervorspringen und mich angreifen? Mitten in einem Wohngebiet? Wird sie mir folgen, wenn ich umkehre?

Starr vor Schreck verharre ich. So lange, bis ein Auto an mir vorbeifährt und ich im Licht der Scheinwerfer erkennen kann, dass hinter dem Busch, den ich die ganze Zeit anstarre, nichts, aber auch rein gar nichts lauert.

Ich atme auf, mein Puls jedoch normalisiert sich nicht.

»Sorry, Sputnik, das war es für heute«, krächze ich. »Komm!«

Ich wende mich um und bin erleichtert, dass mein Hund mir brav folgt. So, als würde er verstehen, dass ich es ernst meine und dringend von da wegwill. Den Heimweg gehen wir deutlich schneller als vorhin.

Daheim angekommen würde ich am liebsten ein heißes Bad nehmen, aber das geht mit meiner Wunde nicht. Also begnüge ich mich damit, mir meine bequemsten Klamotten anzuziehen, mir einen Kakao zu kochen und eine Tiefkühlpizza ins Rohr zu schieben. Außerdem füttere ich Sputnik. Mit all diesen routinierten Handgriffen und im Schutz meiner eigenen vier Wände beruhige ich mich langsam. Trotzdem ertappe ich mich dabei, wie ich mir wünsche, Chris wäre bei mir.

Ich schäme mich für diesen Wunsch. Nicht, weil mir nicht klar ist, dass ich in ihn verknallt bin und ihn deswegen gerne bei mir hätte. Sondern, weil der Wunsch so stark ist und sich anfühlt, als könnte ich nicht allein mit meinen Problemen klarkommen. Vor allem aber bin ich wütend darüber, dass meine Nerven immer noch so angespannt sind, dass ich mich im Dunkeln fürchte. Ich will das nicht. Ich will mich von dieser verrückten Werwölfin nicht unterkriegen lassen.

Ich habe meine Pizza beinahe aufgegessen, da klingelt plötzlich mein Handy. Irritiert werfe ich einen Blick darauf und stelle fest, dass Jana mich anruft.

»Hey, Jana«, begrüße ich sie, nachdem ich abgehoben habe.

»Hallo. Störe ich?«

»Nein, gar nicht.«

»Sehr schön. Wie geht es dir?« Jana klingt ehrlich interessiert, doch ich werde das Gefühl nicht los, dass sie nicht bloß angerufen hat, um zu plaudern.

»Gut, danke. Ich war heute wieder in der Arbeit. Lief gut. Und dir?«

»Auch, danke. Du, weswegen ich anrufe…«

Jana macht eine Kunstpause und ich bekomme ein wenig Angst.

»Ja?«

»Was ist das mit dir und Chris?«, platzt es aus ihr heraus.

Ich seufze. War ja klar, dass sie danach fragen würde. Sie hat mich den ganzen Abend über, nachdem Chris gegangen war, so interessiert gemustert. Vermutlich wollte sie vor Hanno aber nicht nachfragen.

»Was soll denn sein?«, frage ich unschuldig.

»Lukas!«, mahnt Jana streng.

»Nichts ist zwischen uns.«

»Er hatte deinen Autoschlüssel.«

»Ja.«

»Wieso hatte er deinen Autoschlüssel?«

»Weil ich ihn ihm gegeben habe.«

»Und wieso hast du ihn ihm gegeben?«

»Damit er nicht zu spät in die Hundeschule kommt.«

»Von dir aus?«

»Ja...«, sage ich leise.

»Wieso war er denn bei dir?«, fragt Jana, klingt dabei aber behutsamer als noch bei dem Kreuzfeuer davor.

»Weil...« Ich seufze und überlege, was ich Jana erzählen kann. Das Bedürfnis, über Chris zu sprechen, ist da und es ist groß. Über seine Geheimnisse jedoch kann, will und werde ich nicht reden. »Hm, er war dabei, als mich dieser Hund gebissen hat. Wir waren mit Sputnik spazieren, weil... Also ich hatte eine Einzelstunde bei ihm. Du weißt ja, weil Sputnik so an der Leine zieht. Genau. Chris hat mich nach dem Biss dann ins Krankenhaus gebracht. Und nach Hause. Und dann musste er wieder los und da habe ich ihm eben den Schlüssel gegeben.«

Innerlich klopfe ich mir auf die Schulter. Das klang doch ziemlich glaubwürdig.

Das scheint auch Jana zu finden. »Ach so«, macht sie. »Ihr habt nur so vertraut gewirkt, wie ihr da gestanden habt.«

»Hm...« Keine Ahnung, was ich dazu sagen soll.

»Oder ist da doch noch mehr zwischen euch?«

»Hm...«

»Hm?«

Ich seufze schon wieder und fahre mir mit der Hand über die Augen. Vielleicht hilft es ja, zumindest eines meiner Probleme bei Jana abzuladen. Also nehme ich all meinen Mut zusammen und sage: »Ich... Ich mag ihn. Aber er mich nicht.«

»Wie kommst du darauf?«

»Ich habe ihn gefragt, ob er mit mir ausgehen will. Aber er wollte nicht.«

»Oh, das tut mir leid. Ist er hetero?«

»Nein, er ist einfach nur nicht interessiert.«

»Dieser Penner!«, echauffiert Jana sich solidarisch, was mich schmunzeln lässt.

»Da kann er doch nichts dafür.«

»Er ist trotzdem ein Penner. Wie kann er denn kein Interesse an dir haben? Wobei... Es hat gestern wirklich nicht danach ausgesehen, als wäre da nichts von seiner Seite. Eigentlich dachte ich, ihr küsst euch gleich.«

Mein Herz zieht sich zusammen und eine leise Hoffnung will in mir aufkeimen, die ich jedoch sofort resolut unterdrücke. Falsche Träumereien sind das Letzte, das ich mir momentan leisten kann.

»Da hast du dich geirrt«, sage ich fest.

»Schade. Nun ja. Gibt es denn etwas Neues vom Wolf?«, macht Jana einen Themenwechsel der viel weniger abrupt ist, als es ihr wohl scheinen mag. Wir plaudern noch eine Weile über dies und das, bevor wir uns voneinander verabschieden.

Abwägend betrachte ich mein Handy, dann entscheide ich mich, Chris zu schreiben. Wenn ich schon anderen Leuten davon erzähle, dass er mir eine Einzelstunde gegeben hat, sollte er das wohl wissen.

Hallo!, tippe ich. *Jana hat sich gerade erkundigt, wieso du meinen Autoschlüssel hattest. Ich habe ihr erzählt, dass du mit mir im Wald warst, als mich der »Schäferhund« gebissen hat, weil du Sputnik und mir eine Einzelstunde gegeben hast, und dass du mich danach ins Krankenhaus und nach Hause gebracht hast, wo ich dir mein Auto geborgt habe, damit du rechtzeitig in die Hundeschule konntest.*

Kaum habe ich die Nachricht abgeschickt, sehe ich auch schon, dass Chris online geht. Die Häkchen neben der Nachricht verfärben sich blau und Chris beginnt sofort zu tippen.

Hallo!, schreibt er. *Na, das ist ja fast nicht gelogen. Danke, dass du mir Bescheid gibst. Wie fühlst du dich heute?*

Gut, antworte ich automatisch, auch wenn es nicht so ganz stimmt. Bevor ich noch recht weiß, was ich tue, tippe ich weiter: *Außer dass ich mich vorhin vor einem Schatten fast zu Tode erschreckt habe. Ich dachte, da verfolgt mich wer.*

Keine Sekunde, nachdem ich die Nachricht abgeschickt habe, klingelt mein Handy und Chris ruft mich an.

»Hey«, sage ich, nachdem ich abgehoben habe. »Keine Sorge, das war falscher Alarm. Ich war nur paranoid.«

»Puhh«, kommt es erleichtert von Chris.

»Sorry, ich wollte dich nicht erschrecken.«

»Schon gut. Ich meine… nicht gut. Es ist nicht gut, dass du dich fürchten musst.«

»Ich *muss* mich nicht fürchten«, korrigiere ich. Es gab ja schließlich keine Ursache für meine Panik.

Chris ignoriert meinen Kommentar. »Was macht denn die Wunde?«

»Wird schon. Ich habe heute den Verband gewechselt und ich denke, es sieht ganz gut aus. Sputnik findet es ein bisschen doof, dass ich momentan nicht ganz so mobil bin. Aber ich hoffe, dass zum Wochenende wieder eine größere Runde drin ist.«

»Hm… Ich wollte am Samstag einen Ausflug machen, irgendwohin ein bisschen weiter weg, wo es noch keine Angriffe gab. Ein bisschen Abstand gewinnen. Magst du mitkommen?«

Verblüfft starre ich die Pizzareste vor mir an. Das kam jetzt unerwartet. Wieso fragt Chris mich das? Aus Mitleid? Oder weil er sich für mich verantwortlich fühlt? Ich will das nicht. Aber dann… Ich will schrecklich gerne mehr Zeit mit ihm verbringen. Ich werfe einen Blick auf Sputnik, der in seinem Körbchen liegt und heftig träumt, dann nicke ich. »Gerne.«

Kapitel 24

Als ich am Samstag pünktlich um vierzehn Uhr auf den Parkplatz der Hundeschule einbiege, werde ich bereits von Chris erwartet. Bevor ich aussteigen kann, um ihn zu begrüßen, hat er schon die Beifahrertür geöffnet und Platz genommen.

»Hallo, Rotkäppchen«, begrüßt mich Chris mit Blick auf die dunkelrote Wollmütze, die ich heute trage.

»Na, wenn das nicht der große böse Wolf ist«, gebe ich schmunzelnd zurück.

Chris grinst und schnallt sich an, dann fahre ich auch schon los. Sputniks Begrüßungs-Fiepsen von der Rückbank ignoriere ich, aber Chris lässt es sich nicht nehmen, sich nach hinten zu beugen und Sputnik kurz zu streicheln.

»Bleibt es dabei, dass wir zu dem See fahren?«, frage ich, nachdem ich das Gasthaus, in dem ich mal mit Hanno und Jana essen war, passiert habe und auf die Bundesstraße einbiege. In Gedanken bei Hanno erinnere ich mich an den See, an dem wir uns das erste Mal gesehen haben. Der, den Chris vorgeschlagen hat, ist jedoch ein anderer. Einer, der weiter weg ist. Wir werden eine gute Stunde fahren müssen, vielleicht sogar länger.

»Ja, ich denke schon«, meint Chris und setzt sich wieder normal hin. »Außer, du willst doch woandershin?«

»Nein, dort war ich noch nie und die Bilder im Internet sahen gut aus.«

»Schön.«

»Mhm.«

Mehr fällt mir gerade nicht ein. Ich fühle mich merkwürdig befangen neben Chris. Ich freue mich, ihn zu sehen, aber gerade weiß ich nicht, wie ich mich ihm gegenüber verhalten soll. Wieso er diesen Ausflug vorgeschlagen hat, ist mir immer noch nicht ganz klar. Dass er gerade schweigend neben mir sitzt und aus dem Fenster starrt, macht die Situation nicht einfacher.

»Hast du heute am Nachmittag keine Kurse?«, frage ich schließlich in die Stille hinein.

Aus dem Augenwinkel sehe ich, dass Chris den Kopf schüttelt. Den Blick hat er weiterhin durch die Frontscheibe gerichtet. »Nein, die bisherigen Samstagnachmittagskurse hatten vergangene Woche ihre letzte Einheit und die nächsten starten erst nächste Woche.«

»Ah. Die Hundeschule läuft gut, oder?«

»Ja, ich kann mich nicht beschweren«, erwidert Chris. »Ich denke darüber nach, demnächst jemanden einzustellen, der mir ein paar der Kurse abnimmt. Dann hätte ich mehr Zeit, um mich auf die Verwaltung zu konzentrieren.«

»Klingt nicht so spaßig.«

»Nein, aber es gehört dazu.«

Chris' Stimme ist neutral und sachlich, ein bisschen so wie bei dem Interview, das er mir gegeben hat. Ganz anders als bei unserem gemeinsamen Frühstück oder als er zu mir gekommen ist, um mir meine Autoschlüssel zu geben. Bevor er so plötzlich abgehauen ist.

Wieder schleicht sich die Stille an uns heran. Es ist eine unangenehme Stille, der ich keinen Raum geben will. Ich habe so viele Fragen an Chris. Die, die ich wirklich stellen will, wage ich jedoch nicht zu stellen. Noch nicht. Doch es gibt auch viele andere Dinge, die mir unter den Nägeln brennen. Ich will Chris besser kennenlernen. Bisher weiß ich kaum etwas über ihn.

Ich stelle also die erste halbwegs unverfängliche Frage, die mir einfällt: »Wusstest du denn immer schon, dass du Hundetrainer werden willst?«

Chris zögert kurz, dann schüttelt er den Kopf. »Nein, das kam relativ spontan. Ich habe Biologie studiert, weil ich es spannend fand. Bei der Entscheidung hatte ich aber keine konkreten Jobfelder im Auge. Im Studium habe ich mich dann auf Verhaltensbiologie spezialisiert und bin dabei zunehmend in die Canidenforschung hineingerutscht.«

»Aus naheliegenden Gründen.«

Chris lacht und nestelt an seinem Anorak herum, was ein bisschen verlegen wirkt. Trotzdem: Das ist sein erstes Lachen, seit er in den Wagen eingestiegen ist. Komisch, dass mir das so stark auffällt. Und dass mir gleich viel wärmer und leichter ums Herz wird. Als würde sich die Atmosphäre im Auto entspannen, wenn Chris nur lächelt.

»Ja, einen gewissen persönlichen Bezug zu dem Thema kann ich nicht leugnen. Jedenfalls habe ich über das Studium eine Hundetrainerin kennengelernt, die ich ganz toll finde und bei der ich dann die Ausbildung gemacht habe. Ja, und dann kam eines zum anderen und jetzt bin ich hier.«

»Zum Glück«, meine ich – und gleich darauf spüre ich Hitze in meine Wangen steigen.

Chris lächelt und wendet sich mir zu, übergeht meinen Kommentar aber. »Wolltest du denn schon immer Journalist werden?«

»Ja. Also, als Kind wollte ich natürlich Astronaut werden. Aber als ich dann ernsthaft darüber nachgedacht habe, was ich mal machen will, so mit fünfzehn, da war mir relativ schnell klar, dass ich Journalist werden will. Darauf habe ich dann auch ziemlich konsequent hingearbeitet.«

»Wusstest du auch gleich, dass du Lokaljournalist werden wolltest?«

Darauf kann ich nur mit einem zynischen Lachen reagieren.

»Oh, magst du deinen Job nicht?«, hakt Chris nach.

»Doch. Es ist tatsächlich spannender und vielseitiger, als ich es mir davor gedacht habe. Wann kommt man sonst schon dazu, einen Werwolf zu interviewen?« Chris lacht leise, mir ist jedoch gerade nicht nach Lachen zumute. Leise fahre ich fort. »Eigentlich wollte ich aber für eine richtig große, richtig gute Zeitung arbeiten. Ich wollte Investigativjournalist werden, weißt du? Aber die wollten mich nicht. Für mehr als ein paar Praktika hat es nicht gereicht.«

Ich zucke mit den Schultern – und verreiße beinahe das Lenkrad, als Chris plötzlich meinen Oberarm streift. »Vielleicht klappt es ja noch«, meint er.

»Mal sehen«, murmle ich und bemühe mich, den Wagen ruhig zu halten und auf die Straße zu achten. Zum Glück zieht Chris seine Hand wieder zurück. Sobald er mich nicht mehr berührt, gelingt es mir gleich besser, mich zu konzentrieren. Verflucht, es ist doch nicht normal, dass er mich so leicht aus der Fassung bringen kann.

»Worüber hast du denn diese Woche so geschrieben? Du warst doch wieder arbeiten, oder?«

»Ja, war ich. Du meinst, abgesehen vom Wolf?«

»Das ist momentan echt *das* Thema, oder?«, seufzt Chris.

»Wundert dich das?«

»Nein, natürlich nicht. Aber es macht mich so wütend. Die Debatte um die Rückkehr des Wolfes ist ohnehin schon so hitzig und diese Frau gießt noch mutwillig Öl ins Feuer.«

»Ja, sehe ich auch so«, stimme ich zu.

»Also, abgesehen vom Wolf, worüber hast du so geschrieben?«

»Du liest unsere Zeitung nicht, hm?«

Ein kurzer Blick zur Seite zeigt mir, dass Chris grinst, als er den Kopf schüttelt. »Nein.«

»Hm. Ich musste einen Artikel über meinen *Hundebiss* schreiben. Meine Chefin hat mich dazu gezwungen.«

»Was?«

Ich nicke und berichte Chris von Reginas Auftrag. Den Rest der Fahrt verbringen wir damit, dass ich ihm erzähle, was ich sonst so in den letzten Tagen gemacht habe, was die bizarrsten und was die banalsten Artikel waren, die ich je geschrieben habe – merkwürdigerweise spielen Katzen in beiden Fällen eine große Rolle – und wie die Arbeit in einer Lokalredaktion generell so funktioniert.

Als ich nach über einer Stunde Fahrt endlich auf einem kleinen Parkplatz in der Nähe des Sees parke, ist die anfänglich etwas merkwürdige Stimmung zwischen uns verflogen. Chris nennt mich noch einmal Rotkäppchen, als ich mir meine Mütze, die ich zwischenzeitlich abgesetzt hatte, wieder aufsetze. Dieses Mal lächelt er dabei.

Ich ächze leise, als ich aussteige, und strecke meine Glieder. Meinem Bein geht es schon wesentlich besser, jetzt jedoch ziept es etwas, was ich mir zu ignorieren vornehme. Trotzdem habe ich das Gefühl, einen prüfenden Blick von Chris aufzufangen.

»Endlich bekommst du mal wieder ein bisschen Bewegung«, sage ich zu Sputnik, als ich die hintere Wagentür geöffnet habe.

Ich lege ihm die lange Leine an, ehe ich den Hund aus seiner Sicherung befreie. Sputnik sieht mich mit seinen dunklen Knopfaugen an, als verstünde er genau, was ich sage, und wedelt begeistert mit dem Schwanz. Kurz darauf schießt er auch schon aus dem Wagen – so schnell, dass er mir dabei beinahe den Arm auskugelt.

»Huch!«, entfährt es mir.

»Da hat aber jemand gute Laune«, meint Chris, der inzwischen den Wagen umrundet hat, und neben mir steht.

Ich werfe Chris einen unsicheren Blick zu, denn natürlich sollte das Verhalten meines Hundes eigentlich anders aussehen. Ein wohlerzogener Hund würde erst auf Befehl aus dem Auto springen und dann ruhig abwarten, bis er endlich losgehen darf. Als Hundetrainer ist Chris das natürlich bewusst. Doch sein Blick ist nicht abfällig und auch sonst habe ich nicht das Gefühl, als würde er mich wegen meiner mangelnden Erziehungsfähigkeiten verurteilen. Im Gegenteil, da ist etwas Weiches, Sanftes in seinen Augen, das mich schaudern lässt.

Schnell richte ich meinen Blick wieder auf meinen Hund, der in der Leine hängt und endlich loswill. »In den letzten Tagen hat er sich ziemlich gelangweilt, glaube ich. Große Runden konnte ich mit ihm nicht machen, eigentlich hat er die meiste Zeit geschlafen.«

»Nach dem Schreck wird er das aber auch gebraucht haben.«

»Ja, vermutlich.«

»Ha–«, setzt Chris an, verstummt dann jedoch und räuspert sich. Er wirft einen langen Blick über den Parkplatz, auf dem außer meinem Auto nur zwei weitere stehen. »Hast du schon eine Idee, wo wir langgehen wollen?«

»Meinst du mich oder Sputnik?«

Chris grinst. »Dich. Sputnik scheint sich schon recht sicher zu sein, wo er hinwill.«

»Sieht so aus«, meine ich ebenfalls grinsend. Sputnik wirkt echt ungeduldig. Er zieht in Richtung eines Waldwegs, der vom Parkplatz abführt. Auf der anderen Seite des Parkplatzes führt ein Weg direkt zum See. Ich schlucke beim Anblick der hohen, dunklen Bäume. Sie wirken abweisend, unfreundlich fast. Im Schwarzwald haben sich früher Räuber getummelt, heute tummeln sich hier Werwölfe. Ich will automatisch einen Schritt zurück machen – und genau deswegen trete ich einen Schritt vor. Ich lasse mich ganz bestimmt nicht von dieser diffusen Angst unterkriegen. Vor einer irren Werwölfin Angst haben, die mir an die Kehle will: ja. Vor Bäumen, die ein bisschen dunkel sind: nein.

»Können wir ein Stück in den Wald gehen?«, frage ich und ärgere mich, dass meine Stimme dabei zittert.

»Sicher, dass du das willst?«

»Wieso nicht?«

Chris legt den Kopf schief. »Ganz ehrlich? Ich kann als Mensch Angst vielleicht nicht so gut riechen wie als Wolf, aber ich kann sie sehen. Du bist total angespannt, wenn du den Wald ansiehst.«

Ich recke trotzig den Kopf vor. »Wenn man vom Pferd fällt, soll man doch sofort wieder aufsteigen, oder? Das ist dasselbe. Wenn man von einem Werwolf angefallen wird, soll man sofort wieder in den Wald gehen. Alte Werwolfsopfer-Weisheit.«

»Ah. Die kannte ich noch gar nicht.«

»Weil du normalerweise auf der anderen Seite stehst.«

Chris schmunzelt. »Das wird es sein. Na, dann wollen wir mal.«

Ich nicke und wir überqueren den Parkplatz, angeführt von meinem japsenden Hund, dem wir viel zu langsam sind. Ihn von der Leine und rennen zu lassen, wage ich jedoch nicht.

Als wir den Wald erreichen, umfängt uns sofort der schwere Geruch von feuchten Tannennadeln. Harzig und süß liegt er in der Luft und lässt mich tief einatmen und ein wenig entspannen. Mir ist immer noch flau, aber merkwürdigerweise macht dieser Geruch es tatsächlich besser. Ich verbinde so viel Ruhe und Frieden damit. Glückliche Kindertage, an denen ich im Wald gespielt oder mit meiner Großmutter Pilze gesucht habe. Lange Spaziergänge allein, mit meinem Ex oder mit Sputnik. Ich bin unendlich froh, dass die Begegnung mit der Werwölfin das wohlige Gefühl, das ich mit diesem Geruch verbinde, nicht überschrieben hat.

Und ich bin stolz, dass ich mich in den Wald gewagt habe. Mit Chris an meiner Seite. Er passt sich meinem Tempo an, ganz automatisch. Dann und wann spüre ich seinen Blick auf mir, prüfend vielleicht, aber nicht unangenehm. Nicht kontrollierend, aber in der schönen Gewissheit, dass es jemanden kümmert, wie es mir geht.

Wahrscheinlich interpretiere ich viel zu viel in seine Blicke hinein.

»Wie fühlst du dich denn eigentlich?«, will Chris plötzlich wissen.

»Gut«, antworte ich ganz automatisch.

Das scheint Chris jedoch nicht zu genügen. »Wie heilt die Wunde?«, hakt er nach.

»Zum Glück sehr gut. Es hat sich bisher nichts entzündet und sieht auch sonst so aus, wie es aussehen soll.«

»Gott sei Dank.«

»Ja.«

»Und sonst?«

»Wie, sonst?«

Chris seufzt. »Wie geht es dir sonst? Wie fühlst du dich? Du warst so... fertig.«

Ich spüre, wie mir eine leichte Röte in die Wangen steigt. Dass er mich das fragt, ist gleichermaßen nett – denn ich habe das Gefühl, dass es ihn ehrlich interessiert – wie es mir unangenehm ist. Mein Zusammenbruch vor ihm ist mir inzwischen wahnsinnig peinlich. Und dass ich mich dann am nächsten Morgen auch noch so bedürftig an ihn geschmiegt habe... Ausgerechnet an ihn.

»Es ist, hm...«, fange ich an, nur um gleich wieder zu stocken und scheinbar fasziniert eine Eberesche zu betrachten, die am Wegrand steht. Ihre Beeren leuchten grellrot im dunklen Grün der Nadelbäume um sie herum.

»Du musst es mir auch nicht sagen, wenn du nicht willst«, rudert Chris zurück.

»Nein, schon gut. Es geht, denke ich. Es ist wie mit dem Wald. Vorhin hatte ich Angst und dachte, ich kann hier nicht hin. Aber jetzt sind wir da und – ja, es geht. Manchmal kocht es hoch, dann ist dieser Schreck wieder da, aber ich will... Wenn ich dem nachgebe, dann hat sie doch gewonnen. Und außerdem... Ich bin so furchtbar wütend auf sie. Ich will wissen, wieso sie das gemacht hat. Wieso sie dieses Kind angegriffen und die Schafe getötet hat. Und ich will, dass sie damit aufhört. Wer weiß, was sonst noch kommt! Vielleicht steigert sie sich immer weiter, bis...«

Sputnik hat sich umgewendet, als meine Stimme erst immer lauter geworden ist und dann kippte, bis sie zuletzt ganz bricht. Jetzt sitzt er vor mir, als wolle er mir sagen, dass ich mich nicht so aufregen solle. Ich lächle und werfe ihm ein Leckerli zu, woraufhin er beruhigt weitertrippelt.

»Normalerweise würde ich jemandem in deiner Situation empfehlen, in Therapie zu gehen.«

Ich lache zynisch auf. »Ja, nun, das kommt in meinem Fall leider nicht so wirklich infrage.«

»Nein. Aber... Pass einfach auf dich auf, ja?«

Chris sieht mich ernst an und da ist ein leises Flehen in seinem Blick. Ich nicke, auch wenn ich nicht genau verstehe, wie er das meint. »Ja, klar.«

Chris lächelt, wirkt aber nicht wirklich beruhigt, und wir gehen weiter. Eine Weile schweigen wir wieder, doch dieses Mal ist es kein unangenehmes Schweigen. Ich beobachte Sputnik, wie er sich darüber freut, endlich wieder spazieren zu gehen, und wie er alles erkundet, was er erreichen kann. Und ich bin gedanklich immer noch bei dem, was ich Chris vorhin erzählt habe.

Auch Chris scheint in Gedanken zu sein. Zumindest zuckt er regelrecht zusammen, als ich ihn nach einiger Zeit wieder anspreche.

»Weißt du, was ich mich ständig frage?«

»Nein, was?«, fragt Chris zurück.

»Ob es ein System hinter den Angriffen gibt.«

»Du meinst, dass sie dich gezielt angegriffen hat?«

Ich schüttle den Kopf. »Darüber habe ich lange nachgedacht, aber eigentlich kann ich es mir nicht vorstellen. Woher hätte sie denn wissen sollen, wann ich auf dieser Weide sein werde? Ich habe das erst am Vortag entschieden und ich habe es niemandem erzählt. Außer Sputnik, aber ich glaube nicht, dass er mich verraten hat.«

Ich grinse leicht und auch Chris schmunzelt über meinen schwachen Witz. »Wohl eher nicht. Er ist eher der schweigsame Typ.«

Jetzt muss ich tatsächlich lachen. Sputnik läuft sofort zu mir und tänzelt um mich herum. Immer noch lachend kraule ich ihn, bis er zu Chris läuft und sich auch von ihm seine Streicheleinheiten holt.

»Dass sie wieder zu dieser Weide zurückgegangen ist, ist doch aber merkwürdig. Vielleicht haben die Orte ja eine besondere Bedeutung«, überlege ich weiter.

Chris richtet sich auf und sieht mich nachdenklich an. »Aber welche?«

»Keine Ahnung. Sie sind alle nicht besonders weit voneinander entfernt, sie liegen alle auf derselben Hangkette und…«

Ich stolpere über das letzte Wort und verstumme in der Ahnung, dass ich besser nicht weitersprechen sollte.

»Und?«, hakt Chris nach.

Ich seufze. »Na ja, die Hundeschule ist so ziemlich das Zentrum dieser Orte.«

Chris' Augen weiten sich kurz, dann bekommt sein Ausdruck etwas unheimlich Enttäuschtes. »Du dachtest echt, dass ich das war.«

»Ja«, hauche ich, weil lügen nichts bringt. *Aber es hat mich fertiggemacht*, füge ich in Gedanken noch hinzu.

»Na ja, was hättest du auch sonst denken sollen«, meint Chris mehr zu sich selbst als zu mir und klingt dabei wieder so kalt und distanziert. Bevor ich etwas erwidern kann, wendet er sich um und geht den Weg zurück. »Lass uns noch zum See gehen, sonst ist die Sonne weg, bevor wir da sind. Und deswegen sind wir doch eigentlich gekommen.«

»Okay«, sage ich und folge ihm gemeinsam mit Sputnik. Dieses Mal geht Chris ein paar Schritte vor mir und ich wage nicht, zu ihm aufzuschließen oder ihn anzusprechen.

»Bist du eigentlich mit Hanno zusammen?«, fragt Chris plötzlich betont beiläufig.

Irritiert sehe ich ihn an. Von schräg hinten kann ich sein Gesicht nicht so gut erkennen, doch was ich sehe, wirkt so ausdruckslos wie seine Stimme. »Wie kommst du darauf?«

»Hm? Ach, nur so.«

Das kam jetzt etwas *zu* beiläufig. Ich runzle die Stirn. »Nein, bin ich nicht. Ich bin mit niemandem zusammen. Was dir eigentlich bewusst sein sollte.«

»Wieso sollte es das?«

»Ich habe dich gebeten, mit mir auszugehen, schon vergessen?«

»Ach so. Nein, habe ich nicht.«

»Wow.« Ich bleibe stehen und starre auf Chris' Rücken, während er weiterläuft. Er braucht einen Moment, bis er bemerkt, dass ich ihm nicht länger folge. Dann dreht er sich um und sieht mich fragend an.

»Du dachtest, ich will mit dir ausgehen, obwohl ich in einer Beziehung bin?« Meine Stimme klingt so fassungslos, wie ich es bin.

Chris zuckt mit den Schultern. »Hätte doch sein können.«

Ich schüttle vehement den Kopf. »Nein. Hätte es nicht.«

Damit gehe ich wieder los und stapfe wütend an Chris vorbei. Ein schönes Bild hat er da von mir. Als ob ich in einer Beziehung sein und einfach nebenbei andere Kerle anflirten würde. Als ob ich das könnte. Als ob ich das wollte!

Anders als ich findet Chris sich nicht damit ab, hinter mir herzulaufen. Er schließt zu mir auf, legt mir die Hand auf den Oberarm und hält mich zurück. Als ich mit zornigem Blick herumfahre, lässt er mich sofort los.

»Entschuldige. Ich wollte dich nicht beleidigen«, sagt er und sieht dabei tatsächlich betreten aus.

Ich zwinge mich, langsam ein- und wieder auszuatmen und mir dabei vorzustellen, wie mein Zorn verraucht. Klappt nicht ganz, aber immerhin ein bisschen. »Was hättest du auch sonst denken sollen«, gebe ich seine eigenen Worte zurück, kann aber nicht verhindern, dabei bitter zu klingen.

Chris schlägt die Augen nieder und sieht zu Sputnik. »Zum See?«, fragt er leise.

»Ja, okay.«

Wir gehen weiter und diesmal wieder nebeneinander. Ich hasse es, dass unser Ausflug so komisch läuft. Ich wollte gerne Zeit mit Chris verbringen, aber heute ist er so angespannt und mir geht es ähnlich. Es ist, als könnten wir gar nicht anders, als einander auf die Füße zu treten.

Wir erreichen den See unerwartet schnell. Ich hatte das Gefühl, wir wären wesentlich tiefer im Wald, als wir es tatsächlich waren.

Da mein Bein sich inzwischen recht deutlich bemerkbar macht, bleibe ich stehen, als wir am Ufer des Sees angekommen sind. Ich lasse meinen Blick schweifen und kann nicht anders als zu lächeln. Die Sonne steht schon tief am Himmel, bald wird sie untergehen. Der Himmel ist blassblau, nur zum Horizont hin nimmt er ein kühles Orange an. Auch wenn ich die Kälte nicht auf meinen Wangen brennen spüren würde: Bei diesem Himmel wüsste ich, wie kalt es ist. Der See liegt dunkel da und bildet den denkbar schärfsten Kontrast zum Eisblau des Himmels. Umrahmt wird er von hohen, dunklen Fichten und Tannen, die sich in seinem Wasser spiegeln. Es ist windstill und die Wasseroberfläche darum spiegelglatt. Von vereinzelten Laubbäumen treiben goldene Blätter am See. Friedlich ist es und still.

»Es ist schön hier«, sage ich leise.

»Ja«, erwidert Chris.

Er steht ganz dicht neben mir. Wir berühren uns nicht und doch meine ich, seine Wärme zu spüren. Obwohl ich eben noch wütend auf ihn war: Ich würde mich gerne gegen ihn lehnen, meinen Arm um seine Taille schlingen und mich an ihn schmiegen.

Fast kann ich seinen Körper schon an meinem fühlen. Für einen Moment wird das Bedürfnis nach seiner Nähe so stark, dass es mir fast wehtut.

Ich zwinge mich, einen Schritt zur anderen Seite zu machen.

Um mich von der Anziehung, die von Chris ausgeht, abzulenken, gehe ich noch einmal unsere vorherigen Gespräche durch und versuche daran anzuknüpfen, worüber wir gesprochen haben, bevor die Stimmung gekippt ist. Das war die Frage nach den Gemeinsamkeiten der Orte, an denen die Werwölfin aufgetaucht ist. Sie liegen nicht weit voneinander entfernt, das hatten wir schon. Sie bilden kein Pentagramm und auch sonst kein mystisches Symbol – ja, das habe ich überprüft. Alles, was mir aufgefallen ist, ist die Nähe zur Hundeschule, die natürlich auch bloßer Zufall sein kann. Oder auch nicht.

Plötzlich fällt es mir wie Schuppen von den Augen. »Was, wenn sie dir die Attacken unterschieben will?«

»Was?« Chris sieht mich merklich irritiert an.

»Was, wenn die Hundeschule eben kein Zufall ist? Was, wenn sie von dir weiß?«

Chris runzelt die Stirn. »Wieso sollte sie? Es weiß doch niemand, dass ich ein Werwolf bin.«

»Bist du dir da sicher? Vielleicht weiß sie es ja doch. Du meintest, als Wolf könnt ihr einander erkennen. Vielleicht hat sie dich bemerkt.«

»Hm... Möglich. Aber sie hat doch nichts davon, mir ihre Überfälle anzuhängen – wenn außer ihr und mir keiner davon weiß. Und dir, natürlich.«

»Gibt es hier in der Gegend vielleicht noch weitere Werwölfe?«, frage ich und spinne den Gedanken gleich weiter. »Die könnten es doch theoretisch auch verstehen. Habt ihr so etwas wie eine Gerichtsbarkeit? Gibt es Konsequenzen für Werwölfe, die aus der Reihe tanzen?«

Chris stockt und schüttelt den Kopf. »Das kann ich dir nicht sagen.«

»Kannst du nicht, oder willst du nicht?«

»Bitte frag mich das nicht. Du weißt schon viel zu viel.«

»Was?!«

»Lass gut sein, bitte.«

»Ich kann es nicht einfach gut sein lassen! Ich will wissen, in was für eine Sache ich da hineingeraten bin!«

»Das verstehe ich, aber es geht einfach nicht.«

»Aber –«

»Lass uns zurückfahren.«

Damit dreht Chris sich um und marschiert zum Auto. Sputnik und ich sehen ihm gleichermaßen fassungslos nach.

Kapitel 25

Ich ersticke in Arbeit. Die Redaktion ist momentan personell stark dezimiert. Meike ist endgültig von ihrer Erkältung in die Knie gezwungen worden und seit Anfang der Woche im Krankenstand. Regina wiederum ist seit gestern auf einer Konferenz in Stuttgart. Es sind tausend Dinge zu tun und ich habe das Gefühl, der Großteil bleibt an mir hängen. Dauernd läutet das Telefon und irgendjemand will etwas von mir, sodass ich mit dem Artikel, an dem ich eigentlich gerade sitze, nur schleppend vorankomme. Auch jetzt klingelt es schon wieder Sturm.

»*Schwarzwald-Presse*, Feuerbach, Guten Tag«, melde ich mich, nachdem ich abgehoben habe.

»Kann ich bitte die Frau Gerlach sprechen?«, verlangt die Stimme einer älteren Frau.

»Es tut mir leid, Frau Gerlach ist heute nicht im Haus. Kann ich Ihnen vielleicht weiterhelfen?«

»Oh. Ja. Na ja, eigentlich kann ich *Ihnen* helfen.«

»Inwiefern?«

»Der Wolf hat wieder zugeschlagen.«

Mir fällt beinahe das Telefon aus der Hand. »Wa... Was?«, stammle ich mühsam.

»Den Hans Binninger hat er angefallen, heute in der Früh. Aber nicht so wie das Kind, sondern richtig.«

Hans Binninger. Das ist der Schäfer, auf dessen Weide auch ich angegriffen wurde. Sofort sind die Bilder wieder da vom nächtlichen Wald und der knurrenden Wölfin, die zum Sprung ansetzt.

»Ist er verletzt?«, presse ich heraus.

»Ja, sie haben ihn sogar ins Krankenhaus gebracht.«

»Vielen Dank für die Information.«

»Gerne. Ich –«

Ich lasse die Frau nicht aussprechen, sondern lege sofort auf. In Gedanken entwerfe ich einen Schlachtplan. Den Aufbau der morgigen Ausgabe werden wir überdenken müssen und ich werde den Artikel, der ohnehin nicht geschrieben werden will, auf morgen verschieben. Heute muss ich versuchen, alles über diese Wolfsattacke herauszufinden. Für die Zeitung. Und mehr noch: für mich.

Automatisch greife ich nach meinem Handy, um Chris zu schreiben, zögere dann jedoch. Seit unserem unschönen Ausflug vor fünf Tagen haben wir nicht mehr wirklich miteinander gesprochen. Zwar war ich am Sonntag in der Hundeschule, doch war Chris dort mir gegenüber so kurz angebunden und distanziert, dass es sogar Jana und – schlimmer noch – Hanno aufgefallen ist. Letzterer hat mich nicht direkt darauf angesprochen, doch die Blicke, die er mir zugeworfen hat, waren mir mehr als unangenehm.

Nur ein paar Minuten nach dem Anruf habe ich überprüft, ob die Behauptung der Anruferin stimmt – tut sie – und die Änderungen, die mit dieser Meldung verbunden sind, koordiniert. Jetzt bin ich abmarschbereit. Der Einzige, der fehlt, ist mein Hund. Ich sehe mich suchend um und rufe nach ihm. Sofort kommt er quer durch den Raum auf mich zugeschossen. Heute ist der erste Tag, an dem er seine übliche Runde zu meinen Kollegen wieder aufgenommen hat und nicht die ganze Zeit in seiner Höhle schläft.

Sputnik begrüßt mich, als hätten wir uns ewig nicht gesehen. Seine Freude zaubert ein Lächeln auf meine Lippen, obwohl ich momentan alles andere als fröhlich bin. Ich bin beunruhigt und besorgt und wütend und ich habe Angst. Und ich will etwas tun. Meinen Tatendrang zumindest scheint Sputnik zu bemerken, denn er wirft einen aufmerksamen Blick auf die Leine in meiner Hand und düst dann sofort mit wedelndem Schwanz Richtung Ausgang. Dort wartet er dann mit triumphierendem Blick und lässt sich von mir anleinen.

»Tut mir leid, Kleiner, das wird jetzt kein lustiger Ausflug. Ich fürchte, du wirst heute ziemlich viel Zeit im Auto verbringen.«

Da Sputnik zu seinem Glück nicht versteht, was ich ihm sage, wedelt er weiter begeistert mit dem Schwanz und folgt mir fast schon tänzelnd zum Auto. Lange fahren wir nicht. Unsere erste Station ist das Krankenhaus – auch wenn mir bewusst ist, dass man mich nicht zu Binninger vorlassen wird. Vermutlich wird man auch mit Auskünften sehr zurückhaltend sein, aber irgendwo muss ich ja anfangen.

Mir ist ein bisschen mulmig zumute, als ich auf das Krankenhaus zulaufe. Es ist noch nicht lange her, dass ich selbst hier war, um einen Wolfsbiss behandeln zu lassen. Heute jedoch bin ich nicht als Patient hier, sondern als Journalist. Ich setze meine professionellste Miene auf und marschiere auf den Empfang zu. Andere würden an meiner Stelle wohl versuchen, die Krankenschwester, die hier Dienst hat, forsch zu überrumpeln, aber das liegt mir nicht und ich finde es widerlich.

»Guten Tag«, grüße ich höflich.

Die Krankenschwester sieht vom Computer auf und mustert mich kurz, ehe sie mich anlächelt. Sie ist vielleicht ein paar Jahre älter als ich und ich glaube, sie findet mich attraktiv. »Hallo.«

»Lukas Feuerbach mein Name, von der *Schwarzwald-Presse*. Ich bin hier, um mich nach dem Patienten zu erkundigen, der von dem Wolf angefallen wurde.«

Ich kann quasi dabei zusehen, wie das Lächeln im Gesicht der Krankenschwester zerfällt und ihre Miene zu einer ausdruckslosen Maske erstarrt. »Wir geben keine Auskunft.«

»Können Sie mir zumindest sagen, wie schwer er verletzt ist?«

»Keine Auskunft.« Sie verschränkt die Arme vor der Brust und funkelt mich grimmig an.

»Wissen Sie dann vielleicht, wann ein offizielles Statement verlautbart wird?«

»Keine. Auskunft.«

»Wird –«, setze ich an, werde jedoch unterbrochen, als die Ärztin, die sich um mein Bein gekümmert hat – ihren Namen habe ich vergessen –, an mich herantritt.

»Hallo«, sagt sie. »Wollen Sie zu mir?«

»Der Herr ist von der Presse«, schnarrt die Krankenschwester, noch bevor ich etwas sagen kann.

»Ah«, macht die Ärztin und zieht eine Augenbraue hoch.

»Ich bin gekommen, um mich nach dem Patienten zu erkundigen, der von dem Wolf angefallen wurde«, leiere ich meinen Spruch erneut herunter.

Die Ärztin nickt, setzt an, verstummt wieder und runzelt die Stirn. Sie mustert mich gründlich und mir wird unwohl unter ihrem Blick. »Sind Sie sicher, dass das bei Ihnen ein Hund war?«

Die Krankenschwester schnappt nach Atem und ich bin kurz davor, es ihr gleichzutun. Mein Herz schlägt schneller und ich spüre, wie meine Hände schwitzig werden, doch ich bemühe mich, mir meine Nervosität nicht anmerken zu lassen.

»Ja, ganz bestimmt. Das war ein Schäferhund. Er... Er hatte ein Halsband.«

»Hm... Ich werde die Bisse mit denen des Wolfs abgleichen. Die Abdrücke habe ich schließlich dokumentiert. Dann wissen wir es sicher.«

»Okay«, murmle ich und könnte mir in den Hintern treten. Dass die Ärztin Verdacht schöpft, ist das Letzte, was ich brauchen kann.

»Wie sieht die Wunde denn aus?«

»Alles gut. Ich war gestern erst bei meinem Hausarzt und er war sehr zufrieden.«

»Schön. Und was Ihre Frage angeht: Wir können keine Auskünfte über Patienten geben.«

»Ja«, murmle ich. »Trotzdem danke.«

Sie nickt. »Tschüss.«

»Tschüss«, sage auch ich und wende mich zum Gehen. Plötzlich habe ich es ziemlich eilig, das Krankenhaus zu verlassen.

»Elendiges Reporterpack«, höre ich die Krankenschwester noch schimpfen, dann habe ich auch schon die Tür passiert.

Schnell gehe ich zurück zu meinem Wagen. Dieses Mal haben Sputnik und ich eine weitere Strecke vor uns: Ich fahre zu Binningers Adresse, die ich vorsorglich recherchiert habe. Mit etwas

Glück ist er schon wieder daheim und mit noch etwas mehr Glück ist er bereit, mir ein Interview zu geben. Ich muss wissen, was genau heute Morgen auf dieser Weide passiert ist. Und wenn ich keine ernsthaften Schwierigkeiten in meinem Job bekommen möchte, muss ich auch darüber schreiben.

Binninger wohnt außerhalb des Orts, nicht weit von der Weide entfernt. Tatsächlich bin ich auf dem Weg dorthin bereits mehrmals an seinem Haus vorbeigefahren, habe jedoch nie darauf geachtet. Jetzt betrachte ich es näher. Es ist eines der Bauernhäuser, wie sie für den Schwarzwald typisch sind. Mit dem ausladenden, dunklen Dach über einer hölzernen Fassade samt Balkon schmiegt es sich an einen Hügel. Rundherum ist Wiese und hinter der Wiese beginnt der Wald.

Wieder lasse ich Sputnik sicherheitshalber im Auto, als ich mich auf den Weg zu Binningers Haus mache. Der vorwurfsvolle Blick meines Hundes brennt mir im Rücken.

An der Haustür angekommen, brauche ich gar nicht zu klopfen, um auf mich aufmerksam zu machen – die Tür wird nämlich just in dem Moment, in dem ich meine Hand hebe, aufgerissen. Ich finde mich Auge in Auge mit einem Teenager wieder.

»Huch«, entfährt es mir erschrocken. Ich brauche einen Moment, um meinen Puls runterzufahren, erst dann kann ich mein Gegenüber genauer wahrnehmen. Die junge Frau passt in diese Umgebung so gut wie ein Pinguin in die Sahara. Sie hat mehr Piercings im Gesicht als ich zählen kann, ihre Haare sind schwarz gefärbt und seitlich ausrasiert, die Augen dick mit Kajal umrahmt. Der Parka, den sie trägt, hat schon bessere Zeiten gesehen, aber wahrscheinlich muss das so.

»Was?!«, giftet sie.

»Mein Name ist Lukas Feuerbach, ich bin von der *Schwarzwald-Presse*. Ist, äh, dein Vater hier?«

Sie runzelt abfällig die Stirn. »Kommen Sie wegen des Wolfs?«

»Ja.«

»Er ist noch nicht wieder zurück. Aber meinetwegen können Sie in der Küche warten.« Sie tritt aus der Tür und deutet ins Haus hinein. »Dritte Tür links.«

Damit verschwindet sie auch schon ohne weitere Worte und ich sehe ihr einigermaßen verblüfft nach. Dass sie mich einfach so ins Haus lässt, ist entweder wahnsinnig naiv, oder ihr ist das alles total egal. So oder so: Ich lasse mir diese Chance nicht entgehen.

Mit gemischten Gefühlen betrete ich den dunklen Hausflur. Er ist vollgeräumt mit einer überbordenden Garderobe und einer Kommode, auf der einiges an Nippes steht, das dringend mal wieder abgestaubt werden müsste.

Wie gefordert gehe ich zur dritten Tür links und betrete dann die Küche. Hallo, Eiche rustikal. Hier ist wirklich viel Holz verarbeitet worden. Eine echt alte Bauernküche ist das aber nicht. Alles spricht für eine Erneuerung in den Achtzigern. Nur der große Esstisch und das Kreuz in der Ecke darüber dürften tatsächlich alt sein. Auf dem Tisch steht noch das Frühstücksgeschirr. Und eine große Flasche Schnaps, die nur noch zu einem Drittel voll ist.

Ich stehe ein bisschen verloren herum. Soll ich mich setzen? Stehen bleiben? Macht es Sinn, hier zu warten?

Bevor ich eine Entscheidung treffen kann, höre ich Schritte im Flur und dann steht auch schon Frau Binninger in der Tür. Ich erkenne sie, weil ich sie damals, als das Schaf gerissen worden ist, zusammen mit ihrem Mann auf der Weide getroffen habe.

»Wer sind Sie und was tun Sie hier?!«, kreischt sie. Ihre Augen fliegen hektisch umher, als suche sie etwas, das sie als Waffe benutzen könnte.

Abwehrend hebe ich meine Hände. »Guten Tag, Frau Binninger. Mein Name ist Lukas Feuerbach, ich bin von der *Schwarzwald-Presse*. Wir haben uns schon einmal gesehen, ich habe damals Ihren Mann interviewt. Erinnern Sie sich? Ihre Tochter hat mich hereingelassen.«

»Ah«, macht sie und alles Zornige, Wachsame fällt von ihr ab. Vor mir steht eine verhärmte Frau, die wahrscheinlich älter aussieht, als sie tatsächlich ist. Man sieht ihr an, dass sie jahrelang hart gearbeitet hat. Die Falten um ihre Lippen und auf ihrer Stirn sind tief, Lachfalten hat sie kaum. Das braune Haar trägt sie zurückgeflochten, es ist von dicken grauen Strähnen durchzogen. Der Pullover, den sie über einer nicht wirklich gut sitzenden Jeans trägt, ist orange und beißt sich mit ihrer Hautfarbe.

»Darf ich Sie fragen, wie es Ihrem Mann geht?«, erkundige ich mich und bemühe mich, höflich und freundlich zu wirken. Wenn ich will, dass sie mit mir redet, darf ich sie nicht verschrecken.

»Sie operieren ihn noch.«

Ich schlucke. »Ist er denn schwer verletzt?«

Sie nickt und deutet dann zum Esstisch. »Mögen Sie sich nicht setzen?«

»Gerne«, sage ich und hänge meine Jacke über den Stuhl, ehe ich Platz nehme.

»Kaffee?«

»Danke, ja, das wäre nett.«

»Milch, Zucker?«

»Nur Milch, danke.«

Schweigend beobachte ich, wie Frau Binninger an der Kaffeemaschine herumwerkt und das Frühstücksgeschirr abräumt. Schließlich stellt sie mir eine dampfende Tasse Kaffee hin und setzt sich neben mich. Sie sieht mich nicht an, sondern blickt verloren aus dem Fenster.

»Können Sie mir denn erzählen, was passiert ist?«

»Wollen Sie das für Ihre Zeitung wissen?«

»Das würde unsere Leser sehr interessieren«, antworte ich ausweichend.

»Mhm«, meint sie. »Hans hat Ihnen schon einmal ein Interview gegeben, oder?«

»Ja.«

»Hm, dann wird das wohl in Ordnung sein.« Frau Binninger wendet ihren Blick vom Fenster ab, sieht mir aber immer noch nicht in die Augen, sondern starrt auf die Kaffeetasse in ihren Händen. »Ich wollte gerade die Küche aufräumen, da hat das Telefon geläutet.

Hans war dran, er klang so komisch und meinte, ich soll sofort zur Weide kommen, der Wolf...« Sie stockt und Tränen steigen ihr in die Augen. »Ich bin hin und da war er dann und alles war voller Blut... Wieso hat er denn nicht gleich den Krankenwagen gerufen?« Kurz fliegt Frau Binningers Blick zu mir, doch sofort schlägt sie die Augen wieder nieder und spricht weiter, bevor ich auf ihre rhetorische Frage antworten kann. »Das habe ich dann gemacht. Ich habe den Krankenwagen gerufen und sie haben Hans ins Krankenhaus gebracht. Kurz war... Es... Sie waren sich nicht sicher, ob er es schafft.«

Ich schaudere. »Und jetzt?«, hake ich möglichst behutsam nach.

»Jetzt sagen sie, er wird überleben. Ob er... Wie es ihm gehen wird, können sie aber noch nicht abschätzen.«

Es ist, als würde sich eine klamme Hand um meine Kehle legen. Mit aller Macht zwinge ich mich, die aufsteigenden Erinnerungen an die Werwölfin zurückzudrängen. Ich kann es mir jetzt nicht leisten, panisch zu werden. Ich trinke einen Schluck von dem Kaffee, den ich kaum hinunterbekomme. Es fühlt sich an, als würde die Flüssigkeit in meinem Mund immer mehr und gleichzeitig schmeckt sie so schal und bitter, dass ich an Erbrochenes denken muss. Mühsam schlucke ich.

»Konnte Ihr Mann Ihnen von dem Angriff erzählen?«, presse ich hervor und halte mich an den Worten fest, um nicht doch noch die Kontrolle über mich zu verlieren.

»Ja.«

»Was hat er denn gesagt?«

»Hans ist um sieben hinaus auf die Weide, so wie jeden Tag. Er hat die Schafe versorgt und den Zaun überprüft und dann war da auf einmal der Wolf. Einfach so, meinte Hans. Er hat ihn nicht kommen gehört. Er sagte, der Wolf ist sofort auf ihn los. Von wegen, scheues Tier.« Sie schnaubt verächtlich. »Er hat sich richtig in ihm verbissen, in den Armen, den Beinen. Hans ist gestürzt und der Wolf ist ihm an die Kehle gegangen. Er hat nur ganz knapp die Halsschlagader verpasst, meinte der Arzt. Zum Glück hatte Hans seinen Elektroschocker dabei.«

»Er hatte *was*?«, japse ich.

Frau Binninger nickt. »Seit der Wolf hier ist, geht Hans nicht mehr ohne Elektroschocker aus dem Haus. Er hat den Wolf damit erwischt. Dann hat er von ihm abgelassen und ist abgehauen.«

Mit weit aufgerissenen Augen starre ich Frau Binninger an, was sie nicht bemerkt, da sie immer noch ihre Tasse hypnotisiert.

»Da hatte Ihr Mann aber großes Glück«, sage ich.

Frau Binninger nickt nur. Sie ist so blass und sieht so fertig aus, dass ich mich richtig schlecht fühle, sie hier so auszuquetschen. Außerdem wird mein Unwohlsein immer schlimmer. Auch wenn es sich ein bisschen wie eine Niederlage anfühlt, beschließe ich, vor dieser Beklemmung zu flüchten.

»Ich will Sie dann auch nicht länger stören«, meine ich und hasse es, wie kratzig meine Stimme dabei klingt. »Vielen Dank, dass Sie mit mir gesprochen haben.«

»Schon okay«, murmelt sie leise.

Ich stehe auf und schüttle Frau Binninger die Hand. »Auf Wiedersehen.«

»Tschüss.«

Ich schnappe mir meine Jacke und verlasse aufgewühlt das Haus der Binningers. Einmal mehr ist mir bewusst geworden, was für ein unglaubliches Glück ich hatte, dass Chris in der Nähe war, als die Werwölfin mich angegriffen hat.

Ich brauche eine Weile, bis ich mich wieder gefangen habe. Gedankenverloren sitze ich im Auto und starre hinaus. Erst Sputniks ungeduldiges Fiepen reißt mich irgendwann aus meiner Starre.

»Tut mir leid, Kleiner«, murmle ich und drehe mich um, um Sputnik hinter den Ohren zu kraulen. »Wir sind bald fertig mit dieser Tour, okay?«

Ein paar Minuten gestatte ich es mir noch, meinen Hund zu streicheln. Dann fahre ich endlich los.

Die nächste und letzte Station auf meiner Liste ist die Schafsweide im Wald. Es ist noch hell, als ich darauf zufahre, und das ist der Grund, weshalb ich es überhaupt wage, hierhin zurückzukehren. Tagsüber wird die Werwölfin nicht zuschlagen. Das sage ich mir immer wieder. Dennoch schlägt mir das Herz bis zum Hals und tausend zittrige Vögel bevölkern meinen Brustkorb.

Noch einmal muss Sputnik im Auto auf mich warten. Ich halte mein Handy in der Hand, als ich den Wagen verlasse, bereit, im Notfall Chris anzurufen. Etwas Besseres fällt mir nicht ein, um mich zu wappnen. Ich habe nichts, das ich als Waffe gegen einen Werwolf verwenden könnte.

In der Ferne höre ich Hundegebell, als ich auf die Waldlichtung trete. Auf den ersten Blick ist alles wie immer. Idyllisch liegt die Weide am Bach, umrahmt von den hohen, dunklen Bäumen. Erst auf den zweiten Blick erkenne ich, dass der Boden matschig ist von den vielen Menschen, die hier heute schon umhergelaufen sind. Ich entdecke Markierungen, die früher nicht da waren. Es ist nicht schwer, die Stelle zu finden, an der die Werwölfin Hans Binninger angefallen haben muss. Tatsächlich bilde ich mir ein, dass das Gras hier dunkel ist von seinem Blut.

Ein Knacken lässt mich herumfahren. Hektisch fliegt mein Blick über die Bäume, suchend, tastend. Doch ich kann nichts erkennen. Ich wende mich wieder der Weide zu, auch wenn ich eigentlich nicht genau weiß, was ich hier suche. Das Gefühl, beobachtet zu werden, sitzt mir im Nacken. Schnell schieße ich ein paar Fotos, dann wende ich mich zum Gehen. An diesem verfluchten Ort will ich nicht länger bleiben.

Noch einmal lasse ich meinen Blick suchend über den Waldrand streifen. Erst sehe ich nichts, doch dann gefriert mir das Blut in den Adern. Dieses Mal bin ich sicher: In den Schatten bewegt sich etwas.

Kapitel 26

»Ich hätte mir denken können, dass du hier auftauchst.«

Schneidend schallt die Stimme über die Lichtung. Mich fröstelt bei ihrem Klang und mein Herz legt noch einen Gang zu. Gleichzeitig ist da ein warmes Kribbeln in meinem Bauch, wie ein kleiner, glühender Feuerball. Dieses Kribbeln ärgert mich mehr, als dass es mich beruhigt.

»Gleichfalls«, erwidere ich und bin froh, dass meine Stimme nicht zittert.

Ich höre ein Schnauben, dann tritt Chris zwischen den Bäumen hervor. Er ist vollständig bekleidet, wie ich gleichermaßen irritiert wie erleichtert feststelle. Ich hatte gedacht, dass er in seiner Wolfsgestalt hierhergekommen ist – was bei Tag und nachdem genau hier ein Mensch angegriffen wurde, unfassbar dämlich gewesen wäre.

Langsam schlendert Chris auf mich zu, bleibt dann ein Stück entfernt von mir stehen und lässt seinen Blick über die Weide schweifen. »Du solltest nicht hier sein«, sagt er, ohne mich anzusehen.

Empört trete ich einen Schritt auf Chris zu. »Du hast nicht darüber zu bestimmen, wo ich mich aufhalte«, gifte ich ihn an.

»Nein, natürlich nicht«, stimmt Chris zu und sieht mich endlich an. Er sieht müde aus und nicht halb so bestimmt und verärgert, wie er vorhin klang. »Aber ich mache mir Sorgen um dich.«

Dieses Eingeständnis lässt meinen Ärger nicht verpuffen, aber es mindert ihn. »Es ist helllichter Tag und hier sind bestimmt Dutzende Jäger unterwegs, die nach dem Wolf suchen. Was soll mir da schon passieren?«

Chris zuckt mit den Schultern und zieht es vor, auf diese Frage nicht zu antworten. Den Blick hat er wieder von mir abgewandt. Er unterzieht den Waldrand, vor allem aber jenen Fleck, an dem die Werwölfin sich wohl auf Hans Binninger gestürzt hat, einer eingehenden Musterung. Immer wieder hält er dabei die Nase witternd in die Luft, was ich irgendwie niedlich finde, ihn aber zu frustrieren scheint. Auf jedes Wittern folgt nämlich ein Schnauben.

»Hast du denn schon etwas herausgefunden?«, will ich wissen.

Chris schüttelt den Kopf. »Wahrscheinlich weißt du mehr als ich. Wenn ich ein Wolf wäre, könnte ich dir sicher sagen, ob das die Frau war, die auch dich angegriffen hat. Ich könnte ihre Spur verfolgen, vielleicht würde ich sie dieses Mal finden. Aber so...« Er deutet an sich auf und nieder und verdreht die Augen.

»Du kannst hier nicht als Wolf rumlaufen. Auch nachts nicht. Die bringen jetzt sicher überall Wildkameras an und wahrscheinlich lauern die Jäger in sämtlichen Hochsitzen der Gegend. Die würden dich erschießen, sobald sie dich sehen.«

»Glaubst du, das weiß ich nicht?«, knurrt Chris. »Was denkst du denn, weswegen ich jetzt und in dieser Gestalt hier bin?«

Ich zucke mit den Schultern. »Was weiß ich, auf welche Ideen du noch kommst?«

Chris wirft mir einen vernichtenden Blick zu, dann schüttelt er den Kopf. »Weißt du denn, was genau passiert ist?«

»Nicht genau, nein. Aber es sieht so aus, als wäre Binninger ziemlich schwer verletzt.«

»Lebensgefährlich?«

»Hm, wenn ich das richtig verstanden habe, sah es zwischenzeitlich nicht gut für ihn aus. Aber laut seiner Frau sind die Ärzte inzwischen optimistisch.«

»Hat sie von sich aus von ihm abgelassen? Weißt du das?«

»Er hat ihr einen Schlag mit dem Elektroschocker verpasst, dann ist sie abgehauen.«

Chris zieht eine Augenbraue hoch. »Er hatte einen Elektroschocker dabei?«

»Allzeit bereit«, meine ich und zucke mit den Schultern. »Er hat wohl eine ausgeprägte Wolfsphobie und ist nie ohne das Ding aus dem Haus gegangen.«

»Gut für ihn.«

»Ja.«

»Was tun Sie hier?«, grollt plötzlich eine tiefe Stimme.

Nahezu synchron fahren Chris und ich herum. Nicht besonders weit entfernt von jener Stelle, an der Chris vorhin zwischen den Bäumen hervorgetreten ist, stehen zwei Männer und sehen uns finster an. Sie tragen Jagdkluft und sind bewaffnet. Erst auf den zweiten Blick erkenne ich einen der beiden als Hermann Gerlach. Den anderen Mann habe ich noch nie gesehen.

»Hallo, Herr Gerlach«, grüße ich.

Sein Gesicht entspannt sich, als er mich erkennt. »Herr Feuerbach«, sagt er und nickt mir zu. »Sind Sie für die Zeitung hier?«

»Ja, genau. Ich wollte noch Fotos für meinen Bericht machen.« Hermann Gerlach nickt, dann wandert sein Blick zu Chris. Bevor er etwas sagen kann, füge ich hinzu: »Außerdem mache ich gerade ein Interview mit Christopher Lorenz. Er ist Hundetrainer und Wolfsexperte.«

»Soso, ist er das«, brummt Gerlach in seinen nicht vorhandenen Bart. »Sie sollten nicht hier sein. Der Wolf kann sich immer noch in der Gegend herumtreiben und er ist gefährlich.«

»Haben Sie denn seine Spur schon aufnehmen können?«, will ich an Gerlach gewandt wissen.

»Darauf sollte ich besser nicht antworten.«

»Ich werte das als Nein.«

Gerlach verzieht gequält das Gesicht, sagt aber nichts.

»Sind wir dann fertig mit dem Interview?«, will Chris plötzlich wissen.

»Ähm, ja«, murmle ich.

»Gut. Dann können wir ja gehen.«

»Okay«, stimme ich einigermaßen überrumpelt zu. »Tschüss, Herr Gerlach.«

»Tschüss.«

Auch der wortkarge zweite Jäger nickt uns zum Abschied zu, dann wenden Chris und ich uns zum Gehen.

»Wo parkst du denn?«, will Chris wissen, woraufhin ich in die entsprechende Richtung deute. Mein Auto ist inzwischen schon in Sichtweite. »Ah, okay. Ich muss noch ein Stück weiterlaufen. Ich bring dich noch zum Wagen.«

»Du musst nicht auf mich aufpassen.«

Chris schnaubt nur, antwortet aber nicht. Und er bringt mich tatsächlich bis zu meinem Auto. Sobald Sputnik uns erspäht, schallt uns leises Gekläffe entgegen. Chris macht dieses Mal jedoch keine Anstalten, meinen Hund zu begrüßen, sondern bleibt ein paar Meter von meinem Auto entfernt stehen.

»Ich weiß, du willst das nicht hören, aber bitte pass auf dich auf«, sagt er leise.

»Ja, ja«, brumme ich.

Chris grinst schief, seine Augen aber lächeln nicht. »Mach's gut.«

»Willst du jetzt echt einfach so gehen?«

»Äh, ja? Wieso?«

»Vergiss es«, schnaufe ich und gehe zu meinem Auto. »Tschüss.«

Erst als jetzt die Frustration in mir hochkocht, wird mir bewusst, dass sich vorhin klammheimlich die Hoffnung in mir breitgemacht hat, mit Chris wieder normaler umgehen zu können. Ganz kurz war da wieder dieses Gefühl, wir würden gemeinsam an einem Strang ziehen und versuchen, all diese merkwürdigen Vorgänge zu durchschauen. Da habe ich mich getäuscht. Statt meiner Unterstützung will Chris mich einfach nur aus dem Weg haben.

Was genau bei unserem Ausflug zwischen uns schiefgelaufen ist, verstehe ich immer noch nicht.

Die Frustration bleibt bei mir für den Rest des Tages. Sie ist da, während ich zurück in die Redaktion fahre. Sie ist da, während ich meinen Artikel schreibe. Sie ist da, während all der Routinetätigkeiten, die mein Arbeitstag noch für mich bereithält. Und sie ist immer noch da, als ich endlich meinen Computer herunterfahre.

Ich habe so viele Fragen. Wieso greift diese Werwölfin Menschen an? Wieso immer wieder an diesem Ort? Hat diese Lichtung eine besondere Bedeutung? Wieso hat Chris mich abgeblockt, als ich ihn während unseres Ausfluges nach weiteren Werwölfen gefragt habe? Wieso hat er auch heute wieder unser Gespräch so abrupt beendet? Wieso ist er mal unendlich freundlich, fürsorglich und hilfsbereit – und kurz darauf kühl, distanziert und kurz angebunden? Wieso will er nichts von mir?

Fast muss ich über mich selbst lachen, als mir bewusst wird, wie sehr sich meine Fragen von meinem Ausgangspunkt wegbewegen, um immer weiter um Chris zu kreisen. Trotzdem: Das Gefühl, dass er mir Antworten schuldet, bleibt. Antworten, die er hat, mir aber nicht geben will. Dieses Gefühl ist es letztlich auch, das mich dazu treibt, etwas zu tun, von dem ich weiß, dass ich es eigentlich nicht tun sollte: Nachdem ich die Redaktion verlassen und mit Sputnik eine kleine Runde durch den Park gedreht habe, fahre ich zu Chris.

Es dauert nicht lange und schon stehe ich vor Chris' Haus, Sputniks Leine in der Hand. Der Hund schnüffelt aufgeregt und versucht, sich mit der neuen Umgebung vertraut zu machen. Will heißen: Er pinkelt gegen den erstbesten Laternenpfahl. Ich wiederum fühle mich komisch, wieder hier zu sein. Das letzte Mal, als ich hier war, habe ich Chris durch sein Wohnzimmerfenster beobachtet. Mich schaudert bei der Erinnerung daran, wie ich auf dem Friedhof ausharrte, immer die Angst im Nacken, ich könne den Verstand verlieren. So viele Fragen ich auch noch habe: Ich bin heilfroh, dass ich diese Angst nicht mehr haben muss.

Mein Blick wandert von Chris' Haus hin zum Friedhof. Die Mauern sind grau und abweisend, kahle Bäume recken ihre dürren Äste in den nachtblauen Himmel. Ein paar verirrte weiße Wolken ziehen über das Firmament, dazwischen blinken Sterne. Mich friert.

Sputnik fiept leise. Es irritiert ihn wohl, dass wir noch immer vor dem Auto stehen. Ich straffe die Schultern und nicke ihm zu, dann gehe ich die wenigen Schritte zu Chris' Haus. Bevor ich zögern oder es mir gar anders überlegen kann, drücke ich auf den Klingelknopf. Hoffentlich ist Chris überhaupt hier. Hoffentlich hat er auf mich gehört und streift nicht als Wolf durch den Wald. Hoffentlich passiert ihm nichts.

Ich beginne gerade, mir die wildesten Horrorszenarien auszumalen, als sich die Tür öffnet. Im Lichtschein, der aus dem Haus dringt, steht Chris. Seinen Gesichtsausdruck kann ich im Gegenlicht nicht richtig erkennen, sein Tonfall ist aber eindeutig: Er ist irritiert und wenig erfreut, dass ich da bin.

»Was willst du?«, schnarrt Chris.

»Ich... Ich hatte den Eindruck, dass unser Gespräch noch nicht beendet ist.«

Chris seufzt. »Lukas...«

Seine Stimme klingt fast ein bisschen gequält und deutlich genervt, aber immerhin nicht zornig. Ich beschließe kurzerhand, das als gutes Zeichen zu werten, und trete einen Schritt vor. Sputnik jedoch ist schneller als ich. Er quetscht sich unter dem Gartentor durch und düst zu Chris. Das tut er so abrupt und so entschieden, dass mir die Leine aus der Hand rutscht. Dann beginnt er auch schon seinen Begrüßungstanz. Chris kann gar nicht anders, als zu schmunzeln und Sputnik zu begrüßen. Und dann verschwindet mein neugieriger Hund auch schon im Inneren des Hauses.

Chris atmet tief durch, dann wendet er sich mir wieder zu und öffnet das Gartentor. »Na komm schon rein.«

»Danke.«

Bevor er es sich anders überlegen kann, husche ich in Chris' Haus.

»Oh Gott, ist das schön warm«, ächze ich, kaum habe ich das Haus betreten. Mein Gesicht brennt von dem plötzlichen Kontrast von Kälte und Wärme und meine Nase beginnt zu laufen. Ich fummle schnell ein Taschentuch aus meiner Jackentasche und schnäuze mich, ehe ich mich Chris wieder zuwende.

»Du kannst ruhig Jacke und Schuhe ausziehen«, deutet er meinen fragenden Blick richtig.

»Danke«, murmle ich und tue, was er mir empfohlen hat.

Dann folge ich ihm auch schon den Flur entlang und die Treppe hinab Richtung Wohnzimmer. Ehe wir die Hälfte der Treppe passiert haben, steigt mir ein wunderbarer Geruch in die Nase.

»Mh, das riecht aber gut.«

»Ich habe gerade eine Spinat-Quiche im Backrohr«, erwidert Chris. »Du kannst mitessen, wenn du magst.«

»Sicher?«, frage ich überrascht.

Chris wendet sich um und beinahe wäre ich in ihn hineingerannt, was auf der Treppe eher suboptimal ist. »Sonst würde ich es doch nicht sagen.«

»Dann: Danke. Das würde ich sehr gerne.«

Ich lächle Chris vorsichtig an und kurz starrt er mit gerunzelter Stirn auf meinen Mund, dann huschen seine Augen wieder zu meinen und er lächelt ebenfalls.

»Schon gut. Mir, hm, mir tut es übrigens leid, wie das am Samstag gelaufen ist. Das wollte ich so nicht.«

Jetzt bin ich wirklich überrascht und ein bisschen verlegen. »Da gehören zwei dazu, oder? Mir tut es auch leid.«

Chris nickt leicht, dann wendet er sich wieder um und läuft die Treppe ganz hinunter. Ich verharre noch einen Moment verwirrt. Aus Chris' Verhalten werde ich wirklich nicht schlau. Schließlich gehe auch ich hinunter ins Wohnzimmer.

Unten angekommen finde ich auch Sputnik wieder, der mit Chris vor der Terrassentür steht und ihn zum Spielen auffordert.

»Kann ich ihn rauslassen?«, fragt Chris. »Der Garten ist eingezäunt, er kann also nicht abhauen.«

»Das fände er sicher super. Er hatte heute viel zu wenig Bewegung.«

»Okay«, meint Chris, macht Sputnik die Leine ab, die er immer noch hinter sich her schleift, und öffnet die Terrassentür.

Sofort düst Sputnik hinaus und rast eine Runde durch den Garten, nur um kurz darauf wieder vor Chris und mir zu stehen und zu schauen, wo wir bleiben. Er verbeugt sich leicht und fixiert mich, dann düst er wieder los. Ich nehme seine Spielaufforderung an und renne ihm hinterher. Eine Sekunde später bereue ich es auch schon fast, denn nur im Pullover ist es eindeutig zu kalt, auch wenn ich renne. Außerdem ist die Wiese feucht und ich trage nur meine Socken. Dann aber stellt mich Sputnik und sieht dabei so niedlich und so glücklich aus, dass ich nicht anders kann, als nun meinerseits vor ihm wegzurennen und mich verfolgen zu lassen. Wir jagen uns ein paarmal quer durch den Garten und vom Rennen wird mir immerhin wärmer.

Plötzlich streift mich etwas an den Beinen. Ich weiche zurück, stolpere fast und erstarre dann, als vor mir ein Wolf auftaucht. Mein Körper reagiert ganz automatisch mit Panik und ich muss mich zwingen, mich zu beruhigen. Der Wolf steht vor mir und legt den Kopf schief, den Blick aufmerksam auf mich gerichtet.

»Scheiße, hast du mich erschreckt«, japse ich. »Was machst du hier?«

Wie Sputnik vorhin neigt auch der Wolf jetzt den Vorderkörper gen Boden und deutet eine Spielverbeugung an. Mit dem Hintern wackelt er dabei so übertrieben in der Luft herum, dass ich lachen muss. Der Wolf verzieht die Lefzen wie zu einem Grinsen und in seinen Augen blitzt der Schalk. Dann ist auch schon Sputnik da und stürzt sich spielerisch auf seinen Kumpel. Der Wolf lässt sich nicht zweimal bitten und jagt Sputnik prompt einmal quer durch den Garten.

Ich nutze die Gelegenheit und tapse zurück zur Terrassentür. Dort angekommen, ziehe ich meine nassen, klammen Socken aus, ehe ich meinen Blick wieder dem Geschehen im Garten zuwende. Sputnik und der Wolf jagen sich gegenseitig kreuz und quer über die Grünfläche, rempeln sich auch schon mal an oder liefern sich kleine Spielkämpfe. Sie sehen genauso freudig und vergnügt aus wie damals im Wald.

Wenn er ein Mensch ist, habe ich Chris noch nie so leicht und fröhlich erlebt.

Dann und wann bleibt der Wolf stehen und wirft einen Blick zu mir, ehe er sich wieder Sputnik zuwendet. Irgendwann plumpst dieser erschöpft auf den Boden und bleibt einfach liegen. Ich habe das Gefühl, der Wolf grinst nun wirklich, als er Sputnik noch einmal zärtlich anstupst und dann zur Terrassentür läuft. Zu mir. Wieder streift er an meinen Beinen vorbei, als er mich passiert, langsamer diesmal und deutlicher spürbar. Ein bisschen wie eine Katze.

Mit dem Blick folge ich dem Wolf, als er im Wohnzimmer an der Glasfront entlang und auf die Treppe zuläuft, die er dann erklimmt. Als er aus meinem Blickfeld verschwunden ist, gehe auch ich ins Wohnzimmer. Wie schon das letzte Mal, so zieht auch heute der große Wandteppich mit all den wilden Tieren, den Fabelwesen und dem Mann, der halb Mensch ist und halb Tier, meine Aufmerksamkeit auf sich. Heute sehe ich ihn ganz anders als damals.

»Sorry, ich wollte dich vorhin nicht erschrecken. Es ist einfach mit mir durchgegangen«, sagt plötzlich eine Stimme hinter mir. Ich drehe mich um und da steht Chris. Er trägt andere Klamotten als gerade eben – kein Wunder, die Sachen liegen auf dem Sofa. In der Hand hält er ein Paar Wollsocken, das er mir reicht. »Hier, du musst ja frieren.«

»Danke«, sage ich und nehme die Socken. »Und schon gut. Sputnik hat sich riesig gefreut, dass du mit ihm gespielt hast.«

»Ich aber auch«, meint Chris und grinst jetzt. »Er ist so ein lustiger Kerl.«

»Ja, finde ich auch«, stimme ich zu und lehne mich gegen das Sofa, um mir die Socken anzuziehen. Chris geht unterdessen in die Küche und öffnet das Backrohr. Sofort strömt ein intensiver Duft von gebratenem Teig, Käse und Zwiebeln zu mir und mein Magen knurrt. Sputnik scheint ebenfalls bemerkt zu haben, dass in der Küche etwas vor sich geht, denn er kommt aus dem Garten gewuselt. Er marschiert schnurstracks zu Chris und setzt sich neben ihn. Sehnsüchtig sieht er zu Chris auf, als dieser die Quiche aus dem Backrohr holt.

»Hat Sputnik Hunger?«, fragt Chris.

»Das kommt darauf an, ob du ihn fragst oder mich.«

Chris lacht. »Ich denke, ich frage besser dich.«

»Ich habe ihn vorhin im Büro gefüttert. Für lange Arbeitstage habe ich dort einen Sack Trockenfutter.«

»Ah, verstehe«, sagt Chris, ehe er sich Sputnik zuwendet. »Sorry, mein Kleiner, du bekommst nicht noch mehr.«

Sputnik blinzelt ihn aus riesigen, treuherzigen Augen an und wedelt mit dem Schwanz. Er hat die Hoffnung auf etwas Essbares wohl noch nicht aufgegeben.

»Kann ich dir irgendwie helfen?«, erkundige ich mich.

»Nö. Du kannst dich hinsetzen.«

Das tue ich und beobachte dann, wie Chris schnell den Tisch deckt, ehe er die Quiche auf den Tisch stellt und sich zu mir setzt. Eine Schüssel Salat steht schon bereit und beides sieht so viel aufwendiger aus als alles, was ich jemals für mich allein zubereiten würde.

»Hast du heute noch jemanden erwartet? Ich will niemandem etwas wegessen.«

»Hm? Nein, wieso? Ich hatte einfach nur Lust zu kochen.«

»Wow.«

Chris lacht und ich glaube, es ist ihm ein bisschen peinlich, dass ich so beeindruckt bin. Er schneidet die Quiche an und platziert ein großes Stück auf meinem Teller, ehe er sich selbst bedient. Dabei wird er wachsam von Sputnik beobachtet, der offensichtlich hofft, dass zufällig etwas für ihn unter den Tisch fällt.

»Guten Appetit«, wünscht Chris.

»Guten Appetit«, wünsche auch ich, ehe ich den ersten Bissen von der Quiche koste. Ich glaube, ich stöhne leise. »Oh Gott, ist die gut.«

»Freut mich«, meint Chris schmunzelnd, sieht aber nicht zu mir. Ich glaube, seine Ohren sind ein bisschen rot geworden.

Eine Weile essen wir schweigend. Meine Gedanken sind bei all den Fragen, die ich habe und von denen ich nicht weiß, wie ich sie stellen soll. Vielleicht wage ich es auch einfach nur nicht, weil wir gerade so friedlich nebeneinandersitzen. Auch wenn die Stimmung von all dem schwer ist, was ungesagt zwischen uns hängt, so ist es doch schön, Zeit mit Chris zu verbringen. Mein verknalltes Herz zieht sich schmerzhaft zusammen bei dem Gedanken daran, dass ich das beenden würde, wenn ich meine Fragen stelle. Andererseits liegt es mir nicht, Dinge im Unklaren zu lassen.

»Chris?«, frage ich schließlich, nachdem ich aufgegessen habe.

»Hm?«, macht er und sieht mit abwartendem Blick zu mir.

»Können wir noch einmal über diese Werwolfsache reden?«

Chris seufzt. »Du wirst nicht lockerlassen, oder?«

»Nein.« Ich schüttle den Kopf. »Das kann ich nicht.«

Chris sieht mich an und auch wieder nicht, ich glaube, er starrt ins Leere. Dann atmet er tief durch. »Magst du dich aufs Sofa setzen?«

»Ähm, okay«, sage ich irritiert.

»Gut«, brummt Chris und erhebt sich, um zum Kühlschrank zu gehen. »Bier?«

»Gern.«

Chris holt zwei Flaschen aus dem Kühlschrank, öffnet sie und geht dann zur Couch. Die Bierflaschen stellt er auf dem Couchtisch ab, ehe er sich setzt. Ich folge ihm – und Sputnik tut es auch. Während ich mich neben Chris aufs Sofa fallen lasse, rollt Sputnik sich zu unseren Füßen zusammen und schließt sofort die Augen.

Anders als mein Hund bin ich hellwach. Es fühlt sich merkwürdig an, auf Chris' Couch zu sitzen. Auf der Couch, auf der ich ihn vor nicht allzu langer Zeit heimlich beobachtet habe. Ein bisschen ist es, als wäre ich in einen Film geraten. Aber eigentlich ist mein gesamtes Leben in den letzten Wochen so, als wäre ich in einen Film geraten.

»Ich habe das ernst gemeint«, fängt Chris plötzlich an. »Das, was ich am See zu dir gesagt habe. Ich hätte nicht so wütend werden sollen, aber es gibt einfach Dinge, die ich dir nicht erklären darf. Weißt du, wir schützen unser Geheimnis.«

»Ich habe nicht vor, dein Geheimnis auszuplaudern. Oder einen Artikel darüber zu schreiben.«

»Das ist mir bewusst. Aber nichts zu verraten und nichts weiterzugeben, ist unsere oberste Regel. Das ist mir von klein auf immer wieder eingebläut worden. Du weißt jetzt schon so viel und es ist meine Schuld. Ich darf dir einfach nicht noch mehr verraten.«

»Findest du nicht, dass ich ein Recht habe zu erfahren, wer mich angegriffen hat und wieso?«

Chris seufzt gequält und sein Blick wandert zu dem Wandteppich. »Doch«, sagt er leise. »Das hast du.«

»Aber du willst mir nicht dabei helfen?«

Bei der Frage schließt Chris die Augen und lässt sich nach hinten fallen, sodass sein Kopf an der Rückenlehne des Sofas lehnt. Kurz verharrt er so, die Stirn gerunzelt, dann öffnet er die Augen und sieht, ohne sich zu bewegen, zu mir. »Doch. Ich will dir helfen. Wirklich. Aber ich kann dir nicht alles sagen, was du wissen willst.«

Ich tue es ihm gleich, lasse mich auf dem Sofa nach hinten sinken und blinzle Chris an. Vielleicht bin ich etwas näher gerutscht, als gemeinhin üblich wäre, doch Chris weicht nicht von mir zurück.

»Dann... Kannst du mir zumindest Fragen beantworten, die für diese Sache wichtig sind?«

»Ich... Okay«, haucht Chris. »Wenn sie dafür wirklich wichtig sind, dann beantworte ich sie.«

»Okay«, stimme ich zu. Das ist immerhin besser als nichts.

Chris nickt, sagt aber nichts. Er sieht mich einfach nur an. Seine Augen wandern unentwegt über mein Gesicht und dabei sieht er so ernst aus, dass ich mich frage, ob mir Spinat zwischen den Zähnen hängt oder sonst etwas nicht stimmt. Dann aber streckt er seine Hand aus und fährt mit den Fingerspitzen ganz zart die Linien nach, die er zuvor mit den Augen über mein Gesicht gezogen hat.

Ich schlucke trocken. Den Blick kann ich nicht von Chris abwenden. Wie er mich ansieht, so, als würde er mich wirklich sehen... Das lässt mein Herz rasen und den Feuerball in meinem Bauch umso heftiger glühen. Seine Finger wandern zu meinen Lippen, streichen zart darüber. Ich kann nicht anders, ich hauche einen Kuss auf die Fingerspitzen. Chris' Augen weiten sich und er leckt sich über die Lippen. Und dann rutscht er langsam näher.

Ich kann nicht glauben, dass das gerade tatsächlich passiert. Doch auch ich rutsche näher zu Chris, verringere den Abstand, bis wir schließlich kaum mehr als eine Handbreit voneinander entfernt sind. Ich kann Chris' Atem auf meiner Haut spüren. Er atmet tief ein und schließt dabei die Augen. Genießerisch, irgendwie. Dann öffnet er die Augen wieder und sein Blick haut mich fast um. Er will mich. Was auch immer er behaupten mag: Das kann man gar nicht anders deuten. Er will mich. Und Gott, ich will ihn.

Den letzten Abstand zwischen uns überwinden wir beide gleichermaßen und dann treffen sich unsere Lippen das erste Mal in einem Kuss. Es ist ein sanfter Kuss, ganz zart und vorsichtig, mehr ein gegenseitiges Abtasten, ein vorsichtiges Ausloten. Es geht mir durch und durch.

Ich fahre mit einer Hand über Chris' Kopf, streiche über das kurze und doch so weiche Haar und ziehe ihn noch ein wenig näher. Er seufzt leise – und löst den Kuss. Verunsichert öffne ich die Augen, nur um Chris' Blick ebenso sehnsüchtig wie vorhin auf mir zu finden. Ich lächle ihn an und dann lächelt auch Chris. Dieses Lächeln erreicht seine Augen.

Wir finden uns zu einem zweiten Kuss, der weniger vorsichtig, aber nicht weniger zärtlich ist als der zuvor. Als sich unsere Zungen berühren, ist es wie eine kleine Explosion irgendwo ganz tief in mir. Chris schmeckt so gut, dass ich am liebsten nie wieder etwas anderes kosten möchte. Ich will mehr davon.

Getrieben von meiner Sehnsucht schiebe ich mich über Chris, bis ich rittlings auf seinem Schoß sitze. Er seufzt und sofort wandern seine Hände von meinem Gesicht über meinen Rücken. Er umschlingt mich fest, umklammert mich schon fast. Und ich liebe es.

Ich spüre seine Erregung und bin sicher, er spürt meine ganz genauso. Meine Hände habe ich inzwischen beide in Chris' Haaren vergraben und ich lege all die Gefühle, die sich in den letzten Wochen in mir aufgestaut haben, in diesen Kuss. Chris begegnet mir nicht weniger gefühlvoll.

Als wir uns schließlich schwer atmend voneinander lösen, bin ich kurz davor, in meine Hose zu kommen. Ich suche Chris' Blick, doch dieses Mal hat er die Augen niedergeschlagen. Noch immer hält er mich umklammert, ein bisschen so, als würde er sich an mir festhalten. Er atmet schwer und mir schwant Übles.

»Das ist ein Fehler«, krächzt er dann tatsächlich.

Alles in mir zieht sich schmerzhaft zusammen, doch überrascht bin ich nicht. Wie könnte es auch anders sein. Chris hat mich bisher immer von sich gestoßen, sobald sich diese dumme Hoffnung in mir ausbreiten wollte.

Ich löse mich aus Chris' Griff und stehe auf. Mein einziger Gedanke ist: Ich muss hier weg. Ich muss weg, bevor die Wucht meiner Gefühle mich umwirft, bevor der Schock nachlässt. Ich will vor Chris nicht weinen, nicht schon wieder, und ich will nicht, dass er sieht, was er mit seinen Worten, mit seiner Zurückweisung anrichtet.

»Komm, Sputnik«, fordere ich meinen Hund auf, dann verlasse ich, ohne mich noch einmal umzudrehen, das Wohnzimmer. Auf Chris' leises »Lukas…« reagiere ich nicht.

Kapitel 27

Schon wieder auf das Krankenhaus zuzulaufen, fühlt sich falsch an. Denn natürlich kocht bei dem Anblick die Erinnerung an Chris hoch. Es ist noch gar nicht lange her, dass er mich hierhergebracht hat, nachdem die Werwölfin mich angegriffen hat. Und doch ist in der kurzen Zeit so viel passiert. Klarer sind die Dinge jedoch noch immer nicht. Nicht, was die Werwölfin angeht und vor allem nicht, was Chris angeht. Ich verstehe ihn einfach nicht. Ich verstehe nicht, wieso er mich so verzehrend geküsst hat – nur um mich dann von sich zu schieben.

Seine erneute Abweisung brennt in mir wie ein glühender Schürhaken. Sie hat mich die Nacht über kaum schlafen lassen und macht mich immer noch fahrig. Doch nicht nur ich bin heute nicht ganz bei mir. Auch Sputnik benimmt sich merkwürdig. Er ist wesentlich anhänglicher, als er es sonst ist. Vorhin hat er sich vehement geweigert, in Obhut meiner Kolleginnen im Büro zu bleiben. Er wollte einfach nicht von meiner Seite weichen und hat ein jämmerliches Geheul angestimmt, sobald ich Anstalten gemacht habe zu gehen. So konnte und wollte ich ihn nicht in der Redaktion lassen, deswegen sitzt er jetzt in meinem Auto und wartet dort auf mich, bis ich aus dem Krankenhaus zurückkomme. Damit scheint er kein Problem zu haben.

Wegen Sputniks Theater habe ich einiges an Zeit verloren und so bin ich jetzt reichlich spät dran für die kurzfristig anberaumte Pressekonferenz, in der es um Hans Binningers Gesundheitszustand gehen soll. Quasi mit hängender Zunge erreiche ich das Foyer des Krankenhauses. Ein aufgestellter Wegweiser verrät mir, dass ich mich links halten muss, wenn ich zur Pressekonferenz will.

Ich bin kaum um die Ecke gebogen, da erfüllen laute Stimmen das Foyer.

»... zu schnell!«, ertönt die Stimme einer Frau, die mir bekannt vorkommt. Ich bleibe stehen und sehe zur Seite, nur um festzustellen, dass ich recht hatte mit meiner Ahnung: Es war Frau Binninger, die gerade gesprochen hat. Sie und ihre Tochter durchqueren gerade das Foyer Richtung Ausgang.

»Einen Scheiß war der Wolf zu schnell!«, empört sich die Tochter. »Papa war zu besoffen!«

»Elisabeth!«, ruft Frau Binninger empört und schockiert gleichermaßen.

»Ist doch wahr!«, entgegnet ihre Tochter und wird mit jedem Wort, das sie spricht, lauter. »Ich will gar nicht wissen, wie viel Promille er intus hatte – so viel, wie er in der Nacht wieder gesoffen hat. Und zum Frühstück ging es dann schön mit einem Guten-Morgen-Schnaps weiter.«

»Hüte deine Zunge, junge Dame!«

»Gar nichts werde ich! Er ist ein Säufer und hatte ein Heidenglück, dass er diesen dämlichen Elektroschocker in der letzten Sekunde noch erwischt hat. Wenn er nüchtern gewesen wäre, wäre es nie so weit gekommen!«

»Das ist –«

Was das ist, erfahre ich nicht mehr, denn in dem Moment verlassen Mutter und Tochter Binninger das Krankenhaus. Der Auftritt der beiden lässt mich peinlich berührt zurück. Der Einblick in ihre Familiendramen stand mir nicht zu.

Verfolgt von meinem schlechten Gewissen erreiche ich den Raum, in dem die Pressekonferenz stattfindet. Wie es nicht anders zu erwarten war, ist der Raum bereits mehr als überfüllt. Ich zeige meinen Ausweis vor, dann suche ich mir einen Platz. Wie schon bei der letzten Pressekonferenz muss ich auch heute stehen. Immerhin ergattere ich einen Platz relativ weit vorne – sogar einen, bei dem mir die Sicht nicht durch ein Kamerateam versperrt ist.

Die Pressekonferenz bringt wenig Neues für mich. Es geht um Binningers Verletzungen und um die zukünftige Wolfspolitik in der Region. Nur einmal weckt etwas tatsächlich mein Interesse, als nämlich eine Journalistin wissen will, ob inzwischen sicher nachgewiesen werden konnte, dass sämtliche Wolfsangriffe der letzten Zeit von demselben Individuum verübt wurden. Merit Meier und der Bürgermeister wechseln daraufhin einen Blick, der sofort mein Misstrauen weckt. Offensichtlich gäbe es zu dieser Frage etwas zu sagen, das die beiden nicht öffentlich machen wollen. Merit Meiers »Wir gehen davon aus, dass es dasselbe Individuum war« klingt dann auch ziemlich ausweichend.

Während die meisten nach der Pressekonferenz sofort hektisch aus dem Raum rennen, bleibe ich noch und warte ab, bis sich das ärgste Gedränge gelegt hat. Ich kreise mit den Schultern und merke erst jetzt, wie verspannt ich bin. In meinem Nacken knackst es, als ich den Kopf drehe, was mich schaudern lässt.

»Lukas, hallo!«, erklingt es plötzlich neben mir.

Ich drehe mich um und entdecke Nadine. Ich habe gar nicht gemerkt, dass sie zu mir gekommen ist. »Hey! Wie geht's?«

»Na ja«, meint Nadine und zuckt mit den Schultern.

»Das setzt dir ziemlich zu, oder?«, erkundige ich mich.

»Wundert dich das?«, fragt sie zurück und wirkt unglaublich erschöpft dabei.

»Nein, es ist eine scheußliche Geschichte.«

»Allerdings, das ist es. Und dann nervt Katja auch noch total. Du weißt schon, meine Cousine.« Nadine seufzt und verdreht die Augen. »Sie nennt es *die Rache des Wolfs* und findet es immer besser, je mehr passiert. Es würde die Leute wachrütteln, meint sie. So ein Schwachsinn. Vorhin erst hat sie mich angerufen. Sie will, dass ich ihr einen Interviewtermin bei dir beschaffe, Lukas.«

»Oh«, mache ich und erinnere mich an die Auftritte von Nadines Cousine, die ich bisher mitbekommen habe. Sie hat immer fürchterlich esoterische Reden geschwungen und ist dabei sehr vehement aufgetreten. Wenn sie über den *Geist des Wolfs* gesprochen hat, hat sie immer sehr entschieden gewirkt. Dass sie sich mit diesem Geist identifiziert, war überdeutlich. Was, wenn ihre Verbindung zum Wolf nicht bloß im übertragenen Sinn besteht?

Meine Gedanken überschlagen sich. Könnte das sein? Könnte die »Rache des Wolfs« ein Motiv sein, das all die Taten der letzten Zeit verbindet? Ist Katja die Wölfin? Und wenn sie es ist und es in der Familie liegt: Ist Nadine auch eine Werwölfin?

Ich betrachte Nadine von oben bis unten. Natürlich finde ich keine Hinweise auf eine Doppelidentität als Wölfin. Nur eine irritiert hochgezogene Augenbraue, weil ich wohl zu lange schweige.

»Meinetwegen kannst du ihr meine Nummer geben«, bringe ich schließlich mit einem betont beiläufigen Achselzucken heraus.

»Sicher nicht«, brummt Nadine. »Ich will auf keinen Fall, dass sie eine Plattform bekommt für diesen Blödsinn.«

Ich nicke automatisch, denn ich stimme Nadine da eigentlich zu. Gleichzeitig beschließe ich, Katja mal einen Besuch abzustatten. Mein Herz schlägt schneller bei dem Gedanken, dass ich vielleicht eine Spur gefunden habe. Und ein bisschen auch, weil ich mich beim Gedanken, der Wölfin erneut gegenüberzustehen, hilflos und klein fühle.

In stummem Einvernehmen begeben Nadine und ich uns Richtung Ausgang. Inzwischen sind die meisten anderen Journalisten verschwunden. Ich beschließe, die Gelegenheit zu nutzen und Nadine nach etwas zu fragen, das mir seit vorhin nicht mehr aus dem Kopf geht.

»Sag mal, weißt du, wieso der Bürgermeister und Frau Meier sich so komisch angesehen und so ausweichend geantwortet haben, als es darum ging, ob Binninger von demselben Wolf angegriffen wurde wie die kleine Leonie?«

Nadines Blick wird unstet und weicht mir aus. »Schon. Aber ich darf dir das nicht sagen.«

»Auch nicht, wenn ich dir verspreche, nicht darüber zu schreiben?«

Jetzt sieht Nadine doch wieder zu mir, reichlich skeptisch allerdings. »Kannst du das denn versprechen?«

»Natürlich.«

»Sei mir nicht böse, Lukas, aber du bist Journalist und ich kann dir das nicht glauben.«

»Ist es denn so eine große Sache?«

Nadine zuckt mit den Schultern, sagt aber nichts.

»Ich könnte dir versprechen, dass ich dich niemals als Quelle offenbaren würde«, versuche ich, Nadine zu überzeugen.

Nadine lacht trocken. »Du glaubst doch nicht wirklich, dass sich nicht trotzdem alle denken könnten, dass ich es war, oder? Dass wir uns kennen, ist in dieser kleinen Stadt doch kein Geheimnis.«

»Hm«, mache ich und will gerade etwas entgegnen, um Nadine doch noch zu überzeugen, als plötzlich die Ärztin, die meine Bissverletzung verarztet hat, auf uns zukommt. Zielstrebig steuert sie mich an und ich bekomme das Gefühl, dass es kein Zufall ist, dass sie hier und jetzt auftaucht.

»Ah, Herr Feuerbach, gut, dass ich Sie erwische. Ich dachte mir, dass Sie heute hier sind«, sagt sie dann auch prompt.

»Äh, ja«, stammle ich irritiert. »Guten Tag.«

»Haben Sie denn einen Moment Zeit für mich?«

»Sicher«, meine ich, auch wenn ich ein ungutes Gefühl habe.

»Sehr schön«, erwidert die Ärztin, deren Namen ich noch immer nicht weiß, und leitet mich sogleich ein wenig zur Seite. Ich werfe Nadine einen entschuldigenden Blick zu, doch sie wirkt alles andere als böse darüber, dass sie meinen Fragen entkommt.

Als die Ärztin weiterspricht, hat sie ihre Stimme gesenkt, sodass uns niemand zuhören kann. »Ich wollte noch einmal mit Ihnen über Ihren Biss sprechen.«

»Ja?«, frage ich misstrauisch.

»Ich hatte Ihnen das letzte Mal doch erzählt, dass ich die Bisse mit denen von Herrn Binninger abgleichen werde, um zu überprüfen, ob es dasselbe Tier war.«

»Mhm. Und?«

»Leider gab es weder bei Ihnen noch bei Herrn Binninger klare Gebissabdrücke, die tatsächlich auf die Zahnstellung hätten schließen lassen. Aber die Größe der Bisse stimmt überein.«

»Oh.«

»Es ist also durchaus möglich, ja sogar sehr wahrscheinlich, dass auch Sie von dem Wolf gebissen wurden.«

»Oh«, mache ich erneut, dabei denke ich nur: Verdammt. Ich will nicht, dass herauskommt, dass ich ebenfalls von der Werwölfin angegriffen wurde. Ich will nicht darüber sprechen und Fragen beantworten müssen. Ich will nicht lügen müssen. Nicht noch mehr als ohnehin schon.

»Herr Feuerbach? Fühlen Sie sich nicht gut?«, fragt die Ärztin und betrachtet mich dabei ganz genau.

»Hm? Doch, alles in Ordnung.«

Die Ärztin sieht mich skeptisch an und schüttelt dann leicht den Kopf. »Das muss ein Schock für Sie sein. Kommen Sie mal mit. Dann können Sie sich setzen und ich kann noch einen Blick auf Ihre Wunde werfen.«

Sie macht nicht den Eindruck, als würde sie mit sich diskutieren lassen, deswegen folge ich ihr, nachdem ich Nadine noch zum Abschied zugewunken habe.

Nachdem die Ärztin mich endlich entkommen hat lassen, beschließe ich kurzerhand, vor meiner Rückkehr in die Redaktion noch einen Abstecher zu Nadines verrückter Cousine zu machen. Auch wenn mir der Gedanke, dass sie die Wölfin sein könnte, die mich angegriffen hat, eine Heidenangst einjagt: Ich habe das Gefühl, dass die Zeit drängt. Ich muss herausfinden, wer hinter diesen Angriffen steckt.

Wie genau ich das anstellen soll, weiß ich jedoch nicht.

Katja Weilauer ist selbstständige Yoga- und Achtsamkeitstrainerin, außerdem Kräuterpädagogin und Obfrau eines Vereins für Pflanzenenergetik. Ich habe schnell herausgefunden, dass sie zwar am Waldrand, jedoch im dritten Stock eines Mehrfamilienhauses wohnt. Durch ihr Fenster zu spannen und darauf zu warten, dass sie sich in eine Wölfin verwandelt, wird also nicht funktionieren. Deswegen ist meine einzige Chance der kleine Laden, in dem sie ihre Kurse abhält und Kräuter verkauft.

Ich weiß nicht, wie lange ich vor dem Laden stehe, mit schweißnassen Händen und rasendem Herzen, und mich nicht traue, die Tür zu öffnen. Ich sehe Katja durch die Fenster, auch wenn die Fensterbänke mit Pflanzentöpfen vollgestopft sind und von der Decke Kräuter zum Trocknen hängen. Ich sehe Katja und versuche, in ihren Bewegungen die der Wölfin zu erkennen. Manchmal glaube ich, dass es mir gelingt. Und dann wieder nicht.

Plötzlich öffnet sich die Tür und eine ältere Frau verlässt den Laden. Sie hält die Tür auf und sieht mich fragend an. »Wollen Sie rein?«

Ich reiße mich zusammen und nicke. »Ja. Danke.«

Die Frau nickt und ich betrete den Laden. Ein helles Glockenspiel begrüßt mich und mit ihm der Geruch nach Lavendel, Salbei und Weihrauch. Ich muss sofort niesen.

»Kann ich Ihnen helfen?«, werde ich von einer mir vage bekannten Stimme mit einem angenehmen Timbre angesprochen. Und dann finde ich mich Katja gegenüber. Wie damals im Wirtshaus trägt sie auch heute ein Kleid in Naturtönen, das klischeehaft »Öko-Hexe!« schreit. Sie lächelt mich freundlich an und macht nicht den Anschein, mich zu erkennen. Mein Herz schlägt mir dennoch bis zum Hals.

»Äh, ja, ich…«, stammle ich, werde aber sofort unterbrochen.

»Sagen Sie nichts! Ich weiß es! Sie wollen Ihre Wohnung ausräuchern, um Ihre Meridiane neu zu ordnen. Sie werden sehen, ich habe hier das Richtige für Sie. Weihrauch und Lavendel natürlich, und, hm… dazu Johanniskraut, Brennnessel, Thymian.«

Während sie spricht, huscht Katja durch den kleinen, vollgeräumten Laden und sammelt die Kräuter ein, die sie aufzählt. Dann hält sie mir einen duftenden Buschen entgegen und lächelt mich selbstgefällig an.

»Äh, danke schön«, sage ich. »Aber eigentlich bin ich dienstlich hier.«

Das Lächeln verschwindet aus Katjas Gesicht und macht einem tiefen Misstrauen Platz. »Was soll das heißen, dienstlich?«

»Ich bin von der *Schwarzwald-Presse*. Ihre Cousine meinte, Sie wollten mir ein Interview geben?«

»Oh! Sagen Sie das doch gleich!« Das Lächeln ist zurück in Katjas Gesicht, hat dieses Mal jedoch etwas Unheilvolles. »Jetzt erkenne ich Sie.«

Ich schlucke und kann nicht verhindern, dass mein Blick zur Tür wandert. Ich sollte sie mit einem, maximal zwei Schritten erreichen können. Hoffentlich bin ich schnell genug, im Fall der Fälle.

»Wollen Sie das Interview jetzt gleich machen?«, reißt mich Katja aus meinen Fluchtplänen.

Ich wende mich ihr wieder zu, immer noch wachsam, immer noch auf dem Sprung. »Äh, ja. Wenn es Ihnen jetzt passt?«

»Sicher.«

»Gut.«

Was ich dann tue, verlangt mir alles ab: Ich gehe in die Knie, nehme meinen Rucksack ab, öffne ihn und hole mein Diktiergerät heraus. Mit zittrigen Fingern schließe ich den Rucksack wieder und richte mich auf.

»Ihre Berichterstattung ist bisher ja recht einseitig«, meint Katja, während ich das Diktiergerät einschalte.

Ich runzle die Stirn, verkneife mir jedoch einen Kommentar. Meine Artikel gehören zu den mit Abstand objektivsten, die in der Wolfssache erschienen sind.

»Was denken Sie denn über den Wolf?«, will ich wissen. Ich halte Katja das Diktiergerät hin und bete, dass sie nicht merkt, wie stark ich zittere.

»Wir müssen die aktuellen Ereignisse als Chance begreifen, als Weckruf. Wir haben die Natur immer mehr zurückgedrängt, sie verjagt und vertrieben und ausgerottet. Mit dem Wolf meldet sie sich mit aller Macht zurück. Der Wolf ist die Stimme der Natur, er spricht zu den Menschen. Sie müssen endlich beginnen, ihm zuzuhören. Sie müssen sich besinnen auf das, was wirklich zählt. Sie müssen sich zurücknehmen und bescheidener werden. Der Angriff auf diesen Bauern war nur konsequent. Die Landwirtschaft raubt der Natur ihren Lebensraum. Doch die Natur schlägt zurück. Und das ist gut so! Das wird so lange weitergehen, bis die Menschen endlich einsehen, dass die Natur ihnen nicht gehört.«

Mir wird schummrig bei ihren Worten. Je länger sie spricht, desto stärker wird die Aura von Entschlossenheit und Kompromisslosigkeit, die sie umgibt. Das passt so gar nicht zu der überfreundlichen Kräuterhexe, als die sie sich mir zunächst präsentiert hat. Ich frage mich, wer und wie sie wirklich ist. Eine Antwort finde ich jedoch nicht.

»Wo waren Sie denn, als die Angriffe stattgefunden haben?«, frage ich schließlich und komme mir dabei vor wie der Möchtegerndetektiv, der ich bin.

»Wieso wollen Sie das wissen?«, kontert Katja verwirrt.

Mit der Frage habe ich gerechnet. »Ich frage das alle Leute, die ich zu dem Thema interviewe. Na ja, bei wichtigen Ereignissen ist es doch immer interessant zu sehen, wo die Leute waren, oder?«

»Hm, mag sein. Ich glaube aber nicht, dass ich Ihre Frage beantworten kann. Ich habe nicht mehr wirklich im Kopf, wann die Sache mit den Schafen passiert ist. Als ich von den Angriffen auf das Mädchen und auf den Bauern gehört habe, war ich beide Male hier im Laden.«

Ich nicke. Es wäre auch zu schön gewesen, wenn sie sich bei dieser Frage tatsächlich verraten hätte. Auch der Rest des Interviews verläuft ähnlich. Ich bin danach nicht schlauer als davor. Dennoch: Ich bin heilfroh, als ich ihren Laden wieder verlasse.

Endlich daheim falle ich erschöpft auf mein Sofa. Mühsam muss ich mich zwingen, meine Gedanken nicht schon wieder zu Chris wandern zu lassen. Ich will nicht ständig über sein widersprüchliches Verhalten nachdenken. Ich will nicht grübeln, weswegen er mich küsst und mich gleich darauf wieder wegstößt. Ich will mir nicht bewusst machen, dass er mir wehgetan hat. Und vor allem will ich nicht an diese kurzen, perfekten Momente denken, die wir auf seinem Sofa hatten. An seine Blicke. An seine Küsse. An seine Nähe.

Natürlich gelingt es mir nicht.

Um mich abzulenken, wuchte ich mich wieder vom Sofa hoch und marschiere in die Küche, um Teewasser aufzusetzen. Außer meinem Frühstück und einem Brötchen mittags am Schreibtisch habe ich heute noch nichts gegessen. Doch statt Hunger spüre ich nur große Appetitlosigkeit in mir.

Ich starre meinen Wasserkocher an und lausche seinem Blubbern, während ich mich bemühe, statt an Chris an mein Gespräch mit Katja zu denken.

Katja ist definitiv total durchgeknallt. Ob sie auch die Wölfin ist, kann ich nicht sagen. Es gab diesen kurzen Moment, in dem ich dachte, dass sie mich wiedererkennt. Sonst aber hat sie sich weitgehend unauffällig verhalten. Ich werde wohl oder übel an der Sache dranbleiben müssen. Auch wenn die Frau mir unheimlich ist. Und ich keine Ahnung habe, wie ich herausfinden soll, ob sie die Werwölfin ist, die hier ihr Unwesen treibt.

Von Katja wandern meine Gedanken zu Nadine. Ich bin mir sicher, dass ich sie beinahe so weit hatte, mir zu erzählen, was hinter der merkwürdigen Reaktion von Merit Meier und dem Bürgermeister steckt. Vielleicht komme ich ja aber auch selbst dahinter...

Der Wasserkocher ist fertig und ich bereite meine Tasse Ingwertee mit Honig zu, dann kehre ich, immer noch grübelnd, zurück zu meinem Sofa.

Dass hinter den Attacken dasselbe Individuum steckt, weiß ich mit sehr hoher Wahrscheinlichkeit. Wieso hat es dann den Eindruck erweckt, dass das nicht nachgewiesen werden konnte? Entweder, es gibt noch einen dritten Werwolf – oder irgendetwas stimmt nicht mit dem Nachweis, ob der Wolf, der Binninger angegriffen hat, auch der ist, der das Mädchen angegriffen und die Schafe gerissen hat. Wie weist man so etwas nach? Mit DNS-Untersuchungen. Es werden Proben genommen, ausgewertet und abgeglichen. Ob dabei etwas schiefgegangen ist?

Wieso kommt mir das bekannt vor? Untersuchungen, die versanden, bevor sie zu etwas führen. DNS, die nicht abgeglichen werden kann. Verlorene Proben!

»Oh!«, rufe ich, als mir klar wird, was mir die ganze Zeit im Hinterkopf herumschwirrt.

Sputnik, der in seinem Bettchen liegt und bis eben noch geschlafen hat, hebt den Kopf und blinzelt mich irritiert an.

»Sie muss die Proben geklaut haben!«, erkläre ich meinem Hund. »Deswegen können sie sie nicht abgleichen. Wie damals nach den Schafangriffen. Wahrscheinlich steckt sie auch hinter dem Einbruch im Labor!«

Sputnik beeindrucken meine Schlussfolgerungen wenig. Er legt das Köpfchen wieder auf den Pfoten ab und pennt weiter. Ich hingegen will jetzt unbedingt überprüfen, ob ich mit meinen Überlegungen recht habe, und greife nach meinem Handy. Zum Glück habe ich Nadines Nummer. Auch wenn es unhöflich ist, sie um diese Zeit noch anzurufen, muss ich es doch tun. Ich kann nicht warten.

»Hallo, Lukas«, sagt Nadine, als sie nach dem vierten Läuten abhebt. Das Misstrauen in ihrer Stimme ist fast greifbar.

»Hallo! Ich wollte noch einmal auf unser Gespräch heute zurückkommen.«

»Das habe ich mir fast gedacht...«

»Wenn ich errate, was du mir heute nicht sagen konntest, verrätst du mir dann, ob ich richtigliege?«

Nadine seufzt. »Du wirst da nicht lockerlassen, oder?«

»Nein. Also?«

»Vielleicht...«

Ich atme tief durch und dann sage ich: »Kann es sein, dass die Vergleichsproben verschwunden sind?«

Als Nadine schwer einatmet, weiß ich, dass ich recht habe. Mein Herz beginnt zu rasen. Das ist eine Spur. Eine richtige Spur. Muss es einfach sein.

»Wie konnte das denn passieren?«, hake ich nach.

»Fehler beim Versand«, nuschelt Nadine, aber ich weiß einfach, dass dem nicht so ist. Auch wenn es nach einem Fehler aussehen mag: Da steckt garantiert die Werwölfin dahinter, die nicht will, dass ihre DNS irgendwo untersucht wird.

»Von mir weißt du aber nichts!«, fügt Nadine noch schnell hinzu.

»Nein, natürlich nicht, versprochen.«

»Schreibst du darüber?«, will sie besorgt wissen.

»Hm, vorerst nicht.«

»Danke...«, nuschelt Nadine.

»Wer ist denn dran?«, höre ich im Hintergrund plötzlich eine Stimme, die ich kenne.

»Bist du bei Jana?«, will ich wissen.

»Ja, sie kocht gerade.«

»Oh, sehr schön! Grüß sie von mir.«

»Grüße von Lukas«, ruft Nadine. Kurz ist es still, dann meldet sich auf einmal Jana: »Hey, Lukas! Beredet ihr Wolfsdinge?«

»Ja, genau.«

»Wie geht es dir denn?«

»Hmm...«

»Nicht gut?«

»Wird schon wieder.«

»Ist es wegen Chris?«

»Mhm...«

»Willst du darüber reden?«

»Danke, das ist lieb von dir, aber eigentlich würde ich es lieber vergessen.«

»Okay. Aber meld dich, wenn du es dir anders überlegen solltest.«

»Mach ich, danke, Jana. Und du hab jetzt einen schönen Abend mit deiner Traumfrau!«

Jana kichert verlegen. »Habe ich vor.«

Wir verabschieden uns voneinander und legen dann auf. Noch in der gleichen Bewegung taste ich nach der Fernbedienung und schalte den Fernseher ein in der Hoffnung, dass mich die Berieselung ablenkt. Es klappt nicht wirklich.

Ich schaue gerade eine Krimiserie, die ich schon kenne, als es plötzlich an meiner Tür klingelt. Sofort ist Sputnik auf den Beinen und läuft in den Flur. Ich folge ihm langsamer und einigermaßen verwirrt. Wer will denn um diese Zeit zu mir?

»Ja?«, frage ich, nachdem ich den Hörer der Gegensprechanlage abgenommen habe.

»Ich bin's«, erklingt eine leicht verzerrte und doch vertraute Stimme. »Lässt du mich rein?«

»Chris?«

»Ja.«

Meine Finger zittern, als ich den Türöffner betätige. Sie zittern, als ich den Schlüssel herumdrehe, und sie zittern noch viel stärker, als ich nach einem leisen Klopfen die Tür öffne.

Vor der Tür steht tatsächlich Chris.

»Können wir reden?«, fragt er leise und ich habe keine Ahnung, was ich jetzt tun soll.

Kapitel 28

Wie tausend winzige Flügelschläge im schnellsten Stakkato fühlt es sich an, was mein Herz gerade in meiner Brust veranstaltet. Ich glaube, es will schlicht und einfach davonfliegen. Ob zu Chris oder von ihm weg, das weiß ich gerade noch nicht.

Ich fasse es nicht, dass Chris zu mir gekommen ist. Doch da steht er. Und selbst wenn ich meinen Augen nicht trauen würde: Das glückliche Fiepen meines Hundes, der begeistert wie immer um Chris herumtänzelt, würde es mir bestätigen.

Chris hält Sputnik zwar die Hand hin, doch der Blick seiner hellen Augen ist unverwandt auf mich gerichtet. Da sind Ringe unter seinen Augen, die mir bisher noch nie aufgefallen sind. Zusammen mit der geröteten Nase, die von der Kälte des späten Herbstabends erzählt, lassen sie ihn müde wirken und erschöpft.

Erst als Chris sich leise räuspert und sein Blick fragender wird, wird mir bewusst, dass ich ihn wohl schon eine ganze Weile anstarren muss. Auf seine Frage habe ich noch nicht geantwortet. Ich habe auch keine Antwort. Ein Teil von mir möchte ihn rauswerfen, ihn zwingen zu gehen. Nicht noch mehr Zeit mit ihm verbringen, um nicht noch weiter verletzt zu werden. Ein anderer Teil will mit ihm reden, ihm zuhören, ihn verstehen. Herausfinden, wieso er hier ist. Und wieso er mich geküsst hat, nur um mir zu sagen, dass es ein Fehler war.

Wie immer, wenn es etwas gibt, das ich nicht verstehe, gewinnt der zweite Teil.

Ich trete einen Schritt zur Seite und gebe Chris so den Weg frei. Ein Lächeln breitet sich auf seinen Lippen aus.

»Danke«, sagt er leise und schlüpft sofort in meine Wohnung, fast so, als hätte er Angst, dass ich es mir noch einmal anders überlegen könnte.

Ich schließe die Wohnungstür und beobachte, wie Chris aus seinen Schuhen steigt. Als er sich danach den dicken Wollpullover, den er mal wieder als Jackenersatz trägt, über den Kopf zieht, verrutscht das Shirt, das er darunter anhat, ein wenig und offenbart ein Stück seines Rückens. Helle Haut über sehnigen Muskelsträngen.

Ich schlucke und ergreife die Flucht gen Küche.

»Willst du Tee?«, frage ich über meine Schulter hinweg.

»Oh, ja, das wäre nett.«

»Ingwer?«

»Klingt super.«

Zum zweiten Mal an diesem Abend setze ich also Wasser auf und koche Ingwertee. Chris kommt mir nach, tritt aber nicht an mich heran, sondern lehnt sich gegen den Türrahmen. Seinen Blick spüre ich in meinem Nacken, doch ich wende mich nicht um. Konzentriert schäle und zerschneide ich den Ingwer, nur um danach mit der gleichen Konzentration nach Tassen zu suchen.

»Honig dazu?«, will ich wissen.

»Gern.«

Meine Finger zittern, als ich je einen Löffel Honig in die Tassen gebe. Ich bemühe mich zwar, mir nicht anmerken zu lassen, dass Chris' Anwesenheit mich nervös macht, doch ich bin mir sicher, dass es mir nicht gelingt. Er kann meine Nervosität nicht riechen, aber er kann sie sehen. Das hat er schon einmal gesagt und jetzt wird es sicher ganz genau so sein.

Das Lächerlichste an der ganzen Situation ist, dass dieses winzige, letzte bisschen Hoffnung, das irgendwie doch noch in mir überdauert hat, plötzlich wieder aufmerkt und versucht, mir einzureden, dass Chris gekommen ist, um mir seine Gefühle zu gestehen. Aber natürlich ist das Quatsch. Höchstwahrscheinlich hat sein Besuch gar nichts mit dem Kuss gestern zu tun. Vermutlich hat er von der Pressekonferenz gehört und will jetzt wissen, wie es Binninger geht.

Ich stelle die beiden Tassen auf den Küchentisch und setze mich. Mit einem auffordernden Blick bedeute ich Chris, es mir gleichzutun. Natürlich könnten wir uns auch aufs Sofa setzen, aber gerade bin ich extrem froh um die Tischplatte zwischen uns.

Chris setzt sich und rührt in seinem Tee herum. Der Honig müsste längst aufgelöst sein. Chris rührt trotzdem. Er rührt und schweigt und rührt.

»Bist du wegen der Werwölfin hier?«, frage ich, als ich die Stille nicht mehr aushalte.

Chris' Blick fliegt zu mir. Verwundert runzelt er die Stirn. »Was? Nein.«

»Ach so, ich dachte nur. Heute war eine Pressekonferenz wegen Binningers Verletzungen.«

»Wie sieht es denn aus?«

»Er kommt durch.«

»Gut.«

»Ja.«

Chris senkt den Blick und nimmt das Rühren wieder auf. Gleichzeitig versucht er, seine Tasse zu hypnotisieren. Mit jeder Sekunde, die er schweigt und rührt, werde ich genervter. Wenn er hierhergekommen ist, um zu reden, dann soll er gefälligst auch reden.

Gerade als ich erwäge, ihm genau das zu sagen, hebt Chris den Blick wieder und sieht mir geradewegs in die Augen. »Ich bin wegen gestern hier.«

Diese fünf Worte machen mich noch viel wütender als seine Stille vorhin. Er sagt sie leise und sanft und ich meine, darin sein Mitleid für meinen Zustand zu erkennen. Wahrscheinlich hat ihn genau der gleiche Impuls hierhergetrieben, der dafür gesorgt hat, dass er sich nach dem Angriff der Werwölfin um mich gekümmert hat. Ich will sein Mitleid aber nicht.

»Wieso?«, frage ich schärfer als beabsichtigt.

»Wie wieso? Ich wollte dir erklären...«

»Du musst mir nichts erklären«, falle ich ihm ins Wort. »Ich habe dich schon verstanden. Du willst nichts von mir. Musst du ja auch nicht. Das ist kein Problem. Und wir müssen das echt nicht auch noch zerreden.«

»Das… Nein…« Chris atmet tief durch und schüttelt den Kopf. »Du verstehst mich falsch. Schon wieder.«

»Ich wüsste nicht, was es da falsch zu verstehen gibt.«

Noch einmal atmet Chris tief durch. Seine Hände lassen den Löffel inzwischen in Frieden, dafür zupft er am Lederband seiner Uhr herum. »Als ich gestern gesagt habe, dass es ein Fehler ist… Da meinte ich nicht, dass ich aufhören will.«

»Äh… Was?«

»Ich meinte…« Chris stockt und trinkt seinen Tee, verschluckt sich und hustet leise. »Puh«, macht er, als er sich wieder unter Kontrolle hat. »Das ist ganz schön schwer.«

»Was genau?«

»Über… Hm, über Gefühle zu reden. Das ist nicht so meine Stärke.«

»Gefühle?« Ich sehe Chris genauso perplex an, wie ich mich fühle. Wessen Gefühle meint er denn? Meine? Oder – seine?

»Ja… Äh… Also. Puh. Also. Es ist nicht so, dass ich kein Interesse an dir habe.«

»Nein?«

»Nein. Ich… Hm… Ich mag dich.«

Ich blinzle. Einmal. Zweimal. Mein Hirn kommt bei unserem Gespräch nicht mehr ganz mit. »Du hast gesagt, es ist ein Fehler.«

»Ja.«

»Dann hast du das nicht so gemeint?«

Chris schüttelt leicht den Kopf. Das Band seiner Uhr wird noch kaputtgehen, wenn er so weitermacht. »Doch, habe ich. Aber nicht so, wie du das anscheinend verstanden hast.«

»Im Moment verstehe ich gar nichts.«

»Kann ich mir vorstellen. Das war nicht besonders klar, oder?« Chris grinst schief und auch ich muss leicht grinsen.

»Nicht wirklich.«

»Sorry. Also. Was ich meinte, war nicht, dass ich dich nicht küssen *wollte*, sondern dass ich dich nicht küssen *sollte*.«

Ich runzle die Stirn. »Wieso?«

»Weil es so kompliziert ist. Weil du ein Mensch bist und ich nicht... nicht nur. Weil ich dich in diese Sache hineingezogen habe, obwohl ich das nicht darf. Und ein bisschen... Weil ich Angst habe.« Die letzten Worte hat Chris nur geflüstert, fast gehaucht. Ich habe sie trotzdem gehört.

»Ich habe auch Angst«, erwidere ich leise.

Das entlockt Chris ein leichtes Lächeln und ein Seufzen. »Als wir uns geküsst haben, da hatte ich auf einmal Panik, weil es so unglaublich unvernünftig ist, mich auf dich einzulassen...«

»Aber... Du wolltest mich küssen?«

»Gott, ja. Und wie. Hast du das nicht gemerkt?«

»Ich dachte, schon... Aber dann war ich mir nicht mehr sicher.«

Chris sieht mich durchdringend an, dann schluckt er. »Ich wollte nicht abbrechen, wirklich nicht. Auch nicht, als ich das gesagt habe. Irgendwie waren die Worte plötzlich draußen, eben weil sie mir die ganze Zeit durch den Kopf geschossen sind. Und als du dann einfach gegangen bist... Ich dachte mir, vielleicht ist das die Chance, noch aus dieser Sache herauszukommen. Ich habe versucht mir einzureden, dass es so besser ist. Aber das ist es nicht.«

»Ist es nicht?«

»Nein. Es ist schon zu spät für mich, um noch aus dieser Sache herauszukommen. Ich... Ich habe mich schon längst in dich verliebt.«

Jetzt klappt mir wortwörtlich der Kiefer nach unten. »Du hast *was*?!«

»Ich habe mich in dich verliebt. Schon vor einer ganzen Weile, ehrlich gesagt.«

In diesem Moment bin ich sehr froh um die Teetasse in meiner Hand, die mich erdet und mir Halt gibt. Seine Worte lassen mich ratlos und ein bisschen fassungslos zurück. So wie er sonst sein Verhalten mir gegenüber von einer Begegnung zur nächsten ändert, so scheint er jetzt auch innerhalb dieses Gesprächs immer wieder die Richtung zu wechseln.

»Davon habe ich aber nichts mitbekommen«, befinde ich leise.

»Natürlich nicht. Ich habe ja auch ziemlich viel Energie darauf verwendet, es dich nicht merken zu lassen.«

»Warum?«

»Weil... Puh. Weil ich ziemlich kaputt bin, nehme ich an.«

Darauf fällt mir keine Antwort ein. Ich kann Chris nur fragend ansehen. Fragend und völlig überfordert.

Chris räuspert sich. »Ich habe von klein auf gelernt, Abstand von allen zu halten, die keine Werwölfe sind. Emotionalen Abstand. Ich habe gelernt, mich nicht zu verraten, nichts von mir preiszugeben, mein Geheimnis zu bewahren. Das Geheimnis zu bewahren, ist die wichtigste, die allerwichtigste Regel in meiner Familie. Irgendwie ist diese Regel für mich so groß geworden, dass ich immer das Gefühl habe, ich muss alles für mich behalten, alles für mich bewahren. Alles, was ich sage, könnte ein Fehler sein. Selbst das kleinste bisschen könnte schon zu viel von mir preisgeben.«

»Das... Das klingt furchtbar traurig und ganz schön einsam«, krächze ich.

Chris zuckt verloren mit den Schultern. »Ja, kann sein, keine Ahnung. Weißt du, ich dachte, ich hätte mich davon befreit. Von diesem Druck, von dieser Last. Von... meiner Familie. Wie sich gezeigt hat, kann ich dem aber nicht entkommen. Ich hasse es, dass es noch da ist. So sehr. Du hast keine Ahnung, wie sehr.«

Chris' Augen brennen sich in meine und ich spüre den Impuls, meine Hand auf seine zu legen. Ihm Halt zu geben. Ich traue mich jedoch nicht. Stattdessen schenke ich ihm ein wackliges Lächeln.

»Immerhin kannst du es ansprechen. Vielleicht ist das... ein erster Schritt?«

»Vielleicht. Hoffentlich. Es ist ziemlich ernüchternd festzustellen, dass ich einfach ein riesengroßer Feigling bin.«

»Bist du nicht.«

»Doch, bin ich. Dabei will ich das, weißt du? Ich will dir vertrauen und dir von mir erzählen. Ich will dir zeigen, wer ich bin. Und ich will dich kennenlernen. Dich richtig kennenlernen. Ich will wissen, wer du bist.«

Ich schlucke. Das klingt schön. Fast zu schön, um wahr zu sein.

»Ich war immer so zerrissen in letzter Zeit«, fährt Chris fort. »Die ganze Zeit. Es hat mich immer in deine Nähe gezogen und dann bin ich doch wieder davor zurückgeschreckt. Ich will, dass das aufhört. Wenn ich mit dir zusammen bin, läuft in meinem Kopf eine Endlosschleife: *Ja! Küss mich! Küss mich endlich! Ich will dich!* Und dann wieder: *Nein! Das geht nicht! Das ist ein Fehler! Ich muss mich zurückhalten!*«

Ich werde rot, als Chris seine inneren Stimmen nachäfft. Dazu, etwas zu sagen, komme ich aber nicht, denn Chris spricht schon weiter. Es ist, als wäre ein Knoten geplatzt und als könne er jetzt, da er angefangen hat zu reden, nicht mehr damit aufhören.

»Schon als du mich gebeten hast, mit dir auszugehen, war das so. Ich habe mich so unfassbar gefreut in dem Moment. Aber dann habe ich Panik bekommen. Und wie immer hat die Panik gewonnen. Als wir uns dann geküsst haben, dachte ich wirklich, es zerreißt mich innerlich. Es war so schön und so richtig, aber gleichzeitig war da immer diese Stimme in meinem Kopf, die gesagt hat: *Das geht nicht, das darf nicht sein!* Und dann warst du weg und das war so furchtbar...«

»Fand ich auch«, wispere ich.

»Ja? Wirklich?« Ein trauriges, aber auch hoffnungsvolles Lächeln macht sich auf Chris' Zügen breit. »Ich verstehe natürlich, wenn dir das alles zu blöd ist und du jetzt nichts mehr von mir wissen willst. Und mir ist klar, dass deine Gefühle für mich wahrscheinlich anders aussehen als meine für dich. Aber... Da du mich mal gefragt hast, ob ich mit dir ausgehen will, bin ich hergekommen, um dich zu fragen, ob du das immer noch willst. Außerdem würde ich dich wahnsinnig gerne wieder küssen.«

»Wirklich?«, rutscht es mir heraus.

Chris nickt, sieht mich aber gleichzeitig unglaublich unsicher an. »Und du? Was ist mit dir?«

Ich nehme mir einen Moment, um über diese Frage nachzudenken, auch wenn mein Herz über den Tisch und in Chris' Arme springen will. Gleichzeitig ist da eine Vorsicht in mir, die mich davor warnt, mich auf ihn einzulassen und die fürchtet, dass seine Sprunghaftigkeit, seine Zerrissenheit mir das Herz brechen könnte. Was, wenn er es sich morgen wieder anders überlegt? Und doch: Wenn Chris sich traut, sich seiner Angst zu stellen, dann will ich das auch tun.

»Ich würde dich auch gerne wieder küssen.«

»Und mit mir ausgehen?«

»Und mit dir ausgehen.«

Das Lächeln breitet sich langsam in Chris' Gesicht aus. Erst liegt es nur auf den Mundwinkeln, doch dann erobert es die Wangen, um schließlich auch seine Augen zum Strahlen zu bringen. »Das ist schön«, seufzt er.

Dem kann ich nur zustimmen.

Und doch macht keiner von uns Anstalten, den anderen zu küssen. Wir bleiben sitzen, wo wir sind, einander gegenüber, die Tischplatte zwischen uns, und klammern uns an unsere Teetassen. Chris beißt sich auf die Unterlippe, sein Blick schwankt zwischen mir und seinem malträtierten Uhrband und er sieht ähnlich verlegen aus, wie ich mich gerade fühle.

Als Chris' Blick das nächste Mal meinen trifft, muss ich kichern. Chris zieht erst fragend eine Augenbraue hoch, doch dann grinst auch er.

Dieses Grinsen und seine offenkundige Verlegenheit geben mir den Mut, aufzustehen und nach Chris' Hand zu greifen. »Komm«, sage ich, und ziehe ihn hinter mir ins Wohnzimmer. Ich lasse mich auf die Couch fallen und sofort ist Chris bei mir. Und nicht nur er: Sputnik hüpft ebenfalls aufs Sofa, springt auf meinen Schoß und schleckt erst mir und dann Chris über das Gesicht.

»Ist da jemand eifersüchtig?«, feixt Chris.

»Möglich. Ich weiß nur nicht recht, auf wen.«

Ich wuschle Sputnik noch einmal durch das Fell, dann schicke ich ihn runter vom Sofa. Es braucht zwei Anläufe, doch dann gehorcht er und verzieht sich in sein Bettchen. Fast meine ich, ihn leise schmollen zu hören.

Ein leichter Druck an meinem Kinn lässt mich meinen Kopf umwenden. Und dann sehe ich Chris' Gesicht direkt vor meinem. Seine Augen sind so nahe, dass ich genau sehen kann, wo das helle Blau die sonnige Farbe von Honig annimmt. Es sind die Augen des Wolfs und ich war so dumm, es nicht zu erkennen.

Chris' Zeigefinger liegt locker auf meinem Kinn und streichelt sanft über meine Haut. Dabei streift er gelegentlich meine Lippen, ob absichtlich oder nicht, kann ich nicht sagen. Jedes Mal jagt es mir einen Schauer über den Körper.

Ich schlucke. »Und du wirst mich nicht wieder abweisen?«, frage ich leise.

»Nein. Versprochen.« Chris' Stimme ist fest und klingt sicher. Noch kann ich ihm nicht glauben, aber ich möchte es so gerne. Und ich möchte diesen Moment mit ihm auskosten, so intensiv wie nur irgend möglich.

»Darf ich es dir... zeigen?«

Ich nicke sacht und das ist Chris Antwort genug. Seine Hand wandert von meinem Kinn auf meine Wange und seine andere Hand spiegelt die Bewegung. Dann beugt er sich zu mir vor, ich komme ihm entgegen und unsere Lippen finden sich zu einem vorsichtigen Kuss.

Ein leises Seufzen entkommt mir und mit ihm löst sich eine innere Anspannung, die mir zuvor gar nicht bewusst war. Ich lege eine Hand an Chris' Seite, halte mich fest an seinem Shirt.

Ich spüre Chris' Lächeln an meinen Lippen. Noch einmal streichen seine Lippen über meine, dann fährt er mit dem Mund, immer wieder kleine Küsse hauchend, über meine Wange hin zu meinem Ohr. Dort verweilt er kurz, beißt mich zart ins Ohrläppchen und leckt über meine Ohrmuschel, was mich erschaudern und leise seufzen lässt.

Dieses Mal spüre ich Chris' Lächeln nicht, doch ich höre es in seinem leisen Ausatmen. Er umschlingt mich mit beiden Armen und in der gleichen Bewegung vergräbt er sein Gesicht in meinem Hals. Mit der Nase streicht er wieder und wieder über meine Haut, fast als wolle er in mich hineinkriechen. Tief atmet er ein, so tief wie noch in keinem jener Momente, in denen ich meinte, er röche an meinem Haar.

»Ich kann dich so fürchterlich gut riechen«, murmelt Chris versonnen und rückt noch etwas enger an mich. »Dein Geruch ist mir als Erstes aufgefallen. Du hast mir gleich so gut gefallen, als wir uns das erste Mal gesehen haben, da im Wald.«

Irritiert blinzle ich auf Chris hinab. »Das erste Mal haben wir uns doch in der Hundeschule gesehen.«

Chris grunzt leise, halb Widerspruch, halb Lachen. »Nein, haben wir nicht. Ich bin dir davor schon einmal über den Weg gelaufen. Im Wald. Als Wolf.«

»Oh. Oh!« Ich spüre die Hitze in meine Wangen kriechen, als mir klar wird, was das bedeutet. »Das warst du, damals nachts am See?«

»Ja. Es tut mir leid, dass ich dich so erschreckt habe.«

Ich schüttle den Kopf. »Macht nichts. Das war überhaupt eine… merkwürdige Nacht.«

»War es.« Jetzt sieht Chris zu mir hoch und Schalk blitzt in seinen Augen. »Da läuft man nichts ahnend durch den Wald und findet sich dann plötzlich mitten in einer Cruising Area wieder.«

»Du wusstest nicht, dass die da ist?«

»Nein. Du schon?«

»Ja.«

»Oh«, macht Chris und ich kann seinen Tonfall nicht ganz deuten.

»Das war aber nichts für mich«, murmle ich in dem plötzlichen Drang, mich zu erklären. »Ich bin hin und dann ganz schnell wieder weg. Ich… Ich bin nicht der Typ für bedeutungslosen Sex.«

»Bin ich auch nicht«, meint Chris und wendet sich wieder meinem Hals zu. Dort, wo er eben noch schnüffelnd seine Nase vergraben hat, leckt er jetzt mit weicher Zunge über meine Haut. Ich keuche leise, als sich ausgehend von Chris' Berührung eine Gänsehaut bei mir ausbreitet, und Chris brummt genießerisch. »Du schmeckst so gut, wie du riechst.«

Ich seufze und lege den Kopf in den Nacken, biete Chris meine Kehle dar. Eine Einladung, die er sofort annimmt. Noch einmal leckt er über meinen Hals, dann knabbert er zart, spielerisch an meinem Adamsapfel. Die Augen fallen mir zu und wieder verkralle ich meine Hände in Chris' Shirt.

Von Sputnik kommt ein leises Wuffen, das mich schmunzeln lässt. »Keine Sorge, Kleiner«, murmle ich.

Chris ist unterdessen an meinem Kiefer angekommen. Er knabbert sich meine Kieferlinie entlang, zurück zu meinem Ohr. Bevor er das jedoch erreicht, drehe ich meinen Kopf und fange seine Lippen zu einem Kuss ein.

Dieses Mal ist unsere Begegnung weniger vorsichtig. Immer noch sanft, aber jetzt mit größerer Dringlichkeit finden sich unsere Lippen und Zungen. Ich lege eine Hand in Chris' Nacken, während ich seinem Geschmack nachspüre. Er schmeckt nach Minze, entfernt nach Bier und vor allem nach Chris. Ich mag es, wie er schmeckt. Und Gott, ich mag es, wie er küsst. Auch wenn ein Teil von mir darauf wartet, dass er sich von mir löst und mir erklärt, dass er es sich anders überlegt hat. Die Art, wie er mich küsst, spricht jedoch eine ganz andere Sprache. So, wie er mich küsst, kann ich fast daran glauben, dass er mich heute nicht abblocken wird.

»Es tut mir leid, wie das gestern gelaufen ist«, nuschelt Chris gegen meine Lippen und zeigt mir so, dass nicht nur ich in Gedanken noch ein bisschen bei dem gestrigen Tag bin.

Ich lehne meinen Kopf leicht zurück, löse unseren Kuss und sehe Chris an. Seine Augen sind deutlich dunkler als noch zuvor, die Lippen rosig durchblutet. Er sieht viel besser aus als vorhin, als er so erschöpft vor meiner Tür stand.

Meine Hand liegt noch immer in Chris' Nacken. Mit dem Daumen streiche ich über seine Haut. Mein Herz macht einen kleinen Sprung, als er sich vertrauensvoll in meine Berührung schmiegt. Und doch liegt sein Blick fragend auf mir.

»Es ist okay. Ich kann es ja irgendwie verstehen«, sage ich und es stimmt. Mit Situationen, die einen überfordern und vor denen man am liebsten weglaufen möchte, kenne ich mich schließlich aus.

»Du bist so toll«, haucht Chris.

Ich zucke nur ein bisschen hilflos mit den Schultern.

»Bist du«, bekräftigt Chris noch einmal und lehnt sich zu einem sanften Kuss zu mir. Mit seiner Stirn an meiner verharrt er dann und sieht mir tief in die Augen. »Weißt du, was ich mich gefragt habe?«

»Hm?«

»Vielleicht war es auch ganz gut, dass wir gestern abgebrochen haben.«

»Was?«, japse ich und versteife mich.

Chris verstärkt seinen Griff um mich. »Das meine ich nicht so, wie es klingt.«

»Sondern?«

»Ich dachte nur... Vielleicht hätten wir die Dinge überstürzt, wenn wir einfach übereinander hergefallen wären. Nicht, dass ich nicht über dich herfallen will! Wirklich nicht! Aber vielleicht wäre es auch gut, wenn wir es langsam angehen lassen? Uns wirklich kennenlernen und eine Vertrauensbasis aufbauen?«

Während ich noch irritiert blinzle, löst Chris sich schon von mir und rauft sich die Haare.

»Oh Gott, das klingt fürchterlich luschig, oder?«, fragt er und riskiert dabei nur einen halben Blick auf mich.

Ich lächle. »Gar nicht. Ich finde ehrlich gesagt sogar, dass das ziemlich gut klingt.«

»Ja?«

»Ja.«

»Oh. Das ist schön!«

Und dann breitet sich ein Strahlen auf Chris' Gesicht aus, das sofort auf meines überspringt. Erneut finden wir uns in einem Kuss wieder, der mich die Zeit vergessen lässt.

Ich schmiege mich an Chris, genieße seine Nähe. Genieße, dass er meine Nähe zulässt. Ich kann immer noch nicht fassen, was gerade passiert ist. Und ich will nicht, dass Chris schon geht.

»Willst du trotzdem hier schlafen?«, flüstere ich aus dem Gedanken heraus.

Wenn das irgend möglich ist, umfasst Chris mich noch enger. »Ja, das würde ich gerne.«

Kapitel 29

Ich kann immer noch nicht glauben, dass wir jetzt hier liegen. Wir beide, Chris und ich, in meinem Bett. Vorhin haben wir noch eine Weile eng aneinandergekuschelt auf dem Sofa gesessen, bis mein knurrender Magen uns in die Küche getrieben hat. Mehr als Brote hatte ich nicht mehr, aber mir hat es gereicht und Chris hat mitgegessen und sich nicht beschwert. Dann waren wir jeder kurz im Bad und jetzt liegen wir hier unter meiner Decke, bekleidet nur mit Boxershorts, auf der Seite, einander zugewandt. Beide haben wir unsere Köpfe auf unseren Armen abgelegt. Unsere Beine haben wir miteinander verschränkt. Das fühlt sich schön an. Vertraut.

Das schwache Licht der Straßenlaterne, das durch die Jalousien hereinfällt, zeichnet ein Muster aus grauen Schatten auf Chris' Gesicht. Seine Augen sind der hellste Punkt, fast, als leuchteten sie im Dunkeln.

»Ich bin so froh, dass ich hergekommen bin«, flüstert Chris.

»Ich auch«, wispere ich und kann nicht anders, als selig zu lächeln. »Auch wenn ich ehrlich gesagt immer noch nicht verstehe, weswegen du so plötzlich deine Meinung geändert hast.«

Chris' Lächeln wird ein bisschen ironisch. »Ehrlich gesagt: Daran ist meine Schwester schuld. Als du weg warst, habe ich mit ihr telefoniert und ihr, ähm, erzählt, was passiert ist. Sie war stinksauer, dass ich dich nicht zurückgehalten habe. Zu Recht. Und dann hat sie mir ordentlich in den Hintern getreten. Sie meinte, ich solle mich nicht so anstellen und dich mir holen.«

»Dann hat sie kein Problem mit... uns?«

»Nein, gar nicht. Johanna ist von uns allen die, hm, die positivste. Sie ist generell ein sehr optimistischer Mensch und furchtbar romantisch. Sie sagt immer, man soll sich nicht selbst im Weg stehen, das Leben schmeißt einem schon genug Brocken in den Weg.«

»Du bist sehr eng mit deiner Schwester, oder?«, frage ich. Die Art, wie er von ihr spricht, macht das mehr als deutlich. Begierig sauge ich jedes Detail, das ich über ihn erfahre, in mich auf.

»Ja, bin ich. Johanna ist meine Lieblingsschwester. Das darf man natürlich nicht sagen, aber es ist so.«

»Bei vier Geschwistern darf man durchaus Favoriten haben, finde ich.«

Chris grinst und nickt. »Bleibt gar nicht aus.«

»Und alle deine Geschwister sind auch Werwölfe?«, will ich wissen, nur um mich im gleichen Moment zu erinnern, dass er beim letzten Mal, als ich ein Gespräch in diese Richtung gelenkt habe, nicht besonders gut reagiert hat. Verärgert über mich selbst beiße ich mir auf die Zunge. »Entschuldige, du musst nicht darüber reden, wenn du nicht willst.«

Chris sieht mich an und sagt nichts. Ich kann es förmlich hinter seiner Stirn rattern sehen. Gerade habe ich wirklich Angst, dass er mich abblockt und doch noch davor zurückschreckt, sich zu öffnen. Damit könnte ich nur schwer umgehen. Aber dann lächelt Chris und schüttelt leicht den Kopf.

»Schon gut. Ja, sie sind alle Werwölfe, meine Eltern auch.«

»Du hast gemeint, es ist erblich, oder?«

»Genau. Werwolf ist man durch Geburt. Das muss etwas Genetisches sein. Und wir können uns nur miteinander fortpflanzen. Nicht mit Menschen. Auch nicht mit Wölfen, danke der Nachfrage.«

Ich sehe Chris ziemlich entsetzt an, denn genau das bin ich. Diese Vorstellung finde ich echt, echt abartig. »Hattest du etwa schon mal Sex mit einem Wolf?«

»Uh, nein. Dazu fühle ich mich viel, viel, viel zu menschlich. Es gibt Geschichten von Werwölfen, die sich für den Wolf in sich entschieden und sich einen Wolfspartner gesucht haben. Aber ob das wirklich stimmt? Keine Ahnung.«

Chris kichert leise, wahrscheinlich weil ich immer noch einigermaßen irritiert dreinschaue.

»Irgendwie fühlt sich das alles immer noch ganz schön verrückt an«, meine ich.

»Glaube ich dir. Aber du bist nicht verrückt.«

Wie um seinen Worten Nachdruck zu verleihen, zieht Chris eine Hand unter seinem Kopf hervor und legt sie an meine Seite. Sanft streichelt er über meine Haut, zieht mich ein Stück an sich heran. Ich gebe seiner Berührung nur zu gerne nach und schmiege mich an ihn. Er ist warm und angenehm.

Auch ich ziehe eine Hand unter meinem Kopf hervor und umschlinge Chris. Ich bin ihm jetzt so nahe, dass kaum ein Blatt Papier zwischen uns passt. Ich spüre seinen Atem in meinem Gesicht. Da muss ich ihn natürlich küssen – und er mich auch. Wir bewegen uns gleichzeitig aufeinander zu, allerdings so abrupt, dass wir mit der Bewegung des jeweils anderen nicht rechnen. Recht unsanft klackern unsere Zähne gegeneinander. Das lässt uns beide kichern.

Beim zweiten Anlauf klappt es. Wir küssen uns sanft und zärtlich und als wir uns voneinander lösen, lächeln wir beide.

»Erzähl mir noch etwas über dich«, bitte ich.

»Was willst du denn wissen?«

Ich grinse. »So viel!«

Das lässt Chris lachen. Er zieht mich noch enger an sich – als würde das überhaupt gehen – und küsst mich kurz und hart. »Das musst du präzisieren.«

»Hm. Du hast gemeint, deine Schwester ist von euch die Optimistischste. Sieht der Rest deiner Familie es nicht so positiv, wenn du etwas mit mir anfängst?«

Sein Schweigen spricht Bände.

»Warum?«, hake ich nach. Ich erinnere mich an die konservative Familie auf dem Foto. »Ist es, weil ich ein Mann bin? Oder wollen sie nicht, dass du etwas mit jemandem anfängst, der kein Werwolf ist? Ist das ein Grund, weswegen du mich erst nicht wolltest?«

»Puh«, macht Chris ein bisschen überfordert. »Du stellst echt immer die kompliziertesten Fragen.«

»Entschuldige.«

»Quatsch, ich mag das ja an dir. Also. Erstens: Ich wollte dich sehr wohl. Ich wollte dich nur nicht wollen. Zweitens: Damit, dass ich schwul bin, hat meine Familie kein Problem. Aber sie fänden es tatsächlich nicht gut, wenn ich mit einem Nicht-Werwolf zusammenkäme. Nur, eigentlich ist mir deren Meinung relativ egal. Dachte ich zumindest. Anscheinend ist es aber doch schwerer, sich von Prinzipien zu lösen, die einem von klein auf eingebläut wurden, als ich es wahrhaben wollte.«

»Aber warum hätten sie etwas dagegen? An der Fortpflanzung kann es ja nicht liegen. Die würde auch mit einem Werwolf nicht funktionieren.«

»Das stimmt natürlich. Aber Werwölfe bleiben gerne unter sich.«

»Also haben Werwölfe keine Beziehungen mit Nicht-Werwölfen?«

»Doch, klar kommt das vor. Aber Familien, die so viel Wert auf Tradition legen wie meine, schauen darauf, dass es eben nicht vorkommt. Und dass man sich Partner aus ähnlichen Familien sucht. Damit eben nichts nach außen dringt.« Chris stockt und kratzt sich nachdenklich am Kiefer. »Ich weiß aber ehrlich gesagt gar nicht, ob das ein Werwolfs- oder ein Adelsding ist.«

»Adel?!«

»Ähm, wir sind... sozusagen alter Werwolfsadel.«

»Christopher Lorenz klingt aber nicht sehr adelig.«

»Ich... ähm... Ich heiße eigentlich Lorenz Christopher von Furten.«

Jetzt bin ich wirklich irritiert. »Du lebst hier unter Pseudonym?«

»Hm, ja, kann man so sagen.«

»Warum?«

Chris seufzt gequält. »Ich habe Abstand gebraucht. Zu allem.«

Er wirkt ein bisschen verloren, als er das sagt. »Schwieriges Thema?«

»Kein Thema für unsere erste gemeinsame Nacht.«

Ich hauche einen Kuss auf Chris' Nasenspitze. »Okay.« Dann kuschle ich mich enger an Chris und merke glücklich, dass er es mir gleichtut. Eine kleine Weile liegen wir einfach nur so da, spüren der Nähe und der Wärme des anderen nach, streicheln uns sacht und atmen in einem Takt.

»Und du heißt von Furten?«, frage ich schließlich.

»Ja.«

»Hm, ich dachte, ein Werwolf müsste einen klingenderen Namen haben«, sage ich scherzhaft.

»Von Wolf, oder wie?«

»Von und zu Reißzahn, von Graupelz, von Weichohr. So etwas.«

»Weichohr?«

»Ja. Wenn du ein Wolf bist, sehen deine Ohren so weich und seidig aus. Ich mag deine Wolfsohren.«

Kaum habe ich das gesagt, liegt plötzlich ein Wolf neben mir. Ich halte ihn immer noch umschlungen und spüre so, dass er nach wie vor seine Boxershorts trägt. In diesem Moment bedaure ich es wirklich, dass es dunkel ist, denn das würde ich zu gerne sehen. Es sieht sicher saudämlich aus.

Der Wolf reckt mir demonstrativ den Kopf entgegen, er stupst sogar mit seiner Stirn leicht gegen meine Brust. Schmunzelnd komme ich dieser stummen Aufforderung nach und streichle eines seiner Ohren. Es ist tatsächlich so weich, wie es aussieht.

»Du bist so ein Spinner«, feixe ich. »Trotzdem wäre ich dir verbunden, wenn du dich zurückverwandelst. Wenn ich fast nackt bin und mit einem Wolf kuschle, fühle ich mich ziemlich pervers. Außer, das ist deine Art, mir zu sagen, dass du auf Petplay stehst. Ich kann dir gerne ein Halsband und eine Leine besorgen, dann führe ich dich mal in der Stadt aus.«

Keine Sekunde, nachdem ich das gesagt habe, ist der Wolf fort und der Mann wieder da. Aus entsetzten Augen funkelt Chris mich an.

»Vergiss es!«

Ich lache, beuge mich vor und küsse ihn. Chris entzieht sich mir erst gespielt empört, doch bald gibt er nach.

»Wo waren wir?«, fragt Chris, nachdem wir uns voneinander gelöst haben.

»Du wolltest mir erklären, wieso dein Name so unwölfisch ist.«

»Na ja, einen Namen zu haben, der laut *Werwolf!* schreit, ist nicht wirklich vernünftig, wenn man unauffällig unter Menschen leben will. Deswegen neigen wir nicht zu solchen Wortspielen.«

»Merke: Wer Wolf heißt, ist keiner.«

»Genau.«

Gedankenverloren streiche ich über Chris' Seite. Unter meinen Fingern ist wieder Haut und kein Fell. Auch wenn ich meine geistige Gesundheit nicht mehr anzweifle, ist es doch unfassbar, dass Chris so schnell und einfach seine Gestalt wechseln kann.

»Wie ist das denn, wenn man ein Werwolf ist?«, frage ich aus dem Gedanken heraus. »Kommt man schon so zur Welt? Also, hast du dich schon als Baby verwandelt? Oder kommt das erst später?«

»Du meinst in der Pubertät, so wie in einem bestimmten Buch?«

Chris zieht eine Augenbraue hoch und ich muss kichern. »Zum Beispiel. Wobei du mit den Werwölfen aus jenem Buch nicht viel gemeinsam hast.«

»Habe ich tatsächlich nicht. Ich habe zum Beispiel kein Problem mit Vampiren.«

»Es gibt Vampire?!«, kiekse ich.

Chris sieht mich einen Moment verdutzt an, dann lacht er prustend. Es dauert tatsächlich eine Weile, bis er sich beruhigt hat. Meine Wangen sind flammend heiß, als er sich endlich so weit im Griff hat, dass er wieder reden kann.

»Nicht, dass ich wüsste«, japst er.

Als Antwort boxe ich ihm gegen die Brust, ehe ich mein Gesicht im Kissen verberge. »Verarsch mich doch nicht so.«

Sofort schlingen sich starke Arme um mich und Chris' warmer Körper schmiegt sich an mich. »Sorry«, murmelt er, während er Dutzende zarte Küsse auf meinem Hals, meinem Nacken, meiner Wange und meinem Ohr verteilt.

Ich brumme unwirsch, kann aber nicht anders, als mich in seiner Umarmung zu entspannen und seinen Berührungen entgegenzukommen.

Chris muss spüren, dass ich nicht wirklich sauer auf ihn bin, denn er umfasst sanft mein Kinn, genauso wie er es vorhin auf dem Sofa gemacht hat. Sachte dreht er meinen Kopf zu sich und ich mache die Bewegung mit, weil ich weiß, dass er mich sofort loslassen würde, sollte ich mich gegen seine Berührung sperren. Nichts will ich weniger.

Der Kuss, zu dem Chris meine Lippen einfängt, ist zärtlich. Mehr als das. Er ist liebevoll. Und er geht mir durch und durch. Bis in die Zehenspitzen spüre ich seine Zuneigung. Das fühlt sich unglaublich an und lässt einen Schwarm Schmetterlinge kribbelnd in meinem Bauch tanzen. Fast schon hilflos schlinge ich einen Arm um Chris, halte mich an ihm fest.

»Wo waren wir?«, fragt Chris schließlich erneut und stupst mit seiner Nase gegen meine. Ich möchte mich in seinen Augen verlieren, die meinen jetzt so nahe sind. Dieses Mal bin ich es, der einen Kuss initiiert.

Als wir uns wieder voneinander lösen, muss ich mich räuspern, um die Herrschaft über meine Stimme zurückzuerlangen. »Wir waren bei den Unterschieden zwischen echten Werwölfen und jenen in einem gewissen Buch.«

»Mhm«, brummt Chris und rückt ein wenig von mir ab, jedoch nur, um mich mit einem Stupsen gegen meine Hüfte dazu aufzufordern, mich wieder auf die Seite zu rollen. Sobald ich das getan habe, schmiegt er sich eng an mich, legt sogar ein Bein über meine, um mich noch näher an sich heranzuziehen. Als könnte er mir nicht nah genug sein. So wie ich ihm nicht nah genug sein kann.

Eine Hand verirrt sich auf meinen Kopf, krault mein Haar, was mich beinahe schnurren lässt. Wir liegen so dicht beieinander, dass unsere Nasen sich fast berühren und ich Chris' Atem auf meiner Haut spüre, als er spricht.

»Ich glaube, der größte Unterschied ist, dass diese Buch-Wölfe sich vor allem dann verwandeln, wenn sie wütend sind. Überhaupt ist dieser Fokus auf Wut und Aggression typisch für die allermeisten Werwolfsgeschichten. Dabei ist das Quatsch. Wolfsein hat mit Wut nichts zu tun.«

»Du kannst aber schon ganz schön wütend sein als Wolf«, entgegne ich. Den Anblick des Wolfs, mit wildem Grollen in der Brust, gefletschten Zähnen und gesträubtem Fell, kurz bevor er sich auf die Wölfin gestürzt hat, werde ich so schnell nicht vergessen.

»Natürlich kann ich das. Ich kann sogar *sehr* wütend sein. Ich war außer mir, als diese Wölfin dich angegriffen hat. Aber das ist nicht das, was mich primär auszeichnet, wenn ich Wolf bin.«

Das ist mir natürlich auch längst aufgefallen. All die Male, in denen ich dem Wolf begegnet bin, ohne zu wissen, wer er ist, ist er mir schließlich nie aggressiv vorgekommen. Er war immer freundlich, sowohl zu mir als auch zu meinem Hund. Schließlich hat er mit Sputnik damals gespielt, als gäbe es nichts Lustigeres, und mich hat er getröstet, indem er sich an mich geschmiegt hat.

»Hilf mir mal, bist du als Wolf primär verspielt oder verschmust?«, necke ich ihn. »Da komme ich jetzt nicht drauf.«

Chris lacht leise. »Finde es doch heraus.«

»Keine Verwandlungen in meinem Bett!«

»Na schön«, schmollt Chris. »Dann musst du eben herausfinden, was ich als Mensch primär bin.«

»Das ist völlig in Ordnung für mich.« Und wahrscheinlich ist es auch die schwierigere Aufgabe. »Aber du hast meine Frage nicht beantwortet.«

»Welche?«

»Ab wann hast du dich in einen Wolf verwandelt?«

»Ah ja, richtig. Wir verwandeln uns auch als Babys schon.«

»Dann warst du ein richtiger Wolfswelpe?«

»Manchmal, ja.«

»Oh Gott, wie niedlich! Gibt es Fotos?«

Chris gluckst. »Gibt es.«

Ich gebe noch ein verzücktes Geräusch von mir, das Chris lachen lässt.

»Aber ist das nicht wahnsinnig schwierig?«, erkundige ich mich, nachdem ich noch etwas nachgedacht habe. »Ich stelle mir das ziemlich kompliziert vor, wenn man mit dem Baby spazieren geht und dann liegt da plötzlich ein Wolfswelpe im Kinderwagen.«

»Das ist der Grund, weswegen die meisten von uns ziemlich entlegen leben und mit ihren Kindern erst unter Menschen gehen, wenn sie alt genug sind, um sich zu beherrschen. Wenn man so ist wie wir, ist es schon praktisch, wenn man einen eigenen Wald hat.«

»Du hast einen eigenen Wald?«

»Nein, aber meine Familie.«

»Einen großen?«

»Ja. Mehrere Tausend Hektar rund um die Burg.«

»Burg?!«

Ich richte mich halb auf und blinzle entgeistert auf Chris hinunter. Er zuckt daraufhin bloß mit der Schulter. »Ich sagte doch: alter Adel. Es klingt aber besser, als es ist. Die Burg sieht schick aus, aber vor allem ist sie kalt und zugig und ständig renovierungsbedürftig. Im Winter habe ich meistens als Wolf geschlafen, weil ich ohne Fell erfroren wäre.«

»Wow!«, sage ich – und gähne.

»Müde?«

»Mhm.«

»Ich auch. Lass uns schlafen, hm?«

»Aber ich habe noch so viele Fragen!«, murre ich und schüttle den Kopf.

Chris reibt seine Stirn an meiner. »Geht mir doch genauso. Ich will alles über dich wissen.«

»Ja?«

»Mhm.«

»Aber erst bin ich dran!«

Chris lacht. »Morgen wieder.«

»Versprochen?«

»Versprochen.«

Ich kann nicht anders, ich sehe Chris genau an, als er das sagt. Denn auch wenn ich mich ihm gerade so unglaublich nahe fühle, ist da doch immer noch die Furcht, dass er es sich wieder anders überlegen könnte. Dass er mich doch nicht will. Dass er es bereuen könnte, mir so viel erzählt und sich auf mich eingelassen zu haben. Dass er zu dem Schluss kommt, dass ich doch nicht zu ihm passe. Dass ich nicht gut genug bin.

Doch nichts davon sehe ich in Chris' Miene. Da sind nur Zuneigung und ein Lächeln, das mein Herz schmelzen lässt. An diesem Lächeln halte ich mich fest, als ich mich zurück auf mein Kissen sinken lasse. Dennoch seufze ich leise, als ich mich wieder an Chris schmiege.

»Okay«, wispere ich. »Schlaf gut.«

»Du auch!«

Wir lehnen uns gleichzeitig vor, um den anderen noch einmal zu küssen. Ohne Zunge wird es ein keuscher Gutenachtkuss, der so warm in mir widerhallt wie der ganze Abend mit Chris.

Ich kuschle mich an Chris und er sich an mich. Tief atmet er dabei ein und seufzt genüsslich. Das lässt mich lächeln. Ich rücke noch etwas enger an ihn heran und werde mit einem zufriedenen Brummen dafür belohnt, das so klingt, als wäre Chris schon halb eingeschlafen.

Immer noch lächelnd schließe ich die Augen. Auch wenn die Angst, dass morgen alles anders ist, immer noch da ist: Ich bin unendlich glücklich darüber, dass er sich mir geöffnet hat. Auf dieses warme Gefühl und auf Chris' regelmäßigen Atem konzentriere ich mich, als der Schlaf sich mir langsam nähert.

Ich könnte mich wirklich daran gewöhnen, neben Chris einzuschlafen.

Etwas kitzelt mich im Nacken. Ich brumme unwirsch, weil mich dieses Kitzeln aus einem sehr angenehmen, kuschligen Traum geholt hat. Es dauert ein paar Sekunden, bis mir klar wird, dass die Wirklichkeit nicht minder angenehm und kuschlig ist. Starke Arme halten mich eng umschlungen, ziehen mich an eine warme Brust. Jemand atmet tief ein und wieder spüre ich das Kitzeln seines Atems im Nacken.

Chris.

Glück durchflutet mich, als die Erinnerung an den gestrigen Abend, die gestrige Nacht zurückkommt.

»Du bist noch da«, murmle ich das Erste, das mir in den Sinn kommt.

»Natürlich.«

Ich lege meine Hände auf die Arme, die mich umschlungen halten, streiche über die weiche Haut und dränge mich enger an Chris. Wir liegen tatsächlich in der Löffelchen-Position und ich liebe es. Es fühlt sich vertraut an, viel vertrauter als wir es eigentlich sind. Und ja, es fühlt sich auch sexy an. Gegen meinen Hintern presst sich recht unmissverständlich Chris' morgendliche Härte.

»Es ist schön, mit dir aufzuwachen«, wispert Chris mir ins Ohr.

»Finde ich auch.«

Um meine Worte zu unterstreichen, recke ich meinen Kopf seitwärts und Chris entgegen. Den Gedanken an meinen Morgenatem verdränge ich mehr oder minder erfolgreich. Gegen die Hoffnung auf einen Gutenmorgenkuss hat er keine Chance.

Auch Chris scheint sich um Mundgeruch keine Sorgen zu machen, denn er kommt mir sofort entgegen. Ich muss lächeln, als wir uns küssen, weil es sich so unglaublich schön anfühlt.

Kurz flackert die Erinnerung an jenen Morgen, an dem ich neben Hanno aufgewacht bin, in mir auf. Mit ihm hat es sich nicht halb so gut angefühlt. Ich fühle mich immer noch schlecht deswegen und weiß nicht, wieso es mit Chris so anders ist. Aber Fakt ist: Ich schmelze in seine Berührung und möchte am liebsten nie wieder damit aufhören, ihn zu küssen.

Mit einem Geräusch, das fast ein Schnurren ist, rollt Chris mich auf den Rücken und ist sofort über mir. Sein Gewicht auf mir fühlt sich fantastisch an. Noch besser aber ist der Blick, mit dem er mich ansieht. So, als würde er mich wirklich sehen. Und als würde ihn glücklich machen, was er sieht. Seine Hände umfassen dabei mein Gesicht. Zärtlich streicht er mit den Daumen meine Augenbrauen nach, dann über die Linie meiner Wangenknochen, meine Nase entlang hin zu meinen Lippen.

»Ich bin so froh, dass ich gestern hergekommen bin. Und dass du mir noch eine Chance gibst«, sagt er und seine Stimme klingt etwas kratzig dabei.

Ich lächle nur als Antwort und hauche einen Kuss auf seine Fingerspitzen. Sofort ersetzt Chris seine Finger durch seine Lippen. Ich kralle eine Hand in seinen Oberarm, eine in seinen Rücken, als er mich mit einer Innigkeit küsst, die mich schweben lässt.

Sauerstoffmangel zwingt uns irgendwann, uns voneinander zu lösen. Schwer atmend und deutlich erregt funkeln wir einander an. Chris' Wolfsaugen sind ein ganzes Stück dunkler als sie es normalerweise sind. Er strahlt mich an, streicht mit einer Hand durch sein kurz geschnittenes Haar – und stockt.

»Verdammt!«, entfährt es ihm.

»Was ist?«, will ich besorgt wissen. Sofort ist da wieder die Angst, dass er es sich doch noch anders überlegt. Aber so plötzlich? Von einer Sekunde auf die andere?

»Es ist schon Viertel nach neun.«

Ich runzle die Stirn und werfe einen Blick auf meinen Wecker. »Äh, ja. Und?«

»Ich muss um zehn in der Hundeschule sein.«

Ich lasse mich auf mein Kissen zurücksinken. In mir ringen Enttäuschung und Erleichterung um die Vorherrschaft. Ich bin enttäuscht, dass Chris gleich aufbrechen wird und wir keinen gemütlichen Morgen im Bett miteinander verbringen können. Und ich bin erleichtert, da das hoffentlich nicht das Ende für uns bedeutet, noch bevor es ein richtiges »Uns« gibt.

»Das kommt mir bekannt vor«, nuschle ich.

»Ja, tut mir leid. Ich habe gestern völlig vergessen, mir einen Wecker zu stellen. Dann hätten wir jetzt mehr Zeit gehabt. Ich will nicht immer so abrupt von dir aufbrechen müssen. Nächstes Mal wird das anders, ich verspreche es dir.«

»Dann gibt es ein nächstes Mal?«

»Ja«, sagt Chris und sieht mir dabei tief in die Augen, ehe er sich vorbeugt und einen Kuss auf meine Lippen haucht. »Wenn es nach mir geht, gibt es viele nächste Male.«

»Klingt gut«, befinde ich und küsse nun meinerseits Chris.

Bevor unser Kuss ausarten kann, schiebe ich ihn jedoch – wesentlich resoluter als ich mich eigentlich fühle – von mir. »Dann gehst du jetzt am besten ins Bad und ich mache derweil Frühstück. Dafür sollte die Zeit ja noch reichen.«

»Du bist toll«, murmelt Chris und ich habe keine Ahnung, womit ich das schon wieder verdient habe.

Nach einem letzten Kuss rappelt Chris sich auf und macht sich auf den Weg zum Badezimmer, nicht jedoch ohne mir dabei über die Schulter hinweg zuzuzwinkern. Denn natürlich hat sein Hintern sofort meinen Blick auf sich gezogen. Er sieht aber auch gut aus. Am liebsten würde ich mit Chris unter die Dusche steigen. Aber das traue ich mich noch nicht.

Kapitel 30

»Und, was ist das jetzt mit dir und Chris?«

Jana sieht mich forschend an. Der Wind weht ihr das lange Haar ins Gesicht, das Stirnband kann es nicht bändigen. Die um sie herumfliegenden blonden Strähnen geben ihr einen wilden Anschein. Sie wird mich nicht ohne eine Antwort davonkommen lassen, das weiß ich.

Wir stehen am Rand des Trainingsgeländes und warten auf Hanno, der gerade mit Chris die letzte Übung für heute bespricht. Jana und ich sind schon fertig und die Gelegenheit hat Jana sofort genutzt, um sich auf mich zu stürzen und mich in die Mangel zu nehmen.

»Was meinst du denn?«, frage ich betont unschuldig – weniger, weil ich ihr nicht antworten möchte, als vielmehr, um sie ein bisschen zu ärgern.

»Komm schon. Mein letzter Stand war, dass es dir seinetwegen schlecht geht. Und dann begrüßt er dich heute mit einer innigen Umarmung und kann die ganze Stunde über seinen Blick kaum von dir lassen. Außerdem grinst du wie ein Honigkuchenpferd.«

Kaum sagt sie das, sehe ich hinüber zu Chris und tatsächlich, ich fange seinen Blick auf. Sofort muss ich lächeln und er, er lächelt zurück. Wärme macht sich in meinem Bauch breit und mein Herz schlägt schneller. Er ist so schön, wenn er lächelt.

»Genau das meine ich!«, quiekt Jana triumphierend. Anders kann man ihre Stimmlage wirklich nicht beschreiben.

»Ist ja gut«, meine ich und wende mich ihr wieder zu. »Du hast natürlich recht.«

»Da läuft was zwischen euch?«

»Ja.«

»Ohhhh«, quietscht sie noch eine Spur schriller als vorhin und fällt mir um den Hals. »Ich freu mich für dich! Erzähl mir alles!«

Ich lache gleichermaßen überfordert und gerührt von Janas Euphorie und drücke sie an mich. Es stimmt, was sie gesagt hat. Chris hat mich vorhin zur Begrüßung zwar nicht geküsst, doch er hat mich anders begrüßt als sonst und ganz anders als die anderen. Wir haben uns umarmt und am liebsten hätte ich ihn nicht losgelassen. Ich denke, ihm ging es ähnlich. Der Blick, mit dem er mich angesehen hat, bevor er sich den anderen zugewandt hat, war so intensiv, dass ich ihn wie eine Berührung auf meiner Haut spüren konnte. Und wie Jana gesagt hat: Während der gesamten Stunde hatten wir immer wieder Blickkontakt, haben uns dabei jedes Mal angelächelt. Wenn Chris bei mir war, um mir etwas zu erklären, hat er mal mich scheinbar zufällig berührt und dann wieder ich ihn. Noch nie ist es mir so schwergefallen, mich auf meinen Hund zu konzentrieren.

»Also?«, fragt Jana, nachdem sie mich wieder losgelassen hat, und sieht mich erwartungsvoll an.

»Hm. So viel gibt es da eigentlich nicht zu erzählen.«

»Also, mit Verlaub, das sehe ich anders. Erst hieß es, er hat kein Interesse an dir, und jetzt frisst er dich förmlich mit Blicken auf. Nicht, dass er das früher nicht auch gelegentlich getan hat.«

»Hat er?«, frage ich verdutzt.

»Hat er.«

Ich lächle dümmlich vor mich hin.

Jana räuspert sich und sieht mich immer noch erwartungsvoll an. Verlegen kratze ich mich am Kopf. »Hm, also, weißt du noch, wie wir letztens telefoniert haben?«

»Als du seinetwegen so deprimiert warst?«

»Ja.«

»Natürlich weiß ich das noch. Das war vorgestern.«

Ich lache auf. Es kommt mir vor, als wäre das schon eine Ewigkeit her. »Er ist an dem Abend noch zu mir gekommen und hat sich für sein Verhalten davor entschuldigt und mir gesagt, dass er Gefühle für mich hat. Ja. Und jetzt schauen wir mal, wo das Ganze hinführt.«

»Klingt gut!«, befindet Jana und strahlt mich an. »Ihr wärt ein schönes Paar. Auch wenn ich natürlich noch ein bisschen sauer auf ihn bin, weil er dir wehgetan hat.«

»Er hatte seine Gründe.«

»Pfff, das haben sie doch immer«, meint sie und macht eine wegwerfende Handbewegung. »Aber im Ernst: Ich finde es toll, dass Chris sich endlich dazu aufraffen konnte, zu seinen Gefühlen zu stehen. Du siehst so glücklich aus! Und er auch.«

Es ist niedlich, wie Jana sich mit mir freut. Und ich glaube ihr, dass sie es ehrlich meint. Ihre Freude ist nicht aufgesetzt, nicht affektiert, ganz sicher keine bloße Höflichkeit. Sie hat aber auch nichts Herablassendes so wie bei manchen Leuten, bei denen bei jedem Lächeln immer auch ein Hauch von Mitleid mitschwingt.

»Na ihr«, ertönt plötzlich hinter mir Hannos unverkennbarer Bass.

»Na du?«, gebe ich zurück und sehe über meine Schulter zu Hanno hin. »Fertig?«

Hanno tritt zu uns heran und nickt. »Ja, für heute schon. Obwohl Ernst immer noch nicht gecheckt hat, was er tun soll.«

»Ernst – oder du?«, feixe ich.

»Pah!«, macht Hanno und boxt mich sachte gegen den Oberarm. Wir lachen alle drei und in diesem Moment könnte ich die ganze Welt umarmen. In Jana habe ich eine fantastische Freundin gefunden und auch mit Hanno ist der Umgang wieder leicht und fröhlich. Und dort hinten steht der Mann, der mein Herz höherschlagen lässt und mit dem ich heute noch verabredet bin. Hätte mir jemand noch vor vier Monaten gesagt, dass mein Leben so aussehen kann, ich hätte es nicht geglaubt.

Ich winke Chris zum Abschied zu, dann konzentriere ich mich wieder auf Jana und Hanno. Wir necken uns weiter gegenseitig, während wir das Trainingsgelände verlassen, um uns auf den Weg zu unseren Autos zu machen. Als wir uns schließlich voneinander verabschieden, taucht mit einem Mal Chris neben mir auf.

»Ich wollte noch Tschüss sagen«, murmelt er, umfasst mein Gesicht mit beiden Händen und küsst mich. Vor aller Augen. Auf den Mund. Damit habe ich nun nicht gerechnet.

»Tschüss«, nuschle ich entsprechend perplex.

Chris zwinkert mir zu und presst noch einmal seine Lippen auf meine. »Ich hole dich dann um sieben ab. Tschüss, ihr beiden!«

Letzteres gilt Jana und Hanno, denen Chris noch einmal zuwinkt, ehe er zurück aufs Trainingsgelände marschiert.

»Was war das denn?«, kichert Jana.

Ein Wolf, der sein Revier markiert, denke ich, zucke aber nur grinsend mit den Schultern. Über seine Eifersucht werden wir noch reden müssen, aber jetzt gerade finde ich es einfach nur schön, dass Chris zu mir steht und dass er keiner ist, der sich versteckt. Auch wenn dieser Auftritt gerade vor Hanno echt nicht hätte sein müssen.

»Du und Chris, hm?«, fragt der dann auch prompt.

Unsicher sehe ich ihn an und nicke schließlich. Einen Moment lang kann ich Hannos Gesichtsausdruck nicht deuten, doch dann lächelt er ein ehrliches Lächeln, legt mir einen Arm um die Schultern und drückt mich an sich. »Find ich gut.«

Verzweifelt durchwühle ich meinen Kleiderschrank. Ich bin spät dran, habe aber immer noch nicht entschieden, was ich anziehen will. Nichts ist gut genug. Die Pullover sind langweilig, die Jeans banal und von meinen Schuhen will ich gar nicht erst anfangen.

Letztlich entscheide ich mich für meine Lieblingshose, die frisch gewaschen und noch nicht ganz trocken ist, sowie für ein schmal geschnittenes dunkelblaues Hemd, das – zumindest wurde mir das wiederholt versichert – gut mit meinen Augen und meinen Haaren harmoniert. Apropos Haare: Frisur kann man das, was ich da auf dem Kopf habe, echt nicht nennen, aber besser wird es leider nicht mehr werden. Denn in dem Moment, in dem ich zum wiederholten Mal versuche, meine Haare zu bändigen, klingelt es an der Tür.

Gott, bin ich nervös.

Wir haben ausgemacht, dass ich direkt zu Chris rauskomme, deswegen ziehe ich Sputnik schnell sein Geschirr an und schlüpfe anschließend in meine Schuhe und meine Jacke. Gerade noch rechtzeitig fällt mir ein, dass es nicht so schlau wäre, wenn ich mir jetzt meine Mütze aufsetzen würde. Dann wäre meine Frisur nämlich endgültig im Eimer.

Mit aufgeregt rasendem Herzen verlasse ich meine Wohnung, schließe ab, stolpere durch den Hausflur und öffne die Tür. Und da ist Chris auch schon. Hochgewachsen und in einem dunkelgrauen Mantel, den ich an ihm noch nie gesehen habe, steht er im Licht der Straßenlaterne. Für einen Moment kann ich es kaum fassen, dass dieser Mann tatsächlich mit mir ausgehen will. Doch das strahlende Lächeln in seinem Gesicht gilt unverkennbar mir – auch wenn mein Hund es wohl auf sich bezieht. Sobald er Chris erkennt, zerrt Sputnik an der Leine und macht einen großen Satz nach vorne, der mich beinahe das Gleichgewicht kostet.

»Wah!«, mache ich vor lauter Schreck.

Sofort ist Chris bei mir und umfasst meine Oberarme. Ich wäre nicht wirklich gestürzt, aber trotzdem gefällt es mir, dass er mich auffangen würde.

»Hey«, murmle ich. »Gut siehst du aus.«

»Und du erst.«

Dann küssen wir uns, während Sputnik in seiner üblichen Begrüßungseuphorie um uns herumtanzt. Ich lächle gegen Chris' Lippen und überlege für einen Moment, ob wir wirklich noch in dieses Restaurant müssen, wo meine Wohnung doch so schön nah ist.

In diesem Moment löst sich Chris jedoch schon wieder von mir und murmelt: »Dann los!« Er wirkt ein bisschen unentschlossen und ich werde das Gefühl nicht los, dass ihm ganz ähnliche Dinge durch den Kopf gehen wie mir.

Wir haben entschieden, ein Restaurant auszuprobieren, in dem wir beide noch nicht waren, von dem wir aber beide schon viel Gutes gehört haben. Es hat sich auf vegetarische Küche spezialisiert und wir erreichen es nach einer kurzen Fahrt. Auf den ersten Blick finde ich das Ambiente sehr angenehm. Es ist schick ohne übertrieben und gemütlich ohne altbacken zu sein.

Chris und ich werden von einer freundlichen Kellnerin zu einem Tisch in einer Nische zwischen Wand und Kachelofen geführt. Ich weise Sputnik an, sich unter den Tisch zu legen, dann lasse ich mich auf die Ofenbank fallen und lehne mich gegen die warme Wand. Genüsslich schließe ich die Augen, als sich die angenehme Wärme in meinem Rücken ausbreitet.

»Hübsch hier«, schnurre ich.

»Mhm«, macht Chris.

Als ich meine Augen öffne, finde ich seine groß und dunkel auf mich gerichtet. Ich muss an Jana denken, die heute Nachmittag meinte, Chris würde aussehen, als wolle er mich fressen.

Ich würde gerne von ihm gefressen werden.

Grinsend wackle ich mit den Augenbrauen, was auch Chris grinsen lässt. Dann greifen wir beide nach den Speisekarten. Der Service ist wirklich flink und nimmt in der Sekunde, in der wir die Karten beiseitelegen, auch schon unsere Bestellungen auf. Ich entscheide mich für eine Pastavariante mit Pilzen, Chris sich für ein Risotto mit Blauschimmelkäse, Birnen und Walnüssen. Da Chris nichts trinkt, wenn er fährt, und ich nicht allein trinken will, bestellen wir beide die hausgemachte Limonade dazu.

»Ich bin echt froh, dass wir hier sind«, sagt Chris, nachdem der Kellner gegangen ist. »Also, zusammen. Du weißt schon.«

Ich lächle, weil Chris schon ein paarmal etwas Ähnliches gesagt hat. »Ich auch.«

»Ich hoffe, es hat dich nicht gestört, dass ich dich in der Hundeschule geküsst habe«, bricht es nach einem kurzen Moment verknallten Schweigens aus Chris heraus. »Ich weiß gar nicht, wie du zu Zuneigungsbekundungen in der Öffentlichkeit stehst.«

»Ich hab nichts dagegen und du kannst mich küssen, wann und wo du willst. Allerdings war es Hanno gegenüber tatsächlich etwas unsensibel.«

»Er steht auf dich, oder?«

»Ich weiß nicht, ob er es immer noch tut. Aber wir waren ein paar Mal aus und er hätte mehr gewollt.«

»Du aber nicht?«

»Nein, ich nicht. Ich will lieber jemand anderen.«

Chris nickt und grinst ein bisschen selbstgefällig, was mich gleichzeitig lachen und die Augen verdrehen lässt.

»Wurdest du nachher noch von Fritz belagert?«, will ich wissen.

»Ja, wie immer. Mir hängt sein Anti-Wolfs-Sermon schon dermaßen zum Hals heraus.«

Ich nicke. »Glaube ich dir sofort. Es ist doch immer wieder dasselbe.«

»Ja... Ich hasse es so sehr, dass diese Frau noch Öl ins Feuer gießt.«

Ich nicke und will etwas erwidern, doch in dem Moment werden unsere Getränke gebracht. Ich warte, bis der Kellner wieder weg ist, um Chris zu erzählen, was ich ihm schon seit ein paar Tagen sagen will: »Ich glaube übrigens, dass Du-weißt-schon-wer die Proben, die von ihren Opfern genommen wurden, vernichtet hat.«

»Lord Voldemort?«, entgegnet Chris todernst. »Welches Interesse sollte er an den Proben haben?«

Ich lache auf. »Wer weiß. Vielleicht vermutet er einen Horkrux darin.«

»Ah, ich sehe, da kennt sich jemand aus.«

»In der Tat. Aber im Ernst: Ich glaube, sie hat das gemacht, damit die DNS nicht untersucht werden kann. Die sieht bei...« Ich unterbreche mich und sehe mich um, doch niemand ist nahe genug, um unser Gespräch belauschen zu können. Dennoch senke ich meine Stimme, als ich weitersprecje. »Die sieht bei Werwölfen vermutlich anders aus als bei normalen Wölfen, oder?«

»Ja, soweit ich weiß, tut sie das«, meint Chris und nickt. »Wie kommst du darauf, dass sie die Proben vernichtet hat?«

»Na ja, die Proben, die von Binninger genommen wurden, sind angeblich auf dem Postweg verschwunden und das Labor, in dem die Proben von der Schafsattacke untersucht wurden, wurde verwüstet, sodass die Proben unbrauchbar waren. Das kann doch kein Zufall sein.«

Chris runzelt die Stirn. »Nein, da hast du wohl recht.«

»Das Gute daran ist: Damit haben wir eine Spur. Wenn wir herausfinden können, wer die Proben vernichtet hat, können wir auch herausfinden, wer hinter all dem steckt. Eine andere Spur sehe ich momentan nicht. Dabei wüsste ich verdammt gerne, ob sie ihre Opfer zufällig auswählt, oder ob etwas dahintersteckt. Und wenn etwas dahintersteckt: Hängt das mit dem Ort zusammen oder mit den Leuten?«

»Hm. Hast du etwas mit dem Mädchen oder mit Binninger gemeinsam?«

»Nicht, dass ich wüsste. Ich kannte weder Binninger noch Leonies Familie, bevor das Ganze losgegangen ist. Auch Binninger und Leonie haben nichts gemeinsam. Er ist alt, sie ist jung. Er ist ein Mann, sie ein Mädchen. Er ist Bauer, sie kommt aus einer Arbeiterfamilie. Er ist nicht reich, aber doch wohlhabend und einflussreich, ihre Familie ist beides nicht. Na ja, und ich bin irgendwo dazwischen.«

»Zwischen Mann und Mädchen?«

Ich verdrehe die Augen. »Depp.«

Chris grinst, wird aber schnell wieder ernst. »Ich verstehe, was du meinst. Es ist total willkürlich und macht einfach keinen Sinn.«

»Genau. Und da ich bei dieser Frage nicht weiterkomme, denke ich, dass die Sache mit den Proben ein guter Punkt ist, um sich dem Thema von einer anderen Richtung zu nähern. Hoffentlich kann ich so etwas herausfinden.«

»Wir.«

»Hm?«

»Du hast gesagt: *Da ich nicht weiterkomme* und *Hoffentlich kann ich etwas herausfinden*. Aber ich stecke in dieser Sache auch mit drin und will genauso herausfinden, wer dahintersteckt. Ich dachte, wir wollen das beide und arbeiten zusammen.«

»Gemeinsam?«

»Ja.«

»Das finde ich schön.«

Chris lächelt und nickt. Er nimmt einen Schluck von seiner Limonade, ehe er weiterspricht. »Du hast mich doch mal gefragt, ob es hier noch weitere Werwölfe in der Gegend gibt.«

»Ja«, antworte ich, verblüfft davon, dass er jetzt ausgerechnet auf jenes Gespräch zurückkommt, das wir bei unserem unsäglichen Ausflug geführt haben. Auf jene Frage, die zu beantworten er sich geweigert hat.

»Hier in der Gegend gibt es tatsächlich mehrere andere Werwölfe. Ich weiß aber nicht, wer sie sind.«

»Hast du versucht, ihren Spuren zu folgen?«

»Ja, aber ich verliere sie immer.«

»Sind es denn viele?«

»Ja. Es muss ein ziemlich großes Rudel sein.«

»Hm... Entlegene Burgen haben wir hier in der Gegend keine. Zumindest keine, die noch bewohnt ist.«

Chris lacht. »Es leben auch nicht alle von uns in Burgen.«

»Schade, das wäre so schön einfach gewesen.«

»Stimmt.«

Ich räuspere mich. »Aber vielleicht... Würden sie in einem Mehrfamilienhaus am Waldrand wohnen?«

Chris runzelt die Stirn. »Weißt du doch etwas?«

»Nicht sicher. Aber ich finde Nadine Weilauers Cousine verdächtig. Erinnerst du dich an sie? Sie war auch auf dieser Infoveranstaltung im Wirtshaus.«

Chris nickt und daraufhin erzähle ich ihm von meinem Verdacht gegen Katja und von meinem Gespräch mit ihr.

»Sag mal, spinnst du?«, blafft Chris mich an, kaum dass ich meinen Bericht beendet habe. »Du kannst doch nicht einfach so allein zu der Frau gehen, die dich angegriffen hat!«

»Wir wissen nicht, ob sie das war.«

»Aber sie kann es gewesen sein! Das war saugefährlich! Scheiße!« Chris umklammert meine Hände mit seinen und sieht mir eindringlich in die Augen. »Versprich mir, dass du so etwas nicht wieder machst.«

Ich zögere kurz, dann seufze ich und nicke. »Okay«, murmle ich, kann Chris dabei aber nicht in die Augen sehen.

Auch Chris seufzt. »Soll ich sie mir mal ansehen?«

»Du sollst dich erst recht nicht allein in Gefahr begeben!«, schnappe ich sofort.

»Es...«, sagt Chris, unterbricht sich dann aber, als der Kellner unsere Teller bringt und sie vor uns abstellt. Das Essen sieht köstlich aus und riecht verführerisch. »Weißt du was?«

»Nein, was?«

»Ich will mir von dieser Irren nicht den Abend verderben lassen. Lass uns über andere Dinge reden. Uns besser kennenlernen.«

Ich nicke zustimmend. Und das tun wir dann auch. Ich bin ehrlich erstaunt darüber, wie schnell wir es schaffen, dieses finstere Gespräch hinter uns zu lassen.

Wir unterhalten uns über alles Mögliche. Über Hunde natürlich und auch über Wölfe, vor allem aber sprechen wir über uns. Über unsere Hobbys, Lieblingsfilme, Lieblingsessen. Wir reden über das Leben in dieser Kleinstadt, über die Dinge, die wir hier mögen und über die Dinge, die uns befremden. Wir reden über unsere Jobs, unser Studium, über unsere Familien. Über unsere Hoffnungen und Zukunftsträume. Es ist beinahe beängstigend, wie ähnlich wir uns in unseren Ansichten sind.

Wir bleiben lange in dem Restaurant. Nach dem Hauptgang essen wir noch ein Dessert – wir entscheiden uns beide für eine Maronen-Crème-brûlée – und auch nachdem das Dessert aufgegessen ist, bleiben wir sitzen, bis wir beinahe die letzten Gäste sind. Erst als der Kellner demonstrativ beginnt, den Tisch neben unserem abzuwischen, verlangen wir die Rechnung.

Viel zu schnell kommen wir bei mir zu Hause an. Ich werfe einen Blick zu Chris, nur um festzustellen, dass er mich ebenfalls ansieht. In seinen Augen könnte ich mich verlieren – wenn nicht Sputnik erkannt hätte, dass wir vor unserem Haustor parken. Fiepsend verlangt er, hinausgelassen zu werden.

Das ist jetzt eine von den Situationen, in denen man sich entscheiden muss, ob der Abend schon vorbei ist, oder ob er erst losgeht. Was ich will, weiß ich. Was ich nicht weiß, ist, wie Chris das Ganze sieht. Schließlich wollen wir es doch langsam angehen lassen.

Ich gebe mir einen Ruck und höre auf mein Herz. Und, ganz ehrlich, ein bisschen auch auf meinen Schwanz.

»Willst du noch mit reinkommen?«

Chris' Lächeln wird breiter. »Das würde ich sehr gerne.«

»Dann auf«, sage ich betont gelassen, während mich innerlich die Erleichterung durchströmt.

Wir steigen aus und ich lasse auch Sputnik aus dem Auto. Sofort prescht er zu seinem Standard-Baum und erleichtert sich, nur um anschließend mit stolz erhobenem Haupt zu mir zu trippeln. Ich muss bei dem Anblick kichern und Chris geht es nicht anders.

Sobald wir aber die Haustür und kurz darauf die Wohnungstür passiert haben, ändert sich die Stimmung. Wir ziehen die Schuhe aus und legen die Jacken ab. Dabei lassen wir uns nicht aus den Augen. Chris hat wieder diesen hungrigen Blick, gleichzeitig wirkt er abwartend, als wüsste er nicht recht, was er tun, wie weit er gehen soll.

Dafür weiß ich genau, was ich jetzt will.

Ich schlucke und suche Chris' Blick in der Gewissheit, dass in meinen Augen das Verlangen nicht weniger deutlich brennt.

»Wollen wir den Anstandsdrink nicht einfach überspringen?«, frage ich mit einer Direktheit, die mir sonst nicht zu eigen ist.

Chris' Antwort ist ein Kuss, der mir den Atem raubt.

Kurz darauf finde ich mich in meinem Bett wieder. Chris ist über mir, um mich herum, und alles Abwartende an ihm ist verschwunden. Seine Küsse sind einnehmend und sagen mir ohne Worte, wie sehr er mich begehrt. Ich antworte ihm in derselben Sprache.

Unsere Kleidung sind wir schnell los. Kaum habe ich meine letzte Socke von mir geworfen – wahrscheinlich wird Sputnik sich gleich auf sie stürzen, er hat einen kleinen Sockenfetisch –, zieht Chris mich wieder an sich. Im Funkeln seiner Augen erkenne ich den verspielten Wolf.

Wir verlieren uns in Küssen und Zärtlichkeiten, die ziellos sind. Wir nehmen uns Zeit, einander zu erkunden. Und ich liebe das. Ich liebe es, wie Chris sich anfühlt, wie er schmeckt, wie er riecht und welche Geräusche er von sich gibt, wenn ich eine besonders empfindliche Stelle finde. Ich liebe es, dass Chris sanft ist, ohne Scheu, und fordernd, ohne zu überfordern. Er scheint es sich in den Kopf gesetzt zu haben, mich überall zu erkunden, überall an mir zu riechen und mich überall zu kosten. Bauch, Brust, Achseln, Arme, Beine, Füße, sogar die Zehen. Er lässt nur eine Stelle aus. Die, an der ich ihn am dringendsten haben will. Und oh, es fühlt sich gut an, was er tut. Jede seiner Berührungen ist richtig. Jeder Kuss, jede Liebkosung bringt etwas in mir zum Klingen, das ich schon beinahe aufgegeben hatte.

Von ihm fühle ich mich angenommen. Das ist verrückt, wenn ich daran denke, wie oft er mich abgewiesen, mich von sich geschoben hat. Und doch ist es so. Er macht es mir leicht, mich ihm hinzugeben. Und nichts anderes will ich.

Chris streicht in dem gleichen langsamen Tempo über meine Haut, in dem er mich küsst. Genüsslich. Als hätten wir alle Zeit der Welt. Dann und wann haucht er sinnlose Worte in meine Ohren, die mich erschaudern und aufseufzen lassen.

Endlich richtet Chris sich auf und küsst mich. Ich komme ihm mit einer Verzweiflung entgegen, die ihn stöhnen lässt.

Und ich brenne.

Die Arme haben wir eng umeinandergeschlungen. Er hält mich, hält uns, und ich halte ihn. Unsere Begegnung ist ein langsames Ausloten, ein zartes Anfragen und immer wieder: ein »Ja!«

Irgendwann werden unsere Berührungen dann doch zielgerichteter. Ich greife nach meiner Nachttischschublade, öffne sie und hole Kondom und Gleitgel hervor. Bevor ich noch etwas tun kann, hat Chris mir das Kondom abgenommen, die Packung aufgerissen und mir das Kondom in einer schnellen Bewegung übergezogen.

»Okay?«, fragt er mit dunklen Augen, in denen Sehnsucht und Vertrauen liegen.

Ich kann nur nicken, auch wenn ich ein wenig irritiert bin. Die meisten Männer wollen mich ficken, nicht von mir gefickt werden. Doch ein Blick in seine Augen und ich will nichts sehnlicher, als in ihm zu sein.

Chris lächelt und ist gleich darauf wieder über mir. Wir küssen uns und sorgsam, genüsslich bereite ich ihn vor. Ich lausche auf sein Stöhnen, trinke seine hilflose Erregung von seinen Lippen.

»Ich bin so weit«, murmelt Chris schließlich und richtet sich auf. Ich lasse meine Finger aus seinem Hintern gleiten und streiche sanft über seinen Oberschenkel. Wie im gleichen Takt streicht Chris über meine Brust, kneift in meine Brustwarze, sodass ich keuche und mich ihm entgegenbäume.

»Lass dich fallen«, wispert Chris und senkt sich langsam auf mich nieder.

Und ich falle.

Ich falle und ich weiß, er fällt auch. Wir fallen gemeinsam und wir fangen einander auf.

Kapitel 31

Mir graut davor, durch diese Tür zu gehen. Sie ist beige und unscheinbar und verhöhnt mich mit ihrer billigen Bürokratenoptik. Dass hinter dieser Tür ich nicht derjenige sein soll, der Fragen stellt, sondern der, der ausgefragt wird, ist mir zuwider. Doch es hilft nichts: Von meinem Zögern wird es nicht besser.

Ich atme noch einmal tief durch, dann klopfe ich an.

»Herein!«, erklingt es sofort von drinnen.

Immer noch ist mir mulmig zumute, als ich die Tür öffne. Warme, trockene Heizungsluft schlägt mir entgegen. Es riecht nach Tee, nach Papier und ein bisschen auch nach Staub. Ein schneller Blick sagt mir, dass in diesem Büro jemand arbeitet, der nach der Devise »das Genie überblickt das Chaos« lebt. Überall häufen sich Akten und Papiere, an den Wänden hängen Pinnwände voller Pläne, Karten und Notizen. Den Schreibtisch und die Regale kann man bestenfalls erahnen und auch von den vier Stühlen, die ich erspähe, ist – abgesehen vom Schreibtischstuhl – nur einer freigeräumt. Auf den übrigen stapeln sich Unterlagen und, in einem Fall, vollgestopfte Einkaufstüten.

»Herr Feuerbach, hallo! Danke, dass Sie gekommen sind«, begrüßt mich Matthias Thrietzke, der Herr über dieses Chaos.

»Kein Problem«, erwidere ich, auch wenn es nicht stimmt. Für mich ist es ein Problem, ich hatte jedoch schlicht keine Wahl. Schließlich wurde ich hierher zitiert, um über meine Bissverletzung zu sprechen. »Hallo!«

»Setzen Sie sich doch.«

Auffordernd deutet Thrietzke auf den einen freigeräumten Stuhl. Also schlängle ich mich an den Stapeln, die auf dem Boden liegen, vorbei, und nehme Thrietzke gegenüber Platz.

»Wollen Sie einen Kaffee?«, erkundigt sich Thrietzke höflich.

»Nein, vielen Dank.« Nervös wie ich bin, ist Koffein das Letzte, was ich brauche.

Thrietzke nickt und schenkt aus einer Karaffe Wasser in ein Glas, das er zu mir schiebt. Dann zaubert er hinter einem Papierstapel einen Teller voller Plätzchen hervor. Sie sind offensichtlich selbst gemacht und zwar von jemandem, der das kann und über eine Engelsgeduld verfügen muss. Die Kekse sind winzig klein und fein verziert. Ich sehe drei verschiedene Sorten und kein einziges verkohltes Plätzchen. Wenn ich versuche zu backen, sieht das weiß Gott anders aus.

»Mögen Sie?«, bietet Thrietzke mir die Kekse an. »Meine Frau läutet die Weihnachtssaison immer schon Mitte November ein.«

»Danke schön, die sehen toll aus«, murmle ich und greife nach einem Plätzchen, auch wenn ich weiß, dass ich ihn kaum hinunterbekommen werde. Egal, wie köstlich er ist.

»Ja, meine Frau ist eine fanat-, äh, eine fantastische Bäckerin.«

Ich schmunzle über den Freudschen Versprecher, versuche mein Grinsen aber zu verbergen, indem ich mir das Plätzchen in den Mund stopfe. Wie erwartet schmeckt es vorzüglich. Und wie erwartet wird es zu Pappe in meinem Mund.

Während ich kaue – und ich kaue lange – lehnt Thrietzke sich in seinem Stuhl zurück und blickt mich durch seine kleinen, runden Brillengläser nachdenklich an.

»Scheußliche Geschichte«, seufzt er schließlich.

Endlich schlucke ich runter und nicke dabei. »Ja«, stimme ich zu, auch wenn die Geschichte auf eine ganz andere Art und Weise scheußlich ist, als er das denkt.

»Und Sie wurden also auch von dem Wolf angefallen?«

»Äh... Zumindest hat das die Ärztin gesagt. Ich dachte, es wäre ein Hund gewesen.«

Thrietzke runzelt die Stirn. »Wie konnte das denn passieren? Sie kennen sich doch mit dem Wolf aus. Und haben Sie den Wolf nicht sogar einmal selbst gesehen? Von Ihnen stammt doch das Handyfoto, oder?«

Unbehaglich rutsche ich auf dem Stuhl hin und her. Ein bisschen fühle ich mich, als wäre ich wieder in der Schule und vor den Direktor zitiert worden. Nicht, dass mir das je passiert wäre. Ich hoffe, dass Thrietzke mir meine Anspannung nicht anmerkt.

»Ja, das ist es«, erwidere ich. »Aber in der Situation habe ich trotzdem nicht daran gedacht. Keine Ahnung. Ich habe mich nur auf meinen Hund konzentriert.«

»Auf Ihren Hund?«

»Ja, der... der Wolf hat meinen Hund angegriffen und ich bin dazwischengegangen. So ist es passiert.«

Thrietzke nickt und schreibt etwas in ein Notizbuch. Ich hoffe inständig, dass er mich nicht nach allzu vielen Details fragt. Auch wenn Chris mich gebrieft hat, so fällt es mir doch schwer, zu lügen.

»Wann war das denn?«, reißt Thrietzke mich aus meinen Gedanken.

»Vor drei Wochen, am fünften November.«

»Wissen Sie die Uhrzeit noch?«

»Nicht genau, aber es muss so gegen siebzehn Uhr gewesen sein. Vielleicht auch etwas später. Es hat schon gedämmert.«

»Und wo ist das passiert?«

Ich seufze und nenne den Ort, den ich schon der Ärztin genannt habe.

Thrietzke runzelt die Stirn, ehe er sofort wieder hektisch etwas notiert. Was auch immer er gerade geschrieben hat, er unterstreicht es zweimal und ringelt es anschließend auch noch ein. Der Kugelschreiber muss sich dabei mehrere Seiten durch das Papier prägen, so kräftig drückt er auf.

»Was haben Sie denn dort im Wald gemacht?«, will Thrietzke als Nächstes wissen.

»Ich war mit meinem Hund spazieren«, antworte ich betont unschuldig.

»Abends und obwohl Sie wussten, dass das hier Wolfsgebiet ist?« Thrietzke ist deutlich anzuhören, dass er mich für unglaublich dämlich hält.

Ich bemühe mich, ihn schuldbewusst anzusehen. Das fällt mir wenigstens nicht schwer. »Ich habe mich in der Zeit verschätzt. Ich wollte vor Sonnenuntergang weg sein, aber dann habe ich doch länger gebraucht.«

»Das war extrem leichtsinnig.«

»Ja, ich weiß.«

»Ist Ihrem Hund denn etwas passiert?«, wechselt Thrietzke plötzlich das Thema.

»Nein, er ist mit dem Schreck davongekommen.«

»Ein Glück.«

»Ja, absolut.«

»Können Sie mir denn ganz genau erzählen, wie der Wolf sich verhalten hat?«

Ich nicke, auch wenn mir dabei unwohl zumute ist. Und dann erzähle ich, was ich mir mit Chris zusammengesponnen habe. Er hatte einige Details zum Wolfsverhalten auf Lager, die ich seiner Meinung nach unbedingt einbauen muss. Also tue ich das.

Die ganze Zeit über macht Thrietzke sich Notizen. Er sieht kaum von seinem Notizblock auf, nur dann und wann greift er nach vorne und steckt sich ein Plätzchen in den Mund. Wenn er jedes Jahr ab Mitte November so von seiner Frau mit Keksen gemästet wird, wundert es mich echt, dass er derartig hager ist.

Während ich erzähle, steigen unweigerlich die Erinnerungen an jenen Abend und an den tatsächlichen Angriff in mir hoch. Ich sehe die Wölfin vor mir, ihren wilden Blick, die gefletschten Zähne. Ich kann ihren Atem riechen. Erinnere mich an die Zielstrebigkeit, mit der sie vorgegangen ist, und an ihr Grollen, als sie auf mir hockte und meine Kehle anvisierte.

Nichts davon erzähle ich und doch prägen die Erinnerungen die Art, *wie* ich erzähle. Irgendwann fällt mir auf, dass meine Stimme leiser und brüchig geworden ist. Schließlich verstumme ich ganz.

Thrietzke räuspert sich und blickt von seinen Notizen auf. »Danke schön. Das muss ein ordentlicher Schreck gewesen sein.«

»War es.«

»Auch wenn Sie dachten, dass es ein Hund war.«

»Ja.«

Thrietzke nickt und blättert noch einmal durch sein Notizbuch.

Vermutlich will er das Gespräch bald beenden – bei dem Gedanken straffe ich automatisch die Schultern, denn jetzt kommt jener Teil, bei dem ich mich sicherer fühle.

»Herr Thrietzke, wenn ich denn schon hier bin, darf ich Ihnen vielleicht auch ein paar Fragen stellen?«, erkundige ich mich mit meiner Journalistenstimme, froh darüber, mich wieder auf vertrautem Terrain zu bewegen. Dass ich ihn zu den Wolfsermittlungen befragen will, habe ich in dem Moment entschieden, als mir gesagt wurde, dass ich wegen meines Bisses zu ihm kommen solle.

Thrietzke sieht überrascht zu mir auf und kurz fürchte ich, dass er ablehnen wird, doch dann nickt er. »Sicher.«

»Vielen Dank.« Ich krame nun meinerseits meine Notizen aus meinem Rucksack hervor, auch wenn ich das, was mich eigentlich interessiert, nirgendwo aufgeschrieben habe. Dann stelle ich das Diktiergerät auf den Tisch. »Ist es Ihnen recht, wenn ich unser Gespräch aufnehme?«

»Sicher«, sagt er erneut.

»Sehr schön, vielen Dank«, sage ich und schalte das Diktiergerät ein. »Wie läuft denn die Suche nach dem Wolf?«

Thrietzke seufzt und sein Blick sagt alles: Die Suche ist so erfolglos, wie ich es erwartet habe. »Zahlreiche Jäger sind mit ihren Hunden im Einsatz, wir tun alles, was wir können, um schnellstmöglich zu einem Ergebnis zu kommen.«

Innerlich schmunzle ich ein wenig ob der diplomatischen Antwort. »Das ist sicher nur eine Frage der Zeit.«

»Ja, genau.«

»Herr Thrietzke, wie konnte es passieren, dass die Proben verloren gegangen sind?« Ich schieße diese Frage abrupt heraus, um Thrietzke damit zu überrumpeln. Und ich habe Erfolg damit.

»Woher wissen Sie das?«, fragt er sichtlich erschüttert.

Ich zucke nur mit den Schultern, denn natürlich werde ich ihm das nicht sagen. »Also?«

»Wir wissen nicht, wie das passieren konnte«, antwortet Thrietzke ehrlich und von der routinierten Fassade, mit der er auf meine erste Frage geantwortet hat, ist nicht mehr besonders viel übrig.

Man merkt, dass Thrietzke nicht sonderlich viel Erfahrung im Umgang mit Journalisten hat.

»Wissen Sie denn, wann die Proben verloren gegangen sind und wer für den Verlust verantwortlich ist?«

Thrietzke schüttelt nur den Kopf, antwortet aber nicht. Ich rechne es ihm hoch an, dass er mich nicht einfach rauswirft. Denn ich setze noch eins drauf: »Das ist ziemlich blöd, zumal die Proben von dem Schafsangriff ja auch unbrauchbar sind.«

»Nach dem Einbruch ins Labor, meinen Sie? Ja. Aber wenigstens sind die Täter inzwischen gefasst worden.«

»Oh?«, mache ich verblüfft, denn das ist mir neu. »Wann?«

»Vorgestern, soweit ich weiß.«

»Wer war das denn?«

Thrietzke zuckt nur mit den Schultern. »Junkies, glaube ich. Beschaffungskriminalität.«

Nie im Leben. Ich bin nach wie vor überzeugt davon, dass die Werwölfin die Einbrecher angeheuert hat. Dass sie nun gefasst wurden, ist aber eine gute Nachricht. Vielleicht ist es möglich, über sie an ihre Auftraggeberin heranzukommen. Auch wenn ich dafür zunächst an die Einbrecher herankommen muss und keine Ahnung habe, wie ich das tun soll.

»Ich danke Ihnen für das Gespräch«, sage ich höflich, meine es aber durchaus ernst, und schalte mein Diktiergerät ab.

»Gerne«, erwidert Thrietzke. »Ich danke Ihnen. Wollen Sie noch ein Plätzchen?«

Ich muss lachen bei der Frage und nehme mir dann tatsächlich noch eins. Dieses Mal schmeckt es.

Sobald ich den Keks runtergeschluckt habe, verabschieden Thrietzke und ich uns voneinander und ich verlasse sein chaotisches Büro. Vor der Tür angekommen, zücke ich sofort mein Handy und schreibe Chris eine Nachricht: *Gespräch lief gut. Ich habe etwas herausgefunden. Erzähle ich dir heute Abend.*

Super! Freu mich schon!, ist die prompte Antwort.

Dümmlich lächle ich mein Handy an. Ich ertappe mich dabei, dass ich tatsächlich mit dem Finger über das kleine Foto neben Chris' Namen streiche. Es hat mich wirklich total erwischt.

Ich weiß nicht, wer aufgeregter ist: Sputnik oder ich. Wie heute Vormittag schon starre ich auch jetzt eine Tür an und in meinem Magen kribbelt die Nervosität. Dieses Mal jedoch ist es eine angenehme, eine vorfreudige Unruhe, die mich erfasst hat. Gleich sehe ich Chris wieder.

Die Sekunden, bis er die Tür öffnet, ziehen sich endlos. Als es dann endlich so weit ist, ist Sputnik natürlich schneller als ich und springt sofort an Chris hoch. Chris jedoch hat nur Augen für mich.

»Hallo«, sagt er und sein Lächeln ist so schön.

»Hey.«

Schnell habe ich die zwei Schritte zwischen uns überwunden und schlinge meine Arme um Chris. Gott, fühlt sich das gut an. Vertraut und sicher.

Chris erwidert meine Umarmung fest und innig. Wir sehen uns an, wissen, dass wir uns gleich küssen werden, und genießen den Moment davor. Das prickelnde Warten. Die sich aufbauende Spannung.

Und dann beugen wir uns beide gleichzeitig vor und küssen uns. Wärme und Sehnsucht durchfluten mich.

»Du schmeckst so gut«, nuschelt Chris gegen meine Lippen. »Ich habe dich vermisst.«

Es ist albern, wie glücklich mich die paar Worte machen. Doch in diesem Moment bin ich fest davon überzeugt, nie etwas Schöneres gehört zu haben.

Sputnik holt uns zurück in die Realität. Er tut das recht unsanft, indem er an uns beiden hochspringt.

»Es passt ihm nicht, dass wir ihn nicht beachten«, stelle ich fest.

»Mhm. Aber ich musste dich nun einmal gebührend begrüßen.«

»Finde ich gut.«

»Ich auch.«

Chris haucht noch einen Kuss auf meine Lippen, dann tritt er zur Seite und ich betrete sein Haus. Schnell habe ich mich aus Jacke und Schuhen sowie Sputnik aus seinem Geschirr befreit, dann folge ich Chris auch schon die Treppe hinunter in den Wohnbereich. Erst jetzt komme ich dazu, einen Blick auf sein heutiges Outfit zu werfen: Jeans und ein weinroter Strickpullover. Steht ihm. Aber ihm steht ja alles. Und selbst wenn nicht, würde es meinem verliebten Blick nicht auffallen.

»Ich hoffe, du hast Hunger mitgebracht«, meint Chris über seine Schulter hinweg.

»Oh ja«, versichere ich schnell, denn mein Magen knurrt schon seit geraumer Zeit. »Was gibt es denn?«

»Kürbiscurry. Ich hoffe, du magst das.«

»Wow, klingt super!«

»Schmeckt hoffentlich auch super.«

»Bestimmt. Ich bin da zuversichtlich.«

Chris wirft mir ein strahlendes Lächeln zu, dann tritt er an die Terrassentür heran. »Ist es okay, wenn ich Sputnik rauslasse?«

»Ja, klar. Machst du dich gleich nackig und hüpfst hinterher?«, will ich wissen und wackle mit den Augenbrauen.

Chris lacht. »Klingt verführerisch, aber dann brennt mir womöglich das Curry an.«

»Verstehe. Mit Tatzen rührt es sich so schlecht um«, erwidere ich trocken.

Chris sieht mich einen Moment lang verblüfft an, nur um dann umso lauter zu lachen. »Oh Gott, du machst mich echt fertig.«

Immer noch lachend öffnet Chris die Tür. Sofort rast Sputnik in den Garten und rennt wie ein Bekloppter im Kreis herum. Schmunzelnd beobachte ich ihn eine Weile, nur um dann festzustellen, dass Chris schon in die Küche gegangen ist. Ich folge ihm. Mit jedem Schritt wird der Geruch verführerischer. Mir läuft das Wasser im Mund zusammen.

»Das riecht echt gut.«

»Nicht halb so gut wie du.«

»Wow, du Schleimer.«

»Zu viel?«, fragt Chris grinsend.

»*Etwas* übertrieben.«

»Das sagst du nur, weil du keine Ahnung hast, wie gut du riechst.«

»Hmpf«, mache ich und luge über Chris' Schulter in den Topf mit dem Curry. Das sieht wirklich gut aus. Wieder bin ich schwer beeindruckt von seinen Kochkünsten. Ich hätte nie die Geduld, all dieses Gemüse klein zu schnippeln.

»Du hast geschrieben, dass du etwas herausgefunden hast?«, meint Chris plötzlich.

Einen Moment bin ich irritiert und weiß nicht recht, worauf er hinauswill, doch dann fällt mir das Gespräch mit Thrietzke wieder ein. »Ja. Die Einbrecher, die das Labor verwüstet haben, sind gefasst worden.«

»Oh, das sind wirklich gute Neuigkeiten. Haben sie erzählt, wer sie angeheuert hat?«

»Ich glaube nicht. Man scheint davon auszugehen, dass es reine Beschaffungskriminalität war. Es sind wohl zwei Junkies.«

»Pfff, ja, klar.«

»Aber wenn wir irgendwie an sie herankommen könnten, könnten wir sie vielleicht dazu bringen, uns zu sagen, ob Katja sie angeheuert hat.«

»Und wie soll das gehen?«

»Ich habe keine Ahnung. Vielleicht, wenn ich sehr auffällig mit meinem Presseausweis wedle – aber einen plausiblen Grund, diese Junkies zu interviewen, habe ich nicht. Zumal das Gefängnis noch nicht einmal hier in der Region ist.«

»Hm...«, macht Chris, während er weiter in seinem Curry rührt. »Ich sehe mir diese Katja morgen mal an.«

Ich schlinge meine Arme um Chris, schmiege mich an ihn und hauche einen Kuss in seinen Nacken. »Aber sei vorsichtig.«

»Bin ich.« Chris lehnt sich gegen mich, sieht aber nicht von seinem Curry auf.

»Kann ich dir denn eigentlich irgendwie helfen?«, will ich schließlich wissen.

»Nö. Setz dich doch schon mal. Es ist gleich fertig.«

Ich tue wie mir geheißen und setze mich an den Tisch, den Chris sorgfältiger gedeckt hat, als ich es je tun würde.

Während des Essens – das wie erwartet hervorragend schmeckt – sprechen wir nicht mehr über die Einbrecher. Stattdessen unterhalten wir uns darüber, wie unser Tag so war und über andere Banalitäten. Das fühlt sich schön an.

Wiederholt läutet Chris' Handy, doch er ignoriert es. »Willst du nicht rangehen?«, frage ich nach dem fünften Klingeln. Inzwischen haben wir beide aufgegessen und sind auf dem Weg zur Couch.

»Hm«, macht Chris und holt sein Handy aus der hinteren Hosentasche. Prüfend wirft er einen Blick darauf. »Meine Schwester.«

»Geh ruhig ran, vielleicht ist es ja dringend.«

»Okay, danke«, meint Chris und hebt ab. Offensichtlich ist es ein Videoanruf.

»Lollo!«, tönt eine Frauenstimme aus dem Lautsprecher. Ich muss kichern bei dem Spitznamen und Chris verdreht genervt die Augen. Gleichzeitig nehme ich mir vor, ihn zu fragen, ob es ihm überhaupt recht ist, wenn ich ihn Chris nenne. Schließlich ist das eigentlich nur sein zweiter Vorname.

»Jojo!«, äfft Chris den Tonfall seiner Schwester nach.

»Wie geht's dir, Bruderherz?«

»Rufst du nur an, um mich das zu fragen?«

»Ja, wieso?«

»Du hast es hundertmal läuten lassen. Ich dachte, es wäre sonst was passiert.«

»Ach, papperlapapp. Alles gut. Und?«

»Du störst.«

»Ohh, hast du etwa ein Date?«

»Ja.«

»Mit Lukas?«

»Ja.«

»Gib ihn mir mal.«

»Nein!«

»Lukas, hörst du mich?«, ruft Chris' Schwester plötzlich um einiges lauter und auch eine ganze Oktave schriller.

»Äh, ja?«

Mit einem leidgeplagten Seufzen dreht Chris sein Handy so, dass ich seine Schwester sehen kann. Sie sieht ihm ähnlich, aber das wusste ich ja schon von dem Foto. Das gleiche schmale Gesicht, die gleichen dunklen Haare. Wie Chris hat sie helle Augen, die sie – anders als Chris – mit reichlich Make-up und vermutlich künstlichen Wimpern betont. Unwillkürlich frage ich mich, ob sie die Wimpern abnimmt, bevor sie sich in eine Wölfin verwandelt, oder ob sie auch in Tiergestalt mit Klimperwimpern herumläuft.

»Huhu!«, ruft Johanna dann mit einem breiten Grinsen im Gesicht und winkt mir zu.

»Hallo.«

»Du bist also Lukas, ja?«

»Ja.«

»Ich habe ja schon so viel von dir gehört. Ich freu mich, dass es jetzt besser läuft zwischen euch! Lass dich von dem alten Stiesel nicht ärgern, hörst du?«

»Hey!«, macht besagter alter Stiesel empört und richtet das Handy wieder auf sich. »Geht's noch?!«

Einigermaßen irritiert beobachte ich die Kabbelei, die sich jetzt zwischen den Geschwistern entspinnt. Es ist wieder eine völlig neue Facette, die ich von Chris zu sehen bekomme.

»Du, Jojo, ich werde jetzt aber wirklich aufle–«, sagt Chris, unterbricht sich aber mitten im Wort. Seine Miene wird ernst und abweisend. »Scheiße«, entfährt es ihm leise.

»Lorenz!«, tönt dann plötzlich eine Männerstimme aus dem Handy, die wohl der Grund für Chris' Stimmungsumschwung ist.

»Xaver«, erwidert Chris nüchtern. Ich nehme an, das ist einer seiner Brüder.

»Stimmt es, was ich gehört habe?«

»Was hast du denn gehört?«

»Du hast etwas mit einem Außenstehenden?« Das letzte Wort spuckt er aus wie die ärgste Beleidigung. Sofort fliegt Chris' Blick zu mir, eine stumme Entschuldigung darin. Ich zucke nur überfordert mit den Schultern.

»Lass ihn in Frieden, Xaver«, höre ich Johannas Stimme, doch sie wird ignoriert.

Eine Antwort von Chris wartet dessen Bruder gar nicht erst ab. »Was hast du dir dabei nur gedacht? Ach, was frage ich. Du denkst ja nie nach, bevor du etwas tust.«

Ich atme scharf ein, fassungslos darüber, was dieser Kerl für Blödsinn von sich gibt. Chris lässt sich unterdessen nicht anmerken, was er von den Auslassungen seines Bruders hält. Seine Miene ist reglos und starr, eine Maske aus Kälte und Gleichgültigkeit. Deutlich wie noch nie erkenne ich, dass er mit dieser Distanziertheit seine wahren Gefühle verbirgt.

»War es das?«, fragt Chris scharf.

»Noch lange nicht! Was hast du ihm denn schon alles erzählt, hm?«

»Alles.«

»Spinnst du?! Was läuft nur falsch mit dir?!«

»Gar nichts läuft falsch!« Chris' Maske zerbröselt. »Ich bin verliebt und ich bin glücklich. Du solltest dich für mich freuen, verdammt noch mal!«

»Ich freue mich ganz sicher nicht, wenn du einem Außenstehenden unsere Familiengeheimnisse offenbarst!«

»Tja, dann ist es ja ein Glück für dich, dass ich weggegangen bin.«

»Allerdings.«

Johannas schockiertes »Xaver!« ist das Letzte, das ich höre, dann legt Chris einfach auf und wirft das Handy beiseite. Dann ist er auch schon bei mir und schlingt seine Arme um mich.

Wortlos sinken wir gemeinsam auf das Sofa. Ich halte ihn und er klammert sich an mich. Ich streiche über seinen Rücken, versuche ihm Trost zu spenden und ihm die Sicherheit zu geben, die ich in seinen Armen empfinde. Innerlich bebe ich vor Wut auf diesen engstirnigen Bruder, der Chris' Ängste aufwühlt, wo Chris sie doch gerade erst hinter sich gelassen hat. Ich bete, dass er sich jetzt nicht wieder vor mir zurückzieht.

Kapitel 32

Wir verharren eine Weile in dieser Position. Gemeinsam auf dem Sofa, Chris in meinen Armen. Schweigend. Manchmal spüre ich Chris beben von unterdrückter Wut oder anderen Emotionen, die ich mir gar nicht vorstellen möchte. Je länger wir so dasitzen, desto größer wird in mir die Angst, dass die Worte seines Bruders Chris' Fluchtverhalten erneut auslösen könnten. Jetzt, da ich ihm einige Zeit so nahe war – und obwohl das mit uns erst so kurz läuft –, würde es mich zerbrechen, ihn zu verlieren.

»Es tut mir leid, dass du das mit anhören musstest«, nuschelt Chris irgendwann.

Ich streiche sachte über seinen Hinterkopf. »Ich glaube, für mich war das nicht halb so schlimm wie für dich.«

Chris schnaubt. »Ja, vermutlich.«

»Das war dein Bruder, stimmt's?«, frage ich in der Hoffnung, dass Chris bereit ist, über seine Gefühle zu sprechen.

»Ja, Xaver.«

»Er ist der Älteste von euch, oder?«, meine ich mich zu erinnern.

»Genau«, antwortet Chris und rappelt sich so weit auf, dass wir uns ansehen können. »Er und seine Frau werden die Leitwölfe, wenn meine Eltern irgendwann nicht mehr sind. Und er übt jetzt schon, über andere zu bestimmen.«

»Ich dachte, Wolfsrudel wären so sozial aufgebaut.«

Chris lacht zynisch. »Du vergisst, dass wir auch Menschen sind.«

»Hm…«, mache ich und lasse mich gegen die Sofakissen sinken.

Chris spiegelt meine Bewegung und sieht mich aufmerksam an. »Hm?«

»Ich will nicht, dass du meinetwegen Schwierigkeiten mit deiner Familie hast.«

Chris legt seine Hand auf meinen Oberschenkel, streichelt mich sanft. »Ich hatte auch schon vor dir Schwierigkeiten mit ihnen.

Außerdem... Ich habe mich für dich entschieden und dazu stehe ich. Ich denke, es war die richtige Entscheidung.«

Chris' Worte zaubern Wärme in mein Herz und ein Lächeln auf meine Lippen. Weil ich keine Antwort finde, beuge ich mich vor und küsse Chris. Ich umklammere ihn dabei ganz fest, will und kann ihn nicht loslassen. Ich weiß, er versteht, was ich ihm so sagen will.

»Chris, du...«, murmle ich irgendwann dann doch, unterbreche mich aber selbst. »Oh. Sag mal, ist es für dich eigentlich okay, wenn ich dich Chris nenne?«

»Hm, wieso? Das ist mein Name.«

»Na ja, nicht wirklich, oder? Du heißt Lorenz. Und deine Schwester nannte dich Lollo.«

»Solltest du mich je Lollo nennen, werde ich nie wieder Sex mit dir haben können.«

Ich gluckse. »Gut zu wissen.«

Chris jedoch lacht nicht, sondern sieht mich ernst an. »Ich hasse meinen ersten Vornamen, weißt du? In der Schule und an der Uni habe ich mich immer von allen Chris nennen lassen. Nur meine Familie nennt mich Lorenz. Aber das... fühlt sich einfach nicht richtig an.«

»Dann nenne ich dich weiterhin Chris?«

»Ja, bitte.«

»Gut. Finde ich eh viel schöner.«

Und damit beuge ich mich wieder vor, um Chris zu küssen. Chris erwidert meinen Kuss zunächst sanft, wird aber zusehends leidenschaftlicher. Er drängt mich zurück in die Sofakissen, rollt sich halb über mich. Seine Hände wandern unter mein Hemd, hinterlassen eine Gänsehaut dort, wo sie mich berühren. Ich seufze leise in unseren Kuss und lege eine Hand in Chris' Nacken, kraule seinen Haaransatz, was ihm wiederum ein Brummen entlockt.

Das schrille Geräusch der Türklingel reißt uns aus unserem Kuss. Wütendes Hundegebell antwortet auf die Störung. Sputnik springt vom Teppich zu unseren Füßen auf und rast laut kläffend die Treppe hinauf. So kenne ich ihn gar nicht.

»Erwartest du jemanden?«, frage ich verdutzt.

»Nein«, antwortet Chris nicht minder irritiert. »Ich gehe mal eben nachsehen.«

»Ich komme mit.«

»Brauchst du nicht«, meint Chris, als er von mir runterrutscht und sich dann aufrappelt.

Ich ignoriere seinen Einwand und stehe ebenfalls auf. Gemeinsam gehen wir in den Flur, wo Sputnik immer noch die Haustür verbellt.

»Sputnik, komm her«, rufe ich, um meinen Hund von der Tür wegzuholen, doch er ignoriert mich. Kurzerhand gehe ich zur Tür und stelle mich vor Sputnik. Das scheint ihn abzulenken oder zu beruhigen, denn jetzt lässt er sich ein Stückchen nach hinten schicken. Sein Körper ist nach wie vor angespannt, er ist merklich auf dem Sprung, ab und an wufft er noch kurz.

»Sorry«, entschuldige ich mich an Chris gewandt.

»Unsinn, alles gut.« Damit wirft Chris nun endlich einen Blick durch den Türspion, zuckt aber sofort mit den Schultern. »Keiner da.«

Um sicherzugehen, öffnet Chris die Tür – doch tatsächlich: Davor steht niemand. Chris tritt einen Schritt hinaus und sieht sich suchend um. Das nimmt Sputnik wohl als Aufforderung, ebenfalls die Lage zu überprüfen. Er flitzt los und nur in letzter Sekunde gelingt es mir, ihn aufzuhalten, indem ich mich niederhocke und ihn mit beiden Händen einfange. Beinahe hätte mich sein Schwung umgeworfen.

»Sputnik, spinnst du? Du kannst doch nicht einfach rausrennen!«, herrsche ich ihn an.

Ich wage nicht, den Hund loszulassen, solange die Tür offen ist. Unsicher werfe ich einen Blick zu Chris, der immer noch vor dem Haus steht. Dabei fällt mir etwas auf, das auf der Fußmatte liegt. Ein Stein und darunter – ein Zettel.

»Schau mal, da«, sage ich.

»Was?«, meint Chris und dreht sich um.

Mit einem Kopfnicken deute ich auf den Zettel. Chris runzelt die Stirn und hebt ihn auf. Dann wirft er einen letzten Blick auf die ruhige nächtliche Straße, ehe er wieder ins Haus kommt und die Tür hinter sich schließt. Ich lasse Sputnik los und richte mich wieder auf.

Inzwischen hat Chris den Zettel aufgefaltet und liest, was darauf steht. Es scheint ihm nicht zu gefallen. Er beißt die Kiefer so stark aufeinander, dass ich es sehen kann. Wieder und wieder fliegen seine Augen über den Zettel. Die Hand, in der er ihn hält, zittert so stark, dass das Papier mitzittert.

»Alles okay?«, frage ich vorsichtig.

»Nein«, erwidert Chris und sieht von dem Zettel auf. Er wirft mir einen langen Blick zu, unter dem mir mulmig wird. Ernst sieht er aus, abwägend. So, als wäre er sich nicht sicher, ob er mir sagen solle, was auf dem Zettel steht. Ich schlucke.

Schließlich seufzt Chris und reicht mir den Zettel. Mit einer unguten Vorahnung nehme ich ihn entgegen. Doch mit dem, was da steht, habe ich nicht gerechnet: *Wir wissen, wer du bist und was du getan hast. Verschwinde von hier, Einzelwolf. Das ist unser Revier. Wir dulden dich hier nicht. Wenn du nicht freiwilligt gehst, werden wir dich dazu zwingen.*

Ich lasse den Zettel sinken. »Was soll das heißen? Von wem ist das?«

»Von dem Rudel, das hier wohnt, nehme ich an«, erwidert Chris.

»Hm. Und was soll das heißen, sie wissen, was du getan hast?«

Chris zuckt mit den Schultern. »Keine Ahnung. Ich habe nichts getan, was sie irgendwie ärgern könnte. Von meiner bloßen Anwesenheit mal abgesehen.«

»Kein Wunder, dass Sputnik so ausgerastet ist«, befinde ich.

»Mhm. Wollen wir wieder runtergehen?«

Ich nicke, erleichtert, dass Chris mich nicht doch plötzlich rauswirft. Die Angst, dass er es sich wieder anders überlegt, ist noch da und nagt an mir.

Wie immer fällt mein Blick, als ich die Treppe hinuntergehe, auf den großen Wandteppich. Ich weiß nicht, warum, doch bei dem Anblick durchfährt es mich plötzlich wie ein Blitzschlag.

Meine Stimme ist kratzig, als ich meinen Gedanken formuliere. »Was, wenn sie denken, dass du hinter den Angriffen auf Binninger und Leonie und die Schafe steckst?«

Chris läuft die letzten Stufen hinunter, dann bleibt er stehen und sieht zu mir auf. »Wieso sollten sie das? Ich bin keine Frau.«

»Vielleicht wissen sie ja nicht, dass eine Frau dahintersteckt. Die müsste doch dann eine von ihnen sein, oder? Da ist der Gedanke, dass der Fremde der Täter ist, doch viel naheliegender.«

»Hm, möglich…«

Wir gehen zum Sofa und lassen uns gleichzeitig in die Kissen sinken. Sofort ist Chris bei mir, schmiegt sich an mich und ich nehme seine Hände in meine. Zärtlich spiele ich mit seinen Fingern. Beide hängen wir unseren Gedanken nach. Chris' Nähe hat dabei etwas Tröstliches.

Ich hoffe, meine Nähe tröstet ihn auch.

Ich kann es kaum erwarten, das Büro zu verlassen. Doch statt endlich in meinen Feierabend verschwinden zu können, muss ich noch mit meinen Kolleginnen Sekt trinken und Kuchen essen. Mein Glas ist längst leer und mein Stück Torte habe ich auch bereits gegessen, dennoch stehe ich noch immer hier. Ich weiß, dass es als unhöflich empfunden würde, wenn ich jetzt schon ginge. Sabine hat Geburtstag und die Höflichkeit gebietet es mitzufeiern. Normalerweise machen wir das am Nachmittag mit einer Tasse Kaffee, doch heute war die Hölle los, deswegen hat sich der Umtrunk so verzögert.

Es ist zwei Tage her, dass Chris diese Drohung bekommen hat, und seither hat das Rudel nichts mehr von sich hören lassen. Dennoch ist mir unwohl bei dem Gedanken, dass er allein daheimsitzt. Er musste mir versprechen, Katja nicht nachzuspionieren. Ich hoffe, er hält sich daran.

Bestenfalls mit einem Ohr, eher noch mit einem halben, höre ich Sabine und Meike bei ihrer Unterhaltung über den Weihnachtsmarkt zu. Regina, die am anderen Ende des Raumes steht und sich dort mit Fred unterhält, sieht ähnlich unmotiviert aus, wie ich es bin. Ihre Erkältung müsste sie längst überwunden haben, dennoch ist ihre Haut blass und fahl und ihre Augenringe künden von zahlreichen schlaflosen Nächten.

»Regina sieht müde aus.« Erst im zweiten Moment wird mir bewusst, dass ich das laut gesagt habe.

Sabine und Meike unterbrechen das Gespräch über das Pro und Contra von lebendigen Krippenfiguren und wenden sich mir zu, nachdem sie beide einen kurzen Blick auf unsere Chefin geworfen haben.

»Um die Zeit sieht sie immer so aus«, sagt Meike kryptisch.

»Wundert dich das?«, meint Sabine. »Mein Gott, fünf Jahre ist das jetzt schon her.«

Ich verstehe kein Wort. »Wovon redet ihr?«

»Weißt du das denn nicht?«, fragt Sabine.

»Was?«

»Na, um die Zeit herum sind doch ihr Mann und ihre Tochter gestorben«, erklärt Sabine.

»Normalerweise merkt man Regina nichts mehr an, aber im November kommt es dann wohl doch immer wieder hoch«, fügt Meike hinzu.

»Stell dir das vor, so kurz vor Weihnachten«, fährt Sabine fort und schwenkt dabei ihr halb volles Glas, sodass die Flüssigkeit gefährlich Richtung Rand schwappt. Es ist ihr drittes. »Eine Tragödie war das!«

»Sie sind bei einem Autounfall gestorben, oder?«

»Ja, genau. Fahrerflucht. Eine scheußliche Sache! Ihr Mann war wohl sofort tot, aber der Tochter hätte man vielleicht noch helfen können. Der Typ ist aber einfach abgehauen. Wahrscheinlich war er besoffen. Meint Regina auch.«

»Er hat aber noch den Krankenwagen gerufen«, wirft Meike ein.

Sabine macht eine wegwerfende Handbewegung. »Da war es doch schon viel zu spät. Zum Münztelefon ist er gefahren, kannst du dir das vorstellen? Damit man ihn nicht ausforschen kann. Den ganzen Weg vom Wald bis in die Stadt.«

»Der Unfall ist im Wald passiert?«, frage ich rhetorisch nach.
»Ja«, bekräftigt Sabine.
»In der Kurve, in der letztens erst wieder ein Unfall war?«
»Nein«, meint Sabine und ergeht sich daraufhin in einer komplexen Wegbeschreibung, die mich völlig ratlos lässt. Sie nennt Ortschaften und Namen von irgendwelchen Landschaftspunkten, die ich nicht kenne, und sie widerspricht sich selbst wiederholt bei der Angabe von Richtung und Entfernung.

»Ich habe keine Ahnung, wo das ist«, meine ich und zucke mit den Schultern.

»Doch, du kennst das«, widerspricht Meike. »Nicht weit von da ist die Schafsweide, wo ständig der Wolf rumstreunt. Die, auf der der Bauer verletzt worden ist. Da warst du doch öfters in letzter Zeit.«

»Oh, ja«, mache ich dümmlich, während ich innerlich das Gefühl habe, dass gerade ein entscheidendes Puzzleteil an seinen Platz gefallen ist. Das Bild, das das Puzzle ergibt, gefällt mir überhaupt nicht. Und doch... Es würde passen. Binninger ist vermutlich Alkoholiker. Es ist durchaus möglich, dass er auf dem Weg zu oder von seiner Weide betrunken den Unfall gebaut hat, der Reginas Mann und ihre Tochter das Leben gekostet hat.

Kann das mehr sein als ein bloßer Zufall? Kann es sein, dass der Tod von Reginas Familie und die Wolfsangriffe zusammenhängen? Kann es sein, dass nicht die Weide das Ziel der Wölfin war, sondern eine ganz bestimmte Person? Sollten all die anderen Angriffe nur von diesem einen Angriff, dem Angriff auf Binninger, ablenken?

Könnte Regina die Wölfin sein?

Je länger ich darüber nachdenke, desto besser passt es. Regina wohnt in diesem entlegenen Dorf, in dem ihre gesamte Familie lebt. Wer sagt denn, dass dort nicht *ausschließlich* ihre Familie wohnt? Werwölfe wohnen gerne entlegen, sagt Chris. Und sie bleiben unter sich, sie verlassen die Familie nicht. Auf Reginas Dorf würde das zutreffen.

Aber Regina... Ich kenne sie und ich schätze sie. Die Vorstellung, dass sie diejenige war, die mich angegriffen hat... Bei dem Gedanken läuft es mir kalt den Rücken runter.

Ich sehe erneut zu Regina und sie sieht aus wie immer. Müde und abgespannt, aber sonst wie immer. Wahrscheinlich bin ich schon paranoid. Aber... irgendwie ist es auch eine Spur. Eine mögliche Spur.

»Entschuldigt ihr mich mal?«, sage ich zu Sabine und Meike, ehe ich mich auf die Toilette zurückziehe. Ich brauche einen Moment für mich. Vor allem aber muss ich mit Chris reden.

Als ich die Toilettentür hinter mir schließe, bin ich dankbar dafür, dass die Redaktion so klein ist, dass die Toilette nur aus einem Raum besteht und nicht aus mehreren kleinen Kabinen, in denen sich potenzielle Lauscher verstecken könnten.

Nachdem ich die Tür abgeschlossen habe, hole ich sofort mein Handy aus der Hosentasche und rufe Chris an. Doch er geht nicht ran. Ich versuche es erneut. Wieder nichts. Einmal probiere ich es noch.

»Verdammt, geh ran«, flüstere ich, doch Chris hört mich nicht. Wieder lande ich in der Mailbox. Hoffentlich läuft er nicht als Wolf durch den Wald und lauert Katja auf. Atemlos hinterlasse ich eine Nachricht: »Ruf mich bitte zurück! Ich habe vielleicht eine Spur. Ich muss mit dir reden.«

Seufzend stecke ich das Handy wieder ein und betätige die Klospülung, ehe ich die Toilette wieder verlasse.

Mit einem mulmigen Gefühl gehe ich zurück in das Besprechungszimmer, in dem die anderen noch stehen. Zum Glück haben sie in meiner Abwesenheit damit begonnen, aufzuräumen. Dann muss ich wenigstens nicht mehr länger hier ausharren.

Aber was dann? Was soll ich denn jetzt tun? Soll ich Regina einfach darauf ansprechen? Und wie? *Hey, Regina, kann es sein, dass du eine Werwölfin bist und versucht hast, mich umzubringen? Nicht? Na dann, nichts für ungut!*

Ich kann die Sache aber auch nicht einfach auf sich beruhen lassen. Ich muss wissen, ob ich mit meinem Verdacht recht habe. Auch wenn ich hoffe, dass ich mich täusche.

Als Regina sich dann von uns verabschiedet, fälle ich eine Entscheidung: Ich werde sie verfolgen. Schließlich habe ich schon eine ganze Weile niemanden mehr gestalkt. Und Reginas Haus ist von der Straße aus einsichtig, das weiß ich. Womöglich finde ich einen Hinweis, der mich weiterbringt. Und wenn nicht, dann habe ich wenigstens etwas getan und nicht bloß abgewartet.

»Ich geh dann auch mal«, rufe ich Sabine und Meike zu. »Tschüss!«

»Tschüss!«, schallt es zurück zu mir, doch ich habe mich schon abgewandt. Schnell hole ich meinen Hund, der wie immer zusammengerollt in seiner Höhle liegt, und meine Jacke. Eilig wie selten verlasse ich die Redaktion. Ich laufe die Treppe hinunter in der Hoffnung, Regina noch einzuholen. Sputnik hält das für ein lustiges Spiel und sprintet ebenfalls hinab. Er ist schneller als ich und hat so viel Schwung, dass er mich beinahe mit sich reißt. Gerade noch rechtzeitig kann ich mich am Geländer festhalten.

»Woah!«, entfährt es mir.

Sputnik zuckt zusammen und sieht mich aus großen Augen an. Ich atme tief durch, dann laufe ich die restlichen Treppen hinunter und wir verlassen das Gebäude.

Draußen kann ich Regina nirgends mehr sehen. Aber noch will ich nicht aufgeben. Auf gut Glück laufe ich in Richtung meines Autos. Ich weiß, dass Regina auch meistens dort in der Gegend parkt. Und tatsächlich: Als ich um die Ecke biege, sehe ich sie an ihrem Wagen.

Sofort trete ich wieder einen Schritt zurück, damit sie mich nicht bemerkt. Sputnik ist mehr als irritiert von meinem ungewöhnlichen Verhalten. Er sitzt zu meinen Füßen, sieht mich aufmerksam an, und sein Schwanz wedelt aufgeregt.

»Alles gut«, beruhige ich ihn. »Gleich gehen wir zum Auto. Einen Moment müssen wir noch warten.«

Kaum habe ich das gesagt, leuchten auch schon Autoscheinwerfer auf und ein Motor startet. Ich drücke mich tiefer in die Schatten, als Regina an mir vorbeifährt. Gott, fühlt sich das merkwürdig und albern an. Dabei sollte ich es doch schon gewohnt sein, potenziellen Werwölfen hinterherzuspionieren.

Sobald Regina mich passiert hat, laufe ich zu meinem Auto und entriegle es, noch bevor ich es erreicht habe. Die Hintertür reiße ich dann so schwungvoll auf, dass sie beinahe gegen die Seite des Wagens nebenan kracht. Gerade noch rechtzeitig kann ich den Schwung bremsen. Die Tür streift das andere Auto immer noch, aber wenigstens hinterlässt sie keine Spuren im Lack.

»Los, steig ein«, befehle ich Sputnik.

Brav folgt mein Hund und macht es sich auf der Rückbank bequem. Ich bin so hektisch, dass ich seinen Gurt beinahe nicht schließen kann. Ich zwicke mir bei dem Versuch sogar einen Finger ein, was mich schmerzerfüllt aufquieken lässt. Besorgt leckt Sputnik über mein Gesicht. Da muss ich dann doch schmunzeln.

Endlich habe ich es geschafft, Sputnik anzugurten. Ich werfe die Autotür zu, öffne die Fahrertür und gleite auf meinen Sitz. Von Regina ist weit und breit nichts mehr zu sehen, als ich endlich losfahre. Ich hoffe, dass sie auf dem Heimweg ist, und schlage die entsprechende Richtung ein.

Zum Glück ist der ärgste Feierabendverkehr schon vorbei. Ich komme gut voran und da ich etwas schneller fahre als erlaubt, hole ich Regina tatsächlich an einer Kreuzung ein. Jetzt muss ich vorsichtig sein, ermahne ich mich. Ich will schließlich nicht, dass sie bemerkt, dass ich sie verfolge.

Ein bisschen fühle ich mich, als wäre ich in einen Krimi geraten. Oder in einen Thriller. Ich versuche mich an alles zu erinnern, was ich je über Verfolgungsjagden gelesen habe. Zwei Tipps fallen mir ein: Abstand halten und das Licht ausschalten, damit man nicht gesehen wird. Ersteren Tipp befolge ich, zweiteren nicht. Wir verlassen bald die Stadt und auf den schmalen Straßen im nächtlichen Schwarzwald, neben denen mitunter tiefe Abgründe klaffen, werde ich bestimmt nicht ohne Licht fahren. Ich bin ja nicht lebensmüde.

Mein Herz rast und das Adrenalin kocht in meinem Blut. Die Fahrt vergeht wie im Fluge, dabei weiß ich, dass der Weg zu Reginas Dorf recht weit ist.

Kurz bevor wir das Ortsschild erreichen, halte ich an. Wenn das tatsächlich ein Dorf voller Werwölfe ist, die ein Problem mit dem Mann haben, mit dem ich ausgehe – ihn als meinen Freund zu bezeichnen, wage ich noch nicht –, sollte ich nicht mit gleißenden Scheinwerfern hineinfahren. Es scheint mir besser, den Rest des Weges zu Fuß zu gehen. Zum Glück war ich schon einmal hier und zum Glück hat mir Reginas Onkel damals gezeigt, in welchem Haus meine Chefin wohnt. Es liegt der Ortseinfahrt sehr nahe.

»Ich bin gleich wieder da«, sage ich zu Sputnik, ehe ich aussteige.

Durch Kälte und Finsternis laufe ich auf Reginas Haus zu. Ich halte mich am Rand der Straße, versuche nicht aufzufallen.

Ich habe Reginas Haus schon fast erreicht, da lässt mich ein plötzliches Geräusch innehalten. Eine Tür, die zufällt. Schritte. Stimmen.

»... zeigen!«

»Er hatte seine Chance!«

»Genau! Wer nicht hören will, muss fühlen!«

»Es gibt Regeln und an die muss man sich halten!«

»Wir werden ihn vertreiben, oder...«

Der Rest geht im Knallen von Autotüren und im Aufheulen von Motoren unter.

Mir wird schlecht. Irgendwie weiß ich, dass diese Leute über Chris geredet haben. Dass sie auf dem Weg zu ihm sind, um ihm etwas anzutun, weil sie überzeugt davon sind, dass er der Werwolf ist, der hinter den Angriffen steckt. Sie klangen wütend und wild entschlossen.

Ich muss Chris warnen, sofort.

»Was tun Sie hier?«, fragt plötzlich eine Stimme hinter mir.

Kapitel 33

Ertappt fahre ich herum. Genau in diesem Moment passieren mich zwei Autos. Im Licht der Scheinwerfer erkenne ich den Mann, der mich eben angesprochen hat. Es ist Hermann Gerlach. Reginas Onkel. Der Bürgermeister des Dorfs. Der Leitwolf?

Die Autos verschwinden hinter einer Kurve und Dunkelheit legt sich erneut über mich. Mit ihr kommt die Panik. Nicht meinetwegen. Nicht, weil ich hier von einem potenziellen Werwolf beim Spionieren erwischt wurde. Sondern wegen Chris. Und wegen der Autos, in denen einige wütende junge Männer zu Chris unterwegs sind.

Ich mache einen Schritt auf Gerlach zu und deute in die Richtung, in die die Autos verschwunden sind. »Sind die auf dem Weg zu Chris?« Meine Stimme klingt schrill und wird mit jedem Wort, das ich spreche, lauter. »Haben Sie ihm diese Drohung geschickt?«

Es ist zu dunkel, um Gerlachs Reaktion genau zu sehen, doch er stockt, das merke ich ganz genau. »Ich weiß nicht, wovon Sie sprechen«, antwortet Gerlach wie zeitverzögert. Ich glaube ihm nicht.

»Sie wissen ganz genau, wovon ich spreche«, zische ich. »Pfeifen Sie Ihre Leute zurück! Chris war das nicht.«

Mein Überraschungsmoment scheint vorüber zu sein, denn noch einmal stockt Gerlach nicht. Im Gegenteil, er kommt einen Schritt auf mich zu. »Mischen Sie sich nicht in Dinge ein, von denen Sie nichts verstehen«, knurrt er.

»Sie können doch nicht wollen, dass... Was wollen die bei Chris?«

»Ich wiederhole mich nur ungern.«

Ich schüttle den Kopf, will noch einen Schritt auf Gerlach zumachen – und dann fällt mir ein: Ich muss Chris warnen. Wenn ich mich hier mit Gerlach auseinandersetze, verliere ich nur wertvolle Zeit. Hoffentlich geht er jetzt an sein Handy ran.

Für eine Sekunde habe ich den Impuls, höflich zu sein und mich von Gerlach zu verabschieden. Doch dann: Wozu? Ich gehe einfach los. Auch wenn ich mich wacklig und zittrig fühle, auch wenn ich nervös bin und besorgt, auch wenn ich Angst habe und wütend bin: Ich versuche, mir nichts anmerken zu lassen. Ich straffe die Schultern, bemühe mich, meinen Schritten den Anschein von Sicherheit und Selbstbewusstsein zu geben. So schnell ich kann, ohne zu rennen, gehe ich zu meinem Auto.

Ich komme nicht weit.

Gerlach stellt sich mir in den Weg, die Hand erhoben, um mich aufzuhalten. »Kommen Sie bitte mit?«

Es ist als Frage formuliert. Doch ich weiß, dass ich keine Wahl habe. Dennoch lasse ich mich auf das Spiel ein. »Ich würde es vorziehen, nach Hause zu fahren.«

»Das wird leider nicht gehen«, erwidert Gerlach und wie um seine Worte zu unterstreichen, erklingt ein Knurren in der Finsternis.

Mir entkommt ein zynisches Auflachen. »Das ist doch nicht Ihr verschissener Ernst, oder? Sie hetzen mir doch jetzt nicht ein Rudel Werwölfe auf den Hals?«

Gerlach gibt ein undefinierbares Geräusch von sich, dann packt er mich plötzlich am Arm und zwingt mich kehrtzumachen. »Kommen Sie.«

»Nein!«

Ich wehre mich, will ihn abschütteln, mich aus seinem Griff winden. Doch Gerlach ist, obwohl viel älter als ich, mir körperlich überlegen.

Und dann tritt ein Wolf aus den Schatten.

Er läuft auf die Straße, platziert sich mitten auf dem Weg. Er knurrt und macht klar: An ihm komme ich nicht vorbei.

Die Wirkung, die dieser Wolf auf mich hat, ist durchschlagend. Ich bin wieder im Wald an der Schafsweide. Kurz vor dem Angriff. Angst und Adrenalin durchströmen mich. Sofort mache ich einen Schritt zurück, hebe die Arme zum Schutz. Dabei weiß ich doch, dass das nichts nützt.

»Kommen Sie«, sagt Gerlach erneut und dieses Mal setze ich ihm keinen Widerstand entgegen. Gegen ihn und diesen Wolf bin ich chancenlos.

Mit der Hand auf meinem Rücken dirigiert Gerlach mich ins Dorf. Wir passieren ein paar Häuser, aus einigen Fenstern dringt Licht und doch ist es gespenstisch still hier. Neben uns läuft der Wolf. Er sieht mich nicht an, doch ich bin überzeugt davon, dass alle seine Sinne auf mich gerichtet sind. Der Gedanke lässt mich zittern.

Der Weg durch die Finsternis dauert endlos, auch wenn ich weiß, dass es nicht weit ist zu Hermann Gerlachs altem Bauernhaus. Ich war hier schon, als ich ihn vor einigen Wochen interviewt habe.

Schließlich betreten wir das Haus und Gerlach hängt seine Jacke an die Garderobe. Die Alltäglichkeit dieser Bewegung ist irgendwie erschreckend für mich. Ich schlinge meine Arme um meinen Oberkörper und rühre mich nicht. Den Blick habe ich immer auf den Wolf gerichtet. Er starrt mich reglos an.

Wie damals bei meinem Interview führt Gerlach mich auch jetzt in sein Wohnzimmer, das von einer scheußlichen grünen Couch dominiert wird. Mit einer Handbewegung heißt Gerlach mich auf dem Ohrensessel, der der Couch gegenübersteht, Platz zu nehmen. Er selbst setzt sich auf das grüne Ungetüm. Die Beine weit gespreizt lehnt er sich locker zurück, als wäre das hier ein entspannter Abend unter Freunden. Doch ich bin mir sicher, dass diese Entspannung trügerisch ist. Gerlach ist wachsam und er ist niemand, den man unterschätzen sollte.

Ich setze mich auf den Rand des Ohrensessels, angespannt bis in die letzte Faser, bereit, jede Sekunde aufzuspringen und die Flucht zu ergreifen. Nicht, dass ich die Hoffnung habe, weit zu kommen.

Was will Gerlach von mir? Diese Frage hämmert mir unentwegt durch den Kopf. Er will mich von Chris fernhalten und mich daran hindern, ihn zu warnen. Das ist offensichtlich. Aber wie weit wird er dafür gehen? Und was, wenn diese Männer mit Chris fertig sind? Bin ich dann der Nächste? Weiß ich zu viel?

Der Wolf, der mit uns das Haus betreten und bis eben noch in der Wohnzimmertür verharrt hat, setzt sich plötzlich in Bewegung. Er läuft zu mir und dann beschnuppert er mich. Ausführlich. Ich kann nicht verhindern, dass mir das Herz bis zum Hals schlägt. Ich rutsche nun doch weiter zurück in dem Sessel. Als könnte ich mich so in Sicherheit bringen. Doch der Wolf folgt meiner Bewegung umgehend mit der Schnauze.

Der Wolf ist groß, fast so groß wie Chris in seiner Wolfsgestalt. Dann kann es nicht die Wölfin sein, die mich angegriffen hat. Er ist heller als Chris, eher bräunlich da, wo Chris dunkel ist. Seine Augen haben die Farbe von Bernstein.

Irgendwann hat er seine Inspektion abgeschlossen und wendet sich von mir ab, um wieder seine Position in der Tür einzunehmen. Auch hier ist mir der Fluchtweg versperrt.

»Ist er...?«, fragt Gerlach an den Wolf gewandt. Dieser schüttelt daraufhin leicht den Kopf, was Gerlach die Stirn runzeln und sich mir zuwenden lässt. »Sie sind keiner von uns.«

»Nein.«

»Aber Sie wissen, wer wir sind?«

»Ja.«

»Von Lorenz.«

Es ist eine Feststellung, keine Frage. Dennoch ziehe ich es vor, darauf nicht zu antworten. Stattdessen stelle ich eine Gegenfrage, wütend darüber, wie schwach und zittrig meine Stimme klingt. »Sie glauben, dass er Binninger und das Mädchen angegriffen hat, oder? Aber das hat er nicht.«

»Sie sind mit Lorenz zusammen. Da werden Sie verstehen, dass ich Ihnen nicht glaube.«

Auch wenn Chris' und mein Beziehungsstatus eigentlich noch ungeklärt ist: Ich bin verblüfft, dass Gerlach weiß, dass mehr zwischen uns ist als bloß Freundschaft. Und dann bin ich es auch wieder nicht, denn schließlich hat er auch herausgefunden, dass Chris ein Werwolf ist, während dieser immer noch keine Ahnung hat, wer das hier ansässige Rudel ist.

»Ich kann es beweisen«, sage ich, einer Eingebung folgend.

»So?«

»Ich bin auch angegriffen worden. Noch vor Binninger. Chris hat mich gerettet. Ich habe ihn und den anderen Wolf gleichzeitig gesehen. Chris war es nicht.«

»Das ist eine Geschichte, kein Beweis.«

Gerlach tippt mit den Fingern einen ungeduldigen Rhythmus auf seinen Oberschenkel. Während ich noch überlege, ob er meinem Beweis Glauben schenken wird, höre ich eine Tür sich öffnen und Schritte im Flur. Es kommt aber niemand herein. Der Wolf in der Tür spitzt nur kurz die Ohren und blickt zur Seite, bleibt ansonsten aber reglos sitzen. Gerlach hingegen ignoriert die Geräusche. Sein Blick ist nach wie vor unverwandt auf mich gerichtet.

Ich schlucke und schiebe mein Hosenbein nach oben. Den Verband muss ich inzwischen nicht mehr tragen. Die Wunde ist gut verheilt. Deutlich sichtbar ist sie aber nach wie vor. Sie wird vernarben und mir mein Leben lang ein Andenken an den Angriff sein.

Beim Anblick meines Beins flackert etwas in Gerlachs Gesicht, doch er hat sich schnell im Griff. »Sie haben da eine Bisswunde, das sagt aber noch gar nichts aus. Kann auch von einem Hund stammen.«

»Tut sie nicht. Die Ärzte haben erst unlängst die Bissspuren mit denen von Binninger verglichen, sie stimmen überein. Das war ein und derselbe Wolf. Und Sie glauben doch nicht ernsthaft, dass ich mit Chris... zusammen wäre, wenn das von ihm stammen würde, oder?«

Gerlach runzelt die Stirn. »Und von wem stammt die Wunde Ihrer Meinung nach?«

Unwillkürlich senke ich den Blick, starre auf meinen entblößten Unterschenkel, auf dem sich der Biss rosa und wulstig von der übrigen Haut abhebt. »Ich weiß es nicht sicher, aber...«

»Aber?«

»Na ja, wenn Chris es nicht war und es hier in der Gegend nicht *noch einen* Werwolf gibt... Eine Werwölfin, eigentlich. Es war eine Wölfin, die mich angegriffen an.«

»Unsinn! War es nicht!«

Gerlach ruft diese Worte nicht, er zischt sie. Und doch lassen sie mich zusammenzucken. Gleichzeitig macht sich Hoffnungslosigkeit in mir breit. Es war ja zu erwarten, dass er mir nicht glauben würde, dass die Angreiferin jemand aus seinem Rudel, aus seiner Familie ist.

»Es war keine Frau«, sagt Gerlach plötzlich zu meiner Überraschung und wiederholt: »Das ist unmöglich.«

Ich hebe den Blick wieder und finde Erstaunen und Abwehr auf Gerlachs Miene. »Wieso ist das unmöglich? Weil Frauen Ihrer Meinung nach zu so etwas nicht fähig sind, oder was?«

»Nein, weil ich ganz sicher weiß, dass die Angriffe von einem Wolf verübt wurden. Von einem Mann.«

»Ja, nun, da irren Sie sich aber.«

»Nein, das...«, meint Gerlach, wird aber unterbrochen von jemandem, den ich hier ganz sicher nicht erwartet habe. Zumindest nicht so.

»Er sagt die Wahrheit«, sagt Regina leise, aber doch mit fester Stimme.

Ich fahre herum und finde Regina neben dem Wolf in der Tür stehen. Ich bin so verblüfft, dass mir die Worte fehlen.

»Es tut mir leid, Lukas«, fügt Regina noch hinzu, den Blick auf mein Bein gerichtet. »Ich würde ja sagen, ich wollte dir nicht wehtun, doch wir wissen beide, dass das nicht stimmt. Aber ich hätte dich nicht schlimmer verletzt, das musst du mir glauben.«

»Dann hättest du von mir abgelassen, wenn Chris nicht gekommen wäre?«

»Ja. Ich wollte dich nicht schlimm verletzen, aber ich wollte, dass du die Geschichte von dem wild gewordenen, aggressiven Wolf verbreitest.«

»Habe ich aber nicht.«

»Nein. Hast du nicht.«

»Kann mir bitte jemand erklären, was hier los ist?!«, unterbricht uns Gerlach mit lautem Bass.

Regina wendet sich ihm zu und strafft die Schultern. »Ich habe die Schafe getötet und das Mädchen erschreckt. Und ich habe Lukas und Binninger angegriffen.«

»Du hast behauptet, es war ein Mann! Ich habe dich hingeschickt, damit du dich umsiehst, und du hast behauptet, es war ein Mann!«

»Ja, nun, da habe ich gelogen.«

»Wieso?«, will Gerlach scharf wissen. »Wieso hast du das getan?«

Regina senkt den Blick und schweigt.

»Es war wegen Binninger, oder?«, frage ich leise. »Er hat deinen Mann und deine Tochter auf dem Gewissen.«

»Ja«, erwidert Regina ebenso leise, gebrochen irgendwie.

»Oh Gott, Regina!«, stößt Gerlach fassungslos hervor.

»Wolltest... Wolltest du ihn umbringen?«, will ich wissen.

Regina fährt zu mir herum, ihr Blick ist wild und Tränen stehen in ihren Augen. »Ja.«

Sowohl Gerlach als auch der Wolf atmen scharf ein.

»Wie konntest du das nur tun?«, knurrt Gerlach. »Du hast uns alle in Gefahr gebracht! Du hast dieses Mädchen und ihn«, dabei deutet er auf mich, »in diese Sache mit hineingezogen. Und du hast dafür gesorgt, dass wir jemand Unschuldigen verdächtigen.«

»Chris!«, rufe ich entsetzt aus, als mir plötzlich wieder die wütenden Worte der jungen Männer und ihre abfahrenden Autos vor Augen stehen. »Ist er in Gefahr?«

Gerlach sieht mich kurz ausdruckslos an, dann erhebt er sich. »Kommen Sie. Wir sorgen dafür, dass er es nicht ist. Du kommst auch mit.« Letzteres sagt er an Regina gewandt, die erst trotzig aufsieht, dann aber nickt.

Ich bin an der Tür, noch bevor Gerlach und Regina sie erreichen. Der Wolf sieht mich mit schief gelegtem Kopf an, dann erhebt er sich und macht Platz.

»Darf ich Ihnen meinen Enkel Martin vorstellen?«, meint Gerlach plötzlich hinter mir und deutet auf den Wolf. »Martin, das ist Lukas Feuerbach.«

Ich nicke dem Wolf zu und er tut es mir gleich. Dann wende ich mich aber auch schon ab und marschiere durch den Flur zur Haustür.

Vor dem Haus sehe ich mich kurz um, um zu überprüfen, ob Gerlach und Regina mir folgen. Tatsächlich treten sie beide kurz nach mir ins Freie, beide in ihren Mänteln.

»Steigen Sie ein«, sagt Gerlach und öffnet in diesem Moment die Verriegelung des Geländewagens, der vor seinem Haus steht. »Ich bringe Sie zu Ihrem Auto.«

»Okay.«

Ich steige auf die Rückbank, während Regina auf dem Beifahrersitz Platz nimmt. Wieso Gerlach darauf bestanden hat, dass sie mitkommt, verstehe ich nicht. Mir jedenfalls ist unwohl dabei. Meine Chefin, die ich mag und respektiere, verschwimmt mit der Wölfin, die mich und weitere Menschen angegriffen hat, und mit der trauernden Frau, die auf Rache für den Tod ihrer Familie sinnt. Ich bekomme diese Bilder und meine Emotionen für jedes einzelne davon nicht zusammen. Es ist, als würde Regina vor meinen Augen unscharf. Ich kann sie nicht mehr greifen. Konnte es vielleicht nie, doch früher war es mir nicht bewusst.

Eine stille Aura der Düsternis umgibt Regina. Ihr Gesicht ist ausdruckslos und was sie tut, wirkt apathisch. Ein bisschen tut es mir leid, dass ich nie bemerkt habe, wie unglücklich und verzweifelt sie sein muss. Vor allem aber bin ich schrecklich wütend auf sie. Sie hat so viel Furchtbares angerichtet und sie hat Chris in Gefahr gebracht.

»Was haben sie mit Chris vor?«, frage ich zum wiederholten Mal.

Erneut bekomme ich keine Antwort. Gerlach beißt die Kiefer aufeinander und startet schweigend den Motor. Er fährt so rasant an, dass ich mich am Haltegriff über mir festklammere. Diese Reaktion ist mir Antwort genug.

Eiseskälte greift nach mir, ich zittere und wünschte, Gerlach würde noch schneller fahren.

Mein Wagen ist rasch erreicht. Noch bevor Gerlach richtig abgebremst hat, öffne ich die Autotür und springe hinaus. Ich stolpere und stürze beinahe, doch ich kann mich noch abfangen. Gerlach fährt unterdessen mit quietschenden Reifen an und kurz darauf sind auch schon die Rücklichter seines Wagens in der Finsternis verschwunden.

Die letzten Meter zu meinem Auto renne ich.

Ich taste nach meinem Autoschlüssel – und finde ihn nicht. Er ist nicht in meiner Jackentasche, in der rechten nicht, in der er eigentlich sein sollte, und in der linken, in der er nicht sein kann, ist er auch nicht. In meinen Hosentaschen steckt er genauso wenig.

Mir entkommt ein Schrei, fast schon ein Brüllen. Sputnik antwortet mit lautem Gebell.

Was soll ich jetzt tun? Automatisch sehe ich mich um, suche nach irgendetwas, womit ich die Scheibe einschlagen kann. Ein schwerer Ast vielleicht, oder ein Stein. Doch selbst wenn mir das gelingt: Ich könnte dann immer noch nicht losfahren. Schließlich habe ich keine Ahnung, wie man ein Auto kurzschließt.

Verzweifelt durchsuche ich erneut meine Taschen nach dem Schlüssel. In den vorderen Hosentaschen: nichts. In den hinteren Hosentaschen: nichts. In den Jackentaschen: nichts.

In einer letzten verzweifelten Hoffnung krame ich mein Handy heraus und leuchte mit der Taschenlampenfunktion den Boden um mein Auto herum ab. Vielleicht ist mir der Schlüssel ja runtergefallen, als ich ausgestiegen bin? Doch ich finde – nichts.

Tränen schießen mir in die Augen. Das kann doch nicht wahr sein! Wütend trete ich gegen den Wagen, was nichts bringt, außer Schmerzen im Fuß. Der Schmerz macht mich nur noch rasender und verzweifelt rüttle ich an dem Türgriff.

Die Tür öffnet sich. Einfach so.

Und mir wird klar, dass ich vorhin schlicht vergessen habe, den Wagen zuzusperren.

»Scheiße!«, fluche ich unter Tränen und setze mich auf den Fahrersitz.

Tatsächlich: Der Schlüssel steckt.

Sputniks aufgeregte Begrüßung ignoriere ich. Ich knalle die Autotür zu, starte den Motor und rase los. Ich fahre, so schnell ich kann und so schnell ich es mir auf der nächtlichen Straße im Wald zutraue. Ich will so bald als möglich bei Chris sein.

Später habe ich kaum Erinnerung an meine Fahrt. Da war Wald, da waren enge Kurven und einmal ein Wagen, der mir entgegenkam und den ich beinahe touchiert hätte. Da war Sputniks Jaulen und mein rasendes Herz, das Adrenalin durch meine Adern jagte. Meine trockenen, brennenden Augen und das Gefühl, dass die Panik mir die Kehle zuschnürte.

Es ist ein Wunder, dass ich heil bei Chris ankomme. Ich parke vor seinem Haus, direkt hinter Gerlachs großem Geländewagen. Er und Regina steigen gerade aus. Ich muss geflogen sein, wenn ich jetzt beinahe gleichzeitig mit ihnen ankomme.

»Du wartest hier«, sage ich wie immer zu Sputnik, dann steige ich aus – diesmal nicht, ohne den Wagen abzuschließen und den Schlüssel in meine Jackentasche zu stecken.

Ohne Regina und Gerlach weiter zu beachten, laufe ich zum Gartentor und betätige die Klingel.

»Ich glaube nicht, dass er öffnen wird«, sagt Gerlach nüchtern und sofort presse ich meinen Finger panisch auf den Klingelknopf, unfähig loszulassen.

Niemand antwortet.

»Scheiße, Scheiße, Scheiße!«

»Hast du einen Schlüssel?«, fragt Regina.

»Nein!«, gifte ich sie an.

»Dann müssen wir eben klettern«, befindet Gerlach. Schnell überprüft er, ob sich das Gartentor nicht doch öffnen lässt, doch hier haben wir weniger Glück als ich vorhin an meinem Wagen.

Und dann klettert Gerlach einfach über die Mauer. Sie ist nicht hoch und kein wirkliches Hindernis, aber er ist ein Mann um die siebzig und diese Behändigkeit hätte ich ihm nicht zugetraut.

Ich folge Gerlach sofort und neben mir schwingt sich Regina – die ich mir ebenfalls nie bei solch einer Aktivität hätte vorstellen können – über den Zaun.

Gerlach übernimmt die Führung und läuft um das Haus herum. An der Seite des Hauses entlang müssen wir den Hang hinunter. Es ist steil und rutschig. Ich stolpere irgendwann und schlittere auf dem Hintern den Rest des Hanges hinunter. Ob ich mich verletzt habe, weiß ich nicht. Ich werde es erst merken, wenn das Adrenalin nicht mehr durch meine Adern rast.

Ich stolpere hinter Gerlach um das Haus herum. Und dann sehe ich sie. Zwei Männer und drei Wölfe. Die Männer und einer der Wölfe befinden sich im Garten, zwei Wölfe stehen einander auf der Terrasse gegenüber. Das Licht aus dem Wohnzimmer fällt auf ihr gesträubtes Fell, die gefletschten Zähne. Die Scheibe der Terrassentür ist eingeschlagen. Überall glitzern Scherben.

Einer der Wölfe auf der Terrasse ist Chris. Er steht mit dem Rücken zu seinem Haus, als wolle er es verteidigen. Es ist ein Wunder, dass ich das lautstarke Knurren nicht vorhin schon gehört habe.

Dann geht alles ganz fürchterlich schnell. Nahezu zeitgleich springen die beiden Wölfe los. Noch in der Luft erreichen sie einander. Dann sind sie nur noch ein Knäuel aus Zähnen und Fell und Krallen und Wut.

»Nein!«, schreie ich.

Mein Ruf wird noch übertönt von Gerlachs lautstarkem »Aufhören! Sofort!«

Doch keiner der kämpfenden Wölfe reagiert. Sie haben sich völlig ineinander verbissen, nehmen nichts wahr außer einander. Nur der Wolf im Garten, der eben angesetzt hat, zu den beiden Widersachern zu laufen, verharrt in der Bewegung und sieht zu Gerlach.

»Vanessa, trenn die beiden«, sagt Gerlach zu dem Wolf, der wohl doch eine Wölfin ist.

Sogar ich kann die Verblüffung in ihrer Miene erkennen.

»Lorenz war das nicht. Ich habe Binninger und die anderen angegriffen«, erklärt Regina leise.

Die Wölfin reißt sehr menschlich ihre Augen auf, dann duckt sie sich und springt los, schnappt nach Chris und dem anderen Wolf und, anders kann ich das nicht beschreiben, wirft sich gegen sie, als wäre sie beim Rugby. Es gelingt ihr, die beiden aus dem Konzept zu bringen, doch nur so weit, dass sie nun nach ihr schnappen. Das sieht gefährlich und schmerzhaft aus.

Es dauert fürchterlich lange. Ich halte es nicht mehr aus und will selbst dazwischengehen, irgendetwas tun, um Chris zu helfen. Doch Gerlach hält mich zurück. Weder er noch einer der anderen Anwesenden macht Anstalten einzugreifen. Ich fasse es nicht, dass sie einfach so dastehen und zuschauen können.

Nach einer gefühlten Ewigkeit hat die Wölfin, die Gerlach Vanessa nannte, es tatsächlich geschafft. Sie steht zwischen Chris und dem anderen Wolf und schnappt nach jedem, der Anstalten macht, sich zu dem anderen hinzubewegen.

Jetzt hält mich nichts mehr. Ich laufe zu Chris, sinke neben ihm auf die Knie und schlinge die Arme um seinen Hals. Mein Gesicht vergrabe ich in seinem Fell.

»Geht's dir gut?«, wispere ich.

Als Antwort stupst Chris mich mit der Nase an. Ich hoffe, das heißt Ja. Plötzlich aber wird sein Körper steif vor Anspannung. Er reckt die Nase in die Luft und wittert. Und dann knurrt er, wie ich ihn noch nie knurren gehört habe.

Ich weiß genau, wen er gerade bemerkt hat. Sofort verstärke ich meinen Griff um Chris.

»Das ist Regina, meine Chefin«, flüstere ich ihm ins Ohr – auch wenn mich wohl alle anderen ohnehin hören können. »Sie hat mich angegriffen. Wie du wohl gemerkt hast. Aber wir klären das. Ohne Gewalt, okay? Beruhig dich.«

Chris grollt noch einmal, dann spüre ich, wie die Anspannung in seinem Körper ein wenig nachlässt. Er lehnt sich gegen mich und ich halte ihn fest. Ich bin so froh, dass ihm nichts passiert ist.

Kapitel 34

Chris' Wohnzimmer quillt beinahe über von Menschen. Die Werwölfe haben inzwischen alle wieder ihre menschliche Gestalt angenommen und sich angezogen. Vanessa sowie der Wolf, der Chris angegriffen hat und von dem ich inzwischen weiß, dass er Alex heißt, mussten dazu über die Friedhofsmauer klettern, um ihre Klamotten zu holen. Jetzt stehen sie gemeinsam mit den beiden Männern, die mit ihnen hierhergefahren sind, an der Wand. Allesamt haben sie die Arme vor der Brust verschränkt und scheinen nicht zu wissen, wo sie hinsehen sollen.

Wie Regina und Gerlach sind sie hochgewachsen und schlank, fast schon sehnig. Damit hört die Familienähnlichkeit aber auch schon auf. Vanessa hat sich als burschikose junge Frau entpuppt, das aschblonde Haar trägt sie kurz geschnitten, finster starrt sie auf den Wandteppich. Sie will nicht hier sein, das ist ihr deutlich anzusehen.

Alex scheint es ebenso zu gehen. Doch wo Vanessa trotzig ist, wirkt er, als würde er bald umkippen. Er ist blass und hält den Blick stur auf den Boden vor seinen Füßen gerichtet. Die Arme hat er eng um seinen Körper geschlungen, als müsse er sich wärmen.

Die beiden anderen wiederum haben synchron die Arme vor der Brust verschränkt und sehen zwar ab und an zu Chris und mir, lassen aber überwiegend ihre Blicke über die Einrichtung schweifen. Sie sehen sich am ähnlichsten und ich vermute, dass sie Brüder sind.

Regina und Gerlach halten Abstand zu den vier anderen. Zwischen Sofa und Küche stehen sie einander gegenüber und scheinen ein stummes Duell auszufechten. Ich verstehe nicht, wieso sie immer noch hier sind.

Chris und ich wiederum stehen eng nebeneinander unweit der Treppe. Ich weiß nicht, wie es Chris geht, aber ich finde den Gedanken, in der Nähe des Fluchtwegs zu sein, beruhigend. Außerdem hat sich Sputnik auf die Treppe zurückgezogen und beobachtet von dort argwöhnisch die fremden Menschen. Er war sichtlich überfordert, als ich ihn vorhin ins Haus geholt habe. Jetzt ist mir auch endlich klar, wieso er sich in letzter Zeit in der Redaktion so merkwürdig benommen hat: Er hat Angst vor Regina. Wie er in Chris den freundlichen Wolf erkannt hat, weiß er, dass Regina die Wölfin ist, die uns angegriffen hat.

»Wir kommen natürlich für die zerbrochene Scheibe auf«, sagt Gerlach plötzlich an Chris gewandt.

»Das ist ja wohl das Mindeste«, meint Chris. Ich bin erstaunt davon, wie gefasst er klingt.

»Habt ihr ernsthaft die Scheibe eingeschlagen?!«, zische ich Alex, Vanessa und die anderen an.

»Er wollte ja nicht rauskommen«, meint einer der beiden Kerle, die vorhin nicht die Gestalt gewechselt haben, lapidar. Er heißt entweder Philipp oder Paul. Ich konnte mir nicht merken, welcher von beiden welcher war.

»Natürlich wollte er das nicht!«

Philipp (oder Paul) zuckt nur die Schultern.

»Ich entschuldige mich in aller Form für das Verhalten meiner Enkel und meiner Großneffen. Es hätte nicht so weit kommen dürfen«, meint Gerlach.

Chris schnaubt. »Als ob Sie nichts davon gewusst hätten. Sie sind doch der Leitwolf, oder? Ich mag schon eine Weile weg sein von meinem Rudel, aber ich weiß noch ganz gut, wie das läuft.«

»Das bin ich und natürlich haben Sie recht. Ich wusste davon. Ich habe es gebilligt und für richtig gehalten. Wir hatten... Nun, ich würde sagen, wir saßen einer Fehlinformation auf.«

Ich schnaube, doch das geht in Gerlachs nächsten Worten unter.

»Regina, ich will, dass du uns erklärst, was du getan hast, und wieso du es getan hast«, befiehlt er mehr als dass er bittet.

»Ich *habe* es erklärt«, meint Regina. Ihre Stimme klingt brüchig.

»Wieso sollte sie es überhaupt hier und vor denen erklären?«, will Philipp (oder Paul) unwirsch wissen und deutet auf Chris und mich, während Alex vor sich hin murmelt: »Ich glaube es nicht, ich kann das einfach nicht glauben.«

»Weil sie ein Recht darauf haben, zu erfahren, was los ist«, erwidert Gerlach.

Die Antwort ist ein Augenrollen, das Gerlach aber nicht sieht. Er hat sich schon wieder Regina zugewandt. »Stimmt es denn, was Herr Feuerbach meinte? Du hast all das gemacht, um an Hans Binninger ranzukommen?«

»Ja«, antwortet Regina, nur um erneut in Schweigen zu verfallen. Alle Blicke sind inzwischen auf sie gerichtet.

»Es war der perfekte Plan«, sagt Regina schließlich und seufzt. »Ich hatte die Idee schon so, so lange, aber erst, als er«, sie nickt in Chris' Richtung, »hierhergezogen ist, konnte ich sie verwirklichen. Weil ich dadurch nicht nur die Menschen von mir ablenken konnte, sondern auch euch.«

»Weil wir merken würden, dass ein Werwolf dahintersteckt«, folgert Gerlach.

»Ja«, meint Regina. Ihre Stimme ist inzwischen fester geworden. Aus jedem ihrer Worte spricht die Überzeugung für ihren Plan und auch ein wenig der Stolz darauf. Ein bisschen kommt sie mir vor wie die Bösewichte am Ende eines Krimis, die ins Reden kommen und dann nicht mehr aufhören können. »Und wenn es einen Fremden in unserem Revier gibt, dann war doch klar, dass der als Allererstes verdächtigt werden würde. Zumal ich mich extra darum bemüht habe, die Tatorte für das Rudel zu untersuchen und so den einen oder anderen Fakt etwas drehen konnte.«

Gerlach schüttelt fassungslos den Kopf. »Und warum all die anderen Angriffe, wenn du doch nur Binninger wolltest?«

»Ich wollte nicht, dass auffällt, dass Binninger mein eigentliches Ziel ist. Euch nicht, und den Menschen auch nicht. Die sollten denken, dass ein aggressiver Wolf hier durch die Gegend streunt. Damit das glaubwürdig ist, konnte ich mich nicht gleich über Binninger hermachen, sondern musste klein anfangen und mich langsam an ihn anpirschen. Das brauchte Geduld. Aber oh, nach all den Jahren hatte ich jede Menge Geduld. Also habe ich mit den Schafen angefangen.«

»Du hast echt diese Schafe getötet?«, fragt Paul (oder Philipp) entgeistert.

Regina verdreht die Augen. »Ihr wart alle schon jagen. Ihr habt Rehe und Hasen und Mäuse getötet.«

»Aber nie jemandes Schaf!«, wirft Vanessa scharf ein.

Das kostet Regina nur ein müdes Auflachen. »Pure Heuchelei. Aber ja, anfangs war es tatsächlich eine Überwindung. Doch dann wurde es leichter.«

Ich muss an das erste Schaf denken, das sich im Zaun stranguliert hat, und daran, dass ich mir damals dachte, dass der Wolf sich irgendwie dämlich angestellt haben muss. Jetzt wird mir klar, dass ich damals recht hatte.

»Und du wolltest auch Menschen töten?«, hakt Gerlach nach.

»Das Mädchen und Lukas nicht. Aber Binninger, ja. Binninger wollte ich töten.«

Alex, Vanessa, Philipp und Paul keuchen schockiert auf und auch Chris versteift sich neben mir. Von Sputnik kommt ein leises Fiepen vom oberen Treppenabsatz ob der Stimmung hier unten.

»Warum?«, fragt Gerlach, dabei hat Regina es doch schon vorhin in seinem Haus gesagt.

Reginas Miene ändert sich kaum, doch da ist ein leises Kratzen in ihrer Stimme, als sie spricht. »Er hat Theo und Giselle auf dem Gewissen.«

Wieder reagieren die jüngeren Werwölfe mit entsetztem Gemurmel. Gerlach hingegen lässt sich nichts anmerken. »Wie kommst du darauf?«

»Ich konnte ihn an den Resten des Autos und an der Kleidung riechen, die sie mir von Giselle gegeben haben. Er ist aus seinem Auto ausgestiegen, hat sich die beiden angesehen und sie angefasst. Dann ist er weitergefahren. Er hat ihnen nicht geholfen. Er hat sie einfach dort sterben lassen.«

Erschüttertes Schweigen folgt ihren Worten.

»Wieso hast du Binninger nicht getötet?«, frage ich irgendwann leise, weil ich mir das einfach nicht erklären kann.

Alle fahren zu mir herum. Reginas Blick ruht lange auf mir, ihre hellbraunen Augen wirken matt und trüb. Und dann ist es, als würde etwas in ihr zerbrechen. Ihre Schultern sacken nach vorne und das Harte, Kalte schwindet aus ihrer Miene, macht Platz für Trauer und Schmerz. »Ich konnte es nicht.«

»Das lag nicht am Elektroschocker, oder?«, folgere ich aus der Art, wie sie das gesagt hat.

Regina schnaubt verächtlich. »Nein. Dieser Idiot hat mich kaum erwischt mit dem Ding. Er war sturzbetrunken, dabei war es erst früher Morgen. Er war völlig wehrlos und lag da auf dem Rücken, erledigt und schwach und erbärmlich und so widerlich... Und ich konnte es nicht. Er hat Theo und Giselle getötet und ich konnte es einfach nicht... All der Aufwand, all die Planung... Aber ich konnte es einfach nicht zu Ende bringen.«

»Regina...«, sagt Gerlach leise und ich kann absolut nicht einschätzen, wie es ihm mit diesen Offenbarungen geht.

»Es tut mir nicht leid, was ich mit ihm gemacht habe«, meint Regina plötzlich erstaunlich fest. »Es tut mir leid, dass ich Lukas und diesem Mädchen Angst gemacht habe und meinetwegen auch um die Schafe. Und das mit dem Wachmann. Aber Binninger... Er hätte noch viel Schlimmeres verdient.«

»Was für ein Wachmann?«, fragt Gerlach, während ich zeitgleich wissen will: »Was hat der Wachmann?« Denn welcher Art seine Verletzungen sind, konnte ich nie herausfinden.

»Du weißt davon?«, fragt Regina verblüfft.

Ich nicke bloß als Antwort.

»Mir war nicht klar, dass du so viel weißt«, murmelt Regina nachdenklich, ehe sie sich wieder ihrem Onkel zuwendet. »Ich habe dafür gesorgt, dass die DNS-Proben, die von meinem Speichel auf den Schafen genommen wurden, verschwinden. Dabei wurde ein Wachmann verletzt. Er liegt seither im Koma.«

Dieses Mal keuche auch ich entsetzt auf. Instinktiv greife ich nach Chris' Hand und drücke zu. Er erwidert den Druck.

Erneut legt sich Stille über den Raum, unterbrochen nur dann und wann durch ein leises Schluchzen von Regina oder ein erschöpftes Seufzen von jemand anderem.

»Wir sollten gehen«, sagt Gerlach irgendwann und ich bin unendlich froh darüber. Ich will nur noch, dass dieser entsetzliche Abend endlich vorbei ist.

Eine Frage habe ich jedoch noch: »Wieso hast du das alles erzählt? Wieso hast du... mir geholfen?«

Regina wirft mir einen undurchsichtigen Blick zu. »Weil es richtig ist. Und weil mir klar geworden ist, dass ich nicht damit leben will, dass jemand anderes für meine Taten büßen muss.«

Regina wartet keine Antwort ab, sondern wendet sich gleich zum Gehen. Die anderen folgen ihr.

»Ich bringe Sie zur Tür«, sagt Chris höflich und gleichzeitig unendlich starr. Ich bleibe an seiner Seite, als er die Treppe hinaufsteigt.

Sputnik gefällt es gar nicht, dass wir ihn von seinem Platz auf der Treppe verjagen. Er rennt ins Wohnzimmer und springt auf das Sofa, verkriecht sich halb in den Kissen.

Regina verlässt als Erste das Haus, wortlos und ohne sich noch einmal umzusehen. Ihr folgt Gerlach, der sich noch einmal bei uns entschuldigt und uns die Hand zum Abschied reicht, was sich einfach nur merkwürdig anfühlt. Philipp, Paul und Vanessa nicken uns zum Abschied zu und können nicht schnell genug das Haus verlassen. Alex geht als Letzter. Er ist schon aus der Tür draußen, als er plötzlich verharrt und sich dann noch einmal umdreht. Mit langsamen Schritten geht er auf Chris zu. Drei Schritte entfernt von ihm bleibt er stehen. Ernst sieht er ihm in die Augen. »Es tut mir leid. Ich hätte nicht... Bitte entschuldige.«

Chris zögert, doch dann nickt er. Die beiden reichen sich die Hand, bevor Alex sich zum Gehen wendet und endgültig in der Nacht verschwindet.

Dann sind wir endlich allein.

Chris schließt die Tür und verriegelt sie demonstrativ. Noch während er abschließt, schlinge ich von hinten meine Arme um ihn und vergrabe mein Gesicht in seinem Nacken.

»Ich bin so froh, dass dir nichts passiert ist«, wispere ich mit erstickter Stimme. Alex' Entschuldigung hat mir noch einmal bewusst gemacht, wie knapp es war. Ich weiß nicht, wie weit er gegangen wäre.

Chris legt seine Hände auf meine Arme und lehnt sich in meine Berührung. »Und ich bin froh, dass dir nichts passiert ist. Als ich deine Nachricht gehört habe und dich dann nicht erreichen konnte... Ich habe mir das Schlimmste ausgemalt.«

Ich drücke ihn fester, was ihn leise aufkeuchen lässt. Sofort lasse ich Chris los und sehe ihn besorgt an. »Bist du verletzt?«

Chris schüttelt den Kopf. »Nur ein paar Kratzer und blaue Flecken. Er hat überwiegend mein Fell erwischt und das ist momentan recht dick. Winterpelz.«

»Das war knapp...«

»Ja...«, meint Chris und seufzt leise, ehe er sich vorbeugt und einen Kuss auf meine Lippen haucht. »Lass uns runtergehen. Es gibt da jede Menge Scherben, die wir aufkehren müssen.«

Ich nicke und gemeinsam gehen wir zurück ins Wohnzimmer.

»Wird es für Regina irgendwelche Konsequenzen haben?«, frage ich mehr mich selbst als Chris, während wir die Treppe hinuntergehen.

»Ich habe keine Ahnung.«

Es dauert länger als gehofft, bis wir all die Scherben beseitigt haben. Sputnik sperre ich in Chris' Schlafzimmer ein, während wir aufräumen, damit er nicht durch die Scherben läuft und sich womöglich verletzt. Dann verkleben wir die Öffnung notdürftig mit aufgeschnittenen Müllbeuteln. Hoffentlich kann morgen gleich jemand kommen, um die Scheibe zu ersetzen.

Nach unserer Aufräumaktion drehe ich mit Sputnik eine kleine Runde, während Chris sich schon bettfertig macht. Lange bleibe ich nicht weg. Das halte ich einfach nicht aus.

Nachdem auch ich schnell unter der Dusche war und Zähne geputzt habe, krieche ich zu Chris unter die Bettdecke. Sofort schlingt er seine Arme um mich und presst sich an mich. Er zittert am ganzen Körper. Ich halte ihn fest und wiege ihn und hasse Regina dafür, dass es ihm jetzt so geht. Den ganzen Abend über stand er so aufrecht neben mir und auch damals, als Regina mich angegriffen und er mich verteidigt hat, hat er sich nicht anmerken lassen, was das für ihn bedeutet hat. Jetzt aber bricht all die Anspannung aus ihm heraus, lässt Chris bibbern und frieren.

»Ich hatte solche Angst«, wimmert er dann auch.

Ich nicke leise und streiche über Chris' Rücken.

»Die ganze Zeit musste ich daran denken, dass dir weiß Gott was passiert sein könnte...«, wispert er.

»Aber alles ist gut«, flüstere ich und halte ihn weiterhin fest.

Den Rest der Woche gehe ich nicht arbeiten. Ich lasse mich krankschreiben und auch Chris sagt alle Kurse ab. Wir sorgen dafür, dass die kaputte Scheibe repariert wird, ansonsten tun wir nichts. Wir kümmern uns um unsere Wunden, um die physischen wie die psychischen und verdauen langsam die Ereignisse dieser Nacht.

Die meiste Zeit reden wir miteinander. Über alles und nichts. Natürlich sprechen wir über die Ereignisse. Wir rätseln über die Konsequenzen für Regina und darüber, ob das Gerlach-Rudel sich nun mit Chris' Anwesenheit abfinden wird. Wir sprechen aber auch über viele persönliche Dinge, erzählen uns von unseren Familien, von unserer Kindheit und irgendwann, spät nachts und eng aneinandergekuschelt, auch von vergangenen Lieben.

Wenn wir miteinander schlafen, tun wir das in einer Zärtlichkeit, die sich mir tief ins Herz brennt.

Als ich am Montag in der Arbeit dann wieder Regina gegenüberstehe, ist es wie ein Schock. Ihr geht es ähnlich, das ist ihr deutlich anzusehen. Sobald ich nämlich den Raum betrete, verlässt sie ihn. Während der morgendlichen Konferenz sieht sie kaum in meine Richtung. Den anderen entgeht das natürlich nicht und so ernte ich einige misstrauische Blicke. Ich tue so, als bemerkte ich nichts davon.

Den Rest des Tages gehen Regina und ich einander aus dem Weg. Es ist nicht sonderlich schwer, da ich mehrere Stunden unterwegs bin, um für einen Artikel über Verwaltungsreformen im Kreiskrankenhaus zu recherchieren.

Als ich schließlich meinen Laptop runterfahre, um Feierabend zu machen, bin ich extrem erleichtert. Ich weiß nicht, ob ich diese bizarre Stimmung und die ständige Konfrontation mit Regina noch lange aushalten werde.

Bevor ich jedoch die Redaktion verlassen kann, kommt Regina aus ihrem Büro und ruft mich zu sich. Mich beschleicht ein mulmiges Gefühl, doch ich gehe zu ihr. Wenigstens ist Sabine noch hier. Das gibt mir ein gewisses Gefühl von Sicherheit. Albern, aber wahr.

»Ich mache es kurz«, sagt Regina, kaum, dass ich ihr Büro betreten habe. Die Tür lasse ich offen und auch Regina macht keine Anstalten, sie zu schließen. »Ich habe meine Kündigung eingereicht. Außerdem werde ich mich der Polizei stellen.«

Den letzten Satz hat sie leiser gesprochen und auch ich antworte mit gesenkter Stimme. »Wegen des Wachmanns?«

»Ja. Ich werde aussagen, dass ich den Überfall beauftragt habe.«

Ich blinzle perplex. »Wie willst du das denn bitte begründen?«

»Ich bin eine radikale Wolfsbefürworterin«, meint sie und zuckt mit den Schultern. »Ich wollte nicht, dass herauskommt, dass ein Wolf hier Schafe reißt.«

Ich sehe Regina skeptisch an, sage aber nichts.

»Jedenfalls habe ich dich für meine Nachfolge vorgeschlagen«, sagt Regina nüchtern.

»Was?«

Sie nickt bloß. »Ich weiß nicht, ob sie dir den Job geben werden, oder ob du ihn willst. Aber von meinen Mitarbeitern bist du der fähigste und du hättest den Job verdient. Und nicht bloß als Wiedergutmachung.«

»Ähm«, mache ich, weil mir gerade wirklich die Worte fehlen.

Regina winkt ab. »Überleg es dir.«

Ich nicke und mein Blick fällt auf das Foto auf Reginas Schreibtisch. Das Foto von ihr, ihrem Mann und ihrer Tochter. Wie immer stelle ich fest, wie glücklich sie auf diesem Foto aussieht. Heute schmerzt mich der Gedanke noch mehr als sonst.

Kapitel 35

Beinahe ohne dass ich es gemerkt habe, ist es Winter geworden. Ich stehe am Ufer des kleinen Sees, dick eingepackt in eine warme Jacke, das halbe Gesicht hinter meinem Wollschal verborgen, auf dem Kopf die rote Mütze, die Chris unweigerlich lachen und mich »Rotkäppchen« nennen lässt, wenn er sie sieht. Früher mochte ich sie nicht besonders, aber Chris' Lachen hat mir die Mütze kostbar gemacht.

Als ich das letzte Mal hier war, stand alles in üppigem Grün. Damals blühten Löwenzahn und Gänseblümchen auf den Wiesen, Bienen und Wespen summten um mich herum und manchmal auch ein Schmetterling. Die belaubten Bäume boten Schatten und Schutz vor der gleißenden Sonne. Überall waren Menschen, die lachten und schwammen und den Sommer genossen.

Heute bin ich allein mit meinem Hund und die Schönheit der Natur ist von ganz anderer Art. Die Laubbäume sind kahl, die Wiesen zum Teil bräunlich und matschig. Die Nadelbäume ragen dunkel und streng in die Höhe. Obwohl es mittags ist, ist das Licht bereits dämmrig, denn die Sonne steht hinter einem Hügel. Der See ist mit einer dünnen Eisschicht überzogen, er ist fast schwarz wegen der dunklen Bäume, die sich im Wasser spiegeln. An einer nicht vereisten Stelle am Rand hopsen Krähen herum und waschen ihr Gefieder im Wasser. Unweit von ihnen sitzt auf einem Ast, der über das Wasser ragt, ein Graureiher. Die Flügel schlingt er um sich wie einen Mantel.

Auch ich schlinge meine Arme um meinen Oberkörper und spüre dem Frieden nach, der sich bei diesem Anblick in mir breitmacht. Heute ist mir das Herz viel leichter als damals. Ich bin glücklich und auch wenn ich jetzt in diesem Moment allein bin, so bin ich doch nicht länger einsam.

»Entschuldige, dass du warten musstest«, keucht es plötzlich hinter mir.

Ich drehe mich um und sehe Jana und Hanno auf mich zustapfen. Beide sind sie ebenso warm eingepackt wie ich. Jana trägt sogar gefütterte Gummistiefel.

Um die beiden herum laufen ihre Hunde. In dem Moment, in dem Sputnik, Ernst und Smilla einander entdecken, rennen sie alle drei los, um sich auf halbem Wege glücklich zu begrüßen.

Auch ich gehe Hanno und Jana entgegen und umarme erst sie zur Begrüßung, dann ihn.

Es ist das erste Mal, dass Hanno und ich wieder etwas miteinander unternehmen – von jenem Abend abgesehen, an dem Jana ihn zu mir mitgeschleppt hat, um mich aufzumuntern und zu trösten. Und auch wenn Jana heute ebenfalls als Puffer dabei ist, bin ich zuversichtlich, dass wir uns in Zukunft wieder allein treffen werden. Als Freunde. Hanno als Freund zu haben, ist ein großes Geschenk. Genauso groß wie das Geschenk von Janas Freundschaft.

»Wollen wir eine Runde gehen? Ich erfriere sonst«, fragt Jana und klappert dabei tatsächlich mit den Zähnen.

»Klar«, antworte ich und auch Hanno nickt zustimmend.

Gemeinsam folgen wir einem Trampelpfad, der am See entlangführt, und plaudern dabei über alles Mögliche. Über unsere Hunde, meine anstehende Beförderung (denn ja, mir wurde Reginas Job angeboten und ja, ich habe ihn angenommen), über den drohenden Woll-Engpass in Janas Laden und über die nahende Weihnachtszeit.

Die Hunde folgen uns unterdessen, jagen einander dabei aber immer wieder kreuz und quer über die Wiese. Einmal testet Sputnik die Eisschicht auf dem See und bricht prompt mit der Vorderpfote ein. Empört macht er einen Satz zurück und läuft auf mich zu, als wolle er über das blöde Eis schimpfen. Das lässt Jana, Hanno und mich herzlich lachen.

»Wie läuft es denn mit Chris?«, fragt Jana, nachdem wir uns wieder beruhigt haben.

Ich kann nicht anders als dümmlich zu grinsen. »Gut.«

»Dann seid ihr jetzt offiziell ein Paar?«

Ich schüttle den Kopf und versuche, dem unangenehmen Ziehen in der Brust keine Aufmerksamkeit zu schenken. »So weit sind wir noch nicht.«

Tatsächlich haben wir dieses Thema noch immer nicht angesprochen. Wir haben uns bis auf Mittwoch, als ich abends arbeiten musste, diese Woche jeden Tag gesehen und unser Verhältnis wird immer inniger, immer vertrauter. Um dieses eine Thema lavieren wir aber noch immer herum. Ich traue mich einfach nicht, es anzusprechen, aus Furcht, dass Chris mich doch noch abweisen, dass er sich doch noch gegen mich entscheiden könnte. Auch wenn er mir weiß Gott nie einen Anlass gegeben hat, an seinen Gefühlen für mich zu zweifeln.

»Und wie läuft es mit Nadine?«, frage ich, um von mir abzulenken.

Jetzt ist es an Jana, dümmlich zu grinsen. »Fantastisch. Sie ist so toll und es ist so leicht mit ihr. Wir reden so viel miteinander, über alles. Auch über uns. Aus meinen bisherigen Beziehungen kannte ich das gar nicht. Oh, und wir wollen Weihnachten zusammen verbringen.«

»Wow!«

»Das ging ja schnell«, findet auch Hanno, dem ich daraufhin einen schuldbewussten Seitenblick zuwerfe.

Jana scheint das zu bemerken und mein schlechtes Gewissen nachempfinden zu können, denn sie meint sofort: »Sorry, dass wir dich hier mit unseren Liebesgeschichten volllabern.«

Hanno macht eine wegwerfende Handbewegung. »Unsinn! Ich freu mich doch für euch! Wirklich.«

Das letzte Wort ist nur an mich gerichtet. Ich schenke Hanno ein Lächeln und drücke sachte seinen Arm, auch wenn ich ihn durch die dicke Jacke kaum umfassen kann.

»Lasst uns dorthin gehen!«, meint Jana auf einmal und biegt rechts ab. »Wenn man hier ein Stück durch den Wald geht, kommt man auf eine echt schöne Lichtung.«

Ohne auf unsere Antwort zu warten, marschiert Jana los. Hanno wirft mir einen langen Blick zu und wackelt anzüglich mit den Augenbrauen, was mich natürlich prompt erröten lässt. Die Lichtung, die Jana meint, kenne ich. Es ist die Lichtung, auf der Hanno und ich uns zum ersten Mal begegnet sind.

Hanno entgeht die Röte auf meinen Wangen natürlich nicht, denn er zwinkert mir zu. Ich verdrehe nur die Augen, lache aber dabei.

Kurz darauf finde ich mich tatsächlich mit Hanno und Jana auf jener Lichtung wieder. Und ja, sie ist schön, ganz genau wie Jana es gesagt hat. Im Tageslicht bemerke ich erst, dass sie gar nicht so groß ist, wie sie mir damals schien, dafür aber beinahe kreisrund.

Auch unseren Hunden scheint es hier zu gefallen, denn sie beginnen sofort ein wildes Jagdspiel.

Ich sehe Sputnik dabei zu, wie er über die Wiese tollt, und wie immer, wenn ich das tue, stiehlt sich ein Lächeln auf meine Lippen. Es ist jetzt ziemlich genau vier Monate her, dass ich Sputnik zu mir geholt habe. Und oh, wie hat sich mein Leben seither verändert!

Sputnik ein Zuhause zu geben, war der erste Schritt auf einem Weg, der mich aus meiner Einsamkeit hinausgeführt hat. Es war ein Weg, den ich gehen konnte, weil ich bereit dafür war, mich auf andere einzulassen, auf andere zuzugehen. Weil ich genug davon hatte, mich in mein Schneckenhaus zurückzuziehen und weil ich mich aktiv dafür entschieden habe, ab und an meine Komfortzone zu verlassen. Noch vor einem Jahr wäre das undenkbar für mich gewesen. Was letztlich der Auslöser dafür war, weiß ich gar nicht so genau, aber ich bin unendlich dankbar dafür, dass ich es geschafft habe.

Ich bin glücklich.

Ich hätte nie gedacht, dass ich so glücklich sein kann.

Nach dem Spaziergang mit Hanno und Jana fahre ich zu Chris. Je näher ich seinem Haus komme, desto breiter wird das Lächeln auf meinen Lippen. Wir haben uns gestern erst gesehen, aber das ist mir schon wieder viel zu lange her.

Kaum habe ich den Wagen vor seinem Haus geparkt, bin ich auch schon aus diesem hinausgesprungen, habe Sputnik rausgelassen und stehe vor dem Gartentor. Immer noch habe ich dieses Lächeln auf den Lippen, als ich klingle. Doch nichts passiert. Niemand öffnet. Da ist keine Regung, keine Reaktion. Nach dem fünften Klingeln erstirbt mein Lächeln.

Sputnik sieht mich aus großen Augen an und fiept leise.

»Keine Ahnung, was da los ist. Wir waren doch verabredet«, sage ich zu ihm, ernte dafür aber kein Verständnis, sondern nur ein freudiges Schwanzwedeln.

Stirnrunzelnd fische ich mein Handy aus meiner Jackentasche. Tatsächlich habe ich eine neue Nachricht von Chris: *Ich verspäte mich leider, eine Kundin hat mich aufgehalten. Ich beeil mich!*

Die Erleichterung, die mich daraufhin durchströmt, ist beinahe unheimlich. Die Furcht, dass ihm etwas zustoßen könnte, hat sich mir so nachhaltig eingeprägt, dass sie in Momenten wie diesem sofort hochkocht. Zumal ich an ihm so sehr hänge wie an keinem Mann zuvor.

Mir kommt es vor wie eine Ewigkeit, bis Chris' Auto endlich die Straße entlangfährt und neben meinem hält. Sofort ist Chris bei mir – womöglich ist er sogar noch schneller aus seinem Wagen draußen, als ich es vorhin aus meinem war.

Dann schlingt er auch schon seine Arme um mich und legt seine Lippen auf meine.

»Sorry«, nuschelt Chris noch, bevor wir uns küssen.

Und mein Lächeln ist wieder da.

Ich ziehe Chris an mich und genieße seine Nähe. Zumindest so lange, bis Sputnik unsere Aufmerksamkeit einfordert, indem er sich schamlos zwischen uns drängt.

Chris lacht und begrüßt nun auch meinen Hund, dann holt er seinen Schlüssel hervor und lässt uns endlich ins Haus.

Einige Zeit später sitzen Chris und ich auf dem Sofa, eng aneinandergekuschelt. Ich habe einen Arm um die Rückenlehne des Sofas, eigentlich aber um Chris gelegt und er lehnt seinen Kopf an meine Schulter, auch wenn er dafür einigermaßen schief dasitzen muss, schließlich ist er ein ganzes Stück größer als ich.

Sputnik liegt zu unseren Füßen auf dem Teppich und schläft satt, zufrieden und sichtlich erschöpft. Auch Chris und ich sind mehr als satt, denn nachdem Sputnik sein Trockenfutter bekommen hat, haben wir uns mit Chris' vorzüglicher Pilzsuppe gestärkt. Erst mit der zurückkehrenden Wärme ist mir dabei bewusst geworden, wie durchgefroren ich nach dem Spaziergang war.

»Heute war übrigens Hermann bei mir«, meint Chris und greift nach meiner linken Hand, spielt mit meinen Fingern.

»Gerlach?«

»Genau.«

»Seid ihr jetzt per Du?«, will ich irritiert wissen.

»Ja, seit heute.«

»Und was wollte er?«

»Er hat mich gefragt, ob ich bereit bin, in einiger Entfernung als Wolf durch eine Fotofalle zu laufen, damit hier endlich Ruhe einkehrt.«

»Damit sie sagen können, dass der *Problemwolf* weitergezogen ist?«

»Ja, genau.«

»Klingt nach einer guten Idee.«

»Ja, finde ich auch. Dann würde die Jagd auf den Wolf hier offiziell beendet werden.«

»Das wäre echt zu schön. Vielleicht kühlen sich die Gemüter dann wieder ab.«

»Mhm. Auch wenn die meisten ihre Position wohl nicht ändern werden.«

»Nein, wohl nicht. Aber vielleicht irgendwann...«

Skeptisch zuckt Chris mit den Schultern. »Na ja, jedenfalls hätte es dann etwas Gutes, dass du damals diese Fotos von mir gemacht hast.«

»Ja. Sorry noch mal dafür...«

Chris beugt sich vor und küsst mich – viel zu kurz. »Du musst dich nicht entschuldigen. Wie hättest du denn wissen sollen, in welche Schwierigkeiten mich das Foto bringt?«

Ich lächle und drücke Chris' Hand. Er erwidert den Druck.

»Wollte Gerlach sonst noch etwas?«, will ich wissen.

»Nicht wirklich. Er hat sich noch einmal hochoffiziell bei mir entschuldigt und mir versichert, dass sein Rudel kein Problem damit hat, wenn ich hierbleibe. Ich kann auch gerne durch ihren Wald laufen, wenn mir danach ist, Wolf zu sein. Dort ist das Risiko, gesehen zu werden, relativ gering.«

»Oh, wow, das ist nett.« Ich fange Chris' spielende Finger ein und drücke sie fest. Wenn er nichts hat, wo er sicher Wolf sein kann, ist er nicht er selbst, das ist mir inzwischen bewusst geworden. Es ist, als würde die Hälfte von ihm fehlen.

»Ja, finde ich auch. Er meinte sogar, dass ich zu ihnen ins Dorf ziehen könnte, wenn mir danach ist, mein Dasein als Einzelwolf aufzugeben. Aber dann hat er gelacht und gemeint, eigentlich bin ich ja gar kein Einzelwolf mehr.«

»Hä?«

Chris rappelt sich halb auf und stupst mit einem Finger gegen meine Nasenspitze. »Er meinte dich.«

»Wie, mich?«

»Na, er meinte, dass ich kein Einzelwolf mehr bin, weil ich jetzt einen Partner habe.«

»Mich?«

»Äh. Ja? Oder... Nicht?«

Chris sieht mich aus großen Augen an und mein Herz rast. Da ist eine Unsicherheit in seinem Blick, die ich so dort noch nie gesehen habe. Dieser Ausdruck lässt meine Hände kalt werden vor Nervosität.

»Heißt das, du... du siehst mich als deinen Partner?«, frage ich mit zitternder, krächzender Stimme.

»Du nicht?«, erwidert Chris und seine Stimme ist um nichts fester als meine.

Chris will ein Stück von mir abrücken, doch ich halte ihn sofort zurück, halte ihn fest. »Doch! Ich meine... Wir haben nie darüber gesprochen. Aber... Ich will dein Partner sein.«

»Ja?« Die Unsicherheit ist noch da in Chris' Blick, doch hinter ihr baut sich ein Strahlen auf, das mir den Boden unter den Füßen wegreißt. Jetzt sehe ich sie: Da ist eine tiefe Zuneigung in Chris' Wolfsaugen. Vielleicht sogar... Liebe. Ich weiß, in meinen Augen steht dasselbe.

»Ja. Mehr als alles andere.«

»Wunderbar! Ich will genau dasselbe.«

Einen sich in die Unendlichkeit ausdehnenden Moment lang sehen wir uns nur an. Dann lacht Chris – und springt vom Sofa.

»Wa– Was?«, rufe ich bedröppelt, doch da fliegt er auch schon die Treppen hinauf. Sputnik, den er mit seinem plötzlichen Aufbruch geweckt hat, rennt ihm bellend hinterher.

»Bin gleich wieder da!«, ruft Chris mir über die Schulter hinweg zu.

Kopfschüttelnd wende ich mich dem Wandteppich zu. »Verstehst du das?«, frage ich den wilden Mann, doch ich erhalte keine Antwort.

Kurz darauf höre ich auch schon Chris' Schritte auf der Treppe. »Mach die Augen zu!«, ruft er.

Ich runzle die Stirn, tue aber, wie mir geheißen.

Dann spüre ich auch schon, wie sich das Sofa unter Chris' Gewicht senkt. Er greift nach meiner rechten Hand und dreht sie, sodass die Handfläche nach oben zeigt. Sanft haucht er einen Kuss auf meine Fingerspitzen. Dann legt er mir etwas in die Hand, etwas Kleines, Kaltes, Hartes, und schließt meine Finger darum. Noch ein Kuss auf meine Fingerknöchel, dann räuspert Chris sich.

»Du kannst jetzt schauen«, flüstert er und wieder ist seine Stimme mehr ein Krächzen als etwas anderes.

Neugierig öffne ich erst die Augen und dann meine Finger.

Das Herz bleibt mir stehen.

Da, in meiner Hand, liegt, klein, silber und unscheinbar: ein Schlüssel.

»Chris!«, hauche ich.

»Damit so etwas wie vorhin nicht noch einmal vorkommt. Ich will nicht, dass du bei mir vor verschlossenen Türen stehst.«

Versonnen betrachte ich den Schlüssel in meiner Hand und mir steigen tatsächlich Tränen in die Augen. »Wow.«

Sofort sind da Chris' Hände, die sich ganz sanft auf mein Gesicht legen. Zart streicht er mit den Daumen über die empfindliche Haut unter meinen Augen, wischt die Tränen weg, noch bevor sie rinnen können, und zwingt mich, ihn anzusehen.

»Hey«, wispert er. »Du weißt, dass ich ganz fürchterlich in dich verliebt bin und dich jetzt, wo ich dich bei mir habe, am liebsten nicht mehr gehen lassen würde, oder?«

Ich strahle ihn an. »Geht mir genauso.«

»Gut«, brummt Chris und eine Hand wandert in meinen Nacken, zieht mich kompromisslos zu ihm. Nicht, dass ich mich auch nur im Entferntesten wehren würde. Im Gegenteil. Mir entkommt ein erleichtertes Seufzen, als sich unsere Lippen in einem Kuss finden.

Anders als die Berührung von Chris' Fingern in meinem Gesicht, ist sein Kuss nicht sanft. Er ist drängend und sehnsüchtig und erzählt auf seine ganz eigene Art von seinen Gefühlen für mich. Ich küsse Chris nicht weniger drängend, lege all meine Furcht, ihn wieder zu verlieren, all mein Hoffen auf eine Beziehung mit ihm in meinen Kuss.

Am liebsten würde ich ihn nie wieder loslassen und doch müssen wir uns irgendwann schwer atmend voneinander lösen, um Luft zu holen.

»Ich liebe dich«, seufze ich.

»Ich liebe dich auch«, wispert Chris.

Mit der Nase fährt er meinen Hals entlang, atmet tief ein und seufzt genüsslich. Er vergräbt seine Nase in meiner Halskuhle und versucht geradezu, in mich hineinzukriechen. Seine Beine schlingt er dabei um mich und macht sich ganz klein. Ich halte ihn fest und streiche über seinen Rücken.

»Du riechst so gut«, murmelt er. »Gott, riechst du gut. Ich will mich in deinem Geruch einhüllen und baden in dir. Dein Geruch ist mein Zuhause, weißt du? Kann es sein. Wird es sein. Wenn du willst.«

»Natürlich will ich«, wispere ich. »Es gibt nichts, was ich lieber will.«

Danksagung

Das Thema dieses Buchs liegt mir sehr am Herzen. Der Wolf kehrt zurück nach Mitteleuropa und diese Rückkehr verläuft alles andere als konfliktfrei. Ich bin sehr dankbar, dass ich meine Version dieser Geschichte erzählen kann.

Dass aus meiner Geschichte ein richtiges Buch geworden ist, verdanke ich dem Team vom Cursed Verlag: Danke, dass ihr an mich und meine Bücher glaubt und mich bei der Veröffentlichung so sehr unterstützt – sei es beim Lektorat, beim Korrektorat, bei Social Media, bei der Covergestaltung oder mit regelmäßigen Tierfotos. Ich kann gar nicht sagen, wie glücklich ich bin, bei euch zu sein!

Ich hätte nie gedacht, dass ich mal jemand sein würde, der in einer Danksagung seine Haustiere erwähnt. Und doch tue ich jetzt genau das: Ohne meinen Hund hätte ich dieses Buch wahrscheinlich nie geschrieben. Er war mir Inspiration, Recherchepartner und Ablenkung in Personalunion. Danke für alles, Flauschepups!

Was wäre ein Roman ohne Leser*innen? Vor allem danke ich also dir, liebe*r Leser*in: Danke, dass du mein Buch gelesen hast. Ich hoffe, du hattest ein paar schöne Stunden mit Lukas, Sputnik und dem Wolf!

Alles Liebe,
Iris W. Maron

Autor: Iris W. Maron
Titel: Auf keinen Fall wir

Als Print und eBook erhältlich!

Für David kommt mehr als Sex nicht infrage. Schlimm genug, dass ihm Sven, sein letzter One-Night-Stand, nicht mehr aus dem Kopf geht. Noch schlimmer ist, dass Sven plötzlich in einem Seminar sitzt, das David an der Uni hält. Mit der Zeit wird eins immer deutlicher: Die Anziehung zwischen den beiden ist alles andere als verschwunden.

Doch eine Annäherung scheint unmöglich – als Student ist Sven tabu für David, der sich ohnehin nicht vorstellen kann, je eine Beziehung zu führen. Findet die Liebe dennoch einen Weg, die beiden zusammenzubringen?

Autor: Raik Thorstad
Titel: Wildfang

Als Print und eBook erhältlich!

Tierpfleger Mark ist zufrieden mit seinem zurückgezogenen Leben: Er liebt seine Arbeit in einem kleinen Wild- und Bärenpark, bei dem er wenig Kontakt zu Menschen hat und sein schweres Stottern kaum ein Problem im Alltag darstellt. Als er die Pflege eines neu angekommenen Kodiakbären übernimmt, ahnt er noch nicht, wie schnell und radikal sich sein Leben ändern wird, denn unter „Matunnos'" Fell schlummert weit mehr als ein normales Tier...

Printed in Poland
by Amazon Fulfillment
Poland Sp. z o.o., Wrocław